LE SERVITEUR DU PROPHÈTE

ŒUVRE DE MIKA WALTARI
DANS PRESSES POCKET

LES AMANTS DE BYZANCE

GRANDS ROMANS HISTORIQUES
Collection dirigée par Claude Aziza

MIKA WALTARI

LE SERVITEUR DU PROPHÈTE

roman

Traduction de Monique Baile et Jean-Pierre Carasso

Dossier historique par Marie-Madeleine Fragonard,
Maître de conférence à la Sorbonne-Nouvelle (Paris-III).

OLIVIER ORBAN

Paru sous le titre original :
« Mikaël el-Hakim »
aux éditions WSOY, Helsinki

ISBN 2-266-02063-3

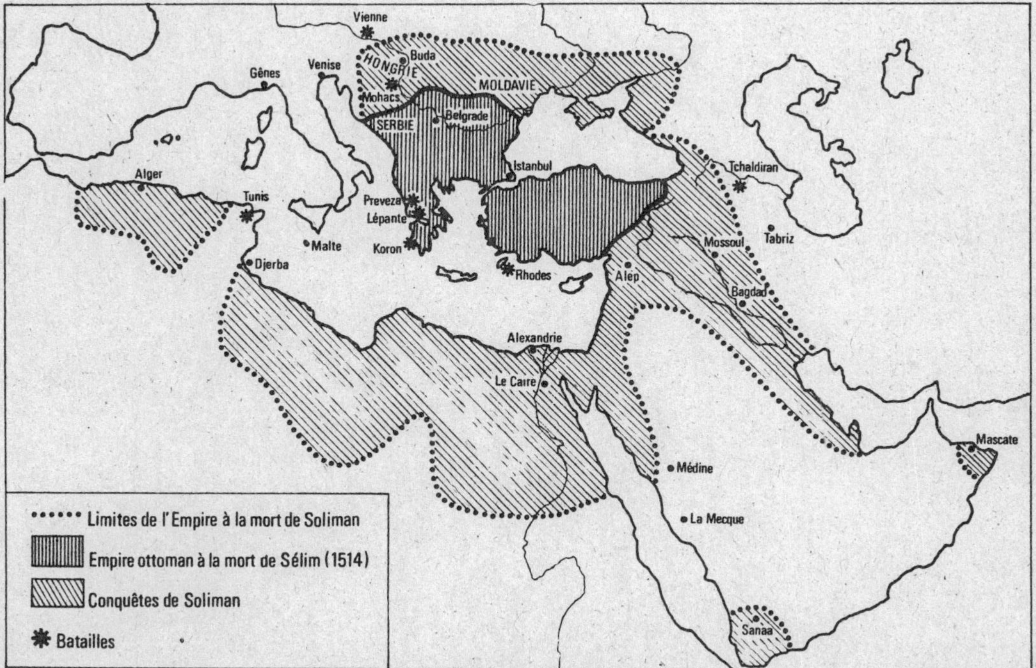
Vienne
Buda
HONGRIE
Mohacs
MOLDAVIE
SERBIE
Belgrade
Venise
Gênes
Istanbul
Tchaldiran
Tabriz
Alger
Tunis
Preveza
Lépante
Koron
Malte
Djerba
Rhodes
Mossoul
Alep
Bagdad
Alexandrie
Le Caire
Mascate
Médine
La Mecque
Sanaa
Limites de l'Empire à la mort de Soliman
Empire ottoman à la mort de Sélim (1514)
Conquêtes de Soliman
Batailles

PREMIER LIVRE

MIKAËL LE PÈLERIN

LE fait de prendre une décision apaise l'esprit et rend l'âme plus légère. Ainsi ai-je éprouvé la sensation d'être libre comme l'oiseau après avoir résolu de tourner le dos à Rome et à la chrétienté tout entière. En compagnie de mon frère Antti et de mon chien Raël, j'allais emprunter le chemin de la Terre sainte afin d'expier là-bas mes péchés.

Sur la grand-place de Venise, cette merveilleuse cité, il me semblait avoir émergé des ténèbres puantes du tombeau pour renaître à une vie nouvelle. Effacées en mon esprit les images et les odeurs infectes du carnage et de la peste de Rome ! Aujourd'hui, j'aspirais profondément l'air du large et contemplais avidement la foule bigarrée des Turcs, Maures, Juifs et Nègres qui déambulaient librement autour de moi. J'avais l'impression d'être aux portes mêmes de l'Orient fabuleux et me sentais pris du désir irrésistible de tout savoir sur ces inconnus ou de partir à l'aventure pour découvrir les pays d'où venaient ces superbes vaisseaux qui entraient dans le port, surmontés du Lion de Saint-Marc ondoyant dans le vent.

Je n'avais, non plus qu'Antti, rien à redouter des officiers de la sérénissime république et nous pouvions à notre gré demeurer à Venise ou poursuivre notre route. J'avais en effet, moyennant un prix exorbitant, obtenu d'un Vénitien plein d'astuce un laissez-passer pourvu d'un sceau tout à fait officiel ; en outre, comme il m'était apparu évident que nul ici n'avait la moindre idée d'une contrée aussi reculée et lointaine que ma Finlande natale, j'avais tout naturellement donné mon véritable nom finnois, Mikaël Karvajalka, écrit Michaël Carvajal sur le document ; cette transcription me valut d'ailleurs par la suite d'être considéré comme d'origine espagnole, alors qu'il était expressément couché par écrit que j'avais autrefois fait partie de la cour du roi du Danemark et plus récemment rendu de signalés services à la Seigneurie de Venise, précisément au cours du sac de Rome, en cet été de l'an de grâce de 1527.

Je m'avisai rapidement qu'une vie entière n'eût point suffi pour tout voir et tout admirer à Venise de ce qui mérite de l'être, mais je fusse volontiers resté au moins le temps nécessaire à faire mes dévotions dans chacune de ses églises. Hélas, la ville offrait trop de tentations dangereuses et je résolus de me mettre sans tarder en quête d'un navire en partance pour la Terre sainte.

Je rencontrai sur le port un homme au nez crochu qui applaudit chaleureusement à mon projet ; j'avais de la chance, me dit-il, et j'étais arrivé à point pour le mener à bien ! Un grand convoi devait en effet partir bientôt à Chypre sous la protection de galères de guerre vénitiennes, et nul doute qu'un bateau de pèlerins profiterait de cette escorte pour se joindre aux navires de commerce.

— C'est la saison idéale pour une entreprise sainte comme la vôtre ! m'assura-t-il. Vous aurez constamment un vent arrière et aucun risque de tempêtes. De puissantes galères pourvues de nombreux canons protégeront les marchands contre les pirates barbaresques qui constituent une menace perpétuelle pour les navires isolés. De plus, en ces temps de troubles et d'impiété, peu nombreux sont ceux qui partent en pèlerinage et vous ne serez point entassés à bord où vous trouverez largement et à un prix raisonnable une nourriture saine et variée, ce qui vous évitera de vous charger de provisions. Une fois parvenus en Terre sainte, des agents organiseront le voyage de la côte à Jérusalem et les sauf-conduits qu'il faut acheter ici à la Maison de la Turquie assurent là-bas au pèlerin la sécurité la plus totale.

Lorsque je lui demandai à combien s'élèverait le prix du passage, il me regarda puis, la lèvre tremblante, tendit sa main dans un geste machinal.

— En vérité, messire Mikaël, dit-il, Dieu en personne doit avoir présidé à notre rencontre ! Il faut bien l'avouer, notre belle cité est pleine de coquins qui ne songent qu'à profiter grassement de la naïveté des étrangers. Mais moi je suis un homme qui a de la piété et mon plus cher désir a toujours été d'accomplir le pèlerinage moi-même. Hélas, ma pauvreté ne me le permet guère et j'ai donc décidé de consacrer ma vie au bien-être de ceux qui, plus fortunés que moi, peuvent partir ; je me suis promis de leur faciliter le voyage aux lieux saints où Notre-Seigneur Jésus-Christ a vécu, a souffert, est mort et a ressuscité d'entre les morts.

Un sanglot plein d'amertume l'empêcha de poursuivre et je me sentis envahi d'une grande compassion à son égard.

Séchant vivement ses larmes, il me regarda droit dans les yeux et articula :

— Mes services ne vous coûteront qu'un seul ducat. En versant cette somme, d'une part vous vous engagez fermement à réaliser votre projet et d'autre part vous vous dégagez de tout souci pour le mettre à exécution.

Que pouvais-je sinon lui faire confiance ? D'autant que tout en marchant avec moi le long du quai, il ne cessait de saluer capitaines, marchands et officiers de la douane, qui souriaient et plaisantaient avec bonne humeur en me voyant à ses côtés. Je lui donnai donc son ducat, non sans insister sur le fait que, n'étant point riche, je voulais voyager de la manière la moins onéreuse possible. Il me rassura sur ce point et me fit aussitôt réussir une bonne affaire chez le marchand auquel j'achetai une cape de pèlerin et un nouveau rosaire. Puis mon ami m'accompagna jusqu'à la porte de mon logement et promit de m'aviser dès que notre bateau devrait lever l'ancre.

J'errai dès lors dans les rues de Venise sans pouvoir tenir en place, jusqu'au moment où, enfin, un beau soir, nous vîmes apparaître mon ami au nez crochu qui, hors d'haleine, nous pressa de nous rendre à bord sans plus tarder, notre convoi devant partir le lendemain à l'aube. Nous fîmes en un clin d'œil un paquet de nos hardes avant de nous précipiter vers le port où était mouillé notre bateau. Il nous parut de dimensions singulièrement réduites en comparaison des grands navires marchands, mais mon ami m'expliqua cette exiguïté, disant que tout l'espace à bord était réservé aux pèlerins puisqu'il ne transportait aucune marchandise.

Le capitaine, un homme au visage grêlé, nous reçut avec courtoisie, et après qu'Antti et moi-même eûmes chacun compté dix-huit ducats d'or dans sa paume grande ouverte, nous jura qu'il ne consentait à nous embarquer pour une somme si modique qu'en raison de son amitié pour son ami au nez crochu.

L'officier en second nous conduisit dans la cale où il nous montra nos couchettes de paille fraîche ; puis, signalant une jarre pleine de vin aigre, il nous invita à nous servir largement de la louche et à boire aux frais du patron pour fêter joyeusement le départ. Une grande agitation régnait tout autour de nous, mais la faible lumière que dispensaient deux maigres falots ne nous permit guère de distinguer nos compagnons de voyage.

L'ami au nez crochu se sépara du capitaine pour venir nous faire ses adieux. Il me serra vigoureusement dans ses bras et, les yeux pleins de larmes, nous souhaita un bon voyage.

— Ah, messire de Carvajal, dit-il, je ne puis imaginer jour plus heureux que celui qui vous ramènera sain et sauf parmi nous ! Laissez-moi encore vous rappeler de vous défier des étrangers, aussi benoîts puissent-ils vous paraître. Et si vous rencontrez des infidèles, n'oubliez pas de dire : « *Bismillah irrahman irrahim* (1) », paroles arabes d'une salutation pieuse qui vous vaudra à coup sûr leurs bonnes grâces.

Après m'avoir donné un ultime baiser sur chaque

(1) *B-ismi-llâh al-rahmân al-rahîm :* « Au nom de Dieu clément et miséricordieux. » Cette invocation se trouve en tête de toutes les sourates (sauf la sourate IX) du Coran (NdT).

joue, il se hissa sur le plat-bord puis sauta dans le canot d'embarquement, faisant tinter sa bourse dans le mouvement. Je n'en dirai pas davantage sur cet homme sans vergogne dont le seul souvenir suffit à me blesser. Car il faut dire qu'à peine avait-on hissé les voiles rapiécées et à peine le bateau avait-il pris la mer dans un grand craquement de toute sa membrure et un battement de l'eau tout le long de la sentine, que l'ignominie de sa tromperie nous frappa de son évidence. Oui, les vertes coupoles de cuivre des églises vénitiennes n'avaient point encore disparu à l'horizon que déjà la vérité nous avait sauté aux yeux.

Dans le sillage des grands navires de commerce, notre petit bateau avançait avec la lenteur d'un cercueil tout prêt à couler et traînait de plus en plus loin derrière, tandis que la galère de guerre ne cessait d'envoyer des signaux pour nous exhorter à garder une meilleure position. L'équipage se composait d'un ramassis de coquins couverts de loques et il me suffit d'échanger quelques paroles avec d'autres pèlerins, pour me rendre compte que j'avais payé pour la traversée une somme excessive dont l'homme au nez crochu avait dû recevoir au moins la moitié ; j'appris même qu'il se trouvait parmi nous quelques pauvres hères autorisés à s'installer sur le pont contre le paiement d'un unique ducat pour tout le voyage.

Ici, un homme, étendu à la proue du navire, souffrait de crampes spasmodiques dans les membres ; il portait une ceinture de fer fixée autour de la taille et de lourdes chaînes lui entravaient les chevilles. Là, un vieillard au regard enflammé se traînait à quatre pattes, jurant d'accomplir de la sorte le trajet de la côte de la Terre sainte à Jérusalem. Ses hurlements de terreur nous tinrent éveillés durant toute une nuit et il nous conta par la suite qu'il avait vu des anges blancs flotter autour du bateau avant de s'installer sur les vergues.

Je dois cependant reconnaître que le capitaine grêlé était loin d'être un mauvais marin. Il ne perdait jamais le convoi de vue et chaque soir, à l'heure où brillent les étoiles, nous pouvions voir les feux de position de la tête de mât des autres vaisseaux qui s'étaient mis à la cape pour la nuit ou qui avaient jeté l'ancre à l'abri d'une baie. Lorsque nous lui manifestions quelque inquiétude de nous trouver parfois si fort en arrière du reste de la compagnie, il nous invitait sans façon à prendre les rames, ce qui se révéla absolument nécessaire à plusieurs reprises ; mais nous n'étions guère qu'une quinzaine à pouvoir aider de la sorte l'équipage car sur la centaine de pèlerins qui se trouvaient à bord, la plupart des hommes étaient ou trop vieux ou infirmes ou malades et les femmes, naturellement, ne pouvaient exécuter pareille tâche.

Il y avait, parmi les passagers, une jeune femme qui attira mon attention dès le premier jour. Sa vêture et sa gracieuse silhouette me l'avaient aussitôt fait remarquer : elle portait des bijoux avec une robe de soie brochée de fils d'argent et de perles, et je me demandais quel hasard l'avait menée en si piteuse compagnie. Une servante très opulente ne la quittait pas un seul instant. Le plus étrange en cette femme était qu'elle n'apparaissait jamais le visage découvert ; même ses yeux étaient voilés ! Je pensais au début qu'elle voulait, par coquetterie, protéger sa peau de l'ardeur du soleil, mais remarquai bientôt qu'elle gardait son voile même à la nuit tombée. Et pourtant on distinguait suffisamment de ses traits pour se rendre compte qu'ils n'étaient ni difformes ni horribles ! Comme on voit le soleil briller à travers une brume légère, ainsi le charme de sa jeune beauté brillait-il à travers la transparence de son voile. Je ne parvenais point à m'imaginer le péché qu'elle avait pu commettre et dont la gravité l'avait conduite à entreprendre ce pèlerinage, la face ainsi cachée.

Un soir, peu après le coucher du soleil, je la vis, appuyée au garde-corps, seule et le voile relevé. Je ne pus résister à la tentation d'aller vers elle mais elle détourna la tête à mon approche et, d'un geste vif, rabaissa le voile sur son visage, de sorte que je n'eus qu'une vision fugitive de l'ovale de sa joue. Des boucles blondes dépassaient de sa coiffe et à contempler ces cheveux, je sentis trembler mes genoux. J'étais attiré par cette femme comme la limaille de fer par l'aimant.

J'arrêtai mes pas à une distance convenable et comme elle, me mis à observer l'onde dont la couleur vineuse allait s'estompant dans la nuit qui tombait. Je ne laissais point cependant d'être profondément conscient de sa présence proche et lorsque, après un temps, elle se tourna légèrement dans ma direction, faisant mine d'être disposée à écouter, je m'armai de tout mon courage pour lui dire :

— Nous sommes tous les deux embarqués sur le même bateau, dans le même but et égaux aux yeux de Dieu pour le rachat de nos péchés. J'espère que vous ne vous offenserez point si j'ose vous adresser la parole, mais j'éprouve une telle envie de parler avec une personne de mon âge qui soit différente de tous ces estropiés !

— Vous avez interrompu mes prières, messire de Carvajal, répondit-elle sur le ton du reproche.

Puis elle fit disparaître le rosaire qu'elle tenait entre ses doigts effilés, et se tourna franchement vers moi. Je notai avec satisfaction qu'elle connaissait mon nom, ce qui me parut être le signe qu'elle s'intéressait de quelque manière à ma personne.

Je répliquai cependant en toute humilité :

— Ne m'appelez pas ainsi car je ne suis point de noble origine. Dans mon pays, mon nom est Karvajalka ; je le tiens de ma mère adoptive qui est morte depuis longtemps et qui me le donna par pure charité parce qu'à vrai dire, je n'ai jamais connu mon père. Néanmoins, je ne vis pas dans la misère et j'ai reçu quelque éducation puisque j'ai étudié dans plusieurs doctes universités. Vous me feriez le plus grand plaisir en me disant tout simplement Mikaël le Pèlerin.

— Très bien ! approuva-t-elle aimablement. De votre côté, appelez-moi Giulia, sans chercher à en savoir plus ni sur ma famille ni sur le nom de mon père, ni même sur le lieu de ma naissance. Ces questions ne pourraient que réveiller en moi de douloureux souvenirs.

— Giulia, repris-je aussitôt, pourquoi dissimulez-vous

votre visage alors que le son de votre voix aussi bien que l'or de votre chevelure, tout en vous suggère la beauté ? Est-ce pour éviter de susciter chez nous, faibles hommes que nous sommes, des pensées défendues ?

Ces paroles indiscrètes lui arrachèrent un profond soupir et, comme si je lui eusse infligé une blessure mortelle, elle me tourna le dos et se mit à sangloter. Tout à fait consterné, je balbutiai quelques mots d'excuse et lui jurai que je préférais mourir plutôt que de lui causer le moindre tort.

Elle essuya alors ses yeux sous le voile et se retourna vers moi.

— Pèlerin Mikaël, de la même façon que tel ou tel homme porte une croix sur ses épaules ou entrave ses chevilles avec des chaînes de fer, de même ai-je juré de ne point montrer mon visage à un étranger pendant toute la durée du voyage. Ne me demandez donc jamais de me découvrir, parce que cette requête ne pourrait que rendre encore plus lourd le fardeau que Dieu a posé sur moi depuis le jour où je suis née.

Elle avait un ton d'une telle gravité pour dire ces mots que je me sentis profondément touché ; je lui baisai la main et fis le serment solennel de ne jamais rien tenter pour l'induire à briser son vœu. Je l'invitai ensuite à venir avec moi, en tout bien tout honneur, boire une coupe de vin doux de Malvoisie dont j'avais apporté une caisse à bord. Après quelques instants de pudique hésitation, elle accepta de me suivre à la condition toutefois que sa grosse gouvernante nous tînt compagnie, afin d'éviter les médisances. Nous bûmes donc ensemble dans mon gobelet d'argent et un frisson me parcourait le corps chaque fois que sa main frôlait la mienne en me passant le vin. Elle avait apporté pour sa part des sucreries enrobées dans de la soie à la manière turque et voulut en donner à mon chien, mais ce dernier était trop absorbé par la chasse aux rats, activité qu'il avait découverte lors du sac de Rome.

Antti s'était joint à nous et je lui sus gré d'engager une conversation animée avec la servante Johanna ; elle se mit à lui conter des histoires un peu lestes de prêtres et de moines, après avoir bu quelques coupes, tandis que de mon côté je m'enhardissais à entretenir Giulia de sujets galants. Nullement choquée, elle riait au contraire d'un rire cristallin et, à l'abri de l'obscurité, posait parfois sa main sur mon poignet ou mon genou. Ainsi veillâmes-nous jusqu'à tard dans la nuit, pendant que les eaux enténébrées soupiraient autour de nous et que le firmament illuminé d'une poussière d'étoiles d'argent resplendissait au-dessus de nos têtes.

Antti profita de sa nouvelle amitié avec Johanna pour lui demander de ravauder nos vêtements, puis nous mîmes en commun nos provisions et la bavarde gouvernante prit aussitôt possession des fourneaux du bateau pour cuisiner nos repas, ce qui nous évita de tomber malades à l'instar des autres pèlerins fort chichement nourris pour la plupart.

Antti cependant m'observait avec attention et finit par me dire en guise d'avertissement :

— Mikaël, je sais que je suis un être ignorant beaucoup moins intelligent que toi, comme tu me l'as souvent fait remarquer. Mais que savons-nous de cette Giulia et de sa compagne ? Les propos que tient Johanna me paraissent convenir davantage à une patronne de bordel qu'à une femme respectable. Quant à Giulia, sa manière sinistre de se cacher le visage inquiète même les hommes de l'équipage. Prends garde, Mikaël, tu risques un beau jour de découvrir un nez crochu sous le voile !

Ces paroles me touchèrent en plein cœur ! Mais je ne voulais plus entendre parler de nez crochus et lui reprochai vertement ses soupçons.

Le jour suivant, il nous fut possible d'apercevoir la pointe sud de l'île Morée tombée à l'époque sous la domination des Turcs. Le mauvais temps et les courants perfides de ces eaux nous contraignirent à chercher refuge à l'abri de l'île de Cèrigo, alors sous la protection d'une garnison vénitienne. Nous jetâmes l'ancre dans la baie en attendant un vent propice, mais à peine étions-nous installés que notre galère d'escorte reprit la mer pour se lancer à la poursuite d'une ou deux voiles suspectes qui venaient d'apparaître à l'horizon ; nous savions, en effet, que des pirates dalmates et africains avaient coutume de croiser dans ces eaux.

De petites embarcations à rames grouillaient autour du bateau des pèlerins pour vendre de la viande fraîche, du pain et des fruits. Point n'était question pour notre capitaine d'acquitter les taxes de mouillage qui eussent permis d'amarrer le long du quai, aussi dut-il envoyer notre canot pour quérir de l'eau.

Il y avait, parmi les passagers, le père Jean, un moine fanatique qui prétendit que l'île de Cèrigo était un lieu maudit.

— C'est là, disait-il, là qu'est née une des déesses de la Grèce idolâtre.

Le capitaine au visage marqué par la petite vérole nous confirma ces dires et ajouta que l'on pouvait encore voir les ruines du palais de Ménélas, le malheureux souverain de Sparte. Son épouse Hélène, ayant hérité sa fatale beauté de la déesse née de l'écume sur les rivages de l'île, avait délaissé ses devoirs conjugaux pour s'enfuir avec un jeune homme beau comme un dieu et provoqué ainsi la terrible guerre de Troie.

Je compris, en écoutant le capitaine, que nous nous trouvions dans la baie de l'île que les anciens Grecs appelaient Cythère et qu'il s'agissait de la déesse Aphrodite. Mais je me demandai quelles raisons avaient poussé la plus belle des divinités païennes à élire ces rochers désolés pour venir au monde !

Je désirais vivement descendre à terre pour contempler les vestiges d'un lointain passé et découvrir si les contes de l'Antiquité possédaient quelque fond de vérité. Je racontai à Giulia tout ce dont je pus me souvenir au sujet de la naissance d'Aphrodite, de la pomme d'or de Pâris et de l'amour adultère d'Hélène, tant qu'à la fin sa curiosité devint plus grande encore s'il était possible que ma propre soif de connaissance et que je n'eus aucune difficulté à la convaincre de m'accompagner.

Des marins nous déposèrent tous les quatre à terre, Antti, Johanna, Giulia et moi, et j'achetai un panier avec du pain frais, de la viande séchée, des figues et du fromage de chèvre. Je ne comprenais goutte au dialecte des paysans de l'île mais lorsqu'un berger me montra une sente, puis le sommet d'une colline en répétant avec insistance le mot « palaïopolis », je compris qu'il m'indiquait le chemin de l'antique cité.

Nous grimpâmes le sentier qui suivait le cours d'un torrent et atteignîmes un site paisible où l'on avait jadis construit de nombreux bassins ; je n'en comptais pas moins d'une douzaine, dont le temps avait fendillé les larges pierres et où une herbe drue poussait entre chaque crevasse. Pouvions-nous rêver un lieu plus accueillant et reposant après dix jours en mer et cette escaladc sous le soleil ? Antti et moi nous nous jetâmes à l'eau sans attendre et frottâmes nos corps imprégnés de sel avec le sable fin. Les deux femmes se dévêtirent et se baignèrent dans un autre bassin, derrière un rideau de buissons. J'entendais Giulia s'ébattre dans l'eau, et son rire fusait dans l'air, délicieux.

La douce brise murmurant à travers les feuilles luisantes des lauriers verts et le rire de Giulia sonnant à mes oreilles, je me plus à imaginer ces bassins peuplés des nymphes et des faunes de légende et ne me fusse point étonné de voir la déesse Aphrodite en personne sortir des fourrés et s'avancer vers moi dans toute sa gloire.

Après avoir mangé, Antti déclara qu'il avait sommeil, et Johanna de même qui se mit à se plaindre de ses pieds enflés tout en jetant des regards hostiles dans la direction du chemin rocailleux grimpant à travers une pinède touffue. Giulia et moi nous décidâmes donc de poursuivre l'escalade pour atteindre le sommet de la colline tous les deux seuls. Nous trouvâmes là-haut deux colonnes de marbre dont les chapiteaux, depuis longtemps brisés et tombés à terre, étaient enfouis sous le sable et la végétation. Derrière les colonnes, l'on voyait les socles de nombreux piliers carrés et les vestiges du porche d'un temple. Puis, au milieu des ruines du temple lui-même, toute droite dressée sur un piédestal de marbre, se tenait la statue plus grande que nature d'une divinité. Les membres couverts d'un voile infiniment léger, elle nous regardait avancer, dans sa majestueuse beauté. Le temple autour d'elle s'était écroulé, mais elle, resplendissante de grâce divine, surveillait encore les mortels, malgré les mille cinq cent et vingt-sept années écoulées depuis la naissance de notre Sauveur.

Mais j'étais loin de penser à mon Sauveur ou aux excellentes résolutions qui m'avaient induit à entreprendre mon long voyage ! J'avais l'impression de revivre au temps de l'âge d'or du paganisme, quand les hommes ignoraient les affres du doute et l'angoisse du péché. Il m'eût fallu fuir en courant ce puissant sortilège, je sais qu'il l'eût fallu... mais je ne me suis pas enfui ! Non, je ne me suis pas enfui et même, plus vite que ma plume ne court sur mon papier, plus vite me suis-je laissé choir avec Giulia sur l'herbe chaude. Je l'ai prise dans mes bras et suppliée de découvrir son visage afin que plus aucune barrière ne subsistât entre nous. J'avoue que je me sentais encouragé à cette hardiesse et convaincu que ma compagne ne fût point venue avec moi en cet endroit isolé si elle n'eut point partagé mon désir. Elle ne repoussa ni mes baisers ni mes caresses, mais quand je cherchai à relever son voile elle agrippa mes poignets avec la force que donne le désespoir et me supplia d'y renoncer de la manière la plus touchante.

— Je t'en prie, Mikaël mon amour, écoute-moi ! Je suis jeune moi aussi et je sais que l'on ne vit qu'une fois ! Mais je ne puis découvrir mon visage, sinon nous serons séparés pour toujours. Ne peux-tu m'aimer sans le voir quand tu sais que je t'attends de toute ma tendresse ?

Hélas, je restai sourd à ses plaintes et sa résistance ne fit qu'augmenter mon entêtement. Je l'obligeai à lâcher prise et arrachai le voile qui la dissimulait à mes regards. Elle resta sans bouger dans mes bras, ses boucles d'or tombant sur ses épaules et ses yeux bordés de longs cils bruns obstinément fermés. Ses lèvres ressemblaient à des cerises et mon étreinte avait empourpré ses joues délicates. La voyant si belle, je ne pouvais imaginer la raison pour laquelle elle m'avait si longtemps, et de façon si cruellement tentante, caché ses traits. Elle gardait à présent les paupières serrées et les couvrait de ses mains, indifférente à mes baisers.

Ah, que ne me suis-je contenté de ce que j'avais

obtenu, au lieu de la presser fiévreusement d'ouvrir les yeux ! Elle remuait la tête dans un violent mouvement de refus et toute joie l'avait abandonnée : elle gisait dans mes bras telle un corps sans vie et mes caresses les plus hardies la laissaient de glace. Tout déconfit, je finis par la lâcher et la suppliai d'ouvrir les yeux pour les plonger dans les miens où elle pourrait lire l'intensité de mon désir.

Elle dit alors sur un ton d'infinie tristesse :

— Tout est fini entre nous, pèlerin Mikaël, et fasse le ciel que cette fois soit la dernière où je recherche l'amour ! Vous m'oublierez bien vite à la fin de notre voyage. Espérons que je vous oublierai aussi vite ! Pour l'amour de Dieu, Mikaël, ne regardez pas mes yeux... ils portent malheur !

Je savais certes que des gens peuvent, sans aucune intention malveillante, blesser les autres avec leur seul regard. Mon maître, le docteur Paracelse, prétendait que le mauvais œil a le pouvoir de flétrir un fruit sur l'arbre. Mais c'était sur la foi de pareilles croyances que l'on avait décapité et brûlé dans une cité allemande mon épouse Barbara ! On l'avait décapitée et brûlée alors qu'elle était innocente — dans la mesure où un être humain peut être innocent ici-bas — et, du fond de mon désespoir, j'avais rejeté comme malveillants et chargés de supersitition tous les témoignages accumulés contre elle, me rendant ainsi coupable d'hérésie.

Comment croire, à présent, que des yeux maléfiques pussent gâter la beauté de Giulia ! Non ! J'éclatai de rire, d'un rire peut-être un peu forcé eu égard à sa peine, et lui jurai que son regard ne m'inspirait nulle crainte. Elle pâlit alors, puis retira ses mains et ses yeux effarouchés, clairs comme gouttes de rosée, vinrent plonger droit dans les miens.

Mon sang se glaça dans mes veines, je sentis mon cœur qui s'arrêtait de battre et me rejetai en arrière, aussi muet et saisi d'horreur qu'elle-même. Ses yeux ne manquaient pas de beauté, mais ils étaient de couleur différente et conféraient un air sinistre à l'ensemble de ses traits. L'œil gauche était bleu comme la mer et le droit du brun de la noisette. Je n'avais jamais vu une chose pareille, je n'en avais même jamais entendu parler et cherchais en vain dans ma tête une explication naturelle à ce phénomène.

Nous restâmes un long temps, face à face, à nous regarder ; j'eus un mouvement instinctif de recul et m'assis à une légère distance sans la quitter des yeux ; puis elle se leva à son tour et se couvrit la poitrine. Toute chaleur avait abandonné mon corps et des frissons de froid me descendaient le long de la colonne vertébrale.

Sous quelle maligne étoile étais-je donc né ? On avait décapité et brûlé comme sorcière la seule femme que j'eusse jamais aimée (1), et voilà qu'à présent qu'une autre avait su toucher mon cœur, Dieu l'avait maudite elle aussi et elle devait voiler son visage pour éviter l'horreur et la désolation de ceux qu'elle rencontrait ! Étais-je donc damné ? Y aurait-il au fond de moi quelque fatale attirance pour tout ce que l'on a coutume d'appeler sorcellerie ? Il me revint en mémoire que la présence de Giulia, au début de notre rencontre, m'avait attiré à la manière d'un aimant, et je ne pus plus longtemps me bercer de l'illusion qu'il ne s'était agi là que de la simple attraction qu'exerce la jeunesse sur la jeunesse. En mon cœur, je soupçonnais quelque sombre mystère mais me sentais incapable d'exprimer mes sentiments à ma compagne qui, tête baissée, se tenait assise, triturant un brin d'herbe dans ses doigts effilés.

Enfin elle se leva et dit avec froideur :

— Maintenant que tu as eu ce que tu voulais, il est temps de quitter ces lieux, Mikaël !

Et elle s'éloigna d'un pas ferme, la tête haute. Je me levai d'un bond pour la rejoindre.

— Messire Carvajal, dit-elle d'une voix dure sans se retourner, je m'en remets à votre honneur pour ne point trahir mon secret auprès des ignorants à bord de notre vaisseau. Bien que la vie me soit indifférente, et même s'il vaudrait mieux pour tout le monde que je disparaisse,

(1) Cf. *L'escholier de Dieu,* Mika Waltari, éditions Olivier Orban 1985.

je tiens à atteindre la Terre sainte puisque j'ai entrepris ce pèlerinage et je ne voudrais pas que des marins superstitieux me jettent par-dessus bord.

— Giulia ! m'écriai-je, en lui saisissant les poignets pour la forcer à me faire face. Giulia, ne crois pas que mon amour pour toi soit mort ! C'est faux ! Je suis persuadé au contraire que le sort nous destinait l'un à l'autre ! Moi aussi je suis différent, même si cela n'est pas visible de l'extérieur !

— Quelle courtoisie ! coupa-t-elle sur le ton de la dérision. Vous êtes très aimable, Mikaël, mais je n'ai point besoin de vos mensonges ! Vos yeux ont exprimé clairement votre répulsion. Faisons, voulez-vous, comme si nous ne nous étions jamais rencontrés. C'est le mieux, croyez-moi, et le plus aimable que vous puissiez faire désormais.

Ces paroles pleines d'amertume soulevèrent en moi une vague de chaleur et la honte envahit mon cœur. Alors, pour prouver, à elle aussi bien qu'à moi-même, que rien n'était changé entre nous, je l'entourai de mes bras et lui donnai un baiser. Elle avait raison, je n'y trouvai plus le même plaisir tremblant, mais peut-être qu'à présent mon baiser avait une signification plus profonde qu'auparavant parce qu'elle était une créature comme moi, sans défense, et que je désirais de toute mon âme apporter une consolation à son angoissante solitude. Il se peut qu'elle comprît mon sentiment car elle se départit de sa froideur et, pressant son visage contre mon épaule, fondit en larmes silencieuses.

J'attendis qu'elle eût repris son calme puis lui demandai de relever son voile afin de m'accoutumer à son étrange beauté. Elle consentit à descendre avec moi le chemin de la colline et plus je regardais son visage et ses yeux étonnants, plus je mesurais la profondeur de l'attirance que j'éprouvais pour elle malgré ma répulsion ; c'était comme si deux personnes distinctes marchaient à mes côtés et qu'en touchant l'une d'elles, je touchais les deux ensemble. Ainsi donc, en dépit de moi-même, ses yeux maléfiques prenaient-ils lentement possession de mon âme.

A notre arrivée en bas, Antti et Johanna dormaient d'un sommeil lourd auprès des bassins et il ne restait plus dans le panier à provisions qu'un os rongé et les feuilles de vigne qui nous avaient servi à couvrir le repas. Le soleil déclinait à présent et nous dûmes nous hâter sur le chemin du retour. Une fois sur le rivage, nous appelâmes le bateau afin qu'il envoyât le canot pour nous ramener à bord.

La galère de guerre revint à la nuit tombée après une vaine poursuite mais nous restâmes encore en panne deux jours et deux nuits, avant qu'un vent frais soufflant du nord-ouest ne nous permît de quitter le port et de hisser la voile.

J'avais passé ces deux jours plongé dans une réflexion salutaire qui me fit abandonner mon attitude distante et arrogante à l'égard des autres passagers ; je devenais serviable, distribuais pain et médicaments à mes pauvres compagnons et faisais de mon mieux pour leur venir en aide lorsque je les voyais pleurer et prier sur leur paille puante. La nuit, je demeurais éveillé à méditer sur Giulia et sur ma vie passée. Toute joie m'avait fui depuis le moment où j'avais vu ses yeux et je pensais oublier en m'occupant des autres plus que de moi-même. Hélas, le repentir était venu trop tard !

Le lendemain de notre départ de Cèrigo, le vent fraîchit, la mer grossit et le soir l'on put voir des nuages noirs courir dans le ciel. Le bateau gémissait de toute sa membrure et se mit à faire eau plus que jamais, obligeant tous les hommes disponibles à travailler aux pompes. J'avoue qu'entre les coups de roulis, les craquements du navire, les claquements des voiles et les lamentations des malades, je tremblais de la tête aux pieds, m'attendant à sombrer dans l'onde amère à chaque instant. Pourtant notre bateau, pourri et mangé des vers tel qu'il me paraissait, ne laissait d'être un solide produit des chantiers navals de Venise, et nous sortîmes indemnes des ténèbres de la nuit. Lorsque le soleil parut, illuminant la crête écumante des vagues, nous pensâmes avoir tout lieu de remercier Dieu et nous entonnâmes en chœur une prière d'action de grâces. Le capitaine estimait pour sa part notre joie prématurée et, dès que nous eûmes terminé notre cantique, nous hurla de prendre les rames car en fuyant devant le vent nous avions perdu le convoi. Nulle voile, nul bateau n'était en vue, et tandis que nous ramions de toutes nos forces, notre capitaine s'évertuait à retrouver la route qui nous ramènerait dans le sillage des autres vaisseaux.

Vers midi le vent tomba, bien que la mer fût encore grosse, et l'on distingua soudain une voile dans le lointain. Pour éviter une rencontre, le capitaine changea encore de cap pendant que nous poussions sur les avirons, les forces décuplées par la terreur. Il était malheureusement trop tard car si nous avions pu apercevoir la voile basse à l'horizon, l'inconnu n'avait point manqué de son côté de repérer le mât élevé de notre navire et il s'approchait à une effrayante vitesse pour couper notre retraite. Le capitaine jura violemment en le voyant, blasphéma et expédia au plus profond des enfers tous les armateurs et rapaces de Venise.

— Ce navire n'augure rien de bon pour nous ! dit-il. Si vous êtes des hommes, vous pouvez empoigner vos armes dès maintenant pour lutter avec moi. Que les femmes et les malades ne montent pas sur le pont !

Terrorisé par ses propos, je regardai le navire ennemi fendre les ondes écumantes dans notre direction, entraîné par une multitude de rames. Peu après, je vis deux nuages de fumée se former sur sa proue et avant que le vent n'eût porté à nos oreilles le tonnerre des coups, un boulet de canon avait creusé en sifflant un trou dans les vagues, tandis qu'un autre fendait notre voile.

— Cette bataille est perdue d'avance ! affirma Antti. Nous ne sommes ici pas plus de quinze hommes capables de nous défendre et selon les règles de la guerre — sur terre du moins, car j'ignore celles qui prévalent en mer —, il nous faut déposer les armes et négocier les termes d'une paix honorable.

— Remettons-nous-en à Dieu, coupa le capitaine grêlé, et souhaitons que la galère de guerre ne soit point trop loin à notre recherche. Si je livre ce bateau sans combattre, je me couvrirai d'infamie et la Seigneurie de la République remuera ciel et terre pour se saisir de moi et me pendre au haut bout de la vergue. Si au contraire je me bats et réchappe du combat sain et sauf, elle paiera ma rançon et me délivrera de l'esclavage. Enfin, si je meurs en luttant contre les infidèles, j'ai tout lieu d'espérer que mon âme, libre de péchés, s'envolera droit au paradis.

Le frère Jean, la voix enrouée par la peur, brandissait une croix de cuivre en hurlant :

— Celui qui tombe en combattant les séides du faux prophète mérite le paradis. Celui qui meurt aux mains des infidèles au cours d'un pèlerinage gagne la glorieuse couronne des martyrs ! Et en vérité, jamais cette couronne n'a été plus près de nous qu'en cet instant. Combattons donc comme des braves et que le nom de Jésus soit notre cri de guerre !

Antti écouta en se grattant l'oreille d'un air perplexe. Puis il se dirigea vers l'unique canon qui se trouvait à bord, abandonné dans un coin et couvert de vert-de-gris. Il enfonça son poing dans la bouche de l'arme pour n'en retirer que quelques débris d'anciens nids d'oiseaux. Pendant ce temps, les hommes de l'équipage étaient allés de mauvaise grâce prendre leurs piques de fer. Le capitaine remonta de sa cabine, les bras chargés d'épées rouillées et d'une arquebuse ; il jeta le tout en vrac sur le pont. Connaissant le maniement des armes à feu, j'essayai de charger l'arquebuse mais la poudre avait pris l'humidité et était inutilisable.

Le vaisseau inconnu se trouvait à présent si près de nous que je pouvais distinguer les étendards verts et rouges qui flottaient au haut du mât ; je voyais aussi les turbans du redoutable équipage et l'éclat des cimeterres à la lame tranchante. Plusieurs coups de feu éclatèrent à ce moment. Deux de nos hommes s'écroulèrent ensanglantés sur le pont et un troisième se saisit le poignet en poussant un hurlement de douleur. Une volée de flèches qui suivit aussitôt blessa nombre de nos défenseurs. Lorsque le frère Jean vit couler le sang et entendit les cris de détresse des blessés, il fut saisi d'une extase de terreur sacrée : les pans de son habit relevés dans sa ceinture de corde, il bondissait sur le pont en découvrant ses jambes poilues, et criait d'une voix triomphante :

— Voyez le sang des martyrs ! Nous nous retrouverons aujourd'hui en paradis et nul joyau n'est plus précieux devant le trône de Dieu que la couronne du martyr.

Alors d'autres pèlerins, brandissant leurs armes, se mirent à leur tour à gambader comme des fous sur le pont tandis que les infirmes entonnaient un psaume d'une voix chevrotante.

Antti m'entraîna à sa suite à l'abri du château de poupe où le capitaine ne tarda pas à venir nous rejoindre. Il ne cessait de se signer en pleurant à chaudes larmes.

— Que la Vierge et tous les saints aient pitié de moi, disait-il, et que Jésus me pardonne mes péchés ! Je reconnais ce bateau, il vient de l'île de Djerba et c'est Torgut qui le commande ! Torgut, un pirate sans pitié pour les chrétiens ! Eh bien, puisqu'il nous faut mourir, allons donc vendre notre vie le plus chèrement que nous pourrons !

Toute tentative de résistance contre ce pirate aguerri ne pouvait qu'entraîner une inutile effusion de sang ! Telle fut sans doute l'opinion des rameurs qui, à un signal donné, se levèrent de leurs bancs et abandonnèrent le bateau en se laissant glisser le long de la coque. L'ennemi jeta ses nombreux grappins d'abordage et lorsqu'il nous toucha, notre navire se trouva en un clin d'œil attaché à son assaillant par d'innombrables cordes et chaînes. Les pirates sautèrent alors en grand nombre sur le pont et notre capitaine, en homme d'honneur qu'il était, se lança, l'épée à la main, à leur rencontre. Hélas, bien peu furent ceux qui le suivirent et il tomba, le crâne fendu, avant d'avoir donné le moindre coup. Au spectacle de sa triste fin, ses hommes lâchèrent leurs piques et se hâtèrent de lever leurs mains vides en signe de reddition ; les pèlerins, qui tentèrent de poursuivre la lutte, furent abattus en un instant et nous tirâmes peu de gloire de ce combat par trop inégal.

— Notre dernière heure est arrivée ! commenta Antti. Selon les règles de la guerre, nous ne sommes tenus de résister que tant qu'il nous reste une chance de succès. Inutile donc de ruer dans les brancards ! Mourons plutôt, si nous devons mourir, comme de bons chrétiens.

Le frère Jean bondit sur les infidèles en brandissant son crucifix de cuivre, mais nul ne se donna la peine de le frapper ; l'un d'entre eux se contenta de lui arracher son arme et de la jeter dans la mer, ce qui mit un comble à la fureur du bon moine ; devenu enragé, il se précipita, griffes et dents en avant contre l'homme, quand un coup de pied dans le ventre l'envoya rouler en hurlant sur le pont.

Je vins avec Antti me glisser dans les rangs des prisonniers au moment où les pirates se dispersaient partout sur le bateau. Leur facile victoire les avait mis de bonne humeur et ils ne nous manifestaient sur l'instant aucune hostilité. Ce ne fut que lorsqu'ils s'avisèrent que nous ne transportions rien qui vaille la peine qu'ils commencèrent à agiter le poing et à nous crier des menaces, dans toutes les langues du monde. A ma grande surprise, je remarquai alors que ces hommes cruels ne venaient ni de l'Afrique ni de la Turquie et qu'en dépit de leurs turbans le plus grand nombre d'entre eux étaient italiens et espagnols. Ils nous rouèrent de coups de poing, nous crachèrent au visage et nous arrachèrent nos vêtements, ne nous laissant pour nous couvrir que de misérables bouts de tissu. Ils s'emparèrent de nos bourses puis se mirent à palper de leurs doigts experts chacune de nos dépouilles afin de vérifier que nous n'avions pas dissimulé des bijoux ou des monnaies dans les coutures. A vrai dire, je regardais avec indifférence la perte de mes biens et ne craignais en cet instant que pour ma seule vie. Sur un morceau d'étoffe étalé sur le pont, les pirates amassèrent ensuite tout leur butin et à la fin de cette basse besogne, un homme à la peau sombre, dont le grand turban s'ornait d'un panache de plumes, apparut au milieu d'eux. Il portait un lourd manteau de soie et de brocart d'argent et tenait dans sa main une épée recourbée à la garde incrustée de pierres couleur de nuit.

Dès qu'ils le virent, nos marins se mirent à se frapper la poitrine à l'envi en faisant jouer leurs muscles, mais l'inconnu daigna à peine leur jeter un regard. Ses hommes lui indiquèrent le maigre butin et, sur un signe de lui, passèrent dans nos rangs où ils se mirent en devoir de nous tâter les muscles et de nous inspecter les dents. Je remarquai qu'ils groupaient à part les malades et les infirmes et m'en étonnai auprès de nos hommes d'équipage. Que pouvait bien signifier cette manœuvre puisque nous nous étions tous rendus ?

— Fais une prière pour trouver grâce à leurs yeux ! me répondirent-ils. Ils ne gardent que ceux qui sont capables de tenir une rame ! Les autres, ils les tuent !

Ma langue resta paralysée de peur dans ma bouche et je fus incapable d'émettre le moindre son.

A ce moment, ces brutes jetèrent Giulia sur le pont en riant à gorge déployée. Elle tenait serré dans ses bras mon chien, qui grondait et montrait les dents ; il tenta même de mordre lorsque l'un de ces sauvages fit mine de s'approcher de lui ; ils étaient fort surpris au spectacle d'un si petit animal manifestant une si grande fureur. Mais Raël était un vieux combattant et ni la vue ni l'odeur du carnage ne pouvaient l'intimider. Je voyais qu'il me cherchait, tout frémissant, et lorsqu'il eut repéré ma piste, il se débattit violemment dans les bras de Giulia pour l'obliger à le lâcher. Une fois libre, il courut droit dans ma direction, bondit sur moi en me léchant les mains joyeusement pour me montrer son bonheur de me retrouver vivant.

Le capitaine des pirates fit un geste d'impatience qui réduisit aussitôt au silence les bavards et les rieurs de sa troupe ; et même les captifs cessèrent de gémir. Soudain régnait à bord un silence absolu. On avait amené Giulia devant lui qui lui ôta son voile et la considéra tout d'abord d'un air approbateur. Puis, quand il eut enfin remarqué ses yeux, il sauta en arrière en poussant un cri tandis que ses hommes faisaient des cornes avec leurs doigts pour chasser le démon. Et les prisonniers de notre bateau, oublieux de leur propre situation, se précipitèrent vers leurs gardes en levant le poing.

— Laissez-nous jeter cette femme par-dessus bord ! criaient-ils. C'est elle avec ses yeux qui a apporté le malheur sur notre navire !

Je compris alors qu'ils avaient deviné son secret depuis longtemps. En laissant éclater leur colère, ils ne pouvaient rendre plus grand service à Giulia dans les circonstances présentes ; en effet, le chef des infidèles, pour leur manifester son mépris, ordonna aussitôt à ses hommes de conduire la femme sous le pavillon au toit rond qui s'élevait à la poupe de leur vaisseau. Et j'avais beau savoir que seuls la violence et l'esclavage seraient désormais son lot, je n'en poussai pas moins un grand soupir de soulagement en la voyant s'éloigner.

L'arrogant capitaine leva la main une fois encore et un gigantesque esclave, noir comme du charbon et nu jusqu'à la ceinture, s'avança, un cimeterre étincelant dans la main. Son maître lui montra du doigt le groupe que formaient les vieux et les malades et se retourna pour examiner de son air méprisant notre petit groupe. Pendant ce temps le bourreau nègre se dirigeait à pas lents vers les pèlerins tombés à genoux et, sans prendre garde à leurs cris déchirants, se mit en devoir de leur couper le cou.

Je ne pus supporter de voir ces têtes sur le pont ni ce sang qui jaillissait des corps mutilés, et je m'affaissai sur les genoux, les bras autour de mon petit chien. Antti se tenait devant moi, les jambes écartées. Lorsque les infidèles parvinrent à sa hauteur pour lui palper les cuisses, ils admirèrent vivement sa puissante musculature, lui enjoignirent avec le sourire de se mettre de côté, et je perdis ainsi mon unique rempart. Je me cachai de mon mieux derrière les autres captifs et réussis à n'être examiné qu'en dernier. Ils me remirent sans douceur debout et me tâtèrent les muscles d'un air dégoûté. Il est vrai que j'étais encore affaibli par la peste et que ma vie d'escholier ne m'avait guère préparé à me mesurer physiquement avec des hommes habitués aux durs travaux de la mer ! Le capitaine eut un geste de désapprobation et les gardes me forcèrent à tomber à genoux afin que le nègre pût me couper la tête. Dès qu'Antti s'avisa de ce qui se passait, il se lança droit sur moi. Le terrible nègre s'était arrêté pour essuyer la sueur qui coulait sur son front et quand il leva son arme pour me décapiter, Antti le saisit à bras-le-corps et fit voler sans hésiter bourreau et cimeterre par-dessus bord.

La scène fut si soudaine que les pirates restèrent un moment bouche bée. Puis le chef éclata de rire et ses hommes se mirent à se taper sur les cuisses en poussant des hurlements de joie. Nul ne songeait à lever le petit doigt contre Antti qui, en revanche, demeurait on ne peut plus sérieux. Son visage semblait taillé dans du marbre et il me regardait fixement de ses yeux gris.

— Peu m'importe d'avoir la vie sauve, Mikaël ! me dit-il. Je veux mourir avec toi comme un bon chrétien. Nous avons vécu ensemble des aventures difficiles et peut-être que Dieu nous pardonnera nos péchés, s'il veut bien tenir compte de nos bonnes intentions. Mieux vaut en tout cas souhaiter le meilleur puisque c'est tout ce qui nous reste !

Le courage et la grandeur dont il venait de faire preuve me mirent les larmes aux yeux.

— Ô Antti, répondis-je, tu es vraiment un frère pour moi, mais comme tu es bête ! Plus encore que ce que je pensais ! Cesse de te conduire comme un fou et sois heureux. Moi, je prierai pour toi là-haut afin que l'esclavage chez les infidèles ne te soit pas trop cruel !

Mais je ne parlais que du bout des lèvres et tremblais comme une feuille en disant ces mots, car le paradis paraissait bien loin de moi, plus loin à vrai dire qu'il n'avait jamais été durant ma vie entière, et j'aurais bien donné ma place là-bas en échange d'un croûton de pain aussi longtemps qu'il me serait permis de le manger sur terre. Alors je me répandis en larmes plus amères encore et criai de toute ma voix comme le saint père de l'Église :

— Je crois ! Ô mon Dieu, ôte-moi mes doutes !

J'eus le mérite en cette occurrence de parler en latin afin de ne point ébranler la foi aveugle de mon ami Antti. Jamais prière plus fervente n'était montée de mon cœur, mais Dieu en son paradis ne voulut point l'entendre. Le terrible nègre se hissa à bord et sauta sur le pont, tout dégouttant d'eau salée et le cimeterre entre les dents. Il beugla tel un taureau furieux puis, les yeux roulant dans ses orbites, chargea droit sur Antti qu'il eût tué à coup sûr si un ordre, lancé sèchement par le capitaine, n'eût précipité les marins à la défense de mon ami. Le bourreau, coupé dans son élan, s'arrêta net en tremblant de rage et afin sans doute d'assouvir sa colère, brandit son arme pour couper ma pauvre tête. Ce fut alors, en ce moment crucial de ma vie, que me revint à l'esprit la formule enseignée par l'homme au nez crochu.

— *Bismillah irrahman irrahim !* croassai-je.

Le cri jaillit si convaincant que mon bourreau, ébahi, baissa son cimeterre. Je ne vis quant à moi rien de drôle dans ce mouvement, mais les cruels pirates se tordirent à nouveau de rire tandis que leur chef s'approchait de moi en souriant et me parlait en arabe. Je me contentai de lui adresser un signe quand, heureusement pour moi, mon chien fit preuve d'une intelligence bien supérieure à la mienne : il bondit en avant en remuant la queue fort courtoisement, se leva sur les pattes de derrière et resta debout immobile en tournant la tête tantôt vers le capitaine tantôt vers moi. Je vis alors l'orgueilleux pirate se baisser pour attraper Raël et le gratter gentiment derrière les oreilles. Puis il intima l'ordre de se taire à ses hommes qui s'esclaffaient encore avec un *Allah akbar* prononcé d'une voix grave.

Il se tourna ensuite vers moi.

— Es-tu donc musulman, toi qui invoques le nom d'Allah le Compatissant ? me demanda-t-il dans un italien malaisé.

— Qu'est-ce qu'un musulman ? interrogeai-je.

— Un musulman est celui qui se soumet à la volonté de Dieu, répondit-il.

— Et ne me suis-je point soumis à la volonté de Dieu ?

Il me regarda avec bienveillance avant de poursuivre :

— Si tu veux prendre le turban et te convertir à la vraie foi, tu as bien fait d'en appeler à la clémence d'Allah et je te ferai grâce de la vie. Étant prisonnier de guerre, tu seras mon esclave comme le veut la loi du Prophète, béni soit son nom !

« Béni soit son nom » fut tout ce que je pus répéter après lui tant était grand mon soulagement d'apprendre que je pourrais encore vivre, respirer, manger mon pain quotidien dans ce bas monde. A ce moment, le frère Jean me saisit par la nuque et me roua de coups de pied et de poing tout en m'accablant de malédictions.

— Vipère ! vociférait-il. Tu es pire que la vipère si tu trahis la foi chrétienne pour sauver ta vie misérable ! Renégat ! Fils du diable ! Que le feu de l'enfer te brûle pour l'éternité ! Si le sang du Christ a racheté tes autres péchés, celui-ci contre le Saint-Esprit n'a point de rémission. Ni sur terre ni au ciel, jamais, jamais tu entends ? tu ne trouveras le pardon !

Le maudit moine ne cessa de déverser ses anathèmes, assortis d'autres pires encore, que lorsque le capitaine Torgut, lassé sans doute de l'entendre, fit un geste de la main ; aussitôt le nègre, la face hilare, leva et abattit son cimeterre et la tête du frère Jean roula sur le pont, la bouche grande ouverte pour vomir encore des malédictions.

Il a sans nul doute gagné ainsi, en raison de sa foi, sa couronne de martyr, bien qu'à mes yeux sa mort n'eût guère été un modèle de piété. En tout cas l'arrêt de ses cris perçants et de ses atroces imprécations qui me faisaient trembler des pieds à la tête me procura un vif soulagement.

Le nègre reprit ensuite sa tâche, où il put sans pitié donner libre cours à sa rage ; il décapitait les malheureux pèlerins avec une telle vélocité qu'une tête n'avait point encore atteint le pont qu'une autre déjà volait la rejoindre. Le capitaine, indifférent à ce labeur monotone, s'éloigna, mon petit chien toujours dans les bras et je me mis à courir sur ses talons.

Antti me fit signe de m'arrêter.

— As-tu pour de bon l'intention de suivre le Prophète, Mikaël ? me demanda-t-il. Es-tu sûr que tu as eu le temps d'y réfléchir sérieusement ?

Je lui répliquai sans la moindre aménité, parce que je

ne voulais en aucun cas lui permettre de me donner des leçons et que j'avais entendu assez de réflexions désagréables de la part du frère Jean.

— Nombreuses sont les maisons dans la demeure de mon Père et le saint apôtre Pierre en personne a renié trois fois son Seigneur avant le chant du coq. Ne te crois donc point supérieur à lui et accepte humblement notre destin. Prends le turban !

Antti se signa avec dévotion tout en disant :

— Loin de moi l'idée de renier ma bonne vieille foi chrétienne pour jurer obéissance au faux prophète, les yeux fermés comme toi ! Moi, je veux qu'on me dise d'abord à quoi nous nous engageons.

Son entêtement m'irritait, mais je n'avais pas le temps d'argumenter davantage parce que le capitaine Torgut venait de se tourner vers moi tandis que ses hommes transportaient le butin sur leur navire.

— Amener un seul incroyant à la vérité est un acte agréable à Dieu, me dit-il en italien. Suis-moi ! Je suis à bord l'iman de mon bateau et je vais donc répondre avec patience à toutes les questions que tu voudras me poser.

Je m'inclinai profondément devant lui, en portant ma main à mon front comme je l'avais vu faire à ses hommes.

— Je suis devant toi tel l'enfant qui vient de naître, dis-je. J'ai quitté depuis un très long temps le pays où j'ai vu le jour et à présent que j'ai perdu mes biens et ma foi chrétienne, il n'est plus rien en ce monde que je puisse dire mien. Veuille donc me traiter à l'égal d'un enfant nouveau-né en matière de religion et je ferai de mon mieux pour comprendre et recevoir la nouvelle croyance.

— Tes paroles sont pleines de sagesse, dit-il, et tu me parais sincère. Puisse le Dieu tout-puissant t'en récompenser ! Mais tu dois comprendre clairement que la loi du Prophète interdit absolument que l'on se convertisse par force ou par ruse. Renonces-tu librement à toute idolâtrie et reconnais-tu qu'Allah est le seul Dieu et Mahomet son prophète ?

— Je ne comprends pas ! m'écriai-je, stupéfait de ce que j'entendais. Je suis chrétien et non pas idolâtre !

— Malheur sur vous, juifs et chrétiens, qui avez reçu les Écritures, reprit-il d'une voix pleine de courroux, et qui pourtant vous entêtez dans votre incroyance, en corrompant les enseignements d'Abraham et de Jésus. Ainsi vous éloignez-vous du Dieu unique ! Nous autres, musulmans, nous reconnaissons Abraham, ainsi que Jésus qui fut un saint homme, et sa mère Marie. Mais nous ne les adorons point comme des dieux parce que le Dieu éternel omnipotent et omniscient est un et indivisible ! Les chrétiens pèchent gravement en vénérant des images dans leurs églises, puisque l'on ne peut faire le portrait de Dieu ! En outre, c'est une abominable erreur, pire encore, un blasphème ! de prétendre que Dieu a un fils. Les chrétiens voient leur divinité en trois personnes comme un homme pris de boisson voit double. Et en vérité il n'y a point à s'en étonner, puisque les prêtres chrétiens boivent du vin au cours de leur sacrifice alors que la loi du Prophète en interdit l'usage.

Antti sursauta en entendant ces mots.

— Voilà peut-être le signe ! dit-il les yeux fixés sur le capitaine. Mes pires actions et péchés ont toujours eu pour origine une consommation immodérée de vin. Je ne puis douter plus longtemps que Dieu dans son indéchiffrable sagesse ne m'ait destiné à l'esclavage parmi les adorateurs du Prophète dans la seule fin de me guérir à jamais de mon plus grand défaut. Je ne chicanerai point au sujet de la Trinité, cette question a toujours été bien au-dessus de mon faible entendement, mais si les musulmans reconnaissent le Dieu d'amour et de miséricorde et si son prophète est réellement capable de ne me faire boire que de l'eau, alors votre foi mérite qu'on s'y arrête.

— Voudrais-tu toi aussi prendre le turban, interrogea le capitaine Torgut au comble de la joie, et te soumettre librement à la volonté de Dieu ?

— Aux grands maux les grands remèdes ! répondit Antti en se signant. Et si c'est un péché, que Dieu me le pardonne en raison de ma faiblesse d'esprit ! Pourquoi ne suivrais-je point la destinée de mon frère Mikaël qui est plus intelligent que moi ?

— Allah est bon et miséricordieux si nous suivons sa

voie. Il ouvrira pour vous les portes du paradis avec ses fontaines d'eaux murmurantes. Il vous donnera à manger la chair de fruits inconnus et de jeunes vierges s'occuperont de vous. Seulement Dieu est patient alors que j'ai autre chose à faire qu'à convertir mes esclaves. Répétez rapidement ce que je dis et de la sorte reconnaissez-vous musulmans.

Nous répétâmes donc après lui du mieux que nous pûmes les mots « Allah est Allah et Mahomet est son prophète » en arabe, puis il récita la première sourate du Coran sans laquelle, nous expliqua-t-il, les musulmans ne pouvaient conclure nul accord.

Tandis que nous nous débattions pour prononcer les mots, le nègre avait rassemblé les têtes coupées dans un sac de cuir où il jeta ensuite quelques poignées de gros sel.

Puis le capitaine Torgut nous dit :

— Enroulez le turban autour de votre tête ! A partir de maintenant vous vous trouvez sous la protection d'Allah mais vous ne serez pas de vrais musulmans tant que vous n'aurez pas appris l'arabe et que vous ne connaîtrez point les enseignements du Coran. Dieu apprécie également la tradition de la circoncision à laquelle tout bon musulman se soumet volontiers.

— On ne nous avait rien dit à ce sujet jusqu'à présent, s'écria Antti aussitôt, et je ne me sens plus très sûr du pas que je viens de franchir !

— De deux maux, un homme avisé choisit le moindre ! lui murmurai-je en lui intimant l'ordre de se taire de peur d'irriter notre orgueilleux capitaine. Aussi désagréable que la circoncision puisse être, elle est toujours préférable à la décapitation ! N'oublie pas que tous les saints hommes de la Bible étaient circoncis, depuis Abraham, le patriarche, jusqu'à l'apôtre Paul.

Antti reconnut que cette pensée ne lui était jamais venue à l'esprit.

— Cependant, poursuivit-il, ma virilité se révolte contre cette pratique et je crains de ne plus jamais oser regarder en face une femme convenable.

Comme notre bateau s'enfonçait sous nos pieds et

coulait peu à peu, nous sautâmes à bord du navire musulman ; c'était un bâtiment très étroit, construit uniquement pour la vitesse et le combat. Quatre de nos marins avaient eu la vie sauve et furent aussitôt enchaînés aux bancs de nage ; quant à nous, Torgut-reis nous permit de demeurer à ses côtés tandis qu'il s'asseyait en tailleur sur un coussin devant sa tente. Sa bienveillance m'encouragea à l'interroger sur le sort qui nous était réservé.

— Qu'en sais-je ? répondit-il sur un ton placide. La destinée de l'homme se trouve entre les mains d'Allah, et les jours de notre naissance et de notre mort sont prédestinés. Tu es trop faible pour tenir les rames et trop vieux pour faire un eunuque. Alors, je pense que l'on te vendra au plus offrant sur le marché de Djerba. En revanche, je garderais volontiers ton frère, qui lui, est un garçon vigoureux, pour en faire un membre de mon équipage.

— Noble capitaine, intervint Antti, ne me sépare pas de mon frère ! Il est faible, sans défense et loin de moi pour le protéger il serait bientôt dévoré par les loups. Vends-nous ensemble comme un couple de pigeons pour le même prix. De plus, j'avoue n'avoir nulle envie de combattre mes frères chrétiens après avoir été témoin de la cruauté avec laquelle vous les traitez.

Le visage du capitaine Torgut s'assombrit.

— Je te défends de parler de cruauté ! dit-il. Les chrétiens traitent mille fois plus sauvagement les musulmans. Par pure soif de sang, ils les tuent tous sans tenir compte du sexe ni de l'âge alors que moi, je ne tue que par nécessité et épargne avec soin tous ceux qui peuvent servir comme esclaves.

— Illustre capitaine, intervins-je afin de ramener la conversation vers des sujets moins épineux, j'ai cru comprendre que tu sers le grand sultan ? Dans ce cas pourquoi attaques-tu les vaisseaux vénitiens ? Venise et la Sublime-Porte n'ont-elles point signé un traité de paix et d'amitié ?

— Je vois que tu as beaucoup à apprendre, répondit le capitaine Torgut. Le sultan ottoman règne sur plus de terres et de peuples que je n'en puis compter. Et plus nombreux encore sont les pays, les cités, et les îles qui lui paient tribut pour bénéficier de sa protection. En qualité de calife, le sultan est le soleil radieux de tous les musulmans, hormis des Persans hérétiques, aux cheveux rouges, la malédiction d'Allah soit sur eux ! Si tu veux, le sultan représente pour les vrais musulmans ce que le pape représente pour les chrétiens et de même que le pape gouverne à Rome, de même Soliman gouverne à Istanbul, que les chrétiens appellent Constantinople. Ainsi il est le maître des deux moitiés du monde et l'ombre d'Allah sur la terre. Mais dans quelle mesure je le sers et suis ses commandements, je l'ignore ; moi je n'obéis qu'au gouverneur de Djerba, Sinan le Juif, qui lui-même reçoit ses ordres du grand Khayr al-Dîn que les marins chrétiens ont confondu avec son défunt père Baba Aroush... Celui-là même que, dans leur terreur, ils ont surnommé Barberousse ! A l'époque du sultan Sélim, la Sublime-Porte lui a envoyé deux galères de guerre pleines de janissaires pour l'aider.

— Tu es donc sujet du sultan ? insistai-je, tous ces noms me paraissant de l'hébreu.

— Cesse de m'importuner avec ces questions difficiles ! s'écria-t-il alors. Mon maître, Sinan le Juif, paye tribut au sultan de Tunis, voilà ce que je sais ! Je dois ajouter cependant que l'on prononce le nom de Soliman chaque vendredi dans les prières de toutes les mosquées situées dans les domaines de Khayr al-Dîn. Ce dernier, après la mort de son père, a perdu Alger et les Espagnols ont construit une puissante forteresse sur l'île qui bloque l'entrée du port.

« Quoi qu'il en soit, la Sublime-Porte se trouve bien loin et, sur mer, nous faisons la guerre à tous les chrétiens, sans distinction !

Il se leva dans un mouvement d'impatience, et jeta un regard vers l'horizon. Les esclaves de la galère tiraient sur les avirons au point que la membrure craquait et que la proue soulevait des gerbes d'écume. J'avais oublié que nous étions toujours à la poursuite de notre convoi, mais le soleil déclinait déjà et nulle voile n'était en vue.

Torgut proféra des jurons d'une voix menaçante et cria :

— Où sont mes autres bateaux ? Mon épée a soif de sang chrétien !

Puis il jeta sur Antti et sur moi un regard si farouche que je jugeai plus prudent de disparaître promptement de sa vue. J'allai me dissimuler entre les ballots et les caisses qui encombraient la cale et Antti m'y vint tenir compagnie. Cependant, quand le soleil cramoisi eut disparu à l'horizon, le capitaine Torgut reprit son calme et envoya un homme dans la mâture pour appeler les fidèles à la prière. Peu après, il lançait d'une voix perçante le nom d'Allah aux quatre points cardinaux.

Le silence tomba sur le navire, on ferla la voile et les rames furent ramenées à l'intérieur. Le capitaine Torgut se lava les pieds, les mains et le visage dans de l'eau de mer, imité en cela par les renégats italiens et la plupart des rameurs. Ensuite Torgut fit étendre un tapis devant son pavillon et après en avoir disposé sur le pont l'extrémité en direction de La Mecque, il se mit en devoir, en qualité d'iman, de réciter les prières à voix haute. Il saisit son poignet droit de sa main gauche, se laissa tomber à genoux, et inclina son front sur le tapis ; il refit ce mouvement à plusieurs reprises, suivi par ses hommes dans la mesure où l'exiguïté du lieu le leur permettait.

Tandis que retentissaient les mots étrangers, je me sentis seul et abandonné comme un misérable sans défense ; je pressais mon front contre le pont, mais mon cœur se taisait et je n'osais point dire les prières apprises du temps de mon enfance. Et je ne pouvais pas non plus prier ce dieu des Arabes et des Turcs qu'ils prétendaient si miséricordieux et plein de grâce à l'égard du croyant.

La nuit vint mais je ne dormis guère, après la peur et les angoisses qui m'avaient assailli durant tout le jour. Je restais couché sous le ciel étoilé, à écouter le clapotis des eaux scintillantes contre la coque. Les terribles malédictions du frère Jean résonnaient encore à mes oreilles et je ne cessais de me les répéter avec horreur. Je n'en avais oublié aucune et pour mon tourment elles demeuraient toutes gravées à jamais dans mon cœur.

Ce matin encore j'étais un homme riche qui jouissait de tous les bienfaits de la vie. En Giulia, je croyais avoir trouvé une amie qui m'aimât pour moi seul, et je la désirais ardemment tout en devant lutter pour vaincre ma répugnance. Enfin, le pèlerinage que j'avais entrepris m'avait délivré des cauchemars qui hantaient mes souvenirs ! Et voilà qu'à présent, j'étais devenu le plus pauvre d'entre les pauvres, un esclave ayant pour tout bien un chiffon noué autour des reins, un esclave dont le premier acheteur venu pouvait disposer à son gré ! J'avais également perdu Giulia et n'osais même pas penser à ce qui pouvait lui arriver sous la tente de Torgut. La douleur de l'avoir perdue me suffisait amplement !

Cependant, qu'était donc tout cela en comparaison de mon reniement et de mon refus du martyre auquel les autres pèlerins s'étaient si humblement soumis ? Pour la première fois de ma vie, à l'âge de vingt-cinq ans, moi qui avais échappé à maints périls mortels, je m'étais trouvé confronté à un choix net et précis qui ne permettait nulle échappatoire. J'avais pris ma décision et, qui plus est, je l'avais prise sans la moindre hésitation ni l'ombre d'un doute. Je me retrouvais donc face à face avec moi-même et plongeai tout au fond de mon âme :

— Mikaël, de la cité d'Åbo dans la lointaine Finlande, qui es-tu ? Comment puis-je ne point t'abhorrer, te fuir, te haïr de la plus noire des haines, ô toi qui, quoi que tu aies fait tout au long de ta vie, n'es jamais allé jusqu'au bout de toi-même ? Toujours hésitant, tu t'es chaque fois arrêté au milieu du chemin. Peut-être pensais-tu juste, mais tu n'as jamais eu assez de force pour réussir à agir justement. Au contraire ! Quelles qu'aient été tes intentions, tu as agi davantage dans le sens du mal ; et le pire de tout, tu l'as fait aujourd'hui, et pour cela il n'existe point de pardon.

Je sanglotai tout en cherchant à me défendre.

— Je n'ai jamais voulu renier, je le jure, je ne voulais pas, mais j'ai été obligé.

— Le même sort attendait les autres mais ils ont

préféré la mort à la trahison ! reprit mon implacable accusateur. Ta situation était-elle donc plus critique que la leur ? Réfléchis, Mikaël, et regarde la vérité en face !

Submergé par la terreur et trempé de sueur, je scrutai l'obscurité en disant :

— Qui es-tu ? Lequel de nous est-il le vrai Mikaël ? Toi, qui m'accuses, ou moi, qui respire et vis et, en dépit de mon angoisse, me réjouis en secret de chaque goulée d'air que j'avale, me réjouis même de cette sueur ruisselant dans mon dos et me prouvant que je suis toujours en vie ? Je veux bien reconnaître que mon repentir le plus sincère, mes chagrins les plus profonds, mes épreuves les plus amères, mes désillusions, mes leçons apprises de haute lutte, tout a glissé sur moi comme l'eau sur le plumage du canard. Et lorsque les orages furent passés, je n'ai eu qu'à me secouer pour me trouver aussi sec qu'auparavant.

« J'ai endossé l'habit de pèlerin parce que je me faisais croire que toutes les énigmes trouveraient une réponse devant la tombe de notre Sauveur, sur la terre où il est né, a vécu et est mort. Je voulais le croire parce que cela m'était agréable. Mais à présent que je me trouve en face de toi, ô Mikaël inconnu, alors je vois que c'était toi que je fuyais.

Jamais je n'avais fait confession plus sincère. Je me dévisageai avec honnêteté et tout ce que je voyais m'étonnait : à vrai dire, ce n'était que du vide.

Mon accusateur cependant n'était point encore satisfait.

— Parlons un peu de ta foi, Mikaël ! poursuivit-il. Quelle est donc ta croyance ? Qu'as-tu renié quand tu as renié ta foi alors que d'autres étaient prêts à mourir pour la leur ?

Ce fut le coup le plus amer de tous. Le Mikaël inconnu voyait au travers de moi, et je ne pus que murmurer :

— Tu dis vrai. Je n'ai rien perdu en reniant parce qu'au-dedans de moi, ma foi n'était guère plus grosse qu'une graine de moutarde. Si j'en avais eu, je serais mort pour elle, mais mon habit de pèlerin n'était qu'une imposture !... Toute ma vie d'ailleurs n'a été qu'une imposture jusqu'à ce jour... J'aurais cependant préféré m'arracher la langue plutôt que de le reconnaître, même à mes propres yeux ! Pourquoi donc l'ai-je avoué maintenant ?

Pour la première fois, je sentis, en disant ces mots, un je ne sais quoi qui ressemblait à de la paix envahir mon âme.

Le juge sévère qui se tenait au-dedans de moi reprit alors sur un ton plus amène :

— Eh bien, mon pauvre garçon, tu as fini par arriver au cœur de la question ! A présent nous allons essayer de franchir une nouvelle étape, si tu peux le supporter, et peut-être, après tout, que nous pourrons devenir amis !

« Regarde, Mikaël, plonge en toi-même et avoue : au fond de toi, es-tu vraiment aussi malheureux que tu le prétends ?

Dans le silence qui suivit ses paroles, je scrutai à nouveau mon néant intérieur et m'étonnai de distinguer, comme naissant dans le vide, un bonheur encore faible et incertain mais du plus bel éclat. C'était le bonheur de l'âme : je m'étais cherché, je m'étais purifié et me trouvais prêt à recommencer depuis le commencement.

— Tu as raison, ô inconnu au-dedans de moi ! répondis-je d'une voix pleine d'humilité. A présent que tu m'as écrasé et réduit en poudre, je ne suis plus aussi malheureux. A vrai dire je n'ai jamais connu auparavant une si grande joie, et ne l'avais même jamais crue possible. Or maintenant, déchu comme je le suis, renégat et sans autre avenir que les chaînes de l'esclavage, non seulement je me sens réconcilié avec toi mais encore heureux. Je n'ose cependant me demander si tu viens de Dieu ou de Satan !

— Mikaël, demanda mon juge invisible reprenant sa sévérité, Mikaël, que sais-tu de Dieu ou de Satan ?

— Rien ! Rien, en vérité, incorruptible Mikaël ! m'empressai-je d'avouer afin de préserver ma paix toute neuve. Mais qui donc es-tu ?

— Je suis. Tu le sais, et cela suffit.

Je m'inclinai jusqu'à terre submergé par un bonheur si violent que je pensai que mon cœur allait éclater. Des larmes de joie me montaient aux yeux tandis que je balbutiais :

— Tu es au-dedans de moi. Je le sais, et cela suffit ! Qu'il en soit ainsi : le seul juge incorruptible de tout ce que je suis et fais, demeure en mon propre cœur et plane au-dessus de toute intelligence et de tout savoir. Aussi rapide que la pensée, tu réponds à mes questions avec une voix qui ne se peut étouffer et que je ne veux point chercher à étouffer, même si, jusqu'à présent, je n'ai pas cessé de faire la sourde oreille à ses objurgations.

Ma joie ne connut plus de bornes lorsque je sentis mon chien venir se blottir doucement entre mes bras. Après avoir rongé la laisse avec laquelle Torgut l'avait attaché, il était parti à ma recherche et à présent qu'il m'avait retrouvé, il me léchait l'oreille et pressait sa truffe contre ma joue ; puis il se pelotonna confortablement et poussa un long soupir de satisfaction. Je soupirai également et tombai dans un profond sommeil.

Nous naviguâmes tout le jour suivant, ratissant les eaux le long des côtes jusqu'au moment où nous aperçûmes une voile semblable à la nôtre. La coque et le gréement de ce bâtiment avaient été fort endommagés par des boulets de canon et en nous approchant nous pouvions entendre les cris des blessés qui se trouvaient à bord ; peu d'hommes restaient sur le banc des rameurs et la moitié de l'équipage à peine semblait en état de tenir une arme. Le capitaine avait été tué, son corps jeté par-dessus bord et un renégat apeuré avait pris le commandement. Cet homme, à présent, était incliné jusqu'à terre devant Torgut.

— Par la grâce d'Allah, ô Torgut-reis, nous fûmes trois navires à naviguer sous tes ordres ! dit-il en portant la main à son front.

— *Allah akbar,* répondit Torgut sur un ton plein d'impatience. Et, bien qu'il se doutât de ce qui était advenu et qu'il en fût tremblant de rage, il réussit à se contrôler pour ajouter : C'était écrit ! Parle !

En fait, lorsque le coup de vent avait séparé Torgut de ses deux autres bateaux, ceux-ci avaient attaqué ensemble un navire marchand qui faisait partie du convoi. Mais ses coups de canon avaient attiré la galère de guerre qui accourut à son secours et l'un des pirates, n'ayant point eu le temps de dégager ses crochets d'abordage, fut écrasé entre les deux bâtiments.

— Et toi ? Qu'as-tu fait pour l'aider ? demanda Torgut d'une voix doucereuse.

— Ô maître, répondit le renégat avec franchise, j'ai dégagé mes grappins et nous sommes partis de toute la force de nos rames. Allah m'est témoin que tu peux remercier ton serviteur car c'est bien grâce à ma seule présence d'esprit que tu as sauvé un de tes navires. Sache que la galère de guerre nous a poursuivis ; elle tirait sur nous à coups redoublés de ses terribles canons et tu peux juger, d'après l'état où tu nous vois, de l'âpreté de notre combat. Nous avons fui non pour éviter la bataille mais pour te retrouver, afin de réfléchir sur ce qu'il convenait de faire.

Torgut était loin d'être un imbécile. Il fit donc bonne figure à ce récit et répéta à plusieurs reprises :

— Allah est grand !

Puis il embrassa le renégat terrorisé et lui adressa la parole sur un ton amène. Et, bien qu'il eût à l'évidence préféré le jeter par-dessus bord à coups de pied, il loua son ingéniosité devant tout le monde. Il lui octroya de nombreux présents de valeur et distribua des monnaies d'argent à l'équipage. Ensuite il fit tendre un câble pour haler le navire endommagé et mit le cap sur l'île de Djerba au large de la côte africaine. Puis il se retira sous son pavillon et durant deux jours et deux nuits, ne se montra plus, pas même à l'heure de la prière.

Les hommes de l'équipage paraissaient également abattus et redoutaient manifestement le retour. Ils avaient en effet perdu un de leurs trois vaisseaux, le second était sévèrement endommagé et mieux valait ne point mentionner le butin qu'ils ramenaient ! Or ils allaient bientôt devoir comparaître devant le gouverneur de Djerba, Sinan le Juif, et lui rendre compte de tout ce qu'ils avaient fait.

Torgut, dans sa mauvaise humeur, chassa Giulia de son pavillon.

— Comment vas-tu, Giulia, et qu'est-il arrivé de terrible ? L'affreux Torgut t'a-t-il fait subir des outrages ? lui demandai-je avec anxiété.

— Non ! répondit-elle en retirant sa main que je tenais. Après s'être convaincu que j'étais vierge, il ne m'a jamais ennuyée. Au contraire, il s'est toujours conduit comme un capitaine plein d'éducation et a même accepté de partager ses repas avec moi.

— Me dis-tu la vérité ? lui demandai-je encore, ne la croyant qu'à demi. Il ne t'a vraiment pas importunée ?

— Lorsque l'on m'a conduite sous son pavillon, j'étais prête à me plonger une dague dans le cœur ou quelque chose d'approchant, tant j'avais l'esprit en proie à la confusion, dit-elle en pleurant. Il sut vaincre mes craintes et par la suite prit grand soin de ne point m'irriter. Ainsi ai-je compris à son attitude que mes yeux font fuir même les infidèles ! Hélas, moi qui avais espéré que je n'aurais plus à souffrir de ce qui n'est point ma faute, une fois hors des limites de la chrétienté !

Je me sentis à la fois soulagé parce que rien de mal ne lui était arrivé, et choqué de ses dernières paroles.

— Giulia, m'écriai-je sur le ton du reproche en lui reprenant la main. Giulia ! Que veux-tu dire ? Est-ce que tu déplores que cet homme impitoyable ait respecté ta vertu ?

Elle me retira violemment sa main pour sécher ses larmes.

— Tu es bien comme tous les autres, plus borné que tu n'en as l'air ! rétorqua-t-elle, ses yeux vairons lançant des étincelles de rage. Je crois sincèrement que je me serais poignardée s'il m'avait touchée ! Mais je pleure parce qu'il n'a même pas essayé ! Jamais ! Il a tout de suite renoncé et s'est mis à marmonner des prières. Je ne puis que supposer qu'il a eu peur de mes yeux et sa répulsion me blesse au plus profond. On dirait que je ne suis même pas digne d'un barbare !

Je ne pouvais rien répondre à cela et pensais que l'horreur d'être tombée en esclavage lui avait fait perdre l'esprit. Je la consolai de mon mieux, lui disant qu'elle était pour moi belle et désirable, que ses yeux ne m'inspiraient nulle répulsion et qu'au contraire je regrettais amèrement la stupidité qui m'avait autrefois éloigné d'elle en un moment plus propice.

Lorsqu'elle eut repris son calme, elle dit avec entrain :

— Le capitaine Torgut espère obtenir de moi un bon prix à Djerba. Il a dit que c'était la raison pour laquelle il avait épargné ma vertu. Mais c'est pure courtoisie de sa part ! Si je lui plaisais vraiment, il m'aurait gardée pour lui !

Son attitude déraisonnable me remplissait de rage ; je me sentais devenir fou à l'idée que j'allais la perdre et que peut-être plus jamais je ne la reverrais de ma vie. L'azur intense et le brun brillant de ses yeux me paraissaient si charmants que je ne parvenais point à comprendre comment j'avais pu jamais en être effrayé.

— Giulia, Giulia ! Il n'y a que les vieux qui soient riches et c'est un affreux bonhomme à barbe blanche qui t'achètera. Oh ! que ne t'ai-je prise lorsque je pouvais ! Nous aurions au moins ce souvenir en commun ! Plus jamais à présent, nous n'aurons rien à partager !

Elle fixa alors sur moi de grands yeux pleins d'étonnement.

— Tu divagues ! dit-elle sèchement. Je t'aurais griffé le visage si tu avais seulement essayé de faire une chose pareille !

— Alors, pourquoi es-tu venue avec moi dans cet endroit isolé et pour quelle raison t'es-tu mise si fort en colère quand tes yeux ont éveillé en moi des sentiments fraternels plutôt qu'amoureux ?

Giulia fit un léger mouvement de tête et poussa un soupir.

— J'aurais beau parler jusqu'au jour du Jugement dernier que tu ne me comprendrais jamais. Évidemment, j'espérais que tu allais essayer... et tu serais peut-être parvenu à tes fins parce que l'endroit était désert et que tu es plus fort que moi... Mais tu n'as pas essayé, Mikaël, et c'est ce que je ne pourrai jamais te pardonner ! Je souhaite que tu souffres encore plus amèrement par amour pour moi. Mon vœu le plus cher est que tu puisses voir d'autres hommes payer des sacs d'or pour obtenir ce que tu aurais pu avoir pour rien. Voilà peut-être qui te donnera matière à réflexion pendant très longtemps !

Je songeai que décidément je ne comprenais pas grand-chose à la logique féminine ! Elle se voila le visage derechef et me laissa tout seul, en proie à une grande perplexité. Je ne reconnaissais guère dans son attitude présente la femme simple et pleine d'humilité que j'avais connue.

Je vis cette nuit-là dans le ciel tant et tant d'étoiles filantes que les ténèbres parurent un moment illuminées d'une pluie d'étincelles. J'entendis le timonier murmurer des mots en arabe et lorsque je lui en demandai la signification, il me répondit :

— Je crois en Dieu et rejette Satan le lapidé (1) !

Il ajouta qu'Allah avait coutume de lancer sur le diable les étoiles les plus basses et que c'était de bon augure qu'il le fît alors que nous approchions de l'île de Djerba. Son explication me parut plutôt naïve, mais je gardai le silence et me contentai de soupirer en songeant à la vie d'esclave qui m'attendait désormais.

Nous arrivâmes le lendemain au port de Djerba. Torgut fit son apparition sur le pont pour diriger la prière et tous les hommes de l'équipage se vêtirent de leurs plus beaux habits. Ils ne portaient ni tissus bleus ni tissus jaunes, ces deux couleurs étant respectivement celles des chrétiens et des juifs comme je l'appris plus tard. Antti et moi, nous reçûmes une bande d'étoffe propre pour l'enrouler autour de nos têtes en guise de turban. N'ayant rien pour parfaire ma toilette, je lavai mon chien malgré sa vigoureuse opposition avant de peigner avec mes doigts son pelage frisé.

L'île, basse et sablonneuse, écrasée sous un soleil de plomb, n'offrait guère un aspect encourageant. Arrivé à

(1) *Satan le lapidé :* épithète habituelle de Satan parce que, selon la tradition, Abraham attaqua un jour à coups de pierres le diable qui voulait le tenter (NdT).

la hauteur des balises à l'entrée du port, Torgut fit tirer un coup d'arquebuse afin d'indiquer qu'il ne ramenait cette fois qu'un maigre butin. On put bientôt distinguer le petit dôme et le minaret blanc de la mosquée, un fouillis de huttes de torchis et, construite sur un tertre de verdure, la résidence entourée de murailles de Sinan le Juif.

Ce dernier ne vint point sur son cheval à notre rencontre, comme il l'eût certainement fait si notre arrivée eût arboré les étendards de la victoire. Seule une bande de va-nu-pieds s'attroupa sur la plage pour nous attendre. Lorsque nous quittâmes les eaux froides de la haute mer pour entrer dans le port, il nous sembla tomber dans une fournaise rougeoyante. Malgré nos beaux habits et nos armes étincelantes, nous formions un bien piètre groupe tandis que nous suivions le sentier poussiéreux qui menait à la citadelle de Sinan le Juif. En tête marchait le nègre au cimeterre qui portait sur ses épaules le sac plein de têtes de chrétiens. A sa suite, les mains liées derrière le dos, venaient les quatre marins jugés aptes à servir sur les galères. Antti et moi n'étions point attachés parce que nous avions reconnu le Dieu unique mais on nous avait mis une chaîne autour du cou. Dans sa joyeuse ignorance de l'esclavage et de la loi du Prophète, mon chien courait sur mes talons, reniflant avec avidité toutes les odeurs nouvelles qui ne manquaient guère dans cet ignoble repaire. Ensuite venaient les esclaves des galères chargés du butin que l'on avait réparti en de nombreux ballots et caisses afin de faire illusion sur son abondance. Enfin le capitaine Torgut fermait la marche avec ses hommes qui s'évertuaient à pousser de grands cris de triomphe. La populace courait derrière notre cortège en braillant des bénédictions au nom d'Allah. Les marchands, quant à eux, se tenaient devant leurs échoppes et nous montraient du doigt d'un air dédaigneux. Giulia, revêtue de ses plus beaux atours et enveloppée tout entière dans un voile, cheminait à dos d'âne immédiatement derrière Torgut, escortée par quatre hommes armés de cimeterres.

Les portes de la casbah étaient grandes ouvertes et

nous vîmes des têtes humaines desséchées par le soleil, empalées sur des pieux fichés dans la muraille de chaque côté. Il y avait au milieu de la grande terrasse une vasque taillée dans une pierre entourée d'herbe. Des prisonniers et des esclaves, paresseusement étendus à l'ombre, se redressèrent pour jeter sur nous un coup d'œil nonchalant. Torgut envoya quelques hommes à l'intérieur avec le butin et laissa tous les autres attendre près du bassin. Antti et moi restâmes également et Giulia descendit de son âne pour se joindre à nous. Les hommes de Torgut détachèrent les marins au nom d'Allah le Compatissant et leur permirent de se désaltérer à la fontaine. Je remplis moi aussi la belle coupe de cuivre ouvragé qui était fixée avec une chaîne à la margelle et m'étonnai que l'eau fût si délicieuse. J'ignorais encore que le Coran ordonne en ses préceptes que de l'eau fraîche soit tenue à la disposition de celui qui a soif, en tout lieu et à tout moment.

Sinan le Juif ne manifestait point un grand empressement à nous voir et les hommes de Torgut attendaient patiemment, assis sur les talons.

Antti les observait d'un air perplexe et finit par remarquer :

— Les mœurs des gens de mer sont décidément fort différentes de celles des gens de terre ! Si ces garçons que tu vois là avaient été des soldats de Germanie ou d'Espagne, ils auraient commencé par faire un bon feu pour griller de la viande... On verrait ici des cruches de bière et les pots de vin passeraient de main en main. On entendrait des cris, des jurons, on jouerait aux dés, et les catins du camp s'activeraient à l'ombre des remparts...

« Ah, Mikaël, nous sommes vraiment loin du monde chrétien !

Pendant qu'il philosophait de la sorte, le terrible nègre du capitaine Torgut se présenta devant lui accompagné d'un interprète italien.

— La colère est dans le cœur de Moussouf, dit celui-ci, parce que tu l'as pris traîtreusement par-derrière et que tu l'as jeté dans la mer. La loi du Prophète interdisant de se battre contre un croyant pendant la bataille, il n'a pu se venger aussitôt, mais à présent il désire se mesurer avec toi.

— Ce pauvre misérable oserait-il sérieusement me lancer un défi ? dit Antti qui n'en croyait pas ses oreilles. Dis-lui que je suis trop fort pour lui et qu'il aille en paix !

Le nègre trépignait, roulait les yeux, insultait Antti tout en se frappant la poitrine et en bandant ses muscles. Antti, voulant amicalement lui donner un aperçu de sa force, quitta la pierre de moulin sur laquelle il était assis, se baissa pour la saisir et la souleva sans le moindre effort au-dessus de sa tête. Puis, non content de cet exploit, il lâcha sa main gauche qu'il mit derrière son dos et ne soutint plus l'énorme poids que de sa main droite. Plusieurs hommes de Torgut, attirés par le spectacle, se levèrent et s'approchèrent de lui ; il laissa alors tomber la pierre qui résonna avec un grand bruit sourd.

Le nègre se baissa à son tour et réussit au prix d'un intense effort à lever la pierre dans ses bras, mais il eut beau faire des contorsions et des efforts désespérés, il ne parvint point à la hisser au-dessus de sa tête. Ses jambes se mirent soudain à trembler et il lâcha la pierre si brusquement qu'Antti eut juste le temps de faire un saut de côté pour ne pas avoir les orteils écrasés ; il le lui fit remarquer d'une voix doucereuse, mais l'homme roula ses yeux dans leurs orbites d'une manière plus terrible encore.

— Fais attention ! dit l'Italien. Moussouf menace de t'envoyer voler par-dessus la muraille. Par contre, si tu acceptes de te battre loyalement, il ne se montrera pas trop dur avec toi.

— Un de nous trois est complètement fou ! affirma Antti en portant les mains à son front. Bon ! Préviens cet individu qu'il va trouver ce qu'il cherche !

Il ôta le vêtement qu'on lui avait donné pour protéger ses épaules du soleil et s'avança vers le nègre. Tout ce que je pus voir ensuite ne fut plus qu'un tourbillon de jambes et de bras enchevêtrés dont brusquement surgit Antti volant dans les airs ; il alla s'écraser au sol où il resta étendu sur le dos, sans connaissance. Le nègre éclata alors d'un rire joyeux ; ses dents étincelaient de blancheur dans sa large face noire. Il n'avait à l'évidence nulle mauvaise intention à l'égard d'Antti.

Voyant ce dernier toujours couché sans mouvement, je m'empressai d'aller à lui mais il me repoussa, se mit sur son séant et demanda où il était et ce qui s'était passé. Je crus qu'il jouait et qu'il avait laissé gagner son adversaire pour le duper.

— Il doit y avoir quelque erreur ! dit toutefois Antti en se tâtant le dos et les membres. Par ma vie, je n'arrive pas à comprendre comment je suis assis par terre alors que cet individu à peau noire ricane debout sur ses pieds.

Il se releva, le rouge au front, se précipita avec un rugissement sur son adversaire et l'on n'entendit plus pendant un instant qu'un effroyable froissement d'os et de muscles. Puis, comme par magie, Antti fut derechef soulevé en l'air et le nègre le lança par-dessus son épaule sans même tourner la tête pour voir où il retombait. Cloué sur place à ce spectacle, je fis un signe de croix machinal.

— Tourne la tête, Mikaël, ne me regarde pas ! dit Antti en titubant sur ses jambes tremblantes. Je ne comprends pas ce qui m'arrive à moins que je ne sois tombé sur Satan en personne. Mais la troisième fois est la bonne et je vais empoigner ce diable couvert d'huile d'une manière ou d'une autre, dussé-je pour cela lui briser tous les os !

Une fois de plus, il se précipita vers l'autre, en faisant voler la poussière avec ses pieds, mais le nègre le reçut apparemment sans broncher, le prit par un poignet et une jambe, se mit à le faire tournoyer au-dessus de sa tête de plus en plus vite et le lâcha brusquement. Antti heurta le sol avec un bruit sourd et roula un peu plus loin dans un nuage de poussière. Je courus vers lui qui gisait à terre, ses épaules éraflées par les cailloux et le sang coulant de son nez.

— Du calme, Mikaël, du calme ! dit-il en haletant, les dents serrées de rage. Je te jure que je n'y suis pas allé de main morte ! Il doit avoir un truc pour me battre !

Comme il faisait mine de vouloir charger encore, le renégat italien s'approcha de lui.

— Cela suffit à présent, dit-il sur un ton conciliant. Et je t'en prie, n'éprouve nulle rancune, Moussouf ne t'en veut pas non plus. Tu n'as pas de honte à reconnaître qu'il est vainqueur parce que c'est un guresh, c'est-à-dire un lutteur réputé. Il t'a lancé trois fois de suite. Viens et avoue toi-même ta défaite. Moussouf reconnaît que tu es l'homme le plus fort qu'il ait jamais rencontré.

Antti cependant n'était point encore apaisé. Les yeux injectés de sang, il repoussa le renégat et s'apprêtait à charger de nouveau en direction du nègre lorsque le capitaine Torgut, apparaissant à l'entrée du palais, lança un ordre bref qui mit fin à notre exercice, et force fut à Antti de ravaler sa rage ! Il essuya le sang qui maculait son visage et couvrit son dos écorché tandis que le nègre gonflait sa poitrine tel un coq de combat et se dirigeait d'un pas nonchalant vers le groupe des renégats pour écouter leurs louanges.

J'étais fort déçu par Antti et tentais de trouver quelque consolation dans l'idée que le voyage en mer ne lui avait pas convenu et que la maigre chère l'avait affaibli. Je n'eus cependant pas longtemps à ressasser notre défaite car le capitaine Torgut nous intima brutalement l'ordre d'aller dans le palais pour nous présenter devant son maître, Sinan le Juif. On nous conduisit dans une cour intérieure entourée de tous côtés par des colonnes et ombragée par de nombreux arbres fruitiers de différentes espèces. Sinan le Juif se tenait assis sous un dais posé sur des piliers. C'était un homme borgne avec un nez fin, une barbe clairsemée et une plume à son turban. Il n'avait guère dépassé la cinquantaine et son visage émacié trahissait le guerrier même si nous le voyions pour l'heure paisiblement assis, les jambes croisées sur un coussin.

Il commença par regarder les quatre pauvres marins mais, ne leur trouvant guère d'intérêt, les congédia rapidement d'un geste dédaigneux de la main. Il fixa ensuite son œil unique sur Antti et sur moi et dit en italien :

— Ainsi donc vous avez pris le turban au nom d'Allah

le Clément ! Votre choix est le bon et si vous vous montrez des fidèles pleins de zèle, vous serez récompensés et admis au paradis avec ses fontaines d'eaux murmurantes. Mais, poursuivit-il avec un malicieux sourire, ici-bas, vous êtes des esclaves, et n'allez point vous imaginer que la loi du Prophète puisse changer votre sort ! Si vous essayez de vous échapper, vos corps seront découpés en morceaux, membre après membre, et pendus sur les pierres à côté de la porte.

« Maintenant, dites-moi, que pouvez-vous faire si tant est que vous sachiez faire quelque chose qui soit intéressant pour votre propriétaire ?

— Avec votre permission, ô prince et maître de Djerba, je suis médecin, me hâtai-je de répondre. Lorsque j'aurai appris la langue arabe et pris connaissance des remèdes utilisés en ce pays, j'exercerai avec joie pour le profit de mon maître. En outre, je puis dire sans me vanter que je connais nombre de médecines et de méthodes de guérison sans nul doute totalement ignorées ici.

Sinan le Juif se caressait la barbe tout en m'écoutant et son œil lança un éclair lorsqu'il dit :

— Ainsi tu n'aurais vraiment aucune intention de t'échapper et ton désir est de te soumettre comme un musulman ?

— Mettez-moi à l'épreuve, ô prince ! rétorquai-je. Et point n'est besoin de me menacer de me découper en morceaux, une mort bien plus atroce m'attend si je tombe entre les mains des chrétiens après avoir pris le turban. C'est là, je pense, la meilleure garantie de ma sincérité.

Il se tourna pensivement vers Antti et lui ordonna de retirer son vêtement. Lorsqu'il aperçut les bleus énormes qui commençaient à apparaître sur son corps, il lui demanda qui l'avait traité d'une manière aussi rude.

— Personne ne m'a maltraité, messire ! répondit Antti. Moussouf et moi nous nous sommes exercés à un petit jeu dans la cour extérieure. Nous avons mesuré nos forces au cours d'un combat amical à mains nues.

— *Bismillah irrahman irrahim !* s'exclama pieusement

Sinan. Excellente idée ! Avec un bon instructeur, s'il n'a pas l'esprit trop obtus, il pourrait rapporter comme lutteur une fortune à son maître. Dis-moi, qu'est-ce qui est nécessaire à l'homme ?

— Une nourriture bonne et abondante ! rétorqua Antti sans difficulté. Puisse Dieu le Miséricordieux m'envoyer un maître généreux sur ce point et je le servirai et lui obéirai fidèlement.

Sinan le Juif soupira, puis dit en se grattant la tête :

— En vérité cet homme-là est un peu simple d'esprit. Il ne doit point encore savoir que seules la prière et la profession de foi sont nécessaires dans la vie ! Dis-moi encore, combien font sept et sept ?

— Vingt-cinq, répondit Antti avec un regard candide.

Sinan le Juif arracha les poils de sa barbe, invoqua le nom d'Allah et demanda au capitaine d'une voix sèche :

— Te moques-tu de moi en m'amenant un individu pareil ? Il mettra son maître à la rue et lui attirera les pires catastrophes avec sa stupidité. Mieux vaut l'échanger contre une botte d'oignons si l'on trouve quelqu'un assez fou pour conclure un aussi mauvais marché.

Toutefois Antti l'amusait et il lui posa une nouvelle question.

— Quelle distance y a-t-il entre la terre et le ciel ?

Antti répondit avec un large sourire :

— Je vous rends grâce, messire, de vous borner à me poser des questions faciles. Il ne faut pas plus de temps pour aller de la terre au ciel qu'il n'en faut à un homme pour plier son doigt.

— Oses-tu te jouer de moi, brute stupide ! s'écria Sinan le Juif.

Antti le regarda d'un air innocent.

— Comment oserais-je me jouer de toi, ô mon seigneur et maître ? Tu n'as qu'à plier ton doigt et en un éclair ma tête volera de dessus mes épaules. C'est pourquoi je dis qu'il ne faut pas plus de temps pour aller au ciel que pour plier le doigt ! Evidemment, je pensais à moi, non à toi, car toi, il te faut beaucoup plus de temps pour parvenir au ciel ! Oh, infiniment plus, pourrait-on dire !

Ces paroles amenèrent un sourire sur les lèvres de Sinan qui mit un point final à ses questions.

Lorsque Raël remarqua que Sinan avait l'œil sur lui, il remua joyeusement la queue et se mit debout sur ses pattes de derrière.

— La bénédiction sur Allah ! dit-il fort surpris. Amenez cet animal dans mon harem ! Si mes femmes en veulent, je le leur donne !

Mais Raël grogna et montra les dents quand un eunuque tout ratatiné s'approcha de lui pour l'attraper ; il ne consentit à le suivre qu'après que je lui en eus donné l'ordre et qu'on l'eut attiré par un bel os de mouton. Cependant, avant de sortir, il me lança un dernier regard lourd de reproches et je ne pus retenir mes larmes.

La peine que j'éprouvai pour Raël atténua mon angoisse lorsqu'on conduisit Giulia devant Sinan et qu'il lui ordonna d'ôter son voile.

— Pourquoi commencer par son visage ! s'empressa d'intervenir le capitaine Torgut tout inquiet. Garde le meilleur pour la fin et examine en premier lieu ses autres charmes ! Tu verras que je ne t'ai pas menti ! Elle est aussi belle que la lune, ses seins sont des roses, son ventre un coussin d'argent et ses genoux semblent taillés dans l'ivoire.

Pour ne point s'étonner de la facilité avec laquelle je comprenais leur conversation, il faut savoir que ces pirates n'avaient en commun que leur religion. Ils venaient tous de pays distincts et chacun parlait une langue différente. Sinan était un juif de Smyrne, le capitaine Torgut un fils de pauvres Turcs d'Anatolie tandis que ses hommes venaient pour la plupart d'Italie, de Sardaigne ou de Provence, quand ce n'étaient point des Maures fugitifs d'Espagne ou renégats du Portugal. Ils parlaient ensemble un jargon singulier composé de mots de diverses provenances et connu sous le nom de langue franque. Eux-mêmes d'ailleurs se disaient des chrétiens francs. J'avais entendu cette espèce d'idiome à bord du bateau et comme j'avais toujours été doué pour les langues, je n'avais eu aucun mal à l'apprendre.

— Pourquoi garder son visage pour la fin si elle est

vraiment aussi belle que la lune ? demanda Sinan le Juif en jetant un regard soupçonneux sur le capitaine Torgut. Je vois à ton air qu'il y a quelque chose de louche là-dessous et je veux connaître le fin mot de cette histoire !

Il passa ses doigts effilés dans les poils de sa barbe et ordonna à Giulia de se déshabiller. Elle esquissa un bref mouvement de pudeur puis obéit et se dépouilla de tout, hormis du voile qui couvrait son visage. Sinan lui fit signe de se tourner et il l'examina aussi bien de dos que de face.

— Trop maigre ! finit-il par laisser tomber d'un air méprisant. Elle peut à la rigueur enflammer un jeune garçon mais un homme d'âge mûr a besoin d'un coussin plus large et plus moelleux ! Seul un homme aux membres encore fermes et nerveux peut se contenter d'une planche !

— Au nom du Clément ! s'écria le capitaine Torgut, le visage assombri par le courroux. Tu oses traiter cette fille de planche ! Ce ne peut être que par avarice, pour rabaisser sa valeur et faire diminuer son prix ! Mais tu n'as pas tout vu !

— Ne t'excite pas, Torgut, je t'en prie ! J'admets volontiers que cette fille ne manquera pas de charmes après un régime abondant et régulier de bon couscous qui lui donnera de beaux seins comme des calebasses bien mûres. Mais c'est son acheteur qui s'occupera de sa nourriture. Moi, elle ne m'intéresse pas !

Alors Giulia, perdant patience, arracha le voile qui lui couvrait le visage, le jeta par terre et le piétina avec rage en criant :

— Sinan le Juif, tu n'es qu'un méchant homme et je ne supporte plus ton insolence. Regarde-moi dans les yeux si tu l'oses et tu verras ce que tu n'as jamais vu jusqu'à aujourd'hui !

Sinan le Juif se pencha vers elle et regarda. Son œil unique faillit jaillir de son orbite. Sa mâchoire tomba, révélant ses dents gâtées et il fixa sans ciller les yeux de Giulia. A la fin, il se cacha le visage dans les mains en hurlant d'une voix rauque :

— Est-ce un spectre, une sorcière ou un djinn ? Ou

bien est-ce que je rêve ? Ses yeux ! Ses yeux sont de couleur différente : l'un est bleu et sinistre, l'autre brun et mensonger !

Torgut, tout en étant fort contrarié, se défendit avec âpreté.

— Non, Sinan, tu ne rêves pas ! Ne t'avais-je pas dit que je t'amenais un trésor comme on n'en avait jamais vu ? Un œil est un saphir, l'autre une topaze et ses dents sont des perles de l'eau la plus pure.

— As-tu dit un trésor ? s'exclama Sinan avec incrédulité. Pourquoi s'étonner que tu aies perdu un de tes bons navires avec cette fille à bord et son mauvais œil s'il en fût ! Je tremble à la seule idée du malheur que tu dois avoir apporté sur ma maison. Allah ! Il va me falloir dépenser des fortunes en eau de rose pour purifier le sol et les montants des portes de ma demeure. Et tu oses l'appeler un trésor !

— Bien ! répondit Torgut, les yeux humides et les lèvres tremblantes à voir son dernier espoir évanoui. Je lui ferai donc arracher un de ses yeux, ainsi personne n'aura plus rien à redouter. Je crains cependant de ne point tirer un bon prix d'une femme borgne !

L'inquiétude que j'éprouvais au sujet de Giulia devint alors plus aiguë que jamais et il me vint à l'idée ce qui me sembla être une véritable inspiration. Je m'avançai résolument et après avoir obtenu la permission de parler, prononçai les mots :

— *Bismillah irrahman irrahim !* J'ai maintes fois entendu dire que rien n'arrive qui ne soit voulu par Allah et que tout est écrit. Pourquoi dès lors vous opposer à sa volonté avec un tel entêtement, car il a clairement induit le capitaine Torgut à nous amener tous les trois en ta présence. Ne devriez-vous point rechercher le sens caché de sa venue ici au lieu de lui arracher un œil ?

Je vis que mon intervention avait fait une profonde impression sur Sinan qui se caressait la barbe lentement, d'un air pensif, même s'il ne daigna point s'abaisser à me répondre. Après être resté un temps silencieux, il envoya quérir le livre saint. C'était un grand volume orné d'or et d'argent, posé ouvert sur un support d'ébène afin qu'on pût tourner les pages sans changer de position. Il inclina la tête et murmura quelques versets avant de dire :

— Que le livre sacré soit donc mon guide !

Puis il en retira une longue aiguille d'or qu'il tendit à Guilia.

— Bien que tu ne sois point croyante, prends cette aiguille et introduis-la entre les pages. Je lirai le passage sur lequel la pointe tombera. Puissent ces lignes être mon guide et déterminer ton sort et celui de tes compagnons ! Je vous prends tous à témoins que je veux me soumettre au jugement d'Allah le Tout-Puissant.

Giulia se saisit de l'aiguille comme si elle eût préféré l'enfoncer dans le corps de Sinan, mais elle obéit et d'un air de défi l'introduisit au hasard entre les feuilles du Coran. Sinan ouvrit le volume avec respect et lut le passage indiqué par la pointe de l'instrument.

— En vérité Allah est grand et merveilleuses sont ses voies ! s'exclama-t-il d'une voix remplie d'étonnement. Ceci est la sixième sourate, celle appelée Alanam, bétail. N'est-ce point assez clair car vous les esclaves, qu'êtes-vous, sinon du bétail ? L'aiguille s'est arrêtée sur le soixante et onzième verset. Écoutez :

Dis : Invoquerons-nous, à l'exclusion de Dieu, ceux qui ne peuvent ni nous être utiles ni nous nuire ? Retournerons-nous sur nos pas après que Dieu nous a dirigés dans le chemin droit, pareils à celui que les tentateurs égarèrent dans le pays pendant que ses compagnons l'appellent à la route droite et lui crient : Viens à nous ? Dis : la direction de Dieu, voilà la direction ! Nous avons reçu l'ordre de nous vouer au Seigneur de l'univers.

Il leva les yeux d'un air plein de stupeur et examina tour à tour Giulia, Antti puis moi.

— En vérité Allah est Allah ! répéta Torgut lui aussi en proie à l'étonnement. Je ne me suis point trompé en amenant cette fille dans ta maison.

Je ne puis dire si Sinan le Juif était tout de bon enchanté du décret du Coran lorsqu'il énonça :

— Je reprends tout ce que j'ai dit en ma folie. Qui

suis-je pour mettre en doute le jugement d'Allah? Toutefois j'ignore encore ce que je ferai de ces trois esclaves et je vais donc les prendre, Torgut, à un prix raisonnable. Je te donne devant témoins trente-six ducats, ce qui constitue, avec le cheval que tu as déjà reçu, une belle somme pour des créatures sans utilité ni éducation.

— Maudit sois-tu, Sinan le Juif, toi qui essayes de me voler! s'écria Torgut sur le ton dc la colère. La fille est quasi vierge, le Franc aux yeux gris doué d'une force peu commune et le troisième porte le nom de l'ange qui régit le jour et la nuit. De plus, c'est un habile médecin et un homme cultivé qui parle toutes les langues franques sans compter le latin! Cette somme multipliée par dix serait encore une perte pour moi et je ne parlerais même pas d'une offre aussi minable si tu n'étais mon père et mon ami.

— Le soleil t'a desséché la cervelle! rétorqua Sinan le Juif à son tour courroucé. Il y a à peine un instant tu étais prêt à tuer la fille ou du moins à lui arracher un œil et voilà qu'à présent tu exagères ses charmes inexistants dans le seul but de me voler. Si tu repousses une offre honnête, va vendre ces esclaves au marché ouvert et je suis prêt à payer l'enchère la plus élevée, à condition que tu jures par le Coran de ne soudoyer personne pour faire monter le prix.

— Comme s'il y avait quelqu'un au bazar, dit Torgut le regard mauvais, pour se risquer à renchérir sur toi! Et toi, pendant ce temps, tu ferais courir de faux bruits sur ces esclaves pour en diminuer le prix. Le Coran t'a révélé leur vraie valeur et je me soumets à sa loi, même si je dois y perdre. N'était-ce point le soixante et onzième verset de la sixième sourate? Eh bien, cela fait soixante-dix-sept ducats d'or — un chiffre bénéfique qui en lui-même souligne l'intention d'Allah. A moins que tu ne préfères la valeur numérique des lettres?

— Non, non, jamais de la vie! hurla Sinan le Juif en s'arrachant les poils de la barbe. Nous y perdrions tous deux notre temps car les érudits eux-mêmes ne sont pas d'accord sur ces valeurs ! De toute façon, le texte de la sourate ne mentionnait jamais l'or.

— Quelle inconvenance de ta part de lutter ainsi contre la volonté d'Allah ! Si j'étais plus instruit, je pourrais te montrer un grand nombre de caractères qui signifient or ; mais il me suffit que le Coran soit plus précieux que l'or et que chaque lettre contienne quatre-vingt-dix bénédictions ! Trêve de dispute donc ! Je me contenterai des soixante-dix-sept ducats !

Pour finir, Sinan le Juif compta les ducats, envoya Giulia au harem et nous congédia Antti et moi. Nous retournâmes donc dans la cour extérieure, où nous trouvâmes les hommes de Torgut accroupis en rond autour de grands plats remplis de viande de mouton et de riz cuits dans la graisse. Ils se servaient directement, prenant des morceaux de viande et modelant des boulettes de riz bien rondes avant de les porter à leur bouche. Captifs et esclaves, attroupés derrière eux, suivaient avec des airs d'affamés le trajet de chaque bouchée jusqu'à sa disparition, et ce spectacle m'accabla de tristesse. Toutefois Moussouf nous fit une place, comme nous passions près de lui, et offrit à Antti un beau morceau de mouton tout dégoulinant de graisse que je le pressai d'accepter en signe de paix. La viande commença alors à diminuer rapidement et j'eus toutes les peines du monde à en obtenir un petit morceau. Les renégats qui avaient admiré la prouesse d'Antti, nous regardaient maintenant d'un œil torve en invoquant le nom d'Allah.

— Regardez ! Ce n'est pas un vrai musulman ! fit remarquer l'un d'entre eux, une fois le plat vide. Voyez comment il se tient : il est assis sur le derrière et s'essuie la bouche à pleines mains.

Cette réflexion ne plut guère à Antti et je m'empressai de parler à celui qui l'avait faite.

— Nous venons à peine de découvrir la voie droite et il est vrai que, tels des aveugles, nous avançons en trébuchant sans personne pour nous guider... Enseigne-nous donc les règles de la bonne conduite !

Antti, à ce moment, vociférait pour réclamer encore

de la viande et nul doute que Sinan le Juif ne fût bien disposé à notre égard car l'eunuque tout ridé ordonna aussitôt aux serviteurs de remplir les plats. Je priai Antti de se taire pour écouter les musulmans nous enseigner les bonnes manières de se tenir à table et de se comporter dans la vie en général. Et nos compagnons, visiblement ravis, se mirent tous à la fois en devoir de faire notre éducation. Il faut toujours se laver les mains avant de manger, dirent-ils, et bénir le repas au nom d'Allah... il faut s'asseoir les jambes croisées devant le plat, reposer sur la fesse gauche et n'utiliser que trois des doigts de la main droite pour prendre la nourriture... on ne se sert point de couteau, tout étant préalablement coupé en morceaux de taille convenable et l'on ne doit pas porter à sa bouche une plus grande quantité que ce qui se peut avaler sans difficulté... on doit également malaxer les grains de riz jusqu'à en faire de petites boulettes et non point les enfourner dans sa bouche comme de la bouillie... Un homme bien élevé s'abstient de regarder ses compagnons et fixe ses yeux droit devant lui... de plus, il doit toujours se contenter de ce qu'il a obtenu.

A la fin, ils récitèrent une ou deux phrases du Coran.

— Ô croyants, mangez les bonnes choses que Dieu vous a accordées et rendez-lui grâces.

Avant que les plats ne fussent complètement nettoyés, ils soulignèrent qu'un croyant ne devait jamais terminer la nourriture afin d'être en mesure de distribuer les restes aux pauvres. Ainsi laissèrent-ils de nombreux morceaux de viande avec du riz et tendirent-ils les plats aux esclaves et aux captifs. Ces derniers se battirent alors sauvagement et, bien que chrétiens, ne firent preuve d'aucun esprit de religion !

J'étais fort intéressé par tout ce que me disaient les musulmans. Ils poursuivirent donc leur leçon en parlant du jeûne du Ramadan et du pèlerinage à La Mecque : tout croyant doit l'entreprendre au moins une fois en sa vie mais s'il en est empêché par la pauvreté ou quelque autre raison, cela ne lui est point imputé à péché. Je leur demandai s'il leur était permis de boire du vin et ils poussèrent tous un grand soupir avant de dire :

— Il est écrit :

Ô croyant, le vin, les jeux de hasard, l'adoration des statues, et le jeu de dés, sont une abomination inventée par Satan : abstenez-vous-en, et la bénédiction sera sur vous.

D'autres alors se récrièrent :
— Il est écrit également :

Boire du vin est un grand péché bien que l'on puisse en retirer quelque plaisir. Cependant le péché est plus grand que le plaisir.

Un eunuque, qui était resté derrière nous à nous écouter, ne put se retenir plus longtemps d'intervenir.
— Il y aurait beaucoup à dire sur le vin et nombre de poètes, en particulier les Persans, ont célébré ses plus belles qualités. Il faut savoir que le persan est la langue des poètes comme l'arabe est celle du Prophète, alors que le turc n'est parlé que par les chiens des grandes villes. Les poètes, en chantant les louanges du vin, s'en servaient comme symbole de la vraie foi. Néanmoins, et en dehors de son utilisation symbolique, le vin est bénéfique : il stimule les reins, fortifie les intestins, ôte les soucis, et suscite en l'homme la noblesse et la grandeur. A vrai dire, si Allah, en son indéchiffrable sagesse, n'eût point interdit au croyant d'en boire, le vin n'aurait point d'égal en ce monde.
Antti se retourna d'un air courroucé vers l'eunuque.
— Espèce de chapon, s'écria-t-il, tu me casses les oreilles ! Sache que j'ai pris le turban dans le seul but d'échapper à la malédiction du vin ! Du vin qui s'écoule avec notre bon sens et notre argent, du vin qui rend l'homme malade et lui fait voir des créatures qui n'existent pas ! Allah me préserve de laisser jamais cette saleté toucher mes lèvres !
— Je vois que tes questions sont d'un homme sincère, dit l'eunuque en s'accroupissant derrière moi. Tu fais preuve de bonne volonté en t'enquérant en premier lieu de ce qui est interdit. Mais il n'est point dans l'intention

d'Allah de réduire ses fidèles en esclavage et de leur rendre la vie impossible. Apprends les prières imposées, donne l'aumône que tu peux, et pour le reste, remets-t'en à Allah l'éternel Miséricordieux. De toute façon, tu pourrais passer ta vie entière à étudier le Coran et les interprétations des érudits sans en être plus sage pour autant.

Je l'écoutais parler tout en songeant qu'il devait poursuivre quelque but.

— Si ce que tu dis est vrai, interrompit Antti, l'enseignement du Prophète, béni soit son nom, serait alors tel un vêtement ample qui ne gêne d'aucune manière celui qui le porte. Je ne puis croire cependant ce que tu dis : tous les prêtres, moines, professeurs qu'il m'a été donné de rencontrer ont toujours commencé par interdire les choses agréables, comme par exemple les plaisirs de l'œil ou ceux de la chair ; ils ne cessent de répéter que le chemin qui mène au ciel est étroit et plein de pierres et que toutes les routes larges et unies mènent droit en enfer.

Mardshan, l'eunuque, sourit de toutes ses rides pour répondre :

— Nombre de choses sont agréables à Dieu, il est vrai, beaucoup plus que je ne suis capable de me rappeler, mais toutes ne sont point nécessaires !

« La tradition raconte que le Prophète, la bénédiction soit sur lui, a dit une fois :

Si une âme sans une seule bonne action à son actif se présente devant Allah le dernier jour et qu'elle mérite les feux de l'enfer, elle peut faire appel et dire : « Maître, tu t'es nommé toi-même miséricordieux et clément; comment donc peux-tu me condamner aux feux de l'enfer ? » Alors Allah dans toute sa gloire répondra : « Il est vrai que je me suis nommé moi-même miséricordieux et clément; conduisez donc mon serviteur au paradis au nom de ma miséricorde, car je suis le plus miséricordieux de ceux qui montrent de la miséricorde. »

— En vérité, l'enseignement d'Allah est un enseignement tout de bonté et de clémence ! dit Antti d'un air surpris. J'avoue que si je n'avais point vu de mes yeux remplir en son nom un sac de têtes salées, on pourrait me faire accroire que c'est le meilleur de tous. Mais on peut me raconter tout ce que l'on voudra d'un dieu qui ordonne de tuer des innocents à cause de leur foi, hormis qu'il est miséricordieux ! Dis-moi donc qui peut se convertir après qu'on lui a coupé la tête ?

Tout en écoutant, je ne cessais de m'interroger sur la raison qui poussait ce Mardshan à se donner tant de mal pour nous brosser un tableau séduisant de la religion.

— Tu nous as conté là une belle histoire pleine de piété ! lui dis-je. Quelles sont donc tes intentions ? Qu'attends-tu de nous ?

— Moi ? s'exclama-t-il, en levant les bras en signe d'étonnement. Moi, je ne suis qu'un pauvre eunuque ! On m'a seulement chargé de t'enseigner l'arabe si tu apprends vite. Ton frère quant à lui deviendra un guresh si le nègre Moussouf consent à lui montrer son art. C'est tout ce que mon maître peut lui proposer pour l'instant.

Sinan le Juif et le capitaine Torgut apparurent alors aux portes du palais et le bruit dans la cour s'apaisa aussitôt. Sinan s'adressa aux pirates et leur fit distribuer des vêtements d'honneur ainsi que de petites sommes d'argent. Puis la nuit vint et Mardshan nous conduisit vers les communs du bâtiment ; il nous montra à nous installer du mieux que nous pûmes dans les baraques où étaient logés les esclaves et les hommes de la garde de Sinan le Juif.

Avec le Coran comme livre d'études, Mardshan m'apprit donc la langue arabe et m'enseigna à lire et à écrire ses étranges caractères. Moussouf avait repris la mer avec le capitaine Torgut et Sinan le Juif dut trouver un autre professeur de lutte pour Antti. On m'avait rendu mon chien et je ne saurais dire lequel de nous deux en était le plus heureux ! En fin de compte, comme on le voit, je n'avais point à me plaindre de ma condition d'esclave ! Et pourtant, à mesure que les jours passaient, l'impression d'être surveillé et épié dans mes moindres mouvements me pesait chaque jour davantage et je m'interrogeais avec angoisse sur le sort qui m'était réservé. Sinan le Juif n'était point homme à répandre ses faveurs sur qui que ce soit sans avoir de bonnes raisons !

Un jour, tandis que je frottais vigoureusement à la brosse le sol de la pièce réservée aux bains, Giulia vint à moi sans être vue de personne.

— Pour l'esclave, travail d'esclave ! ironisa-t-elle.

— Giulia ! m'écriai-je, si heureux de la voir que j'en oubliai ses paroles blessantes. Es-tu bien traitée ? Puis-je faire quelque chose pour toi ?

— Brosse ton pavé et garde les yeux baissés en ma présence. Je suis une dame distinguée qui n'a rien à faire qu'à manger du bon couscous et des pétales de rose conservés dans le miel. Tu peux constater d'ailleurs que mes joues sont nettement plus rebondies qu'autrefois.

— Sinan le Juif a-t-il pris son plaisir avec toi ? demandai-je en proie à une terrible jalousie. Et vivre ainsi à ne rien faire ne te pèse-t-il point ? La paresse est la mère du vice, Giulia, et je ne voudrais pas que tu y sombres !

Elle releva son voile d'un geste machinal et me tapota la joue.

— J'ai toute raison de penser que mon maître prend son plaisir avec moi, car il m'appelle souvent en sa présence et me fait regarder à l'intérieur d'un plat de cuivre rempli de sable dans lequel je trace des lignes avec mon doigt.

— Allah ! criai-je, sans rien comprendre au comportement surprenant de notre maître. Et pourquoi veut-il que tu traces des lignes dans le sable ?

— Comment le saurais-je ? répondit Giulia d'un air enjoué. Je crois qu'il a dû retomber en enfance et qu'il lui plaît d'avoir une excuse pour m'appeler et admirer ma beauté. Parce que je suis réellement belle comme la lune et que mes yeux ressemblent à des joyaux de couleur différente.

J'entendis un éclat de rire fuser derrière moi et Sinan le Juif écarta un rideau pour s'avancer vers nous, ne pouvant contenir plus longtemps son hilarité. Mardshan l'eunuque le suivait, collé à ses talons, et se tordait les mains d'un air effaré. Je crus ma dernière heure arrivée : j'avais osé adresser la parole à Giulia et elle avait découvert son visage, ce qui, chez les musulmans, constitue un grave péché !

Malgré la terreur panique qui s'était emparée de moi, je ne songeai qu'à sauver Giulia.

— Punis-moi, ô maître, dis-je en levant ma brosse. Elle est innocente et c'est moi qui lui ai parlé le premier ! Sache cependant que nous n'avons pas dit un seul mot qui ne soit à la gloire de ta bonté et de ta sagesse.

— J'ai entendu la chaleur de vos louanges, en effet ! dit Sinan, riant encore plus fort. Lève-toi et laisse ton nettoyage, Mikaël. Ne crains rien. Ne m'as-tu point déclaré être médecin ? Alors tu dois savoir qu'une femme a le droit de paraître dévoilée sans pécher devant un homme de ta profession. Viens à présent, il est temps que nous parlions sérieusement. Je veux te présenter à ton futur maître auquel désormais tu devras obéissance.

Il s'en fut, et mon sang se glaça dans mes veines.

— Sinan t'a donné en cadeau et il te faut suivre Abou al-Kassim, ton nouveau maître, insista Mardshan. C'est un marchand de drogues de mauvaise réputation, la malédiction soit sur lui ! Il vient de la ville d'Alger.

Mon cœur battait à grands coups dans ma poitrine mais Mardshan m'intima l'ordre de me dépêcher et n'ayant point le choix, je courus derrière Sinan.

Les yeux baissés, je pénétrai dans la pièce ; Sinan s'adressa à moi avec bienveillance, m'invita à prendre place sur un coussin et à regarder sans crainte. J'obéis et fus surpris de voir en face de moi un homme de petite taille semblable à un singe et vêtu de haillons. Il avait un air tout à fait malhonnête et tandis que je me soumettais à l'examen de son regard perçant, je pensais que je n'avais rien à espérer de bon de cet individu.

Je me tournai, l'air implorant, vers Sinan qui me dit alors dans un sourire :

— Voici ton nouveau maître, Abou al-Kassim. C'est un homme très pauvre qui gagne à peine de quoi vivre en diluant de l'eau de rose et en vendant des imitations d'ambre gris et du noir de fumée de mauvaise qualité pour les yeux. Il a promis de t'envoyer tous les jours au madrasseh de la mosquée à Alger, où tu auras l'occasion d'écouter les meilleurs professeurs. Ainsi tu apprendras plus rapidement la langue arabe et les piliers de la foi : la loi, la tradition, et le droit chemin.

Je n'osai pas élever la moindre protestation et inclinai ma tête en signe de soumission.

— On m'a dit que tu es médecin et que tu connais les remèdes chrétiens, dit alors Abou al-Kassim en me dévisageant. j'ai eu une dure journée et souffre à présent de l'estomac. Peux-tu me guérir ?

L'expression de ses petits yeux méchants m'était si désagréable et je le trouvais si repoussant que je n'avais nulle envie de l'examiner, mais force me fut d'obéir.

— Montre-moi ta langue ? ordonnai-je. Es-tu allé à la selle aujourd'hui ?... Attends, je vais te prendre le pouls... Il ne me reste plus qu'à tâter ton estomac... et je vais te dire de quel remède tu as besoin.

Abou al-Kassim se prit le ventre en gémissant :

— Oui, je vois que tu connais ton métier tel qu'on le pratique chez les Francs. Mais, je crois que le meilleur remède pour soigner mes douleurs serait une coupe de bon vin... et si c'est un médecin qui me l'ordonne, je pourrai la boire sans pécher.

Je commençais à me demander s'il ne me mettait pas à l'épreuve, quand Sinan le Juif se mit à son tour à se frotter le ventre en poussant de grandes lamentations.

— Maudit sois-tu, Abou al-Kassim ! criait-il. Tu as introduit une maladie contagieuse sous mon toit et voilà que je suis atteint moi aussi ! L'enfer se déchaîne dans mes entrailles et je pense que seul le remède dont tu as parlé peut m'apporter quelque soulagement. Par la grâce sans limite d'Allah, il se trouve que j'ai ici une jarre scellée pleine de vin. Je la tiens d'un capitaine de vaisseau qui m'a affirmé en me l'offrant n'en point connaître de meilleur. Pouvais-je refuser son cadeau sans l'offenser ?

« Nous avons confiance en toi, Mikaël. Brise le sceau, hume ce vin et goûte-le, puis dis-nous s'il nous fera du bien. S'il en est ainsi, nous pourrons en boire sans commettre de péché.

Les deux vieux fripons assis en face de moi me regardaient, mine benoîte, comme si j'eusse été leur maître au lieu de leur esclave, et je ne vis point d'autre issue que de briser le sceau de la jarre. Je versai ensuite le vin dans les trois coupes artistement ciselées que Sinan me tendit avec empressement.

— Goûte à présent le remède, m'ordonna-t-il, et dis-nous s'il convient pour traiter notre maladie.

Je savais que ce n'était point la qualité du vin qu'il mettait en doute mais qu'il désirait à la fois s'assurer que la boisson ne contenait nul poison et me compromettre afin que je ne puisse aller plus tard le dénoncer. Quoi qu'il en fût, je savourai avec plaisir le breuvage sombre, doux et parfumé avant qu'il n'eût à répéter son ordre.

— Au nom d'Allah, buvez ! leur dis-je. C'est un excellent vin capable de guérir à coup sûr toutes les maladies du corps et de l'esprit.

Quand nous eûmes bu, et bu, et bu encore, Abou al-Kassim s'adressa à moi.

— On m'a dit que tu as appris l'art de la guerre chez les chrétiens, que tu as combattu toi-même, que tu parles plusieurs langues franques et que tu connais en général toutes ces matières mieux que l'on ne pourrait s'y attendre d'un homme de ton âge. Mardshan l'eunuque s'en est souvent étonné devant moi !

Je gardai le silence et, les joues en feu, bus encore une coupe. Les mots sonnaient étrangement dans la bouche de ce vieux loqueteux.

— Que dirais-tu, reprit-il, si, outre fabriquer des drogues frelatées et poursuivre de vaines études à l'école de la mosquée, tu avais la chance de servir le plus grand souverain du monde ?

— Je l'ai servi assez longtemps, répondis-je les lèvres pincées, et n'en ai obtenu pour toute récompense que de l'ingratitude. Non ! J'en ai assez de l'empereur ! Il a même tenté de m'expédier au-delà de l'océan occidental pour lui conquérir de nouveaux royaumes, sous le commandement d'un ancien porcher !

Abou al-Kassim me coupa avec impatience :

— Tu parles de choses que je ne connais point. Je ne pensais pas à l'empereur des incroyants, le souverain de Germanie et d'Espagne, mais au grand sultan Soliman. Lui sait récompenser ceux qui le servent avec justice et libéralité.

— La bénédiction sur lui ! ajouta Sinan le Juif. Le sultan a ravi aux chrétiens les places fortes de Belgrade et de Rhodes. Il a déjà conquis la Hongrie et, selon la prédiction, va étendre sa domination sur tous les peuples de la chrétienté. Il est la Sublime-Porte, le refuge de tous les rois. Il fait du riche un pauvre et du pauvre un riche et ne laisse personne plier sous un fardeau trop lourd, de sorte que les hommes vivent sans crainte et dans une fraternelle entente à l'intérieur de ses domaines.

— Ne crois point que ce soit là propos d'ivrogne ! renchérit Abou al-Kassim avec enthousiasme. Dans l'empire de Soliman, la justice est incorruptible, car ses juges prononcent leurs sentences selon la loi et non selon les personnes. Nul n'est contraint à renoncer à sa foi et les juifs comme les chrétiens y jouissent des mêmes droits ; par exemple, le patriarche grec porte le titre de grand vizir et fait partie du divan, que vous appelez conseil. Aussi est-ce bien la raison pour laquelle les opprimés et les persécutés du monde viennent se réfugier à la Sublime-Porte où ils trouvent protection. La bénédiction sur le sultan Soliman, le soleil du peuple et le maître des deux moitiés du monde !

— Hosannah ! s'écria Sinan le Juif, les larmes aux yeux et oublieux de son turban.

J'en conclus qu'ils devaient être tous deux passablement pris de boisson et résolus de ne croire que la moitié de tout ce qu'ils me raconteraient. Sinan le Juif déplia ensuite une grande mappemonde sur laquelle il suivit avec le doigt les côtes d'Espagne, d'Italie et de Grèce puis, à l'opposé, celles de l'Afrique. Il me montra où se trouvaient l'île de Djerba, puis le sultanat de Tunis, la ville d'Alger et enfin l'île de Zerjeli où Khayr al-Dîn rassemblait sa flotte.

— Il y a trois cents ans, trois trop longs siècles ! que les

Hafsides sont les maîtres de ces côtes, ajouta-t-il. Le sultan Muhammed, qui se trouve aujourd'hui à la tête de Tunis, n'est qu'un vieux débauché, allié de surcroît à l'empereur chrétien. Sa famille régnait également sur Alger quand le grand Khayr al-Dîn et son frère les ont jetés dehors et se sont placés sous la protection de la Porte. Mais les traîtres hafsides ont demandé de l'aide à l'empereur, les deux frères de Khayr al-Dîn ont tous deux péri en combattant contre les Espagnols et les Berbères, et Alger est donc retombée aux mains de la vieille dynastie. En échange de leur aide, les Espagnols ont élevé à l'entrée du port une puissante forteresse qui constitue un obstacle considérable dans la guerre que nous poursuivons en mer contre les chrétiens. Par leur attitude, les sanguinaires Hafsides se sont eux-mêmes dressés contre Soliman qu'ils n'invoquent plus dans les mosquées au cours des prières d'intercession du vendredi. Sélim ben-Hafs a mis un point final au délai de grâce qui lui avait été accordé en signant une alliance avec les incroyants et en permettant aux Espagnols de s'installer à l'entrée du port.

— Cependant, chez les chrétiens on raconte que le sultan a signé avec la France un traité contre l'empereur, dis-je. Comment est-il donc possible que le grand Soliman accepte de s'allier avec un infidèle si de telles alliances sont aussi condamnables ?

Ils échangèrent un regard perplexe et Sinan le Juif se décida à répondre :

— Nous ne savons rien de cette histoire mais de toute façon, le sultan a parfaitement le droit de venir à l'aide du roi de France si ce dernier l'en prie humblement. Il s'agit dans ce cas d'affaiblir le pouvoir de l'empereur, alors que le souverain d'Alger et de Tunis appelle à son aide des infidèles contre le sultan et Khayr al-Dîn, ce qui me paraît tout à fait différent !

— Peut-être ! répliquai-je. Mais attendez-vous de moi que je me lance dans la bataille à mains nues pour reconquérir Alger au bénéfice d'un sultan que je n'ai jamais vu ?

Ils éclatèrent de rire en se donnant de grandes claques

sur l'épaule l'un de l'autre, puis crièrent en chœur, les joues empourprées par la boisson :

— Ah, quel excellent hakim avons-nous là ! Son regard d'aigle sait discerner les choses cachées ! Mikaël, tu as deviné exactement ce que nous attendons de toi : reconquérir Alger à mains nues et proclamer gouverneur le grand amiral Khayr al-Dîn ! Il pourra ainsi en chasser les incroyants, imposer enfin la paix sur ces malheureux rivages, et en terminer avec l'obstruction que ces maudits Espagnols font à nos entreprises navales.

— Eh bien, puisque vous reconnaissez enfin que je suis un hakim, un médecin, je vous interdis de boire une goutte de plus ! Votre esprit est déjà suffisamment embrumé ! La cité d'Alger n'est-elle point immense, redoutable et entourée de murailles inexpugnables ?

— Certes, tu dis vrai ! reprirent-ils d'une seule voix. C'est une ville resplendissante construite au bord de cette mer couleur d'azur, un joyau brillant de mille feux que notre capitaine Khayr al-Dîn désire placer à côté du croissant sur le turban du sultan Soliman. Et n'oublie pas que la ville entière n'est protégée que par la forteresse espagnole qui bloque l'entrée du port en empêchant la libre navigation.

— Quelle malédiction est donc sur moi, m'exclamai-je en arrachant le turban de ma tête, pour que je tombe chaque fois sur des fous qui, ou bien font de moi leur dupe ou bien me demandent l'impossible !

— Écoute, Mikaël ! reprit Abou al-Kassim sur le ton de la conciliation. Nous t'offrons ici la chance d'accomplir de grandes actions qui t'apporteront gloire et honneur. Tant de crimes, de fratricides, de querelles et tant de débauches ont marqué le règne des Hafsides que leur chute ne peut qu'être un acte agréable à Dieu. Baba Aroush est mort en tentant de les renverser, ses deux frères Elias et Ishak sont tombés dans le même combat, et seul de la famille reste à présent vivant le plus jeune qui s'appelle Khayr al-Dîn.

— La tête me tourne avec tous ces noms que vous m'assenez d'un seul coup ! leur dis-je. D'ailleurs je ne comprends guère comment toi, un trafiquant de parfums bon marché, tu peux parler de cet amiral comme si c'était ton propre frère !

— Le sage cache son trésor, intervint alors Sinan. Ne juge jamais un homme sur sa vêture ou sur son apparente pauvreté. Moi-même, misérable entre les misérables, je suis juif de naissance et j'ai dû me convertir au christianisme avant de pouvoir prendre le turban et reconnaître le Prophète, la bénédiction sur lui !

Puis, les larmes dans les yeux, il poursuivit :

— Nous qui arrachons notre pauvre pitance en courant sur les mers, nous sommes faibles pris séparément. Nous devons donc unir nos forces à présent que des nuages de tempête s'amoncellent à l'horizon, particulièrement à l'ouest. Et nous devons aussi poser les fondements d'un solide pouvoir maritime sous l'égide du sultan, afin qu'il reconnaisse Khayr al-Dîn bey d'Alger et lui envoie un kaftan d'honneur avec un fouet de la queue d'un cheval. Voilà donc tout le problème : prendre d'abord Alger pour ensuite construire un arsenal et une base d'opérations en mer.

Ainsi Sinan le Juif me révéla-t-il ce soir-là la conspiration des pirates, qui me parut infaillible ; j'étais même prêt à reconnaître qu'ils avaient choisi le moment idéal pour la mener à bien puisque l'empereur était occupé dans une guerre sans merci avec le roi de France, le pape, Venise et qu'en outre, il avait dispersé ses forces d'une manière inconsidérée en envoyant une partie de sa flotte conquérir de nouvelles terres par-delà l'océan occidental. Personnellement, je n'éprouvais aucun attachement particulier à l'égard de son impériale majesté, même si j'avais participé au sac de Rome sous ses couleurs, mais je n'avais pas davantage l'envie de perdre ma tête au service de Khayr al-Dîn.

— Rassemblez donc votre flotte, attaquez Alger comme des braves et gagnez la bataille pour votre sultan ! dis-je. Le temps est propice et nul doute que Soliman se fera le plus grand plaisir de vous envoyer des kaftans d'honneur aussi bien que des queues de cheval !

— Non, non, on ne peut agir ainsi ! répondirent-ils avec un bel ensemble. Il faut que ce soient les habitants eux-mêmes qui renversent leur souverain et appellent à leur tête Khayr al-Dîn. Nos forces sont beaucoup trop faibles pour prendre la place d'assaut — surtout avec les tribus berbères, qui nous sont hostiles, sur nos arrières. Nous le savons fort bien car nous avons essayé.

— Tu vas venir avec moi à Alger, poursuivit Abou al-Kassim, où tu acquerras une réputation de médecin. Tu étudieras également à l'école de la mosquée et tu seras circoncis pour gagner la confiance de tes professeurs. Ton frère pourra gagner sa vie comme lutteur sur la place du marché près de la mosquée. S'il est aussi fort que ce que nous croyons et espérons, sa renommée ne manquera pas de parvenir rapidement aux oreilles du sanguinaire Sélim ben-Hafs qui le fera appeler pour voir une démonstration de son art. Enfin la jeune fille, dont les yeux ressemblent à des joyaux de couleur différente, lira dans le sable en traçant des lignes avec ses doigts et fera à propos d'utiles prédictions.

— Veux-tu dire que tu ne vas pas me séparer de mon frère et que tu prends aussi Giulia et que... et que je puis garder mon petit chien ? bégayai-je d'étonnement.

Sinan le Juif me fit un signe d'assentiment et, le regard adouci par le vin, ajouta :

— Tel était le message du livre sacré ! Si nous gagnons, de grandes tâches t'attendent dans l'avenir, à côté desquelles cette mission ne paraîtra plus qu'une simple mise à l'épreuve de ta loyauté.

— Et en quoi cela augmenterait-il mon intérêt pour vos projets ? ricanai-je. Si je réussis cette fois, ce ne sera que pour me voir charger de travaux toujours plus difficiles jusqu'à ce que je croule sous leur poids. Et que savez-vous de ma loyauté ? Qu'est-ce qui m'empêcherait, une fois arrivé à Alger, de me rendre directement chez Sélim ben-Hafs et de lui révéler vos plans ?

L'œil unique de Sinan brillait d'une lueur glaciale tandis qu'il me disait :

— Esclave ! Tu n'en retirerais qu'une joie brève bientôt suivie d'une misère beaucoup plus grande ; tôt ou tard, Khayr al-Dîn finirait par t'attraper pour t'écorcher vif et te faire rôtir à la broche.

— Du calme, Sinan ! coupa Abou al-Kassim en levant la main avec un sourire. Je connais le cœur des hommes et puis t'assurer que Mikaël el-Hakim ne te trahira pas. Inutile de chercher comment je le sais, je ne saurais le dire et je pense d'ailleurs que Mikaël lui-même l'ignore.

Sa confiance m'alla droit au cœur parce qu'en songeant à ma vie passée, je savais que ni lui ni personne ne pouvait y trouver de solides encouragements à se fier à moi, même si l'on ne pouvait jamais mettre en doute la pureté de mes intentions.

— Je ne suis qu'un esclave qui ne peut agir de sa propre volonté, répondis-je. Mais si Abou al-Kassim me donne sa confiance, je ferai tout pour tenter de m'en montrer digne.

« Répondez encore à une question : un esclave peut-il posséder des esclaves ?

Je vis que cette demande les prenait au dépourvu et néanmoins Sinan le Juif répondit aussitôt :

— Naturellement ! Un esclave peut acquérir des esclaves s'il a atteint une position honorable, mais il continue cependant d'appartenir à son maître.

— Alors je me soumets à la volonté d'Allah, dis-je, tout à fait réconforté, et si ma loyauté doit m'amener au trépas, cela est écrit et je n'y puis rien faire. Ô mon maître Sinan, montre-toi noble et généreux, et promets de me donner ton esclave Giulia si j'accomplis ma mission avec succès, ce dont je doute sérieusement.

— Esclave, qui donc es-tu pour ainsi marchander avec moi ? dit Sinan en se caressant la barbe du bout de ses doigts maigres.

— Marchander ? repris-je surpris. Une telle promesse n'augmenterait en rien ma loyauté ou mon empressement à te servir ; d'ailleurs je ne puis même pas dire si ton consentement m'apportera bonheur ou malheur. Quoi qu'il en soit, je te supplie humblement de promettre que tu me l'accorderas !

Sinan retourna la jarre vide d'un air triste avant de me répondre.

— Ma propre générosité me fait monter les larmes aux yeux. Mon cher esclave Mikaël, je jure que le jour où Khayr al-Dîn franchira triomphalement les portes grandes ouvertes d'Alger, la fille sera à toi ; je te céderai mes droits sur elle devant témoins. Que le diable m'emporte si je romps cette promesse !

Il versa quelques larmes d'émotion, me prit dans ses bras et Abou al-Kassim vint également se joindre à nous. Ensuite Sinan repoussa le beau tapis du bout du pied, se saisit d'un anneau de cuivre scellé dans une des dalles de marbre qui couvraient le sol de la pièce où nous nous trouvions et le tira au prix d'un grand effort. Puis, sans plus se soucier de sa dignité, il se coucha de tout son long, introduisit son bras dans le trou et le ramena en brandissant une jarre de vin frais.

Je n'ai plus qu'un vague souvenir de ce qui se passa ensuite ; tout ce que je sais, c'est que lorsque j'ouvris les yeux le lendemain matin, j'étais couché la barbe de Sinan dans une main et les doigts de pied d'Abou al-Kassim dans la bouche. J'avoue que mon réveil ne fut rien moins qu'agréable.

Après un bain turc et un massage, j'avais si bien repris mes esprits et me sentais si heureux de vivre que je ne savais plus si je n'avais point rêvé les événements du jour précédent. Hélas, après la prière de midi, Sinan m'intima l'ordre de me préparer pour le voyage.

Abou al-Kassim nous conduisit au crépuscule vers un petit vaisseau ancré dans le port. Giulia, entièrement voilée, était également avec nous mais bien trop fière pour nous adresser la parole. Poussés par un bon vent, nous nous trouvâmes bientôt en pleine mer. Ainsi mon nouveau maître quittait-il l'île de Djerba, d'une manière aussi silencieuse et discrète qu'il y était venu.

Je restai dehors à contempler les ténèbres et me passai la main sur le cou : il me parut plus maigre que jamais et je me pris à penser aux périls dans lesquels, en dépit de toutes mes bonnes intentions, ma malheureuse étoile venait encore de me plonger.

ou Kader al-Din [illegible] accompagnèrent [illegible] portes grandes ouvertes d'Alger. « Que [illegible] à toi, je te cédai mes droits sur elle devant témoins. Que le glaive m'emporte si je romps cette promesse! »

Il versa quelques larmes d'émotion, me prit dans ses bras et Abou al-Kassim vint également se joindre à nous. Ensuite Sinan repoussa le beau tapis du bout du pied, [illegible] un anneau de cuivre scellé dans une des dalles de marbre qui couvraient le sol de la pièce où nous nous trouvions et la [illegible] d'une grande [illegible]. Puis sans plus se soucier de sa dignité, il se coucha de tout son long, introduisit son bras dans le trou et se [illegible] en brandissant [illegible] un sac.

Je n'ai plus qu'un vague souvenir de ce qui se passa ensuite; tout ce que je sais, c'est que lorsque j'ouvris les yeux le lendemain matin, j'étais couché [illegible] de Sinan dans une main et les doigts de pied d'Abou al-Kassim dans la bouche. [illegible] mon réveil ne fut pas moins désagréable.

Après un [illegible] si bien reçu mes ordres(?) et ma [illegible] heureux de vivre que je ne savais plus; je n'avais point rêvé les événements du jour précédent. Hélas, après la prière de midi, Sinan me donna l'ordre de me préparer pour le voyage.

Abou al-Kassim nous conduisit au crépuscule vers un petit vaisseau ancré dans le port. Khalil, [illegible] était également avec nous mais bien trop ivre pour nous [illegible] la [illegible]. Poussés par un bon vent, nous nous trouvâmes bientôt en pleine mer. Ainsi mon nouveau maître quitta-t-il Alger, d'une manière aussi silencieuse et discrète qu'il y était venu.

Je [illegible] d'abord [illegible] et me passa la main sur le cou : il ne restait plus [illegible] que je [illegible] et je me pris à penser aux [illegible] et de toutes mes bonnes intentions, ma [illegible] était encore de me [illegible].

DEUXIÈME LIVRE

LE LIBÉRATEUR VIENDRA DE LA MER

NOUS ne débarquâmes pas directement à Alger parce que, selon Abou al-Kassim, les Espagnols qui tenaient la forteresse sur l'île à l'entrée du port avaient accoutumé d'arrêter et de fouiller tous les navires qui cherchaient à entrer. Pour cette raison, nous touchâmes terre un peu plus loin sur la côte ; nous n'étions d'ailleurs pas les seuls à transporter des marchandises jusqu'à la ville par des chemins détournés. Dans la baie abritée où nous jetâmes l'ancre, il y avait en effet nombre de petites embarcations dont les propriétaires ne tarissaient point d'injures contre Sélim ben-Hafs et les Espagnols qui empêchaient l'honnête commerce. Ces bateaux déchargeaient des chrétiens captifs et du butin enroulé dans des tapis sur lesquels on pouvait voir, au lieu des sceaux habituels, des taches de sang frais. Je me sentis accablé par ce spectacle.

Nous passâmes la nuit dans la cabane d'un paysan basané, homme silencieux ami d'Abou al-Kassim. Le lendemain, notre maître loua un âne, le chargea de deux grands paniers et fit monter Giulia par-dessus. Il réussit, après maintes discussions, à convaincre quelques paysans qui se rendaient également à la ville de dissimuler dans leurs bagages une grande quantité de paquets et d'amphores qu'il avait déchargés de son navire. A vrai dire, je n'avais jamais vu une créature aussi pitoyable qu'Abou al-Kassim, lorsque, se tordant les mains, déchirant ses vêtements crasseux, il suppliait les Berbères blancs et noirs d'avoir pitié d'un pauvre malheureux et de sauver ses marchandises de la rapacité de Sélim ben-Hafs.

Ce comportement n'était à l'évidence que pure comédie et en approchant d'Alger, il me dit :

— Mikaël, mon fils, nous jouons un jeu dangereux et l'on ne peut longtemps le jouer sans attirer l'attention. Trop de secret finit par nuire et mieux vaut s'exposer au mépris et à la moquerie que de perdre la tête. C'est pourquoi je me fais remarquer autant qu'il se peut ; je suis déjà connu à Alger et les enfants courent derrière moi en me montrant du doigt. Je ne sais combien de fois l'on m'a condamné pour mes ruses, mes fraudes et mes tentatives maladroites de tromper les employés de la douane de Sélim. Nul doute que je ne me fasse prendre encore cette fois-ci, tu vas voir que l'on me confisquera quelques-unes de mes marchandises au milieu de la gaieté générale. Ainsi tout est parfait, et le plus précieux de ma cargaison arrivera sans encombre à bon port. Pendant que j'y pense, cela ne serait pas mal que ton musclé de frère me bouscule un peu de temps en temps... Qui aurait l'idée de chercher des informations au sujet d'un homme dont se moquent même ses propres esclaves ?

Dans les environs de la ville, la campagne me parut belle et riche avec ses jardins, ses arbres fruitiers et ses nombreux moulins à vent sur les flancs des collines, témoins de la prospérité d'Alger. Nous traversâmes le gué d'une rivière sur les bords de laquelle je vis des femmes noires et brunes laver du linge à demi nues, leurs vêtements aux vives couleurs enroulés autour des reins.

La ville elle-même descendait en pente douce jusqu'à l'azur de la mer brumeuse et ses maisons étincelaient de blancheur sous les rayons du soleil. Une épaisse muraille entourée d'un fossé s'élevait tout autour d'elle et du haut de la tour ronde construite à l'angle le plus élevé du rempart, l'on pouvait dominer la ville et le port. La porte de l'Est grouillait de monde lorsque nous l'atteignîmes ; les gardes séparaient les chèvres des brebis à coups de bâton, laissant passer les paysans et arrêtant tous les étrangers pour inspecter leurs bagages. Abou al-Kassim nous ordonna de ne pas le quitter d'une semelle, puis il releva le coin de son manteau sur son visage et, tout en murmurant nombre de bénédictions et de citations du Coran, il essaya de passer furtivement sous le nez des gardes qui se saisirent de lui et lui découvrirent la face. Je n'ai jamais vu de figure plus déconfite que celle d'Abou à ce moment-là. Il maudit le jour de sa naissance et se mit à gémir :

— Pourquoi me persécutez-vous sans cesse, moi, le plus pauvre d'entre les pauvres ? Vous finirez par me faire perdre toute foi en la miséricorde d'Allah le Tout-Puissant !

— On te connaît, Abou al-Kassim ! répondirent les gardes en riant. Tu ne réussiras pas à nous tromper ! Dis-nous ce que tu as à déclarer ou tu perdras tout !

Mon maître montra du doigt Antti, puis moi, puis Giulia juchée sur l'âne et dit en se répandant en larmes amères :

— Ne voyez-vous pas, hommes sans pitié, que je ne porte que quatre œufs et un nid pour les mettre à couver ?

Mais les hommes ignorèrent sa plaisanterie et nous amenèrent au poste de garde. Abou al-Kassim nous fit avancer à coups de poing devant lui, alors je me tournai et le giflai en disant :

— Est-ce ainsi que tu traites tes esclaves de valeur, misérable ?

Abou al-Kassim leva sa main comme pour me châtier mais mon regard le fit reculer et il pleurnicha :

— Regardez comment mon esclave me traite ! Allah sans doute ne veut plus de moi, lui qui me charge d'une créature pareille !

Les gardes l'emmenèrent devant leur chef. Abou al-Kassim énuméra les marchandises pour lesquelles il était disposé à payer et on en dressa une liste par écrit.

— Aussi vrai que je suis un homme honorable qui pas une seule fois en sa vie n'a tenté de tromper qui que ce soit, je ne transporte rien d'autre que l'on puisse taxer. En foi de quoi et pour preuve de ma bonne volonté, je vous offre mes trois dernières pièces d'or.

Les hommes se contentèrent de ses explications et tout en riant, prirent les monnaies, ce qui m'amena à la conclusion que cette ville était moins bien gouvernée que ce qu'elle eût pu être puisque les gardiens de ses lois se laissaient acheter aussi ouvertement. Cependant, alors que mon maître allait sortir, un morceau d'ambre gris gros comme le poing glissa de dessous son aisselle où il l'avait caché et remplissait déjà la pièce de son parfum de grand prix.

Abou al-Kassim devint gris comme la cendre et je me demandai comment il arrivait à un tel contrôle de ses traits à moins qu'il ne vécût si intensément sa comédie qu'il ne fût parvenu à y croire lui-même.

— Hassan ben-Ismaël, bégaya-t-il, crois-moi, j'ai oublié de mentionner ce petit morceau d'ambre gris. Il y a aussi un chameau borgne, qui porte un sac de grains dans lequel j'ai dissimulé cinq amphores de bon vin. Laisse passer le chameau et viens me voir demain soir ; nous pourrons discuter de cette affaire à tête reposée. En attendant et pour preuve de ma bonne volonté, tu peux garder ce morceau d'ambre gris et Allah te récompensera le jour du Jugement.

L'officier eut un rire plein de mépris mais il accepta, et rendit même l'ambre gris sous prétexte que son parfum rendait l'atmosphère de la pièce irrespirable. Abou al-Kassim, dès qu'il fut dehors dans l'étroite ruelle, grimpa lestement sur le dos d'Antti.

— Faites place à Abou al-Kassim le Charitable, l'ami du pauvre, de retour d'un voyage qu'Allah a béni ! criait-il d'une voix perçante.

Ainsi donc Antti se vit-il obligé de transporter son fardeau hurleur et nous ne manquâmes point d'attirer l'attention tandis que nous nous traînions de rue en rue jusqu'au taudis de notre maître, situé près du port. Des regards curieux nous épiaient derrière des fenêtres treillissées, et nous eûmes bientôt à nos trousses une petite bande de garnements qui braillaient et s'en donnaient à cœur joie. Mon maître leur jetait de temps en temps une pièce de cuivre, en prenant Dieu et tous les croyants à témoin de sa générosité.

Sa demeure était une masure de torchis à moitié écroulée, flanquée d'un petit magasin fermé avec des verrous et des barres de fer et rempli d'amphores qui empestaient. Un malheureux esclave faible d'esprit et sourd-muet de naissance montait la garde dans la cour. Il se mit à raconter ce qui s'était passé durant l'absence de son maître avec des grognements et en agitant ses doigts tout en ne cessant de baiser le bord crasseux du manteau d'Abou al-Kassim. Il me paraissait incroyablc qu'un tel maître eût pu inspirer une dévotion pareille à cet esclave qui n'avait même pas de nom, puisqu'un nom est inutile à celui qui ne peut entendre lorsqu'on l'appelle ! Il est vrai cependant qu'Abou al-Kassim, aussi étrange que cela puisse paraître, le traitait toujours avec bienveillance. Et pourtant l'infirme se montrait maladroit, cassait tous les jours quelque objet et cuisinait abominablement.

— Il me convient parfaitement ! me répondit mon maître un jour que je m'étonnais de sa patience.

« Il n'entend rien de ce qui se dit ici et ne peut parler de ce qu'il a vu. Il me donne en outre chaque jour l'occasion d'exercer patience et maîtrise de soi, qualités essentielles dans ma périlleuse profession.

Giulia ôta son voile après avoir pénétré dans l'horrible tanière et examiné ses deux pièces au sol de terre battue et leurs paillasses déchirées.

— Aurai-je souffert les affres du mal de mer et supporté les brûlures du soleil pour tomber dans un lieu pareil ? dit-elle d'un ton larmoyant. Moi qui ai mangé du bon couscous et obtenu la faveur de Sinan le Juif ! Comment a-t-il pu me donner à un homme d'une telle abjection !

Loin de cacher son désappointement, elle se répandait en lamentations de plus en plus bruyantes. Abou al-Kassim lui posa une main consolatrice sur l'épaule tandis que le sourd-muet, inquiet de la voir pleurer, était tombé à genoux devant elle le front pressé contre le sol. Giulia lui donna un coup du bout de sa babouche rouge et rejeta la main d'Abou al-Kassim.

— Vends-moi au marché à qui tu voudras, s'écria-telle, mais ne t'approche pas de moi sinon je te plante un poignard dans la gorge !

Abou al-Kassim se tordit les mains mais ses yeux brillaient lorsqu'il dit :

— Hélas, reine de mon cœur, comment peux-tu te montrer si cruelle avec moi ? Je crains d'avoir fait une mauvaise affaire en t'achetant à Sinan le Juif pour l'amour de ta beauté radieuse et pour la glorieuse variété de tes yeux. Peut-être ce juif éhonté m'a-t-il trompé quand il m'a vanté ton caractère avenant et qu'il m'a juré que tu pouvais prédire l'avenir en traçant des caractères sur le sable...

Giulia fut si étonnée qu'elle en oublia ses plaintes.

— Il m'a parlé, c'est vrai, de dessiner des lignes dans le sable et d'expliquer ce que j'y voyais, mais il n'a jamais soufflé mot de lire l'avenir ou de faire des prédictions !

— Eh bien, pour moi aussi tu dessineras dans le sable et tu diras ce que tu vois, car en vérité tu es plus belle que la lune et tes paroles coulent de ta bouche plus douces que le miel. Ah ! Je vois que je dois te révéler tous mes secrets ! Suis-moi mais ne dis jamais rien de ce que tu vas voir !

De l'une de ses cachettes, il sortit une clé enveloppée dans un chiffon et nous conduisit dans son obscure réserve. Là, après avoir déplacé quelques barils et amphores, il découvrit une porte étroite, l'ouvrit et nous pénétrâmes à sa suite dans une pièce aux murs et au sol recouverts de luxueux tapis. Elle contenait en outre nombre d'objets et de coupes de cuivre merveilleusement travaillés. Il souleva une tenture pour nous montrer une grille de fer forgé derrière laquelle on distinguait une alcôve avec un large divan et un Coran posé sur son support. Il ouvrit au moyen d'une clé spéciale et alluma un petit cône de myrrhe dont la fumée bleue se répandit bientôt dans toute la pièce. Alors il souleva le couvercle d'un coffre et en sortit des étoffes de velours et de brocart, des plats d'argent et nombre de lourds gobelets d'or. Sans doute cherchait-il par cette exhibition à flatter Giulia dans sa vanité.

Elle parut en effet se radoucir et alla même jusqu'à

reconnaître qu'elle se sentirait chez elle ici, maintenant qu'elle s'était accoutumée à souffrir tant de privations.

— Mais il faut me donner la clé de la grille, intima-t-elle, afin que je puisse me retirer à ma guise ! Je ne permets à personne de me déranger quand je médite ou que je suis occupée à ma toilette ou que je dors !... Et si tu t'imagines que tu pourras venir partager cette couche avec moi, tu te trompes lourdement, Abou al-Kassim !

Ce dernier, tout entier affairé à polir avec un coin de son manteau un gobelet d'or terni sur lequel il venait de cracher, fit la sourde oreille. Sur un signe de lui, le sourd-muet apporta de l'eau dans laquelle il mélangea des herbes aromatiques aux propriétés rafraîchissantes. Après avoir étanché notre soif, il nous invita à prendre place sur les coussins pendant qu'il amenait un grand plateau de cuivre rempli de sable fin.

— Ô cruelle Dalila, aie pitié de ton serviteur ! dit-il. J'attends impatiemment ce moment depuis le jour où Sinan le Juif m'a parlé de ton étrange pouvoir. Jette, je t'en prie, un regard de tes yeux merveilleux sur le sable, remue-le avec ton doigt et dis-moi ce que tu vois.

Je me sentais plongé dans une singulière torpeur, assis en tailleur sur un coussin moelleux, le parfum âcre de la myrrhe flottant dans l'air et cette chaleur au ventre que le vin m'avait mise. Mon chien, la truffe posée entre ses pattes de devant, poussait de petits soupirs d'aise dans cette pièce douillette et silencieuse. Et Giulia elle-même ne devait point être insensible à cette langueur ambiante car, sans discuter, elle se pencha et dessina, d'un air absent, des figures dans le sable.

— Je vois, dit-elle, des routes, des cités et la mer sans limites. Je vois aussi trois hommes. L'un maigre et laid comme un singe, le second fort comme une tour avec une tête pas plus grosse qu'un œuf de pigeon. Le troisième ressemble à une chèvre avec de petites cornes, oui, de très petites cornes pointues.

Je pensai que Giulia ne voulait que se moquer de nous mais sa voix changea peu à peu.

Elle fixait le sable telle une ensorcelée et son doigt se

mouvait comme si elle n'eût eu aucune part aux dessins qu'elle traçait.

Abou al-Kassim agita la coupe de myrrhe en murmurant doucement :

— Dalila ! Dalila ! Ô Giulia la Chrétienne ! Dis-moi ce que tu vois dans le sable !

Le front lisse de Giulia était à présent couvert de rides. Elle gémit, puis une voix inconnue se fit entendre par sa bouche.

— Le sable est rouge... disait-elle. On dirait du sang... Je vois un chaudron bouillonnant avec une foule à l'intérieur... des guerriers, des navires, des étendards... Je vois un turban qui tombe d'une tête bouffie... je vois un port... des navires et des navires entrent dans ce port au son des canons...

— Le Libérateur viendra de la mer, souffla Abou al-Kassim à voix basse. Le Libérateur viendra de la mer avant que les figues ne mûrissent. Voilà l'important, Dalila... Tu vois l'usurpateur sur son trône, le blasphémateur qui oublie et méprise les commandements d'Allah... Et tu vois aussi le turban... qui tombe de sa tête, et tu vois le Libérateur qui vient de la mer avant que les figues ne mûrissent.

Giulia remua le sable, l'air absorbé, et soudain la voix inconnue retentit, moqueuse. Elle disait :

— Abou al-Kassim, âne stupide ! Pourquoi tes maudits pieds parcourent-ils mille chemins quand un seul est le bon ? Tu n'es qu'un poisson dans le filet de Dieu, celui qui s'agite le plus obstinément, celui qui est le plus inextricablement empêtré dans les mailles ! Ta vie n'est guère plus qu'un reflet dans l'eau tranquille d'un bassin qu'un enfant en jouant agite et trouble avec le doigt en un instant. Pourquoi toujours te tromper toi-même si tu n'y gagnes pas la paix ? Pourquoi toujours fuir de toi-même et changer de forme et d'aspect ?

— Au nom d'Allah le Clément ! s'écria Abou al-Kassim foudroyé. Un esprit malfaisant parle par la bouche de cette femme et ses yeux, en vérité, doivent être maléfiques !

Il arracha de force le plateau des mains de Giulia qui

s'y cramponnait convulsivement. Ses yeux brillaient tels des diamants dans son visage blême et elle ne s'éveilla de sa transe que lorsque Abou al-Kassim lui eut à plusieurs reprises secoué la tête dans tous les sens. Son regard alors redevint vivant et se levant brusquement, elle gifla le vieillard à toute volée.

— Ne me touche pas, vieux singe dégoûtant ! cria-t-elle. N'as-tu point honte de profiter du moment où je rêve ainsi ? Cela m'arrive souvent... autrefois surtout, quand je regardais dans un bassin ou un puits. J'aime cette impression. C'est comme si je me libérais tout à coup de la malédiction de mes yeux. Mais ce n'est pas une raison pour me sauter dessus sans vergogne ! A présent laisse-moi me reposer, je suis très fatiguée. Allez, sortez tous, je veux rester tranquille !

Et elle nous chassa de la pièce.

Abou al-Kassim nous donna des couvertures et nous invita à nous arranger un endroit convenable pour dormir. Puis il s'en alla. Le sourd-muet nous apporta de la paille fraîche et fit de son mieux pour se rendre utile. Plus tard, dans la soirée, il se mit en devoir de préparer une soupe et coupant quelques petits morceaux de mouton s'apprêta à les faire griller.

Antti, qui l'observait, secoua la tête avec tristesse en disant :

— Cette pauvre créature n'a jamais dû voir un honnête repas en toute sa vie ! Regarde-le ! On dirait qu'il prépare à manger pour deux poules et un petit chiot aveugle ! Cela convient peut-être à ce vieil Abou qui n'a que la peau sur les os, mais pas à moi en tout cas !

Il poussa gentiment l'esclave, alluma un grand feu, pendit au-dessus le chaudron et jeta dedans tous les morceaux de viande et de graisse qu'il put trouver. Le malheureux sourd-muet était atterré de le voir empiler dans le feu toute sa provision de brindilles et de crottes séchées qu'il avait eu tant de mal et mis si longtemps à ramasser ; et quand mon ami découpa la moitié d'un mouton pour l'ajouter dans la marmite, le pauvre homme serra ses poings et des larmes se mirent à couler le long de ses joues.

J'entendis à ce moment-là Raël aboyer dans la cour. Il courait comme un fou dans tous les sens, poursuivi par deux poules noires. Dès qu'il me vit, il vint se réfugier à mes pieds. Je m'avisai qu'il avait le museau en sang et la colère s'empara de moi parce que mon chien était un animal paisible qui ne chassait jamais les volailles. Je me saisis d'un bâton et, justement courroucé, partit à l'attaque de ses agresseurs. Raël m'aidait de son mieux et Antti, apparu sur le seuil de la porte, nous encourageait en poussant de grands cris. Je réussis enfin à attraper les oiseaux et leur tordis le cou.

Les voisins, attirés par le bruit, s'étaient attroupés devant la porte, mais Antti se saisit prestement des volatiles et les passa à l'esclave avec l'ordre de les plumer. Le pauvre malheureux, complètement dépassé, obéit humblement et ses larmes coulaient au milieu des plumes. Il m'inspirait bien quelque pitié, mais je pensai que mieux valait pour lui qu'il s'accoutumât sans délai aux nouvelles circonstances.

Au coucher du soleil, lorsque le muezzin lança son appel mélancolique du haut du minaret de la mosquée, Abou al-Kassim trempa le bout de ses doigts dans un vase rempli d'eau et en fit gicler quelques gouttes sur ses pieds, ses poignets et son visage. Puis il déroula un tapis sur lequel il récita les prières, tandis que je m'agenouillais également et inclinais mon front sur le sol en même temps que lui. A la fin de sa récitation, il renifla l'air et dit :

— Bénissons au nom d'Allah la nourriture que nous allons prendre. Venez manger !

Nous prîmes place, assis en rond par terre, et Giulia vint nous rejoindre en se frottant les yeux et s'étirant avec grâce. Lorsque Antti amena la grande marmite, une grimace tordit les traits d'Abou comme s'il eût planté ses dents dans un fruit amer.

— Je n'ai point du tout l'intention de nourrir tous les pauvres du quartier et nous ne sommes pas ici un régiment de janissaires. Qui donc a commis cette terrible erreur ? Que ce soit la dernière fois ! Je pourrais fort me mettre en colère si je n'avais résolu de passer en paix cette première soirée.

Sur ce, il plongea la main dans la marmite et en retira la patte d'une volaille avec étonnement.

— Allah est grand, en vérité ! dit-il en la prenant tantôt d'une main tantôt de l'autre tout en soufflant sur ses doigts. C'est un miracle ! Voici un morceau de mouton qui s'est transformé en pilon de poulet !

Le sourd-muet se mit à agiter les bras, ouvrant la bouche et montrant du doigt Antti, moi et le chien qui attendait ses restes sagement assis. Quand enfin notre maître eut compris ce qui s'était passé, il sembla perdre tout appétit et se mit à pleurer.

— La malédiction d'Allah sur vous qui avez tué mes poulettes ! Hélas, mes petites poules, Mirmah et Fatima qui me donniez de si jolis œufs tout bruns et rondelets !

Des larmes coulaient sur ses joues et sa barbe clairsemée et Antti commençait à se sentir mal à l'aise.

— Ce n'est pas à nous qu'il faut en vouloir, m'écriai-je, mais à tes stupides volailles qui ont déchiré le nez de mon chien ! C'est moi qui leur ai tordu le cou et si tu ne veux pas manger, tu peux jeûner à ta guise !

Abou al-Kassim continua à soupirer et à verser des larmes sur sa barbe mais lorsqu'il vit la vitesse avec laquelle la nourriture disparaissait, il oublia son chagrin et se servit sans plus attendre. A la fin du repas, il se tapota le ventre d'un air satisfait mais nous prévint que désormais nous devrions chercher notre pitance en dehors de la maison.

— Et à quoi donc peuvent servir des esclaves affamés ? répondit Antti. Moi, il me suffit d'une nourriture simple pourvu qu'elle soit abondante. Donne-nous chaque jour un demi-mouton et un sac de farine et ni toi ni moi n'aurons jamais à nous plaindre l'un de l'autre !

Abou al-Kassim se contenta de caresser sa barbe sans mot dire et nous nous séparâmes pour aller dormir.

Le lendemain, après la prière du matin, Abou al-Kassim nous emmena faire une promenade à travers la cité. D'innombrables constructions s'entassaient à l'intérieur des remparts et il était difficile de marcher dans les ruelles étroites, grouillantes des représentants du monde entier, qu'il soit chrétien ou musulman ou encore juif ou grec. Je vis également des cavaliers du désert qui gardent le visage voilé.

Notre maître nous montra nombre de belles demeures entourées de murs, et des maisons de bains publics ouvertes à tous, sans distinction de croyance, de couleur ou de richesse et où le riche paie une grosse somme pour ses bains alors que le pauvre peut y aller gratuitement au nom du Clément. Tout en haut de la cité, se dressait la casbah de Sélim ben-Hafs avec sa multitude de bâtiments, et l'on apercevait des têtes et des membres empalés sur des crocs de fer de chaque côté de l'entrée principale.

Le plus beau monument nous parut être sans conteste la grande mosquée près du port. L'île sur laquelle les Espagnols avaient construit leur forteresse dominait l'entrée de ce dernier, et des soldats armés d'épées et d'arquebuses allaient et venaient librement dans des embarcations légères ou déambulaient au milieu de la foule des habitants d'Alger qu'ils obligeaient avec arrogance à leur céder le pas. Cette attitude est tout particulièrement insultante pour un musulman dévôt car, selon la loi coranique, un croyant ne doit pas s'écarter quand il rencontre un incroyant mais au contraire le forcer à s'ôter de son chemin.

Au cours de notre promenade, notre maître rassembla toutes les amphores qu'il avait dissimulées dans les sacs de grains des paysans et nous les ramenâmes chez lui après les avoir récupérées dans les échoppes de ses amis, des commerçants chez lesquels on les avait déposées.

La cité était divisée de manière simple et pratique en différents quartiers à l'intérieur desquels il y avait une rue réservée à chaque métier ou à une denrée particulière. C'est ainsi que les chaudronniers occupaient une ruelle, tout comme les tailleurs, les tanneurs, les teinturiers et les autres artisans. Notre maison était située dans la voie des marchands d'épices et des vendeurs de drogues, une des plus respectables de la cité. Des commerçants prospères aussi bien que des misérables y vivaient, comme on pouvait en juger par la foule de mendiants et d'estropiés accroupis tout le jour à la porte des riches dans l'espoir de recevoir quelque aumône.

Abou al-Kassim nous conduisit au service de la prière de midi. Nous nous arrêtâmes dans la cour de la mosquée pour faire nos ablutions rituelles avec l'eau fraîche qui coulait dans le bassin de marbre avant de pénétrer à l'intérieur, nos babouches à la main. De beaux tapis couvraient le sol, maintes lampes pendaient au plafond par des chaînes de cuivre et d'argent et des colonnes multicolores soutenaient la grande voûte. Nous murmurâmes à voix imperceptible nos prières, puis nous nous efforçâmes d'imiter tous les gestes du lecteur du Coran, nous agenouillant quand il s'agenouillait et nous inclinant de même que lui.

Une fois les prières terminées, notre maître nous conduisit au madrasseh, l'école de la mosquée où des jeunes gens, dirigés par des professeurs au poil grisonnant, étudiaient le Coran, les devoirs qui incombent aux hommes, les traditions et la loi. Abou al-Kassim nous avait revêtus d'habits propres, afin de nous présenter à un personnage à la barbe blanche.

— Ô vénérable Ibrahim ben-Adam el-Mausili ! Au nom du Clément, je t'amène ces deux hommes qui ont trouvé la foi et désirent suivre la voie droite !

Désormais chaque jour après la prière du soir, nous nous rendîmes à l'école des convertis afin d'étudier l'arabe et les sept piliers, racines et branches de l'islam. Nous y allions également presque tous les vendredis car, bien que les mahométans quittent ce jour-là leur travail ou leurs boutiques pour assister au service de midi, ils ne considèrent point ce jour comme un jour de repos. Ils professent d'ailleurs que la façon dont chrétiens et juifs honorent le sabbat constitue un sacrilège parce qu'elle se fonde sur l'idée que Dieu, après avoir créé le ciel et la terre, se reposa le septième jour. Or, si pour eux Dieu a effectivement créé le ciel et la terre, il doit l'avoir fait sans effort, dans son omnipotence, et la seule idée qu'il ait pu avoir besoin de se reposer ensuite est à leurs yeux un pur blasphème.

Le vieux professeur ben-Adam me prit en affection lorsqu'il s'avisa de mon sincère désir d'apprendre, et déploya dès lors toute son habileté à m'expliquer le Coran. Je restais souvent après le départ des autres élèves pour l'écouter jusqu'à tard dans la soirée. C'était un homme très pieux qui jamais ne se lassait de lire les Saintes Écritures ; il me découvrit, entre autres choses, que l'islam comprenait nombre de chemins qui faisaient l'objet de rudes querelles entre leurs différents adeptes. Mais, comme j'étudiais le Coran avec un détachement tout intellectuel et dans l'unique but d'assouvir ma soif de connaissance, ces questions-là ne troublèrent pas ma paix. Je ne tardai point à m'apercevoir que les chrétiens n'ont guère à s'enorgueillir de leur religion prétendument supérieure et que les musulmans n'ont rien non plus à leur envier en ce qui concerne les disputes au sujet des dogmes, le ton moralisateur, l'hypocrisie et l'inobservance des jours de jeûne qui sont des traits communs aux deux religions.

Durant le jour, j'aidais Abou al-Kassim à mélanger des drogues et à broyer du khôl afin d'en obtenir une poudre noire pour le maquillage des yeux. Je préparais aussi une teinture d'indigo et de henné qui donne un reflet bleuté aux cheveux bruns. Nous obtenions, en pétrissant des feuilles d'indigo jusqu'à en faire une pâte dure, une substance que les femmes utilisent pour se peindre les sourcils en bleu foncé ; mon maître me raconta que nombre de jolies femmes de Bagdad s'épilent complètement les sourcils que Dieu leur a donnés pour dessiner des lignes bleues à leur place.

Nous trouvions la matière de base de nos drogues dans les feuilles de henné qu'Abou al-Kassim faisait venir du Maroc, où la cueillette a lieu trois fois par an. Les femmes les mouillent légèrement puis les pilent jusqu'à obtenir une pâte verdâtre dont elles se frottent le visage afin de donner à leur teint l'éclat de la jeunesse ; les plus âgées ici ne peuvent se passer de cette substance. Le henné entre également dans la composition d'une teinture rouge pour les ongles, les mains et les pieds. Mon maître avait une façon toute particulière de la préparer, qui lui permettait de la vendre à des prix variant selon les moyens de ses clients. Il m'apprit à mélanger à la pâte de henné un peu de jus de citron avec de l'alun, ce qui donne une mixture orangée pour colorer les ongles. Il y ajoutait une goutte d'eau de rose ou d'essence de violette, versait le tout dans des pots différents sous des appellations différentes et les vendait à des prix variés suivant le nom, plus ou moins évocateur, donné à la drogue. Il pouvait ainsi en tirer des sommes qui représentaient maintes fois le prix de revient.

Nous recevions parfois la visite d'hommes préoccupés de frivolités, qui se teignaient la barbe au henné, ou de femmes aux cheveux blonds qui l'utilisaient pour colorer leur chevelure à la manière vénitienne.

Mon maître fabriquait lui-même certaines préparations dont le brûlant « onguent du paradis » capable, selon ses dires, de rendre sa virginité à une prostituée âgée de quarante ans qui aurait, en sa vie, couru tous les ports de l'Afrique ! Un jour que je lui reprochais de voler les pauvres sans vergogne en leur vendant des produits inefficaces, il posa sur moi ses petits yeux de singe et me répondit avec gravité :

— Ne me blâme pas ! En vendant ces pots, je vends beaucoup plus que les ingrédients qu'ils contiennent ! Je vends du rêve, Mikaël el-Hakim ! Et les pauvres ont plus besoin de rêves que les riches ou les gens heureux. Aux femmes vieillissantes, je vends de la jeunesse et de la confiance en soi. En outre, tu auras pu remarquer qu'il m'arrive parfois de faire cadeau de henné et d'eau de rose quand une jeune fille se marie, et je fais là un acte qui compte aux yeux de Dieu !

« Ne me reproche donc pas de vendre des illusions, même si moi, j'ai perdu toutes les miennes !

Je n'allais pas entrer dans une controverse ni discuter pour savoir si mieux valait vivre heureux dans le mensonge ou malheureux dans la vérité. J'aidais mon maître du mieux que je pouvais et me réjouis lorsqu'il décida de m'appeler el-Hakim, le médecin. Il trouva ce surnom un jour qu'il cherchait pour moi un nom en arabe. Jouant avec les lettres de Mikaël ou Mikhaël, il s'étonna tout à coup de pouvoir composer les mots « el-Hakim ».

— Voilà un présage ! s'écria-t-il. Comme l'ange Mikaël, tu as servi Sinan en lui conseillant de rechercher un guide dans le livre saint ; comme el-Hakim, le médecin, tu me serviras à présent. Puisse cette situation nous être à tous deux profitable !

Je vis le sultan Sélim ben-Gafs pour la première fois un vendredi alors qu'il descendait à cheval la rue escarpée de la casbah pour se rendre à la première de midi à la mosquée. Une foule d'esclaves richement vêtus l'entourait ainsi qu'une compagnie d'archets qui, la flèche déjà préparée, scrutaient avec soin les fenêtres treillissées et les toits plats des maisons. Dans la cour extérieure de la mosquée, Sélim fit un geste plein de dédain et l'on jeta aux mendiants un sac rempli de petites pièces carrées d'argent. A l'intérieur, il dépêcha les prières sans la moindre attention, puis s'assit les jambes croisées sur son trône et se mit à sommeiller pendant la lecture à haute voix des passages du Coran.

J'eus alors tout loisir de le regarder et d'étudier son visage. Je ne puis dire que je le trouvai attrayant, avec ses traits marqués par le vice et la bave qui coulait de sa bouche ouverte. C'était un homme d'âge moyen, son visage et sa barbe noire enduits d'onguents précieux luisaient dans la pénombre et ses yeux injectés de sang, abrités derrière de lourdes paupières bouffies, paraissaient aussi peu vivants que sa bouche. Abou al-Kassim m'apprit qu'il avait coutume de manger de l'opium.

Plus tard, sur le chemin du retour, Sélim s'arrêta à l'entrée de son palais pour assister à deux exécutions et à la flagellation de quelques jeunes garçons attachés à des pieux de chaque côté de la porte. Affalé sur sa selle, la lèvre pendante, il regarda d'un air las et laissa le bourreau frapper jusqu'à ce que le dos des suppliciés ruisselât de sang. Je pensai alors que si la dynastie des

Hafsides avait régné sur Alger durant trois cents années, son temps était à présent révolu.

Je me mis bientôt à aimer Alger, la rue où je vivais et les gens avec lesquels je parlais. Cette cité étrangère, avec ses odeurs et ses couleurs particulières, ses récipients de métal remplis de charbons ardents, ses arbres fruitiers, et ses bateaux innombrables mouillés dans le port, ressemblait à une ville sortie d'un livre de contes. Je mangeais chaque jour du mouton et un bon potage ; Abou al-Kassim, malgré ses soupirs, consentait souvent à délier les cordons de sa bourse pour me donner quelques monnaies carrées et j'achetais au marché une gélinotte bien grasse que Giulia nous préparait avec une sauce relevée.

Giulia s'était petit à petit accommodée à son sort. Pour lui plaire, Abou al-Kassim l'emmenait parfois au bazar où il lui offrait des bracelets joliment ouvragés et des anneaux de cheville en argent. Malgré mon opposition, elle teignait en rouge ses blonds cheveux et elle avait toujours les ongles, la paume des mains et les pieds jusqu'à la cheville colorés en rouge orangé ; elle se peignait également les cils et les sourcils à la mode des femmes algériennes. Je dois cependant reconnaître à sa louange qu'elle se chargea rapidement de notre ménage et prit toute l'organisation de la maison en main ; elle amena Abou al-Kassim à effectuer les réparations indispensables et lui fit dépenser une somme importante pour acquérir le droit de transporter l'eau du château d'eau de la ville dans un réservoir couvert qu'il dut construire dans la cour à sa demande. En bref, elle réclamait les mêmes commodités que nos voisins et notre maître s'arrachait la barbe, se tordait les mains et, dans ses grands moments de désespoir, allait même jusqu'à sortir dans la rue, prenant à témoin qui voulait l'entendre sur la manière dont cette devineresse abominable le menait à la ruine.

Les voisins se grattaient la barbe et exultaient. Certains disaient : «Abou al-Kassim est devenu riche ! » D'autres ajoutaient : « Comme nous allons rire le jour prochain où le receveur d'impôts de Sélim ben-Hafs visitera notre rue ! » Seuls les plus charitables remarquaient : « En vérité, ce pauvre Abou al-Kassim a perdu l'esprit ! On lui rendrait un grand service et on accomplirait un acte agréable à Allah en l'emmenant à la maison des fous pour chasser à coups de fouet le diable de son corps. »

Ces remarques n'étaient point pour me surprendre parce que de temps en temps Antti, en proie à une folie furieuse, courait aux trousses de notre maître tout autour de la cour jusqu'à ce qu'Abou sautât agilement pardessus le mur pour aller se cacher dans la fosse aux immondices. Cette course avait lieu chaque fois qu'Antti subissait une défaite sur le terrain de lutte derrière la mosquée. Il revenait ces jours-là d'une humeur massacrante et Abou al-Kassim n'avait de cesse de le taquiner, le harceler, et, pour couronner le tout, d'agiter sous son nez une gourde de vin en l'invitant à boire pour reprendre des forces. Il m'arriva, en maintes occasions, de craindre que mon frère ne mît notre maître en pièces. Mais lorsque le jeu avait attiré suffisamment de badauds dans notre cour et que la fureur d'Antti s'était quelque peu apaisée, Abou al-Kassim sortait en rampant de la bouche d'égout et tout en répandant une odeur épouvantable s'approchait avec cautèle de son champion, lui palpait les mollets et proclamait devant les voisins que ce garçon ne tarderait plus à lui rapporter une fortune comme lutteur professionnel.

Un jour que je reprochais à Abou al-Kassim de harceler ainsi mon frère, il me répondit en me regardant d'un air étonné :

— Pourquoi voudrais-tu priver nos voisins d'un petit jeu innocent ? Préférerais-tu que ton frère restât assis à se ronger les sangs après une défaite, quitte à en attraper des crampes d'estomac ? Ne vois-tu pas qu'ainsi il déverse sa rage sur moi et retrouve aussitôt sa bonne humeur batailleuse ?

Antti, en effet, reprenait rapidement son calme après de tel excès et riait en traitant Abou al-Kassim de vieil imbécile. Alors notre maître n'avait aucun mal à le persuader de s'étendre sur un banc et il se mettait en devoir de lui masser les jambes et les bras, puis il huilait avec soin son corps massif et frottait d'onguents ses contusions.

Il avait fallu à Antti, devenu musulman, un nouveau nom et Abou al-Kassim l'avait appelé Antar, en honneur du grand héros des légendes arabes. Quand il se rendait au marché, il louait à si grands cris sa force et son adresse que nombreux étaient ceux qui se pressaient avec curiosité derrière la mosquée pour le regarder lutter. Au moins une fois par semaine, il se juchait sur les épaules d'Antti et faisait en cet équipage le tour de la place, défiant n'importe qui à combattre contre l'invincible Antar. Puis ce dernier se tenait debout, complètement nu hormis des braies de cuir lui descendant jusqu'aux genoux, tandis qu'Abou huilait son corps en vantant sa musculature.

Parmi les flâneurs qui prenaient le frais du côté ombragé de la place du marché ou sous les colonnes de la mosquée, on trouvait toujours quelques guresh désœuvrés ; chacun avait un patron ou un maître pour le nourrir et parier sur lui. Parier sur un lutteur n'était pas considéré comme un jeu d'argent, interdit par le Coran, parce que seules la force et l'adresse des lutteurs et non la chance déterminaient le résultat.

Les patrons étaient les fils oisifs de riches marchands et armateurs dont les pères avaient amassé leurs fortunes en courant les mers comme pirates. Mais la piraterie avait cessé depuis que Sélim ben-Hafs avait conclu une alliance avec les Espagnols par crainte du grand sultan, et ces jeunes hommes se trouvaient sans occupation. Ils passaient leurs journées aux bains, leurs nuits à boire en secret en compagnie de danseuses et cherchaient, en patronnant ces luttes, un stimulant à leurs sens blasés. Les lutteurs, quant à eux, n'étaient le plus souvent que des brutes qui avaient choisi cette manière de vivre par pure paresse. Ils n'hésitaient point, lorsqu'ils se sentaient près de perdre au cours d'un combat, à planter leurs dents dans l'oreille de leur adversaire et à l'arracher. C'est la raison pour laquelle Abou al-Kassim recommandait à Antti de prendre garde et lui avait rasé la tête, malgré ses lamentations et ses références au sort désastreux de Samson, afin que personne ne pût s'agripper à sa chevelure.

La première fois que j'accompagnai Antti et mon maître sur la place du marché, je fus horrifié au spectacle de ces hommes terribles, à moitié nus, luisants de sueur, qui s'accrochaient à l'adversaire avec souplesse pour arriver à le faire toucher terre. Ils étaient grands, gros, avec d'énormes muscles, et nul doute que n'importe lequel d'entre eux ne m'eût rompu les côtes d'un seul petit coup du bout de son index. Abou al-Kassim suscita une grande émotion lorsqu'il se mit à hurler, à la façon d'un singe :

— Y a-t-il ici quelqu'un pour oser se mesurer avec l'invincible Antar ? Voyez ces genoux semblables aux piliers de la mosquée et ce torse comme une grande tour ! Il a été élevé chez les idolâtres dans une lointaine terre du Nord et endurci par la neige et la glace qui couvrent son pays tout au long de l'année ! Oui, la glace que vous autres, paresseux, ne connaissez qu'en morceaux dans votre sorbet !

Il continua à jacasser ainsi durant un certain temps, puis dégringola des épaules d'Antti, étendit un morceau de tissu sur le sol et jeta une pièce carrée comme prix au vainqueur, prenant Allah à témoin de sa générosité. Cela provoqua un éclat de rire qui attira d'autres spectateurs autour de lui, tandis que les riches patrons se tenaient les côtes en disant :

— Tu ne sembles pas faire grande confiance à ton Antar et cela n'étonne guère ! Il paraît être aussi lourd qu'un bœuf !

Les curieux cependant commençaient à jeter des pièces dans l'étoffe et il y eut bientôt un modeste tas d'argent dans lequel brillaient une ou deux petites monnaies d'or. Les lutteurs considérèrent d'un œil critique la pile d'argent, puis Antti, puis de nouveau la pile, formèrent un cercle en se tenant par les épaules pour discuter entre eux jusqu'à ce qu'enfin l'un d'eux vînt provoquer Antti à un assaut à la loyale. Dans la lutte à la loyale, les adversaires ne doivent pas s'infliger volontairement de blessures durables alors que, dans la lutte dite dure, tous les coups sont permis et l'on y peut perdre un œil ou une oreille ; pour cette raison, les guresh de métier ne s'y engagent pas volontiers.

Antti et son adversaire commencèrent le combat et mon frère, mettant en pratique les prises que lui avait enseignées Moussouf le Nègre, lança par-dessus son épaule son adversaire qui retomba par terre avec un bruit sourd. Pour encourager la victime, les spectateurs ajoutèrent d'autres pièces dans le tissu mais Antti réussit à jeter successivement trois lutteurs, ce qui n'était pas mince victoire pour un débutant. Hélas, il n'eut pas de chance avec le quatrième car après une lutte corps à corps acharnée, son pied glissa et il tomba ; son adversaire alors en profita pour lui passer un bras sur les épaules et sur la nuque et le maintenir au sol.

Abou al-Kassim poussa des cris d'angoisse et pleura comme s'il avait perdu une fortune au lieu de la malheureuse petite pièce d'argent qu'il avait jetée dans le tissu. Antti frottait son nez endolori en disant :

— Espérons que Moussouf ne s'est pas trompé ! Je suis encore incapable de tenir tête à ces individus glissants et pourtant je suis certainement plus fort qu'eux !

Une étoffe de couleur jetée sur les épaules, il s'assit pour observer avec attention les assauts qui suivirent. Je crois qu'il prit là une grande leçon car, encouragés par la somme considérable amassée maintenant dans le tissu, les lutteurs combattaient de leur mieux. La victoire finale revint à un dénommé Iskender qui ne paraissait pas plus formidable que les autres, même si ses épaules étaient aussi larges qu'un four à pain et si un homme plus léger n'eût pu le faire bouger d'un pouce.

— Cet Iskender n'est pas tombé de la dernière pluie ! dit Antti qui le regardait avidement. Lorsque j'aurai atteint mon but, il sera tout à fait l'adversaire qu'il me faut ! Mais j'en ai assez vu aujourd'hui pour savoir qu'il me reste encore beaucoup à apprendre !

Il ne se laissa donc point décourager par cette première défaite et se retira même avec les honneurs du combat car les autres guresh le considérèrent désormais comme l'un des leurs. Iskender lui octroya quatre pièces d'argent du tas de monnaies qu'il avait gagné et lui déclara qu'il les avait bien méritées. La coutume exige en effet que le vainqueur partage ses gains avec les autres combattants.

Cependant ces sommes ne représentaient qu'une infime partie des énormes masses d'argent qui s'échangeaient à l'occasion de ces luttes. Les spectateurs pariaient très gros entre eux, soit sur un assaut particulier soit sur le résultat final que nul n'était à même de prévoir. Le plus fort des guresh, après avoir triomphé de dix ou quinze adversaires, pouvait fort bien perdre le dernier combat en se battant contre un homme plus faible mais reposé. Aussi, pour déterminer l'ordre dans lequel les combats devaient avoir lieu, les lutteurs et leurs patrons adoptaient-ils un système établi qui donnait des chances égales à chacun et rendait le résultat final tout à fait incertain. Le parieur novice eût commis une grossière erreur en ne se fiant qu'à la mine des guresh sans tenir compte de l'ordre dans lequel ils allaient devoir se battre.

Avec le temps, spectateurs et patrons se mirent à considérer Antti d'un œil plus attentif, jusqu'au jour où ce fut à lui de ramasser la pile d'argent. A cette occasion, la joie d'Abou al-Kassim ne connut plus de bornes. Il sauta dans tous les sens puis se jeta sur Antti, les bras grands ouverts, et lui appliqua un baiser sonore sur la bouche. Mon frère poussa un cri, cracha et le renvoya violemment contre les spectateurs qui le reçurent en éclatant de rire. Ensuite Abou al-Kassim distribua les aumônes en fonction de ses gains, tout en manifestant bruyamment une profonde émotion devant sa propre munificence. Puis il glissa le reste dans un paquet qu'il noua et cacha contre sa poitrine d'un geste vif en demandant à haute voix où trouver un coffre de fer pour enfermer son bien à l'abri des rapaces du gouvernement.

A vrai dire, la somme était négligeable en comparaison de sa fortune, mais il aimait à feindre la pauvreté et à divertir le public avec sa crainte des collecteurs d'impôts. Du reste, il ne se passa guère de temps après cette victoire, pour qu'un fonctionnaire corpulent et tout essoufflé vînt se présenter à la maison. Il s'appuyait sur le bâton, symbole de son autorité, et sous son turban monumental jetait de petits yeux voraces autour de lui.

— Ô Ali ben-Ismaël, ô collecteur d'impôts, pourquoi venir encore me persécuter ? s'écria notre maître sur un ton humble en le voyant. Trois lunes n'ont pas encore passé depuis ta dernière visite et je ne suis qu'un pauvre homme !

Il s'empressa pour soutenir Ali ben-Ismaël par un bras tandis que je le soutenais par l'autre, et nous le conduisîmes jusqu'au coussin le plus large de la maison.

Lorsque notre hôte se fut installé et qu'il eut repris son souffle, il sourit tristement et dit :

— Abou al-Kassim ! Le prince d'Alger et de la mer, le souverain des tribus berbères innombrables, le représentant d'Allah et le commandant de cette cité, bref, le sultan Sélim ben-Hafs, a eu le plaisir de tourner ses regards vers toi. Tu es devenu riche ! Tu as amené l'eau dans ta cour et aménagé tes chambres. On a vu ici de coûteux tapis et même des coupes d'argent interdites par le Coran. Tu as acheté trois nouveaux esclaves : un qui te rapporte des fortunes comme guresh, un autre, une femme d'une indescriptible beauté avec des yeux de différente couleur, qui lit d'étranges choses dans le sable, de sorte que les femmes du harem ont pris l'habitude de se rendre dans la maison des bains publics afin de l'entendre raconter l'avenir. Le troisième, enfin, qui gagne des sommes considérables pour ton compte en qualité de guérisseur — c'est sans doute cet homme à la tête de bouc à côté de moi, qui maintenant me regarde en roulant de grands yeux. On m'a dit aussi que des gens viennent de lointains villages t'apporter ce que tu appelles de l'ambre gris bon marché. Ainsi par de fausses appellations voles-tu ta clientèle !

Abou al-Kassim nia farouchement cette accusation mais le collecteur d'impôts le frappa sur la tête d'un grand coup de son bâton et poursuivit sur un ton irrité :

— Voilà ce qu'on m'a dit et je n'y aurais prêté qu'une attention bien légère si la nouvelle n'avait atteint d'autres oreilles que les miennes. Je suis un homme facile à vivre qui de surcroît déteste se traîner de rue en rue à cause de son embonpoint ! Mais le sultan Sélim ben-Hafs a également entendu des rumeurs à ton sujet et je me trouve dans une situation critique ! Je suis véritablement fâché contre toi, Abou al-Kassim ! Jusqu'ici je m'étais contenté de dix monnaies d'or chaque année, que d'ailleurs tu m'as toujours données de mauvais cœur sans nul égard pour mon amitié ni ma protection, et nous voilà aujourd'hui tous deux dans l'embarras, car sache que le sultan a décrété à ton sujet un impôt extraordinaire de mille monnaies d'or !

— Mille ! glapit Abou al-Kassim.

Il arracha son turban et sa tunique et se mit à sauter à demi nu, donnant dans sa frénésie des coups de pied dans les amphores et les paniers.

— Mille ! La rue entière ne vaut pas cette somme et Allah a ôté manifestement le reste de ses esprits à Sélim ben-Hafs ! J'ai mis toute ma vie à ramasser seulement la dixième partie de cette somme, et je suis à présent vieux et sans dents !

— As-tu dit... la dixième partie ? s'exclama le collecteur d'impôts avec étonnement. Cent pièces d'or ? Allah est en vérité grand et j'ai découvert une poule aux œufs d'or que l'on ne soupçonnait pas ! Tu m'étonnes, Abou al-Kassim ! Je plaisantais pour me faire une idée de la croissance de ta fortune !

Mon maître cessa brusquement ses gambades et dit avec une lueur malicieuse dans l'œil :

— Ah ! Ainsi tu plaisantais ! Eh bien moi, je donnerai un onguent du paradis à ta femme et après l'avoir embrassée, tu mourras dans des souffrances atroces, l'écume à la bouche !

Le collecteur d'impôts Ali ben-Ismaël transpirait légèrement et son regard était plein de froideur lorsqu'il dit sur un ton sévère :

— Ne prends pas la plaisanterie trop à cœur, mon cher Abou ! Je ne fais que mon devoir ! On m'a ordonné d'enquêter sérieusement sur ta maison parce que Sélim ben-Hafs, béni soit son nom, a besoin d'argent pour acheter deux autres jeunes garçons. Allons ! Concluons un arrangement amical comme de coutume ! Tu ne gagneras rien si je suis renvoyé et que l'on me remplace par un homme plus pauvre et plus affamé que tu devras engraisser.

Abou feignit d'être fort préoccupé d'apprendre que sa fortune faisait l'objet de discussions dans la ville.

— Maudit soit Sélim ben-Hafs ! dit-il. Il possède déjà trente jeunes garçons dans son harem et au moins autant de femmes. Est-ce moi, pauvre misérable, qui dois lui payer ses plaisirs débauchés ?

« Écoute maintenant le rêve remarquable que j'ai fait. Un libérateur venait de la mer, et à son arrivée, l'on promenait les collecteurs d'impôts enchaînés à travers la ville et on les fouettait à chaque coin de rue !

A présent la sueur coulait sur le front du gros officier qui leva le doigt pour faire taire mon maître.

— De semblables rêves sont dangereux, souffla-t-il, et je me demande comment ils peuvent avoir tourmenté tant de gens ces temps-ci ! Au nom du Clément, cher Abou, évite de claironner tes songes aux quatre vents. N'oublie pas que même les collecteurs d'impôts sont de pauvres gens !

Après un marchandage prolongé, Ali ben-Ismaël accepta de prendre cinquante pièces d'or.

— Je sais comme tu ressens la perte de cette grosse somme, dit-il, et je te conseille de la rassembler sous forme de pièces d'argent, de coupes et de bracelets ou anneaux de ton esclave. Transporte le tout au trésor pour le faire peser afin que chacun puisse voir de quelle manière je t'ai dépouillé.

Nulle suggestion n'eût pu plaire davantage à mon maître. Il rassembla de la vaisselle et des pièces pour la valeur de cinquante monnaies d'or. Puis il aida Ali à se relever et quitta la maison à sa suite. Le collecteur d'impôts, haletant, la sueur dégoulinant sur ses joues grasses, marchait le premier, appuyé sur son bâton. Derrière lui, Abou al-Kassim s'efforçait de courir, une étoffe enroulée autour des reins, un turban sale sur la tête et le gros paquet sur le dos. Il ne cessait de gémir, de crier et de lancer des appels déchirants à Allah, si bien que nos voisins eux-mêmes en furent émus. Il faut dire que pour une fois ses larmes étaient sincères car cinquante monnaies d'or représentaient, même pour lui, une somme considérable.

Lorsque Abou al-Kassim revint du trésor avant la prière du soir, il arborait un visage tout à fait satisfait. Il fit ses ablutions, revêtit des habits propres et récita les prières.

Ensuite il commenta :

— J'ai semé mon argent en bonne terre ! Même les scribes m'ont pris en pitié en voyant que j'étais obligé de donner les bracelets de mon esclave ! Tu peux être certain que ce soir toute la ville s'agite à cause de la rapacité de Sélim ben-Hafs ! Les lampes brûleront tard cette nuit dans la maison des riches qui vont s'empresser d'ensevelir leurs trésors sous les dalles de leurs demeures.

Malgré tout, extorquer cinquante pièces d'or à Abou al-Kassim relevait du prodige de la part du trésor !

Peu de jours après, mon professeur à la barbe blanche me dit :

— J'ai vanté ta disposition à apprendre et le faqih désire te voir.

C'était là le plus grand honneur que l'on pût me faire ! Le faqih était en effet l'homme le plus savant de l'école, profondément versé dans les branches de la tradition et de la jurisprudence, ou fiqh. Sa qualité de mufti lui permettait de trancher dans toute matière relative au droit où il y aurait incertitude ou ambiguïté et d'émettre un arrêt appelé fatwa. Il jouissait d'une grande faveur à la cour du sultan pour avoir su profiter de sa connaissance du Coran, de la sunna et de la fiqh et édicter des lois favorables au sultan en certaines affaires embrouillées. Mon professeur auprès de lui faisait figure de pauvre homme dont le seul mérite consistait à connaître le Coran par cœur et à pouvoir instruire les nouveaux convertis.

J'étais quelque peu intimidé de rencontrer ce grand

homme, moi qui commençais à peine à apprécier la richesse de la langue arabe et à apprendre de combien de façons différentes on peut lire le Coran, combien de mots on peut employer pour exprimer une idée et combien on peut donner d'interprétations à un seul mot. Mon professeur en connaissait cinquante pour dire « chameau » et plus d'une centaine pour « épée », indiquant les divers types de cette arme.

Le faqih était assis dans une pièce remplie de livres et de pupitres, son nécessaire à écriture étalé devant lui, une coupe de dattes posée auprès ; il en prenait une de temps en temps, la suçait, crachait le noyau par terre à ses pieds puis se léchait les doigts et buvait une gorgée d'eau. Voyant qu'il ne travaillait pas, je m'armai de courage et le saluai avec un grand respect.

— On m'a dit, dit-il avec bienveillance, que tu es un habile médecin des pays francs et que tu t'efforces de devenir un bon musulman. Dis-moi donc ce que tu sais de ton Maître, de ton Prophète et de ta loi.

Je connaissais bien ces questions et répondis aussitôt :

— Allah l'unique Dieu est mon Maître et Mahomet est son prophète, béni soit son nom. Le Coran est ma loi, la vertu le chemin de mon esprit, la sunna ma voie.

Il hocha la tête en signe d'approbation puis, caressant sa barbe qui lui arrivait à la ceinture, demanda :

— Quelle est la clé pour la prière ?

Cette question aussi m'était facile et je dis sans attendre :

— La clé pour la prière est la purification rituelle ; la clé pour la purification, la profession du nom de Dieu ; la clé pour la profession, la foi inébranlable ; la clé pour la foi, la confiance ; la clé pour la confiance, l'espérance ; la clé pour l'espérance, l'obéissance ; et la clé pour l'obéissance est : *Allah, le Très-Haut, est le Dieu unique et je ne professe ma foi qu'en lui seul.*

Il hocha de nouveau la tête et demanda :

— Comment accomplis-tu la purification lorsque tu te prépares à la prière ?

— On m'a appris qu'il y a six exigences pour l'ablution partielle : l'annonce de l'intention, le lavage du visage, des mains, des bras jusqu'au coude, le séchage de la tête, et le lavage des pieds jusqu'à la cheville, chaque opération dans l'ordre. Mais les dix actions suivantes sont méritoires : le lavage des mains avant de les introduire dans le vase, le rinçage de la bouche, le rinçage du nez en aspirant l'eau par les narines, le lavage complet de la tête et le nettoyage des oreilles à l'intérieur et à l'extérieur ; se peigner la barbe avec les doigts, écarter les doigts et les orteils quand on les lave ; laver la main droite et le pied droit avant la main gauche et le pied gauche et répéter le tout trois fois successivement.

Le faqih suçait des dattes, les yeux mi-clos.

— Que dis-tu après l'ablution ?

— Après l'ablution, je dis : « Je porte témoignage qu'il n'y a pas d'autre Dieu que Allah. Il est un et indivisible et Mahomet est son serviteur et son prophète. Ô Maître ! Accorde-moi d'être parmi les pénitents, accorde-moi d'être dans la compagnie des purs. Louange à Allah ! Je professe pour sa gloire, qu'il n'y a pas d'autre Dieu qu'Allah. En sa présence, j'implore le pardon et regrette mes mauvaises actions. » Selon la tradition sacrée, le Prophète a déclaré de sa propre bouche : « Les huit portes du paradis sont ouvertes pour celui qui prononce ces mots après chaque ablution et il pourra entrer par celle qu'il choisira. »

Ainsi achevai-je, très satisfait de moi-même pour m'être montré capable de réciter ces importantes oraisons. Mais soudain le faqih ouvrit les yeux, cracha un noyau de datte et dit sur le ton du courroux :

— Tu récites les paroles saintes comme un perroquet et bavardes au sujet du paradis sans même être circoncis !

Je sursautai. Nombre de renégats subissaient la circoncision après une heure ou deux d'instruction pour en finir, mais moi, j'avais hésité à subir cette épreuve désagréable et espérais pouvoir y échapper définitivement.

Le faqih, me tenant à présent tremblant en face de lui, poursuivit avec un accent triomphant :

— Si tu avais parlé du fond du cœur au lieu de te contenter de réciter du bout des lèvres, il y a beau temps que tu te serais uni à l'islam par le témoignage extérieur de la circoncision ! L'islam n'interroge point l'homme sur son pays, ni sur la couleur de sa peau, car toutes les races et les couleurs se trouvent unies par ce signe. Mais tu n'es qu'un esclave et sans doute ton maître est-il à blâmer de cette omission. J'ai ouï dire qu'il s'agit d'un riche marchand de drogues, du nom d'Abou al-Kassim, et qu'il possède une esclave chrétienne ; on dit d'elle que ses yeux sont de différente couleur et qu'en outre elle sait lire l'avenir dans une coupe de sable ; et l'on m'a raconté que les femmes du harem accourent à la maison des bains publics pour la rencontrer et lui donnent de riches récompenses quand elle leur prédit l'avenir. Est-ce exact ?

— Ô sage et vénérable faqih, m'exclamai-je, puisse Allah dans sa grâce me préserver d'aller épier la maison des bains à l'heure réservée aux femmes !

— Pas de faux-fuyants ! On me l'a dit ! Mais que ce soit une créature d'Allah ou du diable, ou une charlatane, ton maître doit avoir une fatwa pour elle ou se résoudre à l'enfermer !

Sa cupidité ainsi mise au grand jour me surprit et perdant toute vénération à son égard, je le regardai dans les yeux en disant :

— Mon maître aura oublié, mais tu recevras, n'en doute point, un cadeau proportionné à ses moyens dès qu'il aura en sa possession la fatwa indispensable. Cependant le collecteur d'impôts vient de le pressurer sans pitié et fût-ce par force, tu ne pourras guère lui extorquer plus de deux monnaies d'or.

Des larmes d'indignation me montèrent aux yeux devant la vilenie qui régnait en ce monde.

— Avant de faire cette fatwa, dit le faqih en dressant la tête, je dois voir l'esclave chrétienne. Naturellement, elle ne peut se présenter ici afin de ne point susciter de scandale. Je me rendrai donc vendredi après la prière du soir chez ton maître, qui n'aura pas à me recevoir avec l'honneur dû à mon rang parce que j'irai secrètement et la face voilée ! Rapporte ce message à Abou al-Kassim et dis-lui que je me contenterai peut-être de cinquante monnaies d'or, au nom d'Allah clément et miséricordieux.

L'expérience m'a appris que les peuples de l'islam n'expriment jamais directement ce qu'ils pensent et je me demandais ce que cet homme avait réellement dans son esprit. Cependant son message enchanta Abou al-Kassim qui dit à l'entendre :

— Les choses se présentent mieux que je n'eusse espéré et Sinan le Juif a vraiment été bien inspiré en me fournissant de tels appâts pour mes hameçons ! Tiens, pour l'ouvrage que tu as accompli aujourd'hui, je vais te donner un turban neuf et une robe blanche, m'acquérant ainsi du mérite aux yeux d'Allah.

— Comment peux-tu considérer comme une joie que ce rapace de faqih vienne ici te voler ? demandai-je surpris.

— Certes, il veut de l'argent, ce n'est qu'un homme ! répondit-il. Mais sa curiosité est plus forte que sa cupidité. Il doit sûrement avoir entendu parler de la nature des visions de notre Dalila, et il désire maintenant observer par lui-même dans quel sens souffle le vent, de façon à tout mettre en sûreté avant la tempête.

Le vendredi, Abou al-Kassim ordonna à Giulia de préparer un rôti de gélinotte, en lui recommandant de ne point épargner le poivre ni les clous de girofle ni la noix muscade. J'allai acheter des sucreries chez le pâtissier et remplis un vase de fruits et de confiseries, que je saupoudrai abondamment d'une poudre blanche qui donne un goût très relevé et une soif ardente. Abou mit l'eau à rafraîchir après l'avoir parfumée avec des épices. Ensuite il se consacra à la partie la plus importante des préparatifs, à savoir expliquer à Giulia ce qu'elle devrait dire ; il lui conseilla de ne point tomber réellement en transe et d'éviter de raconter des visions inutiles sous l'influence d'esprits malins.

Les faqih arriva après la prière du soir, le visage dissimulé derrière un pan de son vêtement. Il frappa à la porte avec son bâton et en entrant, renifla avec plaisir les bonnes odeurs de la maison. Puis il détacha sa barbe qu'il avait passée dans sa ceinture, la lissa et dit sur le ton du reproche :

— Mieux vaut une prière qu'une nourriture savoureuse et je ne voudrais point te déranger, Abou al-Kassim. Une figue ou deux avec un verre d'eau me suffiront amplement.

Après force protestations, il nous permit enfin de déposer les plats devant lui et se mit à manger lentement, d'un air déterminé, jusqu'à tous les vider. Abou al-Kassim le servit et lui versa de l'eau sur les mains. Ensuite il lui offrit un sac de soie finement brodé en disant :

— J'espère que tu voudras bien accepter cette bourse qui contient vingt monnaies d'or. C'est là toute ma fortune, mais je ne manquerai point de t'offrir plus tard d'autres présents lorsque j'en aurai la possibilité.

« Je voudrais maintenant solliciter ton avis au sujet d'une de mes esclaves afin d'être bien sûr de ne point enfreindre la loi. Ses yeux sont de couleur différente et elle voit d'étranges choses dans le sable !

Le faqih hocha la tête, soupesa le sac dans sa main et le glissa d'un air pensif dans sa ceinture.

Mon maître amena Giulia, lui ôta son voile et leva une lampe afin que son hôte pût mieux la contempler.

— Allah est grand ! dit-il étonné. Je n'avais jamais vu chose semblable ! Mais tout est possible pour Dieu et ce serait une hérésie persane de prétendre que les esprits diaboliques, plus puissants qu'Allah, aient pu réussir un tel miracle contre sa volonté !

Sans se préoccuper de la dépense, Abou al-Kassim jeta une pincée d'ambre gris véritable dans le brasero ; il versa ensuite du sable fin dans un grand plateau de cuivre et ordonna à Giulia de le remuer avec le doigt. Alors, les yeux fixés sur le plateau, elle tomba dans une transe et se mit à parler de sa voix différente. Moi je connaissais déjà ce phénomène auquel je ne croyais plus et qui ne me faisait plus aucune peur.

— Je vois des ondes tumultueuses... la bannière du Prophète sort de l'eau de la mer... oui, la bannière du

Prophète se soulève au-dessus des vagues et le Libérateur vient de la mer...

— Est-ce à moi que tu t'adresses, femme idolâtre ? demanda le faqih en proie à la stupéfaction. Je ne te comprends pas bien. La bannière du Prophète n'est-elle point gardée à l'intérieur du sérail du grand sultan ?

Ignorant l'interruption, Giulia poursuivit d'une voix rapide et pleine de conviction :

— Dix ânes sortent de la mer avec des mors et des clochettes d'argent... Dix chameaux viennent à leur suite... Les chameaux ont des selles d'or et apportent des présents pour toi, ô faqih... Je vois les eaux pleines de navires... ils sont chargés de butin et pénètrent dans le port... et de généreuses aumônes provenant de ce butin te sont amenées dans la mosquée ; les chasseurs des mers offrent de leur fortune avec libéralité et construisent fontaines et mosquées. Le roi de la mer fonde des écoles et des hôpitaux qu'il dote richement, et le professeur n'a plus nul désir à satisfaire sous son règne... Mais, hélas, faqih, ô faqih !... avant que cela n'arrive, je vois du sang !

Le faqih, qui l'écoutait fiévreusement, sursauta en se passant les doigts dans la barbe et dit :

— Du sang ? Femme sans cervelle, vois-tu vraiment du sang ? S'il en est ainsi, je pense que c'est un esprit diabolique qui parle par ta bouche !

— Je vois du sang ! continua-t-elle. Une petite flaque d'un sang noir, un sang abominable qui ne souille même pas l'ourlet de ta robe — il colle seulement à tes babouches... alors tu changes de babouches... tu jettes les vieilles et tu en mets des neuves... des babouches neuves, de peau parfumée, couleur de pourpre... elles sont ornées de pierres précieuses... de sorte qu'il n'y a pas faqih plus riche que toi après ce jour. Ton nom vole au-dessus des mers et la bannière du Prophète te protège du courroux des incroyants... Voilà tout ce que je vois dans le sable, vieil homme, pas davantage... si ce n'est un cercueil de cèdre, avec un turban posé dessus, et les pèlerins, en souvenir du grand faqih, viennent de lointains pays prier en foule pour acquérir du mérite aux yeux d'Allah.

Giulia se couvrit les yeux avec les mains et se mit à geindre comme si elle se réveillait d'un cauchemar.

Le faqih, quant à lui, ne semblait nullement ému de la vision du cercueil. Au contraire, la prophétie l'avait séduit et il dit :

— Cette prédiction est tout à fait remarquable mais je crains que nous ne devions point y ajouter foi ! Elle concerne peut-être davantage ta personne, Abou al-Kassim, que la mienne et je ne sais que dire car un pauvre marchand de drogues aurait du mal à débourser vingt pièces d'or pour un simple conseil...

« Cessons de tourner autour du pot ! Renvoie tes esclaves afin que nous puissions parler sans témoins hormis Allah qui entend tout !

Abou al-Kassim nous renvoya aussitôt, ferma la porte et ordonna à Antti de monter la garde dans la cour. Le savant faqih demeura jusqu'à une heure avancée de la nuit et quand enfin il s'éloigna, aussi furtivement qu'il était venu, notre maître envoya Giulia se coucher et m'appela près de lui.

— Nos projets prennent tournure, dit-il. Ne crains rien, Mikaël el-Hakim, quoi qu'il arrive, le faqih ne nous trahira pas. En réalité, il ne veut pas courir le risque de se brûler les doigts en énonçant une fatwa au sujet de Dalila, mais elle peut continuer à jouer son rôle à la maison des bains, il n'interviendra pas non plus.

Alors Abou al-Kassim déroula l'une après l'autre avec précaution deux pelotes de fil, puis se mit en devoir de fabriquer un filet dans les mailles duquel Sélim ben-Hafs devait quelque jour être pris.

Les menaces du faqih au sujet de la circoncision m'avaient toutefois rempli de crainte et je demandai à mon maître si Antti et moi devions réellement subir une opération aussi désagréable. Il nous regarda d'un air de mépris et après m'avoir énuméré les multiples avantages que nous y trouverions, il conclut :

— Pourquoi t'y opposer alors que cette simple vétille peut te gagner l'estime de tous les vrais croyants ? En ce jour heureux, tu chevaucheras par toute la ville sur un âne blanc et les croyants pleins de piété t'apporteront des cadeaux en se réjouissant de ta conversion.

Je répliquai avec humeur que je n'avais pas la moindre envie de chevaucher par toute la ville sur un âne blanc pour être la risée de tout le monde, et lui rappelai que les progrès d'Antti dans l'art de la lutte risquaient d'être sérieusement retardés si, au point où il en était arrivé, il était obligé de s'aliter avec une blessure à cicatrisation lente dans la partie la plus tendre de sa personne. J'ajoutai que je ne consentirais jamais à subir cette opération sans lui parce que nous étions frères et que nous espérions entrer au paradis côte à côte et profiter ensemble de l'ombre de ses vergers.

— Bon ! dit Abou al-Kassim, point dupe de mes paroles pieuses. Chaque chose en son temps et je saurai attendre le jour où, selon la volonté d'Allah, ton frère justifiera les hautes espérances que j'ai placées en lui.

Il n'eut pas à attendre longtemps ! Quelques jours plus tard, grimpé sur les épaules d'Antti, il se dirigea vers la place du marché ; à peine les lutteurs avaient-ils formé leur cercle en se tenant par les épaules pour déterminer l'ordre des assauts, qu'un grand nègre apparut, accompagné d'un groupe de soldats.

— Iskender ! Iskender ! cria-t-il en bombant le torse et en se tapant sur la poitrine avec les poings. Viens ici que je t'arrache les oreilles ! Après je m'occuperai d'Antar, dont j'ai beaucoup entendu parler !

Les guresh murmuraient entre eux avec inquiétude.

— C'est le maître des lutteurs de Sélim ben-Hafs, dirent-ils à Antti en guise d'avertissement. Ne le mets pas en colère, laisse-le vaincre et prendre l'argent, ainsi peut-être se retirera-t-il sans nous faire plus de mal. Mais si tu gagnes, tu devras obligatoirement lutter devant le sultan, et le jour viendra où tu te retrouveras dans le sable, la nuque brisée, même si dès le début tu te montres le meilleur de ses hommes.

— Votre foi me semble bien tiède, répondit Antti avec enthousiasme. Allah n'ordonne-t-il point toutes choses d'avance ? Va, Iskender, laisse-toi vaincre ! Je m'attaquerai à lui ensuite et je vous montrerai un combat comme vous n'en avez jamais vu ! Si Allah le veut, ce sera mon dernier assaut sur la place du marché car après, je ne me battrai plus qu'en présence du sultan et de sa cour !

Ces mots soulevèrent une grande excitation parmi les patrons des lutteurs et les pièces d'or et d'argent s'amoncelèrent sur le morceau d'étoffe. Les soldats formèrent un cercle en repoussant les spectateurs tandis que le maître des guresh du sultan, horrible à voir et luisant d'huile, bondissait au milieu en criant son défi tel un rugissement. Iskender, après l'avoir adjuré au nom d'Allah d'observer les règles du combat à la loyale, entra dans le cercle mais il en sortit rapidement, lancé en l'air, et retomba avec un craquement ; il demeura couché quelques instants, gémissant et se tâtant les bras et les jambes mais je pensai qu'il ne s'était point grièvement blessé dans sa chute et n'agissait ainsi que pour flatter son féroce adversaire. Deux autres hommes se présentèrent ensuite au maître guresh, qui les vainquit sans difficulté. Quand il s'avisa qu'il commençait à transpirer et à haleter, il cria avec rage :

— Où donc se cache Antar ? C'est pour lui que je suis venu et je ne resterai pas ici tout le jour. Mon bain m'attend !

Antti alors s'avança, sans tenir compte des mises en garde de ses compagnons. Le nègre le tenait manifestement en grande estime, car il tourna un moment autour de lui sans le quitter des yeux, avant de le charger soudain, tête baissée tel un taureau, afin de lui couper le souffle en le heurtant en plein estomac. Antti fit prestement un saut de côté et, l'empoignant solidement par la taille, le lança haut dans les airs. Le nègre, en expert qu'il était, se reçut droit debout mais Antti le tira derrière par les pieds et il se retrouva étalé face contre terre, Antti sur son dos. Mon frère le maintint fermement par la nuque et cria, en lui pressant le visage contre le sol :

— Lequel de nous deux mord la poussière ?

Les autres lutteurs lui lancèrent des cris d'avertissement parce que le nègre, réduit à cette extrémité, abandonna le combat à la loyale pour la lutte dure. Il réussit à mettre ses bras autour d'une des jambes d'Antti, et lui planta les dents dans le mollet. Si Antti eût pu maintenir sa prise, il lui eût sans nul doute tordu le cou, mais la douleur le força à le lâcher et ils roulèrent bientôt tous les deux sur le sol. Jamais je n'avais assisté à un combat pareil. On voyait la tête d'Antti émerger, puis elle disparaissait et le guresh alors lui sautait sur la poitrine ; il lui aurait cassé toutes les côtes si mon frère n'eût été bâti aussi solidement.

Enfin, sanglants et les oreilles déchirées, ils desserrèrent leur étreinte pour se désenchevêtrer. Le champion de Sélim ben-Hafs avait, à l'évidence, eu son compte ! Hors d'haleine et les bras pendant le long du corps, il cracha un peu de sang et tenta de rire en disant avec aigreur :

— Tu es digne de ta réputation, Antar, et tu connais aussi la lutte dure à ce que je vois ! Mais je n'ai pas le droit de prendre des risques en l'absence de mon maître le sultan ! En outre, je n'ai pas manqué de remarquer ta ruse sournoise quand tu as essayé de m'ôter ma force avant même que je ne commence avec toi. Nous continuerons donc le combat demain en présence du sultan. Nul doute qu'il ne récompense largement celui de nous deux qui survivra à l'autre !

Puis jetant un regard embarrassé autour de lui, il essuya le sang qui coulait de ses oreilles pour gagner le temps de se ressaisir. Mais la foule poussait de sauvages acclamations et la haine que tous portaient à Sélim ben-Hafs trouvait à se déverser contre l'abus de pouvoir de son guresh.

— Tu m'as mordu au mollet, espèce de porc ! hurla Antti haletant. Demain j'aurai la jambe enflée et cela ne m'étonnerait pas que tes dents empoisonnées ne me fassent errer, l'écume à la bouche, en aboyant et en détalant devant l'eau alors que je suis devenu un fidèle du Prophète précisément par amour de l'eau ! Mais tu verras demain que j'ai aussi des dents, et des dents bonnes à croquer des os à moelle !

Après le départ du lutteur noir et de ses gardes, Abou

al-Kassim se répandit comme de coutume en lamentations bruyantes et frappa Antti sur la tête avec son bâton. Et si Antar se faisait battre demain, que deviendrait Abou avec un estropié ?... Et s'il gagnait, ce serait pire encore, puisque Sélim ben-Hafs voudrait l'acheter et qu'Abou le perdrait pour toujours !

Mais les autres lutteurs lui arrachèrent le bâton des mains et nous firent un cortège de triomphe jusqu'à notre maison où je lavai et soignai la blessure d'Antti puis frottai d'onguents ses meurtrissures, tâche dont j'avais déjà pris l'habitude.

Devant la bienveillance de tous les autres lutteurs à l'égard d'Antti, Abou al-Kassim finit par se résigner à la volonté d'Allah. Il fit rôtir un mouton entier dans la cour et mit une marmite pleine de millet à bouillir. Lorsque tout fut prêt, il remplit plusieurs plateaux de cette excellente nourriture et alla les porter lui-même aux lutteurs.

Au crépuscule, lorsque après le repas le muezzin appela les fidèles à la prière, les guresh firent leurs ablutions, accomplirent leurs dévotions et récitèrent trois ou quatre versets du Coran, certains même dix, pour la victoire d'Antti.

— Nous faisons confiance à Allah, dirent-ils, mais il est plus facile, même pour Dieu, d'aider un homme qui s'aide lui-même !

Aussi restèrent-ils une grande partie de la soirée pour enseigner à Antti tout ce qu'ils savaient de la lutte dure. Et tandis que je les écoutais et que je les regardais exécuter les ruses qu'ils lui expliquaient, l'horreur me fit dresser les cheveux sur la tête !

— C'est la volonté d'Allah ! me dit Abou al-Kassim en m'emmenant à l'écart. Écoute, Mikaël el-Hakim, jamais tu ne retrouveras une meilleure occasion pour apprendre à te diriger dans la casbah de Sélim ben-Hafs. Tu devrais même pouvoir t'y faire quelque relation utile. Je vais te donner à cette fin des pièces que tu noueras dans ta ceinture ; s'il t'arrive d'en laisser choir une ou deux en marchant, ne te baisse pas pour les ramasser ! Souviens-toi qu'il ne sied point de se conduire comme un avare dans la demeure des grands.

Notre maître chassa les lutteurs vers minuit et nous préparâmes à l'intention d'Antti une couche faite des coussins les plus moelleux de la maison. Il toussa, se tourna, soupira pendant la moitié de la nuit jusqu'à ce qu'il prît une robe en jurant, l'enroulât autour de sa tête et se pelotonnât à même le sol. Alors ses ronflements résonnèrent dans toute la maison ! On ne le réveilla pas pour la prière de l'aube qu'Abou récita à son intention. Plus tard, on le conduisit au hammam où un masseur le frotta énergiquement afin d'ôter toute raideur à ses muscles. Nous lui rasâmes ensuite la tête, l'enduisîmes de l'huile la plus fine et la plus glissante que nous pûmes trouver et enfin renforçâmes ses braies à la taille et aux genoux pour lui éviter de se retrouver nu pendant le combat.

Après la prière de midi, tous les lutteurs se rassemblèrent et portèrent bruyamment Antti le long de la rue escarpée qui menait à la casbah, sous prétexte de reposer sa jambe blessée. Antti naturellement avait commencé par protester mais ils l'avaient couché de force sur une litière qu'ils chargeaient sur leurs épaules à tour de rôle. Mon frère était donc étendu, le menton appuyé sur une main, tandis qu'en agitant l'autre, il remerciait les fidèles venus lui prodiguer force bénédictions et encouragements, en particulier à arracher les oreilles et les parties intimes du maître guresh de Sélim ben-Hafs.

Une foule tapageuse nous fit escorte jusqu'à la place des exécutions devant la grande porte de la casbah. Toutefois un silence soudain se fit dans nos rangs lorsque nous nous trouvâmes face aux gardes alignés et devant les restes des suppliciés empalés sur les pieux de fer. Nombreux furent ceux qui se souvinrent brusquement que des affaires importantes les attendaient chez eux, mais il resta tout de même pour franchir la porte avec nous beaucoup de fils de marchands, des changeurs, des parieurs et tous ceux qui s'intéressaient à la lutte.

Les gardes nous soumirent à une fouille méticuleuse et nous obligèrent à ôter nos vêtements afin d'en palper les coutures et les ourlets. Il eût fallu en vérité une astuce prodigieuse pour dissimuler la moindre petite arme.

Nous traversâmes la première cour où se trouvaient les logements et les cuisines des soldats de la garde. Un passage creusé dans la muraille intérieure nous conduisit à une seconde cour où nos vêtements furent soumis à une nouvelle inspection. Là, s'élevait un mur blanc derrière lequel nous pûmes apercevoir, à travers une grille de fer forgé, une fontaine entourée de nombreux citronniers. Dans la cour où nous nous trouvions, il y avait également un bassin avec de l'eau et le trône se dressait à l'abri d'un dais soutenu par de très belles colonnes. Les gardes se disposèrent en demi-cercle et indiquèrent leurs places aux spectateurs.

L'endroit où se déroulaient les combats n'était pas grand mais rempli d'un sable fin dans lequel on pouvait s'enfoncer jusqu'à la cheville. Antti qui voyait cela pour la première fois s'en montra étonné.

— Au moins, dit-il, on peut tomber sur la tête sans se casser le cou ! D'un autre côté, cela empêche les mouvements rapides et les fuites...

En réalité, la force brute comptait ici plus que l'adresse ; on ne pouvait cogner la tête de l'adversaire contre une pierre, il fallait le vaincre à mains nues.

Un nombre considérable de chambellans, eunuques, mameluks, nègres, et garçons au visage maquillé entrèrent dans la cour et prirent place en face de ceux qui étaient venus de la cité. Un groupe de femmes voilées apparut à une fenêtre au-dessus du trône du sultan. Elles firent déplacer le treillis afin de mieux voir le spectacle et d'être à leur tour mieux vues des spectateurs.

Enfin la porte de la troisième enceinte s'ouvrit et Sélim ben-Hafs parut entouré des membres les plus éminents de sa suite. Les yeux presque complètement fermés par l'opium, il descendit les marches en chancelant et l'expression de son visage imprégné d'huiles laissait à penser qu'il était d'une humeur massacrante.

Dès son arrivée, des lutteurs au regard farouche sautèrent dans le sable que la violence de leurs assauts fit voler alentour. Toutefois ils prenaient garde à ne point se blesser et leurs combats n'étaient que simulacres. Sélim ben-Hafs, s'ennuyant à les regarder, arrêta leur lutte d'une voix aiguë et les dégrada sur-le-champ au rang de coupeurs de bois, châtiment qui ne parut guère déplaire à ces hommes d'apparence pacifique.

Je m'étais glissé pendant ce temps au milieu de la foule des spectateurs, en regardant ici et là comme à la recherche d'une meilleure place. J'avais réussi de la sorte à traverser la cour, à me faufiler derrière les rideaux et à entrer dans le palais désert sans être vu de personne. Je pénétrai par les caves, suivis une enfilade de couloirs et regardai à la dérobée dans une cuisine lorsqu'un esclave me surprit et me demanda avec étonnement ce que je désirais.

— Je suis le frère d'Antar, le fameux lutteur, répliquai-je, et un esclave comme toi. L'inquiétude que ce combat m'inspire me broie les entrailles et j'étais à la recherche des lieux où me soulager.

Le cuisinier me montra aimablement ceux des serviteurs, faits de briques pour poser les pieds et de trous que l'on nettoyait à grande eau. Après m'être soulagé, j'entamai une conversation polie avec le cuisinier qui se répandit en bénédictions sur ma tête lorsque je lui fis cadeau de deux pièces carrées d'argent. Ravi, il me fit visiter la cuisine principale et me raconta la grande variété de plats que l'on préparait là chaque jour à l'intention du sultan et comment on les transportait et goûtait trois ou quatre fois avant de les lui servir.

Je lui demandai de me parler des femmes du harem dont Giulia avait toujours tant à dire quand elle les rencontrait à la maison des bains publics.

— Notre souverain méprise et néglige ses femmes, répondit-il avec un sourire sournois, et il leur accorde par conséquent une liberté qui frise l'inconvenance. Il préfère les garçons... Si tu avais par hasard sur toi deux autres pièces, je pourrais te montrer un petit secret qui t'amuserait, je crois, parce que tu me parais un homme curieux.

En fouillant dans ma ceinture, je laissai tomber

comme par mégarde une monnaie d'or mais ne me baissai point pour la ramasser.

— Tu as beau être un esclave, dit le cuisinier tout aise, tu as reçu une bonne éducation à ce que je vois ! Et tu es aussi un bon musulman car l'avarice est aux yeux d'Allah le plus détestable des péchés.

Il ramassa la monnaie, et après l'avoir bien examinée, me fit monter un escalier étroit puis suivre un passage qui aboutissait à une porte de fer.

— Il paraît, chuchota-t-il, que ceux qui, pour une raison ou une autre, ne désirent pas qu'on les voit à la porte dorée de la cour de la Félicité empruntent ce passage. La porte s'ouvre en silence et si quelqu'un en sort, tous les esclaves et les serviteurs tournent le dos. Si au contraire quelqu'un entre par là, il aveugle les yeux des curieux par une pluie d'or et d'argent.

A cet instant, le son des cloches nous parvint de la cour. Le cuisinier voulait voir à tout prix le combat le plus intéressant de la journée et je sortis derrière lui à l'air libre. J'avais cependant l'impression, durant mes allées et venues à l'intérieur du palais, d'être constamment observé. Comme chez Sinan le Juif, je sentais d'invisibles yeux attachés à chacun de mes pas. Néanmoins je rejoignis Aboul al-Kassim et m'assis à côté de lui pour regarder le combat comme si ma promenade n'avait eu vraiment d'autre but que de trouver les lieux d'aisances.

Antti et le maître guresh du sultan se trouvaient à présent au milieu du sable. Au son des cloches, ils saluèrent Sélim ben-Hafs qui répondit seulement avec un geste d'impatience pour signifier que le combat pouvait commencer. Aussitôt, le nègre chargea tête baissée, ramassant vivement tout en courant une poignée de sable qu'il jeta au visage d'Antti pour l'aveugler. Mais ce dernier se détourna à temps en fermant les yeux, leurs deux corps massifs se heurtèrent de plein fouet et chacun empoigna l'autre énergiquement. Le corps du nègre paraissait un chêne centenaire avec ses membres aussi noueux que des branches. C'était vraiment un spectacle magnifique que ces deux hercules accrochés l'un à l'autre, chacun luttant pour se défaire de la prise de son rival.

Antti était nettement supérieur dans la lutte à la loyale et lorsque son adversaire s'avisa qu'il manquait de forces pour le vaincre honnêtement, il lui planta ses dents dans l'épaule ; il avait visé l'oreille mais Antti était trop rapide pour lui.

— Un homme doit suivre les coutumes d'un pays ! haleta mon frère plein de courroux.

Et à son tour, il mordit profondément dans l'épaule du nègre qui poussa un hurlement. Sélim ben-Hafs éclata de rire.

Antti forçait maintenant son adversaire à tomber sur les genoux mais le corps huilé échappa à sa prise et l'instant d'après le nègre lui donna un violent coup de tête dans la poitrine, qui résonna comme un tambour. Comme si de rien n'était, il se baissa à la vitesse d'un éclair, saisit les chevilles du nègre, tira et se mit à le faire tourner à bout de bras à une telle vitesse que les spectateurs hurlèrent, frappés d'horreur. Sélim ben-Hafs eut un mouvement de recul en se prenant la tête entre les mains. Mais Antti se contenta de lancer son adversaire dans le sable. Indemne, l'homme se releva et revint à la charge.

Le combat se poursuivit avec Antti qui maintenait son avantage et les joueurs, oublieux de la présence de Sélim ben-Hafs, se mirent à crier et à monter leurs paris tandis que le sultan, les sourcils froncés, accablait son champion d'injures. Alors tout le monde sut que désormais la vie de cet homme était en jeu. Le nègre se trouvait une fois de plus enfermé solidement dans l'étreinte d'Antti, il se tordit et se tourna, essayant de toute sa force de lui planter le pouce dans les yeux ou de lui asséner un coup de pied dans l'aine. Il ne voulait pas s'avouer vaincu bien qu'il eût touché terre à plusieurs reprises, ce qui, dans une lutte à la loyale, eût déterminé sa défaite. Chaque fois pourtant il se relevait et, l'écume aux lèvres, les yeux injectés de sang, se rejetait tel un fou furieux contre Antti, cherchant l'occasion de le mettre à mort. Il finit par réussir à enfoncer un pouce dans un œil d'Antti dont ce fut le tour de hurler de douleur. Mais on entendit à ce moment un craquement, comme si le bras du nègre s'était cassé, et l'on vit Antti presser en un éclair la face de l'homme contre le sable.

Il pensait en avoir terminé avec le combat, mais Sélim ben-Hafs, excédé par son guresh qui l'avait couvert de honte aux yeux de tous, lui fit signe de continuer. Antti se leva d'un air déconcerté, ne comprenant pas ce qu'il voulait dire. Alors le nègre, indifférent à la douleur, jeta son bras valide autour des jambes d'Antti, le fit tomber au sol, puis sautant à genoux sur son bas-ventre, essaya de lui planter les dents dans la gorge. Force fut à Antti de bloquer d'une main les bras de son adversaire et de lui tordre le cou. Sélim ben-Hafs éclata d'un rire bruyant et applaudit.

Antti reçut pour sa peine un sac rempli d'argent et le sultan lui-même lui octroya une bourse tandis qu'il donnait à Abou al-Kassim un caftan d'honneur en reconnaissance du grand plaisir que lui avait procuré cette lutte. En revanche, il ordonna d'emporter le corps de son champion et de le jeter dans les égouts car il ne méritait point d'autres funérailles !

Les serviteurs du sultan nous retinrent lorsque les spectateurs commencèrent à se retirer et nous nous demandâmes avec inquiétude ce que leur maître pouvait encore désirer de nous.

Abou al-Kassim fut le premier que l'on amena devant lui et il se prosterna devant le trône en baisant le sol.

— Combien veux-tu pour ton esclave ? demanda Sélim ben-Hafs.

Abou n'aurait pas été Abou s'il n'eût à l'instant éclaté en sanglots et juré à travers ses larmes qu'il n'était qu'un pauvre homme, et ainsi de suite, jusqu'à ce que Sélim ben-Hafs, les bras au ciel, le priât au nom d'Allah de mettre fin à ses lamentations.

— Quel est le prix de ton esclave ? répéta-t-il tout en adressant un signe à un de ses hommes qui se mit à caresser, d'un air éloquent, la canne de jonc qu'il tenait à la main.

Abou al-Kassim échappa à l'emprise des deux gardes qui l'avaient amené, ôta scrupuleusement le caftan d'honneur que le sultan venait de lui offrir puis se mit à déchirer ses vêtements en prenant Allah à témoin que jamais on n'avait vu un lutteur comme Antti ni à Alger ni peut-être dans le monde. Une pareille merveille de la nature n'apparaissait qu'une fois tous les cent ans de même que chaque siècle Allah envoyait à l'humanité un nouvel interprète du Coran afin de redonner vigueur à l'ancienne sagesse.

Mais il parlait en pure perte car Sélim ben-Hafs ne l'écoutait pas.

— Envoie-le demain au palais ! lui dit-il en bâillant. La grâce d'Allah te récompensera !

Les hommes de sa suite l'aidèrent à se lever de son trône et l'on nous reconduisit par le passage sous l'arcade dans la première cour. Là, une vieille femme s'approcha de moi et murmura rapidement en me tendant un sac malpropre :

— Mon nom est Fatima. Les eunuques te parleront de moi pour quelques monnaies si tu les interroges à mon sujet. Ouvre ce paquet en secret et lis la lettre qu'il contient à celui auquel elle est destinée.

Je glissai le sac sous ma robe et nous rejoignîmes la maison d'Abou al-Kassim dans la rue des marchands d'épices où une foule de guresh et d'admirateurs nous attendaient pour nous acclamer. Ils donnèrent des présents à Antti et firent pleuvoir des torrents de bénédictions sur sa tête. Abou al-Kassim, après leur avoir servi de mauvaise grâce un repas, les mit dehors et ferma les portes à double tour. Nous pûmes alors nous occuper des blessures de mon frère. Je craignais fort pour son œil qui s'était enflé d'une manière inquiétante mais, après examen, je conclus que sa vue n'avait pas été touchée.

Me souvenant enfin du paquet que l'on m'avait donné, je l'ouvris et, à ma grande surprise, trouvai à l'intérieur de ce chiffon malpropre une jolie bourse brodée de fils d'argent, contenant six monnaies d'or et un bout de papier. Je le dépliai et lus un poème en arabe, écrit d'une gracieuse main et, pour autant que je pusse en juger, ayant pour thème les attraits physiques d'Antti.

— C'est écrit par une femme qui n'est pas très bon poète ! dit Abou al-Kassim après me l'avoir arraché des mains pour le lire lui-même. Le sens en est clair en tout cas ! Je passerai sur les premiers vers qui ne pourraient qu'augmenter la vanité d'un simple d'esprit comme Antti, et vous lirai ce qui suit : « Ne repousse point une femme malade d'amour pour toi et qui ne peut, en son angoisse, que déplorer son impuissance à cacher la passion qui déchire son cœur. Elle t'envoie ces six monnaies d'or en gage de sa bienveillance. Tu n'as qu'à consulter en secret ton guide pour savoir quand et où lui apporter la réponse. »

Ce n'était pas la première fois qu'Antti recevait un message délicat de la part d'une femme. Ce poème provoqua chez lui de douces espérances si bien qu'il ne paraissait pas chagrin le lendemain lorsque Abou al-Kassim l'amena au palais et le laissa entre les mains des serviteurs du sultan.

Je n'entendis plus parler de lui durant une semaine, puis, un beau jour, il ouvrit la porte d'un coup de pied et entra d'un air fanfaron en fredonnant une chanson. Je pensai aussitôt qu'il avait dû boire et oublier ses bonnes résolutions. Il portait des culottes bouffantes, un caftan d'une étoffe extrêmement fine et, sur la tête, le grand bonnet de feutre de soldat ; à sa ceinture pendait un cimeterre dans un fourreau d'argent.

Il feignit tout d'abord de ne pas nous reconnaître et demanda :

— Qu'est-ce que ce taudis ? Et qui sont ces misérables esclaves trimant à la sueur de leur front ? Ne voyez-vous pas que je suis un personnage important ?

Il empestait le musc et sa splendeur était si inhabituelle que même mon chien reniflait nerveusement ses babouches de cuir rouge.

— Allah soit loué ! s'écria Abou al-Kassim, les mains

au ciel. Tu m'apportes sûrement des présents de la part de Sélim ben-Hafs auquel je t'ai offert !

— Ne me parle pas de cette bête puante ! répondit Antti qui en oublia sa comédie. Il a la mémoire plus courte qu'une poule ! Il y a des années qu'il a oublié ses épouses et les pauvres femmes s'en plaignent amèrement en attendant l'arrivée du Libérateur. Non ! Il ne t'envoie pas de cadeau, Abou al-Kassim, parce qu'il y a bien longtemps qu'il t'a oublié ! Il mange tellement d'opium qu'il lui arrive parfois de ne pas savoir s'il rêve ou s'il est éveillé.

« Mais je partage généreusement avec mes amis, moi ! Tiens, prends cette bourse, je te l'offre, Abou al-Kassim !

Et il jeta dans les bras de notre maître une bourse si lourde que le pauvre homme fléchit sur ses genoux.

— Antti ! Antti ! m'exclamai-je sur le ton du reproche après avoir constaté que son haleine empestait le vin. As-tu oublié toutes tes bonnes résolutions et enfreint la loi du Prophète ?

— Je ne suis pas soumis à la loi du Prophète tant que je porte le bonnet de feutre sur ma tête et l'épée du guerrier à ma ceinture ! rétorqua-t-il, les yeux brillants. Il est écrit clairement dans le Coran que nul ne doit se joindre à la prière des fidèles sous l'empire de la boisson et le diable m'emporte si l'on peut se trouver sous l'empire de la boisson sans boire ! C'est une femme cultivée et intelligente, en laquelle j'ai une entière confiance, qui m'a expliqué ce point épineux. Elle m'a persuadé de boire du vin afin de perdre ma timidité en sa présence. Alors laisse ces bêtises, mon garçon, et toi, Abou al-Kassim, ouvre une amphore de ton meilleur vin et ne va pas t'imaginer que j'ignore ce que contiennent tous ces vaisseaux !

Il ne fit aucun cas de mes remontrances ! Le succès lui était monté à la tête à tel point qu'il en oubliait les expériences malheureuses et les mésaventures qu'il avait subies à cause de la boisson. J'en fus si fort affecté que je dus me servir une coupe pour me consoler. Et lorsque, à la fin, Abou al-Kassim s'avisa de la vitesse à laquelle le vin disparaissait, il ferma la porte et remplit un gobelet pour lui-même.

— Puisque le sort a décidé que mon vin de grand prix serait dilapidé, dit-il, qu'il me soit permis au moins d'y goûter et ainsi n'aurai-je pas tout perdu! D'ailleurs, comme nous sommes seuls entre ces quatre murs où nul ne peut nous voir, ce sera à peine un péché puisque nous ne faisons pas de scandale!

Le plaisir de boire lui ôta bientôt tout regret de la perte qu'il faisait. Je demandai alors à Antti de nous conter ce qui lui était arrivé et il commença son récit :

— Lorsque Abou al-Kassim m'eut laissé aux soins des domestiques, je restai seul et abandonné durant une éternité, pleurant sur mon sort tel un corbillat tombé du nid. Personne ne vint s'inquiéter de moi et nul ne songea à m'apporter à manger! Seuls les garçons aux cils maquillés m'approchèrent sans pudeur, me faisant des clins d'œil, me tirant la langue, me montrant du doigt et me pinçant chacun leur tour. Soudain s'est présentée une vieille femme appelée Fatima qui m'a consolé et assuré que tout irait mieux pourvu que j'aie seulement la patience d'attendre. La cour de la Félicité me resterait fermée, dit-elle, mais si j'allais et venais devant la porte en regardant les fenêtres treillissées derrière les jalousies de roseaux, des yeux remplis de bienveillance à mon égard me suivraient dans ma promenade. La vieille revint à la nuit tombée, et me conduisit jusqu'à une porte de fer qui s'ouvrit en silence. Je pénétrai à sa suite dans une pièce délicatement parfumée où elle me laissa seul. Les murs et le sol étaient recouverts de tapis de grand prix mais j'eus beau chercher, je fus incapable de retrouver la porte par où la vieille avait disparu.

« Comme il ne se passait rien, que j'avais faim et que j'étais fatigué, je me jetai sur le lit qu'il y avait là et m'endormis. Lorsque j'ouvris les yeux, de nombreuses lampes parfumées illuminaient la pièce et une femme voilée était assise à côté de moi, tenant mon poing dans ses mains potelées tout en poussant de grands soupirs. Elle s'adressa à moi dans une langue que je ne connaissais pas. En réponse, je lui ai récité, non sans mal, un poème qu'Abou m'avait appris ici. Nous avons ensuite échangé quelques mots dans le jargon franc que l'on parle dans la cité, et qui doit être sans nul doute la langue la plus vieille du monde car elle me paraît venir de l'époque de la grande confusion de Babel. Puis, pour me donner une contenance, je lui ai ôté son voile, elle a essayé de m'en empêcher mais sans trop de sévérité et je dois reconnaître qu'elle était belle et tout à fait à mon goût, bien qu'elle ne fût point un poulet ! Sur ces entrefaites, Fatima entra et déposa devant nous des mets délicieux... ce qui me fait penser que je meurs de faim et mangerais bien un bon morceau de viande après toutes ces nourritures exquises.

Je lui apportai un repas et la vue de la marmite familière lui arracha des exclamations de joie.

— Après avoir fini de manger, poursuivit-il, je pris la main de cette dame compréhensive pour lui montrer ma bonne volonté. Elle soupira, je soupirai donc à mon tour pour me conformer à la coutume. Fatima, nous prenant alors en pitié, apporta une cruche de vin et une coupe, et la dame me lut des passages du Coran qu'elle m'expliqua avec une compétence que bien des étudiants pourraient lui envier, tant et si bien que, surmontant mes craintes et mon dégoût, j'acceptai de boire mais avec circonspection. Du reste, j'étais gêné de me trouver en pareille compagnie et espérais que le vin m'aiderait à vaincre ma timidité. Je ne vais pas raconter tout ce qui est arrivé mais voici ce que je puis dire : nous trouvâmes bientôt que nous avions beaucoup de choses en commun. Puis, conformément au Coran, nous dûmes nous lever pour faire nos ablutions et nous asperger de parfums rafraîchissants. Ces obligations se reproduisirent tant de fois que la serviable Fatima perdit patience. A peine avait-elle fermé l'œil qu'elle devait se relever pour descendre l'étroit escalier et le remonter chargée de seaux d'eau. Au moment où le coq chantait, à l'heure proche de la prière du matin, elle nous pria au nom d'Allah de mettre fin à notre conduite imprudente et, comme il y avait beau temps que j'avais jeté dans un coin mes vieux haillons, on l'envoya quérir pour moi les vêtements que voici.

Antti baissa les yeux avec modestie puis pêcha un morceau de mouton dans la marmite avant de continuer son récit.

— Fatima me prit par la main, ouvrit la porte de fer et me reconduisit dehors en appelant la bénédiction d'Allah sur moi. En vérité ses appels portèrent leurs fruits car je trouvai dans mes nouveaux vêtements une bourse dans laquelle ma dame avait eu la délicatesse de glisser une pièce d'or pour chacune des fois où j'avais été obligé de procéder à mes ablutions. Je jugeai que je pouvais distraire deux des dix-sept monnaies et les donnai à la fidèle Fatima qui nous avait servis avec tant de zèle.

« Je me promenai dans la cour jusqu'au moment où je ressentis une légère fatigue, mêlée sans doute à un peu d'ivresse car je n'avais pas goûté au vin depuis près d'une année. Je me mis en quête d'un lit vacant dans les baraques, en pensant que les soldats n'attachaient guère d'importance à un petit faux pas dans le droit chemin de la part de quelqu'un qui portait l'épée comme moi. En effet, nul ne se montra surpris de me voir, les hommes s'inclinèrent profondément en me souhaitant la bienvenue et les occupants du lieu s'empressèrent d'ôter leurs affaires pour me libérer la place. Voilà ! Je vous ai tout dit !

Abou al-Kassim repassa l'amphore à la ronde. Puis, soupesant la bourse dans ses mains, il dit d'un air dubitatif :

— Allah est grand ! Tu viens de parler de dix-sept monnaies d'or, pourtant, je ne crois pas me tromper en estimant que cette bourse en contient au moins une centaine !

Antti, devenu cramoisi, évita mon regard.

— C'est-à-dire... reprit-il avec quelque hésitation, ce premier soir dans les baraques, Fatima reparut alors que je venais à peine de me relever du tapis de prières. Elle me tira par la manche et m'invita avec toutes sortes de tendres propos à passer le temps de la même agréable façon. A l'aube, j'étais beaucoup plus riche que le soir antérieur. Mais Fatima est une pauvre vieille fragile et comme elle était fatiguée de transporter sans cesse de l'eau, elle m'invita à me rendre ce soir-là directement dans la pièce réservée aux bains du sultan. Un fagot de bois sur le dos, je suis entré par la porte de la Félicité et les eunuques m'indiquèrent le chemin sans faire de difficultés. Je passai une agréable nuit dans cet endroit chaleureux et ne manquai ni de nourriture ni de boisson. Au lever du jour, la dame compréhensive leva ses bras au ciel et me dit : « Allah est grand ! J'ai une très bonne et très fidèle amie qui refuse de croire ce que je lui ai raconté à ton sujet. Permets-moi, je t'en prie, mon cher Antar — ce sont là exactement ses paroles ! — permets-moi d'amener aux bains cette sceptique ! »

— Antti ! m'exclamai-je en tremblant. Tu me choques au-delà de toute expression ! Consoler une femme seule et généreuse est une chose, mais en entraîner une seconde dans ton dévergondage en est une autre ! Tu vas trop loin !

— C'est exactement ce que j'ai dit ! approuva Antti avec empressement. Mais cette dame pieuse m'a récité tant de versets du Coran et donné tant d'explications que j'en avais la tête qui tournait ! Du reste c'est une personne cultivée et je ne pouvais prétendre en savoir plus qu'elle !

— Grand est Allah ! s'exclama Abou al-Kassim.

Et Antti poursuivit, sa nuque devenant de plus en plus rouge :

— Ce soir-là, elle vint avec son amie, et je ne le regrette point car celle-ci était encore plus appétissante qu'Amina si faire se peut. Je pense que ni l'une ni l'autre n'eut à se plaindre de moi et l'autre dame mit, avec une égale délicatesse, une pièce d'or dans ma bourse à chaque fois que je procédais aux ablutions rituelles. Mais...

Ici Antti poussa une sorte de grognement.

— Mais comment aurais-je pu supposer que trois femmes viendraient la nuit suivante se baigner devant moi, chacune plus belle et plus épanouie que les autres ! Oh ! Comme il était difficile de n'en offenser aucune et de ne point non plus en favoriser une aux dépens des autres ! Aussi me suis-je fâché, lorsque quatre se sont présentées le lendemain.

« Chaque chose a une limite », ai-je déclaré.

— Et tu as eu tout à fait raison ! applaudit Abou al-Kassim, la mine soucieuse. « Tant va la cruche à l'eau qu'à la fin... », et tu me donnes de sérieuses inquiétudes.

Antti vida une autre coupe de vin avant de conclure :

— Le matin, Amina me dit : « Tu as quatre épouses dévouées, Antar, et tu n'as négligé aucune d'elles, obéissant en cela aux injonctions du Coran sur la conduite à tenir avec une femme. A présent ma lune s'éclipse et je ne veux pas que quiconque prenne du plaisir avec toi en mon absence. Je t'aimerai jusqu'à mon dernier soupir. Occupe-toi à boire et à manger afin de te sentir au mieux de ta forme la prochaine fois que je te ferai appeler. »

Atterré par cette histoire, je n'arrivai pas à articuler un seul mot. Abou al-Kassim termina son compte et enferma soigneusement la bourse dans son coffre-fort. Je parvins enfin à bégayer, en proie à une grande agitation :

— Voilà donc comme tu me remercies de t'avoir donné le bon exemple durant toutes ces années ! Jamais je n'aurais imaginé que l'art poétique pût causer tant de mal ! Car tout a commencé avec ces vers, médiocres si l'on en juge d'après Abou. A présent je comprends la raison pour laquelle le Prophète, béni soit son nom, a jeté sa malédiction sur les poètes !

J'étais si fort courroucé contre Antti que j'aurais été capable de le frapper ! Peut-être du reste l'étais-je davantage parce qu'il avait gagné les faveurs de quatre dames distinguées et obtenu un sac d'or pour prix de son péché, alors que je ne connaissais pas une seule dame bien disposée à mon égard et qui désirât ma compagnie même pour rien !

Toutefois ma rage n'affecta guère Antti qui se leva et nous quitta, ses culottes bouffantes claquant dans la brise printanière.

— Sa folie et son audace pourront nous être très utiles ! dit Abou al-Kassim avec un hochement de tête en le regardant s'éloigner. Néanmoins, je ne me risquerai pas à lui dévoiler un seul de nos plans ! Ces femmes auraient tôt fait de lui extorquer son secret ! Le temps est proche, Mikaël el-Hakim, les vents du printemps se lèvent, et le Libérateur viendra de la mer. Allons ! Oublions onguents et yeux noirs et pensons aux choses sérieuses. Il nous faut prendre la cité d'Alger à mains nues comme nous l'avons promis à Sinan le Juif !

Le lendemain, Abou al-Kassim invita quelques-uns des plus riches marchands, les reçut d'une manière princière et ordonna à Giulia de regarder dans le sable à leur intention. Après l'avoir écoutée, ces hommes vénérables se caressèrent la barbe.

— Si c'était la vérité ! dirent-ils. Ah ! Si la bannière sacrée du Prophète pouvait réellement surgir de la mer pour nous délivrer de la cupidité de Sélim ben-Hafs ! Mais ses soldats ont des épées tranchantes et ses bourreaux des cordes solides à leur disposition !

A son tour, Abou al-Kassim se caressa la barbe puis répondit :

— Je suis un marchand comme vous et au cours de mes nombreux voyages, j'entends beaucoup de choses que le riche et le puissant ne peuvent entendre. Ainsi l'automne dernier, le bruit courait-il déjà que le grand Khayr al-Dîn armait sa flotte afin de reconquérir Alger pour la Sublime-Porte avant que les figues ne mûrissent ! Je suis rempli d'inquiétude pour vous qui êtes plus riches que moi et avez tant à perdre ! Si le grand Khayr al-Dîn rencontrait la moindre opposition, le sort qu'il vous ferait serait pire que celui qui est le vôtre actuellement. Personnellement, je ne vois pas pourquoi l'on risquerait ses affaires et ses biens pour ces Hafsides du diable !

— Envoyons-lui un message secret disant que nous ne nous opposerons pas à sa venue et que nous le recevrons en agitant des palmes s'il réussit à chasser les gens de Sélim et à abattre la tête du tyran dans la poussière ! imaginèrent les marchands avec espoir.

Mais Abou al-Kassim secoua la tête d'un air soucieux et rétorqua :

— Je sais qu'il désire pénétrer à cheval dans une ville aux portes grandes ouvertes et qu'il veut que vous veniez l'accueillir avec la tête de Sélim ben-Hafs sur un plateau doré. Ensuite, vous devrez le proclamer gouverneur d'Alger, dans la mosquée, rachetant ainsi votre trahison passée. A ces seules conditions, il promet de chasser les Espagnols et de détruire leur forteresse à l'entrée du port. Et il ne manquera pas de récompenser ceux qui l'auront proclamé gouverneur.

Les marchands levèrent les bras au ciel en signe de désapprobation.

— Hélas, que voici des paroles dangereuses ! crièrent-ils d'une seule voix. Comment pouvons-nous vaincre à mains nues Sélim ben-Hafs et ses milliers de soldats entraînés et armés de canons et d'épées ?

— J'ai fait un rêve, répondit Abou al-Kassim, et je voyais dix hommes remplis d'astuce collecter dix mille pièces d'or et les déposer entre les mains d'un ami digne de confiance. Alors Hassan, l'officier commandant la porte de l'Est, fermait les yeux et des chameaux introduisaient dans la cité des armes dissimulées dans des paniers de grains que les marchands cachaient à l'intérieur de leurs magasins.

« J'ai vu également dix hommes audacieux qui ont chacun parlé à dix autres hommes audacieux et ceux-ci à leur tour ont fait de même. Il était impossible de les découvrir car ils ne connaissaient que les neuf autres de leur groupe avec leur chef. Tout se passait très rapidement dans mon rêve ! J'ai vu des armes cachées dans le sable du rivage et une flotte immense au large de la côte qui attendait le signal de jeter l'ancre et de débarquer ses troupes sur un des flancs de la cité, puis j'ai vu ces troupes en franchir les portes ouvertes.

« Rêve étrange, en vérité, où tout était aussi simple que de casser un œuf ! Mais nul n'est comptable de ses rêves !

Plusieurs des marchands se pressaient les mains sur les oreilles tandis qu'il parlait, pour éviter d'entendre un discours aussi dangereux. Il y en avait quelques-uns qui réfléchissaient d'un air songeur et le plus vieux d'entre eux se tirait la barbe.

— Il faudrait proclamer une fatwa ! dit-il. Le devoir de tout bon musulman sera dès lors de se soulever contre Sélim ben-Hafs qui a trahi la foi en s'alliant avec les Espagnols. Il suffit de proclamer la fatwa au moment opportun avant de distribuer les armes. Le faqih qui connaît parfaitement le Coran et la tradition s'occupera de cette question et, dès qu'il aura dicté sa loi, pourra se mettre en route pour un pèlerinage. Je ne doute point qu'eu égard à son grand âge, Khayr al-Dîn le prendra sous sa protection si l'entreprise échoue. Je parlerai volontiers au faqih, car je suis moi-même un vieil homme fatigué de la vie et n'ai que peu de choses à perdre.

« Trouver un homme digne de confiance pour se charger des dix mille monnaies d'or, voilà donc la seule question qui nous reste à résoudre.

— Il se tient devant toi, dit Abou al-Kassim sur un ton de simple dignité.

Mais le plus âgé des marchands ne prit pas garde à son intervention et continua de se tirer la barbe.

— L'homme doit être absolument digne de confiance ! réfléchissait-il tout haut. Et si par hasard il était découvert et qu'on lui demande la provenance de cet argent, nous nierions tout et jurerions sur le Coran que c'est un imposteur, et cela sans commettre un péché puisque nous aurions une fatwa d'appel. En revanche, si tout va bien, nous nous présenterons devant Khayr al-Dîn en disant : « Vois ! C'est nous qui avons accompli tout cela ! Ne nous oublie pas ! »

« Mais où trouver l'homme digne de confiance ? Voilà la question !

Abou al-Kassim jura par Allah, par le Coran et par sa barbe qu'il travaillait pour la liberté et ne demandait rien pour lui-même ! Faute d'autre proposition, les marchands se virent contraints de lui faire confiance ! C'est ainsi qu'un soir, à la nuit tombée, l'on apporta dans notre cour un coffre de fer qui renfermait dix sacs de cuir remplis chacun de dix sacs plus petits contenant cent monnaies d'or. Nous le transportâmes non sans mal à l'intérieur de la maison dont Abou al-Kassim ferma portes et volets et lorsqu'enfin Giulia se fut retirée pour dormir, notre maître se mit en devoir de vérifier toute cette fortune.

— Abou, ô mon maître, dis-je, ébloui à la vue de cette masse d'or, remettons vite cet argent dans les sacs, louons un robuste chameau et quittons la cité tant que nous le pouvons encore !

— Ne m'induis pas en tentation, Mikaël el-Hakim ! répondit Abou al-Kassim en poussant un soupir. Les armes de Khayr al-Dîn sont prêtes, mais il va nous falloir beaucoup d'argent pour convaincre le cupide Hassan de détourner les yeux lorsque nous les transporterons à l'intérieur de la cité. Nous devons également acheter les troupes de Sélim ! Bref, nous pourrons rendre grâces au ciel s'il nous reste après toute l'opération à peine la moitié de cette somme !

Tout se déroula sans encombre. Au caravansérail, des étrangers au visage maigre et au regard brûlant venaient chercher à tâtons des épées qu'ils n'avaient pas apportées. De pauvres voyageurs et des artisans passaient en tremblant des nuits sans sommeil après avoir dissimulé des armes dans leurs magasins et leurs greniers en accord avec la fatwa. Le faqih entreprit un long pèlerinage accompagné par les fils aînés des marchands, ainsi qu'en avait ordonné un rêve merveilleux qu'il avait fait avant de partir.

Puis les arbres fruitiers se couvrirent de fleurs et il ne fut plus nécessaire d'allumer les charbons dans les récipients de métal. J'avais le cœur au bord des lèvres à cette époque et Abou al-Kassim me réconfortait, disant :

— Ah, Mikaël ! Le danger donne du goût à la vie ! Regarde comme on se fatigue vite d'une existence tranquille et paisible ! Rien au monde ne donne à l'homme un si bon appétit et un si profond sommeil que l'approche du danger ! Ce n'est qu'alors qu'il apprécie pleinement les jours qui lui restent.

Plaisanterie sans doute ! Mon sommeil était sans cesse entrecoupé de cris et j'avais une boule désagréable au fond de la gorge qui m'ôtait toute envie de manger ! Mais lorsque la brise m'apportait la douce fragrance des fleurs du printemps, je trouvais parfois une consolation en songeant à tous les pauvres opprimés que nous allions bientôt délivrer de la tyrannie, et j'attendais avec plus d'impatience encore l'heure où Giulia deviendrait mon esclave.

Par une chaude journée de printemps, je m'étais installé pour travailler à l'extérieur de l'atelier et je vis s'approcher de la maison un jeune homme d'allure bizarre. Ses pas s'accompagnaient d'un agréable tintement, il portait une tunique courte ceinte d'une étoffe de soie où pendaient des glands et des clochettes d'argent ; il avait attaché autour de ses genoux des rubans de soie ornés aussi de clochettes et jeté sur ses épaules une peau de lion avec les pattes de devant croisées sur sa poitrine. Il venait tête nue, les boucles de sa chevelure soignée retombant sur ses épaules, et sa barbe noire brillait comme du satin. Il tenait un livre relié en basane qu'il ouvrait parfois tout en marchant, comme indifférent à ce qui se passait autour de lui, et il lisait en faisant tournoyer distraitement les glands de sa ceinture et tinter ses clochettes au rythme de ses pas.

C'était vraiment le jeune homme le plus beau que j'aie jamais vu et je sentis l'envie m'emplir le cœur devant sa grâce et son maintien empreint de dignité tandis qu'il approchait. Il s'arrêta à ma hauteur et s'adressa à moi en langue arabe en articulant avec soin.

— On m'a dit que le marchand de drogues Abou al-Kassim demeure ici, dit-il. En vérité, la bénédiction d'Allah est sur lui si tu es son fils !

Mes vêtements étaient sales, j'avais les mains toutes maculées de teinture et je me sentais inférieur en tout à cet inconnu.

— Oui, c'est ici l'atelier d'Abou al-Kassim, mais je ne suis qu'un esclave ! répondis-je sur un ton rébarbatif. Je m'appelle Mikaël el-Hakim et ne puis t'inviter à entrer car mon maître est absent !

— Ah, Mikaël el-Hakim ? J'ai entendu parler de toi ! s'exclama l'inconnu au regard brillant. Jamais, en vérité, je n'ai vu des yeux aussi beaux, ni des joues roses, ni des mains aussi admirables que les tiennes !

Il se pencha pour me serrer dans ses bras et me donna un baiser sur chaque joue avant que je n'eusse pu faire un mouvement pour me défendre, de sorte que j'en vins à nourrir de graves soupçons à son encontre ! Mon chien se mit à aboyer et à renifler les jambes épilées du beau jeune homme en me voyant dans ses bras. Alors l'inconnu me libéra, siffla doucement et se baissa pour caresser Raël tout en lui parlant gentiment en arabe, persan et turc, ce qui dénotait en tout cas une bonne éducation. Son attitude bienveillante à l'égard de mon chien fit fondre toute mon hostilité et je lui demandai ce qu'il attendait de moi.

— Je suis un vagabond de ma foi, Mikaël el-Hakim, et j'appartiens à une confrérie de vagabonds, une secte de soufis connue par quelques fidèles sous le nom de « Mendiants de l'amour ». Je m'appelle Mustafa ben-Nakir, non point que je sois d'une origine modeste mais je préfère porter ce nom de « fils de l'ange de la mort ». Ma destinée est d'errer par les pays et les cités et, tout en marchant, je lis des poèmes persans qui me réjouissent le cœur.

Il ouvrit son livre, fit tinter ses clochettes et me lut d'une voix musicale quelques strophes d'une poésie sans nul doute gracieuses et pleines d'harmonie bien qu'elles n'eussent pour moi pas plus de signification que des perles aux yeux d'un pourceau !

En tout cas, si cet inconnu appartenait à une secte sacrée de l'islam, contrairement à la plupart des derviches il soignait son apparence jusqu'à la perfection et paraissait célébrer les plaisirs de la vie.

— Mustafa ben-Nakir, lui dis-je, irrésistiblement attiré, j'ai beaucoup pensé à la mort et il semble que tu arrives à point nommé. Cependant tu dois être un fieffé menteur pour prétendre que tu connais un esclave tel que moi ! Entre, et voyons si je puis te trouver un morceau de pain avec quelques figues sèches, à condition que tu disparaisses dès que mon maître reviendra. C'est un homme irascible qui ne tolère pas les étrangers chez lui.

Mustafa ben-Nakir ne se fit pas répéter deux fois mon invitation. Il entra aussitôt et mit tant d'attention à examiner la pièce, que je cachai le vase contenant la menue monnaie. Je le conduisis dans la salle commune et lui versai l'eau sur les mains selon la coutume. Il m'annonça son intention de procéder à ses dévotions et durant sa prière, la clarté de son regard et sa belle voix me séduisirent au point que, sans ce livre de poésies persanes, je l'eusse pris pour un ange véritable. Je disposai de la nourriture devant lui et lui demandai de me parler de sa foi.

— Je suis né à Istanbul, cette cité splendide où se rencontrent les deux moitiés du monde, me répondit-il. Mon père était un riche marchand et ma mère une esclave grecque. Ils louèrent les services d'un savant précepteur arabe pour m'enseigner la vraie interprétation du Coran et un poète persan pour la versification. J'étudiais avec les professeurs les plus éminents de l'école de la mosquée lorsque, à dix-sept ans, j'eus une révélation divine : les formes de la prière et les lettres du Coran devinrent soudain pour moi comme des cosses vides. D'ailleurs, je n'étais point seul à ouvrir ainsi les yeux ! Maints autres fils de famille se sentaient également las de notre vie de luxe et de la loi devenue pour nous lettre morte. Aussi avons-nous formé cette confrérie de mendiants ; nous allions chanter et danser dans les rues au son de nos clochettes jusqu'au jour où, fatigués aussi de cela, nous avons pris la route afin de voyager par les terres étrangères pour étudier les différentes formes de contraintes que les hommes inventent comme limites à leur vie. J'ai visité Bagdad, Jérusalem et Le Caire et jamais n'ai regretté l'élan qui m'a poussé à changer ma vie de luxe contre une vie de dangers et de privations. Je vis certes dans la pauvreté, obtenant le nécessaire de la générosité de femmes pieuses, cependant jamais jusqu'ici je n'ai souffert de la faim.

J'étais enchanté de son histoire bien qu'il me semblât que des imans ou des faqihs confits en dévotion n'approuveraient guère sa doctrine. Je lui fis plusieurs questions, mais il posa sur moi son regard limpide en disant :

— L'élément fondamental de ma croyance consiste en une complète liberté qui n'admet ni loi ni formule. Pour un membre de ma communauté, l'unique règle est d'écouter la voix du cœur. Je porte sur moi tout ce que je possède et si je vois s'ébranler une caravane, je peux à ma guise me joindre à elle ; si plus tard un oiseau étrange vole au-dessus de ma tête, je peux aussi bien la quitter pour le suivre et partir seul dans le désert me consacrer à la méditation. Si je vois hisser la voile sur un navire dans un port, c'est parfois pour moi un signe et je grimpe à bord. Et lorsqu'une blanche main apparaît derrière une jalousie pour jeter une fleur à mes pieds, j'obéis également sans crainte à ce signe-là !

Il continua à m'expliquer sa philosophie par le menu, et je n'étais pas loin de penser que rien au monde ne valait le plaisir d'échanger ainsi de nobles propos, assis à ne rien faire à l'heure de la sieste. Nous n'entendîmes pas arriver Abou al-Kassim qui se mit aussitôt à pousser les hauts cris. Mustafa ben-Nakir se leva et le salua avec les marques du plus profond respect, touchant de la main le sol et son front.

— On m'a dit, ajouta-t-il à ma grande surprise, que le Libérateur viendra de la mer à la nouvelle lune prochaine et débarquera ses hommes dès qu'il verra les signaux. Il marchera sur la cité durant la nuit et franchira les portes ouvertes à l'aube.

— *Bismillah* et la suite ! dit Abou al-Kassim. Que ne le disais-tu avant ! Deux cabanes sur la colline près du palais sont pleines de combustibles ; quand elles seront en flammes, les gardes se précipiteront pour les éteindre et une poignée d'hommes résolus pénétreront alors dans la casbah. Nous ferons ainsi d'une pierre deux coups. Et toi, jeune homme, quelle est ta tâche ?

— Je t'ai porté le message, répondit Mustafa ben-Nakir la mine assombrie, et n'ai plus qu'à suivre mon bon plaisir. Qu'Allah te protège ! Moi je pars à la recherche d'une maison hospitalière où l'on comprendra la poésie !

Il fit alors mine de se lever, mais Abou al-Kassim le retint.

— Ne nous quitte pas, ô porteur de bonnes nouvelles ! Causons plutôt tranquillement car nul doute que tu ne sois plus que tu ne parais. Nous avons encore nombre de difficultés à résoudre et j'ai besoin de tes conseils.

— Allah, Allah ! dit Mustafa. Tout arrive selon sa volonté et il a choisi le moment le plus favorable pour l'action. Les armées de l'empereur d'Espagne sont enfermées dans Naples, assiégées par les forces supérieures du roi de France. Doria, au service du roi François, a bloqué le port rendant impuissante la marine impériale. Tu vois donc que l'empereur a d'autres préoccupations en tête que le sultan d'Alger !

— Comment est-ce possible ? m'écriai-je sans en croire mes oreilles. Il n'y a point encore une année que je me trouvais au sac de Rome avec l'armée de l'empereur qui alors tenait toute l'Italie !

— Ayons confiance dans le Libérateur ! dit Abou al-Kassim en me faisant taire. Il doit avoir de bonnes raisons pour précipiter les choses. La nouvelle lune arrive après-demain et tu ferais bien de dire tes prières, Mikaël el-Hakim, afin de te préparer à ta mission.

Ces mots me remplirent d'étonnement.

— N'ai-je point exécuté tes ordres du mieux que j'ai pu ? Qu'attends-tu encore de moi, cher Abou al-Kassim ?

— Après-demain au chant du coq, rétorqua-t-il en me regardant d'un air glacial, nous devons remettre au Libérateur la tête de Sélim ben-Hafs sur un plateau doré et ce n'est que justice que nous nous partagions la tâche : toi, tu fourniras la tête et moi un splendide plateau.

Mon cœur bondit dans ma poitrine et, en dépit de la chaleur, je me mis à claquer des dents.

— Bois un peu d'eau, Mikaël el-Hakim ! me dit Mustafa ben-Nakir, fils de l'ange de la mort, avec compassion. Et ne crains rien ! On m'a dit qu'une fatwa a été proclamée à ce sujet, tu ne commettras par conséquent nul péché, au contraire ! En coupant la tête de Sélim, non seulement tu accompliras un acte tout à fait méritoire, mais encore sans difficulté si ton couteau est bien aiguisé et ne se heurte pas à une vertèbre.

Je me retirai contre le mur afin d'éviter leurs regards ; Abou al-Kassim, s'avisant de ma peur, me lança une malédiction.

— N'as-tu pas confiance en moi ? me dit-il. Je n'ai épargné ni mon temps ni mes forces et j'ai tissé mon filet avec patience pour que tout te soit facile. Dans le palais, tu trouveras ton frère Antar, auquel tu peux te fier, et le chef des eunuques que j'ai acheté. Giulia viendra avec toi pour regarder dans le sable et j'ai déjà préparé une potion crétoise que l'on donnera à Sélim à la place de son opium pour le plonger dans un profond sommeil.

Mustafa ben-Nakir posa sa main fine sur mon épaule et ajouta :

— Tu me plais, Mikaël el-Hakim, et mon cœur me pousse à t'accompagner à la casbah pour t'encourager et t'aider de mes conseils ; et veiller aussi à ce que tu exécutes ta tâche en temps voulu. N'aie pas peur, une pierre peut aussi bien tomber et t'écraser la tête ici que dans la cour de la Félicité !

— Dans la cour de la Félicité ! criai-je, hors de moi parce que toute l'histoire me prenait trop au dépourvu, dans la cour de la Félicité, ce sera une épée et rien d'autre qui va tomber sur moi ! Ah ! Je suis né, en vérité, sous une planète diabolique !

« Mais un esclave n'a pas le choix ! Que la fatwa me protège ! J'écoute et j'obéis.

A cet instant précis, Abou al-Kassim leva la tête, écoutant avec attention, et j'entendis à mon tour le grondement lointain d'un canon ! Nous sortîmes tous trois en courant dans la rue, à l'instar de nos voisins qui levaient les mains au ciel en signe d'étonnement. Le bruit venait de la casbah de Sélim ben-Hafs sur le flanc de la colline ; le vent portait jusqu'à nous des hurlements et le cliquetis des armes s'entrechoquant, puis un canon tonna, auquel un autre répondit de la forteresse espagnole à l'entrée du port.

— Allah est grand ! dit Abou al-Kassim dont c'était le tour à présent de pleurer. Tout est perdu mais je cherche refuge en Allah, non dans le diable lapidé !

Toute la cité était en proie à l'agitation, la foule envahissait les rues et courait en direction de la colline, tandis que les marchands s'empressaient de fermer leurs échoppes et leurs portes à double tour.

— Allah est grand et rien ne peut arriver qu'il ne l'ait voulu ! me dit Mustafa ben-Nakir perdu dans la contemplation de ses ongles peints. Allons voir ce qui est arrivé !

Nous grimpâmes à la hâte la rue escarpée de la casbah. Une foule indécise s'était déjà rassemblée sur la place des exécutions, mais il n'y avait là rien à voir hormis deux ou trois soldats furieux, l'arquebuse posée sur son socle, qui soufflaient sur la mèche fumante, intimant l'ordre à la populace de garder ses distances.

Le cliquetis des armes s'était arrêté à l'intérieur de la casbah et l'on n'entendait plus que les cris des soldats dont on ne pouvait dire s'ils étaient de plaisir ou de rage. La rumeur courait parmi la foule que des coupeurs de bois et des cuisiniers avaient escaladé les murs du palais et s'étaient échappés ; ils dévalaient les pentes en criant que Sélim ben-Hafs, complètement nu et l'épée à la main, courait partout dans la cour de la Félicité et tuait tous ceux qu'il rencontrait. Nul cependant n'était à même de dire si c'était la vérité.

Nous vîmes alors apparaître une troupe d'une cinquantaine d'Espagnols armés d'arquebuses qui, venant du port, se dirigeaient vers la casbah. Un envoyé du gouverneur de la forteresse marchait à leur tête en gesticulant avec animation. Ils firent halte devant les portes fermées ; leur commandant appela la garde à grands cris en demandant ce que signifiaient les coups de feu entendus, puis il ordonna l'ouverture des portes.

De nombreux renégats espagnols et italiens passèrent alors la tête dans les meurtrières de la muraille et se mirent à insulter et à conspuer les hommes de la petite troupe qui n'avaient rien à faire sous les murs et devaient retourner sans tarder dans leur forteresse. Les badauds, encouragés par ces provocations, se mirent à lancer des pierres et des crottes de chameau aux Espagnols qui les menaçaient d'ouvrir le feu malgré les appels au calme de l'envoyé du gouverneur. L'officier ordonna à ses hommes de pointer leur canon léger de campagne sur la porte et menaça de le décharger si Sélim ben-Hafs lui-même ne se présentait pas sur-le-champ.

La porte s'ouvrit avec un grincement de gonds et les Espagnols se ruèrent pour entrer. Mais la vue de deux canons pointés sur eux sous l'arcade arrêta net leurs cris de triomphe ; en outre, une troupe de cavaliers qui avaient le plus grand mal à maintenir leurs montures, se tenait derrière l'artillerie. Le commandant espagnol ordonna aussitôt à ses hommes de se retirer et demanda, sur un ton nettement radouci, à parler avec quelque personne autorisée qui pût l'informer de ce qui était survenu dans la casbah. N'en croyant pas mes yeux, j'aperçus alors Antti, boutefeu en main, debout entre les deux canons. Il se tourna pour échanger quelques mots avec les cavaliers, mais son mouvement fut si maladroit qu'un coup partit d'une de ses pièces et que le boulet alla frapper droit dans les rangs serrés des Espagnols dont nombreux furent ceux qui tombèrent, frappés à mort. A ce moment-là, les chevaux se cabrèrent et les cavaliers chargèrent, l'épée hors du fourreau.

— Est-ce un rêve ? s'écria Abou al-Kassim, en se prenant la tête entre les mains.

Il ne perdit point de temps cependant et, tirant un marabout par sa manche, le pria de proclamer sur l'heure la fatwa. Puis, en homme avisé qu'il était, il courut à l'abri d'une masure en ruine et y mit le feu. Quant à moi, j'avais vu la charge des chevaux renverser Antti et, au mépris du danger, m'empressai de me porter à son secours.

Il se releva en titubant, essuya la poussière sur son visage et demanda, l'air étonné :

— Qu'est-il arrivé ? D'où sors-tu, toi, Mikaël ? Va-t'en tout de suite, on dirait que nous avons une guerre sur les bras ! Pourtant le coup est parti par hasard. Enfin ! Heureusement que tout est réglé d'avance ! Allah est grand ! Mais je n'avais pas l'intention de créer de nouveaux troubles alors que nous venions de restaurer l'ordre dans la casbah ! Allez ! Va-t'en à présent, j'ai fait assez de mal sans t'entraîner avec moi !

Il empestait le vin et sans doute avait-il reçu un coup de sabot sur la tête. Mais cela ne l'empêcha pas de me soulever et de me jeter dehors où les Espagnols tiraient des coups de feu et frappaient d'estoc et de taille, où les gens hurlaient à la guerre sainte et où les masures auxquelles Abou al-Kassim avait mis le feu lançaient maintenant leurs flammes jusqu'au ciel.

Je courais çà et là telle une poule sans cervelle lorsque mon maître et Mustafa ben-Nakir m'attrapèrent par le bras, me secouèrent et me demandèrent pourquoi les mameluks de Sélim ben-Hafs avaient attaqué les Espagnols. Je leur répondis avec franchise que je n'en avais pas la moindre idée et les conjurai d'aller au secours d'Antti que les Espagnols pendraient à coup sûr.

Pour le moment, cependant, ces derniers avaient bien d'autres soucis en tête que de pendre qui que ce fût ! Ils avaient assez de mal à regagner le port et maints d'entre eux gisaient dans leur propre sang alors qu'en bas, dans la cité, les survivants en fuite se trouvaient aux prises avec une populace armée. On leur lançait du haut des terrasses des pierres, de l'eau bouillante et des billes de bois. Les mameluks auxquels les féroces arquebusiers espagnols inspiraient un respect salutaire, tournèrent bride rapidement et se replièrent vers la casbah, laissant la poursuite aux soins des habitants de la cité, tandis que derviches et autres saints hommes clamaient, l'écume à la bouche, que les portes du paradis étaient ouvertes à tous ceux qui tomberaient sous les coups des infidèles.

Abou al-Kassim ne paraissait guère tenté et Mustafa ben-Nakir déclara que nous avions mieux à faire qu'à songer aux houris du paradis. Lorsque le tumulte se fut un peu calmé, nous nous armâmes de courage pour parler aux gardes de la porte de la casbah, appelant sur eux la miséricorde d'Allah. Je les priai d'aller chercher mon frère Antti, ce qu'ils acceptèrent de faire, après qu'Abou al-Kassim leur eut lancé quelque argent.

Antti ne tarda guère à apparaître à la porte, les mains glissées dans sa large ceinture d'un air important.

— Au nom d'Allah ! dit-il en nous apercevant. Que faites-vous là dehors ? Entrez et venez prendre part à notre joie !

Il avait totalement oublié m'avoir vu quelques instants auparavant ! Comme nous n'osions point accepter sa cordiale invitation, je lui dis :

— Antti, tu n'as pas bu, n'est-ce pas ? Viens avec nous pour fuir le courroux de Sélim !

Il me regarda d'un air ébahi.

— Tu es fou ! Sélim ben-Hafs est mort et je sers son fils Mohammed ben-Hafs, béni soit le nom du cher enfant !

— Comment est-ce possible ? demanda Abou al-Kassim dans un cri.

Antti évita notre regard et, se frottant les mains l'une contre l'autre avec embarras, répondit :

— La plupart des gens croient qu'il a glissé dans son bain et s'est tordu le cou. Mais la triste vérité est que c'est moi qui le lui ai tordu ! J'ai agi par erreur et pour me défendre, et peut-être aussi étais-je un tantinet pris de boisson...

— Dieu du ciel ! haletai-je. As-tu tué Sélim ben-Hafs, ruinant ainsi tous nos plans ? Je commence à me demander pourquoi le Créateur t'a donné une tête, à moins que ce ne soit uniquement pour que tes oreilles ne se touchent pas !

— Pourquoi te lamenter sur le sort de Sélim ? répliqua Antti que le vin rendait irascible. Pleure plutôt pour les deux autres sultans qui ont régné aujourd'hui car à vrai dire, Mohammed n'est que le troisième successeur de Sélim.

Quatre ou cinq soldats vinrent alors annoncer à Antti que l'aga le faisait appeler. Antti traversa la cour derrière eux en titubant, après nous avoir laissés sous la protection de sentinelles. Abou al-Kassim et moi nous nous assîmes à l'ombre, le cœur gros, tandis que Mustafa ben-Nakir se plongeait dans la lecture de poésies persanes, jetant de temps en temps un coup d'œil satisfait sur ses ongles peints.

Nous sautâmes soudain sur nos pieds en entendant des cris et des détonations en provenance de la maison de l'aga. Je pensais ne plus jamais revoir Antti, mais j'aurais dû le connaître davantage ! Toujours titubant, il traversa la cour pour se diriger vers nous, une troupe de soldats hurlant sur ses talons et le turban de l'aga, orné d'une plume incrustée de pierreries, posé sur sa tête !

— Qu'Allah me pardonne mes nombreux péchés ! soupira-t-il. Je dois certainement être ivre ! J'ai été obligé de tuer l'aga bien que je sache que se livrer à des voies de fait sur la personne d'un officier supérieur est le pire crime qu'un soldat puisse commettre. Mais il complotait la chute du petit Mohammed et s'il avait réussi, plus personne n'aurait voulu hériter du trône de Sélim. Alors pour éviter des troubles, je l'ai tué et j'ai pris son turban. Aide-moi à présent, Mikaël, et toi aussi Abou, mon cher maître, il me faut un dromadaire.

J'étais convaincu qu'il était devenu complètement fou lorsque Abou comprit soudain qu'il demandait un drogman pour lui servir d'interprète.

— Au nom d'Allah ! m'exclamai-je. Mon frère n'est plus maître de ce qu'il fait ! Donne-lui le puissant soporifique que tu avais préparé pour Sélim et quand il aura dormi et retrouvé sa sobriété, nous pourrons parler raisonnablement avec lui.

A ce moment un eunuque, la mine fâchée, sortit de la cour intérieure, suivi de quelques soldats, et s'approcha de nous tenant dans sa main l'anneau avec le sceau du sultan. Des serviteurs tiraient derrière lui un lourd coffre de fer. Les soldats annoncèrent qu'ils apportaient le trésor du sultan afin de le partager entre ses loyales troupes. S'il y avait eu quelque bruit auparavant, le tumulte à présente atteignait des proportions gigantesques et, les poings sur les oreilles, j'allai chercher refuge derrière un arc-boutant de la muraille. Des soldats arrivaient de tous côtés, se frappant et piétinant les plus faibles dans leur hâte tandis que l'eunuque, après avoir vainement brandi l'anneau du sultan, s'était jeté sur le coffre en recommandant son âme à la protection d'Allah.

Alors Antti marmonna un au revoir confus à notre adresse et se fraya un chemin en direction du coffre. Il repoussa violemment l'eunuque et intima l'ordre à tous les scribes de tenir un compte exact afin que chaque homme pût recevoir sa part en toute équité. Aussi étrange que cela puisse paraître, ces brutes lui obéirent aussitôt et se rangèrent en files régulières pour attendre leur tour. Ils paraissaient même flattés lorsque Antti leur donnait un coup sur la tête en les traitant de « cochon plein de vin ». Les scribes s'assirent par terre en tremblant, les rouleaux du régiment devant eux ; l'eunuque se tordit les bras avec désespoir, ouvrit le coffre et recula. Antti regarda à l'intérieur et cria, frappé de stupeur :

— Maudit soit le nom de Sélim ben-Hafs qui nous vole même après sa mort ! Il a péri trop tard, le porc !

Les sergents s'approchèrent pour regarder à leur tour dans le coffre et eux aussi reculèrent, hébétés, car ce qu'ils virent ne suffisait pas pour payer seulement une monnaie d'or à chacun des hommes.

— Nous sommes pauvres mais la cité est riche ! dirent-ils, bientôt revenus de leur surprise. Descendons et prenons ce que nous pourrons avant que les Espagnols ne viennent y mettre le nez !

— Qui suis-je pour vous contredire ? dit Antti en se grattant la tête. Cent cerveaux valent sans doute mieux qu'un seul. Mais nous devrions réfléchir à deux fois avant de piller une cité que le sultan a placée sous notre protection.

— Toute chose est prédestinée, s'écria Abou al-Kassim en larmes, et nous tenons notre dernière chance de sauver ce qui peut l'être. Va, Mustafa ben-Nakir, et parle avec ces hommes pendant que je pars avec mon esclave Mikaël quérir à la maison le trésor qui devait être la consolation de mes vieux jours. Il doit contenir près de quatre monnaies d'or pour chaque homme et les fera patienter jusqu'à ce que le Libérateur atteigne la cité.

Mustafa se dirigea vers Antti de sa démarche pleine de

dignité, tandis que Abou et moi quittions la casbah et nous nous précipitions vers la cité. Nous vîmes les derniers Espagnols ramer en direction de leur forteresse et la foule sur le quai, criant et brandissant des armes. Nous avions à peine atteint notre maison que les canons de la forteresse commencèrent à tonner ; un boulet siffla dans les airs et tomba sur une maison voisine. Nous déterrâmes à la hâte le trésor caché sous le pavé, rangeâmes les sacs d'argent dans un coffre et chargeâmes le tout sur un âne égaré que le sort avait envoyé précisément devant notre porte. Les coups de feu l'avaient effrayé mais il retrouva son calme quand il sentit à nouveau sur son dos un lourd fardeau, et il monta de bon cœur la rue escarpée qui menait à la casbah.

Lorsque nous pénétrâmes dans la première cour avec notre charge, les soldats, assis sur le sol, écoutaient calmement Mustafa ben-Nakir leur décrire d'une voix inspirée les joies du paradis. Il ouvrait son livre de temps en temps et leur lisait des poèmes persans. Juché sur le couvercle du coffre, Antti sommeillait en hochant la tête. Mustafa nous adressa un regard lourd de reproches pour arriver ainsi suant et soufflant avec notre âne et troubler son mélodieux récital, mais mon frère se leva d'un bond et nous remercia avec force bénédictions.

— Il nous faut maintenant consulter Amina et son fils que j'ai fait sultan parce qu'elle m'a juré que c'était l'héritier légitime de Sélim ben-Hafs. Elle s'était pourtant plainte amèrement maintes fois de la négligence de Sélim au moment essentiel mais... De toute façon, depuis qu'elle avait étranglé les deux fils aînés de Sélim, nous n'avions pas d'autre sultan sous la main.

Mustafa ben-Nakir ferma son livre de poésies et dit avec un soupir :

— Allons chercher le garçon, Mikaël. La paye de ces hommes risque de durer longtemps et je les ai déjà préparés à l'arrivée du Libérateur.

Antti ordonna aux soldats d'obéir à Abou al-Kassim et aux scribes afin que tout se déroulât dans le calme. Puis il vint avec nous dans la cour intérieur où gisaient maints cadavres et où les colonnes de marbre portaient la trace de nombreux coups de feu. Il nous fit franchir directement la porte d'or de la Félicité, écartant les eunuques effrayés de son chemin.

— Allons aux bains, marmonna-t-il d'une voix pâteuse. Je crois que j'ai deux amphores encore pleines là-bas.

Avec l'assurance d'un dormeur éveillé, il nous conduisit à travers un labyrinthe de couloirs jusqu'à la salle des bains et là, s'agenouillant au bord de l'eau, pêcha une amphore, en brisa le sceau et but avec avidité. Je jetai un coup d'œil dans la pièce et aperçus le corps de Sélim ben-Hafs qui gisait sur une dalle de marbre. Spectacle désagréable, en vérité, car il était plus gonflé et plus livide que jamais. Les eunuques qui s'affairaient autour de lui s'évanouirent telles des ombres à notre arrivée. Mustafa ben-Nakir s'assit, les jambes croisées, sur le banc aux pieds du cadavre.

— Nous devons tous mourir et chaque instant de notre vie est réglé d'avance ! commenta-t-il. C'est également la volonté d'Allah que nous nous trouvions ici, dans cette salle des bains, pour que tu puisses laver ta conscience. Ensuite nous réglerons toutes les affaires pour le mieux.

« Parle donc, Antar le Lutteur !

Antti le regarda, eut un hoquet, sentit la plume de son turban puis dit sur un ton blessé :

— Je ne suis pas un lutteur mais l'aga du sultan... si j'arrive seulement à mettre la main sur le sultan. Quant à ce qui est arrivé, c'est par la faute des mauvaises langues qui sont allées raconter des calomnies à mon sujet et persuader Sélim ben-Hafs que j'avais craché dans sa couche ! Ce qui est un noir mensonge étant donné que je n'ai même jamais vu son lit ! Ce matin, Sélim s'est présenté tout nu à la salle des bains pour éliminer son opium en transpirant, et toute une troupe de garçons maquillés l'accompagnait pour le laver. Dès qu'il m'aperçut, il s'est mis à réclamer un cimeterre à grands cris. Sa femme Amina, qui ne portait rien de plus sur elle que le costume habituel jadis au paradis, tenta de le calmer pour me donner au moins le temps de mettre mes braies.

Mais en la voyant, le vieil homme a redoublé de rage. Par bonheur ses jolis garçons avaient détalé dès qu'ils avaient vu Amina, de sorte que je pus mettre la barre à la porte pour réfléchir à ce qu'il y avait lieu de faire. Elle me dit que je n'avais pas le choix et que je devais obliger Sélim par la force à revenir à de meilleurs sentiments. Alors je l'ai pris du bout des doigts par le cou et il s'est tordu ! Ma chère Amina a eu aussi peur que moi !

Antti s'essuya les larmes des yeux avec son pouce mais Mustafa ben-Nakir, tout en contemplant ses ongles, laissa tomber :

— Et ensuite ?

— Ensuite ? demanda Antti en se frottant les tempes pour se rafraîchir la mémoire. Oui ! Bon, ensuite dame Amina a dit que c'était la volonté d'Allah mais que nous avions intérêt à raconter que Sélim avait glissé sur le sol humide et s'était cassé la tête. Puis elle ajouta que d'autres devoirs plus importants l'appelaient et elle quitta la pièce rapidement en me promettant d'envoyer l'aga et les eunuques comme témoins de ce qui était arrivé. Les eunuques ont couché Sélim sur le banc, attaché ses orteils ensemble et proclamé le nouveau sultan pendant que moi, je prenais l'aga par le bras et retournais avec lui aux baraques. Qu'avions-nous à faire de plus dans la maison du deuil ? Je pensais que l'aga était un homme agréable mais je me trompais lourdement et, autant que je m'en souvienne, je viens de le tuer.

Il tripota son couvre-chef un moment d'un air pensif, puis se leva et poursuivit :

— Où en étais-je ? Ah oui ! La succession de Sélim s'avéra épineuse, car il avait deux fils outre celui d'Amina et l'on proclama sultan les deux simultanément. Le tumulte et les coups de feu ne s'arrêtèrent que lorsqu'on s'avisa qu'Amina avait étranglé les deux garçons avec leur mère par-dessus le marché. Quand je lui reprochai cet acte, elle me demanda si j'aurais préféré qu'elle et son fils fussent étranglés à leur place ! Il paraît que la coutume ici veut qu'un souverain élimine tous ses rivaux !

« Je ne veux point entrer dans les détails, mais sachez qu'elle m'a fait comprendre ensuite qu'elle avait l'intention de m'épouser afin que je protège son enfant jusqu'à sa majorité. Oh ! Je n'ai rien contre Amina, qui est une très belle femme, mais elle manie les nœuds coulants mieux que je ne souhaiterais voir mon épouse le faire !

Il cria soudain avec colère le nom d'Amina ; il se tenait à peine debout tant il avait bu. Mustafa ben-Nakir jugea alors qu'il en avait assez entendu et se leva pour clore l'entretien.

— Tu as fait ta part et maintenant tu as besoin de repos ! Sache qu'il n'y a point d'autre sultan que Soliman, le sultan des sultans, et je prends en son nom possession de cette casbah jusqu'à ce que le Libérateur arrive pour récompenser et punir chacun selon ses mérites.

« Esclave Mikaël ! Prends l'épée de ton frère qui ne se trouve pas en condition de la brandir et coupe sans attendre la tête de Sélim. Nous la mettrons sur un plateau doré tout en haut d'un pilier afin qu'elle soit à la vue de tous. La dynastie des Hafsides vient de s'éteindre avec lui et aucune intrigante n'imposera sa loi sur cette cité ! Le trône doit rester vacant jusqu'à l'arrivée du Libérateur !

Il parla avec une telle autorité que je n'osai pas lui désobéir. J'attrapai donc l'épée d'Antti et coupai la tête de Sélim, aussi désagréable que fût pour moi cette tâche ! Au moment où je reposais l'arme, un groupe d'eunuques vêtus avec somptuosité entrèrent dans la pièce accompagnés d'esclaves noirs. Au milieu d'eux venait un enfant, portant un splendide caftan et un turban trop grand pour lui ; il trébuchait sur son long vêtement à chaque pas et tenait sa mère par la main.

Antti, l'air confus, accueillit cette femme du nom d'Amina. Lorsque cette dernière vit l'état dans lequel il était, elle en oublia de se voiler le visage, et se mit à crier en tapant du pied :

— Jamais je n'aurais dû faire confiance à un incirconcis ! Où est le coffre du trésor ? Pourquoi les soldats ne proclament-ils pas mon fils sultan ? Et comment peux-tu avoir permis que l'on profanât le corps de mon maître de la sorte ? Je ferais mieux de te faire trancher cette gorge que tu ne sais utiliser qu'au mépris de la loi du Prophète !

— Bé... béni soit son nom ! bégaya Antti dans un hoquet, en oscillant sur ses jambes, tandis que j'attendais debout, en proie à une grande perplexité, avec toujours la tête de Sélim à la main.

Dans sa rage, la femme ôta sa babouche rouge et se mit à en donner des coups sur la tête d'Antti qui en perdit son turban d'aga. Je ne sais comment cela eût pris fin si Mustafa ben-Nakir ne se fût avancé en faisant tinter les clochettes de sa ceinture.

— Voile ta face, femme impudique, et retourne au harem avec ton bâtard ! intima-t-il. Nous n'avons rien à te dire et Allah te châtiera pour ainsi traiter un homme qui vous a rendu, à toi et à ton fils, un service plus grand que ce que tu mérites !

Son attitude empreinte de fierté et d'autorité fit reculer la femme qui dit :

— Qui es-tu, beau jeune homme, et comment oses-tu parler sur ce ton à la mère du sultan régnant ?

— Je suis Mustafa ben-Nakir, fils de l'ange de la mort. J'ai pour tâche de veiller à ce que chacun soit récompensé d'après ce qu'il mérite.

Puis, se tournant vers les eunuques, il ajouta :

— Ramenez cette femme au harem et jetez ce cochon d'ivrogne dans quelque sombre recoin pour qu'il y cuve son vin ! Ensuite apportez-moi un caftan digne de mon rang et je prendrai le commandement de la cité jusqu'à l'arrivée du Libérateur. Obéissez plus vite que la gazelle si vous ne voulez pas perdre votre tête.

Sur ce, il tourna le dos à Amina, ouvrit son livre et se mit à lire pour lui-même de sa voix musicale. Tous obéirent à ses ordres et son attitude était si imposante que nul n'osa élever la moindre question pour ne pas le déranger. Quant à moi, j'éprouvais un grand soulagement à constater qu'au milieu de la confusion générale, il existait au moins un homme qui savait ce qu'il voulait.

Poussé par mon insatiable curiosité naturelle, je ne pus m'empêcher de lui demander :

— Quelle sorte d'homme es-tu donc, ô Mustafa ben-Nakir, pour que tous t'obéissent ?

— Je ne fais que suivre les impulsions de mon cœur qui demain, qui sait ? m'entraîneront dans le désert ! me répondit-il avec un sourire, la tête inclinée sur sa poitrine. Peut-être que les hommes m'obéissent parce que je suis plus libre que les autres, libre au point que peu me chaut qu'ils m'obéissent ou non !

Les eunuques revinrent bientôt portant des habits magnifiques dont ils aidèrent Mustafa ben-Nakir à se revêtir. Ils le chaussèrent de babouches ornées de pierreries et lui ceignirent la taille d'une épée étincelante. Enfin, ils posèrent le turban d'aga sur ses cheveux coiffés avec soin. Mustafa me pria de placer la tête de Sélim ben-Hafs sur le plateau d'or que les eunuques avaient apporté sur ses ordres puis, étouffant un léger bâillement avec sa main devant la bouche, il dit :

— On va bientôt avoir fini de distribuer l'argent aux hommes et il serait sage de leur trouver une occupation. Je ne vois rien de plus adéquat qu'attaquer les Espagnols. Il me faut donc envoyer à la forteresse un homme qui parle le latin afin de leur réclamer une indemnité pour tous les dommages qu'ils nous ont fait subir. S'ils refusent, il faudra leur dire que le nouveau sultan ne tolérera pas leur conduite et appellera Khayr al-Dîn à son secours. Ces pourparlers nous donneront le temps de descendre les canons sur le port. Si tu as un meilleur plan, Mikaël, tu peux parler librement !

— Que veux-tu dire par « le sultan » ? Le petit Mohammed ben-Hafs serait-il le sultan légitime d'Alger ?

— Ah ! répliqua-t-il en réprimant un autre bâillement. Nous croyons bien en Allah et pourtant nul ne l'a vu ! Pourquoi les Espagnols douteraient-ils de l'existence d'un sultan parce qu'ils ne l'auraient jamais aperçu ? Parle-leur de ce sultan invisible et il faudra qu'ils s'en contentent !

— Allah, Allah ! m'écriai-je. Veux-tu dire que c'est moi que tu envoies ? Les Espagnols sont des hommes cruels et même s'ils me laissent la tête sur les épaules, ils sont tout à fait capables de me couper le nez et les oreilles.

— J'irais moi-même avec plaisir, dit-il en remuant la tête d'un air aimable, car j'aime visiter de nouveaux endroits et des peuples inconnus mais je ne parle pas suffisamment le latin et d'ailleurs, j'ai d'autres choses à faire. Toi, en revanche, tu seras beaucoup mieux à la forteresse quelque temps.

« A présent ne me dérange plus ! Je compose un poème turc à la manière persane et je dois compter les syllabes !

Pour me consoler, il ordonna aux eunuques de me donner un caftan des plus fins et je n'eus plus qu'à prendre la tête de Sélim sur le plateau et à suivre Mustafa ben-Nakir.

Les nègres en armes nous attendaient et nous nous dirigeâmes en cortège solennel vers la cour extérieure où les soldats nous accueillirent en poussant des cris de surprise. Abou al-Kassim, qui se trouvait au milieu d'eux, se précipita vers nous et se prosterna devant Mustafa ben-Nakir pour baiser sa babouche. A sa suite, l'eunuque s'agenouilla également ; Mustafa lui prit des mains l'anneau avec le sceau du sultan et le caressa d'un air pensif. Bientôt toute la cour fut remplie de soldats prosternés, touchant leur front et le sol du bout de leurs doigts.

Mustafa ben-Nakir appela les sergents et décida que quelques hommes resteraient pour garder les portes tandis que d'autres iraient éteindre les incendies allumés dans le port au cours des échauffourées. Ensuite il ordonna à la plus grande partie de la troupe de transporter les canons sur le rivage. Nul bateau ne devait aller vers la forteresse sans son autorisation et quiconque viendrait de là-bas serait arrêté et amené devant lui.

Lorsqu'il eut terminé son discours, il demanda, tout en contemplant ses ongles, s'il n'y avait rien d'autre que les hommes eussent voulu savoir. Ils murmurèrent entre eux jusqu'à ce que l'un d'eux, s'armant de courage, criât :

— Prétentieux radoteur ! Qui es-tu pour donner des ordres ?

Un rire indécis accueillit cette apostrophe. Alors Mustafa ben-Nakir s'empara froidement du large cimeterre qu'un nègre tenait à la main et marcha résolument vers le parleur en le regardant droit dans les yeux. Les autres soldats s'écartèrent et Mustafa d'un mouvement vif coupa la tête de l'homme avant qu'il eût pu lever le petit doigt. Puis, sans un regard pour le corps décapité, il retourna à sa place, rendit l'arme au nègre et demanda si quelqu'un d'autre avait une question à poser. Le sourire s'était figé sur les lèvres des curieux et ceux qui se tenaient près du mort se contentèrent de se baisser afin de vider sa bourse. Ensuite, les différents détachements quittèrent la cour en bon ordre pour accomplir les tâches qui leur avaient été assignées.

— Nous avons mené l'affaire à bonne fin bien que tout cela ait entraîné des frais considérables ! dit Abou al-Kassim en se frottant les mains. Mais je ne doute point que le Libérateur me remboursera amplement. Nous devons maintenant décider de ce que nous allons lui raconter et en quels termes, de manière à ne pas nous contredire le moment venu.

Mustafa ben-Nakir approuva gracieusement et ajouta :

— Il serait bien que ton esclave Mikaël se rendît tout de suite à la forteresse pour entamer les négociations avec les Espagnols !

Puis se tournant vers moi :

— Le mieux serait de les convaincre de partir ! Mais peu importe si tu n'y réussis pas !

Après avoir donné l'ordre à deux soldats de m'escorter, il s'en retourna à la cour de la Félicité. Maudissant mon sort, je me dirigeai vers le port où les troupes éteignaient les incendies, construisaient des parapets et transportaient les pièces d'artillerie.

On ne tarda guère à m'embarquer et le donjon rond avec les murailles massives de la forteresse me semblaient plus sombres et plus menaçants au fur et à mesure que nous en approchions. Alors que nous avions couvert à peu près la moitié de la distance, l'on tira sur nous un coup d'un petit canon placé sur le rempart et le boulet tomba si près de mon bateau que je fus trempé jusqu'aux os. Dans ma frayeur, je me mis à sautiller en agitant les pans de mon caftan, criant dans mon meilleur latin que j'étais le messager du sultan. Nous aurions sûrement chaviré si le passeur ne m'eût rabattu d'un coup sur mon siège. On ne nous tira plus dessus et dès que nous fûmes à portée de voix, un moine dominicain apparut sur la jetée et s'adressa à moi en latin ; il demandait au nom de Dieu ce qui s'était passé ! Il me bénissait d'être venu pour calmer la grande inquiétude qui régnait dans la forteresse. Nous abordâmes au quai et je demandai à parler immédiatement au commandant de la garnison. Pendant que ce dernier revêtait sa tenue d'apparat pour recevoir dignement l'envoyé du sultan, le moine m'offrit à boire et m'eût offert volontiers à manger, ajouta-t-il, s'il l'avait pu ; mais les vivres diminuaient depuis que l'on ne pouvait plus s'approvisionner dans la cité ; la naïveté de cet homme d'Église le poussa même à me demander d'envoyer mon passeur acquérir pour lui de la viande et des légumes verts, denrées dont il manquait, précisa-t-il, pour soigner les blessés.

Je ne tardai pas à me rendre compte que personne ici n'avait la moindre idée de ce qui s'était passé dans la cité. La garnison menait depuis dix ans une vie de paresse sans se battre jamais et tous s'imaginaient que je venais implorer le pardon de la part du sultan Sélim ben-Hafs, qui avait toujours considéré ces Espagnols comme ses uniques garants contre Khayr al-Dîn. Connaissant cette situation, je n'éprouvais que plus de craintes à l'idée du courroux que ma mission allait provoquer chez le commandant espagnol, le capitaine de Varga, et cherchais à raffermir mon courage en buvant de grandes rasades de vin.

L'officier finit par se présenter revêtu d'une armure étincelante et accompagné de l'envoyé qui avait réussi à fuir la ville avec les soldats. Cet homme dont le front s'ornait d'une grosse bosse paraissait en proie à une intense indignation parce que sa maison avait été mise à sac. Le capitaine de Varga, qui parlait un peu de latin, était un homme fier et résolu ; la vie inactive lui avait fait prendre du poids et sa coûteuse armure le serrait ici et là, détail qui ne risquait guère d'augmenter sa bienveillance à mon égard.

Il demanda en premier lieu ce qui était arrivé dans la cité et pour quelles raisons tant les troupes du sultan que le peuple s'étaient attaqués si traîtreusement à ses propres hommes à peine armés et avaient endommagé si gravement des biens immobiliers. A ce point du discours, l'envoyé, les veines gonflées sur les tempes, s'écria que les pertes qu'il avait subies valaient mille fois plus que quelques stupides soldats. Il exigeait une entière compensation et une nouvelle maison plus belle, dont il avait d'ailleurs déjà choisi l'emplacement.

Quand enfin j'eus la possibilité de prendre la parole, je choisis mes mots avec soin.

— Noble capitaine, excellent envoyé, et révérend père ! dis-je. Le sultan Sélim ben-Hafs, béni soit son nom, est mort ce matin d'accident. Il s'est tordu le cou en glissant dans son bain. Après de longues discussions entre ses fils orphelins, le jeune Mohammed, âgé de sept ans, a revêtu le caftan et accédé au trône. Il a assuré sa position en distribuant de l'argent à ses loyales troupes et a près de lui la sage Amina, sa mère pour le conseiller. Ses frères aînés ne s'opposeront point à lui pour la bonne raison qu'au cours d'un repas, un noyau de datte est allé se loger dans chacune de leurs gorges et les a étouffés. Nul doute que la main du destin ne soit ici intervenue afin de prévenir les querelles pour la succession.

« Mais, poursuivis-je, le cœur battant, tout en regardant résolument le capitaine de Varga dans les yeux, mais tandis que ces événements se déroulaient selon les coutumes honorables de cette cité, une horde de pilleurs espagnols a fait irruption dans la ville, transportant de l'artillerie avec elle. Loin de moi l'idée de vous accuser, noble capitaine, de ce grave manquement aux lois du pays ! Ces agitateurs sans foi ni loi ont dû quitter la forteresse à votre insu et profiter de la mort du souverain pour semer le trouble dans la ville. Quoi qu'il en soit, ils ont profané la mosquée, souillé délibérément la tombe du saint marabout puis ouvert le feu sur la casbah, sans doute dans le but de s'emparer du trésor. L'aga se vit contraint de dépêcher quelques-uns de ses cavaliers afin de les bouter dehors avec le moins de violence possible. Les Espagnols ont alors déferlé sur la cité, pillant la demeure des croyants et enlevant leurs excellentes épouses.

« Afin de prévenir de futurs désordres, le sultan a décidé dans sa grâce de couper les communications entre la forteresse et la ville pour empêcher le peuple, rendu furieux par la profanation de la mosquée et de la sainte tombe, de rendre œil pour œil et d'attaquer le fort. Le sultan a également ordonné de creuser le long du port des tranchées où il a fait placer son artillerie, ainsi que vous pouvez le constater vous-mêmes.

« Ces mesures n'ont été prises que pour protéger la forteresse et prévenir de nouvelles violences qui porteraient préjudice aux relations amicales qui, par bonheur, existent à présent entre l'empereur de l'Espagne et le sultan d'Alger.

La boisson m'avait à tel point délié la langue que j'étais ému moi-même par ma propre éloquence ! L'envoyé m'écoutait bouche bée, tandis que le dominicain ne cessait de se signer en disant sur un ton satisfait :

— Oui ! Il est juste et raisonnable que des soldats chrétiens aient profané la mosquée et la tombe des infidèles et je ne puis assez les en louer ! Nous avons tous vu trop souvent les musulmans piétiner la croix pour nous faire enrager !

Le capitaine de Varga le pria de tenir sa langue puis, me jetant un regard sombre, il dit :

— Vous mentez ! J'ai envoyé une patrouille à terre pour découvrir la raison des détonations à l'intérieur de la casbah, et ce, uniquement dans l'intérêt de Sélim ben-Hafs ; mais mes hommes sont tombés dans une embuscade et seul leur sens de la discipline les a sauvés d'un anéantissement complet. S'il y a eu pillage et incendie, ce sont les musulmans eux-mêmes qui les ont commis afin de couvrir leurs propres crimes.

— Je vous ai entendu, noble capitaine, répondis-je en

m'inclinant profondément. Il ne me reste donc plus qu'à retourner auprès de mon sultan et à l'informer que vous altérez la vérité, endurcissez votre cœur, et mettez tout en œuvre pour obscurcir les relations cordiales qui ont existé jusqu'ici entre les Hafsides et l'empereur, votre maître !

— Attendez ! s'empressa de crier le capitaine de Varga.

Puis il prit entre les mains de l'envoyé un papier qu'il parcourut et ajouta :

— Je ne demande pas mieux que de voir se rétablir ces heureuses relations et je veux bien oublier tout l'incident en échange du paiement d'une indemnité pour les biens et les armes endommagés et la souffrance infligée, sans compter l'habituelle réparation aux familles des victimes. J'accepterai la somme totale de vingt-huit mille monnaies d'or, une moitié devant être versée avant la prière du soir des infidèles et le reste dans les trois mois, car j'imagine que le jeune sultan aura à faire face à d'autres dépenses au commencement de son règne.

Je poussai les hauts cris à la seule idée d'une somme aussi fabuleuse, mais le capitaine de Varga leva la main et poursuivit :

— Afin de prévenir de futurs malentendus, je réclame le droit de construire une tour d'artillerie dans le port, près de la mosquée. En outre, le sultan devra nommer un Espagnol vizir, et lui permettre d'avoir une garde armée dont la paye sera assurée par le trésor.

Ces clauses me firent comprendre que j'avais en face de moi un homme clairvoyant, qui servait bien l'empereur et qui était sous tous les aspects un noble adversaire. Aussi des larmes sincères m'emplissaient-elles les yeux quand je tombai à genoux devant lui, le priant de me couper la tête plutôt que de me renvoyer devant le sultan avec un tel message, car mon maître ne m'épargnerait point.

En agissant de la sorte, je m'en remettais à son honneur de gentilhomme et ne fus point déçu.

— Servez-moi fidèlement, me dit-il en me relevant, persuadez le sultan de mon sérieux et je ne permettrai pas qu'on touche un seul cheveu de votre tête. Dites-lui que mes canonniers tiennent la mèche allumée, que je bombarderai la ville à boulets rouges et que j'occuperai le port si je ne reçois pas une réponse favorable à l'heure de la prière demain à l'aube.

— Allah est grand ! dis-je. Laissez-moi vous donner un bon conseil puisque vous me faites confiance. Ne menacez pas trop, ou bien le sultan, poussé par de mauvais conseillers et la populace en colère, pourrait envoyer un mot au grand Khayr al-Dîn, conclure un traité d'alliance avec lui et vous chasser enfin de votre île !

— Tu ne manques pas de ruse, renégat ! répondit-il en éclatant de rire. Mais même un enfant de sept ans ne serait pas assez fou pour scier la branche sur laquelle il est assis ! S'il appelait Khayr al-Dîn à son aide, il devrait le payer bien plus cher que ce qu'il souhaiterait !

« Trêve de discours ! J'écouterai toute proposition que le sultan pourra me faire tenir après avoir entendu mes conditions.

J'avais remarqué qu'en dépit de son rire, il avait sursauté au seul nom de Khayr al-Dîn.

— Ô mon maître et protecteur ! poursuivis-je. Point n'est besoin de m'envoyer de nouveau à la casbah, car je suis porteur des propositions du sultan. Il ne demande rien qu'une honnête compensation au dommage causé par l'attaque espagnole et mille pièces d'or pour acheter l'eau de rose nécessaire à la purification de la mosquée et de la tombe du saint marabout. Il consentira à revoir la question de l'indemnité à condition que vous acceptiez de murer sous la surveillance de ses propres officiers toutes les meurtrières orientées vers la cité.

« Si vous rejetez ces propositions, le sultan se verra dans l'obligation de conclure que vous vous ingérez dans ses affaires intérieures et se tournera désormais vers ceux qui peuvent lui venir en aide afin d'empêcher tout autre complot dans le futur.

— Dieu nous protège ! s'exclama le capitaine de Varga en se signant. Les conditions sont plus dures que je ne m'y attendais mais je sais à quel point ces infidèles sont soupçonneux ! Sous prétexte qu'ils ne cessent de comploter, ils s'imaginent que tout le monde en fait de même. Cependant je suis castillan et mourrai plutôt que de me rendre, car c'est bien d'une reddition qu'il s'agit !

« Voici mon dernier mot : plus question de compensation ni d'un côté ni de l'autre ! Nous sommes tous des êtres humains, tous susceptibles de nous tromper. J'irai même jusqu'à punir les coupables qui ont profané les saints lieux, si tant est que ce conte soit exact ! Mais je ne puis fournir l'eau de rose !

L'envoyé fit entendre un gémissement et le moine déplora que l'on châtiât des chrétiens qui eussent mérité récompense.

— Comme vous pouvez le constater, dit le capitaine de Varga, je n'aspire qu'à la conciliation contrairement à mes conseillers. Mais je ne puis aller plus loin. Si votre maître refuse d'écouter, alors mes canons devront parler. Surtout mettez-le en garde contre Khayr al-Dîn car je considérerai la moindre approche de ce maudit pirate comme un acte d'hostilité à l'encontre de mon seigneur l'empereur.

Il me tendit une bourse de cuir usé contenant dix pièces d'or et je ne laissai rien paraître de mon étonnement à constater le dénuement dans lequel l'empereur souffrait que se languît son loyal officier. On m'escorta ensuite avec honneur jusqu'à la jetée et à ma requête le capitaine ordonna de tirer une salve d'adieu lorsque nous quittâmes le quai ; peut-être le fit-il aussi pour me convaincre qu'il avait de la poudre en grande quantité. Sa naïveté empreinte de fierté m'amena à penser que l'honnête homme sort toujours perdant d'une négociation, alors que le tricheur gagne sur tous les points. En tout cas, personnellement, je m'étais sorti de cette affaire mieux que je ne l'avais espéré et comme je lui avais donné clairement à entendre qu'il devrait compter désormais Khayr al-Dîn au nombre de ses adversaires, j'avais la conscience tranquille.

Je sautai donc à quai tout à fait satisfait. Là, je pus constater que les incendies avaient été éteints et nombre de canons déjà mis en place, ouvrages qu'un bombardement en provenance de la forteresse eût rendu fortement improbables. Mes négociations avaient par conséquent rempli leur but.

A mon retour à la casbah, je me dirigeai directement vers le jardin de la cour de la Félicité où Mustafa ben-Nakir, nonchalamment étendu sur des coussins à l'ombre d'un dais, lisait des poèmes persans à mon maître Abou al-Kassim. Avec tact, ils m'annoncèrent la disparition d'Amina et bien qu'elle ne m'affectât guère, je songeai avec inquiétude au désespoir d'Antti lorsque, s'éveillant de son sommeil d'ivrogne, il apprendrait la mort de sa bien-aimée.

Mustafa, devinant mes pensées, me dit :

— Allah est prompt en son jugement ! En parlant avec la femme, nous nous sommes aperçus qu'elle exploitait la naïveté de ton frère pour servir ses coupables desseins. Elle avait soudoyé les eunuques afin qu'ils laissassent Sélim ben-Hafs seul avec ton frère dans la salle de bains. Aussi, Mikaël, n'as-tu point à t'étonner qu'indignés à juste titre par une telle trahison, nous ayons résolu de la faire étrangler par les eunuques... Réfléchis et tu verras que nous avons agi au mieux des intérêts de ton frère.

— Oui, il a raison ! renchérit Abou al-Kassim. En outre, songeant que le fruit ne tombe jamais loin de l'arbre, nous avons éliminé le fils d'Amina par la même occasion. Cela simplifie les choses pour Khayr al-Dîn que l'enfant aurait pu gêner s'il était passé dans le camp des Espagnols, leur donnant ainsi un prétexte pour intervenir dans la succession.

Je compris alors que Mustafa ben-Nakir m'avait délibérément éloigné afin que je ne pusse faire obstacle à leurs ténébreux projets et mon cœur s'émut pour le petit garçon qui tenait la main de sa mère, trébuchait à chaque pas sur le caftan trop long et qui à présent était mort de si triste façon.

Je regagnai ensuite la maison d'Abou al-Kassim. Les étoiles déjà scintillaient dans le ciel, maintes gens veillaient sur les terrasses et j'entendais dans la nuit immobile des rires, des instruments à cordes et des roucoulements d'amoureux. J'avais le cœur plein de douceurs lorsque j'atteignis la maison et appelai pour avertir de mon arrivée. Mon chien jaillit de l'obscurité pour me lécher la main et Giulia alluma la lampe.

— C'est toi, Mikaël ? Tu es seul ? Où étais-tu durant tout ce temps, et où est Abou ? J'étais couchée sans pouvoir dormir en me demandant s'il n'était rien arrivé de terrible. On s'est battu dans la cité et on dit que le Libérateur sera bientôt là. Quand je suis rentrée dans la maison, il y avait un trou dans le sol et j'ai eu peur que des voleurs ne se soient introduits ici.

Son affectueuse inquiétude adoucit encore mon cœur et je murmurai :

— Rien de terrible n'est arrivé ! A vrai dire, tout se passe mieux que je ne l'avais espéré. Le Libérateur sera là demain au chant du coq et le sort te réserve de grandes choses, plus heureuses que tout ce que tu peux imaginer. Je t'en prie, aimons-nous ! C'est le printemps et nous sommes seuls dans la maison ! Nul ne peut nous voir à part le chien qui ne risque pas de nous intimider.

— Comme j'ai hâte de voir le grand Libérateur qui règne sur les mers ! s'écria Giulia en applaudissant joyeusement. Il va sûrement me récompenser avec largesse pour avoir prédit l'avenir pour lui et préparé son arrivée avec tant de zèle. Peut-être me demandera-t-il de lire dans le sable tête à tête avec lui... On dit qu'il a une barbe comme de la soie et couleur de noisette. Il doit sans doute avoir toutes les épouses que la loi lui permet et la mère de son fils est une descendante directe du Prophète. Mais il peut tout de même être attiré par moi et me garder auprès de lui !

Son bavardage m'étourdissait mais lorsque je tentai de la prendre dans mes bras, elle se voila aussitôt le visage et m'écrasa les orteils.

— Tu deviens fou, Mikaël, de te comporter de cette manière en l'absence de notre maître ! dit-elle. Domine-toi, de grâce ! Et où as-tu trouvé ce beau caftan ? Si tu me le donnais, je pourrais m'en faire un joli corselet.

Elle se mit à palper l'étoffe avec convoitise et elle était si merveilleusement belle à la pâle lueur de la lampe que je ne pus lui résister et lui laissai m'ôter le caftan, pourtant le vêtement le plus splendide que j'eus porté en ma vie. Elle le serra dans ses bras nus, pressant son visage pour sentir le parfum de musc dont il était imprégné !

— Tu me le donnes vraiment, Mikaël ? s'écria-t-elle. Si oui, tu peux m'embrasser, mais en toute innocence. Je suis une femme ardente et j'ai déjà suffisamment de mal pour garder ma vertu !

Elle me permit de déposer un baiser sur sa joue et me tendit même ses lèvres, mais quand je voulus la prendre dans mes bras, elle se débattit et menaça de hurler et de me marcher sur les pieds si je ne la lâchais pas. Dès qu'elle fut libre, elle s'enfuit dans son alcôve avec le caftan, rabattit la grille et la ferma à double tour, raillant mes prières et mes larmes. Et pendant qu'à demi nu je secouais la porte en fer forgé, il me revint pour la première fois à l'esprit qu'ayant laissé mes habits d'esclave à la casbah, je n'avais rien à me mettre pour aller accueillir à l'aube le Libérateur.

Je me tournais et me retournais dans mon lit sans pouvoir dormir, trouvant cependant quelque consolation dans la pensée que Giulia serait dès le lendemain mon esclave et ma propriété légitime. Je résolus de prendre alors ma revanche de tous les tourments qu'elle me faisait endurer. Elle ne devait pas être tout à fait indifférente, pensai-je même, puisqu'elle m'avait montré autant de sollicitude et avait accepté mon caftan en cadeau. Réconforté, je m'endormis pour ne me réveiller qu'à l'heure où les coqs de la cité chantaient et où la voix enjouée du muezzin proclamait la supériorité de la prière sur le sommeil. Je me levai, sortis et à ma grande surprise aperçus le muezzin sautant et dansant sur le balcon du minaret ; il annonçait à présent l'arrivée du Libérateur. J'attrapai à la hâte les vêtements que je pus trouver, saisis Giulia par la main et me précipitai dans la rue escarpée qui menait au palais. Le chien suivait en aboyant gaiement, essayant de tirer sur la robe que j'avais jetée sur mes épaules.

Toute la ville était dehors, quelques-uns couraient vers

la casbah mais la plupart se hâtaient vers les portes de l'Occident pour aller à la rencontre du Libérateur au-delà des murailles et lui faire escorte jusqu'à l'intérieur de la cité. Tous riaient en me montrant du doigt avec mon chien mais je n'y pris pas garde, songeant que rirait bien qui rirait le dernier. Nous eûmes cependant un contretemps à la porte du palais où les gardes refusèrent catégoriquement de nous laisser entrer ; par bonheur, un eunuque à l'air terrifié arriva et me reconnut. Bégayant de peur, il accepta de me conduire vers Abou al-Kassim et me pria en échange de dire un mot à son sujet. Je lui promis tout ce qu'il me demanda et il me fit traverser la cour de la Félicité jusqu'à une petite pièce où Abou al-Kassim, les yeux cerclés de rouge et l'air de fort méchante humeur, finissait son repas. De nombreuses esclaves s'affairaient autour de lui, lui présentant des caftans plus magnifiques les uns que les autres tout en le priant de se dépêcher de choisir car il y avait beau temps déjà que Mustafa ben-Nakir et sa suite étaient partis à cheval à la rencontre du Libérateur.

Il les écarta à coups de bâton sur les jambes et dit :

— Non ! Je suis un pauvre homme et déteste me pavaner dans un plumage emprunté. Apportez-moi mon bon habit de marchand d'épices dont les odeurs me sont familières et dont les puces me connaissent. C'est dans ce vêtement que j'ai servi le Libérateur et c'est dans ce vêtement que j'irai à sa rencontre, afin qu'il puisse constater ma pauvreté de ses propres yeux.

Les esclaves, en se tordant les mains, lui ramenèrent sa vieille robe en loques. Abou la sentit avec plaisir, se peigna cheveux et barbe avec les doigts et permit à l'eunuque terrifié de l'aider à passer son épouvantable vêtement. Ce ne fut qu'ensuite qu'il se tourna vers moi, les yeux emplis de courroux.

— Où donc, au nom d'Allah, étais-tu, Mikaël ? J'espère que tu n'as pas perdu le plateau d'or avec la tête du sultan ! Nous devrions être à la mosquée depuis longtemps pour recevoir le Libérateur.

Je n'avais en réalité pas la moindre idée de l'endroit où pouvaient se trouver ces objets et me lançai aussitôt dans une frénétique recherche à travers les différentes cours. Par bonheur, l'eunuque vint à mon secours ; il avait pris le soin de déposer la tête et le plateau au sommet d'une colonne. Rien donc n'était perdu, bien que la tête de Sélim commençât à prendre un aspect repoussant et que le plateau me parût avoir considérablement rapetissé.

Ces objets sous le bras, je retournai auprès d'Abou al-Kassim et eus la peine de voir Giulia embrasser et faire mille cajoleries à cet homme pourtant d'une laideur remarquable. Il pleurait mais elle réussit à le persuader d'envoyer pour elle les esclaves au vestiaire du harem ; elles revinrent les bras chargés d'une telle profusion de voiles et de babouches que Giulia eut bien du mal à choisir ceux qui lui plaisaient le plus.

Abou al-Kassim me donna la tunique de mendiant de Mustafa ben-Nakir, que je fus obligé de mettre malgré mon hésitation. Ayant en effet l'habitude de porter des vêtements longs, j'avais avec celui-ci la désagréable sensation d'être nu à partir de la ceinture. Mais la tunique était faite d'une étoffe très belle et très souple et les clochettes tintaient si doucement chaque fois que je faisais un pas, que Giulia me regarda avec de grands yeux et m'assura que je n'avais pas à avoir honte de mes genoux découverts ni de mes beaux mollets. Elle envoya chercher le matériel nécessaire et se mit en devoir de me peindre rapidement en orange les pieds et les mains puis, comme nul couvre-chef n'était prévu pour ce costume, elle passa les huiles les plus fines sur ma chevelure et me mit du bleu autour des yeux, si bien que j'eus de la peine à me reconnaître lorsque je me regardai dans un miroir.

Avant de partir pour la mosquée, Abou voulut voir comment allait Antti. Il m'emmena dans les caves du palais, souleva une trappe de fer et me le montra, vautré sur le sol de pierre au-dessous de nous, qui geignait dans son sommeil. Une petite fenêtre munie de barreaux gros comme le poing éclairait son étroite cellule et il y avait près de lui une amphore d'eau déjà vide. Abou, apitoyé, ordonna aux gardes de la remplir et de lui descendre du pain en abondance. J'éprouvai un grand sentiment de pitié à l'égard d'Antti, tout en sachant qu'il valait mieux qu'il restât dans cette fosse jusqu'à ce qu'il eût recouvré ses esprits ; libre, il aurait voulu combattre les effets de son ivresse en buvant encore, ce qui l'aurait mis dans un nouvel état pire que le précédent. Afin qu'il ne se sentît pas trop seul à son réveil, je laissai mon chien dans sa cellule pour lui tenir compagnie.

Nous quittâmes les caves puantes et lorsque nos yeux se furent habitués à la lumière du soleil sur la haute terrasse, nous vîmes le Libérateur à cheval qui franchissait la porte occidentale de la cité, suivi d'une troupe nombreuse de cavaliers. Les armes étincelaient au soleil et une foule immense, qui était venue à sa rencontre, agitait des palmes, criait et lançait des acclamations qui nous parvenaient tel le grondement d'une lointaine mer. Dans la vapeur tremblotante de chaleur, nous pûmes également voir nombre de navires à l'ancre dans une baie plus reculée. Nous en comptâmes près d'une vingtaine, tous ornés de drapeaux et de banderoles.

Nous descendîmes en courant vers la cité et réussîmes non sans mal à nous frayer un chemin à l'intérieur de la mosquée pleine de monde. Jamais nous n'aurions pu y pénétrer si je n'eusse fait tinter mes clochettes pour faire croire au peuple que j'étais un saint homme. Il nous aurait laissés passer aisément si j'avais montré ce que je tenais sous mon bras, mais le plateau d'or était dissimulé dans un morceau de tissu ; qui pouvait, en effet, affirmer qu'aucun partisan de Sélim ben-Hafs ne se trouvait tapi parmi la foule ?

Le tumulte qui régnait à l'intérieur de la mosquée était indescriptible et atteignit son paroxysme lorsque les janissaires et les renégats de Khayr al-Dîn apparurent, l'épée nue, à la porte, et se mirent en devoir d'ouvrir un passage pour leur seigneur. Puis Khayr al-Dîn s'avança au milieu de ses guerriers, saluant à droite et à gauche en agitant la main. Devant lui, marchaient plusieurs porte-étendards et, immédiatement derrière, le faqih à barbe blanche avec les fils aînés des marchands, déjà de retour de leur important pèlerinage. Mustafa ben-Nakir faisait également partie de la suite, revêtu d'un splendide caftan et du turban de l'aga ; il jetait de temps en temps un œil attentif sur ses ongles peints.

Au premier abord, le personnage de Khayr al-Dîn, dont j'avais tant entendu parler, me déçut. C'était un homme sans grande majesté, de très petite taille et plutôt gras. Comme marque de dignité, il portait un haut bonnet de feutre attaché à un turban de mousseline blanche qui n'était même pas propre bien qu'il fût orné d'un croissant de pierreries étincelantes. Il arrivait les mains vides et n'avait même pas une dague passée dans sa ceinture. La barbe teinte, il arborait un sourire sur sa face ronde de chat tandis qu'il avançait à petits pas dans la mosquée.

Lorsqu'il atteignit la place du lecteur, il fit un signe indiquant qu'il s'apprêtait à prier. Il se découvrit la tête, remonta ses manches et accomplit à la vue de tous les ablutions rituelles. Le faqih lui versa de l'eau sur les mains et les fils aînés des marchands lui essuyèrent mains, tête et pieds. Puis il replaça le turban sur sa tête, récita les prières et trois sourates du Coran tandis que toute l'assemblée lui prêtait une oreille attentive. Ensuite, le faqih s'assit à la place du lecteur et entonna quelques couplets. Il lut de très beaux passages et n'eut aucun mal à trouver des textes appropriés à l'arrivée du Libérateur et d'autres recommandant miséricorde, justice et générosité. Mais il lut si longtemps que le peuple commença à donner des signes d'impatience et force lui fut de céder la place à Khayr al-Dîn. Ce dernier monta sur le haut siège, croisa ses jambes et, avec un léger bégaiement, se mit à expliquer les textes sacrés d'une manière si agréable et divertissante que l'on entendit plusieurs fois des rires fuser parmi l'auditoire. A la fin, il leva la main avec douceur et dit :

— Oui, mes chers enfants, me voilà revenu parmi vous poussé par un rêve propice et jamais plus je ne vous abandonnerai ! Désormais je vous protégerai comme un bon père doit faire et vous n'aurez plus à souffrir de l'iniquité car, en cette cité, la justice régnera à jamais !

La voix presque étranglée par l'émotion, il essuya les larmes qui coulaient dans sa barbe et poursuivit :

— Je ne voudrais point attrister vos cœurs en vous rappelant des choses désagréables, mais je dois cependant, au nom de la vérité, reconnaître que ce fut avec un sentiment de profonde déception que j'ai laissé cette place après que mon frère Baba Aroush fut tombé dans la malheureuse guerre avec le sultan de Tlemcen. L'honnêteté me force à ajouter que l'ingratitude et la fausseté avec lesquelles les habitants avaient récompensé mes efforts pour les défendre contre les incroyants m'avaient très fortement découragé. Un homme rancunier dans ma position pourrait exiger œil pour œil. Mais moi, je ne recherche que la justice ! Moi, je préfère répondre au mal par une bonne action, comme aujourd'hui, où je reviens vous protéger de votre ennemi. Pourtant j'écoute, et je n'entends nulle réponse ! Je regarde, et je ne vois pas devant moi le moindre présent en signe de votre bonne volonté. En vérité, je crains de succomber une fois encore au dégoût à l'encontre de cette cité et de trouver souhaitable de la quitter plus vite que je n'y suis venu.

Le peuple, en proie à l'inquiétude, se mit à le supplier hautement de ne point l'abandonner à la vindicte espagnole ; beaucoup tombèrent à genoux, on vit des larmes couler sur le visage d'hommes forts et des vieillards s'arracher la barbe en signe de loyauté. On s'empressa d'apporter des cadeaux selon les moyens et la position des donneurs, chacun prenant soin de mentionner son nom et son présent afin qu'ils fussent notés dans les livres. Et bientôt, devant la chaise haute du lecteur, s'éleva un grand tas de coffres, ballots, vases d'or et d'argent, bijoux, paniers de fruits et nombre de monnaies. Même le plus pauvre venait déposer au moins une petite pièce d'argent.

Mais Khayr al-Dîn regardait les choses s'amonceler d'un air froid ; à vrai dire son visage devenait de plus en plus sombre et il finit par lever la main en disant :

— Je savais la ville d'Alger pauvre, mais jamais je n'aurais cru qu'elle le fût à ce point ! Il n'y a pas un seul présent susceptible de me plaire dans tout ce fatras ! Non que j'en fasse une condition à mon retour, mais je croyais que vous auriez à cœur de satisfaire mes désirs pour autant que vous vous en souveniez !

L'assemblée l'écoutait, l'air penaud, quand Abou al-Kassim, me pinçant le bras, me fit avancer avec lui jusqu'au trône de Khayr al-Dîn.

— Malgré mon extrême dénuement, je brûlais d'impatience de te voir arriver, ô maître de la mer ! dit Abou. Je t'apporte un bon cadeau qui trouvera grâce à tes yeux, j'en suis sûr ! D'ailleurs je ne doute point de recevoir une récompense digne de toi.

Les gens, accoutumés aux bouffonneries d'Abou, se demandèrent quel tour il avait pu inventer et se cachèrent la bouche derrière la main pour réprimer leur envie de rire. Mais le sourire se figea sur leurs lèvres lorsque, sur un signe d'Abou, je découvris le plateau doré et qu'il prit la tête gonflée de Sélim par les cheveux pour la présenter à Khayr al-Dîn et à la vue de tous. Sélim avait autrefois gravement insulté le Libérateur qui à présent riait avec arrogance et applaudissait en contemplant la tête de son ennemi.

— Brave marchand, tu as deviné mes plus secrètes pensées, dit-il, et ton cadeau me fait oublier toutes les injures infligées par cette cité qui, désormais, sera ma capitale ! Quel est ton nom ?

Abou, tout grimaçant dans son excitation, lui répondit et Khayr al-Dîn, contemplant la tête de son ennemi avec ravissement, fit un geste large en disant :

— Prends tout ce fatras d'ordures, Abou al-Kassim, mon loyal serviteur, et donne à ton esclave la part qui te paraîtra lui revenir. Les donneurs de ces choses les transporteront eux-mêmes chez toi et pourront apprécier de la sorte la haute estime en laquelle je te tiens.

Abou al-Kassim resta pour une fois sans voix tandis que s'élevait le murmure d'effroi mêlé d'admiration de la multitude. Khayr al-Dîn se réveilla alors de son ravissement et coulant un regard vers l'amoncellement des cadeaux, se hâta d'ajouter :

— Tu devras évidemment en verser le dixième à mon trésor, comme il est de coutume pour toute capture en mer. De plus...

Comme par magie, Abou al-Kassim retrouva l'usage de la parole et tenta d'étouffer les rétractations suivantes en poussant de grands cris et en appelant sur la tête de Khayr al-Dîn des bénédictions innombrables auxquelles je joignis les miennes de toute la force de mes poumons.

Le souverain commençait à se laisser submerger et caressait pensivement sa barbe teinte, lorsque le faqih se précipita pour s'interposer.

— Allah bénisse la générosité ! Quant à toi, Abou al-Kassim, tu n'emporteras rien avant que la mosquée n'ait reçu le cinquième de l'or et de l'argent et le dixième de toutes les autres marchandises. J'invite les principaux marchands de la cité à venir évaluer les parts afin que tout se passe d'une manière juste et impartiale.

Abou al-Kassim resta la mâchoire pendante.

— Hélas ! dit-il en levant les yeux d'un air de reproche vers Khayr al-Dîn. Hélas, pourquoi as-tu agi avec cette ostentation ? Ô seigneur de la mer, tu aurais aussi bien pu me donner toutes ces choses quand nous nous serions trouvés seuls et sans témoins ! J'aurais alors décidé moi-même, en mon âme et conscience, de mes obligations.

Le malheur des uns faisant le bonheur des autres, la mine désespérée d'Abou al-Kassim remplissait de joie le cœur de tous. Il se jeta comme un fou sur la marchandise et se comporta d'une manière si extravagante que le grand Khayr al-Dîn lui-même ne put garder son sérieux. Puis le seigneur finit par se lasser, et soucieux de sa dignité, se leva et quitta la mosquée suivi de ses officiers, au milieu des bénédictions de la foule. Dehors, il distribua de généreuses aumônes.

Les janissaires turcs, entraînés par l'allégresse générale, tirèrent des salves d'arquebuse auxquelles répondirent sur le port les artilleurs en déchargeant leurs canons, si bien que l'on n'entendait plus rien et que la place du marché et la mosquée se trouvaient enveloppées de fumée. Je croyais le vacarme uniquement dû à des salves d'allégresse quand soudain les murs de la mosquée se mirent à vibrer. La peur me précipita dehors où je pus voir le grand minaret s'écrouler dans un nuage de poussière de chaux. On pouvait difficilement reprocher au capitaine de Varga, le commandant espagnol, d'avoir répondu aux coups des canons qui, sur le port, étaient braqués sur la forteresse et dont chacun des boulets creusait un trou dans le mur de défense. Cependant rien ne pouvait mieux servir les projets de Khayr al-Dîn qui voyait la foule, justement indignée, accuser à grands cris les Espagnols de faire feu délibérément sur la mosquée. Le capitaine de Varga dut lui-même se rendre compte de la catastrophe qu'il avait entraînée, car le feu cessa bientôt. Mais Khayr al-Dîn proclama d'une voix de tonnerre que ce sacrilège serait le dernier crime que les chrétiens commettraient à Alger.

Pour Abou al-Kassim, cet incident fut un véritable cadeau tombé du ciel car les marchands retournèrent promptement chez eux tandis que le faqih se souvenait soudain que c'était l'heure de sa méditation solitaire. Ils expédièrent donc l'évaluation des marchandises d'une manière fort sommaire et au grand avantage d'Abou al-Kassim qui protestait de son intention de demeurer dans la mosquée le jour durant afin de procéder à une estimation juste et équitable.

Bien que notre maison fût située dans un coin relativement éloigné de la rue des épices, Abou al-Kassim voulut absolument transporter sans attendre ses nouveaux biens chez lui. Aidés par quelques courageux âniers, nous réussîmes, non sans mal, à atteindre la demeure où mon maître put enfin mettre son bien à l'abri derrière barres et verrous.

Je commençais à ressentir une réelle inquiétude au sujet de mon frère Antti et décidai de me rendre au palais afin de lui porter secours dans la mesure de mes moyens. Abou al-Kassim refusa tout d'abord catégoriquement de me laisser partir, sous prétexte que le sourd-muet ne pouvait garder le trésor tout seul. Et lorsque je me moquai de lui qui se faisait l'esclave de sa propre cupidité au lieu d'invoquer Allah, le meilleur des gardiens, il me couvrit de jurons et de malédictions. Néanmoins, il appela le sourd-muet, lui mit un gourdin dans la main et lui ordonna avec force grimaces de rester derrière la porte et d'assener un grand coup sur la tête de quiconque tenterait d'entrer. Puis il m'accompagna au palais.

— Les grands hommes ont la mémoire courte, observa-t-il tandis que nous marchions. Il nous faut glisser un mot en faveur de ton frère et essayer de joindre Sinan le Juif. Qu'au moins nous soyons invités à dîner au palais si nous n'obtenons rien d'autre !

Nous rencontrâmes nombre de marchands et de cheikhs appartenant aux familles les plus distinguées d'Alger. Ils revenaient d'une audience avec Khayr al-Dîn et gesticulaient avec excitation en racontant l'entrevue.

Le Libérateur nous accueillit chaleureusement. A notre arrivée, il était assis à l'ombre d'un dais sur les coussins de velours pourpre de Sélim, entouré de ses officiers les plus importants, parmi lesquels je connaissais déjà Sinan le Juif et Torgut, l'orgueilleux capitaine. Une carte du port d'Alger était étalée à ses pieds.

— Allah est avec nous, disait-il en montrant du doigt la forteresse espagnole et les bancs de sable auprès. Je ne pouvais choisir meilleur moment pour la prise de cette forteresse. Ils manquent à la fois de provisions et de poudre, leurs canons sont hors d'usage et j'ai là-bas quelques-uns de mes hommes qui tâcheront de faire le plus de mal possible et de convaincre les soldats espagnols de l'inutilité de résister.

« Nous devons en toute hâte mener à bien cette petite entreprise car nos navires ne sont point en sécurité ; en outre, une flottille en provenance de Carthagène peut déjà, profitant des brises du printemps, faire voile vers ici pour venir ravitailler la garnison. Je vous donne huit jours pour prendre la forteresse !

Khayr al-Dîn expliqua ce qu'il avait à faire à chacun de ses officiers, puis donna des ordres afin que les navires levassent l'ancre le lendemain matin pour bombarder la forteresse depuis la mer. Il mit la batterie du rivage sous le commandement de Torgut qui avait commencé sa brillante carrière dans les rangs des artilleurs-canonniers. Il recommanda ensuite ses officiers à la protection d'Allah et leur donna congé, ne gardant auprès de lui que Sinan le Juif. Mustafa ben-Nakir demeura également, trop plongé dans la versification d'un nouveau poème persan pour s'apercevoir du départ des autres ; il se contenta de lever les yeux, posa sur moi un de ces regards vagues qu'ont les dormeurs éveillés, se leva et, malgré mes protestations, me déshabilla et me donna le beau caftan et le turban d'aga qu'il portait. Il reprit sa tunique de mendiant, et la musique de ses clochettes l'inspira à tel point qu'il replongea aussitôt dans la composition de sa poésie.

Force me fut de revêtir le caftan, mais j'ôtai promptement le turban de ma tête en disant :

— Je ne suis qu'un esclave et n'ai certainement point le droit de porter le turban d'aga. Avec ta permission, ô seigneur de la mer, je le dépose à tes pieds. Veuille l'octroyer à un homme plus digne auxquels tes guerriers obéiront.

Bien qu'il me fût amer de renoncer au turban emplumé et orné de pierreries, l'honneur de parader avec ce couvre-chef si remarquable et dangereux ne m'attirait pas le moins du monde quand je songeais au siège imminent. Le caftan cependant tombait en plis particulièrement lourds et, comme si le sort eût voulu me récompenser de mon désintéressement, je trouvai deux poches avec une bourse pesante dans chacune d'elles. Mais je passai ma découverte sous silence afin de ne point induire quiconque en tentation. Pour couronner le tout, Mustafa ben-Nakir me jeta d'un air de dédain ma propre bourse que j'avais laissée dans la poche de la ceinture de sa tunique, les hommes de sa secte tenant l'argent pour la plus misérable des choses au monde.

Tandis que j'arrangeais mon caftan, Sinan le Juif prit soudain la parole.

— Que vois-je ? N'est-ce point ici l'ange Mikaël, mon esclave, que j'ai prêté à Abou al-Kassim pour l'aider à préparer le chemin du Libérateur ?

Il se leva et me serra dans ses bras chaleureusement, tout en prenant soin de palper l'étoffe de mon caftan, et c'était, il est vrai, un vêtement tout à fait splendide, tout brodé d'or avec des boutons, d'or également, incrustés dans des pierres vertes. Abou al-Kassim en était pâle de jalousie !

— Crois-moi, Khayr al-Dîn, dit Sinan le Juif, cet homme qui a choisi la voie droite porte bonheur. Il a le don singulier de pouvoir se faufiler par le plus petit trou de serrure et, quoi qu'il lui arrive, de toujours retomber sur ses pieds à l'instar d'un chat. Du reste, il ne veut de mal à personne et voudrait que tout le monde vécût heureux à sa manière.

— Ne l'écoute pas, seigneur de la mer ! interrompit Abou al-Kassim avec feu. Mikaël est l'homme le plus paresseux, le plus cupide et le plus ingrat que la terre ait jamais porté ! S'il avait le moindre sens des convenances, n'échangerait-il pas, lui qui n'est qu'un esclave, son caftan contre le mien ?

— Ce caftan lui sied mieux qu'il ne te siérait, répliqua Khayr al-Dîn, et je me suis laissé dire qu'il a besoin d'un vêtement au moins de cette qualité pour gagner le cœur d'une jeune coquette. C'est Mustafa ben-Nakir qui m'a révélé tous vos secrets lorsqu'il s'est présenté à moi comme l'œil et l'oreille de la Sublime-Porte. Oh ! Voilà une chose que naturellement je n'aurais pas dû dire et je ne sais comment elle a pu franchir mes lèvres !

A ces mots, Abou al-Kassim parut saisi d'une grande frayeur, et il se précipita pour baiser le sol devant Mustafa ben-Nakir, dont il aurait également baisé les pieds si celui-ci ne lui eût donné des coups.

— Seigneur, ton esclave peut-il s'adresser à toi ? dis-je. Permets-moi, tandis qu'un rire plisse tes yeux radieux, de te parler de mon frère qui gît pour l'heure attendant la mort dans le cachot qui se trouve sous nos pieds. Envoie quelqu'un le chercher et laisse-moi parler pour lui car c'est un homme simple d'esprit, incapable de s'expliquer d'une manière correcte.

— Que non pas ! s'écria Khayr al-Dîn. Allons nous-mêmes chercher le fameux Antar dont on nous a maintes fois vanté la force ! Mais ne me trahis pas ! Je veux rester inconnu et entendre ce qu'il dit à son réveil.

Nous laissâmes Mustafa ben-Nakir terminer son poème et descendîmes à l'étage des cachots, Khayr al-

Dîn, Abou al-Kassim et moi-même. Le geôlier retira la trappe de fer et nous nous baissâmes l'un après l'autre pour pénétrer dans la cellule ; mon chien Raël, dès qu'il me vit, m'accueillit avec des aboiements de joie. Antti se réveilla, s'assit et se tenant la tête entre les mains nous jeta un regard trouble. Il ne restait plus de pain ni d'eau dans l'amphore et il avait souillé le sol autour de lui d'une manière indescriptible. Après nous avoir observés pendant un certain moment, il demanda d'une petite voix :

— Qu'est-il arrivé ? Où suis-je ? Pourquoi n'es-tu point à mes côtés, Mikaël, à l'heure de ma déchéance ? Seule cette pauvre bête a assisté à mon réveil et par pitié a léché ma tête douloureuse.

Il se mit la main sur le ventre et poussa un sourd gémissement.

— Tu dois te rappeler que le sultan Sélim ben-Hafs est mort ? dis-je, avec quelque hésitation.

Antti eut d'abord l'air interdit, puis une étincelle d'intelligence apparut dans ses yeux ronds. Il regarda d'un air fou autour de lui et chuchota :

— Je m'en souviens très bien mais n'étions-nous pas convenus qu'il s'agissait d'un accident ? Ne me dis pas qu'on a découvert la vérité ? Où est la sage Amina ? Elle expliquera tout ! Comment a-t-elle pu permettre que l'on me jetât dans cette fosse pleine d'immondices et m'abandonner ici, nu et dépouillé de cette façon, après tout ce que j'ai fait pour elle et les autres femmes ?

— Antti, lui dis-je gentiment, comporte-toi comme un homme. Il faut que je te dise que, par la volonté d'Allah, Amina et son fils sont morts.

Antti se recroquevilla contre le mur, les yeux écarquillés d'horreur.

— Tu ne veux pas dire que j'ai été assez sauvage pour la tuer dans mon ivresse ? Jamais, jamais en ma vie, je n'ai fait violence à une femme ! Et tu sais bien que si je déteste les Espagnols, c'est précisément pour leur attitude vis-à-vis des femmes durant le sac de Rome !

Il arpentait la pièce, la tête entre les mains et pleurait à chaudes larmes.

— Je ne puis y croire, disait-il, à moins que le diable ne m'ait ensorcelé... oui, il doit se cacher dans les amphores de vin de ce pays !

Plein de pitié pour Antti que je voyais en proie à une telle angoisse, je fis de mon mieux pour le consoler.

— Tu n'as jamais levé la main sur elle ! Elle a péri d'autre façon pour ses mauvaises actions et mieux vaut ne plus en parler ! Cependant, il faut que tu saches une chose : cette femme était une intrigante qui t'a compromis délibérément ! Et n'oublie pas que c'est elle qui t'a amené à boire du vin et à oublier tes pieuses résolutions.

Il poussa un profond soupir de soulagement et essuya quelques larmes de ses yeux gonflés.

— Je suis donc veuf ! reprit-il. Pauvre créature ! Elle était au printemps de sa vie, épouse fidèle et mère affectueuse ! Et nous ne devons point médire des morts, bien que la vérité m'oblige à reconnaître qu'elle n'était pas entièrement pure de désirs malins.

« Bon, j'espère que toi, ainsi que le bon peuple, comprendrez mon chagrin et ne me jugerez point trop sévèrement ! J'avoue avoir cherché à noyer mes inquiétudes dans la boisson, ce qui m'a amené à commettre une foule de bêtises.

Il nous regarda, les yeux pleins d'espoir, mais Abou al-Kassim dit avec un soupir :

— Hélas, Antar mon esclave, tu as tué l'aga du sultan et lui as volé son turban ! Si tu as quelque chose à dire pour ta défense, dis-le maintenant. Sinon tu seras traîné devant le cadi et là on te pendra, coupera en morceaux, brûlera et jettera aux chiens !

— Faites de moi ce que bon vous semblera ! répondit Antti avec un grand geste de la main. J'ai mérité tous ces châtiments et me sentirais mieux si je perdais cette tête si douloureuse. Mais en vérité je ne mérite une punition que pour la première gorgée de vin : tout le reste n'a fait que suivre !

« Quant à l'aga, je l'ai tué au cours d'une querelle, événement tout à fait habituel chez des soldats, et l'on ne peut me l'imputer à crime car nous n'étions point en guerre et l'on n'avait pas lu le code des lois militaires. Je puis donc me présenter la conscience tranquille devant mon juge et ce n'est pas sur moi que retombera la honte mais sur vous, si l'on me condamne au fouet pour une broutille pareille !

Antti nous regardait avec assurance, persuadé de la justice de sa cause.

Khayr al-Dîn ne put se retenir plus longtemps quand je lui eus traduit le discours d'Antti qui me parlait en finnois. Éclatant d'un rire sonore, il se leva et assena de sa main un coup sur l'épaule de mon frère.

— Ah, tu es un homme selon mon cœur, dit-il, et ton astucieuse défense me force à te pardonner ton crime !

Antti repoussa violemment la main de Khayr al-Dîn.

— Qui est cet homme et que fait-il ici ? me demanda-t-il. J'en ai assez de leur manie de me palper de cette manière inconvenante !

Épouvanté par son imprudence, je lui révélai l'identité de son visiteur. Mais Khayr al-Dîn ne s'offensa point et lui dit :

— Je vais te donner des vêtements neufs et un sabre. Je te prends à mon service et suis convaincu que tu me seras utile de maintes façons.

— Il y a trop longtemps que l'on me mène par le bout du nez et je n'ai pas du tout envie de ton sabre ! répondit Antti sur un ton plein d'amertume. D'ailleurs, si tu me donnes des vêtements propres et un croûton ou deux à ronger, tu peux m'abandonner sans remords, seul dans ce trou !

Nous réussîmes néanmoins à le convaincre de sortir de sa cellule, et Khayr al-Dîn lui envoya un beau caftan pendant qu'il faisait ses ablutions pour dire ses prières trop longtemps négligées. Le seigneur lui fit également porter un cimeterre si étincelant qu'Antti ne put s'empêcher d'en essayer le tranchant sur son ongle, après quoi il l'attacha autour de sa taille avec un soupir de satisfaction. Je lui racontai ensuite tout ce qui était arrivé durant son absence.

— Tu peux te rendre compte par toi-même que pour une fois la miséricorde a prévalu sur la justice, dis-je en guise de conclusion. Khayr al-Dîn aurait pu se mettre en colère contre toi pour avoir bouleversé tous les plans qu'Abou al-Kassim avait eu tant de mal à mettre au point cet hiver !

Je n'avais plus à présent en tête que ma propre récompense, et, après le repas, je m'enquis auprès d'Abou où je pourrais trouver Giulia.

— Allah me pardonne si j'ai eu tort ! soupira-t-il après avoir échangé un regard avec Sinan le Juif. Le grand Khayr al-Dîn désirait qu'elle regardât dans le sable pour lui, aussi les ai-je laissés seuls tous les deux. Mais il y a déjà quelque temps de cela et je commence à me demander ce qu'ils peuvent bien faire.

Cette nouvelle m'emplit de sombres pressentiments et, lançant un regard noir à mon maître, je dis :

— Je t'étranglerai de mes propres mains s'il est arrivé quoi que ce soit à Giulia ! Et nul ne pourra me le reprocher !

Sans tenir compte des protestations des eunuques, nous franchîmes la porte dorée du harem où nous trouvâmes Khayr al-Dîn, assis sur une carpette, avec Giulia auprès, scrutant le sable dans un plateau posé devant lui. Les yeux tout ronds d'étonnement, il s'exclama en nous voyant :

— Cette chrétienne a vu des choses très étranges dans le sable ! Si je vous raconte tout, vous penserez que j'ai perdu l'esprit ! Alors je vous dirai seulement qu'elle a vu les vagues de la mer baiser doucement ma tombe dans la cité du grand sultan, sur les rives du Bosphore. Et elle a juré que tous révéreraient et honoreraient cette tombe aussi longtemps que durerait sur terre le nom des Ottomans.

Tandis qu'il parlait, Giulia se pressait contre lui, oubliant toute pudeur féminine, mais le seigneur de la mer la regardait avec indifférence.

— Giulia ! Giulia ! m'écriai-je hors de moi. Surveille ta conduite ! Et sache que dorénavant tu m'appartiens. Tu es mon esclave et je te prendrai quelque jour pour épouse si tu fais ton possible pour me plaire !

Ne pouvant me contenir plus longtemps, je lui saisis

les mains et l'attirai sur mon cœur pour la serrer dans mes bras et l'embrasser tout mon content. Mais elle se débattit comme un chat sauvage jusqu'à ce que je fusse obligé de la lâcher.

— Débarrassez-moi de ce dément! explosa-t-elle, les yeux étincelants de rage. Envoyez-le à l'hôpital de la mosquée, qu'on l'enchaîne et qu'on chasse sa folie à coups de fouet! Sinan le Juif m'a donnée au Libérateur pour regarder dans le sable à son intention et je lui obéirai avec joie en tout, dès qu'il se sera accoutumé à mes pauvres yeux.

Elle était en proie à un si violent accès de fureur que le sourire s'effaça des lèvres de Sinan le Juif.

— Allah me pardonne, marmonna-t-il avec hésitation, mais Mikaël el-Hakim a raison. J'ai juré sur le Coran et sur ma barbe que tu serais son esclave et je ne puis trahir pareil serment. Belle Dalila, tu es donc à présent son esclave et obligée de lui obéir en toutes choses. Je le déclare solennellement en présence des témoins nécessaires.

Il récita rapidement la première sourate pour conclure l'affaire, mais lorsqu'il voulut mettre la main de Giulia dans la mienne, elle recula vivement et cacha ses mains derrière son dos.

— Jamais! haleta-t-elle d'une voix étouffée. Dites-moi, coquins qui négociez la vertu d'une femme sans lui en parler, pourquoi permet-on à ce misérable esclave de m'insulter? Est-ce là l'amour que tu me jurais, Abou al-Kassim, avec tant de soupirs et de lamentations?

Sinan le Juif et Abou al-Kassim levèrent les mains dans un même mouvement et dirent en me montrant du doigt :

— Non, non, nous sommes innocents! C'est Mikaël qui nous a suppliés et tourmentés avec cette histoire. Et de toute façon, nous étions persuadés qu'il tomberait entre les mains de Sélim ben-Hafs et périrait bien avant l'arrivée du Libérateur dans la cité!

Giulia me regarda avec incrédulité. Puis revenant vers moi, elle se planta, blême de rage, face à moi.

— Est-ce vrai, Mikaël ? siffla-t-elle. Eh bien, je vais te donner un avant-goût des joies qui t'attendent !

Et à ces mots, elle m'envoya un soufflet qui me rendit sourd et me fit monter les larmes aux yeux. Puis elle éclata en sanglots et hoqueta :

— Jamais je ne te le pardonnerai, Mikaël ! Tu es comme un enfant vicieux qui mord la main de sa mère. Et quel est le service que tu as rendu au Libérateur pour mériter une récompense ? C'est moi, en prédisant l'avenir aux femmes du harem, qui ai fait plus que quiconque ! C'est moi, et nul autre, qui ai, par ce moyen, tué Sélim ben-Hafs aussi sûrement que si je l'avais fait de mes propres mains !

Pensant que la rage lui avait fait perdre la raison, je m'efforçai de la calmer et priai les autres de ne point prêter attention à ce qu'elle disait. Mais elle tapa du pied et des éclairs jaune et bleu sortirent de ses yeux.

— C'est moi qui ai choisi Amina pour faire le travail, cria-t-elle d'une voix aiguë, parce qu'elle était la plus dévergondée et la plus ambitieuse de toutes les femmes du harem ! C'est sur ses ordres que le lutteur noir est venu défier Antar sur la place du marché ! Tout est arrivé comme prévu et Antar a gagné le combat comme je l'avais prédit en lisant dans le sable. C'est uniquement grâce à ma divination qu'on l'a enrôlé ensuite dans la garde du palais. Puis j'ai vu dans le sable que le fils d'Amina deviendrait sultan, ce qu'il est devenu réellement, même si ce fut pour peu de temps. Si donc il y a une récompense pour avoir éliminé Sélim ben-Hafs, je suis en vérité la seule qui aie le droit de la réclamer !

Je l'écoutai bouche bée, stupéfait de l'habileté avec laquelle elle avait joué l'innocente alors qu'elle connaissait tout du complot. Elle tempêta et ragea, Abou s'exclama, Antti protesta et elle lui planta les dents dans la main jusqu'à ce qu'il l'arrêtât net en lui assenant un coup sec sur les fesses. A ce même moment, Khayr al-Dîn, lassé de la scène, m'intima l'ordre d'emmener mon bien sans le déranger davantage.

— Tu as fait ton lit, me dit-il, couche-toi à présent ! Tu ne peux en vouloir qu'à toi-même !

Je n'avais donc plus qu'à partir. En hésitant, je tendis ma main à Giulia et dis :

— Ne comprends-tu pas que je t'aime, Giulia ? C'est pour te gagner que j'ai peiné si longtemps et risqué ma vie.

Mais les épaules de Giulia ressemblaient à du plomb sous ma main.

— Ne me touche pas, Mikaël, ou je ne réponds pas de ce qui peut arriver, répliqua-t-elle avec aigreur. Tu m'as profondément blessée !

Nous nous mîmes en route pour regagner la maison, le chien folâtrant derrière nous, le nez collé au sol. Arrivés à la porte, je mis la clé dans la serrure mais elle se bloqua et refusa de tourner. Fou de rage, j'enfonçai la porte et trébuchai à l'intérieur. Le chien poussa un glapissement de frayeur et je reçus sur la tête un coup de gourdin si violent que tout s'obscurcit et que je perdis conscience jusqu'au lendemain matin.

Giulia me transporta dans le lit avec l'aide du sourd-muet. C'était cet imbécile qui, fidèle à son poste, m'avait assené ce coup. Sentant quelqu'un tirer et cogner à la porte, trompé par l'obscurité, il m'avait pris pour un voleur.

Telle fut ma nuit de noces et je n'ai plus rien à en dire. J'ouvrirai un nouveau livre pour raconter comment j'ai pris la forteresse et de quelle manière une idée de Mustafa ben-Nakir m'a conduit à entrer au service du souverain de tous les croyants, le grand sultan de Constantinople.

TROISIÈME LIVRE

GIULIA

LORSQUE je repris connaissance, j'étais allongé sur un lit moelleux. Un vacarme incessant tel un grondement de tonnerre ébranlait la pièce et faisait s'entrechoquer coupes et plats dans les armoires. Je crus tout d'abord que le bruit était provoqué par mon mal de tête et me demandai où je pouvais bien être. Il me semblait voir deux anges, un blanc à ma droite et un noir à ma gauche, tous deux occupés à noter sur un grand livre mes bonnes et mes mauvaises actions. Le blanc avait apparemment peu de choses à écrire, tandis que le noir était si absorbé par sa tâche que l'effort le faisait dodeliner de la tête. Je le suppliai d'une voix mourante de m'apporter de l'eau afin que je puisse me laver pour dire mes prières. De nouveau, les grondements de tonnerre firent vibrer la pièce, et à cet instant mon chien, bondissant sur ma poitrine, se mit à me lécher le visage.

— *Bismillah et inshallah !* m'écriai-je avec des larmes dans les yeux. Bénie soit la clémence d'Allah qui a permis à mon chien de me suivre en enfer ! Raël est mille fois plus digne que moi du paradis, mais je sais qu'il a préféré s'échapper pour venir avec moi dans l'abîme.

L'ange blanc souleva ma tête, déclenchant alors une douleur si vive que je repris conscience. Je vis que j'étais couché dans le lit de Giulia et que cette dernière, debout à mon chevet, se penchait vers moi avec sollicitude. A ma gauche le sourd-muet était assis, occupé à mélanger une pâte d'œufs et de miel.

Honteux de mon accès de délire, je dis sèchement :

— Laisse ma tête tranquille, Giulia ! Si elle n'est pas encore fêlée, elle ne tardera pas à l'être !

Puis j'écartai le chien sans douceur et demandai ce que signifiait ce bruit et si c'était elle qui m'avait assommé la nuit dernière.

— Ô Mikaël ! protesta-t-elle en pleurant, puis elle murmura en caressant ma joue : Est-il donc vrai que tu sois vivant ? J'avais beau être en colère contre toi, je ne voulais pas ta mort ! Tu entends les coups de canon des musulmans qui assiègent la forteresse espagnole... et ce n'est pas moi qui t'ai frappé mais ce fidèle esclave.

Je me tâtai la tête avec précaution, soulagé de la trouver encore sur mes épaules même si elle pesait le double de son poids avec tous les pansements dont elle était enveloppée.

— Giulia, dis-je en soupirant faiblement, envoie quérir un cadi avec quatre témoins. Prends la bourse dans mon caftan pour les payer et garde le reste pour toi. Tu vois, je n'avais pas les intentions aussi basses que tu l'as cru ! Jamais je n'ai souhaité faire de toi mon esclave même si je l'ai prétendu pour te taquiner ! En fait, je veux voir le cadi avec les témoins nécessaires pour te donner la liberté. Je ne désirais point autre chose lorsque je t'exigeais en récompense de mes services, et ne voyais pas une autre façon d'y parvenir.

J'ignorais moi-même si je disais la vérité. Peut-être cette idée ne m'était-elle venue à l'esprit qu'au moment où je reprenais conscience, peut-être aussi m'était-il arrivé d'y penser auparavant, mais après l'avoir exprimée, elle me paraissait tout à fait évidente.

— Mikaël, je ne te comprends pas ! balbutia Giulia comme foudroyée, ses grands yeux fixés sur moi. Si tu me donnes la liberté, tu ne pourras plus m'obliger à t'obéir ! Je croyais que tu voulais que je t'appartienne... mais à présent, je ne sais plus ce que tu veux !

Ma générosité excessive commençait déjà à m'inspirer quelques regrets.

— Ridicule ! lançai-je avec acrimonie. Je te rends ta liberté pour me délivrer enfin de tes perpétuelles criailleries ! J'ai toujours désiré que tu choisisses librement de rester avec moi ou de partir. Je n'ai pas la folie de prétendre t'obliger à m'aimer par la force ! D'ailleurs, en ce moment, tu n'es pas plus séduisante à mes yeux qu'une vieille babouche ! Loué soit Allah ! Mon amour s'est éteint !

La bourse serrée dans la main, Giulia se tenait droite, les yeux sur moi, et parfois un sanglot la secouait tout entière. Le sourd-muet s'évertuait à me faire ingurgiter sa mixture d'œufs et de miel que j'avalai malgré ma répugnance.

— Qu'est-ce qui te tracasse tellement, Giulia ? lui dis-je d'une voix plus aimable. Pourquoi pleurniches-tu ? N'es-tu pas heureuse de te débarrasser de moi à si bon compte ? N'était-ce pas là ton plus cher désir depuis toujours ?

— D'abord je ne renifle pas ! répliqua-t-elle avec humeur. J'ai le nez qui me chatouille...

Et sur ces mots, elle s'effondra en versant des torrents de larmes.

— Tu délires encore, criait-elle, mais je ne suis pas assez vile pour en profiter bien que tu sembles toujours t'attendre au pire de ma part. Où irais-je dans ce maudit pays et qui protégerait ma vertu ? Non, Mikaël, non ! Même si tu as songé à te venger de cette façon, tu n'arriveras pas à te défaire de moi si facilement !

— Quoi que je dise, j'ai toujours tort ! Jamais je n'arrive à agir à ton goût ! dis-je en levant les mains en signe d'impuissance. Mais je t'en prie, laisse-moi maintenant, la tête me tourne et cette pâtée d'œufs m'a donné la nausée. Reste si tu veux, pars si tu préfères. Moi, je ne puis décider de rien tant que j'ai si atrocement mal à la tête.

Giulia se calma et je dois reconnaître qu'elle me soigna désormais en silence, se déplaçant dans la chambre aussi discrètement que possible. Ce n'était point, hélas, d'un grand secours car les canons ne cessaient de tonner, du sable me dégoulinait dans les yeux par les fissures du toit tandis que toute la pièce tremblait !

Après la prière de midi, Abou al-Kassim et Sinan le Juif se présentèrent, morts de curiosité, les bras chargés de leurs cadeaux de noces. Lorsque Abou me vit couché dans le lit de Giulia, pâle et la tête bandée, il s'exclama en se frappant les mains l'une contre l'autre :

— Que se passe-t-il, Mikaël el-Hakim ? Était-ce à ce point difficile de dompter une femme ? Je n'aurais jamais imaginé qu'une nuit suffise à te réduire en si piteux état !

Sinan le Juif fit remarquer que je n'avais pas besoin d'autres femmes avec une créature d'un tel tempérament et qu'ainsi la vie me reviendrait moins cher.

Trop faible pour répondre à leurs plaisanteries, je gardai le silence. Mon maître se montra sincèrement affligé lorsqu'il apprit ce qui m'était réellement arrivé ; il m'examina puis prépara un remède qui me plongea aussitôt dans un sommeil réparateur, et je me sentais nettement mieux quand je me réveillai un peu plus tard.

Ma première pensée fut pour mon frère Antti et j'interrogeai à son sujet mon maître Abou al-Kassim.

— La malédiction d'Allah sur ta stupidité, Mikaël el-Hakim ! cria-t-il en se tirant les poils de barbe. Pourquoi ne nous as-tu pas dit que ton frère était un artilleur expérimenté, capable même de fondre des canons ? Nous venons de faire cette découverte par pur hasard ! Ce matin, lorsqu'il a entendu tonner le canon, il est arrivé en courant sur le port afin de soigner sa migraine avec, a-t-il dit, l'odeur salutaire de la poudre. C'est là que Khayr al-Dîn l'a vu repousser les servants des canons, orienter lui-même les pièces et abattre avec adresse le drapeau espagnol, à la grande fureur des infidèles de la forteresse. Notre capitaine lui a octroyé sur-le-champ le turban de maître artilleur, ainsi que dix pièces d'or. Espérons qu'il aura bientôt éliminé tous les poisons de son corps imbibé de vin !

La pensée d'Antti tirant sur ses frères chrétiens me remplit d'horreur et quand il vint me voir plus tard, le visage noirci par la poudre, après que les grondements eurent cessé pour la prière de midi, je lui reprochai vivement son attitude.

— Le son du canon est ma musique, me répondit-il, et je n'aurais jamais dû l'abandonner. Je ne vois pas pourquoi tu me gronderais d'être revenu à mon ancien métier ! Ne dit-on pas à Rome : « Cordonnier, à tes chaussures ! » ?

— Mais, mon cher Antti, comment peux-tu te laisser entraîner à tirer sur des hommes rachetés par le sang du Christ ? Des hommes qui font l'impossible, et dans des circonstances extrêmement difficiles, pour servir l'empereur, sous les couleurs duquel tu as toi-même combattu !

— Souviens-toi, répliqua-t-il, que j'ai un compte à régler avec les Espagnols depuis le sac de Rome où ils se sont conduits en bêtes sauvages plutôt qu'en hommes. Jamais des musulmans n'auraient agi comme eux. Point n'est besoin, je pense, de te rappeler le traitement qu'ils réservaient aux femmes ?

— Mais ils sont chrétiens ! Comment peux-tu porter les armes contre eux aux côtés des mahométans alors qu'au fond de toi, tu n'es pas du tout croyant ?

Antti me jeta un regard plein de courroux.

— Je suis aussi bon musulman que toi, Mikaël, rétorqua-t-il, même si je ne connais pas aussi bien le Coran par cœur ! La question m'est apparue tout à fait claire le jour où j'ai découvert que le mot islam signifiait soumission à Dieu, et que ce Dieu, appelé Allah, est le même que le *sang-dieu* des Français, le *Herrgott* ou *Donnerwotter* des Germains ou les *Deus* et *Dominus* du latin.

Je voyais bien après cela que mes réprimandes glissaient sur lui comme l'eau sur le dos d'un canard ! Il répéta encore que le canon était sa musique et qu'une solde était une solde, qu'elle soit payée en monnaies à l'effigie de l'empereur ou avec des arabesques. Puis il demeura assis sans rien dire, la tête dans ses mains et lorsqu'enfin il rompit le silence, il parla avec un accent de tendresse dans la voix.

— Jamais je ne m'étais rendu compte à quel point j'aime les canons, jusqu'au moment où j'ai pu sentir à nouveau l'odeur du métal chaud et le souffle brûlant de la poudre. Je n'ai pas pu m'empêcher de les toucher et crois-moi, même la femme la plus voluptueuse n'est rien comparée au contact brûlant d'un canon après le cinquième coup. Mustafa ben-Nakir, quand il a vu ma passion, m'a appris que le sultan de Turquie a inventé un nouveau système pour transporter les pièces les plus lourdes ; et quand les chemins sont mauvais, il charge à dos de chameaux des morceaux de métal qu'il fait fondre ensuite à l'endroit même où l'on doit utiliser le canon. Nul n'y avait jamais pensé avant lui et j'aimerais bien voir comment ils s'y prennent ! Mustafa n'a pas su me l'expliquer mais son histoire m'a donné grande envie de me rendre à Istanbul, la capitale du sultan, où il m'a promis de me recommander au commandant d'artillerie.

J'étais bouleversé de l'entendre énoncer des projets aussi fous, mais il continuait avec toujours plus d'enthousiasme.

— Nous devons en premier lieu construire une digue pour Khayr al-Dîn afin que ses navires puissent s'abriter dans le port. En fait, il n'attaque la forteresse que dans le seul but d'obtenir des pierres déjà taillées et une main-d'œuvre bon marché pour la réalisation de cet ouvrage. Tout le monde sait que des prisonniers de guerre n'ont pas de salaire et se contentent d'eau et de vieux croûtons.

Il bavarda de la sorte jusqu'au moment où, confus de sa propre volubilité, il se pencha vers Raël et lui donna quelques tapes amicales pour dissimuler son trouble.

Je récupérai mes forces en peu de jours mais ne manquais point de me précipiter vers mon lit dès que quelqu'un me venait visiter. Je n'éprouvais en effet pas le moindre désir de me mêler des affaires du siège ni de risquer de me trouver nez à nez avec le capitaine de Varga qui me réservait, je n'en doutais point, un traitement tout particulier. J'appris d'Abou al-Kassim, qu'il avait envoyé, aussitôt après ma visite, une felouque rapide en direction de Carthagène. C'est la raison pour laquelle Khayr al-Dîn se préparait à prendre la forteresse d'assaut sans attendre ; il recrutait à cet effet tous les hommes valides et impatients de gagner le paradis en tombant dans un combat contre l'infidèle. Le capitaine de Varga réussit toutefois à gêner les projets de Khayr al-Dîn en faisant pendre, malgré les protestations du dominicain, les deux jeunes Maures introduits dans la forteresse afin d'espionner pour notre compte. Cette nouvelle nous arriva par un déserteur espagnol qui, lassé par le siège, avait profité d'une nuit sans lune pour traverser la rade à la nage et venir se joindre aux hommes de Khayr al-Dîn. Il raconta en outre que la forteresse regorgeait de blessés, que les murailles étaient très ébranlées et que les Espagnols manquaient de vivres, d'eau et de poudre. A l'entendre, tout le monde là-bas, hormis de Varga, était disposé à se rendre en échange de la vie sauve. Mais le capitaine refusait toute idée de négociation et, lorsque le drapeau avait été renversé, il l'avait enroulé autour de son bras gauche et s'était dressé au sommet de la tour tel un mât vivant, en proclamant qu'il ferait mettre aux fers quiconque oserait seulement murmurer le mot de reddition.

Quelques jours plus tard cependant, on réussit à ouvrir une brèche dans les remparts de la forteresse et Khayr al-Dîn donna l'ordre à ses hommes d'attacher solidement des barques entre elles pour former des radeaux et d'en couvrir les proues avec des gabions. Il se retira ensuite pour passer la nuit dans la solitude de la prière et du jeûne, afin de se préparer à l'assaut décisif.

Ce soir-là, après la prière, Antti, Abou al-Kassim et Mustafa ben-Nakir se réunirent à mon chevet. Ils commencèrent par bavarder de choses et d'autres puis, sans crier gare, me tirèrent du lit gentiment mais fermement, me mirent debout, me palpèrent la tête et les membres et louèrent Allah pour une guérison aussi rapide.

— Ah, Mikaël ! dit alors Mustafa. Que je suis heureux de constater que tu pourras prendre part à l'assaut et gagner en notre compagnie ton entrée au paradis !

Mes genoux se dérobèrent sous moi et je serai sans doute tombé si Antti ne m'eût point retenu dans ses bras puissants.

— Hélas ! m'écriai-je. J'ai le vertige... Je ne tiens pas sur mes jambes mais je me traînerai jusqu'au rivage avec le peu de force qui me reste pour m'occuper des blessés. Ce serait trop affreux que les fidèles se vident de leur sang à cause d'un incapable comme Abou al-Kassim. Je ne demanderai aucune récompense pour cette œuvre de miséricorde et me contenterai de ce que l'on me donnera.

Mustafa ben-Nakir me regarda d'un œil brillant de malice.

— Tu n'as pas peur, n'est-ce pas ? se moqua-t-il. Ton frère Antar a décidé de s'embarquer avec moi sur le radeau de tête, de façon à être le premier à escalader les remparts et à arracher le drapeau espagnol des mains du capitaine de Varga. Et nous voulons t'emmener avec nous par pure amitié, pour partager avec toi la gloire et le prix de notre exploit !

— Peur ? Qu'est cela ? Un mot vide de sens ! répliquai-je avec humeur. Mais je suis un homme pacifique, malade de surcroît et qui n'a pas la moindre ambition d'être acclamé comme un héros.

Giulia, restée tout le temps de la conversation à nous écouter dissimulée derrière un rideau, s'approcha pour m'aider à me recoucher quand elle me vit debout suant à grosses gouttes.

— Pourquoi le tourmentez-vous ? demanda-t-elle. Je ne le laisserai jamais aller sur cette île maudite ! Il a ce matin été trop faible pour faire l'amour et je prendrai plutôt l'épée moi-même que de le voir partir ainsi !

— Tiens ta langue ! lui intimai-je d'un ton sec, profondément blessé par ce qu'elle venait de dire. On ne t'a rien demandé ! Il est plus facile d'infliger des blessures que de les soigner et peut-être qu'après tout je viendrai demain me joindre à vous.

Mustafa ben-Nakir en resta confondu et je compris alors qu'il avait seulement voulu me taquiner comme à l'accoutumée, parce qu'il m'avait toujours pris pour un poltron. On ne saurait avoir opinion plus irritante à mes yeux ! La prudence n'est point, que je sache, de la lâcheté et j'avais déjà prouvé plus d'une fois que je savais prendre autant de risques extrêmes qu'un autre. Cependant, courroucé par les propos de Giulia et la cervelle obstruée sans doute par le coup que j'avais reçu, je jurai avec une obstination stupide qu'étant quasi rétabli je me sentais prêt au combat.

Giulia, après le départ des autres, manifesta quelque désir de se réconcilier, mais je restai fâché afin de la punir et de rabaisser son orgueil une fois pour toutes. Je feignis l'indifférence à ses supplications si bien qu'elle renonça et alla déverser sa colère sur les pots et les casseroles, non sans m'avoir déclaré que j'étais le plus grand menteur qu'elle ait jamais rencontré et qu'elle ne croyait pas un seul mot de ce que j'avais dit.

Elle fut cependant passablement étonnée le lendemain lorsque je me levai bien avant l'aube, me lavai dans la cour, et, le visage tourné vers l'Orient, me mis en devoir de réciter les prières du matin. Ensuite, pour montrer ma force, je me saisis d'un solide gourdin et m'éloignai en titubant sur mes jambes tremblantes. Ce ne fut qu'alors qu'elle comprit que je ne plaisantais point. Elle courut à ma suite et m'attrapa par la manche.

— Ah, Mikaël ! cria-t-elle. Peut-être me suis-je montrée désagréable et hautaine, mais j'avais des raisons que ma pudeur m'empêchait de t'avouer. Si par miracle tu reviens de la bataille, je te dirai mon secret et tu décideras de ce qu'il faudra faire. Si en revanche nous ne devons plus nous revoir que dans le ciel, ce qui me semble bien improbable étant donné que tu es musulman et moi chrétienne, mon secret n'aura plus aucune importance ! Et je ne veux pas le crier dans la rue de peur que tout le monde ne l'entende... Du reste, il ne pourrait que te faire de la peine dans un moment comme celui-ci !

Pour être franc, je crus qu'elle n'avait aucun secret à révéler et n'en parlait que pour éveiller ma curiosité et me retenir jusqu'à ce qu'il fût trop tard pour prendre part à l'attaque. Je la quittai donc rapidement et descendis en direction du port.

Je pensais, tout en me hâtant, que Giulia, ce matin-là, ne devait point être la seule femme à supplier son homme de rester auprès d'elle et à lui représenter, soupirant et pleurant, qu'un métier honnête et rémunérateur vaut mieux que toutes les joies du paradis.

J'atteignis le port au lever du soleil alors que Khayr al-Dîn, entouré de ses officiers, donnait les ordres de dernière minute.

— Nous sommes vendredi, jour de chance, disait-il. Fasse qu'il apporte joie et richesse à l'islam ! En ce jour, les cent portes du paradis sont grandes ouvertes ! Jamais on ne connut plus belle occasion de pénétrer dans ces royaumes de gloire où des vierges aux yeux noirs attendent le croyant au bord des fontaines d'eaux murmurantes. Ceignez-moi l'épée ! Je veux, comme à l'accoutumée, combattre à votre tête afin que mon exemple encourage les plus poltrons à me suivre sans crainte à travers la brèche.

Les officiers, comme s'ils en eussent reçu l'ordre, se mirent à crier et à taper les mains, Abou al-Kassim et Sinan le Juif en tête. Tous ensemble, ils empêchèrent Khayr al-Dîn de s'exposer au danger, lui représentant la perte irréparable que souffrirait l'islam s'il venait à être tué.

Cependant, le seigneur de la mer tapait du pied et criait sur le ton du courroux :

— Ô fils désobéissants et dénaturés ! Pourquoi me priver de cet honneur ? Pourquoi serais-je le seul frustré du paradis alors que ses portes aujourd'hui s'ouvrent au plus misérable des musulmans ?

Il s'agitait sur le quai, réclamant à grands cris son épée, et ses capitaines durent se saisir de lui par la force et le retenir par les bras de crainte qu'il ne tombât dans l'eau la tête la première. A ce spectacle, l'enthousiasme des hommes ne connut plus de bornes ; ils hurlaient son nom et louaient son courage, tout en l'exhortant à ne point mettre en péril sa précieuse existence, si bien qu'il finit par se résigner.

— Bon ! dit-il avec un profond soupir. Puisque vous m'en priez avec tant d'insistance, je demeurerai ici avec vous. Il est cependant de mon devoir de surveiller l'assaut afin d'être à même plus tard de récompenser les vaillants et de punir les lâches.

« Il ne nous reste donc plus qu'à choisir l'homme qui marchera en tête. Je sais que chacun de vous aura à cœur de gagner les autres de vitesse et de parvenir le premier sur l'île, mais la tradition exige qu'un homme soit nommé pour conduire l'assaut à travers la brèche.

Le silence régna soudain dans les rangs ; tous observaient à la dérobée la forteresse qui émergeait de l'onde à un tir d'arbalète de la terre et regardaient avec effroi la brèche ouverte dans le rempart, noire comme la bouche de l'enfer !

— L'offre est tentante, chuchotaient-ils entre eux le visage blême. Mais je ne suis point digne d'un tel honneur ! Tu es plus vieux que moi, je me sacrifie pour toi !

Tandis qu'ils murmuraient semblables propos, Antti s'avança et dit :

— Khayr al-Dîn, ô maître, laisse-moi conduire l'assaut et te ramener l'étendard de Castille.

Je me précipitai pour m'opposer à ce projet, mais Khayr al-Dîn tendit la main vers moi avant que j'eusse eu le temps de lui expliquer qu'Antti avait perdu l'esprit.

— Regardez, mes braves ! cria le seigneur. Prenez exemple sur ces hommes ! Il n'y a guère qu'ils ont trouvé le vrai chemin et voici que déjà ils se pressent pour entrer dans le paradis.

« Mikaël el-Hakim, je ne puis te refuser l'honneur que tu me demandes ! Va avec ton frère ! Tu seras le premier à fouler le sol sur l'île du Pénon et je saurai t'en récompenser.

Je tentai désespérément de lui dire qu'il se méprenait sur mes intentions, mais les acclamations des officiers étouffèrent mon balbutiement terrorisé.

Dans l'entre-temps, la flotte de Khayr al-Dîn avait levé l'ancre et hissé les voiles. Après avoir longé les côtes, elle bombardait à présent la forteresse du côté du large afin de détourner l'attention de la garnison de ce qui se passait du côté de la terre. Les batteries placées sur le port ne tardèrent pas à ouvrir le feu et Antti, plein de prévenance, me recommanda de revêtir une armure.

— Rien n'arrive qui ne soit par la volonté d'Allah ! répondis-je après un instant de réflexion. Pars le premier, Antti mon frère, je marcherai sur tes talons et ferai de mon mieux pour couvrir tes arrières !

— Tu as raison, Mikaël el-Hakim ! dit Mustafa ben-Nakir en me regardant d'un air dubitatif. Nous coulerions comme des pierres si nous tombions à l'eau avec nos armures. Et j'ôterai même ma peau de lion de peur de la perdre au milieu de la bataille. Je veux en effet faire le troisième homme de votre groupe, avec l'espoir que le corps gigantesque de ton frère nous épargnera les pires coups.

Nous gagnâmes alors le radeau de tête et nous mîmes aussitôt à l'abri des gabions rembourrés avec de la terre et de la laine. Une troupe de soldats intrépides monta derrière nous et les rameurs, plongeant leurs avirons, firent force rames en direction de la forteresse, en invoquant le secours d'Allah d'une voix forte et en maudissant les Espagnols.

Tout se passa bien et l'on ne tira guère sur nous depuis les ouvertures étroites pratiquées dans le rempart. Quelques rares boulets sifflèrent au-dessus de nos têtes, faisant jaillir en poupe des fontaines d'eau qui retombaient dans la mer. Notre proue toucha bientôt le rivage avec une secousse qui me renversa en arrière. Antti me releva par la peau du cou et me tira à terre. Puis, Mustafa ben-Nakir collé à nos talons, nous fonçâmes tête baissée en direction de la brèche et lorsque je levai enfin les yeux, nous avions déjà franchi la moitié du chemin.

Devant nous se dressait le capitaine de Varga, revêtu de sa brillante armure et le drapeau castillan enroulé autour de son bras gauche. Il brandissait sa grande épée, prêt à verser jusqu'à la dernière goutte de son sang pour défendre sa forteresse. Il attendait seul car ses hommes, pour leur éternelle honte, l'avaient tous abandonné ; ni la faim ni le désespoir ne leur peuvent servir d'excuse même si, pour ma part, je n'eus point à me plaindre de leur conduite trop pleine de prudence. Le capitaine se tenait donc devant nous, seul, la mine hagarde, l'écume aux lèvres et lançait sur nous des regards enflammés. Antti, au comble de l'étonnement à la vue de cet homme résolu, baissa son épée et le somma de se rendre.

De Varga éclata de rire.

— Point n'est besoin de vous rappeler mon lignage ! s'écria-t-il. Un de Varga ne se vante pas ! Mais je vous montrerai ce que signifie la loyauté envers un Dieu, un roi et une patrie !

Derrière nous, cependant, canots et radeaux ne cessaient d'accoster et lorsque les braves musulmans s'avisèrent qu'un seul homme défendait la brèche, ils se ruèrent à l'assaut en rangs si serrés que, m'entraînant dans leur mouvement, ils me firent perdre l'équilibre. Je crois que ce fut Antti qui arracha l'épée des mains du capitaine espagnol au moment où celui-ci, renversé à son tour, s'écroulait sur le dos de sorte que je tombai sur lui de tout mon long. Alors, en dépit de son noble lignage et bien que je lui fisse un bouclier de mon corps contre les Maures en foule qui passaient sauvagement sur moi, il me planta ses longues dents dans la joue ! La douleur me rendit fou au point qu'il en eût perdu la vie sur-le-champ s'il n'eût été bardé de fer, et je lui aurais volontiers enfoncé mon épée à travers la gorge pour me débarrasser de son étreinte. Toutefois la troupe peu à peu alla s'amenuisant et le capitaine finit par me lâcher. Nous nous retrouvâmes assis côte à côte, contemplant tous deux les musulmans qui s'engouffraient en hurlant dans la brèche. Antti se tenait arc-bouté devant de Varga que Mustafa ben-Nakir aidait aussi à défendre. Le sang me coulait le long de la joue et je reprochai vivement au capitaine une conduite aussi inconvenante de la part d'un gentilhomme ! Nul doute que je garderais une cicatrice qui me défigurerait jusqu'à la fin de ma vie !

De Varga, qui avait compris que toute résistance était inutile, versait des larmes amères. Il me pria de ne point lui garder rancune et je lui demandai en retour de me donner le drapeau castillan qui ne lui servirait plus à rien désormais. Il le déroula de son bras en poussant un profond soupir et me le remit entre les mains. Ainsi retomba sur moi l'honneur de la prise de l'îlot du Peñon.

Le flot des musulmans passait toujours ininterrompu devant nous. Ils se pressaient dans la cour à l'intérieur, où ils tuèrent nombre d'Espagnols avant que les janissaires et les officiers n'eussent le temps d'intervenir. Khayr al-Dîn, qui aurait en effet grand besoin de main-d'œuvre pour effectuer les travaux de démolition et de construction ainsi que pour réparer les bâtiments endommagés par les combats de rues et les bombardements, avait donné les ordres les plus stricts pour épargner l'ennemi dans la mesure du possible.

Pénétré d'un violent sentiment d'indignation à la vue des musulmans assoiffés de sang, je ne désirais plus qu'abandonner au plus tôt cet endroit ! Avec mon frère Antti qui répugnait aussi à rester, nous décidâmes donc de nous rembarquer sans attendre, en emmenant le capitaine de Varga.

Khayr al-Dîn attendait sur le rivage, entouré d'une nombreuse suite. Maints soldats l'avaient déjà rejoint pour jeter à ses pieds la tête sanglante des infidèles qu'ils venaient de tuer.

— Cent coups de fouet au prochain qui ose me ramener une tête de chrétien ! hurla-t-il plein de rage. Les Espagnols sont hommes robustes et chaque tête coupée représente une perte pour moi !

Mais il oublia son courroux dès qu'il aperçut Antti, Mustafa ben-Nakir avec moi qui poussais le capitaine de Varga. Le sang coulait toujours de la blessure de ma joue quand je jetai devant Khayr al-Dîn le drapeau castillan. Il posa vivement le pied dessus et s'exclama sur le ton de l'admiration :

— Allah est grand, et merveilleux en vérité le pouvoir de l'islam qui transforme un mouton en un lion rugissant !

Puis se tournant vers le capitaine de Varga, il ajouta d'une voix sèche :

— Homme impie et obstiné, où donc se trouvent ton roi et l'aide que tu attendais de l'Espagne ? Reconnaîtras-tu enfin, idolâtre, qu'Allah seul est tout-puissant ?

— Tu ne dois ta victoire qu'à la trahison de mes hommes ! répondit l'Espagnol. Je vous aurais refoulés dans la cité et j'aurais occupé le port si j'avais eu le moindre appui !

Khayr al-Dîn l'observa un moment en silence tout en tirant les poils de sa barbe, et je vis qu'il ne pouvait s'empêcher d'admirer le courage inflexible de cet ennemi.

— Nul doute que je parviendrais à jeter l'empereur à bas de son trône avec des hommes de ta trempe autour de moi, finit-il par dire. Que puis-je donc faire pour gagner ton amitié ?

— Les braves s'entendent toujours entre eux, répliqua le capitaine, c'est une chose que les lâches ne peuvent comprendre !

— On trouve nombre d'huîtres dans la mer, observa Khayr al-Dîn, mais bien peu contiennent des perles ! Plus rare encore est un homme d'une véritable bravoure ! Je suis prêt à t'accorder des richesses innombrables et un poste de commandant à la seule condition que tu prennes le turban et reconnaisses qu'Allah et son prophète valent mieux que l'idolâtrie chrétienne ! Tu ne serais pas le premier Espagnol à choisir ce chemin, comme tu peux le constater en jetant un coup d'œil sur mes officiers.

Le capitaine de Varga regarda d'un air outré son adversaire sans desserrer les dents.

— Si je trahissais ma foi, dit-il enfin, la barbe tremblante et les yeux brillants, ne serais-je point encore plus blâmable que le plus mauvais de ceux qui m'ont abandonné ? Cesse donc de m'insulter avec ces propositions et souviens-toi que je suis un gentilhomme espagnol.

— Je ne veux point te contraindre ! soupira Khayr al-Dîn. L'islam interdit les conversions obtenues par la force. Mais comme tu es un homme beaucoup trop dangereux pour rester au milieu des autres prisonniers, je vais me voir dans l'obligation de te faire couper la tête si tu refuses le turban.

Le capitaine de Varga se signa avec humilité.

— Je suis un de Varga, dit-il. Puissent mes ancêtres n'avoir jamais à rougir de leur descendant ! Frappe vite, à présent, que je me montre digne de mon Dieu, de mon roi et de ma patrie !

Il pria brièvement, se signa derechef puis s'agenouilla dans le sable. Le bourreau le décapita d'un seul coup et rendit hommage à sa noble conduite. Il lui passa ensuite une lanière de cuir d'une oreille à l'autre et suspendit sa tête à l'arçon du coursier de Khayr al-Dîn.

Ainsi prit fin le siège de la forteresse de l'îlot du

Peñon, bien avant que le muezzin n'eût appelé les fidèles à la prière de midi. Quant à moi, je ne pouvais assez remercier ma bonne étoile de m'avoir protégé de tous les dangers en me couvrant de gloire par la même occasion !

Je retournai plus tard à la maison en compagnie de Mustafa ben-Nakir qui faisait tinter d'un air absent les clochettes de sa ceinture. Nous trouvâmes le sourd-muet occupé à préparer le repas tandis que Giulia, assise sur le lit, se peignait les ongles des pieds. Elle ne nous prêta pas la moindre attention, ce qui m'amena à penser qu'elle avait dû descendre jusqu'au port pour m'espionner et voir que j'étais indemne quand je parlais à Khayr al-Dîn.

— Ah, c'est toi, Mikaël ? s'exclama-t-elle en feignant la surprise. Je ne m'attendais guère à te voir si tôt de retour ! Où donc es-tu allé ? Pendant que les fidèles couraient à leur guerre sainte, sans doute te prélassais-tu dans quelque harem... tu portes d'ailleurs sur la joue la trace d'un baiser pour le moins passionné !

— Dalila, interrompit Mustafa ben-Nakir, je comprends qu'un voile te gênerait pour mener à bien le travail important dans lequel tu es plongée, mais tu devrais aussi penser combien il m'est difficile de résister à la tentation lorsque je contemple des yeux d'une telle beauté ! Je te prie donc de nous laisser, nous avons beaucoup de choses à nous dire avec mon ami Mikaël et s'il reste une once de pitié dans ton cœur impitoyable, tu ne laisseras pas ce stupide esclave nous empoisonner avec son immonde ragoût. Fais-moi le plaisir, ô Dalila, de nous préparer un repas de tes blanches mains !

Elle l'écoutait, ravie, tandis que je prenais une leçon sur l'art et la manière de parler aux femmes lorsqu'on veut en obtenir quelque chose. Elle rangea docilement son nécessaire de toilette puis nous quitta, sourire aux lèvres.

Mustafa ben-Nakir prit alors son livre persan et se mit à lire à haute voix. Fatigué de ses extravagances, je décidai de soigner la blessure de ma joue.

— Tu m'étonnes, Mikaël el-Hakim ! s'exclama-t-il en posant son livre à côté de lui. Je n'ai aucune idée de ce que je puis faire de toi et me demande si, après tout, tu n'es pas un peu simple d'esprit. Je ne vois point d'autre explication à ta témérité.

— Peut-être parce qu'à l'égal de toi, cher Mustafa ben-Nakir, je me permets parfois de suivre mes impulsions ! répondis-je. Toutefois ne m'interroge pas au sujet de ce qui s'est passé aujourd'hui, car j'ignore moi-même pourquoi j'ai agi comme je l'ai fait ! A moins que ce ne soit pour démontrer à Giulia qu'elle n'a pas d'ordre à me donner !

— Nous parlerons d'elle plus tard ! dit-il en hochant la tête. Il faut qu'elle vienne avec toi, tu ne dois pas t'en séparer !

« Peut-être sais-tu que Khayr al-Dîn avait encouru pendant des années la disgrâce de la Sublime-Porte. On lui reprochait d'avoir, avec son frère, mésusé des navires et des janissaires que le sultan Sélim avait envoyés à Baba Aroush. Il n'est pas exclu d'ailleurs qu'il y ait une part de vérité dans ce reproche ! Plus tard cependant Khayr al-Dîn a su donner une meilleure opinion de lui-même et, après avoir consolidé ici son pouvoir, il a l'intention d'envoyer cet automne un ambassadeur à Istanbul. Celui-ci, chargé de présents somptueux pour le sultan Soliman, demandera une confirmation de la nomination de Khayr al-Dîn au poste de beyler-bey d'Alger, ce qui le placera de nouveau sous la protection de la Porte.

« Outre les présents somptueux, il enverra au sultan un grand nombre d'esclaves parmi lesquels Antar, ton frère, ton esclave Dalila que tu appelles Giulia et toi-même, Mikaël el-Hakim.

— Allah est grand ! m'écriai-je plein d'amertume. Voilà donc la récompense pour tout ce que j'ai accompli ! Une fois de plus je me suis laissé mener tel un ours par son anneau !

— Ingrat Mikaël el-Hakim ! rétorqua Mustafa ben-Nakir mécontent. Tout autre que toi se serait jeté à mes pieds pour baiser la terre devant moi en signe de reconnaissance ! Ignores-tu que les puissants de l'Empire ottoman sont tous des esclaves du sultan ? A commencer par le grand vizir ! La plupart d'entre eux furent élevés au sérail et se sont haussés aux postes importants grâce à leurs propres efforts. Tous les dignitaires les plus éminents dépendent de l'un ou l'autre des esclaves du sultan et c'est la raison pour laquelle il n'y a pas de situation plus briguée que celle-ci ! Et rien ne peut mettre de limites aux espérances de celui qui réussit à l'occuper !

— Mille grâces ! répliquai-je avec ironie, tout en buvant ses paroles. Mais sache que je n'ai point d'ambition ! En outre je pense que plus un esclave s'élève au faîte du pouvoir, plus dure sera sa chute !

— C'est juste, admit Mustafa ben-Nakir, mais n'oublie pas que même à terre un homme n'est pas à l'abri de faire un faux pas ! Certes, grimper est difficile ! Cela requiert de l'expérience, de la pratique et autre chose encore qui ne relève pas de la seule science de l'escalade. Il faut également connaître l'art d'éliminer ceux qui montent derrière, l'art de donner des coups de pied à ceux qui s'accrochent à ta tunique et essayent de provoquer ta chute par tous les moyens. Toutefois, l'art de grimper forme des hommes pleins de vigueur et c'est lui qui fonde le système tout de sagesse que les sultans ont hérité des anciens empereurs de Byzance. De Byzance, oui Mikaël, car les Ottomans se sont toujours montrés prêts à adopter l'utile ou le pratique trouvé chez les autres nations quelles qu'elles soient.

« Au sérail où chacun espionne son voisin pour essayer de prendre sa place, seul l'homme le plus doué et le plus habile est apte à atteindre les hauteurs du pouvoir. Néanmoins, le hasard contrebalance les inconvénients du système et tout avancement dépend en fin de compte de la faveur du souverain ; le plus humble des coupeurs de bois est à même de l'obtenir au même titre que le vizir le plus puissant d'entre les puissants.

Je sentis à l'entendre un frisson me parcourir le corps.

— Qui donc es-tu, ô Mustafa ben-Nakir ? demandai-je.

Ses prunelles sombres et brillantes restèrent fixées sur moi tandis qu'il répondait :

— Ne t'ai-je point dit mille fois que je ne suis qu'un

vagabond qui va mendiant le long des routes ? Cependant la confrérie à laquelle j'appartiens a des protecteurs éminents. Nous sommes les témoins de maintes choses au cours de nos voyages et il nous est plus facile qu'aux agents vêtus de vert de la Sublime-Porte de recueillir des opinions et de sonder les cœurs. C'est ainsi que, tout en suivant les impulsions de ma propre fantaisie, je sers mon maître le sultan et plus spécialement Ibrahim Pacha, son grand vizir, qui occupe au sein de mon ordre la même position que le grand maître dans l'ordre chrétien des chevaliers du Temple.

« Je te dévoile là un grand secret pour te prouver ma confiance et t'expliquer la raison pour laquelle je t'envoie au sérail comme esclave du sultan.

Sur ce il se leva, se dirigea sans bruit vers la porte puis, écartant brusquement les rideaux, saisit Giulia par les cheveux et la tira sans ménagement dans la pièce.

— Quel homme sans éducation ! dit-elle avec mépris en se recoiffant. Je venais seulement vous demander si vous désiriez de la sauce italienne dans le poulet !

« De toute façon, tu n'as nul droit d'attirer Mikaël dans tes intrigues ! Il est trop naïf et se retrouverait aussitôt dans une situation désespérée. D'ailleurs cette histoire me regarde également ! As-tu l'intention de m'expédier dans le harem du sultan ? On dit que c'est un homme triste, qui recherche rarement la compagnie des femmes. Tu ferais mieux de me faire part de tes projets si tu ne veux pas que je te mette des bâtons dans les roues dès mon arrivée au sérail !

Mustafa ben-Nakir, persuadé que Giulia avait écouté la totalité de la conversation, reprit au point où il en était resté :

— Il est vrai que le sultan Soliman, dont l'empire englobe toutes les races et toutes les langues, est un homme maussade et secret ; mais il se montre plus enclin à récompenser la justice que la violence ou le manquement aux lois. Pour contrebalancer son naturel mélancolique, il aime à s'entourer de visages souriants et de gens capables de le distraire.

« Le grand vizir est à peu près du même âge que lui.

C'est le fils d'un marin grec enlevé tout enfant et vendu à une veuve turque qui ne tarda pas à découvrir ses dons et lui donna une solide éducation. Il connaît parfaitement la législation, parle plusieurs langues, a étudié l'histoire et la géographie et sait jouer divinement d'un instrument de musique italien que l'on appelle le violon. Enfin, et surtout, il a su gagner l'amitié et la faveur du sultan au point que ce dernier ne saurait se passer de lui un seul jour ; souvent d'ailleurs, il reste également la nuit dans les appartements du grand vizir.

« Ils se sont rencontrés au temps de leur jeunesse dans une cité de province où le père de Soliman, le sévère Sélim, l'avait envoyé comme gouverneur afin de l'éloigner des intrigues du sérail. Dès qu'il est monté sur le trône, il a nommé Ibrahim chef des fauconniers du palais. Quatre ans plus tard, il l'a élevé au poste de grand vizir et lui a arrangé un mariage avec une princesse turque qu'il a haussée au rang de sa propre sœur à la mort de ses parents.

— Une amitié aussi exagérée entre hommes me paraît un peu suspecte, coupa Giulia, et s'ils passent toutes leurs journées ensemble, ils pourraient au moins se séparer pour la nuit. Je croyais pourtant que le sultan était le mieux placé de tous les sujets de son empire pour jouir d'une compagnie plus naturelle dans son lit.

Mustafa ben-Nakir esquissa un sourire et posa ses noires prunelles sur Giulia.

— Il y a dans une amitié entre deux hommes maintes choses qu'une femme ne peut ni comprendre ni admettre, répliqua-t-il. Mais dans ce cas précis, tu n'as pas à avoir de vilains soupçons car le sultan Soliman est un grand admirateur de jolies femmes ; il a d'ailleurs plusieurs enfants dont l'aîné, Kaiman Mustafa, est le fils d'une Circassienne connue sous le nom de Rose de Printemps. C'était une créature d'une merveilleuse beauté mais fort ennuyeuse, et il eut tôt fait de la remplacer par une jeune fille russe que les Tartares de Crimée lui avaient envoyée à Istanbul. Sa gaieté lui a valu le surnom de Khurrem, la Riante. Elle a donné plusieurs fils à Soliman et son rire joyeux dissipe la tristesse du sultan toutes les fois qu'Ibrahim est occupé à des affaires d'État. Ainsi donc, tu le vois, le bonheur de Soliman est parfait entre un ami véritable et une femme aimante. Je ne vois vraiment pas pourquoi je t'enverrais dans le harem pour rivaliser avec Khurrem, d'autant plus que tu ne sortirais pas saine et sauve de la rencontre parce que c'est une femme coléreuse et très mal élevée. Néanmoins, il doit bien y avoir une place là-bas pour une bonne devineresse et ton art pourrait apporter quelque distraction à ces prisonnières aux rêves las.

Giulia écoutait d'un air satisfait Mustafa ben-Nakir qui ajouta :

— J'oubliais de vous dire qu'un riche marchand de drogues, appelé Abou al-Kassim, fera également partie de cette ambassade. Il ouvrira certainement une boutique à Istanbul et si tu travailles pour lui, ta renommée franchira plus facilement les murs du harem.

« Mikaël el-Hakim ne pourra guère rivaliser avec les médecins réputés de la cour avant que sa barbe n'ait poussé. En revanche, sa connaissance des langues, des gouvernements et des royaumes de la chrétienté lui permettra de rendre de signalés services aux géographes chargés de recueillir des informations sur les pays chrétiens et d'en établir les cartes.

— Et dans quel but tout cela ? demandai-je sèchement. Tu ne t'es point encore expliqué !

— Ah non ? Alors je puis faire quelques belles phrases et dire que c'est pour le bien de l'islam et de l'Empire ottoman. Les Turcs ne sont point des navigateurs alors qu'Ibrahim, fils de marin, a grandi au milieu des bateaux et souhaite voir un jour le sultan maître des océans comme il est maître de la terre. Pour mener à bien ce projet-là, Khayr al-Dîn doit jouer un rôle considérable, parce qu'il est le seul marin véritable et que le grand vizir n'a plus aucune confiance dans les pachas des mers du sultan. Il faut donc lui aplanir la route en chantant ses louanges à l'intérieur du sérail, célébrer son nom et sa gloire, peindre ses victoires des plus vives couleurs et justifier ses défaites.

« Il importe avant tout que Khayr al-Dîn ne doive sa

promotion qu'au seul grand vizir. Tu dois toujours te souvenir qu'en parlant de Kahyr al-Dîn avec les géographes, tu sers Ibrahim. C'est à lui et à lui seul que tu devras témoigner de la reconnaissance si tu arrives jamais à occuper un poste d'honneur.

— Tout ce que tu me dis me semble étrange et inquiétant, remarquai-je. Ne dois-je pas aussi servir le sultan ?

— Certes, certes, naturellement ! répondit Mustafa une note d'impatience dans la voix. Le pouvoir du grand vizir dépendant du sultan, tout ce qui est destiné à renforcer la position de l'un est à l'évidence au bénéfice de l'autre ! Mais Ibrahim ne peut remplir le sérail d'esclaves de son choix sous peine de donner prise à de viles médisances. Par contre, si Khayr al-Dîn envoie là-bas ton frère, toi et d'autres esclaves, nul ne les soupçonnera de lui obéir en secret.

« Comme vous pouvez l'imaginer, son immense pouvoir fait de lui un objet d'envie et il doit tendre de solides filets qui le rattrapent en cas de chute et l'envoient encore plus haut.

Ici Mustafa ben-Nakir fit une pause puis reprit :

— Nous sommes des tisserands, Mikaël el-Hakim, qui tissons un tapis gigantesque. Chacun de nous a son propre fil et sa tâche particulière dans le grand motif qu'il ne voit pas dans sa totalité et qui est une représentation du monde. Un fil peut casser, une couleur s'abîmer, un tisserand faillir à son devoir, cependant le maître ne cesse d'avoir le modèle devant ses yeux afin de rectifier les menues erreurs au fur et à mesure. Il faut que toi aussi tu te mettes à tisser, Mikaël el-Hakim, et tu verras alors que toutes tes pensées et toutes tes actions s'orienteront vers un but. Tu dois faire ton ouvrage à l'intérieur du grand métier commun, ainsi ta vie, si vide jusqu'à ce jour, trouvera-t-elle son sens.

— Si tu fais allusion au tapis de l'éternité d'Allah, je suis déjà tisserand que je le veuille ou non ! commentai-je. Mais si tu te réfères au tapis du grand vizir Ibrahim qu'il tisse au profit du sultan, je crains qu'il ne soit trop souillé de sang pour attirer un cœur sensible. J'ai peur, de surcroît, qu'il ne devienne un assemblage de pièces mal jointes et peu habiles et qu'il ne serve à rien.

— Que la volonté d'Allah soit faite ! répondit Mustafa ben-Nakir avec componction. Mais tu es un esclave, Mikaël el-Hakim, ne l'oublie pas, et bon gré mal gré tu dois tisser !

« La vie est un jeu bizarre et notre tâche est plus facile à accomplir une fois que nous l'avons compris, car tous les jeux ont une fin. Les plus belles fleurs se fanent et la plus mélodieuse des chansons finit par s'oublier tôt ou tard ! Qu'importe après tout, ami, que ta barbe devienne longue au service du sérail ou que la nuit éternelle t'emporte au printemps de ton âge ?

Giulia, qui écoutait sans ouvrir la bouche, se leva soudain et dit :

— Il m'est arrivé maintes fois au hammam d'entendre crier les femmes toutes en même temps au point d'en être assourdie, mais je puis vous assurer que leur caquetage avait un peu plus de sens que les grands mots vides des hommes ! Pendant que tu es là, assis à faire des phrases sur les tisserands, les gouvernants et la barbe de Mikaël, je vous avertis que les poulets fondent dans la marmite !

Elle nous servit alors un bon repas et remplit de vin aux épices le gobelet le plus précieux d'Abou al-Kassim.

— Je sais que votre religion vous interdit de boire, dit-elle, mais moi, j'ai besoin de me réconforter après avoir écouté des propos si éprouvants.

La vue de ses bras blancs m'ôtait tout courage et comme je souffrais terriblement de la blessure de ma joue, je la priai de me verser du vin sous prétexte que, n'étant point encore circoncis, je ne me trouvais pas tout à fait obligé d'obéir à la loi. Mustafa ben-Nakir, quant à lui, déclara avec un sourire énigmatique que sa secte n'était pas non plus attachée à la lettre du Coran. Après les fruits et les pâtisseries, nous bûmes donc tous trois jusqu'à ce que Giulia, les joues empourprées par les libations, posât dans un geste machinal son bras autour de mon cou et me caressât doucement du bout des doigts.

— Mustafa ben-Nakir, dit-elle, toi qui sais l'art de la poésie, peut-être connais-tu les secrets du cœur des femmes mieux que Mikaël ? Dis-moi ce que je dois faire ! Il y a longtemps qu'il me désire et je suis aujourd'hui son esclave sans défense. Je lui ai résisté jusqu'à maintenant à cause d'un secret que je ne voulais point révéler. A présent que le vin a radouci mon cœur, je te supplie, ô Mustafa, de ne pas nous laisser seuls tous les deux avant de m'avoir dit comment protéger ma vertu !

— Ta vertu ne me regarde pas, perfide Dalila, et je ne puis que plaindre mon pauvre ami que je vois souffrir. De toute façon, tu ne m'aurais jamais demandé mon avis si tu ne l'avais sciemment décidé.

Il se leva pour prendre congé et Giulia, sincèrement troublée, le retint par la ceinture.

— Ne pars pas, ô Mustafa ! supplia-t-elle. Aide-nous à nous réconcilier ! J'avais l'intention d'enivrer Mikaël afin qu'il ne soit même plus capable d'ouvrir les yeux et moins encore de découvrir mon secret... Il aurait dû me fouetter depuis longtemps, je lui en aurais voulu mais je lui aurais cédé !

Elle se jeta sanglotante à mes pieds, en implorant mon pardon. Je tentai de la relever et de la calmer tout en doutant en mon for intérieur de sa sincérité.

— Cesse donc de crier, Dalila ! intervint Mustafa ben-Nakir avec quelque impatience. Ton cœur est rempli de ruse et de tromperie ! Je ne connais rien de plus pénible et futile que ces révélations intimes. Les relations entre homme et femme seraient incomparablement plus heureuses si chacun gardait par devers soi ses erreurs et ses secrets.

Giulia sécha ses larmes et, relevant son visage tout baigné de pleurs, répliqua :

— Mikaël le préfère ainsi, même si parfois il ne veut point l'admettre. Je ne sais pour quelle mystérieuse raison, mon corps refuse de s'unir à lui. Peut-être que je l'aime vraiment ! Si c'est ainsi, j'aime pour la première fois de ma vie, et avec tant de passion que j'en suis effrayée. Quel sortilège a donc pu m'attacher à cet homme simple et naïf au point qu'il me suffit de voir son air confiant pour me détester ? J'ai l'impression d'arracher un beau jouet à un enfant !

Je ne pouvais en croire mes oreilles ! Cependant je ne tins compte au milieu de tout son discours que des mots qui parlaient de son amour pour moi et ne comprenais point la raison pour laquelle elle m'avait toujours repoussé si durement. Je lui intimai l'ordre de reprendre son calme. Ah ! Si seulement elle s'en était tenue là ! Hélas, le vin lui avait ôté tout jugement !

— Mikaël, poursuivit-elle, ô Mikaël mon amour ! Pardonne-moi mais je ne suis pas la jeune fille innocente que tu crois et j'ignore ce qui a pu faire germer pareille idée dans ta tête !

— Ô Dieu, aide-moi ! bégayai-je. Comment as-tu donc perdu ta vertu ? Ne t'ai-je point toujours protégée contre les attaques des autres ?

J'avais l'impression qu'on m'avait donné un nouveau coup sur la tête, tandis que Giulia se tordait les mains devant moi.

— D'abord, je ne suis pas aussi jeune que tu l'imagines ! J'ai eu vingt-cinq ans il y a quelque temps et nous avons donc à peu près le même âge. Ensuite, j'ai été mariée à deux reprises, chaque fois avec un vieillard, la première à quatorze ans et poussée par ma mère ; mon mari éprouva une telle frayeur à voir mes yeux qu'il mourut d'une attaque la nuit même de nos noces. Mon second mari est mort lui aussi d'une manière si soudaine que j'ai dû partir pour la Terre sainte dans l'intention de me réfugier à Acre pour échapper aux infâmes soupçons qui pesaient alors sur moi. C'est au cours de ce voyage que nous nous sommes rencontrés. J'avais soudoyé le capitaine afin qu'il me prît à son bord sans en informer les autorités de la république de Venise.

Ces révélations me frappèrent si brutalement que je n'étais point en mesure d'en saisir à l'instant toute la signification.

— Mais, balbutiai-je, mais ne m'avais-tu point donné à entendre que tu étais encore innocente lorsque nous nous sommes rencontrés ? Pourquoi ?

— Jamais, jamais je n'ai prétendu être vierge ! Mais

souviens-toi, sur l'île de Cérigo quand tu as vu mes yeux pour la première fois, tu en as été si heurté que tu n'as même pas osé me toucher. On ne saurait trouver pire insulte pour une femme et, blessée dans ma vanité, j'ai essayé de me persuader que tu voulais seulement respecter ma vertu. A partir de ce moment, j'ai commencé à me voir avec tes yeux, Mikaël, et je suis devenue aussi chaste qu'une pucelle...

Elle hésita, baissa les yeux et ajouta :

— ... ou presque !

Fou de rage, je la pris par les cheveux et hurlai en lui secouant la tête :

— Pourquoi bégayes-tu et détournes-tu le regard ? M'as-tu trompé aussi avec des musulmans, femme perfide et impudente !

— Dieu m'est témoin, déclara-t-elle en levant les mains, que pas un musulman ne m'a touchée, hormis le capitaine Torgut et Sinan le Juif entre les mains desquels je me trouvais esclave sans défense. Mais je jure qu'ici, à Alger, j'ai vécu presque chastement pour l'amour de toi, ô Mikaël. Et si j'ai permis à quelques femmes impudiques de me caresser à la maison des bains, c'était dans le seul but de leur plaire et pour sacrifier aux coutumes du pays, car personnellement je n'y ai pris aucun plaisir.

Je compris alors à quel point cette femme m'avait ignominieusement trompé. Je la relâchai et des larmes coulèrent le long de mes joues. Elle tendit sa main comme pour les essuyer mais la laissa retomber sans oser me toucher et, l'air suppliant, se tourna vers Mustafa ben-Nakir pour l'appeler à son secours. Mon ami, qui pourtant ne s'embarrassait guère de règles de morale, avait été surpris par sa confession et il garda le silence un moment pour chercher les mots justes.

— N'oublie pas qu'Allah est miséricordieux et clément, Mikaël el-Hakim ! finit-il par dire. Il ne fait pas l'ombre d'une doute que cette femme t'aime d'un amour passionné et profond, sinon elle ne t'aurait jamais découvert ses faiblesses de cette manière. Certes, il eût mieux valu pour la paix de ton âme que tu t'enivres de vin afin de ne garder aucun souvenir de tout cela demain matin !

« Il ne te reste plus qu'à te résigner et à considérer maintenant Giulia comme une jeune veuve d'une incomparable beauté. L'essentiel n'est-il point qu'elle se soit finalement rendue à toi ?

La clarté de son discours m'aida à retrouver mes esprits et je reconnus qu'il serait peu généreux de ma part de faire grief à cette femme de sa vie passée. N'avais-je point commis moi-même le plus grave des péchés en reniant ma foi chrétienne pour prendre le turban ? Giulia, malgré ses fautes, avait au moins gardé sa fidélité à la croix ! Elle était donc moins coupable que moi et cette constatation me plongea dans les plus amers tourments. Je ne m'étais point senti aussi méprisable depuis ce jour où, dans ma terreur de la mort, j'avais invoqué le nom d'Allah le Clément pour la première fois. Ainsi mon propre avilissement m'interdisait-il de condamner cette femme, fausse et dépravée, à laquelle je me trouvais justement enchaîné à cause de mes péchés.

— Ainsi soit-il ! concluai-je. Je ne suis point sans tache moi non plus, comment dès lors pourrais-je jeter la pierre ? Toutefois, je n'arrive toujours pas à comprendre pourquoi tu feignais l'innocence ?

Giulia, devant ma colère teintée d'une résignation sans espoir, reprit courage et répondit, les yeux perlés de larmes :

— Pour l'amour de toi, Mikaël ! Du reste, les gens ajoutaient foi à mes prédications parce qu'ils me croyaient vierge ! Si j'avais révélé mon secret plus tôt, tu m'aurais séduite pour te lasser de moi bientôt comme les autres. Je voulais être sûre ! Tu dois reconnaître qu'à présent que tu t'es accoutumé à mes yeux, tu ne saurais trouver de plaisir avec une femme normale t'offrant un amour ordinaire. Nous devons donc nous confier l'un à l'autre, ne plus avoir aucun secret. Et que Dieu te préserve de jeter un seul regard sur une autre femme, maintenant que j'ai consenti à t'appartenir pour la vie !

Mustafa ben-Nakir éclata d'un rire bruyant et je ne

saurais en vérité dire pourquoi, car les yeux de Giulia brillaient de tendresse en se posant sur moi. Jamais je n'avais imaginé qu'elle me pût regarder un jour avec tant de désir passionné.

— Je te pardonne, Giulia, dis-je d'un cœur soumis, et je m'efforcerai désormais de te voir telle que tu es dans la réalité. A vrai dire, j'ai l'impression d'avoir échangé un calice d'or contre une jarre de terre fêlée mais le croûton rassis de la vérité est, à tout prendre, meilleur que le pain de froment le plus frais. Partageons donc, si tu veux, ce croûton !

— Ô Mikaël, si tu savais comme je t'aime lorsque tu parles ainsi ! Il te reste maintenant à découvrir la douceur d'une boisson contenue dans une jarre fêlée !

« Je pense ne plus avoir besoin de l'aide de Mustafa ben-Nakir ! Il a sans doute d'importantes affaires qui l'appellent au palais et nous ne le retiendrons pas plus longtemps !

Sur ce, elle essaya de le pousser dehors mais il sortit son livre persan dans l'intention évidente de nous déclamer quelque édifiante poésie nuptiale. Elle réussit tout de même à le mettre à la porte, claqua la grille, la ferma au verrou et tira le lourd rideau.

Puis, le visage illuminé d'amour, elle revint vers moi et ses yeux étincelaient telles deux pierres précieuses de couleur différente. Elle était d'une beauté merveilleuse, mais je ne pus m'empêcher de me rappeler tous les chagrins qu'elle m'avait donnés. Alors je serrai les dents et la giflai à toute volée. Bouleversée de cette réaction, elle s'écroula sans force à mes pieds. Je pris sa tête dans mes mains et, affolé, la couvris de baisers passionnés. Puis nous nous étendîmes sur notre couche et nous nous aimâmes toute la nuit.

Lorsque, enfin, je me reposai, ma joue enflée sur sa poitrine, je lui dis d'une voix raisonnable :

— Nous devons penser à l'avenir, Giulia ! Si tu m'aimes comme je t'aime, mieux vaudrait que je t'affranchisse afin de t'épouser selon la loi de l'islam. Tu seras ainsi une femme libre et nul ne te pourra donner des ordres, même si je deviens moi-même esclave du sultan.

Giulia poussa un profond soupir qui fut plus doux à mon cœur que le halètement brûlant de sa respiration avant l'extase amoureuse.

— Ah, Mikaël ! dit-elle en effleurant ma joue de ses lèvres suaves. J'ai toujours rêvé de me marier avec toi, du moins selon la loi de l'islam, et tu ne peux imaginer à quel point je suis heureuse que ce soit toi qui l'aies proposé ! Mikaël, ô mon amour, mon cœur déborde de tendresse pour toi. Oui, je serai ta femme, aussi bonne que je pourrai même si je suis parfois une vaniteuse avec une langue de vipère. Il faut nous marier demain de bonne heure, afin que personne ne puisse nous en empêcher.

Elle poursuivit longtemps son bavardage mais je m'étais endormi, ses cheveux soyeux épars sur mon visage.

Tout se déroula le lendemain comme prévu. J'affranchis tout d'abord Giulia en présence du cadi et des quatre témoins agréés, puis déclarai la prendre pour épouse en récitant la première sourate pour confirmer les deux actes. Le cadi avec les témoins reçurent de beaux cadeaux et Abou al-Kassim offrit un banquet auquel assistèrent des amis connus et inconnus, autant qu'en pouvaient contenir la cour et la maison.

— Mangez à satiété ! ne cessait de répéter Abou al-Kassim. Mangez à vous faire éclater la peau du ventre sans vous soucier d'un pauvre vieillard qui n'a même pas un fils pour le soutenir dans sa vieillesse.

Je ne prêtai guère attention à cette lamentation rituelle, sachant bien que ses ressources lui permettaient largement de vivre et de réserver la part des pauvres. Tout à la joie de mon bonheur, je fis envoyer quelque nourriture de fête aux prisonniers espagnols qui travaillaient à la démolition de la forteresse du Pénon.

On couvrit Giulia de cadeaux, Khayr al-Dîn en personne lui envoya un peigne d'or aux dents d'ivoire et Antti lui donna dix monnaies d'or.

— Je me demande si tu as agi sagement en épousant

cette femme capricieuse, me dit-il à l'écart, son regard gris posé sur moi avec perplexité. Ses yeux me semblent déjà un avertissement et j'aurais peur que mon fils en hérite !

Je pensai qu'il m'enviait mon bonheur, en étant même un peu jaloux de Giulia.

— Ne crains rien, vieux frère ! répondis-je en lui tapant sur l'épaule. Je sais ce que je veux ! Mais ne crois pas que mon mariage va nous séparer ! Nous resterons frères comme autrefois et ma maison te sera toujours ouverte. Jamais je ne rougirai de mon amitié pour un homme aussi grossier que toi, même si, grâce à mon intelligence et mon savoir, j'accède à une position élevée que tu ne seras jamais capable d'atteindre !

Dans l'état de bonne humeur qui était le mien, mon propre discours me tira les larmes des yeux et, entourant ses larges épaules avec mon bras, je lui assurai que je serais toujours son ami. Giulia vint interrompre ces effusions en me prenant par le coude et au son des tambours et des tambourins, nous pénétrâmes dans la chambre nuptiale. Mais lorsque je fis mine de la prendre dans mes bras, elle me repoussa sous prétexte de ne point froisser sa belle robe d'épousée. Puis elle se mit à tripoter les cadeaux qu'elle avait reçus en citant chaque donateur et ce ne fut que lorsqu'elle me vit à bout de fatigue qu'elle me permit de l'embrasser et de l'aider à se dévêtir. Mais son corps n'avait plus de secrets pour moi et comme le parfum lourd de l'encens me donnait mal à la tête, je me contentai de m'étendre sur notre couche, la main appuyée sur son sein, écoutant en silence son bavardage sans fin.

J'avais l'étrange impression que tout cela s'était déjà produit jadis, et, un peu comme dans un rêve, commençais à me demander qui elle était en réalité et ce qui m'avait attiré vers cette femme issue d'une race étrangère et dont le langage et les manières de penser différaient tant des miens... J'étais si absorbé dans mes sombres pensées que je ne pris point garde au moment où elle s'arrêta de parler.

Elle se souleva sur le lit près de moi et me regarda d'un air effrayé.

— Que penses-tu, Mikaël? interrogea-t-elle à voix basse. Quelque chose de désagréable à mon sujet, sans doute !

— Je pensais à Barbara, ma première femme, répondis-je en frissonnant sans pouvoir lui mentir. Je me rappelais qu'avec elle, les pierres même semblaient vivantes quand nous étions ensemble. Ensuite, on l'a brûlée comme sorcière et depuis je me sens seul sur la terre, malgré ta présence auprès de moi et ton adorable poitrine qui frémit sous ma main.

Contrairement à ce que j'attendais, Giulia ne se fâcha pas. Elle me regarda avec curiosité et son visage prit une expression que je ne lui avais jamais vue.

— Regarde-moi dans les yeux, Mikaël ! dit-elle avec un léger soupir.

Je n'aurais pu échapper, l'eussé-je voulu, au regard de ces yeux posés sur moi derrière leurs paupières mi-closes. Puis elle parla à voix basse et bien que je l'entendisse à peine, je savais ce qu'elle me disait.

— Tu as douté de mes facultés de lire dans le sable, n'est-ce pas Mikaël ? Pourtant, lorsque j'étais enfant, je faisais de même avec l'eau. Peut-être ne sais-je pas bien moi-même la part de vérité et la part d'invention qui s'y trouvent... Cependant regarde tout au fond de mes yeux, comme si tu plongeais dans un puits sans limites, et réponds maintenant à ma question : « Qui vit en toi aujourd'hui, ta femme morte ou moi ? »

Je fis ce qu'elle me dit et ne pus plus détourner la tête. Les yeux étranges de Giulia parurent se dilater et devenir aussi larges et profonds que des lacs. Je sentais mon être s'ouvrir et s'abîmer dans leurs ténèbres. Le temps sembla s'arrêter puis tourna et roula en arrière jusqu'à ce que tout devînt un tourbillon dans lequel je m'engouffrai, et je fus soudain pénétré du sentiment que je contemplais les yeux de ma femme Barbara. Je voyais son visage triste empreint d'une ineffable tendresse, et la vision était si présente que j'aurais pu, je le sentais, toucher sa joue mais je n'osai le tenter. Je fixai un long temps ce visage, tout en sachant pertinemment que Barbara était morte maintes années auparavant et que son corps avait été réduit en cendres sur la place du marché d'une cité allemande ; et je souffrais d'une douleur si vive qu'on eût dit une extase plus forte qu'aucune jouissance physique. En voyant cette femme, arrachée à moi de force et que j'avais tant pleurée et tant regrettée, j'eus la révélation déchirante que son visage désormais n'avait plus rien à me dire, qu'il faisait partie d'un autre monde et d'une autre existence et que moi-même je n'étais plus l'homme qui avait partagé avec elle deux trop courtes années. Mes expériences et mes errements, mes bonnes et mes mauvaises actions avaient élevé un mur infranchissable entre nous et elle n'aurait pas pu me reconnaître à présent ! Inutile donc de la rappeler à moi ! Je l'avais perdue en mon cœur et c'était à jamais !

Je ne prononçai pas son nom, je n'étendis pas non plus la main pour la toucher, et, en quelques instants, son visage plein de tendresse se fondit dans les traits graves de Giulia. En ce moment précis, il se passa quelque chose à l'intérieur de moi qui me donna le sentiment de comprendre Giulia mieux qu'avant et je crus réellement la connaître. Puis, la brume s'estompa et je me retrouvai dans la chambre familière.

Je levai la main pour caresser le visage de ma femme, elle ferma les yeux et poussa un soupir en fronçant les sourcils.

— Où étais-tu, ô Mikaël ? murmura-t-elle.

Mais je fus incapable de lui répondre. Je la pris alors dans mes bras sans un mot et connus l'infinie solitude du cœur humain dans la chaleur de son corps. L'angoisse qui étreignait mon âme était trop forte pour me permettre de ressentir tendresse ou désir, et je frissonnai avec tristesse. Tout en caressant son corps magnifique, je pensais au jour où, devenue vieille, sa peau douce et ferme se flétrirait, où des rides sillonneraient la rondeur de son cou et où sa chevelure soyeuse et parfumée serait grise et sans éclat. Ainsi mon désir lui aussi s'effacerait-il pour se perdre dans le néant. Alors si je l'aimais, je devais l'aimer d'une manière simple parce qu'elle était la seule créature au monde proche de moi... à moins que cela aussi ne fût une cruelle illusion !

Vers la fin de l'été, Khayr al-Dîn, après avoir consolidé sa position à Alger, se mit en devoir de préparer l'ambassade qu'il avait résolu d'envoyer depuis longtemps au sultan Soliman. Le titre de beyler-bey qu'il s'était attribué restait en effet sans valeur tant qu'il n'avait point reçu confirmation de la Sublime-Porte, et il savait par expérience que fonder un royaume sur la côte algérienne lui était impossible sans devenir vassal du sultan.

Il ordonna aux esclaves de faire leurs préparatifs de départ tandis que les navires achevaient leur chargement. Il m'offrit un nécessaire à écriture en cuivre puis m'expliqua les cartes marines, les mappemondes et les notes que je devais offrir de sa part aux géographes du sérail. Il me remit aussi deux cent cinquante monnaies d'or pour les distribuer aux officiers de second ordre de la cour qui, bien que sans grande influence, avaient à l'occasion l'oreille de leurs maîtres. Il me recommanda de dilapider cet argent plutôt que de le ménager et me promit de renouveler mes fonds, si je plantais la graine qu'il me donnait dans une bonne terre. Il jura, en revanche, de me tuer de ses propres mains si je lui volais plus de cinquante pièces de cette somme.

Deux semaines à peine après le jour de nos noces, je remarquai que Giulia ne supportait pas Raël. Elle lui interdit de se coucher près de moi et le chassa dans la cour sous prétexte qu'il avait des puces et laissait des poils sur les tapis. Sa haine me surprit d'autant plus qu'avant notre mariage, elle prenait plaisir à lui donner à manger et à lui parler sans jamais le repousser. Raël, quant à lui, l'avait toujours traitée avec une certaine réserve et lorsqu'elle s'approchait, se retirait dans un coin, l'air furieux, prêt à mordre, lui qui jamais n'avait attaqué qui que ce fût. Après notre mariage, il maigrit et son poil devint terne ; dans la cour, il restait souvent couché en poussant de petits gémissements. Je constatai qu'il répugnait à manger les bonnes choses que Giulia versait dans son plat d'un mouvement impatient, alors que, de ma main, il acceptait avidement les os les plus durs et les croûtes les plus sèches. Comme il m'inspirait la plus vive inquiétude, je pris l'habitude de le nourrir moi-même en cachette et de lui tenir souvent compagnie dans la cour. Je lui confiais mes peines comme par le passé mais n'avais aujourd'hui aucune joie à partager avec lui !

L'attitude de mon épouse vis-à-vis d'Antti laissait également à désirer. Elle se montrait toujours très arrogante et, si elle respectait sa force physique et son habileté à manier le canon, elle le considérait pour le reste comme un simple d'esprit ayant de surcroît une mauvaise influence sur moi. Elle avait observé que je me montrais plus irritable envers elle lorsque j'étais avec lui et faisait donc tout son possible pour nous amener à nous disputer.

Cependant sa beauté et les plaisirs que nous partagions réussissaient toujours à dissiper mon agacement et mes doutes. Il me suffisait de regarder ses yeux merveilleux, brillant telles des pierres bleue et brune dans son beau visage fardé, pour oublier tout le reste et juger que c'était folie à moi de me préoccuper d'un misérable chien sans âme ou de cet idiot d'Antti. Mais d'autres fois, assis dans la cour, la tête de mon fidèle Raël dans les bras, je me sentais découragé, et le vide du plaisir sensuel me frappait dans toute son évidence. Giulia m'apparaissait alors comme une étrangère qui s'évertuait à me séparer de mon seul ami véritable.

Ce fut aux environs du mois d'octobre, que toutes voiles dehors et faisant force rames, nous remontâmes le courant pour passer le détroit fortifié qui conduit à la mer de Marmara. Du côté du levant, des montagnes jaunâtres noyées de brume émergèrent du continent asiatique tandis que nous laissions au couchant ce morceau de l'Europe qui appartint aux temps anciens à la Grèce avant d'être plus tard conquis par les Ottomans. Les ruines de Troie, la cité chantée par Homère, se trouvent quelque part dans cette région et c'est là aussi que repose Alexandre le Grand. Je restai sur le pont, contemplant cette côte au passage, songeant aux vieilles légendes et à tous ceux qui avaient navigué dans ces eaux entre les deux moitiés du monde pour partir à la conquête de la fortune.

Giulia se plaignait des rigueurs du voyage et avait hâte de disposer d'eau fraîche, de fruits et d'un bain propre. Il faut avouer qu'après cette longue traversée, la plus épouvantable puanteur régnait sur notre beau navire élégamment décoré. Nous jetâmes l'ancre dans une petite baie près de l'embouchure du détroit, où nous restâmes deux jours et deux nuits afin de nous laver et de nettoyer le bateau. De longues banderoles flottaient dans le vent et des tapis somptueux recouvraient les flancs du bâtiment quand, au son des tambours et des tambourins, nous levâmes l'ancre pour nous diriger à grands coups cadencés de nos rames vers la ville turque d'Istanbul, autrefois Constantinople, qui fut la fabuleuse cité de Byzance.

Le lendemain, il faisait un temps radieux. Les collines bleutées des îles du Prince jaillissaient du sein de l'onde amère, tandis qu'au lointain la cité impériale resplendissait, tel un rêve d'or et de blancheur. Le paysage se précisait au fur et à mesure que voiles et avirons nous rapprochaient du but. Nous vîmes les hauts remparts gris qui suivent la côte, et les maisons de toutes les couleurs dégringolant le long de la colline. Après avoir passé le fort des Sept Tours, nous pûmes admirer la mosquée de Sofia, jadis l'église la plus belle de la chrétienté et dont l'imposant dôme et les minarets dominaient toujours la grande cité. Derrière elle sur la hauteur, nous aperçûmes le sérail, entouré de l'anneau émeraude de ses jardins luxuriants, avec ses innombrables bâtiments éblouissants de lumière et les tours de la porte de la Paix, puis, face au palais, de l'autre côté de la Corne d'Or, les faubourgs de Péra et le quartier des étrangers à l'ombre de la tour de Galata au sommet de laquelle ondoyait l'étendard du Lion de Saint-Marc.

Glissant au pied des hauts murs du sérail, le long du quai de marbre du sultan, nous lançâmes, pour annoncer notre arrivée, une salve aussitôt emportée par le vent ; en retour, le canon du promontoire tonna par trois fois. Un navire français, ancré dans la rade, s'empressa également de répondre, ce qui nous donna à penser que le roi François devait se trouver pour l'heure en de réelles difficultés pour que ses vaisseaux daignassent saluer un bateau appartenant à Khayr al-Dîn, le roi des pirates.

On nous reçut toutefois sans autre cérémonie et je crois que tous à bord sans exception nous étions pénétrés du sentiment de notre propre insignifiance, à présent que nous nous trouvions dans la capitale du sultan. Nous entendions les hommes enturbannés qui travaillaient sur le port jurer et crier tout en accomplissant leur tâche et au milieu de l'intense mouvement des bateaux, nous eûmes bien du mal à nous frayer un passage pour parvenir à notre lieu de mouillage. Nous jetâmes l'ancre à l'arrière et amarrâmes par la proue. Il y avait sur le quai un grand nombre de hangars de marchandises derrière lesquels se dressaient les murailles crênelées du quartier du port. Nul ne prit garde à nous ni ne vint pour nous souhaiter la bienvenue, et je me sentais comme un paysan qui vient à la ville pour la première fois.

Le capitaine Torgut n'était guère plus à son aise ! Vêtu de ses plus riches atours avec l'épée à la garde incrustée de pierreries, il avait tout d'abord attendu un long moment sur le château d'avant puis, la mine sombre, s'était retiré dans sa cabine. Car Torgut-reis était l'ambassadeur de Khayr al-Dîn auprès de la Sublime-Porte. Notre chef l'avait choisi à mon grand regret, parce qu'il était le plus jeune et le plus élégant d'entre ses officiers ; sa mâle fierté, unie à un caractère taciturne, faisait toujours une forte impression à ceux qui le rencontraient pour la première fois et ignoraient ses limites. Fils d'un bandit de grand chemin d'Anatolie, il pouvait s'enorgueillir d'être de pure race turque, et comme il n'y avait place dans sa tête que pour les bateaux, la navigation, la guerre et les beaux costumes, Khayr al-Dîn savait pouvoir se fier à lui. Il avait nommé pour l'aider et le conseiller dans les affaires et les intrigues de la cour un eunuque plein d'expérience qui avait appartenu à Sélim ben-Hafs. Cet adjoint était un personnage corrompu et fort peu digne de confiance, mais Torgut avait toute liberté de lui couper la tête au cas où cela serait nécessaire. Khayr al-Dîn jugeait que dans ces conditions il pourrait être utile ; il pensait par exemple qu'il serait à même d'obtenir des informations par les eunuques du sérail ; il est bien connu en effet que ces personnes font rapidement connaissance entre elles et se livrent plus librement qu'elles ne le feraient avec des hommes véritables.

Nous avions déjà passé toute la journée dans une attente impatiente lorsque apparut soudain l'un des esclaves blancs du sérail, monté sur une mule et escorté d'une troupe de janissaires. Il nous souhaita la bienvenue et promit de nous laisser quelques-uns de ses hommes pour assurer notre garde. Il nous annonça en outre que le divan recevrait les lettres de Khayr al-Dîn dans les prochaines semaines, si Allah le permettait.

Torgut-reis, exaspéré du manque de courtoisie du messager, répliqua d'un ton sec que puisqu'il en était ainsi, il allait sur-le-champ lever l'ancre et repartir en direction d'Alger avec tous les riches présents qu'il avait apportés. Il hurla, le visage pourpre de rage, que Khayr al-Dîn ne devait rien au sultan, bien au contraire ! C'était Soliman qui avait une dette de reconnaissance vis-à-vis de lui qui venait de conquérir une nouvelle province et harcelait sans relâche l'armée de l'empereur. Lui, Torgut, n'était pas du tout disposé à attendre tel un mendiant à la porte d'un riche, et il ne manquerait point de conseiller à Khayr al-Dîn de supprimer le nom du sultan des prières du vendredi dans les mosquées.

Si l'eunuque s'étonna par-devers lui de la conduite incontrôlée de l'envoyé du pirate, il n'en laissa rien paraître et s'inclina à plusieurs reprises, tout en soulignant qu'être reçu devant le divan était un honneur insigne et que les ambassadeurs de l'empereur ou du roi de Vienne, frère de l'empereur, avaient attendu parfois des mois entiers avant d'obtenir une audience ; il arrivait même qu'on les enfermât dans une cellule du fort des Sept Tours où ils étaient contraints de passer le temps de leur attente. Toutefois — et il se mit ici à se frotter l'un contre l'autre le pouce et l'index —, il s'engageait à mettre à notre disposition une demeure digne de notre rang ainsi que des subsides pour assurer notre entretien pendant notre séjour à Istanbul. Il ne restait donc plus qu'à lui donner un petit avant-goût du trésor envoyé par Khayr al-Dîn !

Après son départ, les janissaires s'installèrent sur le pont du bateau et sur le quai. Puis, ôtant leurs grandes coiffures de feutre, ils se mirent à tresser leurs mèches de cheveux tout en surveillant rigoureusement que personne ne montât à bord sans autorisation et que nul d'entre nous ne quittât le navire. Ces guerriers vêtus de bleu, avec leurs longues moustaches et leur menton pointu, avaient la tête entièrement rasée hormis une longue mèche sur le sommet du crâne par laquelle, si le pire leur arrivait au cours d'une bataille, leurs vainqueurs pourraient transporter facilement leurs têtes coupées sans avoir à leur transpercer les oreilles.

Nous comprîmes que nous étions prisonniers et Torgut-reis s'aperçut trop tard de l'erreur qu'il avait commise en n'envoyant pas, dès l'arrivée, un homme de confiance parler secrètement au grand vizir. Les janissaires étaient armés seulement d'une canne de jonc indienne, car il était interdit de porter des armes dans la capitale du sultan afin de prévenir des émeutes sanglantes, mais Torgut estima que notre situation ne pourrait qu'empirer si nous nous attaquions aux hommes du sérail.

L'appel de la prière du soir nous trouva tous réunis dans la cabine de Torgut et si accablés que nul d'entre nous n'eut seulement le courage de lever la tête. Les ténèbres allaient estompant les couleurs jaune, gris, rouge ou pourpre des maisons à l'intérieur desquelles on voyait s'allumer d'innombrables petites lumières, permettant d'apprécier mieux encore l'immensité de cette cité. Au-delà de la Corne d'Or les fonderies de l'arsenal du sultan jetaient un vif éclat et de là-bas nous parvenait la rumeur incessante des coups de marteau sur l'enclume. L'eunuque nous avait dit que ce bruit annonçait ordinairement une guerre prochaine et que le souverain ottoman avait sans doute mieux à faire en ce moment qu'à s'occuper de nous et de nos présents.

— Même si la ville mahométane nous est fermée, dit Abou al-Kassim, le quartier vénitien est ouvert et nous n'aurons aucun mal à trouver quelque batelier disposé à nous transporter là-bas. D'après ce que je sais des Vénitiens, ce sont des gens à veiller tard dans la nuit. Si un homme habile se glissait dans une taverne et pouvait trouver à parler avec un buveur animé mais point trop ivre, il aurait toute chance de recueillir des informations utiles sur les mœurs de cette cité. Mikaël el-Hakim peut encore passer pour un chrétien, et nous autoriserons Antar à lui servir de garde du corps s'il nous promet de rester sobre.

A peine achevait-il ces mots que l'on sentit le léger choc d'une petite embarcation contre notre coque et la voix geignarde d'un mendiant réclamant l'aumône se fit aussitôt entendre. Cet homme accepta de nous conduire sur l'autre rive moyennant deux aspres et promit même de nous faire visiter d'extraordinaires lieux de plaisir où les commandements du Coran n'avaient pas cours et où des femmes plus complaisantes que les houris du paradis s'appliquaient à distraire leurs hôtes aussi longtemps que durait leur argent. Dans les quartiers du port, murmurait-il à notre oreille, la nuit n'était pas faite pour dormir !

Nous nous retrouvâmes donc, Antti et moi, glissant sur les eaux glauques de la Corne d'Or, enveloppés de ténèbres si épaisses que nous ne pouvions distinguer les traits de notre nocher dont nous percevions la sourde respiration à chaque coup de rame. En nous approchant de la rive la plus éloignée, nous voyions le reflet de torches scintiller dans l'eau et la joyeuse musique d'instruments à corde parvenait jusqu'à nous. Nous accostâmes à un quai de pierre et je donnai à notre misérable guide le prix qu'il me demanda, bien qu'il fût tout à fait exorbitant pour un trajet aussi court. La garde ne nous prêta pas la moindre attention lorsque nous franchîmes les portes pour pénétrer dans une rue brillamment éclairée où des femmes dévoilées nous adressèrent des propos impudiques en diverses langues.

— Par ma vie, s'écria soudain Antti en ouvrant tout grands ses yeux, regarde ! N'est-ce point un tonneau d'honnête bière recouvert de paille que je vois là contre cette porte ?

Il me prit par le bras et me souleva comme une plume pour me faire entrer dans une pièce où, quand mes yeux furent accoutumés à la lumière, je vis un grand nombre de personnages à mine patibulaire assis autour de longues tables. Un gros homme grisonnant, debout devant un tonneau, remplissait pichet après pichet d'une bière mousseuse.

— Par Allah ! s'écria-t-il en nous voyant pénétrer dans la salle. Vous n'êtes point les premiers musulmans à mettre les pieds dans cette respectable taverne ! D'ailleurs le Prophète n'a jamais interdit à ses fidèles de boire de la bière, le Livre saint ne mentionne que le vin ! Vous pouvez donc, la conscience tranquille, vider ici un bon pichet !

Il nous scrutait tout en parlant, comme s'il se fût demandé où il nous avait déjà vus. Je le dévisageai en retour et au comble de la stupéfaction, m'exclamai en reconnaissant soudain ces sourcils épais et ce nez empourpré :

— Jésus, Marie ! Ne serait-ce pas maître Eimer ? Comment diable pouvez-vous être ici ?

L'homme devint mortellement pâle et se signa à plusieurs reprises. Puis, sortant d'un geste vif un couteau à découper la viande, il se rua sur moi.

— Et toi ! hurla-t-il. N'es-tu point Mikaël Pelzfuss, le maudit complice de dame Geneviève ? Je vais enfin pouvoir te hacher en menus morceaux !

Antti par chance lui arracha le couteau et le serra contre sa poitrine afin d'étouffer sa rage. Tandis qu'il se débattait et luttait en vain dans l'étau des bras d'Antti, je lui tapai chaleureusement sur l'épaule.

— Quel plaisir de retrouver un vieil ami le soir de notre première sortie dans la capitale du sultan ! disait Antti d'une voix paisible. Cela me semble de bon augure pour ce qui nous amène ici ! N'insultez point Mikaël, cher maître Eimer. N'est-ce pas vous qui lui avez enlevé dame Geneviève pour vous retrouver à souper tête à tête avec le démon ? Ce n'est pas sa faute si ladite dame vous a dépouillé de votre fortune et vendu aux galères ! N'en voyez pour cause que vos seuls péchés et sachez que grâce à votre argent dame Geneviève se trouve à présent à la tête du bordel le plus renommé de la ville de Lyon !

— Que je sois brûlé vif si je daigne échanger une seule parole avec des damnés de votre espèce ! répondit maître Eimer, rouge de colère. Tous les deux, vous l'avez aidée à me voler et j'étais fou de me confier en des hérétiques alliés du démon. Je vois d'ailleurs que vous avez foulé aux pieds la croix et pris le turban ! Je n'en attendais pas moins de vous, car il n'y a qu'un pas des abominables hérésies de Luther au Prophète et à son enseignement !

Maître Eimer changea de ton lorsque Antti, le prenant à la gorge, l'eut menacé de faire crouler la maison sur sa tête. Il nous pria alors de lui pardonner son emportement provoqué par la surprise, et nous invita à goûter sa bière. Il voulait notre avis parce qu'il n'était pas tout à fait satisfait du houblon hongrois avec lequel il la brassait. Antti avala un pichet d'une seule traite, se lécha les lèvres puis déclara qu'elle avait un petit goût étrange mais comme il y avait longtemps, ajouta-t-il, qu'il n'avait bu une goutte d'une bière digne de ce nom, il avala un nouveau pichet. Alors, secouant la tête d'un air approbateur, il s'exclama :

— Voilà ! A présent, oui, je la savoure pleinement ! Cette bière, maître Eimer, est comme elle doit être, elle chatouille agréablement le nez et vous pouvez être certain que l'on n'en brasse pas de meilleure d'ici jusqu'à Vienne !

Après quelques pichets de cette bière forte réellement excellente, nous étions devenus de grands amis, heureux de rencontrer un bon chrétien après avoir vécu avec tous ces musulmans.

Je priai alors maître Eimer de nous conter ses aventures, mais il refusa d'évoquer ses souffrances du temps où il était esclave à bord d'une galère de guerre vénitienne. Quelques gorgées supplémentaires l'amenèrent pourtant à exhiber devant nous son dos gras et zébré de cicatrices, souvenir impérissable du fouet du contremaître. D'ailleurs, malgré le temps écoulé depuis sa libération, son corps se penchait encore en avant quand il marchait du fait d'avoir passé tant d'années enchaîné au même banc de nage et il pensait qu'il ne perdrait jamais plus cette habitude. Âgé d'une cinquantaine d'années, il était convaincu de n'avoir survécu que grâce au cœur puissant qu'il avait hérité de ses brasseurs de père et de grand-père et renforcé plus tard en buvant de la bonne bière de sa fabrication.

Sa galère vénitienne fut gravement touchée au cours d'une bataille avec la flotte impériale et Eimer, profitant de la confusion, avait eu la présence d'esprit de se débarrasser des fers qui le retenaient à son banc pour se jeter par-dessus bord et gagner la rive à la nage. Peu de temps après, capturé par les musulmans, on l'avait vendu au marché des esclaves dans la cité du Caire. Un juif compatissant qui avait embrassé la foi de l'islam lui rendit la liberté et l'amena à Istanbul, où il lui procura l'argent nécessaire à l'ouverture d'une brasserie. La taverne rapportait bien du fait de la rareté de la bière en pays musulman et de son prix élevé.

Il prononça ces dernières paroles à notre intention ; il n'avait point manqué en effet de remarquer la rapidité avec laquelle l'excellent breuvage glissait dans nos gosiers ! Je lui demandai alors d'un ton coupant ce que nous lui devions, tout en faisant tinter les pièces dans ma bourse et il énonça un chiffre qui me fit dresser les cheveux sur la tête. Cela ne m'eût point étonné, vu ce prix, que maître Eimer eût déjà posé les bases d'une fortune considérable !

Je lui demandai ensuite ce qu'un homme aussi insignifiant que moi avait lieu de faire pour obtenir une audience du grand vizir quand il avait à lui communiquer des choses de la plus grande importance.

— Rien de plus facile ! répondit-il à ma grande surprise. Il suffit de grimper la colline d'à côté pour avoir un entretien avec messire Aloïsio Gritti. Vous pouvez être sûr qu'il vous facilitera la tâche si l'affaire en vaut réellement la peine. Allez le voir ! Dans le pire des cas, ses domestiques vous jetteront dehors !

Je l'interrogeai au sujet de ce messire Aloïsio Gritti.

— Nul dans le quartier de Péra n'a pire réputation que cet homme, mais il est riche et fils naturel du doge de Venise et d'une esclave grecque, poursuivit-il. On le dit ami intime du grand vizir ; il dirigeait des négociations secrètes entre les pays chrétiens et la Sublime-Porte.

J'hésitai cependant avant de me rendre chez cet homme, doutant de rendre service à Khayr al-Dîn si je mêlais des Vénitiens à ses affaires, mais mes scrupules se révélèrent tardifs car un homme, vêtu à la manière des clercs de la chrétienté, s'approcha de moi pour me demander si je n'étais point à la recherche de messire Aloïsio Gritti ; il se proposa pour me conduire jusqu'à la demeure de ce dernier chez lequel il se rendait lui-même. Comme je marquais quelque répugnance à sortir en compagnie d'un inconnu dans le port d'une cité telle qu'Istanbul, maître Eimer m'ôta toute crainte en m'assurant :

— La capitale du sultan est la plus sûre et la plus paisible de toutes les villes du monde, et particulièrement la nuit ! Soliman se montre impitoyable tant à l'égard des querelleurs que des voleurs. Ses janissaires font le guet la nuit dans les rues et maintiennent l'ordre en tous lieux. Vous pouvez suivre cet homme en toute tranquillité, Mikaël Pelzfuss, je le connais de vue et j'ai bien l'impression que c'est un des serviteurs de messire Gritti.

Nous prîmes amicalement congé de lui et sortîmes derrière le clerc.

— Je sais que vous faites tous deux partie de la troupe du roi des pirates qui est arrivée ce matin d'Alger, nous dit-il. Toutefois je ne voulais point vous déranger avant que vous n'ayez vidé vos chopes de bière.

Je le sommai au nom d'Allah de nous dire comment il savait qui nous étions.

— Lorsque messire Gritti a appris que les janissaires surveillaient votre navire, répondit-il, il a aussitôt envoyé un batelier pour vous aller quérir. Il vous attend avec impatience pour voir ce que vous avez d'important à lui dire.

Cette explication me laissa muet de surprise et Antti s'écria :

— Vraiment nous ne sommes que des moutons poussés ici et là au gré du berger ! Peut-être après tout est-ce encore là la volonté d'Allah et il n'y a donc rien à y faire !

Nous suivîmes en trébuchant sur des tas d'immondices une venelle étroite et sinueuse qui conduisait au sommet de la colline puis, comme nous franchissions des marches larges et bien planes, je pus contempler l'imposante tour de Galata qui dressait sa masse sombre dans le ciel étoilé. La lune à ses débuts n'éclairait guère mais le croissant est le symbole du pouvoir ottoman et je sentais au fond de moi l'inexplicable certitude de me trouver à un tournant de mon existence.

Nous longeâmes un grand mur et nous nous arrêtâmes enfin devant une petite porte que notre compagnon s'empressa d'ouvrir. Nous entrâmes dans une cour et, en voyant la maison plongée dans l'obscurité, je commençai à craindre d'être tombé dans un piège. Cependant, dès que nous eûmes pénétré à l'intérieur du vestibule, de la lumière provenant des appartements intérieurs nous permit de voir qu'elle était meublée fastueusement dans le style vénitien. On entendait également les notes joyeuses d'une mélodie jouée au violon.

Notre guide s'engagea le long d'un sombre corridor débouchant dans une pièce éclairée où il annonça notre arrivée. Poussé par la curiosité, je faisais mine de lui emboîter le pas quand une main noire sortie de l'ombre me saisit par le bras si brusquement que je laissai échapper un cri de terreur. Deux nègres s'avancèrent alors en silence et barrèrent le passage en croisant leurs cimeterres. Plus de doute à présent ! Les Vénitiens avaient pour je ne sais quelle raison décidé de m'enlever et puisque nous avions quitté notre navire sans permission, nul n'enquêterait sur notre disparition !

Antti résolut de trancher la question à sa manière brutale.

— N'aie pas peur, Mikaël ! chuchota-t-il. On va se débarrasser de ces deux-là si j'arrive à en empoigner un solidement et à donner un coup de pied bien placé à l'autre.

Je lui interdis de tenter quoi que ce fût, mais ne pus l'empêcher de taquiner les nègres en leur pinçant les bras tout en leur adressant des sourires d'un air engageant. Je ne sais ce qui serait advenu de nous si, par chance, le clerc n'était revenu sur ces entrefaites. Il nous pria de nous rendre immédiatement dans la pièce éclairée puis disparut derrière un rideau. Nous franchîmes hardiment le seuil et nous nous inclinâmes profondément, effleurant du bout des doigts notre front et le sol, un peu de courtoisie ne pouvant nuire à mon avis, en présence d'un homme de l'envergure d'Aloïsio Gritti.

Puis je relevai la tête et vis une table rutilante d'or et d'argent brillamment éclairée par la multitude des chandelles allumées sur un candélabre de cristal de Venise. Deux hommes venaient de terminer leur repas et l'un d'eux, qui portait le costume somptueux d'un noble vénitien, était affalé dans son fauteuil. C'était un homme à la silhouette plus svelte que la mienne et n'eussent été les innombrables petites rides de son visage qui accusaient son âge, on l'eût dit aussi jeune que moi. Je ne laissai point de remarquer cependant ses yeux rouges et gonflés par la boisson.

L'autre personnage, vêtu d'un caftan de soie et d'un turban orné d'une plume et de pierres précieuses, se tenait debout à côté de lui, un violon à la main. Jamais auparavant je n'avais vu un homme d'aussi belle prestance et il émanait de tout son être une sorte de fascination qui attirait et immobilisait sur lui l'attention. Sa peau sans une ride était blanche comme celle d'un enfant bien qu'il eût certainement dépassé la trentaine ; une expression d'ironie souriante brillait au fond de ses sombres prunelles lorsqu'il posa son regard sur Antti et sur moi, comme s'il eût été conscient que nul ne pouvait rester indifférent en levant les yeux sur lui ; pourtant, pas une ombre de vanité n'entrait dans son assurance ! Il n'était même pas vêtu de façon vraiment fastueuse et, hormis les boutons de pierres précieuses qui ornaient son caftan et les beaux diamants étincelants à ses doigts et à ses oreilles, sa tenue était d'une distinction si discrète qu'elle eût apparue simple à un œil moins exercé. Un tremblement me saisit quand je croisai son regard et je me prosternai à ses pieds, le front pressé contre terre. Antti marqua un instant d'hésitation avant de suivre mon exemple.

Messire Gritti éclata d'un rire forcé et dit, tout en faisant tourner sa coupe de vin entre ses doigts :

— Pourquoi un vulgaire joueur de viole a-t-il droit à plus de vénération que moi qui suis le maître de céans ?

— Joueur de viole peut-être ! Dans ce cas, le monde entier est sa viole et les nations de la terre lui servent de cordes. Il a le regard fier d'un prince alors que tes yeux bouffis, messire Gritti, dénoncent un homme auquel sa gourmandise et son amour de la boisson ont fait perdre toute décence. Il se tient debout pendant que tu te prélasses dans ton fauteuil au lieu de me traiter avec le respect que tu dois au représentant de Khayr al-Dîn. Sache que je me considère ton égal en toutes choses !

— Comment peux-tu, toi l'esclave d'un pirate, te considérer l'égal d'un noble vénitien ? demanda messire Gritti offensé, d'une voix pleine de dédain. Il te faudra adopter un ton plus humble si tu veux obtenir quelque chose de moi !

Fort des connaissances que j'avais au sujet de sa naissance illégitime, je ne perdis rien de mon assurance, puisque au moins sur ce point nous étions véritablement égaux.

— Moi, je veux obtenir quelque chose de toi ? rétorquai-je. Tu fais erreur, messire Gritti ! Tu ne m'aurais point envoyé quérir de façon si clandestine si toi, tu n'espérais obtenir quelque chose en échange. Et sache que si tu représentes la sérénissime république, moi je suis l'envoyé extraordinaire de Khayr al-Dîn, le seigneur de la mer. Qui de nous, à ton avis, a la préséance devant le divan, toi, un chrétien idolâtre ou moi qui suis musulman ?

Le musicien posa son instrument et s'assit.

— Ainsi tu es Mikaël el-Hakim et voici ton frère Antar, le lutteur et fondeur de canons ! me dit-il en un parfait italien. J'ai entendu parler de toi et tu as raison de défendre l'honneur de ton maître. Cependant, tu ne dois point te quereller avec cet homme qui est mon ami personnel et un excellent musicien. Dis-moi plutôt pourquoi tu m'as montré une telle déférence. Saurais-tu qui je suis ? Dans ce cas messire Gritti aurait failli à son devoir.

Je le regardai, les yeux pleins d'une sincère admiration et en vérité c'était de tous les hommes que j'avais connus celui qui en était le plus digne.

— J'ignore qui tu es, toutefois j'imagine que c'est de toi que m'a si souvent parlé Mustafa ben-Nakir, le vagabond que j'ai rencontré à Alger. Si tu es réellement cet homme, alors en vérité, la réalité dépasse la description qu'il m'avait faite comme le soleil surpasse en splendeur la lune, et je ne peux que bénir ma bonne étoile qui m'a conduit jusqu'à toi. Louange à toi, ô très heureux Ibrahim pilier de l'Empire ottoman, toi auquel le sultan a accordé plus de pouvoir que nul sujet n'en eut jamais !

— Je ne suis que l'esclave de mon maître, répondit-il sur un ton de simple modestie en inclinant sa belle tête.

Puis reprenant son humeur enjouée, il poursuivit :

— Comme tu le vois, j'ai arrangé cette rencontre afin d'obtenir de toi certains renseignements dont j'ai besoin concernant les intentions de Khayr al-Dîn. Si tu t'étonnes que cette réunion ait lieu dans le quartier des étrangers et de surcroît dans la demeure d'un Vénitien, comprends qu'il y va de votre intérêt que la sérénissime république sache ce que nous pouvons attendre de ton maître.

« Il se trouve en effet que Venise est aussi en guerre contre l'empereur. Si Khayr al-Dîn reçoit la queue de cheval de beyler-bey, il ne devra plus obéir qu'au sultan et cesser de harceler les navires vénitiens et français.

« Penses-tu qu'il soit à même de maîtriser la soif de pillage de ses officiers et de se joindre un jour aux flottes alliées de France et de Venise pour une grande attaque navale contre l'empereur ?

— Khayr al-Dîn possède une intelligence hors du commun. Il s'est heurté depuis la mort de son père à suffisamment d'obstacles pour avoir compris qu'il ne peut garder longtemps son royaume sans l'appui tout-puissant du sultan. Son ambition n'a pas de limites, ses officiers lui font une confiance aveugle et lui-même les appelle ses enfants. La richesse des présents qu'il envoie aujourd'hui prouve, mieux que des paroles, sa sincérité et je sais par ailleurs qu'il porte au sultan ainsi qu'à toi-même une telle vénération qu'il ne se considère auprès de vous que comme le plus humble de vos sujets. Recevoir la queue de cheval et un caftan d'honneur flatterait sa vanité, et, à mon avis, une telle marque de faveur serait payer un prix bien modeste la puissante flotte de Khayr al-Dîn et ses excellents marins !

Sous le regard noir d'Ibrahim, je ne ressentais pas le besoin de recourir à des flatteries ou des louanges excessives et pensais servir mieux la cause de Khayr al-Dîn en donnant sincèrement mon opinion sur lui. Je désirais de tout mon cœur gagner la confiance du grand vizir et j'étais à tel point sous son charme que je voulais sa faveur pour elle-même sans me préoccuper des avantages qu'elle pourrait m'apporter.

Il me posa des questions très approfondies et dénotant une grande connaissance technique sur les travaux de construction entrepris par Khayr al-Dîn et sur ses autres activités, quand soudain messire Gritti l'interrompit pour me demander :

— Ce Khayr al-Dîn est-il capable de naviguer sur les océans aussi bien que sur les mers ? Peut-il ruiner le commerce des épices des Portugais et faire obstacle aux Espagnols dans leur conquête du Nouveau Monde ?

— Le sultan des sultans et maître de tous les peuples n'est pas un marchand d'épices ! coupa Ibrahim. Aloïsio Gritti, tu ne vois pas plus loin que le bout de ton nez et que ton profit immédiat en mettant ainsi en avant les intérêts de la sérénissime république ! Le plus court chemin pour se rendre maître du commerce des épices passe par la mer Rouge et le golfe Persique. Une fois la Perse conquise, la flotte ottomane pourra naviguer sans encombre et détruire les comptoirs portugais installés aux Indes. Rien ne nous empêchera alors de creuser un canal entre la Méditerranée et la mer Rouge, et nous rendrons ainsi sans intérêt la découverte par les Portugais du passage à la pointe sud de l'Afrique.

« Mais, chaque chose en son temps, la première étant de vaincre l'empereur !

Messire Gritti, mortifié, s'enferma dans le silence. Alors le grand vizir se tourna vers moi et poursuivit :

— Non, nous ne sommes point des marchands d'épices et le sultan n'a qu'un seul véritable ennemi, l'empereur Charles Quint ! C'est la raison pour laquelle nous sommes présentement alliés avec Venise et le roi de France ainsi que, dans une certaine mesure, avec le pape. Le roi de France se trouve une fois de plus dans une passe difficile et pour le secourir, le sultan doit affronter l'empereur ou, pour le moins, obtenir de lui un traité de paix honorable pour la France.

« Au printemps, quand notre armée ouvrira sa campagne, il faudra que Khayr al-Dîn bloque le pouvoir impérial sur la mer. Si Allah le veut, nous vaincrons Ferdinand, le frère de l'empereur, et nous nous emparerons de ses domaines. Je pense en effet que tant que dure la guerre avec la France, Charles ne peut lui envoyer du secours.

« Il est vrai qu'il a entamé de secrètes négociations avec Tahmasp, le chah de Perse, et Soliman devra, tôt ou tard, lutter contre lui sur le sol persan. Il libérera, par la même occasion, les tombes sacrées de l'islam encore aux mains des shi'ites aux têtes rouges.

« Ainsi, de quelque côté que l'on se retourne, la pierre angulaire de la politique ottomane est de faire obstacle à la domination impériale sur le monde qui, si elle s'étendait encore, anéantirait la liberté de tous les peuples. Par conséquent, tout ce qui nuit à l'empereur aide le sultan, et vice versa. Si tu comprends cela, tu as tout compris.

Messire Gritti, qui manifestement s'ennuyait à ces discours, vida une autre coupe de vin avant de dire :

— Messire Mikaël Carvajal... permettez-moi de vous appeler ainsi, il se trouve que je sais que maître Venier de Venise vous a remis un laissez-passer à ce nom... Donc, messire Mikaël, sans doute n'ignorez-vous pas que l'emblème ottoman est le vautour au cou pelé qui apparut en songe à Osman. Et le vautour se doit de monter à de très hautes altitudes dans les cieux pour embrasser du regard de plus larges espaces que ceux dont le commun des mortels se contente ! Mais moi, qui ne suis qu'un pauvre homme attaché à la terre, je m'intéresse davantage au commerce des épices et cherche la meilleure manière de protéger les navires marchands de Venise contre les pirates de l'islam. Problèmes vulgaires, certes, problèmes de tous les jours et dont la solution rapportera de gros bénéfices ! Pendant ce temps, notre joueur de viole se contentera de s'emparer de Vienne et de poser la couronne de Hongrie sur la tête de mon ami Zapolyai qui a sollicité humblement l'appui de la Sublime-Porte. Cet homme a d'ailleurs été élu tout à fait légalement par le peuple opprimé de Hongrie, alors que la haute noblesse a accepté le roi Ferdinand à sa tête. C'est la raison pour laquelle des soldats allemands du roi de Vienne occupent Buda, en dépit de la loi qui exige que seul un souverain natif de Hongrie porte la couronne de Saint-Étienne. Les forces du croissant auraient déjà dû délivrer la Hongrie du joug allemand l'été dernier.

Le grand vizir sourit légèrement et tira quelques notes agréables de son instrument.

— L'été dernier, dit-il, Allah a envoyé de grandes pluies et notre chemin a été inondé. Mais l'été prochain, n'en doute point, nous prendrons Vienne et le loyal Zapolyai recevra sa juste récompense. Comme tu le sais, le sultan a juré par le Prophète et par son épée d'être l'ami véritable de Zapolyai et de le défendre contre tous ses ennemis.

— Certes ! Mais le roi Zapolyai a juré lui aussi par le truchement de son ambassadeur ! dit messire Gritti en faisant la grimace. Il a juré par le Dieu vivant et par Jésus notre Sauveur, qui est Dieu lui-même, qu'il resterait toujours un ami pour les amis du sultan Soliman et un ennemi pour ses ennemis. Cependant, alors que tu continuais à jouer de la viole, la noblesse cupide, alliée des Germains, opprimait le peuple de Hongrie, et l'a laissé sans ressources.

— Que la volonté d'Allah soit faite ! répondit le grand vizir.

Puis s'adressant à moi :

— Tu peux te fier entièrement à messire Gritti en tout ce qui concerne les affaires des États de la chrétienté. Nous connaissons grâce à lui non seulement les secrets de l'illustre république mais encore tout sur le roi Zapolyai, ainsi que les grandes et les petites affaires de Germanie et de la cour de Vienne.

Devenu sombre soudain, il se leva d'un bond et jeta en criant :

— Couronnes et couronnements ne sont que des mirages pour duper les imbéciles ! C'est l'épée et non la couronne qui confère la souveraineté. Toute terre foulée aux pieds par les chevaux du sultan fait partie à jamais de ses royaumes. C'est la raison pour laquelle moi aussi je brûle d'impatience d'entreprendre la plus grande campagne de l'histoire de l'Empire ottoman. Si, après cela, Zapolyai règne sur la Hongrie par la grâce du sultan, nous aurons à jamais gagné libre passage à travers ses domaines !

Je compris fort bien que les préparatifs d'une guerre qui, indirectement, menaçait la chrétienté toute entière, dépassaient largement les affaires dont j'étais chargé. Je m'efforçai cependant, à l'image de messire Gritti, de garder mes pieds sur terre et m'enquis au sujet de l'accueil réservé à l'envoyé de Khayr al-Dîn.

— Le sultan considère toujours Khayr al-Dîn comme un vulgaire pirate qui a trahi, avec son frère, la confiance de son père, le sultan Sélim. Ton maître compte aussi au nombre de ses ennemis le deuxième et le troisième vizir, auxquels je te conseille d'ailleurs d'offrir de riches présents. Mais ses opposants les plus acharnés sont évidemment les pachas des mers du sultan, qui le redoutent et l'envient à la fois. Il possède en revanche un fidèle allié en la personne du chef pilote, le fameux navigateur Piri-reis. Ce dernier a dessiné une carte maritime qui permet de naviguer en toute sécurité dans la Méditerranée et tu devras louer son ouvrage lorsque tu le rencontreras ; depuis que quelques copies sont tombées entre les mains des chrétiens, son œuvre a cessé d'être un secret. Piri-reis est un homme âgé qui vit au milieu de ses papiers et n'éprouve nul ressentiment à l'encontre de Khayr al-Dîn. Les seuls cadeaux qu'il apprécie sont les cartes marines faites par les chrétiens, parce qu'il aime à les comparer avec les siennes.

« Demain, devant le divan, j'ai l'intention de soumettre la question de Khayr al-Dîn ; je mentionnerai les magnifiques présents qu'il a envoyés et insisterai sur sa volonté de faire d'Alger une base navale inexpugnable. Si Allah le veut, le sultan en personne recevra son ambassade et les autres vizirs devront bon gré mal gré accepter la situation.

Il me donna ensuite quelques autres instructions, adressa une ou deux paroles aimables à Antti et nous congédia. Messire Gritti nous accompagna devant la garde noire jusqu'à une porte latérale et nous dit, avant de nous quitter :

— Messire Mikaël, si vous êtes véritablement un homme de bonne éducation et que vous trouviez le temps long, n'hésitez pas à venir me faire une visite ; les bavardages du sérail m'enchantent ! Et sans mentir, le sérail en est un foyer pire encore, si faire se peut, que le Vatican ou la cour impériale !

« Je puis également vous procurer quelques plaisirs inhabituels et vous faire découvrir certains vices qui peut-être, étant donné votre jeunesse, vous sont encore inconnus. Je regrette de n'avoir pu ce soir vous offrir une jeune esclave parmi toutes celles que je possède de différentes races et couleurs, chacune experte dans les arts érotiques de son pays d'origine. En vérité, je crois que vous en serez étonné !

Je le remerciai avec courtoisie de sa grande amabilité et promis de venir le voir dès que j'aurais des nouvelles de l'Occident afin d'échanger d'utiles informations. Mais en mon for intérieur, je pris la ferme résolution de me tenir aussi loin que possible de cet homme hypocrite dont les machinations à si haut niveau risquaient d'être dangereuses pour moi. Quant à ses propositions d'hospitalité, je n'osai même pas y arrêter ma pensée par égard pour Giulia.

Le clerc silencieux nous escorta jusqu'au rivage, parla aux gardes et nous conduisit sur le quai où notre rameur sommeillait à demi nu malgré la fraîcheur de cette nuit d'automne. Et tandis que nous traversions en glissant la Corne d'Or en direction de notre navire, le croissant dans le ciel brillait au-dessus du grand dôme de la mosquée, telle la lame recourbée d'un cimeterre. Nous arrivâmes sains et saufs, et seuls deux ou trois janissaires, arrêtés sur le rivage, nous regardèrent lorsque nous grimpâmes à bord.

Le lendemain matin, je rendis compte à Torgut-reis et à l'eunuque de tout ce qui s'était passé et les encourageai à attendre la convocation du sérail en toute confiance puisque ma diplomatie avait réussi à gagner le grand vizir à la cause de Khayr al-Dîn. L'eunuque refusa tout d'abord de croire que je me fusse entretenu avec Ibrahim en personne, et nous étions encore occupés à discuter lorsqu'un cavalier vint nous prier de nous préparer à comparaître devant le sultan. Peu après, des cuisiniers et des marmitons arrivèrent en foule de la cuisine du divan portant dans des vases chinois une abondante nourriture. Après la prière de midi, nous vîmes apparaître soudain une centaine de cavaliers vêtus de pourpre. Leurs armes couvertes de pierreries étincelaient au soleil et leurs tapis de selle étaient brodés d'énormes turquoises. L'aga des spahis offrit à Torgut-reis de la part du sultan un magnifique coursier à la bride et à la selle incrustées d'argent, de perles et de pierres précieuses.

Enchanté d'un si splendide présent, Torgut-reis me donna trente ducats, auxquels l'eunuque ajouta une somme un peu moindre. Puis nous formâmes un cortège solennel et nous nous mîmes en route en direction du sérail. Une foule intense poussait des acclamations sur notre passage, appelant sur nous la bénédiction d'Allah.

Des esclaves blancs et noirs portaient les présents de Khayr al-Dîn et, rassurés par l'escorte des cavaliers, nous pûmes exposer les plus remarquables à la vue et à l'admiration de tous : dix ravissantes jeunes filles et autant de jeunes garçons tenant sur leurs têtes des paniers de palmes tressées remplis de pièces et de poussière d'or.

Je portais dans mes bras un petit singe aux joues blanches qui s'était si fort attaché à moi durant le voyage qu'il ne permettait à nul autre de le toucher. Il avait noué ses bras autour de mon cou, jacassait et faisait des grimaces aux spectateurs, si bien qu'une foule d'enfants criant et riant courait derrière moi.

Nous passâmes devant la grande mosquée, franchîmes la porte de la Félicité pour entrer dans la cour extérieure du sérail entourée des logements des janissaires, des écuries du sultan, de la bibliothèque, et du hammam des soldats. Une quantité innombrable d'ustensiles de cuisine pendait dans les branches fourchues des vieux platanes et des groupes de janissaires se prélassaient sur le gazon.

Le chef d'escorte transmit ses pouvoirs aux gardes de la porte de la Paix où durent rester les esclaves, les marchandises et les membres de l'équipage tandis que Torgut-reis, l'eunuque et moi-même étions introduits dans une salle d'attente à l'intérieur du large porche. On nous fit asseoir sur des coussins durs et dont la propreté laissait à désirer ; de notre place cependant, nous pouvions voir dans une autre salle située de l'autre côté du passage voûté ; il y avait là des haches à large lame pendues à des piquets de fer fichés dans le mur et, sur le sol, une pyramide d'environ une trentaine de têtes humaines. Nombre d'entre elles, apportées des quatre coins de l'Empire ottoman comme preuve d'obéissance aux sentences des vizirs, étaient dans un état de décomposition avancée si bien que l'air alentour ne se pouvait respirer. Le spectacle, en vérité, n'était guère encourageant mais, toujours curieux d'apprendre, j'engageai la conversation avec le garde. En échange d'un ducat, il me montra son tablier ensanglanté et la fosse où l'on jetait les corps qui suivaient ensuite les longs tuyaux souterrains avant de terminer leur voyage dans la mer de Marmara. Il me dit aussi que l'on faisait attendre les ambassadeurs les plus éminents sur ces mêmes coussins afin de leur donner l'occasion de méditer sur le pouvoir sans limites du sultan, la vanité de l'existence et les hauts et les bas de la fortune. J'appris par lui également que l'on ne jetait pas plus d'une cinquantaine de têtes par jour dans le porche, ce qui témoignait de la clémence du gouvernement du sultan et du bon ordre qui régnait dans ses domaines. Soliman n'autorisait même pas l'emploi de la torture au cours des interrogatoires. Outre les sourds-muets, il restait quelques bourreaux blancs et noirs pleins d'habileté qui avaient servi sous Sélim l'Implacable, ainsi qu'un Chinois et un Indien, spécialistes des méthodes de torture particulières à ces terres lointaines.

— Mais, ajouta complaisamment le garde, si notre maître le sultan désire se débarrasser d'un esclave qui a encouru sa disgrâce après qu'il l'a honoré de son amitié et d'une haute charge, il ne le condamne pas à s'agenouiller devant un billot. Non, il lui envoie un caftan noir et un solide lacet de soie. Nul n'a jamais failli à cette marque de faveur ; tous ont avec joie mis fin à leurs jours et eu d'honorables funérailles. Ensuite le sultan reprend la maison, les esclaves, et tout ce que le défunt possédait tant que le soleil de la fortune et de la faveur brillait pour lui à son zénith. On voyait de ses soudains changements de fortune en particulier sous le règne de Sélim le Bien-Aimé ! Il n'était pas avare de caftans noirs, lui, et il y avait toujours une grande activité dans les ateliers de ses tailleurs ! L'on disait à cette époque, pour maudire ses ennemis : « Fasse le ciel que tu deviennes vizir de Sélim ! »

Il venait à peine d'achever ces mot que deux hommes gigantesques se jetèrent sur moi, me prirent solidement chacun par un bras et m'entraînèrent dans la cour de la Paix. Torgut-reis et l'eunuque avaient subi le même traitement. Je me débattais en jurant à voix haute n'avoir rien fait de mal lorsque l'un des chambellans, son bâton à la main, s'empressa de courir jusqu'à moi, m'exhortant dans un murmure à tenir ma langue. Je m'avisai alors du silence oppressant qui régnait sur la cour de la Paix resplendissante d'or et de blancheur, et pris le parti de me taire. Je me laissai conduire sans résister dans la grande salle du conseil où étaient rassemblés nombre des plus éminents dignitaires du sérail, vêtus de caftans de cérémonie. Je n'eus guère le temps de les examiner car on nous amena tout droit jusqu'à un trône peu élevé. Je me prosternai aussitôt, le front dans la poussière, et restai dans cette position à l'instar de Torgut-reis et de l'eunuque jusqu'à ce que mes gardes m'eussent signifié par une légère pression sur les bras que je pouvais à présent lever les yeux et regarder le maître des deux moitiés du monde, le sultan des sultans, l'ombre d'Allah sur cette terre.

Le moment est venu de mettre un point final à ce livre et de commencer le suivant dans lequel je parlerai du sultan Soliman et de mes nouvelles dignités au sein du sérail.

QUATRIÈME LIVRE

PIRI-REIS ET LE PRINCE DJIANGHIR

LE sultan des Ottomans, Représentant d'Allah, Souverain des Souverains, Commandeur des Croyants et des Incroyants, Empereur d'Orient et d'Occident, Chah des Chahs, Grand Khan des Khans, Porte de la Victoire, Refuge de tous les Peuples et Ombre de l'Éternel, en résumé le sultan Soliman fils d'une esclave, avait à l'époque trente-quatre ans.

La magnificence de sa parure, brillant de plus d'éclat que celle d'une idole, nous laissa interdits. Sous un dais constellé de rubis et de saphirs, des perles gigantesques pendant en guise de glands tout autour de sa tête, il était assis, les jambes croisées, sur les coussins de son trône bas, un cimeterre damasquiné à la garde incrustée de pierreries posé près de sa main. Il portait sur la tête le turban des sultans ceint d'une tiare à trois rangs de diamants, avec la grande plume qui retombait majestueusement vers l'arrière, maintenue par un croissant de brillants. Sa robe, qui étincelait d'une myriade de pierres précieuses, devait être plus lourde que des chaînes de fer, et scintillait de toutes les couleurs de l'arc-en-ciel au rythme de chacune de ses respirations.

Cependant c'était l'homme, derrière la gloire, qui attirait mon attention. Il avait un visage plutôt mince, un cou d'une finesse pleine de grâce dont la pâleur ressortait au milieu du rutilement des pierres précieuses, un teint de cette couleur cendrée propre aux tempéraments mélancoliques, et un nez pointu et aquilin rappelant que le vautour était le symbole des souverains ottomans. Ses lèvres minces sous une fine moustache et la froide gravité de son regard inspiraient un effroi mêlé d'admiration à ceux de ses sujets qui avaient l'insigne privilège de presser leurs fronts contre terre devant lui.

Mais lorsque je scrutai ce visage pour lui arracher son secret, je crus y lire la désespérance fatale et infinie de celui d'entre tous les hommes qui avait le mieux compris la vanité d'un pouvoir et qui n'ignorait point qu'il était mortel à l'instar du plus misérable de ses sujets. Peut-être abritait-il lui aussi en son sein un juge incorruptible !

Debout à sa droite se tenait Ibrahim, le grand vizir, aussi splendidement vêtu que lui, excepté la tiare. A sa gauche il y avait le deuxième et le troisième vizir, Mustafa-pacha et Ajas-pacha, dont la longue barbe et l'air hypocrite et méfiant mettaient en valeur l'attitude ouverte du noble Ibrahim. Je contemplai cet homme éminemment remarquable avec un intérêt supérieur à celui que je ressentais à l'égard du sultan ; je voyais personnifié en lui le glorieux avenir qui s'annonçait pour le trône ottoman, alors que les vieux vizirs ne représentaient plus qu'un passé révolu.

Ibrahim s'adressa à Torgut-reis au nom du sultan et reçut de lui le paquet de soie contenant des lettres de Khayr al-Dîn ; des serviteurs du sérail présentèrent alors quelques-uns des plus somptueux cadeaux du seigneur de la mer, sur lesquels le sultan daigna gracieusement poser son regard ; puis, sans doute séduit par la fierté guerrière de Torgut-reis, il lui fit la grâce de lui donner sa main à baiser. Ainsi notre audience prenait-elle fin. On nous reconduisit dans la cour où les gardes nous lâchèrent enfin les bras et tendirent la main pour obtenir une récompense.

Tandis que nous nous attardions dans la cour extérieure devant la porte de la Paix, encore éblouis par l'honneur qui nous avait été conféré, un petit assistant du defterdar (1) s'approcha de nous avec nonchalance et ordonna à ses scribes de dresser un inventaire des présents envoyés par Khayr al-Dîn. Antti se trouvait

(1) *Defterdar :* secrétaire des finances (NdT).

avec moi sur la liste des esclaves et, sans l'intervention de Torgut-reis et de l'eunuque, le secrétaire nous eût expédiés sur-le-champ avec les Italiens afin de subir une inspection médicale. Grâce à l'éloquence déployée par Torgut qui vanta nos mérites respectifs, il nous réserva à des tâches spéciales ; du reste, nous pouvions aller où bon nous semblerait, ajouta-t-il, car il n'avait point quant à lui la faculté de trouver une crèche pour tous les ânes qui lui étaient envoyés !

Nous le récompensâmes de sa bonne volonté et rejoignîmes notre navire. Des serviteurs des deuxième et troisième vizirs venaient de se présenter à bord afin de nous aviser que leurs maîtres nous faisaient la grâce de bien vouloir accepter les présent de Khayr al-Dîn.

Ensuite nous envoyâmes au vieux sérail notre eunuque, chargé d'un assortiment d'étoffes précieuses et de vêtements à l'intention de la mère du sultan. Elle nous offrit en échange un Coran à reliure d'or et d'argent afin de nous encourager à poursuivre vaillamment la guerre contre les infidèles.

Pendant ce temps, Abou al-Kassim visitait le grand bazar dans le dessein d'y acquérir une boutique. Il trouva près du rivage une maison délabrée dans laquelle il nous invita, Giulia et moi, à nous installer à condition toutefois de nous voir partager les frais du ménage. Mais j'opinai que mieux valait vivre dans la demeure mise à la disposition de Torgut en attendant de recevoir les ordres concernant mon avenir.

J'eus tôt fait de comprendre que celui-ci dépendait uniquement de la chance. Il m'avait paru tout d'abord que le désordre le plus absolu régnait à l'intérieur du sérail. Les dignitaires se rejetaient la responsabilité des diverses tâches les uns sur les autres, lorsqu'ils ne les négligeaient pas tout à fait de crainte de commettre une erreur. Ils accomplissaient tout ce qui concernait la routine avec la ponctualité la plus rigoureuse, mais la moindre innovation se révélait la source de tracasseries infinies. Du coupeur de bois au boulanger en passant par le palefrenier ou le valet de chiens, chaque esclave avait une fonction strictement établie dont il ne devait pas s'écarter de la largeur d'un cheveu. Qu'il occupât une position modeste ou un poste élevé, son travail, son rang et son salaire étaient définis par la loi. Un ordre émanant du plus haut niveau de la hiérarchie pouvait seul créer une nouvelle charge, qui devenait une charge à perpétuité par respect du sultan ; j'appris en effet plus tard que tout nouvel emploi, qu'il fût nécessaire ou non, se poursuivait à jamais même après la mort de son bénéficiaire initial. Antti et moi n'avions donc qu'à attendre patiemment que se présentât un poste convenable, rendu vacant par une mort ou une disgrâce.

J'en vins peu à peu à me rendre compte qu'il n'était point si facile de diriger une maison de plusieurs milliers de personnes et à me convaincre que l'ordre le plus rigoureux devait prévaloir afin d'éviter les frictions. Il existait par exemple une somme spéciale prévue pour l'entretien d'une esclave dont l'unique fonction était d'apparaître silencieusement devant le sultan, revêtue d'une robe couleur de flammes, chaque fois qu'un incendie éclatait dans la cité. Hormis les mosquées, les bâtiments étaient en effet en bois et un tel sinistre pouvait entraîner une véritable catastrophe. En me promenant dans la capitale, j'avais pu voir de ces vastes étendues désolées où chèvres et ânes broutaient parmi les ruines. Les musulmans, gens superstitieux, ne reconstruisent pas de nouvelles maisons sur des terres ravagées par la feu.

En fin de compte, mon inquiétude se révéla sans fondement. Malgré la difficulté qui paraissait évidente pour un étranger d'obtenir une position au sérail, tout se passa sans encombre dès que l'ordre indispensable eut été donné d'en haut. Lorsque nous transportâmes les présents de Khayr al-Dîn au merveilleux palais du grand vizir, situé derrière le champ de manœuvre des janissaires, Ibrahim ne parut point me reconnaître. Toutefois le lendemain, Piri-reis, chef pilote du département des géographes, dépêcha un serviteur pour m'amener chez lui, tandis qu'un artilleur en braies de cuir venait chercher Antti quasi au même moment.

Je suivis l'esclave nu-pieds qui longea d'abord le palais

du sérail puis me conduisis jusqu'aux rives de la mer de Marmara. Là, près de la digue, s'élevait sur une colline, au milieu d'acacias dont les feuilles déjà prenaient leur couleur automnale, la demeure de Piri-reis entourée d'une palissade de bois. Autour du bassin traditionnel, flânait un groupe d'anciens matelots, janissaires retirés ou invalides, mutilés ou balafrés pour la plupart, auxquels on avait dû attribuer ces menus travaux de garde après une vie passée à servir en mer. Ils n'étaient point, cependant, tout à fait inactifs et sculptaient avec une grande habileté des modèles réduits de bateaux équipés de leurs voiles et de leurs rames. Ils s'inclinèrent respectueusement lorsque je les saluai au nom du Clément.

Je fus surpris de la grandeur de la maison, par ailleurs basse et vétuste. On me fit entrer dans une pièce aux tapis plutôt rares mais au plafond de laquelle pendaient de nombreux modèles réduits de navires différents. Le chef pilote était assis sur un coussin sale et tournait les pages d'un grand atlas posé sur un pupitre devant lui. Je remarquai avec étonnement qu'il portait en mon honneur un riche caftan ainsi qu'un turban de cérémonie.

Je me prosternai devant lui pour baiser sa babouche et le saluai comme la lumière de la mer qui avait changé la nuit en jour pour ceux qui naviguaient sur des ondes lointaines et inconnues.

Mon attitude tout empreinte d'humilité sut si bien trouver le chemin de son cœur qu'il m'invita d'un geste bienveillant à me lever et à m'asseoir auprès de lui. C'était un homme d'une soixantaine d'années, à la barbe gris argent et avec d'innombrables rides autour de ses yeux de myope. Je le trouvai tout à fait charmant.

— On vous a recommandé à moi comme un homme de savoir, me dit-il en italien. Il paraît que vous connaissez plusieurs langues chrétiennes, les rois de la chrétienté et leur art de gouverner. Vous désirez aujourd'hui étendre votre connaissance de la navigation et de la lecture des cartes afin de servir le Refuge de tous les Peuples. Je ne puis nommer votre patron mais vous savez très bien de qui il s'agit. On peut dire à son sujet ces mots du Prophète : « *Allah exauce sans peine tous ses désirs.* » Commandez donc, Mikaël el-Hakim, je vous obéirai et mettrai ma science au service de votre protecteur. N'oubliez point de le lui signaler, s'il lui plaît quelque jour de vous écouter.

Je m'avisai que ce vieil homme remarquable avait en fait peur de moi et se figurait que je jouissais d'une particulière faveur auprès du grand vizir. Je lui assurai donc aussitôt que mon unique but était de le servir fidèlement du mieux de mes faibles possibilités et que nulle tâche n'était trop humble pour moi, bien que je préférasse un travail en relation avec l'établissement des cartes. J'espérais bientôt posséder suffisamment la langue turque pour devenir drogman au département des géographes.

— Le département des géographes au service de la Demeure de la Félicité, vous le voyez au complet devant vous ! Je vous prie de ne point vous offenser mais nombre de navigateurs m'ont déjà rendu visite en arborant des airs supérieurs pour me faire des déclarations pleines d'impudence ; certains d'entre eux ont pris le turban pour complaire à la Porte, alors qu'ils restaient idôlatres au fond de leur cœur et que leur manière de vivre provoquait scandale et indignation ! Ils volaient et souillaient mes cartes, se présentaient ici en état d'ivresse, cassaient mes modèles réduits, molestaient mes jeunes esclaves en leur tenant des propos inconvenants et allaient même jusqu'à importuner les femmes mariées ! Ils m'ont apporté plus de troubles que de soutien et je déteste depuis partager ma maison avec des anciens chrétiens. Je vous prie en conséquence de ne point me demander de vous loger ici, au moins jusqu'à ce que nous fassions plus ample connaissance. Et ne prenez pas en mal mes propos, je suis un vieil homme amoureux de la paix et de la tranquillité.

Son discours ne manqua pas de m'inquiéter car je crus qu'il voulait se débarrasser purement et simplement de moi.

— Je suis marié et préfère vivre avec mon épouse dans la cité, répondis-je. Mais ne me renvoyez pas ! J'ai absolument besoin d'un revenu stable pour nous nourrir et nous vêtir tous deux selon notre rang.

Il leva les bras au ciel en invoquant le nom d'Allah et s'écria :

— Ne vous méprenez pas ! Pour répondre aux souhaits de votre protecteur de haut rang, vous recevrez, bien sûr, le salaire le plus élevé qui soit, et, croyez-le, de tout mon cœur car vous me plaisez. Mais je vous prie de ne point hurler ni pousser des cris perçants comme les autres chrétiens, ni taper du pied ni arracher le turban de votre tête si je vous dis que je ne puis vous donner plus de douze aspres par jour et un nouveau costume chaque année.

Il me regardait d'un air suppliant tandis que je calculais rapidement que douze aspres par jour me donneraient environ six ducats d'or par mois, salaire tout à fait honorable pour un homme qui savait à peine distinguer une rame d'une voile ! Je baisai donc sa main aux veines apparentes et le bénis au nom du Clément pour la façon généreuse dont il traitait un renégat en exil.

Ma sincère reconnaissance parut le ravir et il dit :

— Croyez-moi, cette modeste rétribution assurera votre avenir mieux qu'une bourse trop remplie... à condition évidemment qu'un réel désir d'apprendre vous anime et que vous aimiez les cartes autant que je les aime. Nul ne vous enviera et vous ne risquez point de vous faire des ennemis qui comploteront contre vous, vous calomnieront et profiteront de vos erreurs pour vous renverser.

« Vous pourrez tous les jours aller et venir à votre guise, parler avec mes esclaves, mes scribes et les dessinateurs des cartes et me demander comme un fils tout ce dont vous avez besoin. De mon côté, je ne vous demande qu'une seule chose : ne vous présentez jamais chez moi en état d'ivresse, mieux vaut m'envoyer un pli disant que vous êtes malade et alité.

Décidément, son expérience des renégats était des plus malheureuses ! Mais je ne voulus point lui montrer qu'il m'avait blessé et résolus au contraire de lui prouver par ma conduite qu'en ce qui me concernait, ses soupçons étaient injustifiés.

Je m'adressai à lui comme à un père et suivis les conseils du grand vizir Ibrahim.

— Noble chef pilote, ô Piri-reis ben-Mohammed ! dis-je. Si je ne vous ai pas encore trop dérangé, je voudrais avant tout voir votre fameux traité de navigation, appelé Bahrije. Sa renommée s'étend jusqu'aux terres chrétiennes et grâce à lui les marins de l'Islam peuvent naviguer en toute sécurité dans les eaux grecques aussi bien de nuit que de jour, qu'il fasse beau temps ou un temps épouvantable.

Rien n'eût pu lui être plus agréable que cette prière ! Sa vieille face ridée s'éclaira tandis qu'il poussait vers moi le pupitre.

— Voilà la seule copie que je possède de ce modeste ouvrage que j'ai cependant essayé de faire aussi complet que possible. Outre mes propres observations, j'ai consulté des cartes marines, des mappemondes et des livres aussi bien mahométans que chrétiens et n'ai cessé au fil des ans d'y apporter additions et corrections. Mais je dois toujours me préserver des navigateurs ignorants qui, soit par vanité soit par vantardise, cherchent à m'imposer toutes sortes d'inepties.

« J'étais précisément en train d'examiner les pages relatives à l'Algérie ! J'ai entendu dire que Khayr al-Dîn, cette lumière de l'islam, a fait abattre la forteresse espagnole pour construire une digue. Comme ce fut sans nul doute avec les meilleures intentions, je lui pardonne le dérangement qu'il m'a causé en m'obligeant à modifier ma carte.

Il ouvrit le livre au passage sur l'Algérie et, d'une voix chantante, lut la description de la ville et du port d'Alger. J'applaudis avec transport, lui certifiant l'exactitude de chacun des détails, au point qu'il semblait presque incroyable d'atteindre à une telle perfection. Puis je lui tendis des plans exécutés par les architectes et les géographes qui travaillaient au service de Khayr al-Dîn, afin qu'il pût voir les transformations du port et l'emplacement de l'arsenal.

— Auprès de vous, Khayr al-Dîn n'est qu'un ignorant tout juste bon à poursuivre les navires des chrétiens ! Il m'a chargé de vous offrir humblement ces plans et implore votre pardon pour s'être vu contraint de démolir le fort et construire une digue sans votre permission, portant ainsi préjudice à la perfection de votre ouvrage. Afin de retrouver grâce à vos yeux, il vous envoie toutes les mappemondes et cartes marines trouvées à bord des bateaux espagnols ainsi que ces sextants finement ouvragés de Nuremberg, découverts dans la cabine de l'amiral espagnol après la grande victoire d'Alger. Il ne doute point que vous n'en compreniez l'utilisation alors que lui n'y entend goutte malgré les efforts des prisonniers qui, pour gagner sa faveur, eurent à cœur de la lui expliquer. Il m'a de plus chargé de vous donner cette bourse de soie qui contient cent ducats d'or, afin de vous dédommager des frais entraînés par les modifications à porter sur votre excellent atlas.

Piri-reis se réjouit des sextants comme un enfant d'un nouveau jouet et me dit en les caressant avec tendresse :

— Je connais très bien ces nouveaux instruments de navigation et c'est grâce à eux que Portugais et Espagnols voguent à travers l'immense océan occidental. J'accepte aussi avec joie les mappemondes et les cartes marines pour ma collection qui est la plus complète de l'Empire ottoman, pour ne pas dire du monde entier. Si le divan me demande mon avis au sujet de Khayr al-Dîn, je parlerai très certainement en sa faveur. Prenez pour vous dix pièces de la bourse, car vous m'avez en vérité procuré un grand plaisir.

« Nous allons maintenant lire mon Bahrije.

Mon récit concernant Piri-reis ben-Mohammed peut conduire certains à la conclusion qu'il n'était qu'un vieux rat de bibliothèque étourdi sans grande utilité pour le sultan. Alors qu'en fait c'était un homme doué d'une intelligence aiguë pour tout ce qui touchait à la navigation et à la mer, un dessinateur de bateaux remarquable et un éminent astronome. Son ouvrage de cartes de la Méditerranée, le Bahrije, était sa faiblesse ; comme tous les auteurs, il détestait la moindre rectification et se fâchait chaque fois que s'imposait la plus petite addition. Il abritait au fond de lui de dangereuses ambitions et rêvait même de commander une grande flotte. Mais il avait beau manœuvrer avec ardeur ses escadrons de modèles réduits sur son tas de sable, on voyait au premier coup d'œil que, quoi qu'il pût être, il n'était pas, en tout cas, un combattant.

Je gagnai son amitié en écoutant les passages les plus originaux de son Bahrije. Je m'avisai cependant qu'il n'avait cure de mes talents et me traitait en aimable auditeur plutôt qu'en assistant qui pût lui être de quelque utilité. Durant notre entrevue, il ne me parla que pour m'exposer ses propres points de vue et pourtant, je le quittai avec l'agréable sensation d'avoir fait le premier pas sur la route du succès.

Dans la lumière bleutée du crépuscule, je descendis à pas nonchalants vers le port et la maison qu'Abou al-Kassim avait louée, passant devant les ruines de fabuleux palais byzantins où de pauvres musulmans fouillaient encore à la recherche d'un trésor, puis longeant les hautes murailles qui entouraient le sérail.

Giulia s'était installée dans les deux pièces intérieures qu'elle avait meublées avec tout ce que nous avions ramené d'Alger. Cachée derrière le treillis métallique et le store en roseaux de sa fenêtre, elle pouvait observer la rue sans être vue. Elle avait déjà lié connaissance avec des femmes du voisinage et savait tout en ce qui concernait l'achat de nourriture ou autres denrées domestiques. Le pauvre sourd-muet se trouvait complètement désorienté dans ce décor étranger et n'osait s'aventurer dans la rue ; il était assis dans la cour et répandait de la poussière sur sa tête. Mon chien, aussi dérouté, restait près de lui, à renifler toutes les nouvelles odeurs et à surveiller du coin de l'œil les chats qui, le soir, grimpaient agilement sur les murs et lançaient des miaulements semblables aux vagissements d'enfants à la mamelle. Raël, pourtant d'une bonne nature, ne pouvait supporter les chats et se sentait mal à l'aise dans une ville où ils étaient si nombreux.

Lorsque je revins, des lampes étaient allumées dans

toutes les pièces et Giulia sortit à ma rencontre, tout animée, m'embrassa, me raconta ses nombreuses acquisitions, et me demanda de lui acheter un eunuque pour l'accompagner dans ses déplacements à travers la ville ; tout en l'écoutant, Abou arrachait les poils de sa barbe clairsemée et me faisait des signes en se frappant la tête et en me montrant Giulia. Dans le flamboiement des nouvelles lampes, notre maison semblait un palais de légendes. Le coûteux appareil à fabriquer la glace avait sans nul doute son utilité en plein été, mais en cette frileuse soirée d'automne j'aurais plutôt eu envie d'une boisson chaude et je fus épouvanté d'apprendre qu'il ne restait plus à Giulia qu'une poignée d'aspres sur la totalité de ma fortune.

— Giulia, Giulia ! m'exclamai-je. Tout est absolument charmant et j'apprécie tes intentions, mais tu sembles avoir une idée erronée de mes ressources. Pourquoi achèterions-nous un eunuque paresseux qu'il faudrait nourrir alors qu'il ne nous apporterait que des soucis ? Les eunuques sont les plus coûteux de tous les esclaves et les dames distinguées elles-mêmes se contentent d'une jeune fille pour les accompagner.

Giulia parut effondrée devant la froideur de ma réponse.

— Je suis épuisée après toutes ces courses en ville et j'ai mal aux pieds ! On s'est moqué de moi quand j'ai marchandé au bazar, on s'est moqué aussi du gredin de porteur qui s'est chargé de mes achats jusqu'ici. Et voilà comment tu me remercies d'avoir fait tous mes efforts pour dépenser ton argent le plus judicieusement possible ! Naturellement, des eunuques sont coûteux ! Mais tu peux acheter un jeune Russe bien moins cher et le rendre eunuque !

— Comment peux-tu faire une suggestion pareille, Giulia ? Jamais je ne permettrai qu'un homme, qu'il s'agisse d'un chrétien ou d'un musulman, soit châtré dans le seul but de flatter ta vanité. De plus, cette opération est dangereuse, ce qui explique le prix élevé d'un eunuque, et nous pourrions y perdre notre argent.

J'avoue n'avoir jamais entendu une proposition aussi dénuée de sens !

— Vraiment ! explosa Giulia. Même le Saint-Père de Rome fait castrer plusieurs garçons chaque année pour son chœur et nombre de parents italiens honnêtes envoient leurs enfants à Rome avec leur accord pour leur assurer un meilleur avenir que celui qu'ils peuvent leur offrir chez eux ! Et ce n'est pas aussi dangereux que tu veux bien dire, tu essaies seulement de me contrarier parce que tu ne m'aimes pas du tout !

Elle éclata en sanglots et se déclara la femme la plus malheureuse du monde, elle dont nul ne savait reconnaître les bonnes intentions. Et parce que je vis qu'elle était sincèrement triste de notre pauvreté et de ses rêves brisés, je m'assis auprès d'elle et, le bras passé autour de ses épaules, lui contai pour la consoler mon succès avec Piri-reis.

Essuyant rageusement ses larmes, elle me regarda d'un air stupéfait.

— Mikaël Carvajal ! dit-elle. Toi qui t'es prosterné devant l'Ombre d'Allah, as-tu vraiment été assez fou pour accepter douze aspres par jour, et qui plus est pour servir humblement une créature sénile comme Piri-reis ? Décidément tu ne te rends plus compte de ce que tu fais ! S'il y avait une once de virilité en toi, Mikaël, tu irais tout de suite voir le grand vizir pour te plaindre à lui d'avoir été aussi maltraité !

— Essaye de comprendre, Giulia, que mon cerveau est ma seule fortune ! répliquai-je, profondément blessé. Je peux remercier le ciel si grâce à lui j'arrive à nous assurer un revenu suffisant sans être obligé de prendre des risques ! Je ne t'ai jamais forcée à devenir ma femme ; tu aurais pu partir si tu l'avais voulu, d'ailleurs il n'est pas encore trop tard ! Si tu es aussi dégoûtée que tu veux me le faire croire, rien ne nous empêche d'aller demain chez le cadi. Il dissoudra notre mariage pour une somme minime et tu pourras te servir de tes yeux vairons pour chercher un homme qui te convienne mieux que moi.

Ce n'était guère aimable de ma part de lui rappeler

ainsi le défaut qui, bien qu'il fût pour moi le plus grand de ses charmes, faisait fuir tous les hommes sensés dès le premier regard. Touchée au vif, elle protesta en sanglotant de son amour pour moi, même si elle ne comprenait pas pourquoi elle avait pu ainsi s'attacher à un homme aussi dénué d'ambition. Nous mêlâmes nos larmes et nos baisers jusqu'à ce qu'Abou al-Kassim décidât qu'il était temps pour lui de se retirer. Alors, dans une atmosphère de parfaite harmonie, nous nous mîmes à calculer la meilleure manière de vivre avec un revenu de douze aspres par jour. Giulia reconnut que ce salaire était au moins deux fois plus élevé que celui que pourrait gagner un mercenaire chevronné avec une grande famille en pays chrétien.

Enfin, elle noua ses bras blancs autour de mon cou et dit d'une voix pleine de tendresse :

— Oh, Mikaël ! Je t'aime plus que je ne puis dire mais laisse-moi au moins rêver de la vie que nous pourrions avoir ! En regardant dans le sable, je gagnerai des quantités d'argent dès que ma réputation se sera étendue dans la cité. Oh, laisse-moi rêver ! Peu me chaut un eunuque ! Peut-être après tout pourrais-je apprendre à notre sourd-muet à porter mes paquets !

« Écoute, je ne te demanderai plus rien, Mikaël, si j'ai seulement un chat ou deux. Les chats d'ici ont une queue merveilleusement touffue et le poil avec un reflet bleuté ; toutes les jolies femmes en ont un et le Prophète les aimait. Après tout ce ne serait que justice si j'en avais un ou deux puisque toi, tu as un chien !

Sur ce, elle m'embrassa avec passion et je finis par consentir à son désir. Mais quelques jours plus tard, lorsque deux chats à la queue touffue prirent possession de nos pièces, j'eus peine à voir le désarroi de mon pauvre chien. A partir de cet instant, Raël dut rester dans la cour et n'osa même plus se risquer dans la cuisine à l'heure des repas. Giulia avait dépensé tout l'argent que Piri-reis m'avait donné pour acheter ces créatures prodigieusement coûteuses et devait encore une partie de leur prix.

Un soir, à la tombée de la nuit, Antti arriva chez nous,

la face empourprée par les libations, braillant des chansons de soldats en allemand et nous apportant le salut de maître Eimer dans la taverne duquel il venait de célébrer ses succès à l'arsenal. Le commandant d'artillerie du sultan lui avait fait la grâce de lui donner sa main à baiser et de l'interroger sur l'équipement de l'armée impériale, puis, il l'avait nommé contremaître à la fonderie avec un salaire de douze aspres par jour. Antti avait retrouvé là-bas de nombreux Italiens et Germains expérimentés, qui travaillaient soit en qualité de renégats libres soit comme esclaves du sultan ; tous lui avaient déclaré avoir beaucoup appris des Turcs et éprouver un grand respect à l'égard du commandant d'artillerie et de ses lieutenants. Antti devait à présent loger à l'arsenal qu'il ne pouvait quitter sans permission en raison des secrets militaires qui s'y attachaient.

Je fus rassuré d'apprendre que mon frère touchait le même salaire que moi parce que j'avais ainsi la preuve que c'était un tarif légal et qu'il était inutile de faire des réclamations. Toutefois, je ne nierai point avoir trouvé légèrement humiliant qu'Antti, cet homme simple qui ne savait même pas écrire son nom, gagnât autant que moi. Je me réjouis cependant de son succès sans lui en vouloir d'aucune manière.

Ainsi commença notre vie à Istanbul où nous passâmes de la sorte notre premier hiver, si tant est que l'on puisse parler d'un hiver là-bas. La neige tombait rarement, pour fondre aussitôt, mais il y avait beaucoup de vent et de pluie. Peu après notre réception solennelle, le grand vizir confia à Torgut-reis une queue de cheval montée sur un manche d'or afin de la remettre à Khayr al-Dîn comme symbole de sa nouvelle dignité de beylerbey ; il lui délivra en outre une lettre de la main du sultan ainsi que trois caftans d'honneur.

Je crois que vivre avec Giulia me fit évoluer davantage et acquérir plus de connaissances sur l'existence que la totalité de mes années passées à vagabonder. Barbara, ma première épouse, bien qu'elle fût sorcière ou du moins quelque peu touchée par la sorcellerie, était à côté d'elle une femme simple et sans prétention. Du moment que nous pouvions rester ensemble telles deux petites souris dans leur trou, elle se contentait d'un croûton de pain pour tout salaire ! Giulia en revanche n'avait pas peur de la vie et ce n'était ni la paix ni la tranquillité qui risquaient de lui plaire ! L'inactivité la rendait malade et pour satisfaire son besoin insatiable de mouvement, elle commettait les pires folies, persuadée de surcroît de toujours n'agir qu'après mûre réflexion et avec les motifs les plus louables. Du reste, elle n'était jamais satisfaite. A peine les chats furent-ils à la maison, que déjà elle n'aimait plus leur couleur ! Lorsque, sans ma permission, elle s'acheta un collier de grand prix, elle trouva qu'elle n'avait point de robe pour le porter et voulut renouveler l'ensemble de ses vêtements ou acheter au moins quelques babouches ornées du même genre de pierres que celles qui pendaient à son bijou.

Elle parut choquée lorsque je tentai de lui faire entendre raison, et se mit en devoir de m'expliquer patiemment comme on le ferait avec un enfant :

— Tu vois, Mikaël, le collier en lui-même ne sert à rien. Avoue que ce serait du gaspillage de le mettre sous clé sans jamais le porter. J'essaye seulement de réfléchir à la manière la plus avantageuse de le mettre en valeur.

— Alors pourquoi, au nom du diable, as-tu acheté cet objet ? éclatai-je avec rage.

Elle me regarda avec indulgence et répliqua, en secouant ses boucles dorées :

— C'était une occasion unique et j'avais la chance de porter dans ma bourse ton salaire du mois. Un collier pareil coûterait à Venise trois ou quatre fois plus cher. J'aurais été folle de le laisser, d'autant que ces objets ne perdent jamais leur valeur et constituent un excellent investissement.

— Allah me protège ! dis-je en gémissant. Je ne veux pas me montrer avare, mais je ne suis pas non plus un esclave des galères pour manger jour après jour de la soupe de pois avec un croûton de pain à cause de tes extravagances !

Giulia leva ses mains en priant le ciel de lui donner de la patience. Puis elle cria d'une voix perçante :

— Extravagances ! Alors que je ne pense qu'à notre avenir et que je place notre argent dans des valeurs que ne peuvent gâter ni les mites ni la rouille ! Si tu veux de meilleurs repas, tu n'as qu'à gagner un meilleur salaire !

— Allah, Allah ! dis-je. Je ne t'espionne jamais, Giulia, mais je sais que tu as d'excellentes choses dans ton garde-manger, des jus de fruits très coûteux, par exemple, des fruits conservés dans le miel et des gâteaux de chez le pâtissier. Ce n'est pas le genre de nourriture qui convienne à un homme et je ne puis supporter cette habitude que tu as d'inviter à manger des foules de commères avec lesquelles tu bavardes du matin jusqu'au soir pendant que ton mari doit se contenter d'ingurgiter une soupe aux pois et des croûtons durs comme des pierres quand il rentre chez lui après une dure journée de travail !

— Jamais de la vie je n'ai connu un homme aussi ingrat que toi ! cria Giulia en se levant, les larmes aux yeux. Je suis bien obligée d'offrir à mes voisines d'aussi bons gâteaux, sinon meilleurs que ceux que je mange chez elles ! C'est l'unique façon de soutenir ta réputation ici. Tu ne m'aimes pas, sinon tu ne me traiterais jamais de cette horrible manière !

Après ces querelles, je finissais la plupart du temps par demander humblement pardon à Giulia pour ma méchante conduite, en lui jurant aussi qu'elle était l'épouse la plus aimée, la plus adorable et la plus intelligente qu'un homme ait jamais eue. Mais les mots me venaient de plus en plus souvent des lèvres et non du cœur, et je ne m'abaissais à les prononcer que parce que j'avais un besoin physique d'elle quasi maladif et n'aurais pu supporter l'abstinence qu'autrement elle m'eût imposée. Ainsi un fossé invisible se creusait-il entre nous et, parfois, tout m'écœurait à tel point que j'aurais aimé rejoindre sous le ciel froid et hivernal de la cour mon petit chien et me réconforter à sa seule chaleur. En ces moments d'intense solitude, je me sentais redevenir un étranger dans le monde et me demandais pour quel motif bizarre de son œuvre, le grand Tisserand utilisait un fil aussi inégal et fragile que moi.

Si Giulia cependant se montrait si emportée, c'était en parti dû à son échec comme devineresse. Certes les bonnes femmes du quartier l'applaudissaient poliment et admiraient ses pouvoirs, mais elle ne gagnait rien. La capitale regorgeait de tant de diseurs de bonne aventure, d'astrologues et de lanceurs d'os de poulets de toutes races et religions, sans compter les sacrificateurs qui pratiquaient l'art de la divination en lisant dans le sang et les entrailles, qu'il était difficile à un nouveau venu de marcher sur leurs brisées. Et Abou al-Kassim avait beau chanter consciencieusement ses louanges au bazar, il n'était point homme à inspirer confiance. Ainsi, comme à notre arrivée, nous sentions-nous exclus de cette mystérieuse cité où le succès, décidément, dépendait plus du hasard que d'une action concertée.

Pourtant j'adoptai petit à petit le mode de vie des Ottomans qui bientôt cessèrent de me considérer comme un étranger. J'avais, avec le don des langues, la faculté de changer de peau où que je fusse et de pouvoir acquérir une nouvelle identité. Les vieux matelots de Piri-reis me traitaient avec amitié et ses scribes ainsi que ses dessinateurs allaient s'accoutumant à me voir chaque jour parmi eux. De temps à autre, on me donnait une tâche en rapport avec mes talents, par exemple quelque course à la bibliothèque du sérail où des savants musulmans et grecs se consacraient à la traduction et à la copie d'anciens manuscrits. Mais je ne me fis nul ami parmi ces lettrés.

Je vis une fois de loin le sultan suivi d'une foule brillante. Il venait à cheval, entouré d'une troupe d'archets, et comme ils devaient rester toujours face à lui, ceux qui allaient devant étaient obligés de marcher à reculons. Lorsque le vendredi le sultan chevauchait pour se rendre à la mosquée de son père, tout le monde, même le plus misérable, pouvait lui présenter une pétition au bout d'un long bâton fendu. Le divan lisait réellement nombre de ces papiers avant de les distribuer ensuite aux officiers compétents afin que les injustices reconnues fussent réparées.

Plus je pensais à l'immense empire édifié par les Ottomans à partir de modestes possessions et qui comprenait maintenant à l'intérieur de ses frontières plus de races que je n'en eusse su dire, plus j'admirais profondément la remarquable habileté politique qui le maintenait uni et y rendait la vie harmonieuse et sûre. Des lois moins sévères et plus justes que celles de la chrétienté régissaient ce royaume et l'on ne pouvait comparer ses impôts modérés aux extorsions impitoyables perçues par les princes chrétiens. En outre, nulle part ailleurs ne se retrouvait la tolérance que les Ottomans pratiquaient à l'égard des autres religions ; nul ici ne se voyait persécuté à cause de sa foi, hormis les shi'ites persans, les hérétiques de l'islam. Chrétiens et juifs avaient leurs propres temples et la possibilité d'observer leurs propres lois s'ils en faisaient le choix.

Il est vrai que les chrétiens étaient tenus d'acquitter un lourd tribut puisque, tous les trois ans, ils devaient livrer leurs fils les plus robustes âgés de onze ans ou plus afin qu'ils fussent formés au métier de janissaires du sultan. Toutefois ces garçons ne s'en plaignaient guère, ils étaient au contraire fiers de l'honneur et devenaient de plus vigoureux champions d'Allah que des musulmans nés et élevés dans la religion mahométane.

La Sublime-Porte était véritablement le refuge de tous les peuples. Non seulement le corps d'élite de l'armée du sultan était constitué par des soldats de métier nés de parents chrétiens puis adoptés, élevés et formés par des Turcs, mais encore des hommes de toute origine, esclaves du sultan, occupaient les postes les plus éminents de l'empire. Ils devaient au souverain seul leur avancement, et à lui seul ils payaient de leurs têtes le manquement à une exécution prompte et scrupuleuse de ses commandements. Le sultan conférait à ces hommes des pouvoirs étendus, mais ses agents incorruptibles parcouraient chaque district de chaque province pour écouter les doléances du peuple, ce qui empêchait les gouverneurs locaux d'outrepasser les limites de l'autorité dont ils étaient investis par les lois et par la coutume.

Ma vie étant désormais étroitement liée au bien et à la réussite de cet empire, dès le début je m'efforçai de considérer chaque chose sous son jour le plus favorable. Manifestement le sultan préparait une grande campagne et, sans souhaiter de mal à personne, je mourais de curiosité de savoir ce qu'il adviendrait du roi de Vienne. Je connaissais par expérience la pauvreté de l'empereur et doutais fort qu'il envoyât une aide importante à son frère.

Un trait caractéristique de l'Empire ottoman était sa tendance à l'expansion, ce en quoi il ne faisait que suivre les doctrines de l'islam qui prêchaient sans relâche une guerre contre les incroyants. De plus, les janissaires se montraient agités et mécontents si le sultan ne les entraînait au moins une fois l'an dans une guerre où ils pussent gagner à la fois butin et nouveaux honneurs.

Il faut ajouter que si les campagnes de l'empereur Charles lui coûtaient d'énormes sommes dépassant largement ses ressources économiques, par contre les guerres du sultan, grâce à une organisation ingénieuse et pleine de prévoyance, se payaient toutes seules. Les spahis, composant l'ensemble régulier de ses troupes à cheval, tiraient leurs revenus de fermes qu'ils tenaient du sultan et sur lesquelles travaillaient des esclaves prisonniers de guerre. Ainsi les cavaliers servaient-ils leur souverain quasi sans solde. Ensuite, dans les districts limitrophes des pays chrétiens, les hommes qui formaient sa cavalerie légère, connus sous le nom de akindshas, vivaient toujours sur le pied de guerre et leur brigandage de tradition les avait portés tout naturellement à entrer au service du sultan. Enfin un nombre considérable d'oisifs aux goûts similaires venaient s'enrôler sous les couleurs du souverain dans les troupes auxiliaires qui servaient généralement de chair à canon aux premières lignes de toute attaque. Le sultan se trouvait par conséquent dans une position bien plus avantageuse que les chefs chrétiens et pouvait, même au prix de pertes importantes, épuiser lentement mais sûrement la résistance de l'ennemi. Ainsi, lorsque à l'instar de Giulia, je m'abandonnais aux rêves d'un avenir doré, je ne voyais rien de fabuleux dans l'idée que je pourrais un jour me retrouver gouverneur d'une riche cité de Germanie, en récompense de mes services.

Cependant, quand je discutais d'affaires du sérail avec mon épouse, elle me mettait en garde contre une trop grande confiance en la faveur d'Ibrahim et me demandait en se moquant ce qu'il avait fait de si extraordinaire pour moi. Elle avait entendu raconter suffisamment d'histoires par ses voisines ou en se rendant aux bains pour savoir que Khurrem la Russe, la favorite du sultan, lui avait déjà donné trois fils. Cette jeune femme toujours alerte avait su à tel point conquérir le cœur de son seigneur qu'il n'accordait plus guère d'attention au reste de son harem et avait même répudié honteusement la mère de son fils premier-né. C'était désormais cette Russe sans éducation que les ambassadeurs étrangers comblaient de présents ; ils l'appelaient Roxelane et cherchaient à tout prix à entrer dans sa faveur. Elle avait une telle influence sur le sultan qu'il faisait tout pour satisfaire ses moindres désirs et, à l'intérieur du harem, certaines voix pleines d'envie chuchotaient déjà le mot de sorcellerie.

— Les grands vizirs vont et viennent, dit Giulia, mais le pouvoir d'une femme sur un homme est éternel et son influence plus forte que celle même de l'ami le plus intime. Je sais pertinemment que si j'arrivais d'une manière ou d'une autre à gagner la faveur de la sultane Khurrem, je serais à même de faire beaucoup plus pour nous deux que le grand vizir ne pourra jamais.

— Parle doucement, femme, car dans cette cité les murs ont des oreilles ! l'avertis-je, en riant de sa naïveté. Sache que je suis venu ici pour servir le grand vizir et à travers lui Khayr al-Dîn, le seigneur de la mer. En outre, tu te trompes : rien au monde n'est plus fugace qu'une passion des sens ! Comment peux-tu imaginer que le sultan puisse s'attacher à jamais à une seule femme alors que la fleur des vierges de toute race et de tout pays attend pour accourir au moindre signe ! Non, Giulia, les femmes n'ont pas leur place dans les hautes sphères de la politique et l'on ne peut fonder nul avenir sur le caprice d'une houri du harem !

— Certes, je suis bien placée grâce à toi pour savoir qu'amour et passion sont choses éphémères ! répliqua Giulia non sans amertume. Je n'oublierai point ! Mais peut-être existe-t-il des hommes moins volages que toi !

Quelques jours plus tard, le sultan tint un conseil à cheval pour débattre, selon une ancienne coutume ottomane, de questions de guerre et de paix. Il nomma Ibrahim commandant en chef, ou seraskier, de toutes les forces armées turques et le confirma dans sa place de grand vizir, aux ordres et commandements duquel grands et petits, riches ou pauvres devaient obéir comme s'ils fussent du sultan en personne. Soliman fit cette proclamation d'une manière suffisamment claire et détaillée pour convaincre tous les auditeurs que le seraskier Ibrahim était dorénavant la plus haute autorité de l'empire après lui. Et, en témoignage de sa faveur, il lui donna, outre une grande quantité de magnifiques présents, sept queues de cheval au lieu de quatre dont il l'avait précédemment honoré, ainsi que sept bannières, une blanche, une verte, une jaune, deux rouges et deux rayées, que l'on devait toujours porter devant lui. Ensuite il lui alloua un salaire de dix mille aspres par jour, dix fois plus que l'aga des janissaires qui occupait le plus haut rang des agas.

J'étais ravi de constater que ma foi en Ibrahim était justifiée alors que dans ma modeste position, je n'avais fait que l'entrevoir.

— Va ton chemin, Mikaël ! me rétorqua Giulia lorsque je lui en parlai. Mets tous tes espoirs en lui qui s'est souvenu de toi si souvent et avec de si riches projets. Mais permets-moi de chercher fortune ailleurs !

Trois jours après, le sultan relâcha les envoyés du roi Ferdinand, emprisonnés dans le fort des Sept Tours et octroya à chacun d'eux une bourse rondelette en compensation de tout ce qu'ils avaient souffert. D'après ce que j'ai su, il s'adressa à eux en ces termes :

— Saluez votre maître et dites-lui qu'il ne sait point

encore jusqu'où peut atteindre notre amitié réciproque. Il ne tardera pas à le découvrir, car j'ai l'intention de lui donner moi-même ce qu'il désire pour moi. Priez-le donc de se préparer à me recevoir comme il sied.

Les envoyés du roi Ferdinand répondirent à ce plaisant discours d'une manière absolument dénuée de finesse, en disant que leur souverain serait très heureux d'accueillir le sultan s'il venait en ami, mais saurait également le recevoir comme un ennemi.

Ainsi donc la guerre était déclarée. Les officiers et agents secrets des États chrétiens, installés à Istanbul, s'empressèrent d'envoyer des dépêches urgentes à leurs princes dès qu'ils apprirent que l'on avait réuni le divan à cheval.

Le printemps s'écoula au son des tambours et des trompettes et la pluie incessante détrempa les chemins. La coutume exigeait que le sultan se mît en route à la tête de ses janissaires quelques jours après que le seraskier était parti lever ses troupes. Puis, chaque jour, de petits détachements se dirigeaient vers la frontière dans un ordre défini, et bientôt mon frère Antti s'en alla avec le train lourd et grinçant des canons ; c'était la seconde fois de sa vie qu'il partait pour la Hongrie, mais cette fois pour combattre aux côtés des musulmans et non contre. Il semblait douter de l'entreprise et se demandait comment il était possible de transporter l'artillerie dans des chemins boueux et de traverser des rivières grossies par les crues de printemps. Mais, disait-il, peut-être que les musulmans avaient découvert un moyen de surmonter ces obstacles puisqu'ils partaient sans apparemment se soucier du mauvais temps.

La flotte se préparait également à entrer en guerre et une grande activité régnait dans le département de Piri-reis. Il s'agissait, d'une part de reconnaître les côtes de la mer Noire et de la mer Égée, et d'autre part d'envoyer quelques navires remonter le Danube afin d'appuyer l'armée en marche.

A cette époque, je me rendais souvent à l'arsenal ou dans la cour intérieure du sérail pour porter ou chercher des messages. Un jour qu'il faisait particulièrement beau et ensoleillé après une longue période de pluie, j'étais assis dans la cour de la Paix et attendais, ce qui est le plus clair du travail d'un messager. Je connaissais à présent les différents costumes des serviteurs du palais, leurs étoffes, couleurs, insignes et coiffures, et ne restais plus à regarder bouche bée comme une personne étrangère. Je vis soudain un gros eunuque, le visage inondé de larmes et se tordant les mains de désespoir, qui s'avançait vers moi d'un pas hésitant.

— Au nom d'Allah, me dit-il, n'es-tu point cet esclave de Khayr al-Dîn qui a amené un singe ? Peut-être peux-tu encore me sauver de la corde et du trou ! Viens vite avec moi, je demanderai au kislar-aga de te permettre d'entrer dans la cour de la Félicité pour récupérer le singe sur l'arbre où il a passé toute la nuit. Un jeune eunuque s'est déjà cassé une jambe en essayant de l'attraper.

— Je ne puis abandonner le travail important que je fais pour aller jouer avec des singes ! lui répondis-je.

— Es-tu fou ? Rien n'est plus important que cette affaire ! Le petit prince Djianghir pleure et nous perdrons tous notre tête s'il ne s'arrête pas !

— Après tout, peut-être que la guenon Koko ne m'a pas oublié, dis-je en réfléchissant. Je l'ai soignée quand elle souffrait du mal de mer au cours de la longue traversée que nous fîmes en venant d'Algérie. Elle se souviendra de mon chien en tout cas !

Raël, qui s'était couché en rond auprès de moi pour profiter de la chaleur du soleil, dressa ses oreilles hirsutes en entendant le nom de Koko. Nous traversâmes en toute hâte derrière notre guide la deuxième et la troisième cour où d'autres eunuques nous entourèrent en battant de petits tambours pour avertir les femmes d'avoir à se cacher. Puis nous atteignîmes les brillantes portes de cuivre des jardins où nous attendait le kislar-aga, le plus haut officier du harem commandant les eunuques blancs. Il cherchait vainement à dissimuler son anxiété sous des dehors pleins de dignité. Je me prosternai à ses pieds et il donna aussitôt des ordres afin que l'on m'introduisît dans les jardins du harem. Quiconque, en dehors des eunuques, y pénétrait sans permission, encourait la mort et ce n'était qu'escortés par ceux-ci et munis d'un ordre du sultan que les marchands avaient le droit d'y venir exposer leurs marchandises. Même un médecin ne pouvait effectuer une visite professionnelle sans l'accord du sultan. En cette occurrence toutefois, on me précipita à une telle vitesse dans les jardins les plus fermés et les mieux gardés du monde, que les eunuques, dans tous leurs états, ne prirent même pas le temps de me baigner ni de me donner des vêtements propres, comme l'exigeait la coutume. Je dus donc, malgré moi, y entrer comme j'étais.

Nous courûmes le long d'allées sinueuses couvertes de gravier, mon escorte battant toujours le tambour et m'interdisant de regarder autour de moi. Enfin nous arrivâmes au pied d'un immense platane. Quatre ou cinq eunuques, mus par la force du désespoir, essayaient d'y grimper pour attraper la guenon qui s'accrochait à la plus haute branche par les mains, les pieds et la queue. Les eunuques mêlant cris, prières et mots doux, cherchaient à attirer l'animal en bas tout en se donnant des conseils les uns aux autres pour ne pas le faire tomber et qu'il ne se fît point de mal. Précisément lorsque j'arrivai, l'une de ces maladroites créatures glissa et chut en hurlant d'une hauteur considérable ; la cime de l'arbre oscilla quand il s'écrasa la tête la première au milieu des fleurs du printemps.

Cet incident, pour pitoyable qu'il fût, n'en avait pas moins un côté comique et trois jeunes garçons bien habillés, dont l'aîné pouvait avoir onze ans, éclatèrent bruyamment de rire à ce spectacle. Le quatrième en revanche, qui n'avait pas plus de cinq ans, continuait de pleurer doucement dans les bras d'un homme vêtu d'un caftan de soie à fleurs dans lequel je reconnus, stupéfait, le sultan Soliman lui-même ! Impossible de confondre son teint couleur de cendre, même s'il paraissait singulièrement petit ainsi vêtu d'une robe simple et d'un turban bas.

Je me prosternai aussitôt à ses pieds et baisai la terre devant lui et ses fils.

La confusion la plus totale régnait autour de l'arbre. Il y avait des cordes et des échelles contre le tronc et l'on avait tenté de faire descendre la guenon en lui envoyant des jets d'eau. Pourtant, même de l'endroit où je me trouvais, je pouvais voir qu'elle était malade ; elle poussait de petits gémissements en s'accrochant désespérément à sa branche. Le kislar-aga s'inclina profondément devant le sultan puis suggéra de m'envoyer en haut de l'arbre puisque je connaissais la guenon et l'avais, qui plus est, apportée moi-même au sérail. Si j'échouais, il me décapiterait et mon entrée dans les jardins privés ne causerait de la sorte aucun tort.

— Je n'ai jamais demandé à venir ici, dis-je en me relevant aussitôt, blessé par ces paroles pleines de cruauté, et c'est par des larmes et des prières que l'on m'a amené à offrir mon aide. Fais descendre ces imbéciles qui effrayent la malheureuse bête et arrête ces tambours ! A présent, donne-moi un petit fruit, je vais essayer de l'attirer en bas.

— Comment oses-tu me parler ainsi, misérable esclave ? s'écria le kislar-aga. Et sache que nous sommes ici depuis l'aube, à essayer de l'attirer avec des fruits !

Mais le sultan Soliman dit d'une voix sèche :

— Fais-les descendre et renvoie tout le monde ! Je te donne également la permission de te retirer.

Après le départ des eunuques jacasseurs emportant leurs cordes, échelles et autres seringues d'arrosage, tout devint enfin tranquille. Le petit garçon dans les bras de Soliman cessa de sangloter et l'on n'entendait plus que les gémissements de la guenon.

Ne voulant point me risquer à m'adresser directement au sultan, je me tournai vers son fils aîné.

— Noble prince Mustafa, dis-je, la guenon est malade. C'est la raison pour laquelle elle est montée à l'arbre. Je vais essayer de la faire descendre.

Le beau garçon au teint sombre approuva d'un air altier. Alors je m'assis par terre avec Raël dans mes bras et appelai doucement d'une voix enjôleuse : « Koko !

Koko! » La guenon regarda furtivement à travers les branches et lança quelques faibles cris mais ne bougea pas.

Je dis à Raël, espérant que le sultan m'entendrait :

— Mon cher et fidèle chien! Koko ne me reconnaît pas dans mes nouveaux habits et croit que je suis un des eunuques. Appelle-la, toi! Peut-être se souviendra-t-elle qu'elle jouait avec toi à bord du bateau! Essaye de lui dire de descendre de l'arbre!

Raël leva la tête vers la cime du platane, dressa ses oreilles, gémit doucement puis lança deux aboiements. La guenon descendit un petit peu pour mieux voir et le prince Djianghir, toujours dans les bras de son père, leva ses petites mains en appelant : « Koko! Koko! » La guenon marqua un temps d'hésitation, puis, comme Raël continuait de gémir, elle reprit ses esprits et descendit à toute vitesse. Elle se jeta d'un bond sur moi et tout son maigre petit corps tremblant de fièvre blotti dans mes bras, écrasa sa joue à poils blancs contre la mienne. Elle tendit un bras et caressa Raël, puis lui tira la queue et les oreilles et le chien, gentiment, lui prit sa main entre les dents en grognant en guise d'avertissement.

Au début de notre voyage, la guenon avait harcelé le pauvre Raël; elle le pinçait à la moindre occasion puis se réfugiait vivement au sommet du mât et le regardait qui aboyait furieusement à ses pieds. Plus tard cependant, ils avaient joué ensemble et étaient devenus bons amis; on les voyait parfois se prélasser au soleil sur le pont, Koko dormant les bras autour du cou de Raël ou lui ôtant les puces de ses doigts agiles.

A présent elle interrompit son jeu, et sa petite main pressée sur sa poitrine, fut secouée par un terrible accès de toux. Des larmes coulaient de ses yeux affolés, et elle poussait des cris déchirants entre les quintes, comme pour me dire à quel point elle se sentait triste et abandonnée. Raël à son tour se mit à gémir d'une manière pitoyable et lécha la main molle de Koko comme s'il comprenait. Les princes vinrent caresser la guenon malade et, à ma surprise, le sultan s'approcha également; il ouvrit les pans de son caftan et s'assit près de moi sur la terre afin de permettre au prince Djianghir de toucher la petite créature.

— Tu dois être un homme bon, me dit le sultan, puisque les animaux ont confiance en toi. La guenon est-elle malade ?

— J'ai étudié la médecine dans les pays chrétiens ainsi que chez les musulmans, répondis-je, et je sais que cette pauvre bête a de la fièvre. Elle mourra si Allah le décide. Elle ne pourrait pas survivre ici et la nuit passée sur le platane n'a fait qu'empirer son refroidissement. Je pense qu'elle a grimpé sur l'arbre pour mourir seule. La plupart des animaux que nous essayons d'apprivoiser préfèrent mourir dans la solitude loin des humains.

— Le singe appartient à mon frère Djianghir, il vivait dans des pièces chauffées et portait toujours des vêtements chauds, dit avec fougue le prince Mustafa. L'esclave responsable de sa maladie devra la payer de sa tête !

— Personne n'est responsable de sa maladie ! répondis-je. Les singes sont très sensibles aux changements de température et ils tombent malades et meurent même dans les palais ensoleillés de l'Italie. Si cette petite guenon doit périr, ce sera par la volonté d'Allah et nous ne pouvons l'empêcher. Je lui préparerai toutefois un sirop pour la toux afin de calmer la douleur.

— Tu donneras vraiment un remède à cette pauvre bête ? demanda le sultan. La plupart des médecins considèrent au-dessous de leur dignité de traiter les bêtes. Le Prophète pourtant les aimait, en particulier les chameaux et les chats. Sans doute parce que les animaux, à la différence des hommes, ne trompent point ! Je déteste les voir souffrir mais j'ai à mon service nombre de vétérinaires et n'aurai pas besoin de toi plus longtemps. Sélim, donne-lui les vêtements de la guenon, et toi, Mustafa, la chaîne. Habille-la, Mikaël, et attache la chaîne à son cou ; ensuite laisse-nous.

Les enfants me tendirent un petit caftan de velours de laine et une fine chaîne d'argent, mais Koko se débattit lorsque je tentai de les lui mettre. Je finis par y arriver, et présentant le bout de la chaîne au petit prince Djianghir, je dis aux garçons de donner un peu de lait chaud à la guenon. Puis je me levai, appelai mon chien et m'acheminai pour sortir des jardins. Alors Koko entra dans une violente colère, donna des coups, se débattit, essaya de mordre les princes, enfin réussit à s'échapper, courut après moi la chaîne traînant derrière elle, sauta dans mes bras et se cramponna à moi.

Le sultan parut en proie à la perplexité. Il posa à terre l'enfant, qui se précipita vers moi en pleurant, m'attrapa la jambe d'une main tandis qu'il essayait de caresser la guenon de l'autre. Je remarquai alors que le pauvre petit garçon boitait et qu'une bosse commençait à être visible sous son vêtement de soie. Il avait un visage cireux aussi laid que celui de la guenon et s'étouffait presque avec ses sanglots. Sélim, le troisième prince, se prit la tête entre les mains et cria d'une voix aiguë qu'il allait défaillir.

— Mustafa et Mohammed ! hurla le sultan. Emmenez tout de suite Djianghir à l'intérieur avec cet homme qui s'occupera de la guenon. Envoyez-moi le kislar-aga et appelez les tselebs !

Comme je me penchais pour frotter les tempes du prince Sélim, le sultan me fit signe de m'en aller. Il pensait certainement que les garçons me feraient sortir des jardins du harem pour me conduire dans leurs propres pavillons situés dans la cour intérieure. Mais les jeunes princes ne comprirent point son désir et m'amenèrent dans les appartements du prince Djianghir où se trouvait la cage de Koko. Je pouvais voir des eunuques en proie à l'agitation me suivre des yeux, cachés derrière les massifs, mais j'ignorais encore trop de choses pour me sentir effrayé.

Ainsi donc, portant la guenon et conduisant le petit prince Djianghir par la main, je suivis les enfants en direction du pavillon aux tuiles multicolores de la sultane Khurrem, sans me douter le moins du monde que je me rendais coupable par là de la faute la plus grave qui se pût commettre. Mustafa, Mohammed et Sélim, tous trois âgés de plus de sept ans, vivaient avec leurs tselebs ou tuteurs, dans la troisième tour ; mais le faible Djianghir, qui n'en avait que cinq, demeurait dans le pavillon de sa mère où il gardait son animal favori. J'étais, certes, quelque peu étonné de voir les servantes s'affairer devant nous sans voile, parce qu'elles me prenaient pour un eunuque, mais ne nourrissais encore aucune crainte et pénétrai dans la grande chambre du prince Djianghir dans laquelle se trouvaient la couche et la cage dorée de la guenon. J'ordonnai aux femmes d'aller tout de suite chercher du lait chaud pour l'animal malade, tandis que les garçons s'asseyaient sur des coussins afin de ne rien perdre de ce que je faisais. Raël courait autour de la pièce en reniflant dans tous les coins et le prince Djianghir, comme tous les petits garçons du monde quand ils sont fatigués et barbouillés de larmes, se mit à crier pour appeler sa mère.

Jusqu'à présent l'enchaînement des événements semblait le résultat d'un pur hasard et j'appris plus tard seulement que le prince Sélim était épileptique ; on avait pu au cours de son enfance se rendre maître puis supprimer ses attaques grâce à des sédatifs, et elles restèrent bénignes jusqu'au jour où le garçon s'adonna exagérément à la boisson. Le sultan désirait naturellement garder secrète cette terrible maladie et ce fut la raison pour laquelle il me renvoya aussi précipitamment du jardin. Il craignait en effet que l'excitation du moment ne provoquât une crise, mais il avait sûrement pensé que le prince Mustafa (fils d'une esclave circassienne répudiée à l'arrivée de Khurrem et donc demi-frère de Djianghir) nous conduirait dans ses appartements ; hélas, celui-ci, n'écoutant que son bon cœur, jugea qu'il valait mieux ramener la petite guenon directement dans sa cage chauffée !

Je me sentis fort mal à l'aise lorsque j'entendis soudain un rire clair comme une cascade et vis venir vers nous une femme dévoilée, richement vêtue et les cheveux retenus dans un filet de perles. Elle prit le prince Djianghir dans ses bras et je me prosternai à ses pieds, le visage caché dans mes mains. Mais une fois de plus, je ne pus résister à ma curiosité et jetai un regard sur elle à travers mes doigts ; puisque entrer dans le pavillon de la sultane me devait coûter la vie, en tout cas, pensai-je, un coup d'œil sur la femme dont on racontait tant de fables et que les princes chrétiens couvraient de cadeaux, ne ferait guère de différence ! Mais moi qui m'attendais à contempler une beauté enchanteresse, j'éprouvai en la voyant une grande déception ! Ainsi donc c'était là la femme qui, seule parmi des jeunes filles belles et innombrables venues de tous les coins de la terre, avait reçu le mouchoir du sultan et gardé sa faveur des années après leur nuit de noces ! Assez grande et plutôt grasse, elle avait un visage particulièrement rond et un nez rien moins qu'aristocratique. Son charme résidait dans la mobilité de ses traits et dans son rire continuel, bien qu'il me parût remarquer que ses yeux bleus ne participaient guère à cette gaieté ; tandis qu'elle regardait, par-dessus la tête de Djianghir, le prince Mustafa, profondément incliné, je vis en eux une singulière froideur.

Le prince Mustafa expliqua qu'on lui avait ordonné de m'amener ici pour soigner le singe malade et lui préparer un sirop. Mon chien s'était dressé vivement sur ses pattes de derrière et tendait maintenant son museau en direction de la sultane en laquelle il voyait manifestement une dispensatrice de friandises. Le prince Djianghir éclata de rire et la sultane aussitôt envoya ses femmes quérir des douceurs qu'elle donna ensuite elle-même au chien en riant de son rire argentin. On avait apporté entre-temps un bol de lait chaud et j'avais réussi à en faire ingurgiter quelques gouttes à la guenon, mais elle ne voulait plus me lâcher et tenait un bras étroitement serré autour de mon cou tout en essayant avec l'autre d'attirer le chien auprès d'elle.

Khurrem, la sultane, se tourna alors vers moi et me dit en turc :

— Qui es-tu et comment un eunuque peut-il avoir une barbe ? Es-tu vraiment capable de soigner des singes malades ?

Je pressai mon front contre le sol à ses pieds, tandis que la guenon s'asseyait sur ma nuque et essayait de m'arracher le turban.

— Ô dame souveraine, je n'ai pas eu l'audace de lever un seul regard sur ta radieuse beauté ! Pour l'amour de mon petit chien et de la guenon malade, je te prie, ô dame, de me protéger car je ne suis pas un eunuque. Ce n'est point ma faute si je suis ici ! On m'a amené dans les jardins afin que je fasse descendre l'animal du sommet d'un platane, ensuite je n'ai pas la moindre idée de la façon dont je suis arrivé en ta présence, ô toi la plus belle d'entre les femmes de toute la terre !

— Lève la tête et regarde-moi puisque aussi bien tu es là ! répondit-elle en riant. Tu as réussi à faire sourire mon fils Djianghir et il aime ton chien. Nul doute cependant que le kislar-aga ne reçoive le lacet de soie pour sa négligence et tu mourras ainsi en bonne compagnie ! Le prince Mustafa mérite aussi un châtiment pour sa stupidité !

— Bienvenue la mort si Allah le veut ainsi ! dis-je, tout courage ayant abandonné mon cœur. Mais permets-moi d'abord d'offrir mon chien au prince Djianghir s'il a de l'affection pour lui. Il n'y a personne pour prendre soin de la pauvre bête après ma mort. Je vais également préparer un sirop pour soulager la souffrance de la guenon.

« Je n'ai point le sentiment d'avoir offensé en aucune manière ni toi, ô dame, ni le seigneur de toutes les nations, car ce n'était pas de ma propre volonté ni avec de mauvaises intentions que je me suis trouvé en ta présence. D'ailleurs ta beauté ne peut me mettre en état d'impureté : comment un humble d'entre les humbles pourrait-il lever les yeux sur toi ?

La pauvre guenon, juchée encore sur ma nuque, fut prise alors d'une nouvelle quinte de toux. Je dus me rasseoir pour la prendre dans mes bras ; elle toussa si violemment qu'une écume teintée de sang apparut aux commissures de ses lèvres ; elle se laissa coucher sans résistance sur un coussin moelleux, à l'intérieur de sa cage chauffée par un récipient rempli de charbon de bois. Raël, gavé de friandises, sauta également dans la cage et se pelotonna à côté de la guenon qui lui posa un bras autour du cou et lui tira les oreilles. Le prince Djianghir descendit des bras de sa mère, amena un coussin devant la cage, s'assit, les jambes croisées, et regarda de ses grands yeux tristes son petit animal préféré.

Voyant que c'était un gentil petit garçon qui ne maltraitait point mon chien, je récitai rapidement la première sourate et dis :

— Prince Djianghir, mon chien est le chien le plus intelligent de la création et il a beaucoup voyagé. Je te le lègue puisque je dois partir à la rencontre de l'Unique, qui défait les liens de l'amitié et impose le silence à la voix du bonheur. Prends soin de Raël, sois un bon maître pour lui, et Allah à coup sûr t'en récompensera.

J'étais convaincu que les lois sans merci du sérail exigeaient ma mort mais ma triste destinée n'intéressait guère les princes ; ils frappèrent leurs mains l'une contre l'autre et s'occupèrent avec un intérêt décuplé de leur malheureux petit frère dans l'espoir de pouvoir eux aussi jouer avec mon chien.

— Un animal pareil n'est pas exactement le cadeau qui convient au fils d'un sultan ! dit la sultane Khurrem. Mais il n'est pas lui-même sans défaut et peut-être ce chien le consolera-t-il si la guenon vient à mourir, ce que je souhaite d'ailleurs car l'odeur de sa cage infeste cette chambre.

« Sache que je ne suis pas insensible et que je parlerai au sultan si j'ai la chance de le voir avant que les muets ne te passent la corde au cou. Mais ton intrusion sans permission dans ce pavillon représente un déshonneur si abominable pour le kislar-aga qu'il pourra difficilement te faire grâce de la vie et je dois, comme esclave du sultan, obéir en toutes choses au chef du harem !

Je connaissais suffisamment les règles du sérail pour savoir qu'elle me disait la vérité et n'avait pas la moindre chance d'approcher le sultan sans l'intermédiaire du kislar-aga. Soliman lui-même, lorsqu'il désirait se rendre dans la maison des femmes, devait se soumettre à un cérémonial compliqué et si une de ses esclaves se risquait sans permission à lui adresser la parole, son acte constituait un crime de lèse-majesté. Pour la même raison, Soliman ne pouvait à l'improviste rendre visite à sa favorite. En revanche, il lui était possible d'envoyer chercher ses enfants et de se promener avec eux dans les jardins, les femmes ayant l'obligation dans ce cas de rester enfermées à l'intérieur et hors de vue, sous peine de disgrâce et de renvoi. Cette règle d'une extrême rigueur interdisait donc aux femmes d'être sans cesse après lui pour le séduire et gagner sa faveur, ce qu'elles n'auraient point manqué de faire autrement. Ainsi avait-il la paix.

— Le sultan en personne m'a ordonné de soigner le singe, dis-je après avoir réfléchi le plus froidement possible à ma situation peu enviable. Je dois par conséquent aller chercher les remèdes nécessaires. Me tuer pendant que j'accomplis ma tâche serait aller contre la volonté formelle du sultan. Je vais partir tout de suite. Lorsque je reviendrai, si je reviens, le kislar-aga pourra faire de moi ce que bon lui semblera.

La sultane eut encore un rire semblable à une roucoulade et cette continuelle gaieté commença à me mettre étrangement mal à l'aise.

— Ne pense pas un seul instant que tu puisses t'échapper ! dit-elle. En me regardant, tu as violé la règle la plus stricte du harem. Le kislar-aga sera contraint, dans son propre intérêt de te faire étrangler dès qu'il se saisira de toi, et sois certain qu'il est déjà à t'attendre avec anxiété aux portes du sérail !

— Oh, ce sera peut-être un beau spectacle ! s'écria le prince Mustafa avec animation. Suivons-le pour voir ce qui arrivera. Mon père le sultan avait confié cet homme à mes soins mais si je ne puis lui sauver la vie, j'aimerais au moins le regarder mourir. Bien que je sois le fils aîné du sultan, je n'ai guère eu encore l'occasion d'assister à des mises à mort. Viens, Mohammed !

Le sourire abandonna les lèvres de la sultane Khurrem et ses yeux bleus prirent la couleur de la glace, comme si l'ombre de la mort eût soudain traversé la pièce. Alors je compris en un éclair — peut-être le danger aiguisait-il mon esprit — que Mustafa devrait tuer ses frères en montant sur le trône après la mort de son père et ne ferait ainsi qu'obéir à la loi, car une guerre civile entre frères avait toujours constitué la plus grave menace pesant sur l'Empire ottoman.

Que pouvais-je donc espérer, pauvre de moi égaré dans les jardins de la mort ?

Je crois que ce fut l'attitude arrogante du prince Mustafa qui me sauva ! Khurrem en effet, piquée au vif par ses fanfaronnades au sujet de son âge par rapport à celui de son demi-frère, mit dès lors un point d'honneur à me protéger.

— Mustafa et Mohammed, dit-elle, allez tout de suite chercher le kislar-aga. Dites-lui qu'il vienne à l'instant sous peine de me déplaire extrêmement.

Les princes, obligés de renoncer au jeu excitant dont je devais être le héros, baissèrent la tête sans dire mot et se résolurent à obéir.

Dès qu'ils furent partis, Khurrem se tourna vers moi et me demanda sur un ton pressé :

— Qui es-tu et quelle est ta profession ? J'espère que je ne m'expose point en aidant un homme qui n'en vaille pas la peine !

Je lui contai brièvement mes voyages, les circonstances qui m'avaient amené à prendre le turban et comment Khayr al-Dîn m'avait envoyé pour servir le sultan en raison de ma connaissance de diverses langues et de la vie en pays chrétiens. J'en étais là lorsque arriva le kislar-aga dans un état d'agitation qui ne se peut imaginer.

— Ô dame souveraine ! O la plus grande des sultanes ! dit-il en se jetant à ses pieds le front dans la poussière. Je ne puis expliquer cette erreur, mais des muets attendent aux portes de cuivre cet esclave impudent. On gardera le secret sur cette affaire et ta réputation restera immaculée. Point n'est besoin de parler de ce qui est arrivé au maître des nations.

Cet eunuque mou à la face blême se tenait maintenant debout dans le costume magnifique de sa fonction et lançait sur moi de sombres regards remplis de fureur.

— C'est le sultan en personne qui a ordonné à cet esclave de venir soigner la guenon du prince Djianghir, affirma la sultane. Fais en sorte qu'on lui donne les drogues qu'il demande et qu'il revienne ici sans encombre, à moins que tu ne reçoives des ordres contraires du sultan.

Le kislar-aga ne pouvait point se dérober. Il me fit escorte pour sortir du pavillon, puis deux eunuques robustes se saisirent de moi et me jetèrent hors des jardins plus vite encore que je n'y étais entré. Le chef du harem ne me quitta pas un seul instant des yeux, tout en proférant un torrent ininterrompu d'insultes jusqu'à la boutique de l'apothicaire située dans la cour extérieure. Là, Salomon, le médecin juif du sultan, prépara rapidement le médicament que je lui demandai, tout en me jetant des regards jaloux pour être accompagné du kislar-aga ; il m'interrogea d'une voix pleine d'aigreur sur la docte université où j'avais acquis mon diplôme. Il faut savoir que les médecins du sultan, choisis parmi les plus éminents spécialistes du monde, ne pouvaient supporter que quelqu'un du dehors allât sur leurs brisées. Je lui expliquai donc humblement que je ne soignais qu'une pauvre bête sans âme que nul homme de mérite ne daignerait traiter, et que, si j'avais étudié la médecine avec d'éminents professeurs, je n'avais pourtant jamais obtenu de diplôme.

Le kislar-aga se prit la tête entre les mains en s'écriant :

— Béni soit Allah ! Redis-moi où tu as étudié et obtenu ton diplôme ! Si tu es médecin, tu peux évidemment exercer à l'intérieur du harem sur ordre du sultan en présence des eunuques !

Il me fournissait là l'occasion d'un mensonge commode ; j'aurais pu nommer une université quelconque et prétendre avoir perdu les papiers lors de ma capture par les musulmans ; mais, en recourant à une ruse de ce genre, je me serais révélé comme un homme peu digne de confiance, justifiant ainsi ses soupçons du début.

— Non, non ! répondis-je après mûre réflexion. Allah me soit témoin que je suis un honnête homme et je refuse de mentir même pour sauver ma vie. Lorsque j'aurai donné son médicament au singe, tu pourras disposer de ma tête, ô noble kislar-aga. Je ne puis me prévaloir d'aucun diplôme.

Le chef du harem me regardait fixement sans en croire ses oreilles.

— En vérité, cet homme est fou par la grâce d'Allah ! s'exclama-t-il en se tournant vers le médecin juif. Il refuse de recourir au plus innocent des mensonges pour nous sortir lui et moi d'embarras, alors que ce faisant il servirait beaucoup mieux le sultan !

— Non et non, je ne puis mentir ! répétai-je avec obstination.

— Il est possible que cet homme ne soit pas médecin à présent, mais il pourrait le devenir incessamment, dit le juif avec un sourire tout en se caressant la barbe. Il lui suffit d'obtenir un diplôme scellé du sceau du madrasseh et signé par trois doctes tselebs.

Le médecin me croyait à l'évidence plus avancé que je n'étais, ce qui ne laissa point de flatter ma vanité, mais je savais que je ne pourrais jamais réussir à un examen.

— Je n'ai pas une connaissance suffisante, confessai-je, et de plus, j'ai étudié mes textes en latin et non pas en arabe.

— Tu connais sourates et prières, répondit le juif avec rouerie. Tu es un pieux musulman comme ton turban l'indique. Si un homme aussi éminent que le kislar-aga répondait de toi devant le madrasseh, je ne doute point qu'ils feraient une exception pour ton cas et te permettraient de répondre aux questions les plus difficiles en utilisant les services d'un drogman. Et si c'était moi qui en fît fonction, je suis certain de pouvoir exprimer ce que tu as à dire de la plus claire des manières et porter témoignage de ton savoir exceptionnel.

Cette suggestion me tentait au plus haut point et peu m'importait qu'elle manquât à la probité, puisqu'elle ne venait pas de moi mais du médecin juif. Du reste je savais mes connaissances suffisantes pour me permettre de ne point faire plus de mal à mes patients que tout autre médecin, et j'étais heureux à l'idée que le surnom « el-Hakim » que m'avait donné en plaisantant Abou al-Kassim pût être à présent ratifié par un document signé et scellé. Un diplôme pareil valait l'or le plus fin et j'aurais été fou de rejeter une offre aussi magnifique.

— Je voudrais accepter ta proposition pour obliger le noble kislar-aga, dis-je avec une hésitation de bon ton, mais étant un homme peu fortuné, je ne puis payer le sceau.

— N'aie aucune inquiétude à ce sujet ! s'empressa de répondre Salomon en frottant ses mains jaunes l'une contre l'autre. Je paierai moi-même le sceau et le reste si, comme un honnête confrère, tu me cèdes la moitié de ce que tu toucheras pour avoir soigné le singe. Je sais que j'y perdrai, mais j'acquerrai également quelque mérite au nom du Clément.

— Qu'Allah te bénisse ! s'écria le kislar-aga. Tu marches sur le chemin droit, tout juif que tu es ! Et tu peux compter sur ma faveur si tu fais de cet homme discrètement et sans bavardage inutile un médecin certifié !

Il prêta à Salomon son anneau avec son cachet et lui donna un jeune eunuque en guise d'escorte. Le médecin monta sur une mule et partit aussitôt en direction du département médical du madrasseh pour parler avec les doctes tselebs. Puis le kislar-aga me remit à la garde de trois eunuques armés en leur intimant l'ordre de me raccompagner au pavillon de la sultane Khurrem sans me perdre un seul instant de vue. Qu'ils me coupent la tête sur-le-champ si je faisais mine de fuir ou de m'adresser à la sultane !

Le prince Djianghir était toujours assis sur son coussin, la tête sur sa main, et regardait la guenon malade. Mon chien, couché à côté d'elle, léchait son museau sec de temps en temps. Koko avait enlevé son caftan de velours et n'avait point touché aux fruits succulents disposés devant elle. Quelques esclaves silencieuses, accroupies dans les coins faiblement éclairés de la pièce, observaient avec une profonde émotion la douleur du petit prince.

Oublieux de mes propres craintes, je ne savais qui plaindre le plus, de la bête agonisante ou du prince difforme qui, les larmes coulant le long de ses joues et assis sans bouger sur son coussin, n'avait l'air de rien de plus qu'un singe richement habillé. Je donnai le sirop calmant à la guenon, lui appliquai une compresse sur la poitrine et la pris dans mes bras. L'enfant vint s'asseoir près de moi, caressant le pelage de la malade de temps en temps.

Je menais un rude combat avec moi-même. J'avais promis de donner mon chien au prince Djianghir si je mourais et maintenant, si j'avais la vie sauve, comment le reprendre sans causer un grand chagrin à l'enfant ? Je savais bien au fond de moi qu'il me faudrait m'en séparer de toute façon parce que, tôt ou tard, Giulia perdrait toute patience avec lui ; elle commencerait par le maltraiter et finirait même quelque jour par le supprimer. Quel maître dès lors lui pourrais-je trouver qui soit meilleur que cet enfant si grave ? Ici au moins, il ne manquerait de rien ! Un sentiment d'infinie tristesse me fit monter les larmes aux yeux tandis que je me souvenais des aventures de ma vie passée. Jamais, non jamais, je ne retrouverais un ami plus gentil et plus fidèle que mon chien Raël !

Le calmant permit à la guenon de s'endormir profondément ; je la couchai et la couvris chaudement dans sa cage dorée. Puis j'ordonnai à mon chien de rester auprès d'elle et promis au prince de revenir le lendemain matin. Les eunuques me conduisirent dehors. Des nuages de pourpre et d'or planaient au-dessus de la mer de Marmara, l'air était de cristal comme souvent après une longue période de pluie et les jardins embaumaient du lourd parfum des hyacinthes. Le cœur rempli d'une indicible peine, je suivais les eunuques qui se dirigeaient vers les portes de cuivre ; tout me semblait étrangement irréel, comme si j'eusse marché à côté de moi-même, regardant mon voyage à travers un monde que je ne comprenais point. Je ne craignais plus la mort à ce moment-là ! La volonté d'Allah me guidait du berceau à la tombe et ma vie était un fil sans intérêt dans sa toile infinie dont je ne pouvais distinguer le dessin.

Nous atteignîmes la cour du sultan où des eunuques sans armes me prirent en charge. Ils m'amenèrent dans leur hammam, où l'on me donna un bain de vapeur et un massage vigoureux avant de me frotter avec des onguents à l'odeur suave. Dans le vestiaire, on me revêtit de beaux habits de lin et d'un caftan convenable. Je ne terminai de m'habiller qu'à l'heure de la prière du soir et pus accomplir mes dévotions après une ablution complète et dans la meilleure disposition d'esprit possible. On me reconduisit ensuite sans attendre dans la salle de réception du kislar-aga où se trouvaient trois tselebs myopes à longues barbes, et le médecin Salomon assis à une distance respectueuse de ces vieillards pleins de science. Il y avait dans un coin de la pièce le scribe des professeurs, son nécessaire à écriture sur les genoux. De nombreuses lampes suspendues au plafond éclairaient largement toute la pièce.

Je saluai les tselebs avec vénération, puis ils m'invitèrent à m'asseoir devant eux sur un coussin bas et Salomon prononça un long discours en mon honneur. En dépit de ma jeunesse, leur dit-il, j'avais étudié la médecine dans les plus fameuses universités de la chrétienté ; ensuite, ayant trouvé la voie droite, j'avais pris le turban et acquis de solides connaissances en lisant les œuvres des anciens en arabe. Il déclara que j'admirais par-dessus tout l'école fondée par Moïse ben-Maymon et ses disciples ; toutefois, ajouta-t-il, en raison de ma connaissance imparfaite de la langue, bien que je pusse lire les textes, j'aurais besoin d'aide pour montrer mes talents. Alors sur la recommandation du noble kislar-aga, on me permit, faisant une exception en ma faveur, de répondre aux examinateurs par un truchement.

J'avoue que j'entendais avec grand plaisir le médecin exprimer la haute opinion de mes capacités qu'il s'était formée après notre si brève conversation. Les tselebs l'écoutaient gravement en hochant la tête et me regardaient avec bienveillance. Puis ils me posèrent, chacun à leur tour, des questions auxquelles je répondis dans un latin confus. Salomon avait l'air de prêter une vive attention à tout ce que je disais et répétait ensuite par cœur des passages appropriés d'Avicenne ou de Moïse ben-Maymon.

Plusieurs fois, au cours de l'examen, les professeurs discutèrent entre eux d'une manière fort animée et se lancèrent dans des dissertations de haute volée pour étaler leur propre savoir et la profondeur de leur pensée. Après avoir de la sorte passé une heure agréable, ils déclarèrent à l'unanimité que j'avais donné des preuves satisfaisantes de ma compétence en médecine. Le scribe avait déjà grossoyé élégamment mon diplôme et les trois tselebs n'eurent plus qu'à signer et apposer leur pouce trempé dans l'encre sur le parchemin. Salomon leur baisa la main avec effusion et donna une bourse de cuir à chacun d'entre eux pour les remercier de la peine qu'ils s'étaient donnée ; le kislar-aga, quant à lui, leur fit apporter un délicieux repas de sa propre cuisine. Toutefois, je ne fus point autorisé à quitter le sérail et dus dormir cette nuit-là enfermé à double tour.

Dès après la prière du matin, les eunuques me ramenèrent au pavillon de la sultane Khurrem et je franchis les brillantes portes de cuivre en habitué des jardins interdits. Le panghir dormait profondément dans son lit près de la cage de la guenon et des traces de larmes maculaient encore son petit visage pâle. Le chien, couché la tête en travers des jambes de l'enfant, remua la queue pour me saluer à mon arrivée.

Hélas, Koko avait eu une hémorragie durant la nuit et son pauvre cœur était si fatigué par la fièvre qu'elle eut à peine la force de me prendre le doigt. Puis elle poussa un faible gémissement, se raidit et mourut. Je me demandai alors ce que je ferais si le prince Djianghir était mon fils. Je mis à la guenon ses beaux vêtements, l'enveloppai dans sa couverture et la transportai avec son lit à l'extérieur dans le jardin, les eunuques me suivant au plus près. J'ordonnai à un vieux jardinier que je rencontrai de creuser une fosse au pied du grand platane. Il m'obéit et après y avoir déposé mon fardeau, je remplis le trou, élevai un petit monticule de terre et dis au jardinier d'y planter un arbuste à fleurs avant le réveil du prince Djianghir. Puis je regagnai la chambre de l'enfant et m'assis les jambes croisées par terre près de son lit. La sultane n'apparut qu'une seule fois à la porte pour faire signe aux eunuques de laisser son fils dormir tout son soûl. Plongé dans mes pensées sans bouger, j'eus bientôt les jambes engourdies et trouvai le temps interminable. Mais l'enfant était resté éveillé très tard dans la nuit et dormait, épuisé de chagrin, d'un profond sommeil qui ravissait ses servantes.

Il se réveilla vers midi, se frotta les yeux avec ses menottes et le chien s'approcha, la queue frétillante, pour lui lécher les doigts. Un léger sourire envahit les traits du garçon. Puis il se tourna pour regarder vers la cage et s'aperçut qu'elle était vide. En voyant son visage se tordre prêt à éclater en sanglots, je me hâtai de dire :

— Tu es le fils du sultan, ô noble prince Djianghir ! Accepte comme un homme que l'Unique, lui qui tranche à jamais les liens de l'amitié, ait envoyé une douce mort à ta petite amie la guenon pour la délivrer de la souffrance et de la fièvre. Songe que Koko a entrepris un très long voyage pour un lointain pays. Je pense que les petits singes et les chiens fidèles ont un paradis comme nous, un paradis avec des fontaines d'eaux murmurantes.

Le prince Djianghir, dans sa tristesse, écoutait mes paroles comme une jolie histoire tout en serrant Raël contre sa poitrine.

— Mon chien était un bon compagnon de jeux de ta guenon, ajoutai-je, et aujourd'hui que tu as perdu un ami, tu en as gagné un autre ! Je suis sûr que Raël te servira bien, même si au début il me regrette un petit peu en bête fidèle qu'il est.

Tandis qu'il m'écoutait, le prince Djianghir permit aux servantes de lui faire sa toilette et de l'habiller mais lorsqu'elles posèrent devant lui toutes sortes de plats délicieux, il les repoussa et je les vis prêtes à pleurer de peur.

— Il faut que tu donnes à manger à ton nouvel ami, lui dis-je, et que tu manges avec lui afin qu'il apprenne que tu es son maître.

Le prince, ce petit enfant gâté, me regarda d'un air méfiant, mais je me mis aussitôt en devoir de lui donner les morceaux que je savais plaire à Raël et pour obéir, il mordait un peu dans chacun et donnait le reste à Raël qui comprit que désormais le prince Djianghir le nourrirait à ma place ; il me jeta d'abord un coup d'œil étonné, puis mangea goulûment la bonne nourriture ; à vrai dire, comme j'avais faim je goûtai moi aussi un peu de ces plats qui étaient véritablement excellents. Ainsi donc le prince Djianghir, Raël et moi partageâmes-nous le repas, sous les regards rieurs et les applaudissements des femmes qui me bénissaient au nom d'Allah parce que le prince, cessant de pleurer, mangeait comme un homme.

Après le repas, l'enfant mit avec confiance sa main dans la mienne et je l'emmenai dans le jardin pour lui montrer la tombe de la guenon au pied du platane. Le jardinier avait planté un cerisier à fleurs précoces sur le monticule et le prince Djianghir regarda l'arbre avec plaisir, bien qu'il n'entendît guère ces questions de tombe et de mort. Ensuite, pour lui changer les idées, je lui enseignai à lancer un bout de bois que Raël allait chercher et rapportait à ses pieds, je lui montrai comment amener Raël à marcher sur ses pattes de derrière ou à ramasser ce que le prince avait laissé tomber. Tout à son émerveillement devant l'intelligence du chien, l'enfant oublia sa peine et fit même entendre un petit rire timide de temps en temps. Mais avec son corps difforme, il ne tarda point à se sentir fatigué et je le ramenai au pavillon ; je jugeai que je ferais mieux de partir. Je pris donc congé en lui baisant la main et dis adieu à mon chien auquel je recommandai de protéger son nouveau maître aussi fidèlement qu'il m'avait protégé et gardé durant toutes les années en allées.

Mon obéissant Raël, la tête et la queue basses, se tenait debout sans bouger près du petit prince et me regardait m'éloigner, l'œil noyé de regret. Une fois dans le jardin, je ne pus retenir mes larmes plus longtemps et j'avais beau me dire que je n'aurais pu trouver un meilleur maître pour mon chien, que sa vie était devenue insupportable avec Giulia, je pleurai amèrement.

Les eunuques me conduisirent devant la porte du kislar-aga qui me fit attendre plusieurs heures durant avant de daigner me recevoir. Assis, gras et mou sur son coussin, les pieds débarrassés de ses babouches, il demeura un long temps le menton appuyé dans sa main à m'examiner en silence. Enfin, il s'adressa à moi sur le ton de la cordialité :

— Tu es pour moi une véritable énigme ! Ou bien tu es un homme naïf qui agit de bonne foi ou bien tu es quelqu'un de très dangereux dont je ne comprends pas les intrigues malgré ma grande expérience de toutes les sortes de friponneries. Il m'a été rapporté que tu as su gagner l'amitié du prince Djianghir en lui offrant ton chien, que tu n'as rien demandé en échange et que tu ne t'es point attardé au pavillon de la sultane plus qu'il n'était nécessaire, alors qu'en attendant tu aurais pu réclamer des cadeaux princiers. J'ai ouï dire également que la sultane est enchantée que tu aies si bien su la comprendre à demi-mot en empoisonnant le singe puant.

« Cependant il me déplairait de me nuire à moi-même en recommandant à mon souverain un homme rempli de mauvaises intentions et d'astuce. Par contre, si je lui parle mal de toi, ce que je serais tenté de faire, je risque de l'offenser parce qu'il plaint le prince Djianghir pour sa difformité et qu'il ne pense qu'à son bien-être.

« Quoi qu'il en soit, il serait fort inconvenant qu'un esclave qui a servi le sultan n'en soit point récompensé, et je puis obtenir pour toi quelque gratification.

Il leva les yeux au plafond d'un air préoccupé tout en se frottant le menton qu'il avait lisse et imberbe.

— Tu dois évidemment te rendre compte que la valeur de ta récompense dépend entièrement de ma faveur puisque le sultan me fait confiance. J'ai fait une enquête à ton sujet et sais que tu mènes une vie régulière depuis ton arrivée à Istanbul, accomplis tes devoirs religieux et n'as jamais cherché à entrer en relations secrètes avec les chrétiens. Cependant tout cela peut n'être que le fruit de ta duplicité ! Tu as aussi été l'objet d'une surveillance dans ton travail au département de géographie, et il ressort que nul ne t'a surpris à copier des documents. Mais si je dis au sultan que tu gagnes seulement douze aspres par jour, tu obtiendras une récompense en proportion, c'est-à-dire guère plus de deux cents aspres. Par contre, si je parle en ta faveur et vante tes mérites en mettant l'accent sur le fait que, par suite de quelque erreur, tu touches un salaire infiniment trop bas, tu peux recevoir une poignée d'or et trouver l'occasion d'exercer tes talents dans un autre domaine. Tu dépends donc absolument de ma faveur et sans moi, tu ne vaux pas plus qu'une crotte au milieu de la cour.

— Je comprends tout à fait cela, naturellement, répliquai-je, mais j'ai déjà promis au docteur Salomon la moitié de ce que je recevrai. J'espère que tu te montreras assez bon pour en accepter le quart, afin qu'il me reste quelque chose. Il serait un peu rigoureux, n'est-ce pas, que ma peine fût ma seule récompense !

Le kislar-aga se caressait le menton en me regardant de côté.

— Étrange jardin que le sérail où des plantes semées mystérieusement donnent des fleurs inattendues ! dit-il. Nul n'est placé si bas qu'il n'ait la chance, grâce à Allah, d'atteindre une position élevée. Pour cette raison, la mort moissonne au sérail d'abondantes récoltes ! Si l'on se trouve contraint de châtier un inférieur, mieux vaut recourir au lacet ou à la hache sous peine de voir quelque jour sa victime occuper une position supérieure à la sienne. Si je te laisse la vie, il faut que je fasse de toi un ami afin de tirer profit de ton avancement, et, à vrai dire, ta naïveté m'étonne à tel point que je m'efforcerai de te servir avec une loyauté égale à la tienne.

Je compris à ces mots que j'avais réellement gagné l'amitié du prince Djianghir et de sa mère, si bien que j'avais sauvé ma tête. Néanmoins la bienveillance d'un personnage aussi haut placé que le kislar-aga ne laisserait point d'être également fort avantageuse pour moi.

— Je serai donc ton ami ! acceptai-je. En premier lieu, je voudrais attirer ton attention sur certaines affaires que tu pourrais avoir quelque intérêt à connaître. Puisque tu as enquêté à mon sujet, tu as appris que mon épouse a des yeux de différente couleur et par conséquent la faculté de lire l'avenir. Je te demande une seule chose : permets-lui de te montrer ses talents et tu es assez perspicace pour te rendre compte aussitôt de l'avantage que l'on peut en tirer. C'est une femme très douée, beaucoup plus rusée que moi et qui jamais ne fera une prédiction qui aille à l'encontre de tes intérêts. Toutefois il serait nécessaire de l'initier aux affaires du sérail et de lui indiquer les circonstances qui peuvent exiger une divination judicieuse.

Le kislar-aga se gratta les pieds avec vigueur.

— Allah me protège ! Ainsi donc ta naïveté n'était qu'un masque ! s'exclama-t-il. Néanmoins je ne risque rien à recevoir ton épouse et ce que tu m'en as dit a vivement excité ma curiosité.

Nous prîmes cordialement congé, tous les deux convaincus de l'intelligence de l'autre ! En témoignage de sa faveur, il me permit de lui baiser la main puis me fit jurer par le Prophète, le Coran et ma barbe naissante que je ne soufflerais mot de ce que j'avais vu et fait au sérail.

Ce même soir, un eunuque escorté d'une troupe de gens d'armes se présenta à la maison pour me remettre de la part du sultan une bourse de soie qui contenait deux cents monnaies d'or, c'est-à-dire douze mille aspres, soit mille jours de salaire. Beaucoup plus que ce que j'avais osé rêver ! Et en contemplant cette énorme somme, je m'avisai à quel point je m'étais montré irréfléchi en promettant au docteur Salomon la moitié de ce que je recevrais, quand il aurait sans nul doute accepté beaucoup moins.

L'eunuque s'éloigna sur sa mule à la selle incrustée de plaques d'argent et de pierres de couleur jaune, tandis que Giulia me disait en soupirant :

— Ah, Mikaël ! Tu as vu avec quel mépris cet homme splendide a regardé notre cour lamentable et cette ruine de maison. Seule sa bonne éducation lui a permis de dissimuler son effarement ! Un coin pareil suffit peut-être à Abou al-Kassim, qui n'a jamais connu rien d'autre, mais à présent que le sultan t'honore de sa faveur, il te faut immédiatement trouver une maison dans un quartier plus élégant. Elle n'a pas besoin d'avoir plus d'une dizaine de pièces pourvu qu'elles soient meublées avec goût et d'une manière qui corresponde à ta dignité ; je ne veux pas avoir à rougir de honte lorsque nous recevrons la visite de personnages distingués ! Le mieux serait de choisir un bel endroit sur les rives du Bosphore ou de la mer de Marmara, et d'y faire construire une petite maison selon nos besoins et nos goûts. Elle ne serait pas trop éloignée du sérail, et nous aurions aussi notre propre bateau ou une gondole avec un ou deux rameurs qui pourraient également s'occuper du jardin ; il nous faudra construire une pièce pour eux jouxtant le hangar où l'on mettra le bateau ; s'il y en a un qui est marié, son épouse aidera les femmes dans la maison ; nous habillerons leurs enfants de beaux vêtements pour les envoyer faire des courses dans la cité, de façon que tous ceux qui les verront puissent avoir une idée juste de ton rang et de ta dignité.

J'étreignis ma tête à deux mains en entendant Giulia divaguer de la sorte et ne pus prononcer un mot pendant un moment.

— Giulia ! finis-je par dire avec un profond soupir. Giulia, tu prépares ma ruine ! Si nous étions sages et prudents, nous mettrions de côté pièce après pièce en prévision des mauvais jours qui ne manqueront point de venir. Une nouvelle maison engloutirait mon revenu présent et à venir ; cela reviendrait à jeter l'argent dans un puits sans fond et plus jamais je n'aurais un seul instant de paix !

Giulia, la mine sombre et les yeux glacés de colère, intervint sèchement :

— Pourquoi faut-il que tu détruises toujours mes plus beaux rêves ? Me refuseras-tu une maison, un lieu que l'on pourrait dire nôtre ? Songe à tout l'argent que nous économiserions en cueillant les fruits de nos propres arbres et en faisant pousser nos légumes au lieu d'être volés par les fripons du marché ! Et imagine que nous ayons des enfants ! Ah, Mikaël ! Tu n'aurais pas le cœur de les laisser jouer dans une rue sale ni de les voir grandir comme les enfants des montreurs de singes !

Des larmes à présent coulaient le long de ses joues et je ne laissais point moi-même de ressentir quelque émotion à l'idée d'avoir un petit foyer au bord du capacités à l'épreuve au cours d'une campagne, afin de découvrir dans quel poste élevé je le servirais le mieux ?

Au rythme oscillant de ma monture, je franchis la voûte basse des remparts de la cité à l'heure du coucher du soleil. Les pentes des collines couvertes de tulipes rouges et jaunes flamboyaient au loin et les derniers rayons du couchant doraient les blanches colonnes des tombeaux mahométans. La nuit tomba, le ciel se teignit de pourpre et j'entendis les voix rauques et lointaines des muezzins appelant les fidèles à la prière au bruit insolite des pas martelés des piétons et des grognements du chameau. Il me sembla soudain que l'on venait de m'ôter un manteau lourd et étouffant : je respirai librement et la joie s'empara de mon cœur de pouvoir une fois de plus boire à larges goulées l'air frais du printemps.

Certes j'allais prendre part à une campagne qui menaçait la chrétienté tout entière, mais j'étais escorté par une escouade de janissaires chevronnés qui devraient répondre de ma vie sur leurs têtes ! J'avais déjà trente aspres par jour assurés, et beaucoup à gagner pour peu que la chance me sourie ! Mon chien se trouvait en bonnes mains, Giulia pouvait en m'attendant vivre largement avec l'argent donné par le sultan, je ne tarderais pas à retrouver mon frère Antti parmi les canonniers et pourrais compter sur sa loyauté et sa force en cas de nécessité : je n'avais, en vérité, nulle raison de perdre courage !

Il est vrai que le chameau empestait, que j'avais les jambes engourdies et que me balancer sans cesse me donnait la nausée, mais ce départ en cette nuit embaumée de printemps me remplissait pourtant d'une joie immense.

Ainsi la campagne de Soliman contre Ferdinand, le frère de l'empereur, était-elle commencée. Je terminerai donc ici ce livre par égard pour mon sultan et relaterai dans le prochain son expédition à Vienne.

CINQUIÈME LIVRE

LE SIÈGE DE VIENNE

JE ne m'étendrai point sur les épreuves que je dus surmonter au cours de ce voyage ! Le temps se remit à la pluie et chaque nuit je me couchais, trempé et frissonnant, dans la tente des janissaires. Des colonnes de piétons, des troupes de cavalerie et des files de chameaux avançaient à grand-peine sur toutes les routes en direction de Philippopolis, de sorte qu'il était absolument impossible la nuit de trouver un coin pour dormir dans les fermes, toutes pleines de monde. Je me suis toujours demandé comment moi, qui menais alors une vie plutôt douillette, j'avais pu supporter ces rigueurs sans tomber malade.

Pour être juste, je dois dire que l'onbash avait donné l'ordre à ses hommes de prendre le plus grand soin de ma personne. Ils faisaient mes repas, séchaient mes vêtements et j'en vins rapidement à admirer l'excellente discipline qui régnait dans notre petite troupe. Chacun des dix hommes semblait avoir une tâche définie à assumer dès que nous faisions halte pour la nuit. L'un ramassait du bois, un autre cuisinait, un troisième nettoyait armes et équipements, tandis qu'un quatrième s'occupait des chameaux et que les autres dressaient la tente, si bien qu'en un clin d'œil et sans accroc, un feu réconfortant crépitait sous le chaudron et la tente nous offrait un abri à peu près sec pour dormir. Ces hommes aguerris n'avaient cure de la pluie qui ne cessait de tomber ; du reste ils mettaient un point d'honneur à tout supporter sans se plaindre, et accomplissaient avec régularité les cinq prières journalières qui les obligeaient pourtant à s'agenouiller et à se prosterner dans la boue.

Leur respect à l'égard des paysans fut cependant le trait qui m'étonna le plus dans leur comportement. Jamais ils ne les frappaient, ni ne volaient leur bétail, ni n'abattaient leurs huttes pour s'emparer du bois. Ils n'incendiaient pas leurs meules ni n'attaquaient leurs femmes comme les soldats chrétiens sont accoutumés de faire. Tout mercenaire, dans les pays civilisés d'Europe, considère en effet comme une gratification licite le droit de commettre ces abus, et les victimes, bien qu'elles s'en plaignent amèrement, les acceptent de même qu'elles acceptent inondations, tremblements de terre ou tout autre fléau naturel. Mon onbash, quant à lui, payait les vivres et le fourrage en bonnes monnaies d'argent au cours fixé par le seraskier et il me dit que l'on pendait un janissaire surpris à voler le moindre poulet ou à écraser la plus petite parcelle d'un champ de blé à l'intérieur des limites ottomanes. Le lecteur ne s'étonnera donc point que je lui eusse demandé quelle satisfaction un pauvre soldat pouvait dès lors trouver dans une campagne, si ces plaisirs innocents et bien mérités lui étaient refusés. Tout allait changer, m'expliqua le sergent pour me rassurer, dès que nous aurions mis le pied dans les pays des incroyants. Là, les hommes pourraient voler, piller tout leur soûl et commettre à leur guise des actes de violence puisque ce serait dès lors agréable à Allah. D'ailleurs il espérait bien que lui-même et ses janissaires se verraient généreusement récompensés des privations endurées durant la marche à travers les domaines du sultan.

Il nous était fort difficile de passer à gué les rivières en crue et des paysans me dirent que jamais, de mémoire d'homme, l'on n'avait vu un printemps aussi pluvieux ; leurs champs étaient inondés, ils n'avaient pu faire les semailles de printemps et la famine menaçait dans le pays tout entier. L'onbash sourit non sans aigreur lorsqu'il me vit compatir à leurs malheurs et me dit qu'il n'avait jamais rencontré un paysan satisfait du temps ! A les écouter, il faisait toujours trop chaud ou trop froid, il pleuvait trop ou pas assez ! Allah lui-même ne pouvait exaucer tous leurs vœux ! Et l'omnipotence d'Allah n'était en l'occurrence point en cause dans son esprit, je l'aurai compris !

Arrivés enfin aux environs de Philippopolis, nous vîmes l'immense plaine, le long de la rivière en crue, couverte d'un campement à l'infini.

— J'ai vu maintes merveilles en ce monde, m'exclamai-je au comble de l'étonnement, mais jamais un campement aussi étendu ! Je parierais qu'il y a ici au moins cent mille hommes et autant d'animaux !

L'onbash répliqua qu'il était bien possible qu'il y en eût cent cinquante mille, sans compter une vingtaine de mille de janissaires sous le commandement direct du sultan, plus les auxiliaires tartares et les akindshas qui ne feraient leur jonction qu'à la frontière. Je trouvai un certain réconfort dans l'immensité de ces forces et, aux portes de Philippopolis, descendis avec grand plaisir de mon chameau, animal rancunier dont il fallait toujours se méfier ; une fois ou deux déjà, cette bête traîtresse m'avait envoyé dans la boue avec mon panier et toutes mes affaires. Les chameaux sont des animaux faits pour la chaleur torride du désert et ils se trouvent très mal à l'aise dans un pays froid où il pleut sans cesse car ils n'arrivent pas bien à assurer leur marche sur un sol détrempé. Ma monture glissait si souvent et si rudement que ses pattes démesurées s'écartaient dans toutes les directions et je m'étais toujours étonné qu'elle ne se partageât point en deux ! Je résolus donc de me trouver à tout prix un cheval à Philippopolis.

Peut-être que cette ville, avec l'enchevêtrement de ses ruelles étroites descendant jusqu'au bord de l'eau, avait été autrefois une cité agréable, mais lorsque j'y entrai, une odeur épouvantable due à l'humidité des maisons et à la fange dans les rues me frappa les narines, et les soldats qui l'avaient envahie paraissaient excités et prompts à s'emporter.

Après maintes recherches, je finis par me retrouver dans la maison d'un Grec où était réunie une foule de scribes, dessinateurs de cartes, officiers, messagers, colporteurs, juifs, gypsies et même un moine fugitif qui avait traversé à pied la Hongrie durant l'hiver pour venir servir la cause du sultan. Lorsque je m'adressai à l'aga du corps des éclaireurs, cet homme manifestement débordé cria en jurant qu'il lui était impossible de dénicher un bât pour tous les ânes que le sultan se plaisait à lui envoyer ! Il m'ordonna cependant d'étudier les cartes de Hongrie et de dresser une liste des puits et des terres alentour, afin d'être capable le cas échéant de recueillir des informations complémentaires lors des interrogatoires de prisonniers. Il ajouta sèchement que je devais me loger par mes propres moyens et qu'il arriverait toujours à me joindre par le trésorier chez lequel je ne manquerais point de me rendre !

Si cette réception peu chaleureuse refroidit mon ardeur, elle se révéla plutôt salutaire et, après tous mes rêves couleur de rose, me conduisit à me montrer humble et patient. Je fis donc bonne figure et rejoignis mes janissaires qui avaient planté leur tente au bord de la rivière. Je n'avais encore pu me débarrasser du chameau, nul n'étant assez fou pour me donner un cheval en échange.

Nous étions à présent au mois de mai et une nuit que j'étais couché, grelottant dans mes vêtements trempés, la rivière déborda. Une confusion indescriptible s'ensuivit dans l'obscurité où il pleuvait toujours. Je ne dus la vie qu'à la promptitude des janissaires et me retrouvai à l'aube attaché à une grosse branche sur la cime d'un arbre. A nos pieds, les eaux jaunâtres tourbillonnaient avec violence, emportant avec elles des hommes et des animaux noyés, ainsi que toutes sortes de marchandises. Encore hébété de sommeil, je claquais des dents et mon ventre criait famine. Au début je n'avais nulle reconnaissance pour mon sauvetage et regrettais seulement la perte de ma tente, de mes vêtements et de mes armes et même celle de mon inutile chameau qui avait péri dans l'aventure. Le sergent et les six janissaires dont la présence d'esprit m'avait sauvé prièrent Allah au petit matin et accomplirent leurs dévotions du mieux qu'ils purent dans une situation aussi peu commode. L'onbash déclara que notre bain dans les flots déchaînés équivalait

Bosphore, avec un verger d'où je pourrais regarder les étoiles et écouter le clapotement de l'eau le long du rivage. Mais la raison me disait que je n'avais aucune certitude de garder la faveur du sultan et que l'on ne construisait pas une maison ni n'entretenait un jardin avec un salaire de douze aspres par jour !

Un hurlement aigu coupa court à notre conversation ; nous sortîmes dans la cour baignée de la lumière crépusculaire pour voir un des chats de Giulia se tordre de douleur sur l'herbe. Elle essaya de le prendre dans ses bras, mais il la griffa puis alla se cacher sous la maison d'où il refusa de sortir malgré tous nos efforts. Ses plaintes devinrent de plus en plus déchirantes pour soudain se taire complètement. Giulia, mortellement pâle et les poings serrés, se dirigea vers le coin de la cour où on laissait le bol du chien ; il ne restait rien dedans et il me suffit de la regarder un instant pour tout comprendre : pendant mon absence, elle avait rempli le bol de poison pour tuer mon chien et me punir ainsi d'être resté dehors toute une nuit ; or l'un des chats, poussé par la gourmandise, avait fait tomber le couvercle qu'elle avait posé dessus.

— Pardonne-moi Mikaël ! gémit-elle d'une voix faible en voyant que je savais. Je ne voulais pas faire du mal mais la colère m'a aveuglée après une nuit entière passée sans dormir à penser les pires choses sur toi. D'ailleurs ton misérable chien avait épuisé ma patience depuis longtemps ! Il tourmentait mes chats dès que l'on tournait le dos, il mettait des puces sur mes coussins, salissait mes tapis et renversait mes pots. Et maintenant, pour couronner le tout, il a empoisonné mon pauvre chat ! Jamais, jamais je ne vous pardonnerai, ni à lui ni à toi !

Alors, elle s'énerva jusqu'à la fureur contre mon chien et moi, et ce triste intermède eut au moins l'avantage de lui faire oublier ses idées de construction ! Nous n'eûmes plus l'occasion de revenir sur cette question car nous commencions à peine à arracher les lattes du plancher pour sortir le corps du chat, quand le martèlement des pas d'une troupe en marche parvint jusqu'à nous. Quelqu'un frappa avec la garde d'une épée contre la porte de la cour, j'ouvris et un onbash de janissaires, équipé comme pour la bataille, un couvre-chef de feutre blanc sur la tête, pénétra chez moi. Il me salua et me tendit un ordre de son aga : je devais rejoindre l'armée sans délai dans la cité de Philippopolis sur la rivière Maritza, pour servir de truchement dans le service secret d'informations du séraskier.

Une si violente agitation s'empara de moi quand je lus cet ordre épouvantable, que je parvins à peine à bégayer que l'on faisait certainement une grave erreur et que l'onbash devrait, dans son propre intérêt, m'accompagner sur-le-champ chez l'aga afin de tirer cette affaire au clair. Mais l'onbash, un vétéran imperturbable et sans imagination, se contenta de répéter qu'il avait ses ordres : avant la dernière heure de prière, je devais me trouver de l'autre côté des remparts de la ville, en route vers le théâtre des opérations. Je ferais mieux de me dépêcher, ajouta-t-il, si je voulais avoir le temps de préparer quelques provisions pour le voyage et empaqueter des vêtements convenables.

Tout s'était passé si rapidement que je ne me rendis compte de rien avant de me retrouver assis d'une manière inconfortable dans un panier accroché sur un chameau qui se balançait à une cadence accélérée en direction de la porte menant sur la route d'Andrinople. Je levai alors les bras au ciel et, les yeux pleins de larmes, me lamentai sur ma cruelle destinée quand les dix janissaires qui aiguillonnaient mon chameau par-derrière se mirent à chanter à tue-tête, en glorifiant Allah et proclamant qu'ils se rendaient à Vienne pour renverser le roi.

Alors peu à peu je trouvai du réconfort puis un courage tout neuf dans cette impatience du combat que je leur voyais, dans la transparence de l'air et du ciel dégagé après tant de jours de pluie, enfin et surtout dans le passage de l'ordre écrit de l'aga qui me donnait droit à trente aspres par jour sur le trésor du defterdar. J'essayais aussi de me consoler en pensant que rien n'arrive contre la volonté d'Allah. Si l'on m'éloignait du sérail ne serait-ce point parce que le sultan désirait mettre mes à une ablution complète, et qu'Allah, eu égard à notre situation critique, nous pardonnerait d'imparfaites prosternations. Les prières de ces hommes, accomplies d'une manière si singulière au sommet d'un arbre, témoignaient d'une véritable reconnaissance mais moi, préoccupé comme je l'étais par mes pertes, je ne vis rien de respectable dans ce spectacle extraordinaire. Ce ne fut qu'à la lumière du jour, lorsque se révéla à mes yeux toute la désolation de cette plaine inondée où un immense campement se dressait il n'y avait guère, que je compris le miracle de mon sauvetage et que j'avais de bonnes raisons d'élever au ciel une prière d'action de grâces.

Des cimes d'arbres émergeaient des eaux ici et là avec les survivants accrochés aux branches comme grappes de raisin. D'autres, hurlant de terreur, se cramponnaient à des toits qui s'écroulaient peu à peu, à des bassins de pierre ou même à des carcasses d'animaux noyés, et nous suppliaient au nom d'Allah de leur envoyer une corde. Mais notre arbre ne pouvait supporter plus de poids et nous avions besoin de toutes nos cordes pour nous retenir nous-mêmes et nous empêcher de tomber. Nous restâmes ainsi trois jours et trois nuits, et nous aurions sans nul doute succombé d'inanition sans la possibilité que nous eûmes de couper des morceaux du cadavre d'un âne resté accroché aux branches les plus basses.

Je commençais à perdre tout espoir de secours lorsque j'aperçus une de ces embarcations à fond plat comme l'on voit sur les rivières, conduite à la perche par plusieurs hommes et qui allait d'arbre en arbre pour recueillir les survivants. Quand elle se trouva à notre hauteur, nous criâmes et fîmes des signes de la main pour attirer l'attention jusqu'à ce que le chef se rapprochât de notre refuge et nous ordonnât de sauter. Si engourdis étaient mes doigts que je ne réussis point à défaire les nœuds de la corde qui me retenait à l'arbre et que je dus la couper avant de me jeter la tête la première dans la barque. Nul doute que je ne me fusse tordu le cou si le responsable ne m'eût attrapé dans ses bras. Cet homme, couvert de boue jaunâtre de la tête aux pieds, s'écria en me regardant :

— Mikaël, mon frère, est-ce toi ? Que fais-tu ici ? Piri-reis t'a-t-il envoyé pour dessiner la carte de ce nouveau fleuve turc ?

— Ciel, Antti ! m'exclamai-je. Mais où sont tes canons ?

— Bien au chaud sous ces eaux tourbillonnantes ! De toute façon, comme la poudre est quelque peu humide, ils ne me seraient guère utiles en ce moment ! Vois la sagesse du sort qui régit de là-haut nos affaires ! Mikaël, tu as de la chance : j'ai ordre de t'amener directement devant le sultan qui va te verser une petite compensation pour le bain forcé. En revanche, ceux qui se sont montrés plus prudents et plus sages que toi en grimpant au haut de la colline avant l'arrivée des flots n'ont rien gagné ! Je me demande bien pourquoi l'on récompense aujourd'hui la bêtise et punit le bon sens !

Lorsque le bateau fut à ce point chargé de rescapés que le plat-bord se trouvait presque au niveau de l'eau, Antti se mit en devoir de tirer en pointe vers l'arrière. Il connaissait déjà parfaitement les chenaux et savait éviter de s'échouer en choquant contre des ruines de maisons ou tout autre écueil. Nous atteignîmes bientôt le bas d'une colline où l'on nous tendit des mains charitables pour nous tirer sur le rivage ; on frotta nos membres gourds et nous fit avaler du lait chaud avant de nous faire grimper au sommet du tertre où se tenaient le sultan Soliman et le seraskier Ibrahim, en habits somptueux et entourés d'archers. Sur leur ordre, le defterdar paya immédiatement une compensation à tous les rescapés. Les janissaires reçurent neuf aspres chacun, les sergents onbash dix-huit et moi, après avoir montré ma feuille de route signée de la main de l'aga des janissaires, j'en reçus quatre-vingt-dix. Je me demandai si je rêvais, car je ne voyais guère en quoi je méritais récompense pour avoir été sauvé des eaux !

— Il est de tradition de dédommager les janissaires quand ils se mouillent, m'expliqua mon onbash après avoir chanté les louanges du sultan à haute voix. Si au cours d'une marche avec le souverain, nous avançons dans l'eau jusqu'aux genoux, on nous paye un jour en supplément, le double si l'eau atteint la poitrine, et si nous avons la chance, pendant le service, qu'elle nous arrive jusqu'au cou, nous touchons trois jours de paye. Tu comprendras dès lors que le sultan fasse de son mieux pour éviter flaques et ruisseaux, mais il pouvait difficilement prévoir le débordement de la Maritza. Espérons qu'il n'y aura pas trop de rescapés, sinon les fonds seront épuisés avant même d'atteindre Buda.

Le soleil fit alors son apparition. Après trois jours de jeûne, le lait me réchauffa les entrailles et le poids des bonnes monnaies d'argent me parut des plus agréables. Les pertes subies par l'armée ne semblaient guère affecter le sultan pas plus que le grand vizir qui riaient haut et clair en accueillant les groupes de survivants qui ne cessaient d'arriver. Toutefois leur gaieté n'était, je pense, qu'une attitude convenue pour rendre courage à leurs troupes après un revers, une bonne habitude à vrai dire car moi-même, peu après avoir touché mon argent, j'oubliai les souffrances que j'avais endurées.

Sur le flanc de la colline, trois têtes étaient piquées sur des poteaux et quelques rescapés s'amusaient à leur tirer la barbe. Ces têtes appartenaient à trois pachas que le seraskier avait rendu responsables du choix de l'emplacement du campement. En leur faisant couper le cou, il se conciliait le sultan et gardait sa faveur.

Mon guide brossa la boue de son caftan et m'invita à aller chercher les vêtements neufs que le sultan m'avait promis, puis à me rendre dans la tente du service des ponts et des routes pour y attendre les ordres ultérieurs du grand vizir. Mais Antti tourna résolument ses pas vers la cuisine roulante et force me fut de le suivre puisqu'il me tenait par le bras. On reconnaissait facilement les cuisiniers à leurs tabliers et couvre-chefs blancs et Antti leur expliqua, de la façon la plus respectueuse, qu'il sentait une petite faim ; ils lui répondirent d'aller retrouver son père en enfer ! Froissé, Antti vérifia tout d'abord dans un des chaudrons que la soupe ne bouillait point encore, puis il saisit le cuisinier le plus proche par les oreilles et lui plongea la tête dedans.

Ensuite le relevant et le maintenant en l'air, il lui dit de son ton benoît :

— La prochaine fois, tu traiteras peut-être un homme comme un homme et pas comme un vilain petit garçon !

Les cuisiniers poussèrent les hauts cris en brandissant leurs couteaux à découper la viande, mais comme Antti restait fermement planté sur ses pieds tel un bloc de granit en leur montrant du doigt sa bouche puis son ventre, ils finirent par arriver à la sage conclusion qu'ils parviendraient plus facilement à se débarrasser de lui en lui donnant la nourriture qu'il réclamait.

Nous nous assîmes pour manger et mon frère se gorgea à tel point qu'il lui fut impossible de se relever. Après plusieurs essais malheureux, il s'étendit sur le dos tandis que moi, épuisé par mes trois jours et trois nuits de veille, je posai ma tête sur son estomac et sombrai dans le sommeil le plus profond que j'eusse connu en toute ma vie !

Je pense avoir dormi douze heures d'affilée ! Lorsqu'un besoin pressant me réveilla, je n'avais pas la moindre idée de l'endroit où j'étais et croyais me trouver à bord d'un vaisseau roulant en pleine mer. Je vis cependant, en levant la tête, que j'étais commodément étendu dans une litière portée par quatre chevaux. Un jeune homme à l'air réfléchi, assis sur un coussin à côté de moi, posa le livre qu'il étudiait dès qu'il vit que je m'étais réveillé.

Il me salua cordialement puis dit :

— Des anges gardiens ont veillé sur ton sommeil et t'ont protégé du diable. Ne crains rien, tu es en bonnes mains. Je suis Sinan l'Architecte, un de ceux qui construisent les routes au service du sultan. On t'a désigné pour être mon truchement dans les pays chrétiens que nous allons conquérir, si Allah le veut !

Je remarquai que l'on m'avait revêtu d'habits neufs, et une fois que j'eus vérifié à la hâte que ma bourse était toujours sur moi, je ne pus davantage attendre pour satisfaire mon besoin de plus en plus pressant.

— Trêve de discours, ô Sinan l'Architecte ! Ordonne à tes hommes d'arrêter les chevaux… si tu ne veux pas que je mouille tes beaux coussins !

Sinan l'Architecte, élevé au sérail, ne se montra nullement offusqué.

— Esclave et maître sont égaux en cette matière ! dit-il en soulevant le couvercle d'un trou rond pratiqué dans le plancher du chariot. Que ceci nous rappelle que le Clément au dernier jour ne fera nulle différence entre le haut et le bas !

Dans d'autres circonstances, j'aurais sûrement apprécié la délicatesse de ce discours, mais ne pouvais pour l'heure perdre de temps à écouter. Après avoir satisfait à mes nécessités, je me retournai vers lui qui me fixait en fronçant les sourcils et m'empressai de lui demander pardon pour ma conduite inconvenante.

— Je n'ai pas à me plaindre de ta conduite, dit-il, mais comme tu ne m'as pas laissé le temps de détourner le regard du fait de ta grande hâte, j'ai vu avec horreur que tu n'es pas circoncis. Serais-tu un espion chrétien ?

Consterné du résultat de ma négligence, je me hâtai de le saluer au nom du Clément, professai ma foi en Allah le Dieu unique et en Mahomet son prophète et récitai la première sourate afin de lui prouver que j'étais un vrai croyant.

— Je me suis soumis à la volonté d'Allah et j'ai pris le turban, ajoutai-je, mais une étrange destinée m'a ballotté ici et là sans jamais me donner ni le temps ni l'occasion de subir cette opération désagréable. Je te raconterai volontiers mon histoire qui te convaincra de ma bonne foi, mais dois te prier de ne point trahir cette omission devant les autres. Allah veut peut-être que je serve le sultan et le grand vizir dans l'état où je suis.

— Nous avons un long voyage devant nous, répondit-il avec un sourire, et j'adore les histoires édifiantes, mais ton discours me paraît trop beau pour être vrai ! En tout cas, si le grand vizir connaît ton secret, je n'ai aucune raison de me méfier de toi.

— Le grand vizir sait tout de moi, répliquai-je légèrement calmé, mais sans doute a-t-il en tête des choses plus importantes que la circoncision d'un esclave !

— Je ne suis pas bigot et ne te cacherai point que j'ai moi aussi un péché secret ; aucun de nous n'a donc à se sentir supérieur à l'autre !

Il sortit alors un petit tonneau délicatement peint et remplit deux gobelets dont un à mon intention. J'avalai le vin avec plaisir, sachant que le poids de mon péché n'en serait pas plus lourd pour autant. Il m'était arrivé déjà maintes fois de désobéir à cette règle et nombre d'interprètes de la loi opinaient que répéter un péché ne signifiait pas l'aggraver : c'est-à-dire qu'au Jour dernier, un ivrogne invétéré ne recevrait pas pire châtiment que s'il eût bu une seule fois, en sachant qu'il commettait un péché. Nous gardâmes un silence courtois dans notre litière bringuebalante tout en savourant, à l'ombre de la toile tendue au-dessus de nous, le feu qui courait dans nos veines et rehaussait l'éclat des couleurs du paysage.

Enfin, rompant le silence, je dis :

— Que m'importe demain ! A chaque jour suffit sa peine et rien n'arrive qui ne soit la volonté d'Allah ! C'est donc par simple curiosité humaine que je te demande à présent vers où nous dirigeons nos pas.

— Nous allons traverser les rivières de la Serbie, mon pays natal, et devons le faire au plus vite car les janissaires se mettront demain en route, bientôt suivis des spahis. Mon chef, le pacha des ingénieurs, perdra un pouce de sa barbe pour chaque jour de retard sur l'emploi du temps prévu ; quand toute sa barbe aura disparu, sa tête suivra... Tu peux imaginer dès lors combien il distribue généreusement les punitions à ses subordonnés ! Prions pour que le soleil brille et que le vent sèche les routes ! Une seule averse peut en effet raccourcir nombre de pauvres travailleurs !

Après cela, je n'avais plus rien à demander ! Nous voyagions rapidement jour et nuit ; à chaque relais le long de la route, des chevaux frais et un repas nous attendaient, ainsi que de nouveaux akindshas pour nous servir de guides. Sinân l'Architecte fouettait sans pitié ceux qui se rendaient coupables du moindre contretemps et lorsque, plaignant ces malheureux, je lui reprochai sa dureté, il me répliqua :

— Je suis moi-même un homme modeste, mais on m'a confié une tâche importante et ce serait de la folie de me fatiguer inutilement ou de crever de faim. Je dois garder toute ma force pour le travail que je suis le seul parmi eux tous à pouvoir faire. Notre plus grand obstacle va être la Drave, une rivière qui se trouve maintenant droit devant nous. Jusqu'à aujourd'hui, chaque fois que les crues de printemps ont arraché les ponts de ce fleuve, même le diable en personne n'a jamais pu les reconstruire avant la fin de l'été ! Cependant il m'incombe à moi d'en construire un en un clin d'œil !

Toutefois, au lieu de nous diriger droit vers notre but, nous dûmes faire détours sur détours pour obéir aux ordres que nous apportaient des courriers spéciaux. Sinan l'Architecte notait les changements d'itinéraires sur ses cartes et envoyait ses hommes en reconnaissance pour repérer les gués et construire des barrages de pierres jusqu'à l'autre rive par mesure de précaution, à l'intention de ceux qui perdraient pied dans le courant. Son courage était incroyable ! Comme il ne se fiait jamais entièrement aux rapports de ses soldats, il entrait lui-même bâton en main dans l'eau glacée pour en mesurer la profondeur et diriger la pose des pierres aux endroits instables. Il lui arriva à plusieurs reprises d'être emporté par le courant et ramené sur la rive grâce à sa corde de sécurité.

En atteignant la Save, il envoya ses hommes par milliers dans les bois pour abattre des arbres ou près du rivage pour scier des planches ; partout où il apparaissait, l'ordre et la discipline prenaient le pas sur le chaos. Hélas, une fois encore le ciel s'ouvrit et des trombes d'eau emportèrent ses travaux comme s'il ne fussent que toiles d'araignées. La pluie tomba à torrents de cieux bas et lourds et lorsque Sinan l'Architecte s'avisa que la rivière se transformait en une cataracte grondante tel le tonnerre, il retrouva son calme, ordonna à ses hommes de se mettre à l'abri et de tuer beaucoup de vaches et de moutons.

— Mangez, buvez et reposez-vous jusqu'à ce que la pluie s'arrête ! dit-il. Rien n'arrive contre la volonté d'Allah et le sultan ne peut être plus pressé que le Clément et le Miséricordieux. Et si je dois payer ce retard de ma tête, tant mieux ! Les chiffres et les plans me donnent la migraine et je ne ferme plus l'œil de la nuit à force de penser au pont que je dois construire sur la Drave lorsque nous l'atteindrons.

Sur ce, cet homme résolu qui n'avait pas plus épargné sa peine que celle des autres, éclata en sanglots d'épuisement. Je le mis au lit dans la hutte du passeur, puis lui fis boire un vin chaud afin qu'il trouvât le sommeil ; et il bredouillait en dormant au sujet d'une grande mosquée qu'il allait construire, telle que le monde n'en avait jamais vu.

La pluie ne cessa de tomber à verse durant cinq jours et je souffris avec mon ami Sinan toutes les angoisses de ce retard, en arpentant de long en large la petite cabane. L'armée pouvait arriver d'un instant à l'autre et le grand vizir nous couperait la tête pour la jeter dans la rivière. Mes craintes étaient vaines et même Khosref, le pacha du service des ponts et des routes, ne se présenta point. Finalement nous vîmes apparaître sous le déluge un messager couvert de boue et trempé des pieds à la tête. Il venait nous aviser que l'armée tout entière s'était enlisée et que le sultan avait ordonné une halte jusqu'à l'arrêt de la pluie. Cet homme, dont la cloche était pleine de boue, si harassé qu'il avait jeté sa hache et qu'il manquait de forces pour s'asperger de son parfum, se prosterna sur le sol pour proclamer qu'Allah était unique et indivisible et Mahomet son prophète, avant de s'écrouler, du sang lui coulant de la bouche. Il avait couru durant des jours et des nuits le long de chemins de traverse sous une pluie diluvienne et il était maintenant épuisé. Pourtant, dans des conditions normales, ces coureurs pouvaient en un seul jour franchir la distance qui sépare Andrinople d'Istanbul.

Soliman et Ibrahim se soumirent à la volonté d'Allah et ne châtièrent personne pour le retard dû à la pluie. Tandis que l'armée avançait lentement, maints hommes trouvèrent la mort dans les rivières en crue en dépit de toutes les précautions. D'innombrables chameaux de bât, exténués par la marche sur les routes détrempées, avaient fermé les yeux et les narines et s'étaient écroulés sous leur charge pour ne plus jamais se relever.

L'été pourtant était bien avancé et d'éclatants coquelicots couvraient les plaines de Hongrie. Personnellement, je ne pouvais plus supporter de voir des saules et des marécages lorsqu'enfin, à la tête de l'armée, nous atteignîmes les rives toujours inondées de la Drave, près de la ville d'Esseki. La garnison turque avait dès longtemps perdu tout espoir de franchir la rivière et déjà payé à la construction du pont un lourd tribut pour un faible résultat.

Nous finîmes par retrouver Khosref-pacha notre grand chef. Il se tirait les poils de la barbe tout en observant la Drave tourbillonnante d'un air préoccupé.

— Allah est grand, dit-il sur le ton de la soumission. Allah est le seul Dieu et Mahomet est son prophète, la paix sur eux ! Le sultan ne peut guère me demander l'impossible à moi qui, étant l'époux de sa cousine, suis uni à lui par les liens du sang. Mais Ibrahim, le grand vizir et chef de toutes les armées, est un homme impitoyable ! Il me faut donc dire adieu à la barbe grise ! Quant à vous, ô mes chers enfants et constructeurs pleins de force, vous seriez sages de faire votre paix avec Allah !

Ses hommes avaient, au temps jadis, accompagné dans de nombreuses campagnes Sélim l'Implacable ; ils avaient construit des ponts sur d'innombrables rivières de la Hongrie jusqu'à l'Égypte et vaincu maintes cités fortifiées, y compris Belgrade et Rhodes, grâce à l'ingéniosité de leurs travaux de sape. Eh bien, même ces vétérans se mirent à verser des larmes et à s'arracher la barbe en maudissant la Drave, la terre perfide de la Hongrie, le roi Ferdinand et tout particulièrement son frère, l'empereur des incroyants !

Sinan toutefois, après avoir attendu en silence que les plus âgés d'entre eux eussent dit leur mot, s'avança et déclara :

— Pourquoi croyez-vous que j'ai fait venir jusqu'aux rives de la Drave des milliers de chameaux et de bœufs chargés d'énormes billes de bois en provenance des collines de cinq pays ? Pourquoi ai-je amené à marche forcée le long de routes innommables les meilleurs forgerons et les charpentiers les plus chevronnés dans ce misérable trou d'Esseki ? Depuis que l'hiver a passé, j'ai rèçu au sérail un document détaillé sur la largeur de la Drave, la nature de ses rives et la force de son courant, jour et nuit je me suis battu avec des chiffres afin de pouvoir construire un pont robuste sur cette rivière. Et tout ce travail serait vain ? Non ! Je ne jetterai point ma règle ni mes compas ni mes tables avant d'avoir au moins commencé le grand œuvre !

Les maîtres constructeurs, qui avaient déjà derrière eux une longue vie d'expérience, regardèrent le jeune homme avec des yeux pleins de mépris.

— Qui est donc ce Sinan qui a acquis son savoir sur les coussins de soie du sérail ? dirent-ils. Il n'est point de plus grande sagesse que de se soumettre à la volonté d'Allah et nul doute que, sur ce point, Allah ne se soit déjà exprimé clairement !

Sinan contempla le large fleuve, les billes de bois empilées sur le rivage et les radeaux déjà construits. Alors, tombant à genoux, il embrassa la terre devant Khosref-pacha.

— Je suis jeune, il est vrai, mais j'ai appris la sagesse des plus fameux ingénieurs de notre temps ! dit-il. J'ai lu les ouvrages des stratèges grecs et étudié la description du pont qu'Iskender le Grand a jeté sur l'Indus. Donne-moi ton marteau, ô noble Khosref-pacha et, à la vue de tous, élève-moi au rang de ton fils ! Ensuite, malgré tous les obstacles, je construirai un pont sur la Drave ! Envoie un courrier à cheval au sultan et demande-lui trois jours de grâce. Il aura lui-même besoin de temps pour laisser reposer ses troupes. Mais il me faut absolument l'aide des trente mille janissaires !

Khosref-pacha remua la tête et longtemps hésita, mais il y avait un je ne sais quoi de si persuasif dans l'assurance de Sinan l'Architecte qu'il finit par se rendre.

— Très bien, je serai un père pour toi, accepta-t-il, et partagerai ta disgrâce si tu échoues. Mais je partagerai aussi l'honneur si, avec l'aide d'Allah et de ses anges, tu réussis l'impossible. Prends mon marteau et désormais vous tous, mes enfants, vous devrez obéir aux ordres du jeune Sinan !

Alors il tendit son marteau au manche d'or orné de pierreries à mon ami, posa une main sur son épaule et déclara devant la foule de témoins :

— Tu es la chair de ma chair, mon fils Sinan l'Architecte !

Puis il récita rapidement la première sourate pour confirmer l'adoption, envoya quérir son cheval et se mit en route avec sa suite pour rejoindre le sultan.

Je ne saurais trop expliquer la hardiesse de Sinan : d'une part il était né dans ce pays et connaissait le cours des rivières de la Serbie et d'autre part, peut-être avait-il raison de croire que cette période de pluie tirait à sa fin. Quoi qu'il en soit, le niveau de l'eau baissa dès le jour suivant et Sinan envoya des milliers d'hommes dans le fleuve pour y transporter des caissons et les remplir de pierres et pour amener d'énormes pilotis dans le lit de la rivière à des endroits soigneusement calculés et marqués sur ses plans. Il fit renforcer les deux extrémités du pont par des contreforts solides et capables de résister à de futurs débordements.

Le travail se poursuivait même après la tombée de la nuit. Des essaims d'hommes nus pataugeaient dans l'eau à la lueur de torches et de feux. Le bruit des marteaux et des scies couvrait le grondement du torrent et l'on devait l'entendre jusqu'à Esseki même. Sinan l'Architecte profita également de la nouvelle autorité dont il était investi pour promettre des sommes inouïes à tous les hommes qui faisaient avancer le travail et ordonna aux marabouts de proclamer que tous ceux qui périraient noyés ou écrasés par les billes de bois ou de n'importe quelle autre façon, gagneraient directement le paradis exactement comme s'ils fussent tombés en se battant contre les incroyants idolâtres. Il parvint même à communiquer de son indomptable enthousiasme aux janissaires qui, à l'inverse des hommes habitués aux travaux de construction, ne pouvaient se rendre compte de l'ampleur de l'œuvre entreprise.

Sinan cependant ne put terminer le pont en trois jours et lorsque passé ce délai le sultan et le grand vizir arrivèrent avec le reste de l'armée, il leur expliqua habilement qu'il avait demandé trois jours à partir du moment où le sultan serait parvenu sur les rives de la Drave. Quand le souverain vit qu'en dépit de difficultés apparemment insurmontables le travail avançait réellement, il n'éleva aucune objection contre cette nouvelle interprétation. Lui et le grand vizir simplement vêtus et un heaume à pointe sur la tête, se rendirent sur le théâtre des opérations suivis de quelques tsaush officiers, en habit vert. Et bien que Khosref-pacha, qui commençait à croire au succès de Sinan, se fût empressé d'aller s'asseoir dans la tente du jeune homme pour étudier ses plans et donner des ordres à droite et à gauche comme s'il eût été le véritable auteur de l'entreprise, le sultan ne s'y trompa point. Le visage impassible, il resta les yeux fixés sur Sinan, même s'il ne lui adressa pas une seule fois la parole durant les travaux.

Au dernier moment les chameaux entrèrent en action ainsi qu'un bon nombre d'éléphants domestiques qui, autant que je pouvais voir, rendaient d'immenses services. Assis entre leurs grandes oreilles, leurs mahouts indiens paraissaient de petits singes et les lourdes bêtes obéissaient avec intelligence au moindre de leurs signes : elles entraient à la file dans le fleuve, tâtonnant à chaque pas avant de poser le pied, et se tenaient par la queue de manière à former une digue vivante devant les travailleurs. Les éléphants soulevaient sur leurs défenses dorées des billes de bois que dix hommes auraient eu du mal à bouger et les transportaient sans difficulté au lieu où l'on en avait besoin.

Pourtant Sinan remarqua :

— Ces animaux font plus de dégâts qu'ils ne rendent de services ! Ils éclaboussent partout et se mettent sur le chemin de tout le monde. Seulement, ils amusent le sultan et les janissaires et maintiennent la bonne humeur de mes hommes. A mes yeux pourtant, ton frère Antti avec sa force vaut plus de dix éléphants !

Je remarquai en effet qu'Antti occupait à présent un rang élevé parmi les constructeurs et portait le turban de bimbash. Néanmoins, incapable de soutenir sa nouvelle dignité, il besognait, la hache à la main, toujours prêt à soulever et porter sur ses épaules un rondin que nombre d'ouvriers s'étaient épuisés en vain à essayer de déplacer. On se sentait confondu d'effroi et d'admiration au spectacle de ses prouesses, mais il manquait à mon avis des qualités nécessaires à un bimbash, un capitaine à la tête de mille hommes ! Comme il trouvait trop difficile de diriger les travaux des autres, il préférait accomplir lui-même les tâches les plus malaisées afin de leur montrer la manière dont ils devaient s'y prendre.

Après avoir observé un moment ses agissements insensés, je ne pus garder le silence plus longtemps et me dirigeai vers lui afin de lui parler au nom de notre vieille amitié.

— Antti, il ne sied point à un bimbash de se comporter devant ses inférieurs comme un vulgaire paysan ! dis-je. Tu fais rougir de honte tous ceux qui occupent le même rang que toi en te promenant ainsi, le visage noir de charbon et les mains pleines de goudron ! Regarde ! Tu as cassé ta belle plume ! Ne sais-tu qu'un bimbash ne doit relever ses manches que pour empoigner l'épée dans une bataille ?

— Ce travail n'est que provisoire et j'avoue que ces musulmans maladroits me font de la peine quand je les vois tenir une hache ! répondit-il. Du reste Sinan, qui est un bon garçon, m'a supplié à genoux de l'aider ! Dommage qu'il ait un défaut : te permettre de venir traîner par ici pour faire des remarques stupides !

Le sixième jour, le pont fut achevé et un flot ininterrompu de troupes le traversa quatre jours et quatre nuits durant tandis que Sinan veillait avec anxiété à ce que la pression ne se fît point trop forte. Le premier soir de cette marche, le sultan Soliman ordonna à Khosref-pacha et à Sinan de se présenter sous sa tente accompagnés de leurs plus proches assistants.

Force fut enfin à Antti de se laver les mains et de revêtir un caftan rouge que notre chef lui avait donné ! Sinan, au moment de son triomphe, perdit soudain toute sa belle assurance et parut affolé lorsque les janissaires, courant derrière lui, se mirent à chanter ses louanges tout en frappant avec leurs louches sur les chaudrons. Quand nous fûmes arrivés devant le somptueux auvent qui ombrageait l'entrée de la tente du sultan, il se tourna avec angoisse vers Khosref-pacha et lui demanda sans préambule :

— Ô cher père, un fils adoptif n'a-t-il pas le même droit à l'héritage que les autres enfants ? Et tu m'as bien reconnu comme ton fils devant tous les ingénieurs en le confirmant avec la première sourate, n'est-ce pas !

Khosref-pacha, qui se tenait auprès de lui d'un air satisfait, le serra tendrement dans ses bras et lui assura qu'un fils adoptif héritait de son père adoptif et inversement. Nous pénétrâmes alors dans la tente et le chef laissa son bras affectueusement posé autour des épaules de Sinan, afin de montrer qu'il était prêt à partager les honneurs de l'entreprise avec son cher enfant. Le grand vizir, revêtu d'un caftan étincelant de pierres précieuses, se tenait debout à la droite du sultan. Il loua avec éloquence notre réussite puis Soliman en personne, en témoignage de sa faveur particulière, adressa quelques mots à Khosref-pacha et à Sinan l'Architecte. Au-dehors de la tente, les janissaires redoublèrent d'enthousiasme pour cogner sur leurs chaudrons. Alors Sinan ne put se contenir plus longtemps ! Il sortit un papier de son caftan, le déplia, les mains tremblantes, et lut à haute voix les récompenses qu'il avait promises aux janissaires et aux constructeurs.

A la fin, il planta ses yeux dans ceux du sultan et dit :

— Seigneur, ainsi que tu viens de l'entendre, les primes seules coûteront la somme de deux millions deux cent mille aspres outre le prix des matériaux, transport, fabrication, travail des forgerons, des tailleurs de pierres et autres dépenses minimes. Khosref, mon cher père, a engagé sa fortune que je tiendrais parole et pour ma part, je sacrifie allègrement l'héritage qu'il m'a promis, n'ayant point d'autre bien en ma possession.

« Si j'en juge par le tapage que mènent dehors les janissaires, je crois qu'il attendent avec impatience leur récompense et je te conjure de leur verser sans attendre les deux millions deux cent mille aspres. Nous allons, mon père et moi, signer ensemble un reçu de cette somme. Je m'efforcerai dans toute la mesure de mes moyens de rembourser ma part, pourvu qu'à l'avenir tu veuilles bien me confier des travaux de construction qui me rapportent quelque argent.

Khosref-pacha, le visage cramoisi, repoussa Sinan l'Architecte avec violence.

— J'ai récité la première sourate quand je l'ai adopté, c'est vrai, mais il avait réussi à gagner ma confiance sous des prétextes fallacieux ! Non ! Je ne puis répondre des promesses d'un dément et engloutir la totalité de ma fortune ! Ah ! J'aurais dû lui faire voler la tête dès le début !

A ces mots, il leva la main pour frapper son fils Sinan bien qu'il se trouvât en présence du sultan. Par bonheur, il ne put accomplir ce geste insensé car un vaisseau de sang éclata dans son cerveau et il s'écroula sans connaissance sur le sol.

En fait cet incident, pour regrettable qu'il fût, nous sauva la mise en donnant à Soliman le temps de se remettre après les comptes fantastiques de Sinan. Il recouvra son calme accoutumé sous l'œil anxieux d'Ibrahim, et fidèle à sa réputation de noblesse, se contenta de dire :

— Ma petite monnaie risque d'être épuisée avant même que nous n'atteignions Buda ! Rendons cependant grâce à Allah que Sinan n'ait point promis la lune aux janissaires !

Le grand vizir s'empressa de rire et nous nous joignîmes à lui aussi chaleureusement qu'il nous fut possible jusqu'à ce qu'un sourire se dessinât sur le visage couleur de cendre de Soliman. Seul Sinan l'Architecte ne perdit rien de sa gravité.

Puis le sultan ordonna au defterdar de distribuer les

récompenses conformément à la liste établie par Sinan. Il fit présent à ce dernier d'une splendide bourse qui contenait mille monnaies d'or, tandis que l'on distribuait des sommes plus modestes à ses assistants. On considéra que j'occupais une position suffisamment élevée parmi les ingénieurs des ponts pour m'allouer dix pièces d'or; Antti, en revanche, en reçut cent ainsi qu'une nouvelle plume avec son agrafe de pierreries pour remplacer celle qu'il avait cassée.

La plus haute récompense échut cependant à Khosref-pacha pour la clairvoyance dont il avait fait preuve, comme le souligna justement le sultan, en choisissant l'homme le plus qualifié pour accomplir cet ouvrage. Et Sinan accueillit avec satisfaction cette décision. Longtemps encore, Khosref éprouva des difficultés pour parler et ne donna des ordres que par signes et hochements de tête que Sinan interprétait à sa convenance.

Une fois passé le pont, l'armée se divisa et continua sa marche par des routes différentes en direction de la grande plaine de Mohács où Janos Zapolyai, le souverain élu du peuple hongrois, devait venir grossir avec ses troupes les forces du sultan. Voyageant toujours en litière portée par les chevaux, Sinan remontait avec moi le cours du Danube ; en amont des rapides, une flotte de huit cents navires transportait sur l'eau canons, munitions, fourrage et vivres ; nous avancions sur terre au rythme de ces vaisseaux.

Après plusieurs longs jours de voyage à travers bois et marais, nous atteignîmes enfin ce malheureux champ de bataille où le destin de la Hongrie s'était joué trois années auparavant. En réalité, ce fut longtemps avant que son sort avait été scellé, au moment précis où le roi de France avait demandé l'aide du sultan contre l'empereur. L'alliance de Sa Majesté Très-Chrétienne avec le souverain musulman fut un facteur plus décisif que n'importe quelle bataille ! Des coquelicots balançaient déjà leurs corolles pourpres au-dessus des tombes, symbole, pour moi du moins, des sacrifices vains imposés aux hommes par la désunion de la chrétienté.

Comme nous parcourions, Sinan et moi, ces lugubres plaines, nous fûmes pénétrés tous deux du sentiment de la petitesse de la vie humaine et de la vanité de toute politique. Nous foulions sous nos pieds des membres lavés jusqu'à l'os par la pluie diluvienne et rien, non rien, ne distinguait un crâne turc d'un crâne hongrois : tous deux contemplaient de la même manière avec leurs orbites creusées le vide de l'univers. Ils gisaient, les guerriers, l'épée brisée encore dans leurs mains de squelettes, au milieu des boulets de canon et des boucliers défoncés, et des fleurs étrangères venues d'Orient avaient fleuri alentour comme unique hommage funèbre. Les graines, tombées sans doute de chariots turcs, avaient germé, mêlées à la terre imprégnée de sang et au crottin des chevaux et des chameaux. A la vue de ces fleurs bleues, dressées sur leurs tiges épineuses avec leurs larges feuilles, une tristesse infinie s'empara de mon âme.

— Salut, ô plaine de Mohács ! m'écriai-je. Salut, tombeau de l'Europe, mausolée de la politique de l'Occident ! Tes crânes blanchis témoignent d'un continent qui s'est déchiré lui-même tel un dément qui se lacère le corps ! Oh ! Comme ils parlent avec amertume des princes de l'Ouest qui se sont trahis et détruits les uns les autres, tandis que les ténèbres recouvraient l'Europe et que le croissant de l'islam se levait menaçant à l'Orient. Ô Mohács ! Sombre souvenir du déclin de l'Occident, mais aussi lumineuse promesse d'un futur où nul homme ne devra plus sacrifier sa vie pour d'autres hommes aveuglés par leur soif de pouvoir, futur où un unique souverain épris de justice régnera à la fois sur l'Est et sur l'Ouest au nom du Clément ! Sa loi pèse sur le riche comme sur le pauvre, et plus personne ne pourra persécuter, étrangler, brûler, torturer un autre homme pour sa foi ! Le peuple gouverné sagement vivra en harmonie et sera libre de pratiquer sa religion sans avoir à faire la guerre. Voilà ce que nous devons réussir le plus vite possible, sinon le monde ne signifie rien et il n'y a pas de raison de vivre !

Telle fut la harangue grandiloquente que j'adressai aux os vénérables de Mohács. Mais dès que j'eus terminé, je sentis au fond de moi une angoisse inexprimable en songeant aux magnifiques cathédrales et aux cités riantes de la chrétienté qui entendraient bientôt retentir du haut de leurs clochers la voix rauque des muezzins appelant les fidèles à la prière. Mon sang, la foi dans laquelle j'avais été élevé, le souvenir de mes ancêtres, tout cela m'attachait aux nations de l'Occident qui avaient creusé leurs propres tombes par leur division. Toutefois, mon désir de vivre, fût-ce dans des conditions différentes, m'éloignait du champ d'honneur de Mohács. Non, décidément, je n'avais point l'intention de donner ma vie pour une foi qui s'était condamnée elle-même !

On entendit alors le tonnerre d'innombrables sabots et le vent nous apporta le son trépidant des tambours et des cymbales des janissaires ; la vie était en marche vers ce champ de la mort ! Le sultan Soliman revenait sur le théâtre de sa plus grande victoire. A cette occasion, il permit à ses troupes, qui d'ordinaire se déplaçaient silencieuses comme des ombres, de jouer de la musique et de déployer leurs bannières avant qu'il ne donnât le signal de la halte pour la nuit.

Un campement gigantesque surgit alors comme par enchantement de cette plaine désolée. Chaque homme savait exactement ce qu'il avait à faire et l'on vit bientôt les janissaires assis par groupe de dix autour de chaudrons fumants posés sur des feux pétillants. Le pavillon du sultan avec son auvent était installé sur le tertre le plus élevé et sur les pentes qui y menaient ses gardes du corps semblaient un véritable tapis vivant ; ces hommes devaient dormir à même la terre, l'arc à portée de la main, tout autour de sa tente. Pendant que les bergers faisaient boire chameaux et bœufs à la rivière et que les faucheurs coupaient du foin pour les chevaux, Ibrahim, le grand vizir, escorté d'une suite brillante, s'éloigna au galop pour se porter à la rencontre du roi Zapolyai.

Le lendemain, après l'ablution et la prière du matin, je

me heurtai à messire Gritti qui manifestement venait de passer la nuit en beuverie. Il me serra dans ses bras avec excitation et s'écria :

— Pour l'amour de Dieu, messire Carvajal, dites-moi où l'on peut trouver dans ce maudit campement un tonnelet de vin frais ! Je dois plus tard accompagner le roi Janos auprès du sultan de crainte qu'il n'oublie l'évêché qu'il m'a promis.

Rencontrer cet intrigant débauché ne me réjouissait guère, mais la simple humanité m'induisit à lui rendre service. J'aperçus alors Antti qui venait de passer la nuit à vérifier ses canons récemment arrivés dans un convoi de radeaux, et lui demandai son avis. Après réflexion, il alla emprunter deux chevaux pour messire Gritti et moi-même et, marchant à pied à côté de moi, nous conduisit au camp des akindshas chrétiens à quelque huit cents mètres de là. Contrairement aux musulmans, ces hommes manquaient absolument d'hygiène et avaient souillé de leurs détritus et immondices tout un joli bois de hêtres. D'ailleurs, les détachements de janissaires se gardaient bien de venir inspecter ce camp dont ils se tenaient toujours le plus loin possible. Contre l'or de messire Gritti, ces bandits d'akindshas déterrèrent un tonneau d'excellent vin de Tokay et invitèrent chaleureusement notre ami à étancher sa soif.

En ivrogne consommé qu'il était, messire Gritti ne but pas plus qu'il ne fallait pour se remettre les idées en place et retrouva sa bonne humeur sans un instant oublier qu'une tâche importante l'attendait. Puis nous quittâmes le camp et il se hâta de retourner dans sa tente afin de changer de vêtements et de se préparer à rejoindre la suite du roi Zapolyai. Pour recevoir ce dernier dignement, le sultan fit placer son armée de chaque côté du pavillon où la rencontre devait avoir lieu, si bien qu'après la prière de midi, lorsque le souverain légitime de Hongrie arriva avec sa suite, l'on eût dit une goutte d'eau que l'océan pouvait engloutir d'une minute à l'autre.

Je ne fus point admis à cette cérémonie et messire Gritti me conta cet événement par la suite d'une manière détaillée. Le sultan daigna, paraît-il, faire trois pas en direction de Zapolyai et lui tendre sa main à baiser avant de l'inviter à prendre place à ses côtés. J'imaginai qu'en honorant le Hongrois de la sorte, Soliman désirait s'honorer lui-même. Messire Gritti de son côté me donna une meilleure explication.

— L'histoire vient de plus loin ! dit-il. Sachez que Janos Zapolyai, homme de peu de poids par ailleurs et qui n'amène que six mille cavaliers, a en sa possession un talisman magique, un talisman qui vaut toute une armée. Ses partisans ont en effet réussi à s'emparer par ruse de la couronne de saint Étienne et c'est de cet objet que le sultan a voulu s'assurer en recevant Janos de manière aussi flatteuse. En fait, Zapolyai ne représente pour lui qu'un pion pour préparer le terrain et sa valeur guerrière ne lui importe guère. Croyez bien que si je n'avais révélé ce secret à mon frère Ibrahim, le sultan ne se serait jamais donné la peine d'accueillir en personne le pauvre Janos !

Je lui répondis fort poliment que je ne suivais point son raisonnement, une simple couronne ne suffisant pas à faire un roi ! Mieux valait posséder une puissante armée pour conquérir un royaume !

— La couronne sacrée de saint Étienne n'est pas une couronne ordinaire ! rétorqua-t-il. Les Hongrois, qui sont encore des barbares superstitieux, ne reconnaissent pour roi de leur pays qu'un homme couronné précisément avec cette couronne ! Vous comprendrez dès lors que cet objet soit leur trésor le plus précieux ! Le voïvode Zapolyai a franchi d'un bond la moitié des obstacles en découvrant le secret de sa cachette ! Et voilà qu'aujourd'hui ce naïf a vendu son bien au sultan pour quatre chevaux et trois caftans ! Sachez que cinq cents fidèles spahis sont déjà en route pour aller la chercher avant que le roi Zapolyai ne regrette cette affaire !

Selon toute apparence, messire Gritti avait vu juste ! J'observai en effet que nul ne fit grand cas du roi Zapolyai pendant notre rapide avance en direction de Buda. Il suivait avec ses hommes en queue de la colonne, et les janissaires l'appelaient irrespectueusement Janushka. Trois jours après avoir quitté Mohács, nous plantâmes nos tentes dans les vignes aux alentours de Buda.

Les remparts de la cité semblaient infiniment épais et la garnison allemande ouvrit sur nous un feu si nourri que je m'empressai d'aller visiter les sources chaudes de la région, tandis que Sinan l'Architecte envoyait ses hommes saper et miner pour préparer le siège.

Escortés par un nombre réduit de gardes du corps, le sultan et le grand vizir, portant un heaume et de simples caftans, entreprirent une tournée d'inspection afin d'encourager leurs troupes avant l'assaut. J'eus la chance de les rencontrer en allant porter son repas à Sinan, si absorbé par son travail qu'il en oubliait souvent de manger. Le sultan m'adressa aimablement la parole en m'appelant par mon nom, sans doute pour prouver sa bonne mémoire. Alors, poussé par je ne saurais dire quoi, je fis état d'un songe que j'avais eu la veille.

— Je me suis laissé dire que ton épouse rêve également, remarqua le sultan ; elle peut voir l'avenir, m'a-t-on dit, dans un bol de sable. Dis-moi donc à ton tour ce que tu as vu dans ton songe !

Je restai interdit puis émis quelques balbutiements et jetai un regard au bel Ibrahim qui ne semblait pas du tout apprécier les paroles de Soliman. Je me demandais comment le sultan pouvait savoir quoi que ce fût de Giulia mais à présent que j'avais commencé, je ne pouvais m'arrêter en chemin.

— Je me suis baigné hier dans les merveilleuses sources d'eau chaude de cette région et me suis senti si fatigué ensuite que je sombrai dans un profond sommeil. J'ai rêvé et dans mon rêve, je voyais la forteresse de Buda ; un vautour volait lourdement au-dessus d'elle et portait dans son bec une étrange couronne. Puis les portes de la citadelle s'ouvrirent et les défenseurs se prosternèrent devant le vautour. Alors le Fils du Miséricordieux s'avança et le vautour lui posa la couronne sur la tête.

« Voilà ce que j'ai vu, mais il faudrait un homme plus savant que moi pour interpréter cette vision !

J'avais réellement fait ce rêve, certainement inspiré

par l'histoire que m'avait racontée messire Gritti au sujet de la couronne de saint Étienne ; en fait, j'avais vu la couronne choir des serres du vautour et écraser tout Buda sous son poids. Ma vision des portes ouvertes venait sans doute du vif désir que j'éprouvais de voir tomber la cité le plus vite possible entre les mains du sultan tant je craignais les périls d'un assaut.

Je n'avais donc, comme il arrive toujours en ce cas-là, modifié que légèrement mon rêve et d'une manière que je pensais n'être point trop transparente puisque le sultan et le grand vizir ignoraient que messire Gritti eût bavardé avec moi à propos de la couronne de saint Étienne. D'ailleurs, ils n'avaient pas l'air de soupçonner une quelconque supercherie ; ils échangèrent un regard rempli d'étonnement, puis le sultan s'exclama :

— Que la volonté d'Allah soit faite !

Et le beau visage d'Ibrahim retrouva sa gaieté. Je reçus plus tard un vêtement neuf et une bourse bien remplie de la part du sultan qui me remerciait ainsi de mon rêve.

Il est difficile d'estimer la valeur des songes ou des augures, mais en cette occurrence le mien se réalisa et Buda tomba après six jours de siège, avant même qu'un boulet de canon ne fût parvenu à ouvrir une brèche dans ses murs. Nul ne s'en étonna plus que moi-même, qui étais bien loin de m'attendre à une conclusion aussi rapide !

Dès que les deux capitaines de la garnison virent les forces imposantes des Ottomans et le nombre considérable des canons débarquer par les radeaux, ils acceptèrent de négocier et consentirent à abandonner la cité à condition de pouvoir se retirer avec armes et bagages. Le sultan souscrivit volontiers à ces exigences modérées. L'été, en effet, touchait à sa fin et nous nous trouvions encore loin du but de notre expédition.

Au son des tambours et des cymbales, les janissaires s'alignèrent promptement des deux côtés de la porte de la cité pour permettre de sortir aux hommes de la garnison allemande. Les Germains marchaient donc au milieu d'une haie d'ennemis qui, par gestes et paroles, leur manifestaient tout ce qu'ils pensaient d'eux. Au début les vaincus, tête basse, s'exhortaient à se souvenir des souffrances et des insultes que Notre Seigneur Jésus-Christ avait dû supporter. Mais ils ne purent se contenir davantage lorsque les janissaires se mirent à piétiner la croix et à leur adresser de cuisants quolibets. Le visage sombre, ils maudirent leurs officiers et se rappelèrent qu'ils étaient des lansquenets allemands, ceux-là mêmes devant lesquels tremblait le monde entier ! Certains alors s'arrêtèrent pour répliquer à ceux des janissaires qui parlaient leur langue et l'on pouvait les voir, fièrement plantés face à leurs adversaires, le cou tendu tels des coqs de combat.

J'eus ainsi l'occasion d'examiner et même de toucher les nouveaux mousquets légers, équipés de percuteurs à rouet, qui représentaient pour la plupart de ces mercenaires leur trésor le plus précieux. Les janissaires, vaincus dans la bataille verbale, se décidèrent à assouvir leur convoitise et tentèrent d'arracher de force ces armes des mains de leurs propriétaires. Des luttes s'ensuivirent, le combat s'étendit avec une sauvagerie toujours plus grande, si bien qu'en un clin d'œil presque tous les Allemands gisaient morts sur le terrain tandis que leurs armes ainsi que leurs biens passaient aux mains des Turcs. Cinq ou six hommes de la garnison tout au plus échappèrent au massacre et réussirent à se cacher dans les bosquets de saules. Des têtes, des bras, des jambes et autres morceaux de lansquenets tués jonchaient le territoire qui séparait les portes de la cité de la rive du fleuve. Les janissaires, satisfaits, rejoignirent leur campement pour essayer leurs nouvelles armes ou se battre entre eux à qui les aurait.

Cet incident porta un tort considérable à la réputation du sultan dans le monde. L'empereur Charles et son frère de Vienne s'empressèrent de publier cette traîtrise alors que le noble Soliman, profondément affecté par la conduite de ses hommes, se retirait sous sa tente où il demeura trois jours en refusant de paraître.

Je fus appelé peu après à me présenter devant Ibrahim par l'intermédiaire de messire Gritti qui m'escorta jusque sous sa tente. Le grand vizir, assis les jambes croisées sur un coussin, étudiait une carte. Il nous invita aimablement à prendre place à ses côtés puis, un sourire moqueur brillant dans ses sombres prunelles, il dit :

— Je te suis obligé pour ton rêve, Mikaël el-Hakim, mais je te défends d'en avoir un autre, ou du moins d'en parler sans ma permission au sultan !

— Je ne suis point maître de mes rêves, répliquai-je quelque peu blessé, et j'avais les meilleures intentions. De toute façon, il s'est réalisé puisque Buda est tombée sans coup férir !

— Cette fois, en effet, ton rêve est devenu réalité et c'est la raison pour laquelle je t'ai mandé céans, répondit Ibrahim en me scrutant du regard. Comment as-tu pu deviner ce qui devait arriver ? Quel était ton but ? Était-ce pour induire le sultan à me soupçonner, moi son esclave, de convoiter la couronne de Hongrie ?

Je frissonnai à ce discours mais il poursuivit, impitoyable :

— Comment puis-je te faire confiance ? Penses-tu que j'ignore de quelle manière au sérail tu as cherché à te faire valoir afin d'entrer au service de Khurrem la sultane ? Tu as même donné ton chien à son fils en témoignage de ta loyauté, alors que cette femme est une hypocrite qui ne songe qu'à me nuire. Avoue que c'est elle qui t'a payé pour me suivre dans cette campagne et raconter ces rêves malfaisants !

J'étais bien trop étourdi par ces propos pour comprendre un seul mot de ce qu'il disait. Messire Gritti me glissa un regard à travers la fente étroite de ses yeux et hocha la tête. Soudain le grand vizir tira une grande bourse de soie de sous son coussin et me la jeta sur les genoux ; puis une seconde et une troisième suivirent, au point que je fléchissais sous leur poids.

— Pèse cet or et réfléchis bien ! s'écria-t-il avec une sorte d'appréhension. Qui est le plus riche, du sultan ou de moi ? Qui peut te récompenser avec le plus de générosité ? Certes, je dois reconnaître que jusqu'à ce jour tu n'as guère gagné à me servir, mais cet or t'appartient si seulement tu avoues que Khurrem la

Russe t'a rallié à sa cause afin que tu travailles contre moi ! Il est difficile de se garder d'un ennemi dans le noir, il faut donc que je connaisse tes intentions !

Malgré mon émotion, je calculai qu'il y avait au moins cinq cents monnaies d'or dans chacun des trois sacs, une immense fortune pour un homme dans ma position ! Avec cet argent, je pourrais acheter une jolie maison entourée d'un jardin sur le Bosphore, des esclaves, des bateaux et tout ce dont j'aurais envie ! Puis je revis le visage rond de la sultane Khurrem, la froideur de ses yeux bleus, ses traits irréguliers, le sourire perpétuel de sa bouche et les fossettes de ses joues. Je ne lui devais rien et n'avais aucune obligation vis-à-vis d'elle. Pourtant j'hésitai à répondre, non à cause de Khurrem mais parce que j'avais du mal à mentir au grand vizir.

— Tu peux parler sans crainte ! me dit-il après m'avoir observé avec attention. Tu n'auras jamais à le regretter et je ne demande qu'une certitude sur ce point précis. Ce sera mon secret et le sultan l'ignorera toujours.

— Cruelle tentation que celle-ci, ô mon maître ! dis-je enfin. Mais je ne puis te mentir, même pour tout cet or !

Alors les yeux pleins de larmes d'indignation, je repoussai les sacs et lui contai de quelle manière j'avais pénétré dans le harem et les circonstances qui m'avaient amené à donner mon chien au prince Djianghir.

— Je suis fou de te raconter cela quand un simple mensonge aurait fait de moi un homme riche ! concluai-je sur le ton de l'amertume. Mais je n'ai jamais été capable de penser au seul profit, comme ne cesse du reste de me le reprocher mon épouse.

J'éclatai en sanglots à l'idée de perdre stupidement cet argent et maudis ma propre faiblesse. Messire Gritti et le seraskier Ibrahim échangèrent un regard surpris. Puis celui-ci me tapa sur l'épaule pour me calmer et demanda :

— Comment se fait-il donc que le kislar-aga ait présenté ton épouse à la sultane, si bien qu'elle se rend au harem quasi tous les jours pour regarder dans le sable et vendre toutes sortes de lotions et d'onguents pour le teint ?

— Je n'en ai pas la moindre idée! répliquai-je, frappant dans mes mains en signe d'étonnement. Je reconnais pourtant avoir recommandé mon épouse au kislar-aga, et vanté ses talents.

La bonne étoile de Giulia m'encouragea à donner plus de détails à son sujet et je bavardai jusqu'à ce qu'il ne restât plus aucune ombre sur le visage du seraskier rasséréné.

— Je te crois, me dit-il avec un sourire. Je ne puis douter de ta sincérité et pourtant je n'arrive pas à décider si tu es un imbécile ou un homme excessivement rusé.

Sur ce, et à ma grande tristesse, il reprit les sacs d'or et les rangea de nouveau sous les coussins. Ensuite, il frappa dans ses mains et congédia le muet qui était dissimulé derrière un rideau, un écheveau de lacets de soie sur ses épaules. Je sentis, à la vue de cet homme, une sueur froide descendre le long de mon épine dorsale.

— Si tu avais avoué comploter contre moi, dit le grand vizir, tu aurais eu l'or mais peu de temps pour t'en réjouir parce que je me serais vu dans l'obligation de t'ôter la vie. Cela dit, ton honnêteté mérite récompense et tu peux me demander ce que tu veux dans les limites du raisonnable.

Frissonnant à la fois de peur et de gratitude, je me jetai à ses pieds en m'écriant :

— Je resterai toujours ton fidèle serviteur comme je l'ai été jusqu'à présent mais dis-moi, de grâce, qu'entends-tu par raisonnable ? Je ne voudrais point insulter à ta munificence en requérant de ta faveur un gage trop menu.

Le grand vizir partit d'un éclat de rire en m'écoutant mais ne donna point d'explication supplémentaire. Je me trouvai donc face à un véritable dilemme : si, d'un côté, je répugnais à demander trop peu, de l'autre je craignais de le courroucer par une requête exagérée. En proie à l'indécision, je frottais mes paumes moites puis, surmontant mon angoisse, finis par répondre :

— Personnellement, je suis un homme aux aspirations modérées mais mon épouse rêve depuis longtemps de posséder une demeure que nous puissions considérer comme notre foyer. Ainsi donc, le plus merveilleux présent que tu me pourrais faire serait une petite maison qui, bien que modeste, aurait un jardin, quelque part sur les rives du Bosphore pas trop loin du sérail. Je te bénirais tout au long de ma vie ! Ô toi qui possèdes d'immenses domaines dans les faubourgs de la cité, des jardins innombrables, des palais et des villas d'été, comment remarquerais-tu qu'il te manque un petit coin sur la rive ?

Nulle autre demande n'eût paru plus recevable aux yeux du grand vizir. Avec un large sourire, il me tendit sa main à baiser et dit :

— Ta requête est la meilleure preuve de ta sincérité parce que si tu avais projeté quelque trahison, tu ne m'aurais certainement pas demandé une maison proche de la ville mais bien plutôt une récompense que l'on puisse transporter au loin ! Tu as raison ! Istanbul est la plus belle des cités ! Allah lui-même l'a créée pour être capitale du monde et, s'Il le veut, j'ai l'intention de l'embellir encore ! Je ferai construire des monuments et des mosquées à profusion ! Oui, je te céderai un vaste morceau de terrain près de mon palais d'été sur le Bosphore et Sinan dessinera pour toi et ta famille une spacieuse maison de bois, en harmonie avec le paysage et propre à réjouir les yeux et le cœur. Il pourra puiser les fonds nécessaires dans mon trésor et employer des azamoghlans pour l'aider dans les travaux de construction.

« Je vais à présent réciter la première sourate pour confirmer cette promesse.

Messire Gritti hocha la tête à ce qu'il tenait pour stupidité de ma part alors que, pour moi, j'étais inondé de la joie la plus totale et songeais qu'en fin de compte le sort m'avait favorisé en m'envoyant participer à cette guerre.

Nous perdîmes un temps considérable à Buda et lorsque enfin l'armée s'ébranla, les écluses du ciel s'ouvrirent à nouveau. La pluie tombait si violente que les janissaires les plus endurcis commencèrent à redouter que les djinns en fureur n'eussent envahi la Hongrie : les derviches, quant à eux, prédisaient en tremblant un nouveau déluge ! Néanmoins, l'armée du sultan paraissait bien trop puissante pour que nul ne doutât de son succès final.

Même les Hongrois croyaient à notre victoire et quand nous atteignîmes la forteresse de Gram, située en amont dans la vallée du Danube, l'évêque Varday se rendit aussitôt et se sacrifia en se joignant à la suite du sultan afin de sauver ce qui pourrait l'être des biens de l'Église de son pays.

Nous dûmes en chemin surmonter d'énormes difficultés et j'avais le cœur navré de voir, sous cette pluie glacée, les chameaux avec leurs pâturons déchirés glisser et trébucher dans les chemins détrempés avant de se coucher pour mourir. Nous étions partis avec près de quatre-vingt-dix mille de ces bêtes et il n'en restait guère plus de vingt mille lorsque nous arrivâmes à Vienne ! On imaginera combien le transport des vivres destinés à une armée d'une telle ampleur devint peu à peu un problème des plus ardus à résoudre.

Le mois de septembre touchait à sa fin quand nos forces prirent position face à Vienne et que le sultan, installé sous son splendide pavillon, put s'asseoir en grelottant devant un récipient rempli de charbons ardents ; il faut dire que le revêtement brodé d'or de sa tente ne protégeait pratiquement pas du froid et laissait même passer la pluie.

Vue des collines de Semmering, l'opulente cité avec la flèche de sa cathédrale qui s'élançait dans le ciel semblait facilement accessible ; ses murailles paraissaient minces comme des fils et ni les parapets construits à la hâte ni les palissades ne constituaient une véritable menace. A vrai dire, je ne puis encore comprendre la raison pour laquelle nous ne sommes point parvenus à nous emparer de cette ville, avec ses faibles fortifications et une garnison relativement réduite malgré le renfort de quelques vétérans que le roi Ferdinand avait jugé bon de laisser là avant de prendre prudemment la fuite en direction de la Bohême.

En toute justice, je dois reconnaître que les assiégés se montrèrent à la hauteur de leur réputation et firent tout ce qui était en leur pouvoir pour augmenter le mal du pays que les assiégeants ressentaient inévitablement. Ils croyaient fermement, et avec raison, que le temps et les forces de la nature jouaient en leur faveur, et j'imagine qu'ils se considéraient en outre comme les gardiens de l'unique bastion de la chrétienté. Eux vaincus, en effet, rien n'arrêterait plus le flot d'un Islam victorieux qui inonderait alors l'Allemagne et l'Europe tout entière. Voilà les graves réflexions qui me venaient à l'esprit tandis que je contemplais Vienne du haut des collines de Semmering ; mon cœur de renégat n'était point sûr de savoir pour quel côté il désirait la victoire et plus tard, lorsque je fus témoin de la valeur incroyable des défenseurs, je souffris vivement de mon apostasie. Le lecteur indulgent saura apprécier, j'espère, mon innocence et la simplicité de mon cœur en matière de foi.

Sinan l'Architecte coupa bientôt court à mes inutiles divagations pour me donner un travail plus sérieux : comme j'étais son truchement, ma tâche consistait à interroger un à un tous les captifs pris lors de la capitulation de Buda ; il m'envoya également au camp des prisonniers où se trouvaient les fuyards capturés par les akindshas avec la mission de leur soutirer des détails sur la ville de Vienne, ses rues, ses maisons, ses murailles, ses tours et ses fortifications récemment édifiées. Il ne me laissait pas une minute de repos. Je courais, haletant, d'un interrogatoire à un autre pour ensuite marquer sur mon plan les maisons de pierre et celles de bois, celles qui avaient perdu leur toit et celles que l'on avait abattues pour faire place à l'artillerie ; je notais aussi l'endroit où l'on avait creusé des tranchées, les rues fermées à la circulation des chevaux, et le nom des commandants des différentes portes, tours et autres bastions.

— Qu'Allah me protège ! éclatai-je un jour que j'étais à bout. Ouvre une brèche dans la muraille, peu importe l'emplacement, et les janissaires feront le reste, ne serait-ce que pour se réchauffer autour d'un bon feu !

— Non, non ! répliqua Sinan l'Architecte. Il faut d'abord étudier l'inclinaison du terrain, découvrir toutes les sources souterraines, établir le niveau de la nappe qui les alimente et noter la profondeur du sol, sinon mes sapeurs seront inondés ou arrêtés net par un mur de rochers. Il faut que je sache tout ce que l'on peut savoir sur Vienne !

Je connaissais déjà le plan de cette ville de telle façon que j'aurais presque pu y trouver mon chemin avec les yeux bandés ! Des milliers de ses habitants, inaptes à porter les armes et pour cette raison chassés de la manière la plus impitoyable, avaient été des proies faciles pour les cruels akindshas. Mais ils vinrent en si grand nombre qu'il n'y avait plus de place dans les camps des esclaves et comme il n'était pas non plus possible de maintenir une étroite surveillance, maints d'entre eux réussirent à s'échapper et à ramener des informations aux défenseurs.

La vie dans notre camp eût été supportable, malgré le temps et le manque de vivres, si les assiégés, plus soucieux de leur petit nombre, eussent respecté les règles de la guerre en attendant notre attaque bien tranquillement derrière leurs murailles. Mais ces Allemands et ces Bohémiens téméraires ne cessaient de nous retarder de toutes les manières possibles et imaginables. Par exemple, lorsque, après maints calculs et réflexions, Sinan se décida enfin à pousser une sape en direction de la porte de Carinthie, les artilleurs allemands de la cité descendirent dans les galeries souterraines près des murailles ; ils s'assirent là, yeux et oreilles grands ouverts, devant un seau d'eau et un tambour sur lequel ils avaient éparpillé une poignée de petits pois ; quand la trépidation de nos travaux fit danser les pois et frémir l'eau, ces hommes sans foi se préparèrent aussitôt à réagir. De notre côté, nous terminâmes de saper jusque sous la muraille puis empilâmes notre poudre de manière à pouvoir, le moment venu, faire sauter toutes les mines à la fois. Ce fut alors que ces bandits de Germanie creusèrent de l'intérieur droit sur nos galeries et nous volèrent sans vergogne toute la poudre ! Ils la transportèrent dans la cité, non sans avoir auparavant fait sauter et détruit le fruit de semaines entières d'un labeur acharné et plein de dangers.

Un soir, le seraskier, rendu nerveux par la lenteur de nos travaux, envoya ses pièces légères face à la porte carinthienne et se mit en devoir de bombarder ses tours. On n'eût pu rêver plus belle démonstration de l'incroyable habileté des artilleurs turcs qui, de nuit et sous une pluie battante, soutinrent un feu ininterrompu, chargeant et déchargeant leurs armes quasi aussi rapidement que par temps sec et à la clarté du jour. Si le tonnerre incessant des pièces renforçait mon courage, Antti, en revanche, ne voyait aucune utilité à exposer les canonniers à une pluie diluvienne qui risquait d'aggraver leurs rhumes. La toux de cent mille musulmans était plus dangereuse qu'une canonnade, dit-il, et suffirait à faire s'écrouler les murailles de Vienne ! Je n'avais ce soir-là nulle envie de quitter mon logement à peu près sec grâce à un récipient de cuivre rempli de charbons ardents ramené par Sinan l'Architecte, et passai en sa compagnie une agréable veillée devant un ou deux pichets de vin ; puis je sombrai dans un profond sommeil. Une terrible explosion nous réveilla en sursaut ! Des troupes d'élite de la garnison, composées de Germains, Espagnols et Hongrois, avaient fait une sortie inopinée par la porte du Sel et s'étaient ruées à l'improviste sur nos pauvres soldats. Elles mirent le feu à tout le petit bois que nous avions rassemblé à grand-peine aux hangars où Sinan entreposait les matériaux, aux enclos des esclaves, et à toutes les tentes qu'il leur fut possible d'atteindre. A vrai dire, la totalité du campement aurait pu souffrir de cette attaque mais tout était trop humide pour brûler convenablement.

Les grenades que les assaillants lançaient à l'intérieur des tentes causèrent la pire des paniques ; les mèches fumaient et sifflaient en éclairant les ténèbres telles des queues de comètes, leurs obus de poterie ou de verre, remplis de pierres, clous et autres immondices, volaient au moment de l'explosion dans toutes les directions et infligeaient de nombreuses blessures.

Sinan et moi, abrutis de sommeil quand la tourmente se déchaîna, aurions certainement péri d'une triste fin si nous n'eussions réussi à ramper dans une tranchée offensive jusqu'à une galerie dont l'entrée se trouvait cachée dans un bois. Une fois arrivés, Sinan enroula son manteau autour de sa tête et replongea aussitôt dans un paisible sommeil tandis que je restai là, claquant des dents, à écouter le rugissement terrifiant de la bataille qui se déroulait au-dessus de nous.

A l'aube, les janissaires descendirent les collines en rangs serrés pour prendre à leur tour l'offensive et l'ennemi, comme il fallait s'y attendre, céda alors à l'affolement. Cinq cents d'entre eux furent immédiatement abattus et les janissaires, furieux de leur nuit sans sommeil, se lancèrent à la poursuite des survivants ; ils eussent sans nul doute pénétré derrière eux à l'intérieur de la cité si les Allemands ne se fussent empressés d'en fermer les portes, non sans laisser dehors nombre de leurs officiers retardataires.

On apporta des centaines de têtes fichées sur des piquets devant la tente du sultan, tandis que les janissaires faisaient retentir leurs instruments et que les agas se glorifiaient de leur grande victoire.

En réalité, le camp des musulmans avait souffert une destruction qui dépassait largement les pertes allemandes et nos chefs interdirent de faire le compte des morts turcs dont on jeta à la hâte les corps dans le Danube. L'assaut décisif dut être retardé et la poudre prête à servir que l'on avait empilée sous les murailles prit l'humidité.

Le temps jouait en faveur des assiégés. La toux incessante des Turcs résonnait nuit et jour à travers tout le campement et dérangeait dans son sommeil le sultan exaspéré qui y voyait un signe de rébellion. Rien à ses yeux ne pouvait venir démentir ce soupçon.

Nous approchions à présent de la mi-octobre et les vivres manquaient chaque jour davantage. A cette époque, nous réussîmes enfin à faire sauter deux mines qui abattirent une partie de la muraille du côté de la porte de Carinthie. Avant même que les débris projetés par l'explosion n'eussent touché terre, les agas conduisirent à coups d'épée et de fouet leurs hommes à l'assaut. Ces attaques se répétèrent durant trois jours et nul parmi les soldats ne croyait plus à la victoire. Leur ardeur belliqueuse les avait abandonnés et maints d'entre eux avouaient préférer la mort par le cimeterre de leurs propres chefs plutôt que périr sous les coups des horribles épées à deux mains des Allemands, capables de partager un homme en deux d'un seul coup.

Sinan l'Architecte lui-même n'était point à l'abri du mécontentement du seraskier, car un nombre considérable de ses mines n'avaient pas explosé. Cependant, après des efforts surhumains, la brèche se trouva élargie et l'ordre de l'assaut final put enfin être donné. Compagnies après compagnies furent envoyées à coups de fouet et d'aiguillon au plus épais de la bataille, au point que la terre devant la porte de Carinthie se couvrit de cadavres de Turcs.

Une brume s'était étendue sur les alentours et les pointes des tentes ottomanes semblaient à travers elle de blanches colonnes de tombes musulmanes. Tout bruit se trouvait curieusement assourdi au sein de cette mer spectrale et l'on eût dit que des légions d'esprits se battaient sous les murailles. Nul ne s'étonnera, dès lors, que les janissaires n'eussent point le cœur à l'ouvrage ! Lorsque, à la nuit tombée, leur dernière attaque fut repoussée, ils reculèrent en masse tel un flot sans limite et se mirent en devoir de démonter leurs tentes pour s'éloigner au plus vite du voisinage de cette inquiétante cité.

Les Germains, les voyant se retirer, firent sonner toutes les cloches des églises, tirèrent des salves et laissèrent éclater leur joie devant cette victoire inespérée. Mais bientôt, dans notre campement, s'allumèrent au milieu des ténèbres des feux de joie d'une autre sorte ! Les janissaires, en proie à la fureur, brûlaient tout ce qu'ils trouvaient sur leur passage, clôtures, entrepôts de marchandises, sacs de grains ainsi qu'une grande partie du butin que les nomades akindshas avaient enlevé sur soixante milles à la ronde et qu'en raison du manque d'animaux de charge, ils ne pourraient transporter. Ils tuèrent les prisonniers, les empalèrent ou les jetèrent dans les flammes et même si plusieurs dizaines de chrétiens, profitant de la confusion, parvinrent à s'échapper et furent hissés avec des cordes à l'intérieur de la cité, il en restait encore des centaines qu'ils brûlèrent vifs en représailles afin que leurs hurlements, atteignant la ville, continssent la joie insolente des vainqueurs.

Ainsi prit fin notre marche triomphale à travers les États de la Germanie. L'effroyable menace qui avait pesé sur la chrétienté s'évanouit à jamais. Le sort voulut que je fusse témoin de la première défaite, la plus cuisante aussi, du sultan Soliman ; manifestement, la chute de la chrétienté n'entrait point dans les desseins de Dieu !

L'expérience avait semblé démontrer jusqu'à ce jour que Dieu ne se souciait guère des entreprises guerrières, mais les récents événements m'avaient amené à changer d'opinion. Lorsque je quittai Rome, la chrétienté me paraissait telle une carcasse pestiférée déjà vouée à sa perte ; à présent je comprenais qu'il restait encore en elle quelque chose de bon puisque Dieu en sa miséricorde lui avait accordé une courte période de grâce de même qu'il eût voulu en accorder à Sodome et Gomorrhe s'il avait pu y trouver seulement dix justes.

J'échangeais ces propos solennels avec Antti tandis que nous allions tous deux lentement parmi les monceaux de cadavres, occupés à vider les bourses et à ramasser les dagues incrustées de pierreries des officiers. Par superstition, les musulmans n'osaient point toucher les morts, fussent-ils des leurs, après la tombée de la nuit, mais Antti et moi-même ne partagions point ces scrupules. Du reste, si notre activité paraît quelque peu choquante à certains, n'aurait-il pas été pire de brûler vifs des prisonniers chrétiens comme le firent les Turcs ? Il faut dire également que nous soignions les blessés de notre mieux et que nous aidâmes charitablement un subashi gémissant à pénétrer dans le campement.

Une fois passé sans encombre le poste de garde, nous rejoignîmes les quartiers de Sinan l'Architecte. Nous arrivâmes au bon moment ! Il s'apprêtait en effet à suivre un des gardes du corps du sultan venu nous chercher, Antti et moi, pour nous conduire devant le seraskier. Je sursautai de surprise à cette convocation inattendue, si bien que la charge dissimulée sous mon caftan tomba à grand fracas. Avec ou sans raison, je ne me sentais point la conscience tranquille et m'imaginais que le grand vizir, ayant entendu parler de notre petite excursion sur le champ de bataille, voulait nous faire pendre pour avoir dépouillé les morts. Il me suffit évidemment d'un instant de réflexion pour comprendre mon erreur ! Je cachai rapidement mon butin dans un coffre que je confiai à Sinan, le seul d'entre nous à disposer de porteurs. J'aurais tout aussi bien pu m'épargner cette peine parce que sur le chemin du retour, avant même d'atteindre Buda, un marécage engloutit la totalité de notre bagage ! Vu l'heure tardive, nous rejoignîmes à la hâte le grand vizir, sans prendre le temps de changer nos vêtements maculés de sang. Le seraskier, qui arpentait sa tente d'un pas nerveux, s'arrêta d'un air surpris, en nous voyant entrer.

— Par Allah, s'écria-t-il sur un ton sarcastique, y aurait-il donc encore des hommes qui n'hésitent point à souiller leurs vêtements de sang pour servir leur souverain ? Faudra-t-il des renégats pour me rendre ma foi en l'islam ?

Il s'abusait manifestement sur notre aspect mais je ne me risquai point à reprendre un seigneur de si haut rang. Il se départit presque de sa courtoisie dans sa hâte à envoyer ses serviteurs hors de la tente ; après nous avoir invités à nous asseoir près de lui, il nous parla à voix basse, tout en ne cessant de lancer des regards autour de lui comme s'il eût craint des oreilles indiscrètes.

— Écoutez-moi tous deux, Mikaël el-Hakim et Antar ! Le sultan Soliman, convaincu qu'il n'entre pas dans les desseins d'Allah de nous permettre de prendre Vienne, a décidé de plier le camp dès demain et de se mettre en route pour Buda avec le gros des troupes, tandis que je resterai avec cinq mille spahis pour former l'arrière-garde.

— Allah est Allah et ainsi de suite ! m'exclamai-je sans dissimuler mon soulagment. Puissent ses anges Gabriel et Mikaël protéger notre fuite ! Quelle sagesse, en vérité, dans cette décision ! Je ne puis assez louer la prudence du sultan !

— Comment oses-tu parler de fuite ! siffla le grand vizir en grinçant des dents. Même par méprise, un mot si abominable ne doit jamais franchir tes lèvres ! Quiconque osera falsifier la vérité au sujet de notre grande victoire sur les incroyants recevra cent coups de baguette sur la plante des pieds. Le jeu n'est point encore terminé, Mikaël el-Hakim, et avec la permission d'Allah je déposerai Vienne aux pieds du sultan !

— Et comment donc, au nom de Dieu, cela se peut-il faire ?

— Je vais t'envoyer avec ton frère Antar à l'intérieur de la cité !

Ses prunelles étincelantes posées sur moi, il poursuivit avec des menaces dans la voix :

— Si tu tiens à la vie, tu ne reviendras que ta mission accomplie ! Je te donne là une occasion unique de servir la cause de l'islam !

Persuadé que l'adversité l'avait rendu fou, je répondis sur un ton apaisant :

— Je sais, ô noble seraskier, je sais la grande confiance que tu as en mes talents et en la force d'Antar, mais comment nous emparer à nous deux d'une cité que deux cent mille hommes et cent mille chameaux ont été incapables de prendre ?

Antti, qui avait également un air dubitatif, ajouta :

— Il est vrai que l'on m'a souvent comparé à Samson, et loin de moi, pourtant, l'idée de rivaliser avec quelque saint homme que ce soit de l'Écriture ! Mais Samson, m'a-t-on dit, a fait crouler les murs de Jéricho en soufflant dans une corne, or moi, tu le vois, je n'ai point de corne semblable et te prie donc bien humblement de chercher pour ce travail un homme qui en soit plus digne que moi !

— Vous ne serez pas seuls à Vienne, répondit le grand vizir. J'ai choisi parmi les captifs allemands une douzaine de mercenaires que j'ai soudoyés. Ils partiront pour Vienne en même temps que vous et dans le même but. Vous allez vous habiller à la manière des lansquenets allemands et vous mêler aux autres. Dans trois nuits à partir de maintenant, vous mettrez le feu à la ville pour me signaler le succès de votre mission, puis vous ouvrirez la porte de Carinthie afin que mes cavaliers, profitant de la confusion provoquée par l'incendie, puissent entrer.

« Si je ne vois pas de feu, je me soumettrai à la volonté d'Allah et partirai au galop à la suite du sultan, espérant quelque jour te retrouver au paradis avec Antar, ton frère à la force admirable.

Il s'arrêta pour reprendre haleine, puis dit encore :

— Je n'ai pas grande confiance dans les Allemands que j'ai achetés mais comme je me fie à vous, je demanderai de vous aider à un juif fidèle nommé Aaron ; vous le trouverez dans le quartier que les chrétiens appellent « Cité de l'Affliction » et où les juifs résidant à Vienne sont parqués derrière des planches et des barrières. Aaron, rempli d'amertume par la persécution, a mis désormais sa confiance dans le sultan qu'il considère comme son libérateur. Il vous aidera donc à coup sûr dès qu'il verra cet anneau.

Le seraskier leva alors sa main fine en écartant les doigts de façon à choisir un de ses splendides bijoux ; il ôta de son auriculaire un diamant à peine gros comme l'ongle d'un enfant mais d'une eau si pure qu'il lança des feux de couleur bleue lorsque Ibrahim le fit tourner et bouger dans la lumière.

— Aaron connaît cette pierre, dit-il. Il ne peut vous donner une aide active de peur de causer du tort à ses frères. Les chrétiens en effet ont accoutumé de se venger de la faute d'un seul juif sur tous les autres de la ville, quand ce n'est pas aussi sur ceux des autres cités. Néanmoins il pourra vous conseiller et vous cacher le cas échéant. Dites-lui que je lui rachèterai volontiers l'anneau pour deux mille ducats.

« A présent, il faut vous revêtir d'effets allemands puis rejoindre l'enclos des prisonniers avec une escorte qui ne vous épargnera pas les coups. Allez en paix et comptez sur ma faveur si vous menez à bien cette mission et que je vous retrouve sains et saufs sur les ruines fumantes de la ville de Vienne !

Pendant qu'il parlait de la sorte, Antti et moi avions eu le temps de retrouver notre assurance. Je répliquai donc à Ibrahim que s'il était si pressé de se débarrasser d'un fidèle serviteur, mieux valait qu'il me coupât la tête sans attendre ! Il me répondit qu'il n'y gagnerait rien. Puis, après avoir essayé, en vain, de nous persuader, il ajouta :

— Très bien, qu'il en soit selon vos désirs ! Mais dans quel dessein pensez-vous que je vous ai évité la circoncision si ce n'est point précisément pour vous envoyer dans une mission de ce genre ? Puisque vous la refusez, je n'attendrai pas plus longtemps pour satisfaire à mes obligations religieuses et vais tout de suite en terminer avec cette affaire !

Cela dit, il frappa dans ses mains pour appeler le garde et l'envoya quérir un chirurgien. Il exprima ensuite sa satisfaction que Sinan l'Architecte eût attiré son attention sur une circonstance que ses nombreuses charges et occupations l'avaient amené à oublier ! Ce fut à peine si Antti et moi pûmes échanger un regard désespéré avant que le chirurgien ne se présentât armé d'un tube et d'un couteau qu'il se mit aussitôt en devoir d'aiguiser tout en nous assurant que tout se passerait très vite et que nous ne souffririons pas plus que pour arracher une dent. Néanmoins j'éprouvais la plus intense répugnance à cette opération ; elle m'enlevait l'unique lien qui me rattachait au monde chrétien où je pouvais encore chercher refuge si une catastrophe s'abattait sur moi dans les domaines du sultan.

Je n'étais pas le seul à me sentir nerveux et Antti finit par dire :

— Je crois que je préfère servir l'islam en me rendant à Vienne… à condition qu'il ne soit plus jamais question de mutilation si je survis. Je pense être un bon musulman et ne puis croire qu'Allah au dernier Jour n'ait rien de mieux à faire qu'à regarder mon…

Je l'interrompis prestement, disant que j'avais toujours partagé le sort, bon ou mauvais, de mon frère et qu'en ce qui concernait la circoncision je préférais surseoir jusqu'au moment où cette question deviendrait un cas de conscience : je me soumettrai alors de plein gré à l'opération.

Le grand vizir congédia le chirurgien désappointé et dit en souriant qu'il se reposait sur nous, persuadé qu'en gens d'honneur, nous ferions de notre mieux. Puis il nous tendit à chacun une centaine de ducats hongrois et allemands contenus dans une de ces bourses de cuir usé que les mercenaires ont coutume de porter. En sa présence, nous échangeâmes nos vêtements turcs pour des habits de lansquenets tués au combat et Antti n'eut pas plus tôt enfilé les familières braies à rayures qu'il retrouva tous les jurons allemands et l'inextinguible soif des mercenaires. Du reste, le vin que nous offrit alors le grand vizir nous aida à supporter les coups et les soufflets que les hommes de notre escorte firent pleuvoir sur nous en nous conduisant à l'enclos des captifs ; certes Ibrahim leur avait ordonné de nous traiter comme les autres afin de ne point éveiller de soupçons, mais leur zèle à lui obéir me parut exagéré !

Ce fut donc avec un œil au beurre noir et une lèvre enflée que nous nous échappâmes dans le froid brouillard matinal. Nous traversâmes le champ de bataille en direction de la porte de Carinthie, devant laquelle nous suppliâmes au nom de Dieu qu'on nous ouvrît. Nombre de captifs entassés dans l'enclos et trop faibles pour se tenir debout n'avaient pu s'enfuir avec nous, mais il y avait bien une dizaine de femmes qui s'étaient glissées à travers l'ouverture pratiquée par Antti dans la palissade et qui nous suivaient en poussant des cris aigus. En entendant ces malheureuses, qui semblaient croire que plus elles hurlaient fort plus elles couraient vite, les sentinelles sur les remparts consentirent à nous secourir et descendirent cordes et échelles tout en décochant des volées de flèches sur nos poursuivants cachés dans le brouillard.

Nous grimpâmes en tremblant et pris de vertige, le long des murailles en haut desquelles des mains secourables se tendirent pour nous aider à prendre pied ; ensuite les soldats nous offrirent vin et pain à grand renfort de claques dans le dos, et tout en nous restaurant nous leur prêtâmes main-forte pour hisser les femmes ; ces dernières, avec leurs cris perçants et leurs jupons volant au vent, ressemblaient à des poules affolées quand elles émergeaient de cette mer de brume.

Ces femmes étaient en fait de ravissantes et très jeunes filles, car les akindshas dans leurs incursions choisissaient toujours les plus belles pour les vendre au marché aux esclaves et tuaient les autres. Les Germains et les Bohémiens poussèrent des cris de joie en les voyant et les accueillirent tel un cadeau tombé du ciel. Ils aidèrent ces fugitives hors d'haleine à sauter du mur, pour les renverser aussitôt et les violer à même le sol sans leur donner le temps de se rendre compte de ce qui se passait.

Un tout jeune porte-enseigne roux, surgi brusquement du poste de garde, vint interrompre cette scène animée ; il frappait du plat de son épée les fesses de ses hommes tout en leur criant d'une voix stridente qu'ils étaient pires fornicateurs que les Turcs ; puis il leur intima l'ordre de retourner à leurs postes de peur que l'ennemi ne s'emparât de la porte par surprise. Les soldats aguerris, avec leurs pansements ensanglantés, leurs barbes roussies au feu et leurs joues noires, éclatèrent de rire au nez du novice et l'invitèrent grossièrement à les baiser ici et là. Toutefois ils lâchèrent les femmes et, remontant leurs braies, regagnèrent la tour de guet.

Le porte-enseigne s'adressa alors à nous sur un ton sec et menaça de nous pendre de ses propres mains s'il s'avisait que nous étions des espions turcs. Il nous montra du doigt les potences en haut du rempart, où pendaient des cadavres vêtus comme les soldats allemands et déclara que nous subirions le même sort à moins de passer immédiatement aux aveux.

Heureusement, Antti connaissait l'art de s'y prendre avec de jeunes coqs de son espèce. Il s'avança vers lui, lui souffla quelques mots empestés de vin à la figure puis il dit qu'il allait lui enseigner la manière convenable de traiter les fidèles serviteurs de l'empereur, qui s'étaient échappés au péril de leur vie et avaient de surcroît arraché un groupe de chrétiennes au sort qui les attendait dans les harems des Ottomans. Son éloquence fut telle que le jeune homme le salua en l'appelant messire et nous assura que bien qu'il n'eût pour sa part aucun soupçon, force lui était d'accomplir son devoir avec rigueur. Il nous pria donc d'uriner devant lui ainsi que l'exigeait le règlement et de donner nos noms, celui de notre régiment et de notre officier. Lorsqu'il aurait reporté ces détails sur son livre de garde, alors seulement l'hôtel de ville nous délivrerait des sauf-conduits.

Nous ne pouvions refuser de nous soumettre à requête si modérée et après lui avoir donné la preuve visible que nous n'étions point musulmans, Antti expliqua que nous faisions partie de l'avant-garde des lansquenets envoyés d'Italie au secours de Vienne et que notre chef était le fameux général de l'empereur, Bock von Teufelsburg, soit Bouc du Château du Diable. Il valait mieux ne point mentionner un homme connu de peur d'être découverts et je m'empressai de souligner que ce nom parlait par lui-même, le général ayant conquis gloire et honneur au cours de dix-sept années de campagnes ; ce n'était point de sa faute, ajoutai-je, si les akindshas nous avaient surpris et enlevés pour nous interroger. De plus nous étions les deux seuls survivants de la troupe.

Le porte-enseigne, qui nous écoutait bouche bée, protesta énergiquement et nous dit connaître parfaitement le nom de Bock von Teufelsburg. Puis il consigna ces renseignements pour les présenter sans attendre à l'hôtel de ville avant plus ample interrogatoire. Il parut alors hésiter, se mordit la lèvre d'un air embarrassé et dit :

— Le procureur et le prévôt doivent se montrer sévères pour déjouer les ruses des Turcs. Aussi préfèrent-ils pendre dix innocents que laisser un seul suspect s'échapper. Ils ne reçoivent pas très bien non plus les déserteurs et, en bon chrétien, je vous avertis que vous allez être jetés en prison en tout cas, jusqu'à ce que quelqu'un réponde de vous. Si vous ne trouvez personne pour ce faire, on vous pendra.

Puis dans un élan de franchise, il ajouta :

— Vous seriez bien avisés tous les deux de fuir comme la peste l'hôtel de ville et les hommes du prévôt jusqu'au départ des Turcs. Vous ne rencontrerez aucune difficulté ! Maints autres déserteurs se cachent dans des tavernes ou chez des femmes compatissantes. Allez en paix et que la chance soit avec vous ! Buvez une coupe de temps en temps à ma santé et à ma réussite !

Sur ce, cet aimable garçon nous donna un shilling d'argent et s'éloigna pendant qu'Antti et moi disparaissions comme des ombres dans le brouillard automnal.

J'étais d'avis de nous rendre directement chez Aaron mais Antti, me pinçant négligemment le bras entre le pouce et l'index, me traîna dans les rues sales sous le regard aveugle de maisons éventrées et brûlées, le nez au vent pour humer l'air. De même que l'aiguille de la boussole frémit en direction du nord, de même Antti, à travers cette cité désolée, découvrit sans faillir une taverne. A l'intérieur une foule d'Allemands, Espagnols et Bohémiens, tous ivrognes, batailleurs, fanfarons et joueurs de dés nous avaient précédés.

Une fois installé près de moi sur un baril vide, Antti dit, soupirant d'aise :

— Je me sens devenir meilleur chrétien à chaque moment et j'ai du mal à croire qu'hier encore je portais un turban et me lavais la tête et le cou cinq fois par jour !

— Je n'ai rien contre une coupe de bon matin, dis-je sur un ton réservé, mais notre mission ne laisse de me préoccuper. Nous agirions sagement en achetant de la paille, du bois et de la poix de façon à faire, le moment venu, un bel incendie de cette affreuse cité mal accueillante.

Antti commanda encore du vin en faisant tinter sa bourse et répliqua :

— Les cheveux sont comptés sur notre tête, et pas un seul moineau ne tombe au sol si l'on ne lui tire pas dessus. A quoi bon se préoccuper aujourd'hui de demain ?

Il se mit bientôt à bavarder avec deux vauriens qui n'avaient d'yeux que pour sa bourse, et les prit dans ses bras en jurant qu'ils étaient ses meilleurs amis ; il lança ensuite trois guldens hongrois au patron et lui commanda de servir à boire à ces deux braves défenseurs de Vienne. La générosité d'Antti déplut à un homme repoussant au visage grêlé qui portait sur ses épaules un caftan turc maculé de sang ; il jeta à son tour une poignée d'or sur la table poisseuse et cria d'une voix rauque interrompue souvent par des quintes de toux :

— Au nom du Christ, de la Vierge et de tous ses saints, c'est moi qui paierai ! Moi qui ai échappé à la prison des Turcs, tué un de leurs pachas et accompli telles prouesses que personne ne pourrait me croire si je les racontais ! Que ces pièces turques parlent donc pour moi et je considère comme ennemi celui qui renchérit sur mon offre !

Antti remit tranquillement ses pièces dans sa bourse en déclarant que point n'était son intention d'offenser pareil héros ! Lorsque à la longue, nous fûmes tous complètement ivres, la brute aux mains pleines d'or intima l'ordre au tavernier de fermer la porte. Puis il prononça le discours suivant :

— Ne sommes-nous pas tous des braves ? N'avons-nous pas tous accompli des prouesses que les chrétiens chanteront encore dans mille ans par toute la terre ? Et pourtant, qui nous en remercie ? Nous n'avons ni paye ni la moindre occasion de butin ! Cette cité n'est-elle donc point à nous qui l'avons sauvée de la destruction ? Et si les habitants nous payaient ce qu'ils nous doivent, ne serait-ce point justice ? Dès que la cavalerie sortira à la poursuite des Turcs, alors nous aurons notre chance !

L'assemblée des ivrognes hurla que l'homme venait de prononcer là les paroles les plus sensées qu'ils eussent ouïes depuis le début du siège. Mais, dirent-ils, nous sommes peu nombreux et le prévôt est un homme sans merci. La corde et le piquet attendent celui qui recherche la justice !

— Allons porter la bonne nouvelle à tous les camarades dignes de confiance, reprit le grêlé en baissant le ton, et demain soir après vêpres, mettons le feu à la cité ! Les hommes du prévôt, occupés à éteindre les flammes, ne pourront nous empêcher de mener à bien notre tâche !

Les plus sobres de la compagnie firent silence et lancèrent des regards furtifs autour d'eux en quête d'un moyen de s'échapper. D'autres, cependant, réfléchirent et reconnurent que ce plan avait du bon !

— Nous ne sommes pas seuls dans cette affaire, continua l'orateur. Au contraire ! J'ai des amis qui en parleront en tous lieux et des guerriers pleins d'audace se sont déjà mis en quête de partisans pour notre cause.

Il sortit une autre bourse qu'il vida sur la table.

— Je paie tout de suite cinq guldens à celui qui s'engage à mettre le feu à une maison de sa connaissance !

A ce moment, le tavernier abandonnant ses caisses de vin à leur sort, s'échappa à la dérobée, suivi par un ou deux hommes parmi les moins ivres. Antti, devenu cramoisi, rugit, à mon grand déplaisir :

— Cet homme est un espion et un traître qui offre de l'or turc à des braves ! Frappez-le sur la bouche et qu'on le livre au prévôt !

Je le tirai en vain par la manche pour le faire taire ! Le grêlé se rua sur lui, l'épée à la main, mais Antti renversa la table, lui jeta un tonneau vide à la figure et lui arracha son arme tout en appelant le prévôt à grands cris. Dans la confusion qui suivit, les soldats pris de boisson se précipitèrent par terre pour ramasser les pièces qui roulaient dans toutes les directions, puis, cela fait, ils se jetèrent sur le traître et le ligotèrent en poussant de sauvages imprécations. On entendait déjà au-dehors les tambours des hommes du prévôt et peu après nous suivions le malheureux factieux en jurant et les poings serrés pour aller témoigner contre lui à l'hôtel de ville.

De tels incidents eurent lieu dans plusieurs endroits ce jour-là et les hommes de la prévôté, renforcés par quelques gens d'armes, parcouraient toutes les rues de Vienne, faisaient irruption dans chaque taverne et arrêtaient tous ceux qui dépensaient l'argent d'une manière trop ostentatoire. Il y avait déjà foule lorsque nous arrivâmes à l'hôtel de ville et tout ce monde hurlait à la mort et destruction de tous les traîtres. Nous mêlâmes nos cris non moins vigoureux à ceux de la multitude.

— Dommage de terminer la fête si tôt, dit Antti, mais cet homme parlait trop et se serait fait prendre de toute façon ! Point n'est besoin de nous mettre en avant cependant, il y a suffisamment de témoins sans nous. En tout cas, nul ne songerait à venir nous chercher au milieu de cette place.

— Si tu l'avais laissé continuer de parler, on aurait pu se croiser les bras en attendant que tout soit prêt ! dis-je plein de ressentiment. A présent, il n'y a pas de temps à perdre et nous devons acheter sans délai notre combustible sous peine d'encourir le déplaisir du grand vizir.

Antti fixa sur moi de grands yeux ronds.

— As-tu perdu l'esprit, Mikaël ? dit-il. Cet homme a découvert le complot et nous n'avons aucune chance de prendre les autorités par surprise. Tout ce qui nous reste à faire, c'est de sauver notre peau ! Le grand vizir aurait dû se rappeler que trop de cuisiniers gâtent la sauce !

Pendant que nous discutions de la sorte, l'interrogatoire se poursuivait et l'on pendit tout de suite, à la grande joie de l'assistance, deux déserteurs que l'on avait découverts cachés dans une taverne. Ensuite cinq suspects trop prodigues de leur argent furent soumis à la torture et l'on pouvait entendre au-delà de la place du marché leurs hurlements qui traversaient les épais murs de pierre de l'hôtel de ville. Il ne se passa guère de temps avant qu'un homme armé vînt faire une proclamation devant les portes. Les cinq étaient passés aux aveux ; soudoyés par l'aga des janissaires, ils devaient retourner à Vienne, y mettre le feu et profiter de la confusion pour ouvrir les portes à l'armée des Turcs !

Pour apaiser l'agitation de la foule, on traîna ces cinq hommes sur la place — les malheureux ne pouvaient plus marcher ! — puis on les roua, on les écartela et on empala leurs corps démembrés sur des pieux, à la vue de tous. Lorsque ces pieux furent dressés, je frissonnai de froid et vomis tout le vin que j'avais bu. D'une toute petite voix, je demandai à Antti de m'emmener.

Mais le peuple à présent était de male humeur, les

hommes échangeaient des regards torves et des soldats se mirent à crier que les juifs, eux qui avaient crucifié Notre-Seigneur, devaient avoir partie liée avec le sultan. Alors ils se jetèrent sur un juif terrorisé égaré par hasard sur la place, le lapidèrent et le firent tomber par terre pour piétiner sa face livide avant de se ruer en masse vers le quartier juif.

Sans souci de mon état pitoyable, Antti me prit le bras et peu après, nous nous trouvions avec les autres devant les portes barrées de la Cité de l'Affliction. A première vue, ce quartier méritait bien son nom ; il n'y avait âme qui vive dans les ruelles puantes où le soleil ne pénétrait jamais et tout était fermé. Dès que les soldats commencèrent à enfoncer les portes des maisons, les rabbins et les anciens, réfugiés dans les caves, envoyèrent par un passage secret un courrier rapide au duc chrétien afin de lui offrir l'habituelle rançon en échange de sa protection.

Quand les soldats eurent saccagé quelques maisons, répandu au-dehors le contenu de meubles qu'ils écrasaient ensuite, violé deux ou trois malheureuses juives, alors seulement les officiers envoyèrent des cavaliers pour mettre fin au tumulte et ramener la populace excitée à l'intérieur de la ville. Ces hommes prirent largement leur temps pour s'acquitter de leur mission, ils s'adressaient aimablement aux pilleurs, leur expliquaient qu'ils ne voulaient pas avoir l'air de défendre les bourreaux du Christ mais que tout de même, il serait prudent de les épargner, vu qu'ils étaient utiles et qu'un chrétien pouvait toujours, au besoin, leur soutirer quelques pièces.

Antti et moi, pendant ce temps, nous étions cachés sous la paille d'une écurie et, après avoir vidé les dernières gouttes d'un petit tonnelet de vin hongrois qu'Antti avait amené avec lui au campement, nous sombrâmes, exténués, dans un profond sommeil.

Il faisait nuit noire à notre réveil, mais les juifs chantaient encore des lamentations et jetaient de la cendre sur leurs têtes pendant qu'ils examinaient les dégâts dans leurs demeures ravagées. Cette mélodie pleine de tristesse résonnait si lugubrement dans les ténèbres que j'en avais des sueurs froides le long de la colonne vertébrale.

— C'est un vieux chant ! dit Antti. Je l'ai entendu dans toutes les villes chrétiennes où les troupes impériales prenaient leurs quartiers ! Bon, allons chercher cet Aaron, mon estomac crie famine !

Nous nous rendîmes ensemble à la maison d'où venait le sinistre chant ; il s'éteignit dès que nous fîmes notre apparition au milieu des silhouettes accroupies pour nous enquérir d'Aaron. Nul cependant ne parut inquiet de notre arrivée inopinée et je pense qu'ils devaient tous être accoutumés à voir des étrangers surgir ainsi parmi eux à l'improviste durant la nuit. Après s'être assurés qu'ils pouvaient nous faire confiance, ils ouvrirent une trappe dérobée, nous firent descendre dans une cave, puis traverser des couloirs souterrains à l'odeur nauséabonde pour enfin aboutir à la maison d'Aaron.

Ce dernier était un homme au visage émacié empreint d'une douloureuse dignité. L'anneau d'Ibrahim, qu'il porta avec respect à ses lèvres, ne parut point le surprendre. Il s'inclina profondément devant nous et dit :

— Nous espérions un miracle de Jéhovah et pensions que le nouveau Salomon allait entrer en la cité sur un cheval de couleur blanche. Nous l'aurions accueilli en agitant des rameaux verts comme pour un conquérant. Hélas ! Jéhovah n'a pas voulu qu'il en fût ainsi !

Il frotta le diamant contre la manche de son caftan noir et admira longuement sa pureté à la lueur fumeuse d'une lampe à huile.

— Gardez l'anneau si vous croyez qu'il se trouve plus en sécurité avec vous qu'avec moi, conclut-il en soupirant. Je ne puis rien faire en cette occurrence et le renvoie par conséquent au grand vizir.

Nous passâmes la nuit chez lui ainsi que la journée du lendemain, n'ayant rien d'autre à faire. Mais à l'approche du soir, ce soir que le grand vizir avait prévu pour l'incendie, Antti me dit :

— J'aimerais accomplir au moins une chose pour mériter l'anneau qu'Aaron refuse de garder ! Du reste, je suis las de rester claquemuré dans cette misérable maison. Retournons en ville, frère Mikaël, et allons jeter un coup d'œil sur le magasin à poudre et à grains du roi Ferdinand. Peut-être réussirons-nous à préparer un petit incendie même si cela ne doit plus servir à rien au grand vizir.

Nous quittâmes furtivement la Cité de l'Affliction par les égouts, selon les indications d'Aaron, de façon à éviter les soldats postés devant les portes. Je dois signaler que cet honnête juif refusa toute rémunération pour son aide et sa protection ; il se contenta de nous demander de témoigner en sa faveur lorsque nous nous trouverions en présence du grand vizir.

Nous découvrîmes qu'un nombre considérable de sentinelles gardaient la poudrière et les écuries du duc et que nous n'avions par conséquent aucune chance d'allumer le moindre petit incendie pour accomplir un tant soit peu la mission dont le seraskier nous avait chargés.

Sur la place du marché, des moines charitables distribuaient à manger aux réfugiées qui, privées de ce secours, fussent certainement mortes de faim, et une multitude de femmes se pressaient autour de leurs marmites. Toutefois j'avisai une jeune fille seule, un de ses cotillons relevé sur la tête, qui marchait de long en large sans rien dire sous le porche d'une maison abandonnée. Touché par sa détresse, j'allai vers elle et lui offris quelque aumône ; levant alors les yeux sur moi, elle rétorqua qu'elle n'était pas une catin qu'on achetait avec de l'argent. Sa beauté me cloua sur place et je la reconnus pour faire partie du groupe de femmes échappées du camp turc grâce à Antti. Elle nous reconnut également et, avec un cri de surprise, nous demanda comment il se pouvait faire que nous eussions échappé à la mort quand tous les autres captifs avaient été pendus comme déserteurs. Je la priai pour l'amour de Dieu de se taire et de ne point attirer l'attention des gardes. Elle tenait désormais notre vie entre ses mains ! Elle était vraiment belle, malgré ses cheveux dégoulinant de pluie et ses vêtements déchirés et salis. En compagnie de ses parents, conta-t-elle, elle avait fui de Hongrie où son père possédait un domaine aux confins de la Transylvanie ; ils avaient l'intention de rejoindre le roi Ferdinand mais avant d'atteindre Vienne, les akindshas avaient massacré les siens et s'étaient emparés d'elle pour la réduire en esclavage.

Les autorités de Vienne, auprès desquelles elle s'était réfugiée, ne lui manifestèrent que du mépris et lorsqu'elle avait dit son nom, avaient traité son père défunt de rebelle hongrois. En outre, lui précisa-t-on, la moindre bergère de Hongrie qui s'échappait de chez les Turcs devenait une damoiselle dès qu'elle mettait le pied dans Vienne ! Toutefois, eu égard à sa beauté, l'un des gentilshommes de la cour lui promit de la prendre en pitié et de venir régulièrement partager sa couche, à condition qu'elle s'enrôlât dans les rangs des prostituées afin de gagner honnêtement son pain à l'instar des autres réfugiées. A deux reprises, poussée par la faim, elle s'était adressée dans la rue à des soldats, les suppliant, pour l'amour de Dieu, de lui donner nourriture et abri ; à chaque fois, l'homme s'était empressé de lui promettre son aide puis l'avait tout bonnement entraînée dans quelque rue isolée, violée et abandonnée dans la boue.

— Je donnerais n'importe quoi, dit-elle, pour retourner chez moi et me placer sous la protection du roi Zapolyai. Peut-être me permettrait-il de recouvrer le domaine de mon père dont je suis l'unique héritière et d'épouser l'un des hommes de sa suite. De toute façon, les Turcs eux-mêmes ne pourraient me traiter d'une manière plus horrible que ne l'ont fait les chrétiens !

De grosses gouttes de pluie se mirent alors à tomber.

— Il va faire un violent orage, dit Antti, le visage levé vers les nuages sombres au-dessus de nous, et nous devons chercher un abri sans tarder ! Votre jeunesse et votre malheur m'ont touché jusqu'au cœur, ô ma belle et jolie dame, et nous pourrons discuter plus avant de cette affaire.

La pauvre fille se signa et jura que plus jamais elle ne suivrait des inconnus, et qu'elle préférerait rester et périr de froid et de faim. Nous la rassurâmes de notre mieux et, après maintes hésitations, elle finit par accepter de venir avec nous lorsque la pluie tomba plus drue. Les yeux baissés, elle nous dit d'une voix timide qu'elle s'appelait Éva, nous donna également son nom de famille, mais c'était un de ces mots barbares de la langue hongroise que nul n'arrive à prononcer. Nous frappâmes à la porte de nombreuses maisons sans que personne consentît à nous ouvrir. Finalement, nous eûmes la chance de rencontrer un colporteur qui ravitaillait les lansquenets ; il poussait sa charrette à bras dans la rue et cherchait à s'abriter ; il nous vendit du pain, de la viande et du fromage et nous indiqua une respectable maison de plaisirs ; c'était le seul endroit où nous puissions échapper aux hommes du prévôt pour la bonne raison, nous dit-il, que la maîtresse de ces lieux payait une somme considérable au prévôt lui-même pour avoir le droit de mener ses affaires en paix.

La dame en question nous reçut avec cordialité dès lors qu'elle se fût rendu compte de l'état de notre bourse et elle n'essaya point de nous imposer ses propres filles. A en juger par le bruit, elles étaient d'ailleurs toutes déjà suffisamment occupées ! Elle nous donna une chambre propre sous les combles et nous promit que nous y serions tranquilles jusqu'au lendemain matin, puis elle alluma du feu de sorte que nous pûmes faire sécher nos vêtements. En échange, et pour éviter qu'elle ne nous trahît, nous lui achetâmes un pichet de vin à un prix exorbitant.

On peut, en affaires, se fier aux patrons de ce genre de maisons exactement comme aux juifs et pour la même raison : leur vie en dépend. Cela ne veut pas dire qu'une personne dénuée d'intelligence ne puisse perdre son argent ici aussi bien qu'ailleurs, et même se retrouver dans la rue en chemise avec un pot de chambre sur la tête par-dessus le marché ! Ce sont là choses qui arrivent quand on manque à observer les règles de la maison.

Ainsi donc découvrîmes-nous le moyen de nous réchauffer, de boire et de manger. Nous avions, Antti et moi, ôté nos vêtements pour les mettre à sécher devant le poêle qui ronflait et notre compagne se résolut à agir de même, ne gardant sur elle qu'un seul de ses jupons. Je remarquai que ses vêtements, tout déchirés qu'ils fussent, étaient faits d'une étoffe solide et coûteuse, ce qui corroborait ma foi en la vérité de son récit. Je lui prêtai mon peigne. A présent que ses joues avaient repris leur couleur, je vis qu'elle était d'une beauté singulièrement attirante avec sa peau claire et ses yeux brillants. Antti, lui aussi, la regarda longuement après le repas, tandis que la pluie tambourinait sur le toit au-dessus de nos têtes.

— Vos autres jupons doivent être secs, finit-il par dire, et mieux vaut les remettre. Les Écritures nous apprennent que l'on ne doit point induire notre prochain en tentation et il me déplairait que mes pensées s'égarent à cause de vos épaules nues !

La jeune fille avait à l'évidence reçu une excellente éducation ; elle mangeait de manière fort délicate tout en gardant ses yeux, ombragés de longs cils, résolument baissés. Antti, comme en extase, ne cessait de la regarder et plus il la regardait, plus ses yeux ronds se dilataient. Il ne cessait pas de bouger et respirait avec difficulté. Jamais je ne l'avais vu troublé à ce point par une femme. Il tambourinait sur ses genoux, se griffait le cou ou se grattait le dos : il s'évertua pendant un moment à garder ses mains sagement croisées puis, en dernière ressource, les mit d'un air farouche sous son séant et pesa sur elles de tout son poids.

Pensant qu'il avait suffisamment mangé et joui du repos, je lui dis :

— Je crois que j'entends la cloche des vêpres, il nous reste à peine le temps de mettre notre plan à exécution !

Un violent coup de tonnerre éclata au-dessus de nos têtes. Une pluie torrentielle suivit aussitôt et des grêlons gros comme des œufs de pigeon résonnèrent bruyamment sur les toits ruisselants et dans les rues inondées. Antti prêta l'oreille au vacarme durant un moment, puis commenta avec un soupir de soulagement :

— Allah ne l'a pas voulu ! Ce déluge éteindrait le feu le plus enragé en un éclair et si nous l'avions pu prévoir, nous ne serions pas venus dans cette cité du diable !

L'orage ne paraissait pas vouloir s'arrêter et redoubla

même de violence. La présence d'Antti commençait, je ne sais pourquoi, à m'importuner considérablement.

— Peut-être vaudrait-il mieux que tu montes la garde derrière la porte, Antti ! lui dis-je. Cette charmante personne toute timide voudrait sans doute discuter seul à seul avec moi pour trouver la meilleure manière de l'aider dans son grand dénuement.

Je crois que j'avais les meilleures intentions, mais la damoiselle se méprit et cria d'une voix effrayée en agrippant à deux mains le bras de mon frère :

— Ô messire Antti, ne me laissez point seule avec votre frère, je vous en supplie ! Il jette sur moi des regards de loup et je n'ai plus confiance en personne !

Antti, le visage en feu, agita le poing dans ma direction puis, soulevant la jeune fille, il la fit asseoir courtoisement sur ses genoux. Ensuite il la força doucement à lever la tête en lui posant l'index sous le menton.

— Ne craignez rien, noble damoiselle Éva ! Fiez-vous à moi et si Allah le permet, je vous ramènerai saine et sauve sur la terre de vos pères. Je dois vous avouer que mon frère et moi nous sommes au service du sultan et cherchons comme vous un moyen de nous échapper de cette maudite cité.

Elle ne tenta point de se dégager de son étreinte et même le regarda droit dans les yeux pour lui répondre.

— Que vous soyez des kalmouks, des diables ou des sorciers, je préfère partir avec vous plutôt que de demeurer ici. Du reste, les Turcs ont montré à mon égard plus de miséricorde que les chrétiens et en ces quelques jours, j'ai conçu une telle horreur de la chrétienté tout entière, que je comprends fort bien pour quelle raison un brave sert le sultan de préférence au roi Ferdinand. Dès que je vous ai vu la première fois au milieu des captifs, je vous ai admiré pour votre force, votre chevalerie et votre bon cœur. Nul doute que vous soyez un Allemand de haut lignage pour parler aussi bien cette langue détestable !

— Je l'ai apprise au cours de mes campagnes et votre gentillesse seule peut qualifier de bon allemand mon jargon de soldat, répliqua-t-il, des gouttes de sueur coulant sur son front. Je suis né dans une contrée lointaine, un pays de loups, d'ours et de sapins et nul prince jamais n'a eu l'esprit de m'octroyer les éperons de chevalier ! Néanmoins je porte dans l'armée du sultan la plume de héron de maître canonnier, qui vaut bien davantage qu'une paire d'éperons dorés.

Damoiselle Éva retrouva sa joie à ces mots et dans un geste plein de confiance appuya sa tête brune contre l'épaule d'Antti. Ce dernier la fit bientôt lever de sur ses genoux et la conduisit doucement jusqu'au bord du lit. Puis il resta penché vers elle à pousser de grands soupirs.

— Ah ! Quelle chaleur avez-vous laissée dans mes bras, damoiselle Éva ! Vos joues roses sont douces et veloutées comme des pêches et vous êtes pour moi plus belle que la lune.

— Non, je ne suis pas belle ! dit Éva humblement, les yeux baissés. Je ne suis qu'une orpheline sans secours et n'ai même pas à la cour du roi Zapolyai un seul protecteur pour me reconquérir les domaines de mon père.

Antti leva ses deux mains jointes contre sa poitrine et s'inclina tel un arbre prêt à tomber.

— Qu'Allah me donne sa grâce ! murmura-t-il. Cela devait être écrit dans le livre du destin longtemps avant ma naissance. Dites-moi, quelle est la grandeur de vos domaines ? Combien de chevaux et de bétail possédez-vous ? Les bâtiments sont-ils en bon état ? Et quelle est la nature du sol ?

Horrifié dans mon âme de la tournure que prenaient les événements, je résolus de les quitter et exhortai Antti en notre langue maternelle à en faire à sa tête avec elle tout de suite au lieu de se lancer dans des discours inconsidérés. Mais il me supplia de rester, sous prétexte qu'il n'avait jamais auparavant ressenti une chose pareille, qu'il était incapable de lui parler et que je devais lui servir de truchement.

Éva nous regarda sans comprendre et se mit en devoir de répondre sans détour aux questions d'Antti.

— Mon père me parlait peu de ses affaires, dit-elle. Le domaine était suffisamment grand en tout cas pour qu'une famille de petite noblesse terrienne comme la nôtre puisse en vivre. Nous avons un sol sec et humide à la fois, de l'argile et du sable. Nos forêts regorgent de gibier. Il faut un jour et une nuit pour voyager d'un bout à l'autre de notre domaine. Mon père recourait toujours à la justice contre ses voisins qu'il accusait de déplacer les pierres de bornage et d'amener paître leurs troupeaux dans nos pâturages. Je suppose que nous avions une centaine de mille de moutons, un millier de chevaux et quelques têtes de bétail. Je puis dire en tout cas que l'intendant juif donnait de l'argent à mon père chaque fois que ce dernier lui en demandait.

Antti poussa un soupir, se racla la gorge et s'adressa à moi sur un ton suppliant :

— Mikaël, peut-être le diable s'est-il emparé de moi mais en tout cas je suis tombé profondément amoureux de cette fille. Je veux l'épouser de façon à pouvoir veiller à ses intérêts et lui reconquérir les propriétés de son père. Parle-lui pour moi, Mikaël, je t'en prie, tu sais choisir les mots mieux que moi ! Si tu ne veux pas, force me sera de m'en acquitter moi-même mais alors si j'échoue et qu'elle me refuse, je te casserai les os un à un.

J'avais beau déplorer sa conduite du plus profond de mon cœur, je n'avais pas le choix et adressai à la jeune fille ces quelques mots bien choisis :

— Je pense que mon frère a perdu l'esprit, mais quoi qu'il en soit, il veut vous épouser. Il offre en cadeau de noces de parler au roi Zapolyai et de reconquérir vos domaines. Il a une chance de succès, étant en faveur auprès du grand vizir dont le meilleur ami est messire Gritti, le conseiller du roi Zapolyai. Il est de basse naissance mais peut à juste titre porter le nom d'Antti von Wolfenland zu Fichtenbaum, soit Antti de la Terre des Loups et des Épicéas, et il jure que son cœur se consume pour vous depuis le premier instant où il vous a vue.

Damoiselle Éva, muette de surprise, ouvrit sa bouche de cerise et son visage s'empourpra. C'était à son tour maintenant de trembler et d'agiter les mains. Puis, abandonnant toute pudeur féminine, elle se jeta aux pieds d'Antti et lui enlaça les genoux.

— Ô noble messire Antti, dit-elle, des sanglots dans la voix, de tout mon cœur j'accepte d'être votre femme et ne pouvais rêver rien de meilleur, moi, la pauvre orpheline spoliée de ses biens et de sa vertu ! Si vous me prenez pour épouse légitime, je saurai partager avec vous la bonne et la mauvaise fortune et vous obéir en tout. Je ne vous demande que de me laisser conserver ma foi chrétienne et de payer quelque brave prêtre pour nous unir par le sacrement du mariage.

La sueur ruisselant sur son visage, Antti se tourna vers moi pour me demander :

— Rends-moi un dernier service, Mikaël, trouve-moi un prêtre ! Si tu ne m'en ramènes pas un avant une heure, je prendrai cette fille sous mon bras et m'enfuirai de Vienne avec elle. Toi, il faudra que tu te tires d'affaire tout seul !

Le ton de cet appel me parut si réellement désespéré que je ne doutai point qu'il ne mît sa menace à exécution. Je serrai donc les dents d'un air fâché et sortit à la recherche de notre hôtesse. La gente dame était encore debout, occupée à servir du vin à ses clients et à vider la bourse de ceux qui s'étaient endormis. Elle me parla d'un prêtre de confiance, prêt à accomplir son office sacré sans poser de questions indiscrètes à toute heure du jour et de la nuit pourvu qu'il fût généreusement payé. Ce n'était d'ailleurs pas la première fois qu'on le faisait venir dans cette maison, précisa-t-elle, et cette semaine même, il avait à deux reprises administré le viatique et l'extrême-onction à des clients qui en étaient venus aux mains pour des questions de religion. Je lui donnai une monnaie d'or et elle fit aussitôt quérir le prêtre, manifestement persuadée qu'au cours d'un combat pour la fille j'avais d'une façon ou d'une autre vaincu Antti qui devait être sur le point de rendre l'âme.

Lorsque je regagnai notre chambre, Antti qui tenait Éva par le cou l'écarta de lui en me jetant un regard mauvais.

— Pardonne-moi, Mikaël, de t'avoir parlé si rudement tout à l'heure ! C'est le plus heureux moment de ma vie et jamais je n'avais osé espérer qu'une fille aussi jolie et bien née s'éprenne de moi !

Nous entendîmes alors sonner au-dehors les clochettes du prêtre et quelle ne fut pas ma surprise, en ouvrant la porte pour recevoir le saint homme, de découvrir que je connaissais cette face blafarde et bouffie avec son nez crochu et violet ! Oui ! J'avais devant moi, avec une soutane, une tonsure et une barbe de plusieurs jours, l'homme qui m'avait donné au cours de ma jeunesse studieuse à Paris, ma première leçon, ô combien chèrement payée !, sur la fausseté et la trahison qui règne en ce monde !

— Au nom du Clément ! m'écriai-je. Que tous les saints du paradis nous protègent, ô mon père, mais n'êtes-vous point ce fripon de maître Julien d'Avril de Paris ? Où as-tu volé cette soutane et comment se peut-il faire que l'on ne t'ait point encore pendu ? Il doit pourtant bien exister une justice en ce monde !

C'était en effet Julien d'Avril, mais il avait beaucoup vieilli et paraissait plus aviné qu'au temps jadis. Il devint d'abord gris comme cendre, puis, vieux renard qu'il était, se reprit aussitôt et me serra dans ses bras où je retrouvai sa puanteur.

— Ah ! Mon cher Mikaël de Finlande ! s'exclama-t-il, des larmes d'émotion dans les yeux. Quelle joie de revoir ton visage ouvert et honnête ! Bénie soit l'heure qui nous réunit une fois encore ! Que se passe-t-il, mon cher garçon, et pourquoi as-tu un besoin si pressant des services de la sainte Église qu'il te faille tirer un vieil homme de sa couche ?

C'est sur cette rencontre inopinée que je mettrai un point final à l'histoire du siège de Vienne. J'ai relaté scrupuleusement cette malheureuse campagne sans rien cacher de la part que j'y ai prise et veux ouvrir un nouveau livre pour conter mes autres aventures.

SIXIÈME LIVRE

LE RETOUR DE LA LUMIÈRE DE L'ISLAM

L'APPARITION de Julien d'Avril ne laissa point de bouleverser également Antti, mais il recouvra rapidement ses esprits et le salua avec toute la déférence due à son vêtement.

— Oublions le passé, messire Julien ! lui dit-il. Et s'il fut un temps où je vous eusse écorché vif avec plaisir pour mettre votre peau à sécher sur la branche d'un arbre, je n'ai point de rancune. Nul n'est sans péché et ce n'est pas à moi de jeter la première pierre ! Cependant dites-moi : êtes-vous un prêtre régulièrement ordonné qui a le pouvoir d'administrer les sacrements ?

— Comment peux-tu en douter ? répondit Julien sur le ton du reproche. Mais je t'en prie, oublie mon ancien nom souillé de péchés et appelle-moi désormais père Julianus. Ainsi me connaît-on à Vienne où je suis un vertueux aumônier de l'armée. J'ai apporté l'hostie et les saintes huiles et suis tout prêt à vous servir, mais je ne vois personne céans à l'article de la mort.

— Père Julianus, reprit Antti, sortez votre sacrement du mariage et lisez les formules adéquates devant moi et cette jeune orpheline hongroise ; elle vous dira elle-même son nom qui me reste toujours en travers de la gorge.

Le père Julianus ne parut nullement surpris mais, tout en laissant errer machinalement son regard sur les épaules nues de la fiancée, il fit observer :

— Votre propos est tout à fait honorable, cependant la maîtresse de maison a-t-elle dit son mot ? Lui avez-vous payé la fille ? Elle se donne beaucoup de mal et fait d'énormes frais dans son négoce. Je ne voudrais point lui causer de préjudice étant donné que nous sommes bons clients l'un de l'autre.

Et comme Antti le regardait sans rien comprendre, il ajouta en levant la main :

— Ne va point penser que je doute de ta sincérité ou que je veuille offenser ta fiancée en quoi que ce soit. J'ai vu plus d'un mariage décidé dans le feu de l'action ou sous l'empire de la boisson devenir une très solide union. Une prostituée est souvent l'épouse qui convient le mieux à un mercenaire. Elle ramasse du petit bois pour lui, porte sa marmite et lui fait sa lessive. Néanmoins permets-moi, en ma qualité de vieux médecin des âmes, de te suggérer qu'il vaudrait mieux attendre demain pour décider ; la nuit porte conseil !

Lorsqu'enfin Antti comprit ce que voulait dire le père, il se mit dans une violente colère, dégaina son épée et la lui eût certainement passée au travers du corps si je ne me fusse interposé. Je lançai de cinglants reproches à notre hôte pour ses soupçons et lui expliquai que la fiancée d'Antti était la noble héritière d'un grand domaine de Hongrie. On devait célébrer cette noce dans le secret, dis-je, en raison de la situation critique dans laquelle son propre pays se débattait présentement. Nous lui donnerions trois ducats pour les unir, plus un destiné au tronc des pauvres.

Mais il ne me croyait qu'à demi.

— Il y a quelque chose de louche dans cette affaire, répondit-il en jetant sur nous trois des regards suspicieux. Vous ne m'auriez point fait venir à cette heure de la nuit et dans un lieu pareil si vous n'aviez rien à cacher ! Je refuse de risquer ma tête en prenant part à cette histoire, et surtout pas pour quatre ducats !

Antti, en sa folie, ne prit même pas le temps de discuter et offrit aussitôt à ce fripon la somme de vingt ducats hongrois, ce qui ne fit d'ailleurs que le fortifier dans ses soupçons. Il ouvrit tout de même son livre, lut les bénédictions appropriées et unit le couple en mariage sans plus d'objections. Et j'avoue que les vieux mots latins, même en sa bouche impie, rendaient un son plein de solennité.

A la fin, il réclama à Antti l'anneau qu'il devait mettre au doigt de la fiancée pour pouvoir les déclarer mari et femme. Pris de court, Antti me demanda le diamant du grand vizir. Cette requête extravagante dépassait à tel point la mesure que je fus plus que jamais persuadé qu'il avait l'esprit dérangé ! Mais j'eus beau jurer et tempêter, il sortit le bijou de force de ma bourse et le tendit au père qui le glissa au doigt de la jeune fille. Ainsi perdit-il pour toujours notre bien commun.

En voyant cette pierre magnifique, le père, au comble de la perplexité, parut se demander quelle sorte d'hommes nous pouvions être en réalité. Il expédia rapidement la cérémonie, prononça les bénédictions avec tout le pouvoir et l'autorité de la sainte Église, glissa prestement les pièces dans son gousset crasseux et fit mine de se retirer.

— Toutes ces oraisons m'ont séché le gosier, dit-il, et je vais boire à votre bonheur et votre prospérité si vous le permettez. Nul doute que vous ne demeuriez ici toute la nuit pour accomplir les premiers devoirs de la vie conjugale, et je reviendrai vous rendre visite pour vous bénir tous deux au nom du Seigneur.

Je flairai un piège dans son attitude et Antti le prit par l'oreille et lui versa du vin dans la gorge.

— Bois, bon père ! dit-il en hôte accueillant. Et pour une fois au moins dans ta vie, avale jusqu'à savoir que tu as bu ! Peu me chaut cette nuit ce que cela coûte et Mikaël peut aller quérir deux autres flacons de ce nectar !

Le père eut beau se débattre énergiquement, cracher et protester, Antti lui enfonça de force son nez rouge dans le pichet et me pria de ramener encore du vin. Dès qu'il l'eut relâché, Julianus se mit à nous accuser de trahison et à nous traiter de renégats ; d'ailleurs, jura-t-il, il pouvait déjà sentir les vapeurs sulfureuses de l'hérésie autour de nos personnes la première fois qu'il nous avait vus à Paris !

— Ce n'est que pour ton bien, père Julianus, lui dit Antti pour le calmer, mais si tu préfères que je te coupe la gorge, je ne m'y oppose pas ! Ne me pousse pas trop loin ! Je n'ai point encore oublié ton ignoble fuite d'une auberge des environs de Paris, lorsque tu ne nous as laissé qu'une courte missive pour toute récompense de nos peines et des dangers que nous avions courus.

Sur ce, il cracha dans la paume de sa main, sortit son poignard et se mit en devoir d'en aiguiser la lame. Le père Julianus se tut sur-le-champ et son teint vira au gris. Le coquin, qui avait connu tous les tours de la fortune, comprit qu'il avait intérêt à s'incliner devant l'inévitable et d'une voix faible, demanda encore du vin. Je partis aussitôt en chercher.

Il ne fallut guère de temps à Julianus avant qu'il n'en vînt à nous assurer qu'il avait toujours considéré Mahomet comme un prophète très éminent et que l'Église avait adopté, malgré l'exemple des patriarches, une attitude d'esprit étroite à l'égard de la polygamie ; puis il se plaignit de la rigueur du prévôt qui chicanait sans cesse à un pauvre aumônier ses modestes émoluments. Lorsqu'il en fut à balbutier avec des hoquets en s'affalant sur le bord de la table, Antti me conseilla de partir et de l'emmener avec moi.

Je m'élevai farouchement contre cette idée ; je finis pourtant par descendre en titubant les marches de l'escalier avec le père que la bonne hôtesse m'aida à porter dans une autre chambre. Elle m'offrit ensuite les services de son établissement, mais je me sentais bien trop découragé pour être à même d'en profiter et grimpai dans le lit à côté du père Julianus. Il ronflait déjà et pour plus de sécurité, j'attachai ma jambe gauche à sa jambe droite. Puis je plongeai dans le sommeil, ma conscience tranquille pour unique oreiller.

Je dormis très profondément et ne me réveillai que lorsque je sentis mon compagnon me secouer la jambe. Dressé à côté de moi, il murmura une prière puis dit :

— Ne bouge pas ! Nous sommes tombés dans les mains de voleurs. Ils m'ont attaché pour que je ne puisse pas sortir du lit et j'ai une jambe tellement engourdie que je ne la sens plus du tout. Pourtant je l'ai frottée tant que j'ai pu pour la ramener à la vie.

Il asséna avec désespoir de grands coups sur ma propre jambe, jusqu'au moment où, pris de pitié, je me détachai de lui et lui montrait sa jambe droite saine et sauve sous la couverture. Lorsqu'il fut calmé, il se souvint des événements de la nuit passée ; son visage se rembrunit et ce fut à peine si j'eus le temps de le saisir par sa chemise avant qu'il ne franchît subrepticement la porte. Je le prévins alors que j'étais plus rapide que lui et le tuerais sans hésiter s'il tentait de nous trahir. Il poussa un gros soupir de résignation et me proposa de prendre avec lui une coupe de vin chaud. Je n'avais rien contre une telle invitation et nous descendîmes ensemble comme deux vieux amis ; pour parvenir à la cheminée, nous dûmes nous frayer un passage au milieu des mercenaires endormis et du désordre sordide qui règne après une nuit d'orgie, et nous nous fîmes chauffer du vin sur les braises rougeoyantes. Puis je mis du pain et du vin de côté à l'intention d'Antti et de son épouse et, désireux de laisser cette ville derrière moi le plus tôt possible, je regagnai sans tarder leur chambre en compagnie du chapelain.

Antti ronflait couché sur le dos avec les bras de sa jeune femme noués autour de son cou et son visage pressé contre sa poitrine velue. Ils dormaient tous deux profondément et je m'empressai de recouvrir leur nudité avec une couverture afin de ménager le père Julianus. Mais le bruit du vin chaud sifflant dans le gobelet de fer réveilla Antti comme par enchantement. Il ouvrit grand les yeux, repoussa vivement la fille nue loin de lui et tira la couverture jusqu'à son menton.

— Au nom d'Allah, qu'est-il arrivé ? s'écria-t-il. Qui est cette femme sans vergogne ? Ôtez-la de ma couche !

Je lui expliquai d'une voix suave et il m'écoutait, les cheveux hirsutes, un air de surprise infinie peint sur son visage, tout en avalant un gobelet de vin. La mémoire lui revenait petit à petit et il s'assit en grommelant entre ses dents, ne sachant point s'il devait se réjouir ou non de son mariage soudain. Il avait un air tellement stupide que j'hésitais moi-même à en rire ou à en pleurer !

Une coupe de vin chaud demeure en vérité le meilleur

remède à la perplexité ! Et nous oubliâmes nos soucis pour entonner une chanson française en guise d'aubade à la nouvelle épousée. Pourtant, malgré notre tapage, la jeune fille dormait toujours. Le souffle si léger qu'on l'eût dite sans vie, elle gisait immobile, la bouche entrouverte et les cheveux épars sur l'oreiller. La couleur sombre de sa chevelure et de ses longs cils qui ombraient les cernes sous ses yeux faisait paraître plus pâle encore son teint clair. Antti la regardait d'un air craintif et lui donna un petit coup avec l'index, mais elle ne remua qu'à peine et continua de dormir. Alors, les larmes aux yeux, il nous recommanda de ne point faire de bruit.

— Laissons reposer la pauvre enfant ! ajouta-t-il en hochant la tête. Je l'ai prise aussi doucement que j'ai pu mais c'est une petite pouliche délicate et elle doit être très fatiguée ! Je sais en tout cas que nos épousailles sont de celles que les anges préparent là-haut dans le ciel et pour cette raison, j'exigerai mes droits légitimes et lutterai pied à pied pour défendre les intérêts de mon épouse. Nous devons nous hâter de gagner la Hongrie afin de nous trouver là-bas au moment du dénombrement des troupeaux.

Le père Julianus, les yeux brillants, murmura rapidement :

— Que me donnerez-vous outre ma liberté, si je vous aide à franchir sans encombre les portes de la cité ?

— Non, non, cher père Julianus ! dit Antti en l'arrêtant avec la main. Pourquoi nous séparer à présent que nous nous sommes retrouvés ? Si tu nous accompagnes dehors, nous pourrons envisager ton retour plus tard, à tête reposée.

Le vin m'avait inspiré une idée remarquable et je m'empressai d'intervenir.

— Sois raisonnable, père Julianus, tu ne le regretteras pas ! Il est fort possible qu'il te faille retourner dans l'avenir à la chrétienté afin d'y accomplir diverses tâches. Il suffit d'avoir confiance en moi ! Toutefois, comme nous avons vraiment besoin maintenant d'un avis éclairé, nous ne marchanderons point si tu peux réellement nous faire sortir de cette cité si soigneusement gardée.

Après maintes discussions, et tout en maudissant sa rapacité, nous acceptâmes de lui verser cent ducats, dont vingt-cinq sur-le-champ, pour nous conduire sains et saufs à l'extérieur de la ville.

— Je n'ai pas l'intention de partir à pied ! dit-il. Nous devons tous avoir de bons chevaux et des vêtements aussi luxueux qu'il nous sera possible de nous en procurer.

Il refusa de nous donner des explications à ce sujet et, comme il fallait lui faire confiance, force nous fut d'envoyer un message à Aaron. Grâce à ce juif respectable, à midi, nous trouvâmes quatre beaux et bons chevaux sellés devant la porte et pour Antti et moi des cuirasses magnifiques, quoique un peu ensanglantées, incrustées de plaques d'argent. En outre, Aaron envoyait à l'intention de la jeune femme une robe de soie et de velours, ainsi qu'un de ces voiles dont les nobles dames ont coutume de se couvrir le visage lorsqu'elles voyagent.

Cependant, toutes ces belles choses venaient accompagnées d'une note qui me coupa le souffle ! Le prix de chaque article y était porté séparément et le tout s'élevait à mille neuf cent quatre-vingt-dix-huit ducats ! Si nous ne disposions point de cette somme, écrivait Aaron, il prendrait volontiers l'anneau du grand vizir en garantie, et comme il avait donné deux ducats au porteur, la dette arrondie à deux mille ducats équivalait au prix du diamant.

Cette malignité d'Aaron à profiter de la situation désespérée dans laquelle nous nous trouvions me piqua au vif et quand je vis Antti lorgner en direction du bijou au doigt de son épouse endormie, je lui déclarai sans ambages que, si lui était prêt à voler son anneau nuptial, je n'aurais, moi, jamais le cœur à commettre une vilenie pareille. Je repris donc les deux ducats au messager et rédigeai, au nom du grand vizir, une reconnaissance de dette de deux mille ducats payable par le trésor du sultan. Je n'ignorais point que ce papier nous créerait quelques ennuis s'il était jamais présenté, mais pensais qu'Aaron n'en aurait pas l'occasion si seulement nous quittions la ville au plus vite.

Erreur grossière ! C'était mal connaître l'extraordinaire rapidité du réseau d'affaires des juifs ! Aussi incroyable que cela puisse paraître, la reconnaissance fut présentée à Buda au trésorier du sultan bien avant que nous n'ayons nous-mêmes mis les pieds dans la ville ! Et la dette, passée en de multiples mains et augmentée de frais et charges diverses, s'élevait à deux mille trois cent quarante-deux ducats lorsqu'elle arriva entre les mains du grand vizir. Il l'accepta cependant. Je compris, mais trop tard, qu'en temps de guerre et s'agissant de longues distances, un document de ce genre était pour les juifs quasi plus sûr que des espèces sonnantes et trébuchantes. Ainsi, Aaron gagna-t-il en cette affaire plus qu'il ne perdit.

Le bruissement de la soie éveilla la jeune femme. Elle frotta ses yeux ensommeillés et s'assit sur la couche pour souhaiter un tendre bonjour à son mari. Antti nous intima d'un ton sec de nous retourner et pressa son épouse de vêtir sans tarder sa nouvelle robe. Mais nous n'étions pas encore partis ! Elle refusa de la mettre tant qu'on ne l'aurait pas retouchée de manière à la mouler plus étroitement ! Et nous de courir en tous sens en quête de ciseaux, fil et aiguilles ! Enfin, après maintes larmes, nous fûmes prêts à monter à cheval et à quitter cette demeure accueillante, non sans avoir généreusement récompensé l'hôtesse pour toute la peine que nous lui avions apportée.

A ma grande surprise, le père Julianus se dirigea vers la porte du Sel que nous vîmes grande ouverte. Une multitude de gens à pied ou en charrettes tirées par des bœufs se pressaient pour sortir de la ville. A la vue de nos cuirasses d'argent, les gardes repoussèrent la foule sur le côté de manière à nous frayer un passage et lancèrent quelques plaisanteries empreintes de bonne humeur à l'adresse du père Julianus. Ce dernier répondit par des bénédictions agrémentées de vigoureux jurons, comme il sied à un aumônier militaire accompli. Le chef de poste enfonça d'un air soupçonneux sa lance dans un chariot rempli de foin qui entrait dans la cité mais il ne prêtait en revanche nulle attention à tous ceux qui en sortaient ; ce fut plus par curiosité que par zèle professionnel qu'il demanda au père où il allait, et le vieux renard répondit qu'il faisait escorte à la noble dame von Wolfenland zu Fichtenbaum qui s'en retournait dans ses États. Nous passâmes ainsi la voûte et, piquant des deux, laissâmes derrière nous la cité de Vienne.

Mon cœur, tout ce temps au bord de mes lèvres, reprit sa place en ma poitrine, et ce fut avec joie que je versai à Julianus le reste des cent ducats ; je lui demandai de nous dire au nom de Dieu comment il savait que nous pourrions quitter la cité aussi aisément.

— Des groupes de vagabonds sont déjà partis hier sans être inquiétés, pour la bonne raison que leur départ débarrasse les citadins d'un grand poids. Je vous ai demandé de revêtir de beaux habits pour plus de sécurité afin, le cas échéant, d'être à même d'adopter le comportement des nobles qui repoussent les curieux à coups de fouet. Vous n'imaginiez tout de même pas que j'aurais accepté de vous accompagner si j'avais cru qu'il y eût le moindre risque ?

Nous galopâmes sur des chemins boueux le long des ruines du campement musulman qui dessinait un grand arc autour de la cité et s'étendait au loin vers les collines. Une troupe de cavaliers lancés à la poursuite des Turcs nous dépassa peu après. Ils nous saluèrent à grands cris pleins de cordialité et nous mirent en garde contre les détachements ottomans qui devaient encore se trouver dans la région. Vers le soir, le ciel se couvrit et la température baissa, annonçant la neige qui tomba durant la nuit. Antti et moi lui fîmes fête en souvenir de notre lointaine patrie et songeant que de toute façon mieux valait chevaucher sur un tapis blanc que dans la boue de l'automne. Hélas, la neige fondit rapidement et les chemins devinrent encore plus impraticables.

Nous ne pouvions avoir de doute sur la route à suivre ! Le jour des colonnes de fumée et la nuit la lueur des incendies qui illuminaient l'horizon, nous indiquaient infailliblement la position de l'armée en retraite ; et l'indice le plus certain de son passage nous le trouvions en voyant les cadavres sans tête et dépouillés, empalés sur des pieux dans les villages anéantis par le feu. Les Turcs avaient brûlé toutes les maisons et les granges et tué tous les habitants dans un rayon d'un jour de marche à partir de la route, et les bêtes sans âme elles-mêmes n'avaient point échappé au massacre.

Ces affreux spectacles me remplissaient d'horreur et j'avais hâte de laisser derrière moi toute cette dévastation inutile et gratuite pour retrouver les bienfaits de la paix. Après un ou deux jours, les traces de l'armée en marche devant nous se firent plus fraîches ; la fumée s'élevait encore des monceaux de cendres et le sang coulait des blessures des morts. Enfin nous aperçûmes quelques archers occupés à jeter des cadavres dans un puits afin d'empoisonner l'eau. Nous nous approchâmes d'eux et en signe de reconnaissance leur montrâmes l'anneau au doigt de dame Éva.

Ils voulurent tuer sur-le-champ le père Julianus à cause de sa soutane et l'avaient déjà arraché de sa monture lorsque Antti, déployant toute sa force, réussit à les tenir en respect. Ils reculèrent de quelques pas et levèrent leurs arcs. Je ne connais point de son plus lugubre que la vibration d'une corde dans le froid du petit matin ! Je rassemblai alors tout mon vocabulaire turc et les menaçai du courroux du grand vizir s'ils s'avisaient à tirer, tout en leur offrant des récompenses princières s'ils nous amenaient immédiatement en sa présence. Cependant je crois qu'ils se laissèrent fléchir en voyant dame Éva ; ils pensèrent très certainement en tirer un bon prix et peut-être même espéraient-ils nous vendre Antti et moi ! Quant au père Julianus, les janissaires ne manqueraient point de le leur acheter étant donné qu'afin de stimuler leur ferveur religieuse, ils adoraient rôtir vivants sur leurs feux de camp des prêtres chrétiens ! Ils commeneèrent donc par s'emparer de nos montures puis nous poussèrent devant eux de la pointe de leurs lances, sans même se donner la peine de nous passer une corde autour du cou.

Nous vîmes le seraskier pour la première fois en

atteignant Buda. Nous avions en effet préféré attendre que l'armée fît halte pour se reposer avant de reprendre sa marche sur le chemin du retour, plutôt que de venir l'importuner avant avec nos difficultés personnelles. Le sultan déclara la Hongrie territoire ami et interdit à ses troupes de piller ses villages ou d'emmener ses habitants en esclavage. Je préfère passer sous silence la manière dont les janissaires, alors en proie à la folie, exécutèrent cet ordre !

J'eus tôt fait de remarquer qu'en dépit de ses cris de victoire poussés à l'instigation du sultan, l'armée était loin de jouir d'une humeur sereine.

Dès son arrivée à Buda, le grand vizir avait déplu au peuple en ordonnant de sortir au grand jour la couronne sacrée de saint Étienne et de la placer au sommet de sa tente. Antti et moi, debout tels des mendiants devant sa porte, nous regardions sortir les pachas de haut rang qui haussaient les épaules en échangeant des sourires pleins d'aigreur. Nous comprîmes que retarder notre visite ne nous vaudrait point un accueil plus chaleureux et fîmes donc parvenir nos noms à Ibrahim, qui nous reçut au milieu de la nuit comme à l'accoutumée. Il maniait distraitement la couronne entre ses doigts, et messire Gritti, cet oiseau de mauvais augure, était assis auprès de lui. Nous nous prosternâmes et baisâmes la terre devant le seraskier qui nous fit un accueil encore plus froid que celui que nous attendions.

— Chiens ! Fils du diable ! s'écria-t-il, son beau visage empourpré par la boisson. Je ne vous ai point envoyés à Vienne pour aller vous vautrer dans une maison de plaisirs ! Où sont vos turbans ? Et mon anneau de grand prix ? Vous avais-je demandé de vous endetter avec vos putains ? Il m'a fallu perdre des heures à discuter avec le defterdar avant qu'il ne consente à honorer votre papier !

— Ne nous condamne point sans nous entendre ! répondit Antti sur un ton conciliateur. Ton anneau n'est pas perdu, je l'ai donné à mon épouse et te le rembourserai dès que je le pourrai.

Le seraskier se tourna vers messire Gritti avec un regard de désespoir.

— Que faire avec ces chiens enragés qui osent en outre se vanter de leurs méfaits !

Puis il poursuivit à notre adresse :

— Vous auriez pu au moins incendier Vienne comme des braves ! Mais il paraît que vous avez préféré vous installer dans une maison mal famée et y faire la fête de façon à dépenser deux mille ducats avant de revenir sans vous presser pour m'imposer ici vos faces de débauchés !

— Qu'Allah te garde en sa grâce ! rétorqua Antti le visage cramoisi. Comme tu déformes la vérité ! Sache que je me suis marié selon le rite chrétien et que jamais il n'a été question de débauche ! Quant à Mikaël, il a bien trop peur d'attraper le mal français pour avoir une conduite inconvenante ! En outre, tu es assez grand général pour ne point ignorer qu'il faudrait au moins une compagnie pour dépenser deux mille ducats dans un bordel de Vienne ! Grâce à notre audace et à notre intelligence, nous avons échappé à une mort épouvantable et tu peux ainsi récupérer deux serviteurs irremplaçables. Honte à toi pour tes viles accusations ! Demande-nous vite pardon avant que je ne perde mon calme !

Il avait l'air si solennel qu'Ibrahim éclata de rire et lui dit d'un ton apaisant, tout en essuyant les larmes qui lui coulaient des yeux :

— Je sais, je sais que vous avez agi de votre mieux et voulais seulement vous taquiner ! Même les hommes les plus braves ne peuvent transformer la mauvaise chance, et Aaron m'a glissé un mot à votre sujet par l'intermédiaire de ses confrères. Toutefois je regrette mon anneau, car sa pierre était d'une rare pureté. Puis-je voir ton épouse et m'assurer qu'elle est digne de le porter ? A moins qu'en bon musulman, tu ne préfères me cacher son visage !

Antti répondit avec ravissement que son épouse étant chrétienne, aucun préjugé ne l'empêchait de montrer son visage ; on la fit donc appeler et elle pénétra sous la tente en compagnie du père Julianus. A la vue de ce dernier, le seraskier fit instinctivement des cornes avec ses doigts pour conjurer le mauvais sort.

— Comment peux-tu permettre à un prêtre chrétien

de venir ici souiller ma tente ! s'écria-t-il. Je vois à sa soutane et à son menton rasé qu'il appartient à l'ordre le plus pernicieux de l'idolâtrie !

— J'ai ramené de Vienne le père Julianus, m'empressai-je d'expliquer, et l'ai conduit jusqu'ici au péril de ma propre vie. Tu en obtiendras plus grand service que tu ne peux imaginer ! J'ai un plan mais je préfère te le révéler seul à seul.

Entre-temps, dame Éva avait ôté son voile d'un geste plein de pudeur pour découvrir son visage souriant et ses yeux sombres que le grand vizir regarda avec plaisir.

— Elle est belle, en effet ! dit-il courtoisement. Son front est plus blanc que jasmin, ses sourcils bruns comme le musc et sa bouche ressemble à une grenade. Je ne déplore plus la perte de mon anneau et me réjouis avec toi, ô Antar, de la capture d'une beauté pareille. Je veux bien admettre que toi et ton frère avez fait preuve de loyauté à mon égard, mais souhaite qu'Allah désormais me préserve de preuves aussi coûteuses !

Je fus enchanté de constater qu'il se soumettait à la volonté d'Allah en homme plein d'une véritable noblesse et qu'il avait l'intention de nous garder à son service. Antti profita de cet instant propice pour dire promptement :

— Je ne demande évidemment aucune récompense pour une mission manquée ; toutefois tu me porterais au comble de la joie si tu voulais bien me faire la faveur de glisser un mot au roi Zapolyai au sujet de mon épouse, afin que ses domaines aux confins de la Transylvanie lui soient restitués. Éva, ma petite dame, dis ton nom de famille au noble seraskier !

Messire Gritti qui s'arrachait déjà les cheveux éclata en lamentations lorsque dame Éva prononça son nom d'une voix timide.

— N'écoute point cet Antar, ô grand vizir ! s'écria-t-il. Tous les renégats de l'armée se sont empressés d'épouser des filles de la noblesse pour réclamer leur héritage et la Hongrie serait perdue si elle devait satisfaire à toutes ces demandes pour la plupart sans fondement. Aussi le roi Zapolyai, suivant en cela mon conseil, regroupe-t-il actuellement ces propriétés afin de n'en confier la charge qu'à quelques personnes de bonne foi ; au lieu des dizaines de milliers de petits domaines qui existent pour l'heure, il n'en restera plus qu'un millier à peu près. Tu imagines aisément à quel point ce remaniement va, d'une part simplifier la tâche des collecteurs d'impôts, et d'autre part renforcer le présent gouvernement, les quelques propriétaires sachant que désormais leur sort est lié à celui du roi Zapolyai : s'il reste, ils restent, s'il tombe, eux de même.

— Loin de moi le désir d'intervenir dans les affaires intérieures de la Hongrie ! répliqua le grand vizir avec lassitude. En revanche, comme il est de mon devoir de protéger les sujets du sultan ainsi que les intérêts de mes propres serviteurs, je tiens à ce qu'Antar recouvre les domaines de son épouse. Cependant, et de manière à ne point gêner le roi Zapolyai dans l'exécution de son excellente réforme agraire, je lui permets très volontiers d'ajouter de nouvelles propriétés au domaine d'Antar de manière que l'ensemble de son bien atteigne l'importance voulue.

Je donnai un petit coup de coude à Antti pour qu'il tombât à genoux et baisât la main du grand vizir et l'épouse ravie suivit l'exemple de son mari. Puis le seraskier nous congédia, mais je demeurai et pris le père Julianus par le bras. Mieux vaut battre le fer quand il est chaud ! Après le départ de messire Gritti, le beau visage d'Ibrahim refléta une grande fatigue. Je remarquai combien il avait maigri durant cette campagne et que des rides creusaient à présent son beau front lisse.

— Il est tard, Mikaël el-Hakim ! dit-il dans un bâillement. Pourquoi m'imposes-tu encore ta présence ?

— La lune luit tandis que le soleil repose, répondis-je, et la nuit est le domaine de la lune. Permets-moi de parler et de te rendre service bien que je ne sois qu'un pauvre esclave.

— Assieds-toi, ô mon esclave, et que le prêtre chrétien qui est bien plus âgé que nous prenne place également !

Puis il sortit un flacon et trois gobelets de sous ses coussins et nous invita à boire à sa prospérité.

— Dis ce que tu penses, Mikaël el-Hakim !

Et tandis qu'il buvait lui-même à petites gorgées, je répondis en choisissant mes mots avec soin :

— Il n'existe qu'une seule lutte, celle entre le sultan et l'empereur, l'Islam et l'Europe, le croissant et la croix. L'empereur lui-même a déclaré à maintes reprises qu'il avait pour objectif principal d'unir tous les pays de la chrétienté en une croisade commune pour écraser le pouvoir ottoman. Tout chrétien qui s'oppose à l'empereur devient dès lors, qu'il le sache ou non, un allié du sultan et l'hérétique Luther est avec ses adeptes le meilleur d'entre eux. Il conviendrait de lui apporter en secret ton soutien, de favoriser ses visées et de te poser avant tout comme le champion de la liberté religieuse.

Le grand vizir me regarda avec attention et demanda :

— As-tu jamais entendu parler, au cours de tes voyages en terre germaine, d'un certain margrave Philippe, le gouverneur d'une principauté appelée Hesse ? Il a pris Luther sous sa protection. Est-ce un homme puissant ? Quelle est l'importance de son domaine ? Peut-on lui faire confiance ?

Mon cœur se serra dans ma poitrine en entendant ce nom. Aussitôt me revint en mémoire cet homme en armure, avec sa belle chevelure et ses yeux bleus, qui regardait le corps mutilé d'un prêtre baignant dans une mare de sang ; je le vis assis les mains sur les genoux dans la lumière du soleil, devant le porche d'une église à Frankenhausen. Une éternité était passée et j'avais vécu maintes vies depuis ces jours de violence. Pourtant je m'avisai que cinq années seulement me séparaient de cette rencontre fortuite.

— Je le connais ! répondis-je avec empressement. Il m'avait dit en plaisantant qu'il pensait prendre Luther comme chapelain de sa maison. Sa province est de modestes dimensions et couverte de dettes bien qu'il se soit lui-même enrichi en s'emparant des biens de l'Église. En outre, c'est un homme de guerre et un bon cavalier. Je ne puis répondre de son honnêteté. Il m'a frappé par sa singulière froideur et je pense que la religion était pour lui un instrument de profit temporel plutôt qu'un moyen d'accéder au salut.

— Pourquoi ne m'as-tu point dit tout cela avant, chien ? cria le grand vizir en m'envoyant son gobelet d'or à la tête. J'aurais pu m'en servir le printemps dernier quand le roi Zapolyai négociait en secret avec un envoyé du duc Philippe !

Tout en frottant la bosse qui grossissait sur mon front, je répliquai d'un ton offensé :

— Pourquoi ne m'as-tu jamais interrogé ? Peut-être à présent te rends-tu compte de ce que tu as perdu en me refusant ta confiance. Tu n'as eu que mépris pour ma connaissance des gouvernements de la chrétienté et tu as préféré m'enfermer chez ce pauvre vieux sénile de Piri-reis pour jouer à la guerre avec des bateaux miniatures dans un bac à sable !

« Dis-moi franchement quel accord tu as avec le duc Philippe et les protestants ! Ne te préoccupe point de la présence du père Julianus, il ne comprend goutte à notre langage et restera tranquille tant qu'il aura du vin à portée de la main. Je suis curieux d'entendre ces choses et te donnerai ensuite volontiers mon avis !

Le grand vizir, un peu honteux de la vivacité de son geste, reprit :

— Il est vrai que j'ai sous-estimé tes capacités, Mikaël el-Hakim ! J'aurais dû faire davantage confiance en ton étoile comme me l'avaient suggéré Khayr al-Dîn ainsi que Mustafa ben-Nakir.

« Sache donc que le printemps dernier, ce Philippe de Hesse a élevé une protestation devant le parlement puis cherché à former une alliance avec les autres princes protestants dans le but de défendre leur foi contre l'empereur et son pouvoir. Suffisamment perspicace pour prévoir le choc inévitable entre celui-ci et les protestants, il a envoyé secrètement des ambassadeurs à la cour de France et au roi Zapolyai afin de leur demander leur aide. Puis, dès qu'il apprit que le sultan se préparait à marcher sur l'Europe, il se déclara lui-même prêt à lever l'étendard de la révolte dans les États allemands. Mais les autres princes craignaient que la Germanie ne se retournât contre eux s'ils s'alliaient avec nous, et personnellement je ne croyais guère en la bonne foi de ce Philippe ; je connais trop l'habitude qu'ont ces hérétiques de se quereller sans cesse à propos de leurs croyances ! Je le pressai donc, par l'intermédiaire du roi Zapolyai, de réaliser tout d'abord l'unité religieuse au sein de son propre camp.

« Nul doute que les plus éminents prophètes, ceux de la Confédération suisse par exemple et ceux de Germanie, ne soient tous, à l'heure qu'il est, réunis dans quelque cité allemande afin de rechercher une formule commune de religion. S'ils y parviennent, les princes catholiques se trouveront pris entre les protestants au nord et la Confédération au sud. Un simple coup d'œil sur la carte suffit pour s'en apercevoir !

— Luther, tel que je le connais, est un homme obstiné, répondis-je d'une voix ingénue. Il se plaît à être le coq du poulailler et ne tolérera nul autre prophète à ses côtés ! Le sectarisme est dans la nature même de l'hérésie ; du moment que les hommes commencent à interpréter eux-mêmes les Écritures, chacun le fait comme il lui convient le mieux et tout prophète prétend que Dieu parle directement par sa bouche. Quoi qu'il en soit, ils sont tous chrétiens et une Allemagne protestante tournera le dos à l'islam avec la même répugnance qu'elle l'a tourné au pape.

— Pas du tout, tu fais erreur, Mikaël el-Hakim ! Il n'est point de haine plus opiniâtre que celle qui oppose des sectes de la même religion. Ne te souvient-il point que lorsque Mehmet le Conquérant a vaincu Constantinople, l'Église grecque a préféré le sultan au pape ? Et ce fut ce schisme, bien plus que les armes, qui provoqua la chute de l'empereur grec ! Dans ce cas également je crois que les protestants choisiront le sultan plutôt que de se soumettre à la volonté de l'empereur et à l'enseignement du pape.

Il s'inclina, plongé dans ses pensées, et nous fit signe de nous retirer. Avec moi, le père Julianus traversa le camp pour regagner la cité et sa démarche titubante m'obligea à le prendre par le bras. Bien qu'il n'eût point saisi un seul mot de notre conversation, il déclara d'une voix pâteuse que le grand vizir Ibrahim était un homme d'État tout à fait remarquable et que l'empereur lui-même ne pouvait avoir meilleur vin dans sa cave.

Le lendemain matin, le grand vizir m'envoya un caftan d'honneur princier et un cheval avec une selle et des brides tout incrustées d'argent et de turquoises. Mon salaire fut augmenté à deux cents aspres par jour, ce qui fit de moi un homme de quelque importance qui pouvait sans crainte faire face à l'avenir. Il entrait évidemment dans mes obligations, outre de nourrir et vêtir le père Julianus, de lui donner de grandes quantités de vin. Je lui procurai l'habit d'un tseleb, un professeur, afin de le protéger de la vindicte des janissaires qui vouaient une haine mortelle aux prêtres chrétiens.

Le grand vizir permit à Antti de se rendre en Transylvanie afin d'aller reconnaître son bien, mais lui interdit formellement de rester au service du roi Zapolyai. Il devait retourner à Istanbul au plus tard le printemps suivant après avoir laissé sur ses terres un homme de confiance pour s'occuper de ses affaires. Cet arrangement ne plut guère à Antti qui avait rêvé de vivre désormais sur ses domaines la vie oisive d'un gentilhomme. Cependant, il lui fallait maintenant se procurer des présents convenables pour le grand vizir, messire Gritti et son nouveau maître, le roi Zapolyai. Or comme les souvenirs que nous avions ramassés devant Vienne s'étaient tous perdus dans un marais avec le bagage du grand vizir, le pauvre Antti n'avait pas un aspre de plus que moi.

Dans notre dénuement, nous nous tournâmes vers Sinan l'Architecte, mais il avait déjà dépensé en livres et manuscrits tout ce que le sultan lui avait donné. Finalement, Antti se vit contraint malgré sa honte de demander à son épouse l'anneau du grand vizir dans l'intention de le mettre en gage. Par bonheur, dame Éva, en dépit de sa jeunesse, était une femme pleine de bon sens.

— Pourquoi ne t'adresses-tu point à un juif? demanda-t-elle avec étonnement. Mon père agissait toujours ainsi ! Le juif pourra ensuite réclamer son remboursement à ton intendant et tu t'épargneras ces préoccupations inconvenantes.

Antti suivit aussitôt ce conseil et nous nous rendîmes sans attendre chez un juif qu'un des scribes du defterdar nous avait recommandé. Il nous reçut dans la cave sans lumière qui lui servait de logis, puis se lança dans de grandes lamentations sur la sombre époque où nous vivions et sur les affaires qui ne rapportaient plus rien ! Antti en conclut qu'il ne pourrait obtenir grand-chose d'un homme aussi accablé de soucis. Il avait pensé lui demander cent ducats pour le voyage, mais le cœur lui manqua au moment de parler.

— Allah me préserve d'ajouter à vos peines, dit-il. Peut-être réussirons-nous à nous arranger avec dix...

Il n'avait pas encore eu le temps de prononcer le mot de « ducats » que déjà le juif poussait les hauts cris en appelant Abraham ; il nous expliqua avec volubilité qu'il lui fallait pour une si grosse somme meilleure garantie qu'une promesse et une reconnaissance de dette ! Moi qui avais toujours douté de l'existence des domaines de dame Éva, je commençai à suspecter le scribe du defterdar de nous avoir raconté une fable en parlant de la grande fortune d'un homme qui se mettait dans tous ses états pour dix ducats !

— Viens ! dis-je à Antti. Je te prêterai autant qu'il sera nécessaire ! J'espère seulement que tu pourras me rembourser à l'époque de la tonte des troupeaux.

Je portais le caftan dont m'avait fait présent le grand vizir, et le juif, se méprenant sans doute sur mon rang et ma fortune, s'inclina profondément devant moi.

— Vous n'allez pas me laisser les mains vides, ô très dignes seigneurs, dit-il en changeant de ton, cela me porterait malheur ! Discutons de cette affaire, voulez-vous ? Je connais la faveur que le roi Zapolyai vous a faite mais permettez-moi de vous dire que la tonte des moutons en Hongrie ne rapporte pas autant que vous paraissez le croire. Comment pouvons-nous savoir qui va les tondre le printemps prochain ? Les Tartares, les Moldaves et les Polonais profitent encore présentement de la confusion générale pour voler les troupeaux et toutes sortes de vivres, et qui douterait que cela ne s'est pas également produit sur vos domaines, cher messire ? Vous avez, en vérité, fait un pari désespéré en prenant possession de ces domaines et, sans un répondant sérieux, vous ne réussirez avec le temps qu'à augmenter votre dette !

Antti ajouta tout de suite foi à ce discours tandis que moi-même, je commençais à me demander si cet honnête homme trouverait son compte en avançant dix ducats d'or sur les hypothétiques troupeaux d'Antti.

— Si les choses à Buda vont aussi mal que vous voulez bien nous le faire croire, mieux vaut pour moi renvoyer ces paperasses et ces sceaux à Janushka et lui dire de chercher plus imbécile que moi pour s'occuper de ces domaines.

Le juif se frotta les mains l'une contre l'autre et s'inclina jusqu'à ce que ses frisettes balayassent le sol. Puis il demanda à consulter l'acte de cession de biens signé de la main du roi Zapolyai et dit :

— Ô noble sire Antti von Wolfenland, j'imagine que vous avez pris l'habitude, dans les domaines du sultan, d'une vie plus luxueuse qu'il n'est de coutume dans notre pauvre pays ! Je comprends qu'une reconnaissance de dette pourrait vous gêner si la mise bas ne réussit point ou que la guerre ravage vos terres. Sans compter les frais supplémentaires si je suis obligé de venir récupérer mon argent à Istanbul ! Cependant, qui ne risque rien n'a rien ! Alors ne parlons plus de reconnaissance de dette ni d'engagements ! Je vous avancerai simplement la somme que vous demandez en échange du droit de tonte de vos troupeaux pendant les deux prochaines années. Je risque fort d'y perdre, mais tout repose entre les mains de Dieu !

Antti m'interrogea du regard et je lui murmurai rapidement d'accepter cette offre ; mieux valait tenir dix ducats dans sa main que posséder cent moutons dans un coin perdu des steppes hongroises.

Antti, attendri par les larmes qui coulaient sur le visage du juif, répondit :

— Non, non, je suis un honnête homme et vous avez femme et enfants à nourrir. Je ne puis accepter que vous risquiez votre modeste fortune pour l'amour de moi. Laissez-moi rédiger une reconnaissance de dette et je suis prêt à ajouter dix ou même vingt pour cent pour couvrir vos frais et vous récompenser de votre peine.

Le juif sécha alors ses larmes et répondit, le visage sombre :

— Vous êtes plus malin que les nobles n'ont coutume de l'être et m'ôtez ainsi un beau bénéfice ! Néanmoins, et pour preuve de notre bonne entente, je vous donnerai l'argent en échange d'une seule année de droits sur la tonte. En ce cas, je vous demanderai le monopole du commerce, y compris le négoce du sel, dans tous vos villages. Mes agents étudieront l'élevage des moutons dans la région et toutes les autres questions concernant votre domaine. Vous pouvez vous reposer entièrement sur moi, je suis un honnête homme et me conduirai en père à votre égard.

— Pourquoi résister quand je vous vois si acharné à risquer votre argent ? répliqua Antti après l'avoir poliment remercié. Tout ce que je vous demande, c'est de ne me faire aucun reproche si les choses tournent mal. Vous devrez en outre nourrir mes troupeaux et veiller au parfait entretien de mes chiens de berger et de mes chevaux, sous peine de ne plus faire affaire avec moi la prochaine fois que je visiterai mon État !

Le visage du juif s'illumina lorsqu'il répondit avec enthousiasme :

— Dès le premier moment de notre rencontre, votre attitude empreinte d'honnêteté m'a attiré. Vous ne m'avez point traité avec mépris à l'instar de la plupart des nobles de Hongrie et je vous respecte parce que vous savez défendre votre bien ; j'accepte donc votre proposition, à condition toutefois de vous payer la somme en argent et de vous la changer en or moi-même. De cette façon, je puis profiter du taux de change qui s'élève à six aspres par ducat, ce qui me permettra au moins de nourrir ma femme et mes enfants si je perds sur notre marché.

Cette requête ne me parut point exagérée même s'il était facile de calculer qu'il gagnerait un ducat sur dix. Il nous pria alors de bien vouloir l'excuser pendant le temps qu'il compterait ses gains, d'après le cours d'aujourd'hui, et qu'il irait chercher l'argent ; nous devions comprendre qu'il devait le tenir caché en période de guerre. Puis il nous conduisit dans une pièce voisine richement meublée et où abondaient, à ma grande surprise, luxueux tapis, fauteuils dorés, rideaux de velours et miroirs vénitiens. Un serviteur nous apporta un gigantesque plateau d'argent rempli de raisins, de poires et d'autres fruits délicieux de Hongrie. Après s'être enquis de notre rigueur dans l'observation de la règle musulmane, il ordonna qu'on nous servît du vin. Il était clair qu'il désirait rester en bons termes avec Antti, mais sa généreuse hospitalité me parut tout à fait hors de proportion avec notre affaire.

Nous mangeâmes les fruits et bûmes le vin de sorte qu'au retour du juif, il ne restait rien sur le plateau hormis quelques noyaux et les grappes de raisin dépouillées de leurs grains. Cela ne parut guère l'affecter et, avec un large sourire, il nous fit pénétrer dans sa pièce de travail. Et là, nous restâmes bouche bée : il y avait sur la table une masse de pièces d'or empilées soigneusement à côté d'un nombre considérable de sacs de cuir scellés.

Le juif se méprit évidemment sur la cause de notre étonnement et dit, tout en se frottant les mains avec quelque embarras :

— Vous aviez bien dit dix, n'est-ce pas ? Dix mille ducats en argent donnent donc selon la loi six cent mille aspres. Mais au change d'aujourd'hui, quand on change l'or en argent, on en obtient seulement cinq cent quarante mille et cinq cent soixante-dix pour l'opération inverse, à savoir rechanger l'argent en or. Je retiens habituellement pour mes frais et charges diverses un aspre par ducat, donc je vous donne cinq cent quarante mille aspres en argent. Au cours du change en vigueur, cela fait neuf mille quatre cent soixante-seize ducats en or et trente-neuf aspres en argent. Moins un aspre par ducat pour les frais, ce qui nous donne cent soixante-quinze ducats et vingt-trois aspres. Donc le total est de neuf mille deux cent quatre-vingt-dix-huit ducats et seize aspres, somme que vous avez sur cette table. Veuillez être assez aimable pour recompter vous-même, sachant que chaque paquet scellé contient cinq cents ducats.

« Je vous demanderai à présent, messire, de bien vouloir signer ce bail. C'est une simple formalité, je me fie entièrement à votre parole mais je suis un vieil homme qui peut mourir d'un instant à l'autre et vous-même n'êtes point à l'abri d'un malheur.

— Est-ce que par hasard vous vous moqueriez de moi, mon bon père ? demanda Antti, la mine renfrognée.

Le juif tira sur sa barbe et dit, en proie à une certaine excitation :

— Oh ! Ce trait d'avarice est indigne de vous, messire ! Je suis habilité pour compter mes charges au taux de cinquante-quatre aspres par ducat et j'en ai pris cinquante-sept ! La différence n'atteint guère plus de cinq cent vingt-cinq aspres et un homme distingué tel que vous devrait avoir honte de m'accuser de malhonnêteté pour une vétille pareille !

— Non, non ! protesta Antti. Mais j'ai peu de mémoire pour les chiffres ! Vous devriez arrondir la somme à neuf mille trois cents ducats et je vous signerai volontiers le reçu de dix mille ducats contre le bail de mes troupeaux pour une année.

Avec un soupir, le juif prit sur la table seize aspres et les ajouta à deux ducats d'or qui à première vue ne me parurent point faire le poids légal mais comme visiblement, l'on venait de frapper récemment la totalité des pièces empilées, je ne voulus point lui tenir rigueur de cette légère duperie.

Antti me demanda de lui lire à haute voix le contrat qui nous parut tout à fait correspondre à ce que nous avions décidé, bien qu'il ne fût point fait mention de l'entretien du bétail ; le juif remarqua alors qu'il y allait de son propre intérêt de prendre soin des fermes, puisqu'il espérait que le bail lui pourrait être renouvelé pour cinq ou dix ans l'année suivante, dans des conditions légèrement améliorées. Ce ne fut qu'alors que nous apparut dans toute sa splendeur l'affaire en or qu'Antti, sans le savoir, avait conclue à Vienne en tirant cette malheureuse jeune fille du ruisseau pour en faire son épouse.

Mais nous n'en avions point encore terminé avec le juif car nous voulions également régler la question des présents. J'estimai, quant à moi, que le roi Zapolyai et messire Gritti préféreraient recevoir des espèces sonnantes et trébuchantes, mais il fallait offrir quelque chose de plus personnel au grand vizir et nul mieux que ce juif plein de sagacité ne nous y pouvait aider. Le séraskier possédait en abondance pierres précieuses, bibelots, selles et autres harnais damasquinés et nous devions de ce fait trouver un objet absolument nouveau. Finalement, Antti acheta une merveilleuse horloge de Nuremberg, à la caisse artistiquement ouvragée, qui donnait à la fois les heures, les quarts, le jour, le mois et l'année ; elle convenait parfaitement à une personne distraite bien qu'elle marquât, hélas, les divisions du temps en vigueur dans le monde chrétien. Nous pensâmes néanmoins que le grand vizir trouverait du plaisir à évaluer le temps à la mesure chrétienne, en raison des guerres et des diverses affaires qu'il menait avec les pays d'Europe.

Je ne parvenais point à saisir comment un simple cerveau humain avait pu concevoir un mécanisme si complexe et ingénieux ! Le juif trouva le moyen de le faire marcher le temps de nous montrer comment, toutes les heures, une petite porte secrète s'ouvrait ; un forgeron, suivi d'un prêtre et d'un chevalier en armure s'avançaient alors pour frapper l'heure sur une clochette d'argent avant de disparaître ensuite par une autre porte du côté opposé de l'horloge.

Cette merveille n'avait qu'un seul défaut : elle ne marchait pas ! Et les Turcs avaient vendu en esclavage l'horloger auquel on l'avait envoyée pour la faire réparer ! Toutefois le juif estimait possible de retrouver cet homme, que nous avions l'intention d'offrir au grand vizir en même temps que l'horloge afin qu'il la pût régler et entretenir. Pour l'instant, comme le mécanisme était hors d'usage, le juif nous céda ce trésor pour la modique somme de deux cents ducats. Antti les déboursa avec joie et nous prîmes alors congé de ce riche fils d'Abraham.

Après maintes recherches infructueuses, nous retrouvâmes enfin la trace de l'artisan. Antti l'acheta pour moins de soixante ducats sans discuter, alors qu'il ne lui restait que la peau et sa barbe ! Dans sa libéralité, il alla même jusqu'à le vêtir de neuf et lui offrit un copieux repas. Le vieil homme versa d'abondantes larmes et tenta de lui baiser les mains ; il l'appelait son bienfaiteur et invoquait sur lui les bénédictions du ciel ! Puis il se mit à travailler sur l'horloge. Il en connaissait les caprices, nous assura-t-il, et saurait bien malgré le manque d'outils et de pièces nécessaires la réparer de façon à éblouir le grand vizir par son incomparable perfection. Il jura par les saints qu'une fois à Istanbul, il en ferait la merveille du sérail et consacrerait le reste de sa vie à en prendre soin. Ainsi grâce à son horloge, mènerait-il une vie à l'abri de tout souci comme esclave du grand vizir. En attendant, nous l'envoyâmes à la tente de ce dernier en compagnie de quatre esclaves vigoureux chargés de transporter l'objet avec le plus grand soin. Ibrahim s'en montra enchanté et remercia Antti pour ce présent digne d'un prince. Comme preuve supplémentaire de sa faveur, il lui envoya ainsi qu'à son épouse deux chevaux de selle couverts de superbes caparaçons et lui octroya une escorte de cent spahis pour l'accompagner jusqu'en son domaine. Je crus voir en cette insigne faveur qu'Antti avait considérablement monté dans l'estime de notre seigneur.

Mon frère ayant donc accompli tout le nécessaire pour affirmer sa position, s'apprêtait maintenant à partir pour se rendre aux confins de la Transylvanie. Quand je m'aperçus que dans sa noire ingratitude il m'avait oublié, je sentis au fond de moi une peine cuisante devant ses succès immérités.

— Et la grenouille s'enfla si bien qu'elle creva ! lui dis-je. Certes, c'est ton argent et tu peux le jeter au fond d'un puits si bon te semble ! Mais ta froideur à mon encontre me blesse profondément. Il me semble que tu devrais montrer un peu de considération à l'égard de ton propre frère, et qui plus est le seul auquel tu sois redevable de ta prospérité !

Ces mots et les larmes sincères que je versai, ramenèrent Antti à de meilleurs sentiments et comme des vents glacés chassaient des nuages de neige sur la cité de Buda, il nous sembla soudain respirer l'air de notre terre natale. Alors nous nous jetâmes en pleurant dans les bras l'un de l'autre et jurâmes que rien au monde ne briserait notre amitié et que nous serions les parrains de nos enfants réciproques. Quand enfin nous nous séparâmes, Antti me força à accepter mille ducats. Et il affirma que cette somme ne représentait guère à côté de ma longue et fidèle amitié.

Nous étions à présent à la fin du mois d'octobre. Le sultan fit lever le camp et les janissaires, le cœur plein de sombres pressentiments, se mirent en route en direction de leur lointaine patrie. Avant de quitter Buda, le grand vizir me convia encore à une discussion nocturne en compagnie du père Julianus.

— Peut-être as-tu raison, Mikaël el-Hakim. Tu parais en tout cas plus familiarisé que moi avec les questions religieuses en pays germains. Le représentant secret du roi Zapolyai à la cour du margrave Philippe rapporte que les prophètes hérétiques réunis à Marbourg, la capitale de Hesse, se sont séparés en ennemis déclarés après seulement deux ou trois jours de débats sans avoir conclu le plus petit accord. Luther et Zwingli n'ont apparemment rien fait hormis s'accuser mutuellement d'erreur et d'insolence ! J'accepte donc ton plan, Mikaël el-Hakim ! Tu vas te rendre dans les États de Germanie dans le but d'encourager les brandons de discorde dans les rangs des protestants afin de les rapprocher de l'Islam.

Terrorisé par sa décision, je me hâtai de répondre :

— Tu n'as pas exactement saisi ce que je voulais dire, ô noble grand vizir ! Ce n'est pas moi qu'il faut envoyer en Allemagne ! Je ne suis point orateur, moi ! Mais le père Julianus est un prêcheur plein d'expérience qui peut renifler une hérésie à des milles à la ronde. Lui saura choisir dans chaque ville l'homme qui conviendra à la tâche. Il sèmera les graines de l'islam dans l'esprit des gens afin que, dans leur enthousiasme pour les idées nouvelles, ils oublient tout ce que la chrétienté possède en commun pour ne plus mettre en lumière que chaque article de foi séparément. L'un prêchera pour le Dieu unique, l'autre contre le péché d'idolâtrie, un troisième pour la prédestination et un quatrième en faveur de la polygamie, tout cela justifié par les Écritures. Je suis persuadé que le père Julianus connaît suffisamment la Bible pour trouver en quelques jours les textes qui appuieront chacune de ces thèses.

Le père Julianus fixait sur moi les yeux d'un homme qui voit le sol s'ouvrir devant lui et le diable lui apparaître dans toute son horreur.

— *Vade retro, Satanas!* s'écria-t-il. Veux-tu faire de moi un hérétique? Je n'y consentirai jamais! Plutôt choisir la mort glorieuse des martyrs!

— Mais ne vois-tu point, père Julianus, répliquai-je, que tu rends au contraire à la sainte Église le plus signalé des services en semant la discorde parmi les hérétiques? Du reste, je suis convaincu que le grand vizir te procurera l'argent en quantité suffisante pour qu'en terre allemande tu ne manques jamais ni de vin ni de bière et que tu puisses même inviter des amis à les partager.

« Si l'on t'accusait de propager de fausses doctrines, il te suffirait de nier tout ce que tu as dit et de rendre responsable des erreurs que tu aurais pu commettre ta connaissance imparfaite de la langue. En revanche, si tout va bien — il ne te faudra pas plus de deux années pour en terminer avec cette tâche — et si tu m'envoies des détails sur tous ceux, jeunes ou vieux, savants ou ignorants, pauvres ou riches, qui sont de quelque façon disposés à embrasser le nouvel enseignement et à le proclamer, alors je suis sûr que le grand vizir te récompensera de telle manière que tu pourras passer le reste de tes jours tranquillement installé devant une amphore de vin à jamais remplie.

Le visage bouffi du père Julianus reflétait des pensées

contradictoires et j'y pouvais lire également des craintes fortement enracinées au sujet de son âme immortelle.

— Qui sait, ajoutai-je d'un ton persuasif, qui sait si le grand vizir ne pourrait entrer en relation avec la curie par l'intermédiaire d'une banque vénitienne pour t'acheter un évêché dans quelque coin reculé de France ou d'Italie ? Là tu profiterais d'un repos bien gagné sans l'ombre d'une question importune !

Une lueur d'espoir brilla dans les yeux du père Julianus qui laissa errer au loin ses regards d'un air rêveur. Enfin, il s'exclama avec un sanglot dans la voix :

— Oh ! Tout malheureux et pécheur que je suis, comme j'occuperais avec piété un poste de ce rang ! Franchement, Mikaël, à partir d'aujourd'hui je vais m'amender et faire tout mon possible pour me montrer digne de la tâche sacrée que l'on me confiera.

Puis, tombant à genoux, il baisa la main du grand vizir et l'inonda de ses larmes.

Quant à moi, craignant qu'Ibrahim ne reculât devant les dépenses que mon plan allait entraîner, je lui dis rapidement en turc :

— Ne te préoccupe point pour les frais, ô noble grand vizir ! Le père Julianus ne sortira jamais vivant d'Allemagne pour venir réclamer son évêché. Ces nouveaux prophètes sont au moins aussi fanatiques dans la défense de la pureté de leur foi que le Saint-Office ! Et si par miracle il en réchappait, ce ne serait point une mauvaise chose qu'un évêque chrétien dût sa position à l'islam !

— Comme tu voudras, Mikaël el-Hakim ! répondit Ibrahim en hochant la tête. J'ai confiance en toi et te laisse toute liberté pour régler les détails. Si ton plan échoue, des tsaush t'apporteront le caftan noir avec le lacet de soie et veilleront auprès de toi à ce que tu ne te méprennes point sur la signification du présent.

Peut-être ce rappel de ma condition de mortel me fut-il salutaire ! Il m'aida en tout cas à me rendre compte que je me mêlais inconsidérément d'affaires qui ne me concernaient en aucune façon. Toutefois le plan fut adopté et je pris toutes les mesures nécessaires afin de recevoir à Istanbul les rapports que le père Julianus nous transmettrait secrètement.

Buda peu à peu se vidait des troupes ottomanes et le père Julianus, plein d'ardeur, se mit en route pour regagner Vienne où il comptait prêcher au sujet de sa délivrance miraculeuse d'entre les mains des Turcs. Il avait l'intention de se rendre ensuite dans les États allemands. Après l'avoir vu s'éloigner en bonnes conditions, j'achetai quelques souvenirs de guerre et autres présents pour Giulia et m'embarquai sur un des vaisseaux de transport. Je descendis le Danube jusqu'à ce qu'il me fût possible de rejoindre Sinan l'Architecte et en sa compagnie, je terminai le voyage à Istanbul douillettement installé dans la litière familière.

Sur le chemin du retour, l'armée eut à franchir maints obstacles et souffrit mille épreuves ! Il me suffira de dire qu'elle y perdit plus d'hommes qu'au cours du siège lui-même et que dix mille esclaves germains et hongrois périrent sur la route. Pour ma part, je ne pensais qu'à Giulia et à notre maison sur les rives du Bosphore. Sinan l'Architecte, maigre, recru et incapable de trouver le sommeil après ces jours de labeur acharné et d'angoisse, se lassa de mon caquet bien avant d'atteindre Istanbul et finit par s'emparer de son marteau en menaçant de m'écraser le crâne si je ne me taisais point.

Plus nous approchions de la capitale, plus je devenais impatient de prendre Giulia dans mes bras comme autrefois, dans nos moments de plus intense bonheur. J'avais hâte de lui annoncer à quel point j'avais prospéré et pensais qu'avec mes deux cents aspres par jour, elle ne me considérerait plus comme un homme stupide et sans audace. Par une singulière ironie du sort, le temps s'améliora comme nous arrivions chez nous. La pluie cessa de tomber, le froid hivernal fit place à une chaleur quasi printanière et nos yeux, fatigués de voir de lugubres montagnes et des nuages lourds, étaient à présent éblouis par le vert des jardins innombrables, même si les platanes et les acacias avaient dès longtemps perdu leurs feuilles.

L'air avait la fraîcheur d'un vin doux au palais, le soleil

brillait dans un ciel sans nuages et la brise nous apportait l'odeur de la mer quand le sultan entra à cheval dans la cité à la tête de ses janissaires au milieu d'acclamations assourdissantes et au son des tambours et des cymbales. Les captifs avançaient avec peine, jetant à droite et à gauche des regards maussades comme pour mesurer la vaste étendue de la capitale ottomane. Des feux de joie s'allumèrent partout cette nuit-là, même à Péra, le quartier vénitien, où l'on eût dit des colliers de perles.

Brûlant d'impatience, je chevauchai directement vers la maison d'Abou al-Kassim, monté sur le coursier que m'avait donné le sultan. Je portais sur la tête un large turban orné d'une aigrette montée dans une broche de pierreries, pendue à ma ceinture sous le caftan d'honneur une bourse bien remplie et à côté de mon écritoire de cuivre, un sabre dans un fourreau d'argent. J'avais espéré trouver la porte grande ouverte et Giulia, avertie par la musique, tremblante sur le seuil et bénissant le jour qui me ramenait des périls de la guerre sain et sauf à la maison. Voilà comme j'avais imaginé mon retour au foyer ! Mais après avoir attendu devant la porte close, si longtemps que les voisins curieux commençaient déjà à s'attrouper autour de moi, je dégainai mon épée, me penchai en avant sur ma selle et frappai contre la porte avec la garde de mon arme.

Mon cheval hennissait et trépignait et j'avais bien du mal à maintenir mon assiette lorsque, enfin, j'entendis le grincement des verrous ; le sourd-muet apparut alors dans l'encadrement de la porte. Le pauvre homme faillit perdre la tête en me reconnaissant et ouvrit avec un grand craquement tout en hurlant une série de sons incompréhensibles. Ma monture prit peur et se cabra avant de se lancer au grand galop dans la cour où le chat bleu de Giulia sauta, terrorisé, les longs poils de sa queue tout hérissés. A sa vue, mon cheval fit un bond de côté et m'envoya sur le sol la tête la première. Ce fut un véritable miracle si je ne me rompis pas le cou, mais mon épée s'enfonça profondément dans mon mollet. Ainsi reçus-je ma première et unique blessure de toute la campagne !

Le sourd-muet se jeta par terre à son tour pour exprimer son remords et se frappa le front et la poitrine à poings serrés, si bien que je n'eus point le cœur de le châtier. A ce moment un Italien à la peau sombre apparut sur le seuil de la maison, le manteau déboutonné et la ceinture de ses braies à rayures ouverte. Lissant sa belle chevelure brune, il demanda d'un ton courroucé qui osait venir ainsi troubler la méridienne de sa noble maîtresse. C'était un homme jeune et bien bâti, sa peau foncée décelant toutefois une humble origine ; ses traits, aussi parfaits que ceux d'une statue grecque manquaient, comme eux, d'expression ; la sombre couleur de sa peau faisait paraître clairs ses yeux brillants, et sa bouche mince, bien que tordue à l'instant par un rictus sarcastique, dénotait une certaine détermination.

J'ai décrit en détail ce personnage pour montrer qu'il n'avait en rien un aspect repoussant alors que, dès le début, il m'inspira une profonde défiance. Je ne pouvais pourtant lui reprocher son attitude arrogante car dès qu'il apprit qui j'étais, il me manifesta un respect mêlé de crainte tout à fait flatteur.

Après avoir remis de l'ordre dans ses vêtements, il ôta avec déférence le sable qui souillait mon caftan puis m'adressa la parole en termes choisis :

— Je vous prie, ô noble seigneur, de ne point vous offenser de ce misérable accueil mais nous ne nous attendions point à vous voir si tôt de retour. Si, par égard pour votre épouse, vous eussiez prévenu de votre arrivée, elle aurait pu préparer la maison pour la fête et vous recevoir comme il sied. C'est l'heure précisément de son repos de l'après-midi, mais je vais la réveiller sur-le-champ.

Je le priai sèchement de n'en rien faire ! Je préférais, lui dis-je, me rendre moi-même à son chevet afin de lui ménager une agréable surprise. Puis je lui demandai, un tantinet irrité, qui il était et d'où il tenait cette audace de prendre des airs de maître de la maison et d'essayer de m'empêcher de voir ma propre épouse !

Il changea de ton aussitôt et me répondit avec une nuance d'humilité dans la voix :

— Ah, messire Mikaël, je ne suis que l'esclave Alberto de la cité de Vérone, où mon père continue son office de tailleur. J'aurais dû choisir son métier, mais la soif d'aventures m'entraîna au loin et je tombai un jour aux mains des pirates barbaresques. J'ai ramé un temps sur une galère, puis l'on m'a vendu dans le bazar de cette cité. Dame Giulia a pris en pitié ma misérable vie et m'a installé ici en qualité de majordome, bien que je n'aie guère de serviteurs à commander hormis ce pauvre sourd-muet qui ne vaut même pas le sel de la soupe qu'il mange.

Je lui demandai de quelle manière Abou al-Kassim avait accueilli cette acquisition, étant donné que la maison et l'esclave lui appartenaient.

— Je n'ai jamais vu cet Abou al-Kassim ! me répondit-il avec un air surpris. Les voisins, il est vrai, m'ont parlé d'un marchand de drogues peu estimable qui portait ce nom, mais je crois qu'il a quitté cet été Istanbul pour se rendre à Bagdad. Qui sait s'il reviendra jamais ?

Je compris qu'il y avait eu beaucoup de changements depuis mon départ ! D'un ton sec, j'intimai à l'Italien de baisser les yeux comme il convient à un esclave quand il s'adressait à moi ! Puis je pénétrai dans la maison, avec cet Alberto sur mes talons et qui s'efforçait de passer devant moi lorsque je m'arrêtais pour examiner alentour. J'avais du mal à reconnaître les pièces tant elles étaient encombrées par tout un fatras ramené du bazar, et ne cessais de trébucher sur des coussins, tabourets, aiguières et autres cages à oiseaux ! Je parvins enfin devant les rideaux qui cachaient l'entrée de la chambre de Giulia quand Alberto se précipita devant moi.

— Ne la réveille pas trop brusquement, ô noble seigneur ! s'écria-t-il en tombant à genoux. Laisse-moi frapper sur un plateau pour l'avertir doucement !

Bien que touché par le respect qu'il manifestait à l'égard de la maîtresse de maison, je restai fermement résolu à me donner le plaisir de la surprendre. J'écartai donc l'Italien, ouvris les rideaux puis entrai dans la chambre sur la pointe des pieds. Et là, une fois mes yeux habitués à la pénombre, mes sens affamés trouvèrent largement leur récompense au spectacle qu'offrait Giulia, mon épouse.

Elle devait s'être agitée durant son sommeil et gisait nue au milieu de sa couche en désordre. Elle avait le visage aminci et des cernes foncés sous les yeux, mais sa chevelure étalait son or sur l'oreiller, ses seins ressemblaient à des boutons de rose et ses membres étaient musc et ambre mêlés. Jamais en mes rêves les plus passionnés je ne l'avais vue d'une beauté si pleine de séduction.

Le souffle coupé, je rendis grâce à Allah pour accorder à son guerrier un retour au foyer si plein de gloire, puis je me penchai vers elle et la caressai doucement du bout des doigts en murmurant son nom. Sans ouvrir les yeux, elle s'étira avec volupté, noua ses bras blancs autour de mon cou et soupira dans son sommeil :

— Oh non ! Laisse-moi, ô cruel !

Elle me fit cependant une place auprès d'elle, me palpa avec ses mains et susurra :

— Déshabille-toi et viens te coucher près de moi !

Surpris de son empressement, je pensais qu'elle parlait à haute voix dans quelque songe délicieux. Sourire aux lèvres, je fis ce qu'elle me demandait, me dépouillai à la hâte de mes vêtements et me glissai dans la couche auprès d'elle. Elle me prit dans ses bras et se pressa contre ma poitrine en me priant d'une voix endormie de la caresser. La profondeur de son sommeil ne laissait point de m'étonner, mais visiblement elle ne voulait pas couper court à son songe et retardait le moment du réveil.

Je lui obéis donc mais dans mon excitation, fis un mouvement trop brusque qui la réveilla et ses yeux merveilleux s'ouvrirent. Si j'avais eu le moindre doute quant à la profondeur de son sommeil, son attitude en s'avisant de ce qui se passait ne m'en pouvait donner preuve plus éclatante. Bouleversée par la peur, elle s'arracha de mes bras pour cacher sa nudité sous les couvertures, puis elle éclata en sanglots, la tête dans ses mains et me repoussa violemment quand je tentai de la consoler. J'étais véritablement bourrelé de remords pour le vilain tour que je lui avais joué et la priai humblement de me pardonner. Quand enfin elle put parler, elle dit d'une voix chevrotante :

— C'est vraiment toi, Mikaël ? Quand es-tu arrivé et où est Alberto ?

Aussitôt ce dernier, qui était resté debout derrière le rideau, l'appela pour la rassurer et lui dit de ne point s'alarmer du sang qui souillait mes braies, je m'étais blessé en tombant de cheval dans la cour, ajouta-t-il. Qu'avais-je à faire de son caquet ? Dans ma colère, je lui lançai quelques insultes et lui ordonnai de ne point demeurer ici à nous espionner.

— J'ai compté en tremblant de peur, dit Giulia, les semaines et les mois de ton absence ! Et ce sont des jurons, les premiers mots que je dois entendre quand enfin tu es de retour ! N'insulte pas ce serviteur fidèle qui a su me protéger depuis qu'Abou al-Kassim m'a laissée dans l'abandon ! N'as-tu donc nul respect à mon égard pour pénétrer ainsi de force et me mettre dans une situation humiliante devant mes propres domestiques !

Je retrouvai bien là la Giulia que je connaissais ! Comme mon retour l'avait à l'évidence fortement secouée, protester vertement contre moi lui apportait quelque soulagement ! De toute façon, même ses cris résonnaient agréablement à mes oreilles après une aussi longue absence et je voulus la prendre dans mes bras, mais elle échappa une fois encore à mon étreinte.

— Ne me touche pas ! dit-elle d'un ton sec. Selon les règles de ta religion, je dois d'abord faire mes ablutions. Toi de même qui es couvert de la poussière des chemins ! Si tu n'as aucune considération pour moi, souviens-toi au moins de tes devoirs de musulman ! Laisse-moi seule jusqu'à ce que j'aie pris un bain et me sois faite belle.

Belle ! Mais jamais je ne l'avais vue aussi belle, protestai-je, que dans le désordre où je la trouvais maintenant ! Et je la priai et suppliai tant qu'à la fin elle renonça à sa colère et s'abandonna dans mes bras sans cesser cependant de maugréer contre mon manque d'idées et ma conduite insultante, si bien qu'elle me gâcha la moitié de mon plaisir. Elle se leva aussitôt après, me tourna le dos et commença à s'habiller sans dire un mot. Et comme elle ne daignait répondre à aucune de mes autres questions, je finis moi aussi par me mettre en colère.

— Ainsi c'est donc là le retour au foyer que j'avais tant espéré ! m'exclamai-je. Mais pourquoi m'attendre à autre chose ? Tu ne m'as même pas demandé comment je me portais ! Quant à ce coquin d'Alberto, j'ai l'intention de le renvoyer directement aux galères où sa place se trouve !

Giulia pivota sur elle-même et cracha comme un chat sauvage. Ses yeux lançaient des éclairs quand elle cria :

— Ah ! Je vois que tu n'as pas changé ! Tu ne parles comme cela d'Alberto que pour me blesser ! C'est un homme aussi bien que toi, si ce n'est mieux ! Lui au moins, il a d'honnêtes parents et n'a pas besoin de faire des secrets au sujet de sa naissance ! Et toi ? Qu'as-tu fait de beau en Hongrie ? Jamais je ne me serais doutée de tout ce qui se passe au cours de ces campagnes si l'on ne m'en avait parlé au harem !

Ses injustes soupçons me touchèrent vraiment, cependant je compris que des propos malicieux avaient éveillé sa jalousie. Les femmes du harem avaient accoutumé en effet de soudoyer les eunuques du defterdar pour espionner les faits et gestes du sultan et du grand vizir ; et ces éminents personnages devaient ensuite payer chèrement la moindre aventure dans laquelle ils pouvaient s'engager !

— Le sultan et le grand vizir sont des hommes de grande vertu, protestai-je, et il est inconvenant d'en dire du mal. Ta jalousie dénuée de tout fondement me prouve au moins que tu m'aimes encore un peu puisque tu te préoccupes de ce qui m'arrive. Écoute, je vais te jurer sur le Coran, et sur la croix même, si cela peut te faire plaisir, que je n'ai jamais touché à une femme, bien que l'envie ne m'en ait pas manqué ! Il n'y en a pas une comme toi, Giulia ! De toute façon, si par hasard je t'avais oubliée, ma peur salutaire du mal français m'aurait retenu sur le chemin du vice.

Devant ma gravité, Giulia reprit une attitude plus

mesurée. Elle était encore agitée de sanglots ou riait parfois comme si quelqu'un la chatouillait.

— Tu seras vraiment toujours le même, mon pauvre Mikaël ! dit-elle enfin. Raconte-moi alors ce que tu as fait et dis-moi les présents que tu m'as rapportés ! Après tu sauras comment j'ai déployé toute mon ingéniosité féminine pour nous bâtir un avenir sûr et solide !

Je ne pus me retenir plus longtemps et lui contai par le menu tous mes succès, mes deux cents aspres par jour et la promesse du grand vizir de me donner un morceau de terrain et une maison. Plus je parlais, plus je mettais de passion et de vantardise dans mon discours, lorsque je m'avisai soudain que le front de Giulia s'était rembruni, annonçant la tempête, et qu'elle avait la bouche tordue comme si elle venait de mordre dans une pomme acide. Je coupai court à mon enthousiasme et lui demandai avec défiance :

— Regretterais-tu ma réussite, ma belle Giulia ? Pourquoi n'es-tu point contente ? Nous en avons fini avec toutes nos angoisses et je ne puis imaginer ce qui se passe dans ta tête.

— Non, non, Mikaël ! dit-elle en secouant ses boucles d'un air découragé. Je suis ravie de ta prospérité, bien sûr, mais j'ai peur pour toi. Avec ta naïveté habituelle, tu t'es livré tout entier au pouvoir de cet ambitieux Ibrahim. C'est un homme plus dangereux que tu ne crois et je préférerais que tu t'arrêtes avant d'être entraîné à des hauteurs vertigineuses pendu aux pans de son caftan !

Je lui rétorquai avec chaleur que le grand vizir était l'homme le plus noble et le chef d'État le plus intelligent que j'eusse jamais rencontré. C'était un plaisir de le servir, non seulement pour sa munificence mais aussi pour sa conduite digne d'un prince et l'éclat de ses yeux. Le visage de Giulia s'assombrit encore davantage et elle affirma qu'il m'avait ensorcelé de même qu'il avait ensorcelé le sultan. Elle ne pouvait expliquer autrement l'amitié solide et inquiétante qui unissait Soliman à son esclave.

Très troublé, je lui répondis qu'elle ferait mieux, avec ses yeux de différente couleur, de ne pas parler de sorcellerie ! Elle fondit en larmes les plus amères disant que jamais je ne l'avais blessée aussi cruellement et qu'elle s'en souviendrait toujours. Cette susceptibilité sur ce point ne laissa pas de m'étonner ; il y avait fort longtemps en effet qu'elle ne s'était plainte de ses yeux et elle en était même arrivée à les considérer comme un avantage, ce qu'ils étaient en réalité.

— Tu sais bien que j'aime tes yeux par-dessus tout ! lui assurai-je. Le gauche est un saphir plein d'éclat et le droit brille comme une topaze ! Pourquoi donc es-tu si irritable aujourd'hui ?

— Imbécile ! cria-t-elle en tapant du pied avec rage. Je sais mieux que toi ce que valent mes yeux ! Mais je ne puis te pardonner d'aller à mon insu demander une maison et un terrain au grand vizir. C'était mon idée depuis le début et tu y avais mis obstacle, souviens-toi ! Eh bien ! J'ai déjà trouvé l'emplacement et tous les matériaux de construction. Je voulais t'en faire la surprise pour que tu voies quelle femme exceptionnelle tu as épousée. Maintenant tu as tout gâché et rien ne pouvait me faire plus de peine.

La tendresse que j'éprouvais à son égard me permit de comprendre à quel point elle était désappointée, elle qui avait déployé toute son ingéniosité féminine pour nous construire un foyer, même si forcément il ne pouvait être aussi beau et de bon goût que celui que j'avais l'intention de bâtir moi-même ! Je tombai à genoux devant elle pour lui demander pardon de mon attitude inconsidérée ; je la remerciai des sacrifices qu'elle avait faits et tout en baisant ses doigts effilés, lui jurai que je n'avais pensé qu'à notre bien commun sans avoir un instant l'idée de prendre le pas sur elle.

— Mais où as-tu choisi le terrain ? interrogeai-je. Et surtout, comment as-tu trouvé l'argent ? Je sais qu'il n'y a rien d'aussi onéreux à Istanbul que de faire bâtir une maison !

— C'est un endroit merveilleux et que l'on ne paiera pas avant le moment convenu. Quant aux matériaux, j'ai eu l'occasion d'emprunter de l'argent dans des conditions tout à fait exceptionnelles. Il se trouve que les épouses de certains Grecs et juifs de la cité désirent mon amitié en raison de mes relations avec le sérail ; leurs maris m'ont donc prodigué leurs conseils et prêté de l'argent à un taux avantageux en acceptant ton salaire pour garantie. J'espérais que la maison serait achevée pour ton retour et que tu la recevrais comme un présent de ma part sans avoir plus rien à faire qu'à la payer.

J'étais effondré, mais elle posait sur moi des yeux si pleins de naïveté que je n'eus point le cœur de lui adresser des reproches.

— Je suis heureuse que tu sois revenu à la maison, dit-elle avec un sanglot en pressant son visage contre moi, même si j'ai eu si peur tout à l'heure ! Maintenant tu vas pouvoir m'aider à sortir d'embarras et te charger de tous les comptes. La maison devrait être déjà finie, mais il a fallu nettoyer le terrain ; il se trouve au bord de la mer de Marmara, tu sais, près du fort des Sept Tours, au milieu des ruines de l'ancien monastère grec. C'est d'ailleurs la raison pour laquelle les Grecs ont pu me le vendre sans demander un permis au sultan. Nul n'a jamais construit là-bas à cause du prix du nettoyage, et voilà comment j'ai eu la chance de l'acheter à si bon marché.

Je me souvenais vaguement de ce morne champ de ruines, fréquenté seulement par des chiens errants depuis la chute de Constantinople. Je tremblais de tous mes membres, incapable de maîtriser mes sentiments devant l'absurdité de son entreprise. Giulia me regardait, les yeux grands ouverts. Puis elle devint d'une pâleur verdâtre, se leva soudain et vomit tandis que des larmes coulaient sur ses joues. J'oubliai alors toutes mes inquiétudes et la pris doucement par les épaules.

— Mon amour ! dis-je avec sollicitude. Mon unique femme ! Mon trésor le plus précieux ! Que se passe-t-il ? Qu'as-tu ? Est-ce de la fièvre ou bien as-tu mangé trop de salade ou de fruits verts ?

— Ne me regarde pas maintenant, Mikaël ! Je suis trop affreuse ! hoqueta-t-elle. Je n'ai rien... peut-être me suis-je trop épuisée avec cette maison ! Et puis tu as l'air si sévère. N'y fais pas attention, je t'en prie, dis-toi que je suis une femme extravagante que Dieu t'a envoyée pour tes péchés !

Je ne pus que lui demander pardon du fond du cœur. Puis je passai un linge mouillé sur son front et lui fis respirer du vinaigre jusqu'à ce qu'elle reprît ses couleurs. Le meilleur remède cependant, fut mon sac de selle que je vidai de tous les présents ramenés de Buda à son intention, colliers, pendants d'oreilles et un très joli miroir de Venise dont le manche, habilement ciselé par l'orfèvre, représentait Léda et le cygne. Mon observance des lois musulmanes n'allait pas jusqu'à éviter des images d'animaux ou d'hommes. Et de toute façon, Giulia, elle, était chrétienne.

Ainsi donc tout s'acheva-t-il en une parfaite harmonie et Alberto s'empressa de nous préparer un plat savoureux de son pays. Il me servit avec zèle et se montra très respectueux à mon égard et pourtant, bien que j'eusse voulu en cet instant vivre en paix avec le monde entier, je sentais comme une petite épine plantée dans le cœur et ne pouvais supporter la présence de cet homme ; il ne cessait de rôder autour de nous et épiait la moindre de mes expressions avec ses yeux étrangement pâles. Je parvins au comble de l'irritation lorsque Giulia l'invita à s'asseoir près de nous pour partager notre repas. Il eut heureusement la décence de se retirer dans un coin et de se contenter de nos restes ; quand enfin il emporta les plats pour donner ce que nous avions laissé aux chats et au sourd-muet, je ne pus garder plus longtemps le silence. Je dis d'un ton quelque peu emporté que je n'avais cure de dîner avec mon esclave et que je ne supportais absolument pas la façon inlassable qu'avait cet homme répugnant d'aller et venir à pas furtifs autour de ma personne.

— Mais Mikaël, c'est un chrétien comme moi ! répondit-elle d'une voix très offensée. Veux-tu donc me priver du plaisir de bavarder de temps en temps en ma langue maternelle avec un compatriote ? Tu as ton frère Antti, toi ! Vous parlez toujours ensemble de façon que je ne comprenne pas un mot de ce que vous dites. Pourquoi me reprocher cette petite consolation dans ma solitude ?

Cette innocence de cœur me toucha venant de Giulia qui savait en règle générale se montrer si fine mouche et si avertie.

— Ma chère Giulia, ne te méprends point sur ce que je vais dire ! repris-je avec douceur. Sache que jamais, même en mes pires songes, je ne t'ai soupçonnée de m'être infidèle. Néanmoins, en tant que mari, je trouve tout à fait inconvenant de partager ma maison avec un jeune homme, et un jeune homme, qui plus est, avenant aux yeux des gens à l'esprit simple. Je sais que je puis avoir confiance en toi mais il est de mon devoir de veiller à ta réputation. Je le supporterais mieux si c'était un eunuque, et, à vrai dire...

Je poursuivis, enflammé par cette idée :

— ... à vrai dire, il n'est point trop tard pour lui, il est encore assez jeune ! Il fut un temps où, étant donné l'issue souvent fatale de l'opération, je regardais au risque d'une lourde perte financière mais j'en ai vu depuis beaucoup à Buda, parfois plus âgés qu'Alberto, qui ne s'en portaient pas plus mal. Réglons sans attendre cette question et plus personne, ni moi ni un autre, ne pourra dès lors soulever la moindre objection à ce qu'il vive sous notre toit.

Giulia me regarda d'un air scrutateur comme si elle se demandait si je parlais sérieusement. Puis, un sourire énigmatique aux lèvres, elle frappa dans ses mains pour appeler Alberto.

— Alberto, lui dit-elle dès qu'il apparut, ton maître estime que ta présence ici cause du tort à ma réputation et souhaite faire de toi un eunuque. Il déclare que cette opération ne nuira en rien à ta santé. Qu'as-tu à répondre à cela ?

Il pâlit peut-être légèrement sous son hâle et me lança un regard comme pour prendre la mesure de mon cou. Puis il se tourna vers Giulia avec un sourire dépourvu d'expression et répliqua d'une voix humble :

— Ô dame, si je dois choisir entre la castration et les galères, vous savez quelle sera ma réponse. Je ne prétendrai point qu'une épreuve aussi désagréable me réjouisse, mais je trouverai une consolation dans la profonde indifférence que les femmes m'inspirent. Mon unique désir est de consacrer ma vie à votre service et si j'ai l'heur de plaire à mon maître en me soumettant à cette opération, je vais de ce pas quérir un chirurgien compétent.

J'avoue avoir eu honte de ma brutalité préméditée devant la noble candeur de son discours, mais je me sentis également soulagé d'un grand poids ! Si les femmes vraiment le laissaient aussi indifférent qu'il l'affirmait, je n'avais rien à craindre pour Giulia !

— Alors, Mikaël, j'espère que tu es couvert de honte ! me dit Giulia en me regardant intensément. Un esclave devra-t-il t'enseigner comment te conduire avec noblesse ? Tu vois à présent qu'il existe encore en ce monde des hommes fidèles et désintéressés et que tous ne sont pas aussi méchants que toi. Fais-en un eunuque si bon te semble, mais tu deviendras alors pour moi un être si méprisable que plus jamais je ne poserai les yeux sur toi !

J'avais à ce moment l'impression d'être un monstre. Alberto, sentant mon désarroi, se jeta à mes genoux.

— Non, non, ô cher maître ! s'écria-t-il en larmes. Ne l'écoute pas ! Je ne puis supporter que tu te défies de moi, fais-moi castrer tout de suite ! Je jure que je ne perdrai rien avec cette opération ! Les femmes ne représentent pas plus à mes yeux que des bâtons ou des pierres ! Le bon Dieu m'a donné le cœur d'un eunuque malgré toute ma barbe !

Ils continuèrent tous deux à argumenter devant moi, si bien que je me surpris moi-même à prier Giulia de traiter cet homme généreux avec moins de rigueur. Elle versa quelques larmes puis accepta que tout restât comme avant, à condition que je ne fisse plus jamais allusion à cette histoire. Je dus promettre également de ne plus insulter son fidèle serviteur avec mes indignes soupçons. Elle me rappela ensuite que si le sultan avait le droit de manger en compagnie de son esclave, je pouvais agir de même, et qu'Alberto n'était pas un vulgaire marmiton mais un majordome comme l'on en pouvait rencontrer dans les familles les plus distinguées de Venise.

Quoique toujours un peu à contrecœur, j'étais prêt à accepter tout ce qui pouvait apaiser la colère de Giulia. Nous nous couchâmes de bonne heure cette nuit-là et elle sut me prouver qu'elle était complètement réconciliée avec moi.

Toutefois elle ne voulut rien me conter de ses activités au sérail. Chaque chose en son temps, disait-elle ; pour le moment, il me suffisait de savoir que le kislar-aga se montrait particulièrement bien disposé à son égard et qu'elle avait reçu d'innombrables présents des femmes du harem, ainsi que de ses amies grecques et juives. Je n'insistai point et renonçai même, pour éviter de la contrarier, à lui faire remarquer que la plupart de ces présents me paraissaient sans grande valeur.

Le lendemain matin, un eunuque richement vêtu vint me chercher afin de me conduire au sérail où le kislar-aga désirait me voir. Ce dernier, homme gras et impitoyable, qui devait au sang nègre coulant dans ses veines le teint grisâtre de ses joues, me reçut très cordialement et me permit de l'aider à se lever pour m'accompagner à la cour de la Félicité où j'étais attendu.

Je m'étonnai de cette bienveillance inaccoutumée, mais tout le monde au sérail affectait une humeur radieuse en raison du retour du sultan. Pas un seul visage maussade ! Du plus petit esclave à l'officier le plus éminent, je ne rencontrai de tous côtés que sourires, accompagnés de bénédictions ; mes pas et jusqu'aux ongles de mes pieds, toute ma personne en fut inondée ! On me dit même que j'étais plus beau que la lune, moi dont un coin de la bouche reste un peu déformé par la cicatrice qu'imprimèrent autrefois sur la joue gauche les dents du capitaine de Varga ! Ce flot m'entraîna avec lui et je m'efforçai à mon tour de trouver des répliques pleines de grâce appelant la bénédiction sur l'ombre même de ceux que je rencontrais.

La sultane Khurrem, me dit le kislar-aga, avait donné au sultan durant son absence, une fille plus belle que la lune, et l'on avait murmuré à l'oreille de la nouvelle-née le nom de Mirmah. Le kislar-aga manquait de mots pour chanter les louanges de la sultane qui donnait ainsi un enfant à son seigneur chaque fois qu'il partait à la guerre, ce qui la rendait encore plus belle et plus riante au moment du retour ! La faveur toujours renouvelée de la sultane auprès du sultan réjouissait, à l'évidence, le cœur du kislar-aga !

Plongé dans le feu de cette conversation, je ne prenais point garde à ce qu'il y avait autour de moi quand mon compagnon me donna un coup de pied derrière le genou pour m'inciter à me prosterner. Après avoir traversé la cour de la Félicité, nous venions en effet de pénétrer dans la salle de jeu des princes et, à ma stupéfaction, je me trouvai en présence de Soliman en personne. Le grand vizir se tenait auprès de lui comme de coutume, et lui-même enseignait à ses fils à jouer avec les jouets qu'il leur avait rapportés de Nuremberg. Je vis un cheval qui remuait les pattes et conduisait une charrette, un tambour qui tapait sur son instrument et maintes autres merveilles trouvées à profusion dans la chambre des enfants du palais de Buda.

Les garçons étaient agenouillés autour du souverain. Mustafa, l'aîné, considérait la scène d'un air digne ; il était d'une beauté que l'on disait aussi éblouissante que celle de sa mère, à présent tombée en disgrâce. Le gai Mohammed poussait des cris de joie, Sélim avançait les mains pour toucher chaque jouet et le petit prince Djianghir, le plus proche de son père, se reposait, sa joue contre la manche de soie de Soliman ; sa position abandonnée faisait ressortir la bosse sous le petit caftan et il regardait, ses sombres prunelles posées sur les jouets aux couleurs vives, comme s'il en comprenait la vanité, comme si en son cœur, tout enfant qu'il fût, il eût médité sur les mystères inexplicables de la vie et de la mort.

Dès que le sultan me vit, il lâcha les jouets, me sourit sans contrainte et me dit d'un ton enjoué :

— La bénédiction sur toi, ô Mikaël el-Hakim, depuis le sommet de ton crâne jusqu'à la plante de tes pieds ! Bénis soient chaque cheveu de ta tête et chaque poil de ta barbe et puisse ta femme ne te donner que des fils ! Mais, au nom d'Allah, ne me bénis point en retour ! J'ai déjà essuyé une telle tempête de bénédictions que désormais lorsque je vois quelqu'un ouvrir la bouche, j'éclate de rire ! Ne t'occupe donc pas de moi ! C'est le prince Djianghir qui désire te recevoir dignement.

Je me mis à genoux pour baiser la fine menotte du petit garçon. La joie empourpra son visage au teint jaunâtre et il s'embrouilla dans ses phrases tout en me caressant les joues.

— Ô Mikaël el-Hakim ! Mikaël el-Hakim ! J'ai une surprise pour toi, la plus grande surprise que tu puisses imaginer !

Cela me suffit pour comprendre que mon chien allait bien et j'appris alors qu'on le tenait en haute estime parce qu'il avait fondé une famille. Le prince Djianghir m'entraîna en toute hâte vers une niche luxueusement aménagée pour me faire admirer trois adorables chiots blanc et noir couchés auprès de leur mère.

— Allah est Allah ! m'écriai-je.

Et les larmes coulaient le long de mes joues à voir Raël, fou de joie, me faire des fêtes délirantes.

— Comment cela est-il arrivé ? demandai-je.

— Le maître du chenil ne montra que mépris à l'encontre de Raël dont nous ignorions la race, me répondit Mustafa avec son air de grande personne. Mais lorsque je vis avec quelle fidélité il servait mon petit frère, il me vint à l'idée d'en apprendre davantage à son sujet en cherchant des informations à l'extérieur. L'ambassadeur de Venise connaissait la race et nous affirma qu'en dépit de mauvais traitements subis dans le passé, Raël présentait tous les traits de la meilleure variété des chiens d'appartement connus en Italie. Nous avons acheté pour lui une femelle au duc de Mantoue et tu peux voir le résultat dans le panier !

« Conte-moi la manière dont tu es devenu le maître de Raël et dis-moi sa généalogie afin que nous puissions la consigner avec le nom des chiots dans le livre de notre chenil.

Que dire ? J'avais ramassé Raël errant dans la cour de l'hôtel de ville de Menningen ! Je savais seulement qu'il s'agissait d'un bon chien fidèle, qu'il avait supporté sans broncher les tortures de la Sainte Inquisition et qu'il avait été acquitté. Je l'expliquai au prince Mustafa et lui racontai également le dévouement inlassable de Raël et de quelle manière il m'avait sauvé la vie lorsque, atteint de la peste, je gisais sur un monceau de cadavres dans une rue de Rome.

Le sultan et ses fils écoutèrent mon histoire avec compassion.

— Ne t'inquiète pas de la généalogie du chien, prince Mustafa ! dit le grand vizir d'un air pensif. Qui sait s'il n'y a pas plus grand honneur à fonder une noble lignée qu'à établir sa position à partir d'un vieux sang corrompu ?

Je ne pris pas garde sur le moment aux paroles d'Ibrahim, mais j'eus plus tard l'occasion de m'en souvenir quand elles acquirent une terrible signification. A vrai dire, il ne les eût pas plus tôt prononcées qu'il se leva, se passa la main sur le front et se hâta d'ajouter avec un sourire :

— Prince Djianghir, l'audience n'est point terminée ! Rappelle-toi que le fils du sultan a le privilège de payer de retour un présent par un présent encore plus riche.

Le petit prince frappa aussitôt dans ses mains et un eunuque vêtu de rouge accourut dans la pièce à son appel ; il portait une bourse de cuir fermée d'un sceau qu'il me tendit et, en la recevant, je jugeai qu'elle devait contenir au moins une centaine de ducats. Je rendis grâces au prince et nous retournâmes dans la salle de jeu.

La fortune continuait à me sourire car le sultan me dit alors :

— Mon ami le grand vizir m'a entretenu à ton sujet et je connais à présent le grand péril que tu as couru pour me servir. Voilà pourquoi tu étais absent et n'as pas eu ta part des récompenses lors de la distribution à mes guerriers sur les collines de Vienne. Comme il ne faut point que je te donne une somme supérieure à celle que tu as reçue de mon fils Djianghir sous peine de lui faire un affront, tu iras réclamer une somme égale au defterdar ; en revanche, je puis rivaliser de générosité avec le grand vizir. Dis-moi donc ce qu'il t'a promis.

C'était décidément mon jour de chance ! Je regardai tout d'abord le grand vizir, qui m'adressa un clin d'œil d'encouragement. Alors je me jetai aux pieds de Soliman et bredouillai avec véhémence quelques mots absolument incompréhensibles. Mon attitude fut à tel point ridicule que le sultan en rit aux larmes tandis que les princes s'esclaffaient et tentaient d'imiter mon bégaiement.

— Je vois, finit par dire le sultan, que le grand vizir t'a promis une foule de choses remarquables, mais essaye de parler d'une manière un peu plus cohérente !

— Un lopin de terre ! réussis-je enfin à hoqueter. Le grand vizir m'a promis un petit morceau de ses jardins sur les rives du Bosphore ainsi qu'une petite maison ; mon vœu le plus cher a toujours été de te servir, ô Commandeur de la Foi, et après toutes ces années mouvementées de vagabondages, je rêve d'enfin trouver un foyer ! Le grand vizir m'a aussi promis de payer avec l'argent de ses propres coffres les frais de construction.

— Eh bien ! Pour rivaliser avec lui, dit le sultan toujours hilare, je t'autorise à prendre dans les magasins du sérail tous les tapis, coussins, matelas, marmites, plats et autres ustensiles dont tu peux avoir besoin pour rendre ta maison habitable. Tu choisiras aussi à l'arsenal une légère embarcation à rames, équipée d'un taud à l'arrière afin de te protéger de la pluie et du soleil lors de tes allées et venues au sérail.

Toutefois, le jour des merveilles n'était point encore terminé ! Je me rendis auprès du defterdar Iskender afin de toucher la bourse supplémentaire ; ce noble tseleb à la barbe grise posa sur moi un regard hostile et me dit d'un ton sévère :

— Pour une raison qui dépasse mon entendement, la faveur dont tu jouis augmente dans de grandes proportions et je sens qu'il est de mon devoir de te rappeler ta position. En ma qualité de defterdar, je ne puis autoriser un esclave du sultan à contracter des dettes et encore moins à recourir à des usuriers grecs ou juifs. Pourquoi gaspillerais-je ainsi l'argent alors que si je le laisse circuler librement à l'intérieur du sérail, il finit par revenir au trésor ?

« Tu aurais pu payer tes travaux de construction par

mon intermédiaire, Mikaël el-Hakim, je t'aurais consenti de bonnes conditions ! Et tu fais preuve envers moi d'une grande injustice en employant des gueux idolâtres pour un travail qui sans cela ramènerait dans le trésor une partie au moins de tous les présents qui t'ont été prodigués !

— Ô noble defterdar-tseleb, bredouillai-je en proie au plus grand trouble, tu es dans l'erreur ! L'ouvrage est à la charge de Sinan l'Architecte et je n'ai point l'intention de priver le trésor de ses droits ! Mais hélas ! ma femme est chrétienne et, durant mon absence, elle a eu la folie de faire des dettes en mon nom. Je crains qu'elle ne soit tombée entre les mains d'aigrefins grecs ! Décapiter ces hommes sans attendre me paraît le moyen le plus simple de me débarrasser du poids des dettes dont je n'ai point encore osé demander le montant.

Le defterdar jeta un coup d'œil sur le rouleau qu'il tenait à la main, grinça des dents et dit d'une voix sifflante :

— Tes dettes s'élèvent à la somme vertigineuse de huit cent cinquante-trois ducats et trente aspres, et je ne parviens pas à saisir comment ces Grecs si perspicaces en affaires se sont risqués à consentir à ton épouse un crédit d'une telle importance.

J'arrachai alors le turban de ma tête et éclatai en sanglots.

— Ô noble defterdar, je te prie de me pardonner et de prendre ces deux bourses en avance de paiement, répondis-je. Je t'assure que je vais vivre d'eau et de pain et porter des vêtements faits de sacs jusqu'à m'être acquitté totalement de cette terrible dette. Prends mon salaire comme garantie.

La sincérité de ma consternation toucha l'insensible defterdar qui me dit :

— Que cela te serve d'avertissement ! Un esclave ne peut contracter de dettes puisque c'est le trésor qui en dernier ressort doit les payer, et sache qu'il arrive que le lacet de soie constitue son ultime recours pour se faire rembourser.

« Ta bonne étoile, cependant, a eu gain de cause ! Sur

ordre de la sultane Khurrem, j'ai déjà soldé jusqu'au dernier aspre les dettes que ta femme avait contractées si inconsidérément. Remercie donc ta chance imméritée et surveille mieux désormais ton imprudente épouse !

Il me donna une série de reçus tout en me scrutant du regard comme pour découvrir à quelle espèce d'homme j'appartenais. Il savait en effet que le grand vizir avait augmenté mon salaire et le fait que, dans le même temps, mon épouse jouît de la faveur de sa rivale la sultane, le surprenait grandement. Lui-même adhérait manifestement au parti de cette dernière. Quant à moi, je lui étais certes reconnaissant pour sa générosité à l'égard de mon épouse sans cervelle, mais ce n'était point une raison suffisante pour m'inciter à trahir le grand vizir.

De retour à la maison, dès que je me mis à raconter ces événements à Giulia, elle me coupa d'un ton sec pour me demander ce que je trouvais à redire du moment que la sultane avait eu la libéralité de solder nos dettes. Un autre à ma place, dit-elle, aurait remercié son épouse et l'aurait félicitée pour l'astuce de son arrangement mais puisque je me conduisais ainsi, je m'occuperais dorénavant moi-même de mes affaires et elle ne lèverait pas le petit doigt pour m'aider.

— C'est tout ce que je demande, rétorquai-je. A présent rendons-nous sur ton bout de terrain et cherchons le meilleur moyen de nous en débarrasser !

Nous louâmes une barque, qui longea d'abord les rives du Bosphore puis dépassa Galata et le monastère des derviches. Après avoir contemplé un certain temps les beaux jardins du grand vizir, Giulia se plongea dans un silence songeur. Nous traversâmes la Corne d'Or avec ses myriades de petits bateaux, glissâmes encore bien au-delà du sérail pour parvenir enfin en vue du fort des Sept Tours qui se dressait devant nous. Nous débarquâmes au milieu des ruines et un chemin de chèvres nous conduisit à travers cette désolation à un petit coin herbu où l'on avait empilé des billes de bois saturées d'eau. On pouvait voir les vestiges des arches en brique d'antiques voûtes au fond du trou creusé par les ouvriers pour les fondations de la maison de Giulia. L'endroit était sinistre, aride et n'avait rien d'attrayant pour y construire une habitation malgré la vue superbe sur la mer de Marmara.

Je restai sans rien dire, réfléchissant à ce que nous pourrions faire, lorsqu'une excellente idée me vint à l'esprit.

— Maintenant qu'Antti est marié, dis-je, il a absolument besoin d'une maison à Istanbul ! Pourquoi ne lui céderions-nous pas ce précieux terrain pour un prix raisonnable ? Il aime le travail de la pierre et il pourra ici s'en donner à cœur joie ! Il me suffira de l'enivrer copieusement avant de lui montrer la propriété.

Pour je ne sais quelle raison, j'avais passé sous silence la fortune d'Antti et omis d'avouer à Giulia que je devais à mon frère ma bourse bien remplie et les présents que je lui avais ramenés. Elle me fit donc remarquer d'un air dédaigneux qu'il ne serait jamais en mesure de payer ! Ma brillante idée m'obligea à lui révéler alors la chance d'Antti d'avoir épousé une riche héritière. Giulia se redressa, le visage enlaidi par une vilaine moue.

— Ô Mikaël ! Quel imbécile tu es ! s'exclama-t-elle. Pourquoi, au nom de Dieu, ne l'as-tu pas épousée toi-même ? Tu as le droit, en tant que musulman, d'avoir quatre femmes, non ? Mais c'est bien de toi de laisser la chance de ta vie te passer sous le nez pour l'amour de ton lourdaud de frère adoptif !

Dans sa fureur, elle devint blanche comme un linge et fut secouée de nausées une fois encore. Quand elle eut recouvré son calme, je lui dis d'un ton apaisant :

— Giulia, mon unique amour, comment peux-tu imaginer que je prenne jamais une autre femme que toi ?

— J'aurais accueilli une enfant comme elle le mieux du monde, répliqua-t-elle avec un sanglot, comme une sœur ! Plus tard, après t'avoir donné un enfant, qui sait si elle n'eût point avalé une sauce de champignons vénéneux ou attrapé une fièvre comme il y en a tant à Istanbul ? On a vu des choses bien étranges ! Nous aurions alors hérité de ses richesses ! Je ne pense qu'à ton bien, Mikaël, et ne voudrais jamais être un obstacle pour toi sur le chemin du succès.

Je regrettai plus que jamais de n'avoir point apprécié à

leur juste valeur les mérites de la jeune Hongroise, mais me consolai en pensant que je vendrais à Antti cette terre sans intérêt. Au retour, Giulia posait parfois son regard sur moi puis hochait la tête, comme confondue devant ma conduite insensée.

A la maison, tandis que nous étions assis pour prendre notre repas, la présence d'Alberto avec sa façon de rôder à pas furtifs autour de nous me courrouça à un tel point que je ne pus contenir ma colère.

— Giulia, dis-je, il m'est venu à l'idée tout à l'heure au sérail un excellent plan pour dissiper tous les soupçons au sujet d'Alberto et préserver ta réputation. Dès demain je vais lui acheter des vêtements d'eunuque, qu'à l'avenir il ne devra plus quitter. Si, de plus, il imite la démarche de ces hommes quand il sera hors de la maison, jamais nul ne posera de questions indiscrètes.

Ni l'un ni l'autre ne parut séduit par ma judicieuse proposition et ils échangèrent des regards qui trahissaient une répugnante complicité entre eux. Giulia s'oublia même au point de s'écrier :

— Les eunuques sont imberbes ! La belle barbe bouclée d'Alberto rend donc ce déguisement impossible !

Puis, avec l'aisance du propriétaire, elle tendit la main pour caresser la courte barbe de l'esclave, mais j'arrêtai vivement son geste.

— Qu'à cela ne tienne ! dis-je. Il se rasera ! Et deux fois par jour, s'il le faut ! En outre il doit se nourrir richement, afin que ses joues se remplissent et deviennent grasses. Les choses ne peuvent rester en l'état !

Je tins bon en cette occurrence en dépit d'une véhémente opposition ! Alberto eut beau pleurer, je l'obligeai à raser sa barbe et à prendre les habits jaunes d'un eunuque. Giulia d'ailleurs s'avisa bientôt des avantages de cet arrangement ! Les eunuques valent beaucoup plus cher que les esclaves ordinaires, aussi se sentait-elle à la fois riche et distinguée quand elle allait par la ville avec cet homme à l'apparence d'eunuque dans son sillage. Je tins bon également pour qu'il engraissât ! Je lui faisais régulièrement et sans pitié pour ses cris, avaler un plateau entier de nourriture noyée dans la graisse. Ainsi eus-je bientôt la satisfaction de voir s'arrondir ses joues luisantes et disparaître sa beauté sans expression d'Italien dans la bouffissure. En fait, plus il devenait gras, plus il me plaisait !

Notre vie peu à peu prit un cours plus pacifique et peu de semaines s'étaient écoulées lorsque Giulia vint à moi et murmura en se serrant contre moi que j'allais bientôt être père. Je m'étonnai qu'elle eût pu le découvrir si vite, mais elle m'assura qu'elle avait l'expérience de ces choses-là ; en outre, elle avait eu un songe dans lequel elle tenait mon enfant dans ses bras. J'espérais tout en doutant, jusqu'au moment où mon œil de médecin fut à même de constater les signes extérieurs de son état.

Mon cœur fut envahi d'une joie ineffable ! Je ne pensais plus seulement à moi-même ! L'heureux événement qui allait agrandir ma famille faisait peser sur moi de nouvelles responsabilités et je faisais des rêves pleins d'ambition pour mon fils qui devait naître. Giulia me témoignait une grande tendresse et j'agissais de mon mieux pour ne lui point donner de sujets de peines. Ainsi passâmes-nous ce printemps magnifique tels deux pigeons occupés à construire leur nid.

Je vais à présent commencer un nouveau livre pour parler de ma maison, de ma réussite au sérail, de l'art de gouverner du grand vizir Ibrahim, ainsi que d'Abou al-Kassim et Mustafa ben-Nakir restés si longtemps absents loin de nous.

SEPTIÈME LIVRE

LA MAISON SUR LE BOSPHORE

DURANT ce printemps plein de belles promesses, mes nouvelles charges au service du grand vizir ne me laissèrent point de répit. L'Empire ottoman vivait des temps difficiles. Charles Quint, enfin en paix avec le pape et le roi de France, s'efforçait en effet d'affermir son pouvoir dans les pays européens et de les unir en vue de lancer un assaut décisif contre l'Islam. Après la défense victorieuse de Vienne, il avait convaincu le pape de le couronner empereur à Bologne ; puis il avait convoqué à Augsbourg une diète allemande afin de préparer une attaque contre les protestants pour en finir avec la question religieuse.

Seul Khayr al-Dîn lui faisait encore la guerre depuis sa base d'Alger et avait remporté une grande victoire sur l'amiral Portundo chargé de convoyer les invités du couronnement d'Italie en Espagne. En échange de tous ces gentilshommes et courtisans, le pirate obtint en rançon des dizaines de milliers de ducats et n'exigea, contre l'amiral en personne, que le capitaine Torgut. Ce dernier, capturé par les chrétiens, était enchaîné depuis quelques mois à un banc de nage où il avait le temps de méditer sur les fâcheuses conséquences d'une conduite imprudente et téméraire.

Je contribuai à ma façon à ce triomphe naval qui démontrait quel adversaire redoutable Khayr al-Dîn était devenu, même pour les forces impériales. J'avais soigneusement étudié la situation et observé la rancune mêlée de mépris qui animait les pachas de la mer contre ce héros ; ils continuaient en effet de le considérer comme un vulgaire pirate auquel nul ne se pouvait fier ; fort de ces constatations, j'avais envoyé en Algérie un message à Khayr al-Dîn l'avisant de cesser ses incursions inutiles sur les côtes italiennes et de frapper un grand coup contre la flotte de l'empereur. Je lui suggérai en outre de ne plus se teindre la barbe ; les pachas du sultan étaient tous de vénérables vieillards et au sein du sérail, une longue barbe grise constituait le signe le plus éloquent de l'expérience et de l'habileté. Dès que les nouvelles de sa grande victoire parvinrent au palais, je louai les services d'un jeune poète du nom de Baki ainsi que ceux de quelques chanteurs de rue, afin de composer et d'exécuter des vers chantant les louanges de Khayr al-Dîn jusqu'à ce que son nom fût sur toutes les lèvres ; partout, au bazar ou au hammam, il était une lumière de l'islam ; on rapportait que sa barbe lui parvenait à la ceinture et que le Prophète en personne lui était apparu en songe.

De son côté l'empereur, afin de rétablir l'équilibre après sa défaite, conféra le commandement de l'île de Malte et de la forteresse de Tripoli aux hospitaliers de Saint-Jean-de-Jérusalem ; après avoir erré sans trouver d'asile depuis la chute de Rhodes, ces croisés implacables que les musulmans avaient surnommés « les limiers de la mer » redevenaient une menace pour les marchands et les pèlerins. Leurs galères de guerre sillonnaient à nouveau les routes de la Méditerranée pour convoyer des navires chrétiens, et gênaient d'une manière considérable la navigation des bateaux du pirate d'Alger. Ainsi Charles Quint portait par cette nomination le coup le plus dur à Khayr al-Dîn, et partant au pouvoir maritime de Soliman le sultan.

Je regagnais un jour mon logis lorsque Alberto, en proie à une vive agitation, accourut à ma rencontre et m'annonça que Giulia ressentait les premières douleurs de l'enfantement. Je poussai un cri d'effroi à cette terrible nouvelle ! Il n'y avait guère plus de sept mois écoulés depuis mon retour de la guerre et l'on ne pouvait espérer faire survivre un enfant à ce point prématuré. Mon expérience de la médecine se bornait à la chirurgie militaire, j'avais une bien piètre connaissance du fragile organisme féminin et, en cette occasion, me sentais complètement désarmé. Je fus donc grandement soulagé d'apprendre que l'habile Salomon se trouvait déjà aux côtés de mon épouse ; c'était lui qui avait assisté la sultane Khurrem dans toutes ses couches et je savais que je ne pouvais souhaiter médecin plus compétent. Il sortit dans la cour, les bras ensanglantés jusqu'aux coudes en m'affirmant que tout allait pour le mieux, mais je sentis mes genoux se dérober sous moi à le voir aussi effrayant. Je le suppliai de faire tout son possible et lui promit une récompense somptueuse s'il parvenait à sauver mon fils. Ce juif plein d'honnêteté me communiqua alors qu'étant envoyé par la sultane, il ne pouvait pour certaines raisons rien accepter de ma part. Puis, fatigué par ma présence inopportune, il me conseilla vivement d'aller faire une petite promenade pour reprendre quelques couleurs.

J'avais beau me répéter que des millions et des millions de garçons, dont maints prématurés, étaient venus au monde avant celui-ci, rien ne m'apportait de réconfort. Le soleil s'enfonçait derrière les collines lorsque je revins me glisser tel un voleur dans la maison d'Abou al-Kassim ; j'espérais voir une femme inconnue courir joyeusement vers moi en criant : « Que me donneras-tu pour t'apporter d'heureuses nouvelles ? » Hélas, je n'entendis pas une seule voix et les femmes, accroupies comme des corneilles dans cette maison silencieuse, évitaient toutes mon regard. Je craignais déjà le pire quand Salomon vint à moi, un enfant dans les bras.

— Allah ne l'a pas voulu, Mikaël el-Hakim ! me dit-il d'un ton compatissant. Ce n'est qu'une fille, mais la mère et l'enfant se portent bien !

Je me penchai, plein d'appréhension, pour examiner la nouvelle-née, et m'aperçus avec une joie impossible à dire que loin d'être un fœtus inachevé, elle était bien faite et en bonne santé avec un peu de duvet brun sur la tête. Elle ouvrit ses yeux d'un bleu profond et me regarda du fond de son paradis d'innocence avec une expression qui me fit frapper des mains en louant Allah pour ce miracle.

Lorsque Alberto constata l'intensité de mon soulagement, il sourit lui aussi joyeusement et me présenta ses vœux de bonheur. Nul doute que jusqu'alors il n'eût craint qu'étant musulman, je fusse déçu d'avoir une fille ! Comme je m'étonnais derechef de la courte durée de la grossesse de Giulia, il m'affirma avoir entendu parler de nombreux cas semblables quand ce n'était de cas inverses ; par exemple, une dame distinguée de Vérone avait donné naissance à un enfant dix-huit mois après la mort de son époux. De toute façon, dit Alberto, les plus grands médecins eux-mêmes sont incapables de prédire ces événements avec certitude parce qu'ils dépendent autant de la conformation physique de la femme que d'autres circonstances, et peut-être aussi du mari.

— Des voyages, des campagnes, des pèlerinages, toutes choses qui imposent une longue abstinence à l'homme, ajouta-t-il, les yeux respectueusement baissés, semblent augmenter sa virilité et des enfants engendrés après ces périodes viennent d'autant plus tôt au monde. C'est là du moins l'opinion communément admise en Italie.

Dans ma grande joie, j'oubliai toute mon animosité à l'encontre d'Alberto et pour tout avouer, j'eus même pitié de lui pour l'avoir obligé à se raser et à porter la robe jaune des eunuques. Je lui parlai donc aimablement et lui permis d'admirer l'enfant dans mes bras. Il fit remarquer combien elle me ressemblait et moi-même ne tardai point à voir qu'elle avait effectivement non seulement mon menton mais encore mes oreilles et mon nez. Quant à ses yeux, je les trouvais parfaits : ils avaient tous les deux la même couleur bleu saphir que l'œil gauche de Giulia.

Que dire de plus de cette petite fille dont il me suffisait de caresser les doigts minuscules pour sentir mon cœur fondre comme neige au soleil ? Pour l'amour de mon enfant, je choyais Giulia et l'entourais de mille soins, lors même que du fond de sa couche elle ne cessait de me réprimander pour tout ce que je ne faisais pas ou oubliais de faire. Elle se plaignait toujours d'une légère faiblesse et afin de préserver les formes juvéniles de ses seins, voulait à tout prix que je cherchasse une nourrice pour la petite. Je finis par acheter à un Tartare du bazar une Russe qui avait encore son enfant d'un an à la mamelle ; j'hésitai quelque peu, songeant qu'elle risquait de négliger ma fille afin de garder plus de lait pour son propre fils, mais lorsque le Tartare proposa de fracasser le crâne du garçon pour le même prix, je ne pus me résoudre à un acte aussi impie. Je me consolai et décidai de garder l'enfant pour en faire un petit serviteur.

L'acquisition de la nourrice ne fut pas la seule dépense à laquelle je dus faire face à cette époque. On commençait enfin, sur le rivage en pente du Bosphore, les travaux de construction de la maison dessinée par Sinan, et je fus atterré lorsque je vis les dimensions qu'elle atteignait après tous les ajouts et modifications imposés par Giulia ; à mon insu, l'édifice avait grandi et grandi au point d'atteindre à présent les proportions du palais d'un aga. En outre Giulia, pour satisfaire sa vanité, exigea que l'ensemble de la propriété fût entouré d'un haut mur de pierre, condition essentielle de la distinction d'une maison. Une peur mortelle s'empara de moi à voir les rallonges constantes des comptes de Sinan qui pourtant employait aux travaux de jeunes azamoghlans de l'école des janissaires, alors que j'achetais de mon côté tous les matériaux au prix du sultan par l'intermédiaire du trésor du defterdar.

Bien avant de déménager, il me fallut acheter deux nègres pour s'occuper des bateaux et du jardin, sans compter évidemment un chef jardinier grec. Giulia fit faire pour les nègres un habit rouge et vert avec une ceinture d'argent. Puis, comme le Grec jurait par tous les saints qu'il n'avait jamais vu deux noirs aussi paresseux et insolents, je dus encore acquérir pour l'aider un garçon italien au tempérament docile.

Le train d'une maison de cette importance requérait, cela allait de soi, un cuisinier, lequel voulait une esclave qui elle-même avait besoin d'un coupeur de bois et d'un porteur d'eau, si bien que je me sentais comme emporté dans un tourbillon.

Lorsque, après deux ans et demi d'absence, Abou al-Kassim revint de Bagdad, il trouva sa demeure si envahie par les cris et les chamailleries des serviteurs qu'il ne la reconnut point et ressortit dans la rue pour s'assurer de ne pas s'être trompé de porte. Je dois avouer que j'avais dès longtemps oublié n'être qu'un hôte en cette maison et utilisais tout ce qui lui appartenait. Seul le sourd-muet reconnut son maître sur-le-champ ; à moitié mort de faim, loqueteux et couvert de vermine, chassé depuis longtemps dans le coin le plus retiré de la cour sous un abri d'osier tressé où il traînait sa misérable existence, il se mit à pousser des cris aigus en gambadant autour de son seigneur à l'instar d'un chien fidèle qui fait des fêtes à son maître de retour après une longue absence.

Quant à moi, j'eus tout d'abord du mal à reconnaître Abou al-Kassim ! Il portait un grand turban, un caftan avec des boutons de pierres précieuses et des babouches de cuir rouge ; il venait suivi de trois ânes gris et robustes, des clochettes d'argent accrochées à leurs harnais. D'un geste impératif, il intima aux conducteurs de décharger les balles de marchandises entassées sur le dos de leurs bêtes, et une odeur de musc et d'épices flotta aussitôt dans la cour. Abou d'ailleurs sentait lui aussi le musc et l'eau de rose et il avait même pommadé les rares poils de sa barbe. Manifestement, ses voyages lui avaient apporté la prospérité !

Avant de me précipiter pour le saluer, je jetai un regard alentour et, plein de honte, remarquai l'épouvantable désordre qui régnait dans sa maison avec ses marmites bosselées, ses amphores ébréchées et ses luxueux tapis élimés jusqu'à la corde ; des vêtements d'enfants pendaient dans la cour pour sécher, les nègres ronflaient sous le porche et pour couronner le tout, la Russe, genoux écartés et yeux mi-clos, donnait le sein à ma fille et à son fils. Je ne m'étais jusqu'alors préoccupé de rien et mesurais à présent à quel point Giulia avait laissé la maison d'Abou al-Kassim à l'abandon ; qui plus est, elle ne se trouvait même pas ici puisqu'elle était partie pour le sérail ou la maison des bains « faire son travail », comme elle me répondait chaque fois que je l'interrogeais.

J'avais mal dormi, mes doigts étaient tachés d'encre et je me sentais accablé de soucis et d'angoisses ! Pourtant, malgré ma fatigue et ma honte, une vague de chaleur vint réchauffer mon cœur tandis que je serrais Abou al-Kassim dans mes bras. Avec des larmes de joie, je lui souhaitai la bienvenue après les rigueurs de son dangereux voyage d'où j'avais craint qu'il ne revînt jamais. Il inspecta alentour avec ses petits yeux de singe, je le vis sur le point de se tirer la barbe mais il se reprit et se contenta de dire, un peu d'aigreur dans la voix :

— Je constate en effet que l'on ne s'attendait guère à me revoir ! Mais je tâcherai de tenir ma langue si tu m'apportes sans tarder un peu d'eau. Qu'au moins je puisse accomplir une abblution succincte pour réciter la prière du retour au foyer !

Tandis qu'il faisait ses dévotions, je réussis non sans cris et grincements de dents à rétablir un semblant d'ordre. Les esclaves nettoyèrent une partie de la maison en vidant nos affaires dehors, puis aidèrent les âniers à rentrer les ballots de marchandises. J'ordonnai au cuisinier de préparer tout de suite un repas et conduisit cérémonieusement Abou al-Kassim à l'intérieur jusqu'à la place d'honneur.

Mais il s'arrêta devant la Russe qui n'avait jamais appris à se voiler le visage en présence des hommes.

— Je vois que tu as pris une autre femme, Mikaël el-Hakim ! dit-il d'un air ravi en contemplant la femme qui allaitait les deux enfants. Et Allah a déjà béni ton union. Jamais je n'ai vu un garçon plus solide. Il est plus beau que la lune et l'image même de son père.

Il prit l'enfant dans ses bras et versa quelques larmes de joie lorsque ce dernier lui agrippa la barbe avec ses petits doigts. La Russe, ravie de cette condescendance, se couvrit pudiquement le sein et mit même un voile sur sa face ronde tout en regardant Abou al-Kassim d'un œil humide.

— Ce n'est pas ma femme mais une esclave ! dis-je

d'un ton brusque. Et c'est ma fille qui est plus belle que la lune ! Je lui ai murmuré à l'oreille, à la manière des musulmans, le nom de Mirmah, en l'honneur du sultan qui a une fille du même nom. Mais je te pardonne, Abou al-Kassim, tu n'as sans doute point eu le temps encore d'ôter de tes yeux la poussière du voyage !

Il rendit à contrecœur le garçon à sa mère, caressa la joue de ma fille par politesse et s'assit enfin à la place d'honneur. Un marmiton, tremblant de peur, apporta un sorbet dans un gobelet d'argent et fit tomber maladroitement quelques gouttes du liquide poisseux sur les genoux de mon hôte. Abou retira une mouche morte de sa coupe, goûta la boisson et dit en faisant la grimace :

— Quel sorbet délicieux ! Dommage qu'il soit trop chaud... et encore plus amer ! Toutefois je te pardonne tout, Mikaël el-Hakim, pour l'amour de ton enfant ! J'avoue que j'étais prêt à envoyer chercher le cadi et deux témoins compétents pour constater les dommages infligés à ma belle maison. Mais il y a trente ans qu'une menotte ne m'avait pas tiré les poils de la barbe ! Je ne me montrerai donc pas trop pointilleux puisque je peux agir autrement et qu'à vrai dire j'ai toujours été magnanime !

Pour ne pas le désespérer, je lui expliquai que ma propre maison serait bientôt prête et lui promit même d'effectuer quelques réparations sur la sienne avant de la quitter. Après avoir mangé un excellent repas et ouvert une amphore de vin, tous les points de friction entre nous disparurent et notre conversation devint de plus en plus animée. Abou al-Kassim me conta les merveilles de Bagdad que ni Gengis ni Tamerlan n'avaient réussi à anéantir, me parla également de la Perse, de ses jardins de roses, de Tabriz et d'Ispahan, et chanta avec enthousiasme les louanges de cette terre bénie des poètes. Il se montra cependant fort discret au sujet de ses propres affaires et ne voulut même pas ouvrir ses bagages dont le parfum n'avait point tardé à se répandre dans la maison tout entière. Des bouffées de musc dans la rue attirèrent les voisins qui vinrent devant notre porte souhaiter à Abou al-Kassim le plus heureux des retours au foyer.

Ému jusqu'aux larmes il se mit en devoir de leur prodiguer les restes de notre repas, donnant plus que ce que j'avais eu l'intention de distribuer.

— Ah ! Mikaël ! dit-il dans un sanglot empreint de cette nostalgie que nous apporte le vin. Je m'appelle Abou al-Kassim, mais tu ne m'as jamais démandé pourquoi je porte ce nom ni ce qu'il est advenu de mon fils Kassim ! Aujourd'hui, pour la première fois depuis de bien longues années, j'ai senti une main d'enfant jouer avec ma barbe ! La machine du temps a fait un retour en arrière, la source des larmes s'est remise à couler et j'ai plongé un instant dans le puits de ma propre vie. Ô pauvre, pauvre de moi ! J'étais si fort attaché à mon fils unique que dès sa naissance j'avais associé son nom au mien qui devint Abou al-Kassim ! Mais il ne faut pas tenter Allah !

Il se reperdit dans la tristesse de ses souvenirs, puis releva les yeux et dit d'un ton différent :

— Cela me rappelle que j'ai rencontré notre ami Mustafa ben-Nakir au cours de mon voyage. Il étudie en ce moment la poésie sous la direction des poètes persans les plus renommés. Il fréquente aussi des dignitaires mécontents du régime tyrannique de Tahmasp, le jeune chah de Perse ; ces hommes sont tout prêts à abandonner l'hérésie shi'ite tant qu'il en est encore temps et à retourner à la vraie voie de la sunna.

Enfin mes yeux naïfs s'ouvrirent et je compris que Mustafa ben-Nakir comme Abou al-Kassim ne s'étaient rendus à Bagdad et en Perse que dans le but de recueillir tous les renseignements utiles en cas de guerre avec l'Orient.

— Allah ! m'exclamai-je en proie au plus grand trouble. Tu ne veux point dire que le grand vizir allume secrètement des dissensions au sein des domaines persans ! Le sultan a lui-même assuré qu'il voulait la paix. Il a, en outre, besoin de toutes ses forces pour défendre l'Islam contre l'assaut auquel se prépare l'empereur !

— Malheureusement, répliqua-t-il, Mustafa ben-Nakir peut produire des preuves irréfutables que le chah Tahmasp a entamé, à la grande honte de l'islam, des négociations avec l'empereur et s'est même assuré de son aide dans le cas d'une guerre contre le sultan. Crois-moi ! Le temps est à présent venu où les musulmans doivent ensemble élever la voix et crier à travers le monde : « A nous, tous les vrais croyants ! »

A ces mots, il me sembla ouïr le grondement d'une avalanche et je remplis ma coupe jusqu'au bord. Si le sultan devait mener de front deux guerres à la fois, une contre l'empereur et une contre le chah, alors en vérité de mauvais jours s'annonçaient pour nous tous !

— Dans leur aveuglement, poursuivit-il en me regardant à travers ses yeux mi-clos, ces maudits shi'ites préfèrent combattre au côté des infidèles plutôt que se soumettre à la sunna et reconnaître la souveraineté de Turcs ignorants. Il faut dire que la rumeur d'une certaine fatwa a soulevé chez eux une grande indignation. Cette fatwa, déclarée par le grand mufti, permettrait, dit-on, aux Turcs dans le cas d'une guerre, de s'emparer à l'avenir des biens des shi'ites et de vendre ces derniers en esclavage bien qu'ils soient musulmans.

— Ce n'est point une rumeur ! dis-je avec candeur. C'est vrai ! Quelle armée se lancerait dans les difficultés d'une marche sur la Perse uniquement dans le but de protéger la vie et les biens de ses habitants ? De toute façon, de tels propos sont dépourvus de sens. Le sultan n'a nullement l'intention d'attaquer la Perse ! Il équipe en secret une nouvelle armée pour marcher de nouveau sur Vienne et les États de Germanie !

Mais le vin était monté à la tête d'Abou al-Kassim et l'avait rendu quelque peu querelleur.

— Tu es un renégat et tu as grandi en Occident, Mikaël ! Tu es obnubilé par l'Europe ! Pourtant quel profit pouvons-nous retirer de ces pays appauvris et toujours divisés qui, de surcroît, ne sont pas de la même religion ! Tandis que les terres d'Orient, oui, voilà des terres pour le sultan ! D'une toute petite graine, l'islam est devenu un arbre immense à l'ombre duquel le monde entier se reposera un jour. Pour y atteindre, Soliman doit en premier lieu faire l'unité de l'islam et étendre ses domaines jusqu'à l'Inde pleine de richesses ; ensuite, s'il le veut, il pourra se tourner vers les terres froides et stériles de l'Europe. Ah ! Si tu avais vu Bagdad avec ses milliers de minarets, les bateaux innombrables dans le port de Basrah, les mosquées de Tabriz et les trésors dans les bazars d'Ispahan ! Alors tu tournerais le dos à la misérable Europe des infidèles et n'aurais d'yeux que pour l'Orient !

Si j'étais obnubilé par l'Europe, lui était un fou d'Orient et il m'importait peu de discuter avec lui sur des sujets que j'étais mieux à même de comprendre du fait de la confiance dont m'honorait le grand vizir. J'appelai donc la nourrice, posai son fils dans les bras d'Abou et pris ma fille Mirmah dont j'effleurai la tête du bout des lèvres, m'étonnant une fois encore des caprices de la nature qui lui avait donné des cheveux sombres alors que ceux de Giulia étaient clairs comme l'or et les miens plus blonds que bruns.

Toutefois la boisson, ou peut-être les propos de mon ami, m'avaient ouvert les yeux et je compris que ma position de confident d'Ibrahim était loin d'être aussi simple que je l'avais cru. Je recevais un bon salaire en qualité de conseiller sur les affaires d'Allemagne, mais si des fanatiques du genre d'Abou al-Kassim ou de Mustafa ben-Nakir amenaient le sultan à ne point faire la guerre avec l'Ouest, l'intérêt du grand vizir à l'égard de la Germanie ne pourrait que diminuer et moi, perdre mon emploi. Je devais donc, dans mon propre intérêt, m'opposer absolument aux projets de mes amis. Néanmoins, raisonnai-je, si nous essuyions une défaite comme celle de Vienne, tous les partisans de l'attaque contre l'Ouest tomberaient en disgrâce pour laisser la place à ceux qui préconisaient la guerre contre la Perse.

Arrivé à ce point de mes réflexions, je m'avisai que tous les conseillers du sultan, y compris peut-être le grand vizir, devaient se trouver dans la même position que moi ; c'était donc leur intérêt personnel qui dictait leur attitude politique ! Déconcerté par cette découverte, je ne savais plus discerner le bien du mal.

Giulia revint à la nuit tombée, Alberto dans son sillage. Furieuse de trouver la maison en désordre, elle pesta contre Abou pour être revenu sans s'annoncer tel un voleur au milieu de la nuit, puis m'arracha Mirmah des bras, de peur que dans mon ivresse je ne la fisse tomber ! Son manque de retenue me fit monter le rouge au front mais Abou lui offrit un flacon d'eau de rose véritable qu'il avait ramené de Perse dans ses paquets ; puis il la pria de le recommander aux dames du harem, qui pourraient le recevoir, dissimulées derrière un rideau, afin d'examiner ses magnifiques marchandises. Giulia parut enchantée du présent et flattée qu'il eût fait appel à elle pour l'aider dans son travail. Et ils ne tardèrent guère à discuter tous les deux dans une parfaite harmonie des sommes à donner au kislar-aga, aux gardiens des portes et du pourcentage dévolu à Giulia elle-même.

Personnellement je ne me mêlais jamais des affaires de mon épouse, ayant suffisamment d'angoisses avec les miennes ! Force me fut de reconnaître les mérites d'Alberto qui, durant ces jours difficiles du déménagement, ne perdit pas un instant de vue l'intérêt de la maison. Il accompagnait partout Giulia, m'évitant de la sorte de me faire du souci à son sujet. Cependant l'affection qu'il manifestait à l'égard de ma petite Mirmah fut ce qui me toucha le plus de sa part. Il la prenait dans ses bras à la moindre occasion et réussissait plus vite que moi à la faire taire lorsqu'elle pleurait. Tout dans son comportement prouvait à quel point il avait su s'adapter à son nouveau rôle de majordome, et je me sentis plus d'une fois honteux de l'aversion sans fondement que j'éprouvais à son encontre. Sa valeur devint encore plus évidente une fois terminée notre installation dans la maison sur le Bosphore. Les esclaves lui obéissaient et il eut bientôt achevé de tout mettre en ordre de marche, de sorte qu'il ne me resta plus rien à faire hormis à réfléchir sur la façon de gagner suffisamment d'argent pour faire face à nos dépenses toujours croissantes. Incroyable était leur nombre ! Il m'arrivait parfois de ne point disposer d'assez de pièces pour acquérir l'encre et le papier dont j'avais besoin ! Je m'étais en effet lancé dans une traduction du Coran sans en parler autour de moi. J'avais plus de dix personnes à nourrir et à habiller, sans compter qu'il me fallut acheter un palanquin fort coûteux, ainsi que tous les articles de sellerie et de bourrellerie imaginables. Je devais être généreux dans mes aumônes et si je m'étais imaginé que nous aurions au moins un jardin productif, je dus déchanter rapidement à ce sujet. A vrai dire j'y engouffrais plus d'argent que dans tout le reste réuni, obligé comme je l'étais d'y faire pousser les mêmes espèces de fleurs que celles que l'on trouvait dans les jardins du sérail. Je cessai bientôt de m'étonner qu'un poste aussi humble en apparence que celui de jardinier du sérail fût considéré comme l'un des plus lucratifs et des plus enviables de tout l'Empire ! Les poissons ornementaux chinois et indiens valaient à eux seuls de petites fortunes et nous en perdîmes un si grand nombre par manque de soins que Giulia eut beau jeu de me convaincre que l'achat d'un homme habile pour s'en occuper finirait par nous revenir meilleur marché ? Je préfère cependant passer sous silence le prix de cet Indien desséché et tremblant.

Ainsi mon bonheur n'était-il point sans limites lorsque je m'asseyais sur mes coussins rembourrés ou me promenais parmi les fleurs éclatantes de mon jardin ou encore m'attardais au bord du bassin à lancer des graines à mes poissons colorés. Les éternels soucis d'argent m'irritaient comme irrite une chaussure trop étroite. J'avais espéré que Giulia et moi goûterions à notre richesse récemment acquise dans une solitude faite de paix, mais elle me détrompa rapidement. Il s'avéra en effet que nous ne pouvions retirer ni profit ni plaisir de notre maison si nous n'invitions une foule d'hôtes de marque à la venir visiter.

Certes je dois avouer que je ne laissai point d'être flatté lorsque la sultane Khurrem en personne, accompagnée de quelques-unes de ses femmes, arriva dans la luxueuse barge de son seigneur pour admirer notre maison et se promener dans ses jardins. Je m'exilai même volontiers de mon domaine à cette occasion et, d'après Giulia, l'honneur à nous conféré par cette visite dépassa largement la dépense que m'imposa le nouvel embarcadère de marbre. Des eunuques en armes montèrent la garde autour de la maison tout au long du jour de façon que les moins avertis pussent remarquer dans quelle haute estime on tenait mon épouse et moi-même. Peu après, le grand vizir vint avec sa suite constater par lui-même ce qu'il était advenu de tout son argent. Après avoir soumis Sinan l'Architecte et moi-même à un feu roulant de questions, il eut la bonne grâce de reconnaître avec le sourire que le seul souci de sa propre dignité nous avait obligés à construire cette demeure magnifique aux aménagements aussi somptueux.

De son côté, Sinan l'Architecte, fier de son œuvre, amenait souvent d'éminents pachas et des chefs de district, les sandjaks, la visiter dans l'espoir de futures commandes. Cela me donnait l'occasion de faire d'utiles connaissances même si quelques-uns des plus distingués me manifestaient une certaine hauteur du fait que j'étais un renégat. Je me devais de recevoir chacun de ces hôtes d'une manière conforme à nos rangs respectifs, si bien que leur venue entraînait pour moi des frais considérables. Cette vie de luxe me rendit maigre, pâle, et j'avais des crampes d'estomac à la seule idée de l'avenir. Or un jour Giulia vint à moi et, contrairement à son habitude, me parla tendrement en se pendant à mon cou :

— Mikaël, mon chéri, nous ne pouvons continuer ainsi ! Tu dois bien t'en apercevoir !

— Ah ! Giulia, tu as tout à fait raison ! répondis-je au comble de l'émotion. Un toit et un croûton de pain me suffisent du moment que je suis auprès de toi ! Nous nous sommes forgés des chaînes dorées et je sens déjà un lacet de soie noué autour de mon cou. Reconnaissons donc humblement notre erreur, vendons cet endroit et reprenons notre vie simple qui nous convient mieux à tous les deux.

— Tu m'as mal comprise ! s'écria-t-elle, la mine assombrie. Je ne veux pas dire que je ne me contenterais pas d'un croûton de pain avec une coupe d'eau en ta compagnie, mais nous devons penser à l'avenir de notre fille Mirmah ! Je n'ai déjà que trop supporté ton manque d'ambition et je vais désormais prendre en main les rênes de notre destinée puisque je te vois incapable de le faire !

Elle marqua une pause, comme pour chercher ses mots, puis dit encore :

— Ce n'est point l'affaire d'une pauvre femme de s'occuper de politique, cependant certaine dame de haut rang s'alarme devant les périls qui menacent l'Empire ottoman et n'est pas tout à fait convaincue que le grand vizir ait pris en l'occurrence les mesures les plus souhaitables. Elle n'ignore rien en effet de son orgueil démesuré ni de sa suffisance !

Remarquant l'expression de mon visage, elle s'empressa de poursuivre :

— Mais pourquoi s'étendre sur ce sujet ? Je voulais dire tout simplement que de nombreux personnages très influents de l'Empire se montrent réservés au sujet des plans de conquête en Occident. S'il faut à tout prix que les janissaires se battent, mieux vaut les envoyer en Perse où ils trouveront une région faible et divisée.

— Chaque chose en son temps, répliquai-je. Il faut d'abord éliminer la grande menace que constitue pour nous l'empereur ! C'est là toute la politique du grand vizir !

— Tu parles comme un imbécile, Mikaël ! reprit Giulia avec impatience. Comment le sultan peut-il vaincre l'empereur s'il a lui-même battu et emprisonné le roi de France et le pape ? Peut-être après tout que Charles ne nourrit aucune mauvaise intention à l'encontre du sultan et qu'il ne fera rien pour l'empêcher de s'étendre vers l'Est, pourvu qu'il respecte la paix avec lui et son frère Ferdinand. Laissons donc l'empereur régner sur l'Occident et Soliman sur l'Orient ! N'y a-t-il pas assez de place en ce monde pour ces deux souverains ?

Il était impossible qu'elle eût découvert ce raisonnement par elle-même et son assurance commençait à me donner des frissons. Elle agrippa mon bras à deux mains et se mit à me secouer en me murmurant à l'oreille :

— Des sommes énormes sont en jeu, Mikaël ! Laissons le grand vizir se vanter de son incorruptibilité ! Il existe d'autres bourses plus réceptives ! J'ai de bonnes raisons de penser que le sultan, après avoir réfléchi aux conséquences désastreuses d'une défaite, penche pour une paix durable avec l'empereur et je sais de source sûre que ce dernier est prêt à signer un accord secret avec Soliman pour le partage du monde. Évidemment, ce sont là sujets très secrets et le sultan doit feindre de se montrer hostile à de tels projets pour sauver les apparences.

— Mais comment Soliman pourrait-il se fier aux promesses de Charles quand l'ambassadeur de Perse se trouve à l'heure qu'il est à la cour de l'empereur? objectai-je. Quelle sécurité aurait-il que l'ennemi n'attaquera pas ses domaines dès qu'il s'en retournera?

— Qu'il le veuille ou non, Soliman est obligé de déclarer la guerre à la Perse pour écraser le chah Tahmasp, sinon ce dernier l'attaquera avec l'appui de l'empereur. Mais cela risquerait de coûter cher à Charles, peu enclin à se mêler des affaires d'Orient dans lesquelles il n'est pas directement impliqué. De quelque façon que tu l'examines, Mikaël, tu verras qu'une paix avec l'empereur ne peut qu'être à l'avantage du sultan. Et sache que tu ne perdras rien si tu travailles à une si bonne cause!

Ces propos à odeur de complot ne m'attirèrent en aucune façon. Pour déterminer le pour et le contre d'une affaire, j'avais coutume d'obéir à ma raison plutôt qu'à des offres secrètes d'argent. Mais lorsque je tentai de l'expliquer à Giulia, elle secoua la tête devant ma naïveté.

— Que Dieu te protège, Mikaël! dit-elle. Rien de ce que tu peux dire ne fera pencher la balance ni pour ni contre la paix! Cependant certaines personnes crédules se sont persuadées, d'après notre façon de vivre, que tu jouis de la confiance du grand vizir. Tu vois là l'importance de l'apparence extérieure! Il y a cent mille ducats en jeu pour la cause de la paix... non, je ne me risquerai point encore à te révéler d'où vient cet argent mais la somme parle d'elle-même, et voici mille ducats pour te prouver que ceux dont il est question sont gens sérieux. Il y aura cinq mille autres ducats pour toi lorsque le sultan aura fait la paix avec Ferdinand.

Prenant alors un petit sac de cuir, Giulia en défit le sceau et laissa les monnaies rouler bruyamment par terre. J'avoue franchement que le tintement de l'or défendit à mon oreille la cause de la paix avec plus d'éloquence que jamais Giulia n'eût pu faire. Cependant, elle poursuivit d'un ton persuasif :

— Bénis soient les pacifiques ! La dame de haut rang dont je parle désire éviter au sultan tout obstacle inutile et rien ne s'oppose à ce que le grand vizir Ibrahim parte en Perse en qualité de seraskier. La grande dame souhaite sincèrement gagner la confiance et l'amitié du grand vizir, car elle est convaincue que lui comme elle ne se préoccupent en leur cœur que des intérêts du sultan. C'est la raison pour laquelle les rumeurs malicieuses qu'il répand au sujet de la sultane Khurrem et de ses enfants la blessent si profondément. Dire que Sélim souffre du haut mal est pure calomnie et la difformité du prince Djianghir n'est qu'une épreuve envoyée par Allah, une épreuve comme n'importe quelle mère au monde peut avoir à en supporter ! Les deux autres princes sont en tout cas plus doués que l'orgueilleux Mustafa, et l'on ne doit en aucune circonstance appuyer ce dernier au détriment de ses demi-frères.

Je pensai que Giulia, emportée par son enthousiasme, avait parlé davantage que ce qu'elle n'eût voulu. Quant à moi, sa proposition avait apporté un tel trouble en mon esprit que je demeurai éveillé jusqu'au petit matin. Des idées contradictoires s'agitaient dans ma tête et lorsque je finis par sombrer dans le sommeil, des cauchemars hantèrent mon repos ; il me semblait errer dans un marécage sans pouvoir poser le pied sur la terre ferme, puis je trébuchai et tombai et la bourse m'entraîna toujours vers le fond jusqu'à ce que, la bouche remplie de boue, je perdisse le souffle ! J'étouffai ! Je me réveillai en hurlant, baigné dans une sueur froide.

Ce songe me paraissant un présage, j'ordonnai dès la première heure à mon nocher de me conduire à la cité. J'accomplis mes dévotions à la grande mosquée, puis dirigeai mes pas vers le palais d'Ibrahim. Je m'adressai à l'un des secrétaires qui travaillaient au service secret des renseignements et lui demandai de m'obtenir une audience pour une affaire d'une extrême importance à communiquer au grand vizir en personne.

J'attendis tout le jour et ce ne fut qu'au milieu de la nuit qu'Ibrahim revint du sérail. Il me reçut avec quelque froideur en me priant de ne point ajouter de soucis à un fardeau déjà trop lourd.

Je lui contai alors tout ce que m'avait dit Giulia et lui aurais volontiers donné les mille ducats comme preuve, si Giulia ne s'était déjà empressée de les verser dans la bourse sans fond d'Alberto.

Le grand vizir, empourpré de colère, grinça des dents et dit :

— Trop c'est trop ! Si cette intrigante hypocrite et fanatique ose se mêler de politique, je lui donnerai quelque chose dont elle se souviendra ! Dieu sait quel diable a poussé le sultan à mettre son manteau sur cette épaule de carnassier ! Que lui a-t-elle apporté hormis son sang malsain et épileptique ? Mieux eût valu étrangler ses rejetons malingres au berceau ! Mais hélas, même son meilleur ami ne peut suggérer au sultan de prendre une telle mesure.

Après que sa colère se fut un peu calmée, je me risquai à lui demander ce que je devais faire de l'argent.

— Garde-le ! dit-il. Il ne signifie rien. Je suis le seul à décider en matière de paix et de guerre et nul n'a un pouvoir suffisant pour s'opposer à moi ! Le sultan m'écoute parce qu'il sait que je suis le seul que l'on ne peut acheter, le seul qui place ses intérêts à lui au-dessus de tout. Par les serments les plus sacrés de l'islam, il a juré de ne jamais me destituer de ma charge de grand vizir ni de tenter en quoi que ce soit de me nuire, pour ce que je suis dans le monde son unique ami véritable. Ce fut à cette condition que j'acceptai de prendre place à sa droite.

Il posa ses grands yeux étincelants sur moi, et poursuivit avec un sourire :

— Peut-être ai-je négligé mon ami le sultan ces

derniers temps ! Il me faut lui procurer quelque distraction nouvelle afin d'empêcher cette sorcière de l'importuner chaque nuit avec ses perfidies. Comme tu le sais, messire Gritti se trouve actuellement à Buda. Tu possèdes toi-même une belle maison, Mikaël el-Hakim, une belle maison située à une distance convenable du sérail et entourée de hauts murs. Ne t'étonne donc point si tu reçois l'un de ces soirs la visite de deux frères errants. Il serait souhaitable que tu prennes sous ton patronage quelques pauvres poètes. Il te suffira de leur offrir du vin et un caftan neuf. Sache que de beaux poèmes, un bon vin et le son enchanteur d'instruments à corde peuvent prendre une importance considérable dans la destinée des nations. En outre, ta propre position se verrait largement renforcée si l'on apprenait que tu reçois en secret de hauts personnages ! Mais par souci de sécurité, éloigne d'ici ton épouse et laisse-la passer ses nuits au harem pour y jouer à loisir la devineresse.

Il s'interrompit et un sourire se dessina sur ses lèvres. Pour la première fois, je remarquai un sillon cruel creusé autour de sa bouche.

— Pourquoi n'enverrais-je point à la sultane Khurrem un présent sous forme de prédiction ? réfléchit-il à voix haute. Ta femme ne voit-elle pas dans le sable ce qu'il lui convient de raconter ? Tente de la persuader de prédire qu'un des fils de Khurrem succédera à son père ! Pour emporter la conviction, toute prophétie doit contenir une certaine dose d'étrangeté et d'inattendu. Qu'elle dise donc que Sélim s'assiéra sur le trône et nous verrons ce qu'il adviendra !

Il sourit alors de toutes ses dents, mais je ne pus partager sa gaieté.

— Pourquoi Sélim, qui est malade ? demandai-je. Les prédictions de mon épouse ont une fâcheuse propension à se réaliser et je répugne à tricher avec ces matières-là.

Ibrahim se pencha vers moi, ses prunelles brillant de colère.

— La sultane est aussi aveugle que n'importe quelle mère ! affirma-t-il. Elle ne verra rien d'extraordinaire dans cette divination ! Mais qu'elle en glisse seulement un mot à l'oreille du sultan et les écailles tomberont de ses yeux ! Lui qui est déjà le père du beau Mustafa, comment pourrait-il envisager un seul instant de placer sur le trône des Osmanlis un épileptique faible d'esprit ?

Il garda le silence durant un moment, puis ajouta :

— Je ne puis désormais me fier à messire Gritti qui ne songe toujours qu'à son propre intérêt. Il me faut donc un nouveau lieu de rencontre où parler sans témoins avec des agents étrangers. Pourquoi cela n'aurait-il pas lieu chez toi comme autrefois chez mon ami vénitien ? D'autant que j'ai investi des sommes considérables dans ta maison ! Fais courir le bruit qu'en échange de présents substantiels, tu as la possibilité d'organiser des entrevues secrètes avec moi et je me charge de prouver le bien-fondé de cette rumeur, à condition toutefois que tu ne m'appelles pas inutilement pour des questions sans importance.

« Tu devras tenir un compte rigoureux de tous les présents que tu recevras afin de retirer les sommes équivalentes de mon trésor. A ce prix seulement, j'aurai une confiance absolue en toi, et pourrai être sûr que tu ne me trahiras point par pure cupidité.

Foudroyé par sa générosité, je balbutiai quelques bénédictions, mais il me pria de me taire en riant. Puis il saisit son violon et se mit à jouer une joyeuse mélodie que des vaisseaux de Venise avaient amenée à Istanbul. En un éclair, sa proposition m'apparut alors dans toute son ampleur ! Si l'homme le plus puissant de l'Empire ottoman me prenait pour confident, tous mes rêves les plus ambitieux devenaient permis ! Je me prosternai pour baiser la terre devant lui et murmurai :

— Pourquoi, ô mon maître Ibrahim ? Pourquoi me choisis-tu ?

Ses doigts teints au henné caressèrent ma tête dans un geste distrait.

— Peut-être la vie n'est-elle rien de plus qu'un songe fiévreux ! Alors pourquoi ne point prendre un somnambule pour guide ? Il est possible que je me sois pris d'affection pour toi, Mikaël el-Hakim, malgré ta faiblesse et ton caractère docile. Mais si je t'aimais un peu plus, je te dépouillerais de tout et t'enverrais tel un frère mendiant chercher Allah dans le désert ou sur la cime des montagnes ! N'attends pas trop de moi, Mikaël ! Même si je te laisse pénétrer dans mes secrets les plus intimes, tu ne réussiras jamais à me connaître ! Tu m'as dit autrefois une phrase qui m'est allée droit au cœur : un homme au cours de sa vie doit au moins rester fidèle à un être humain. Voilà la tâche qui m'incombe ici-bas, bien que l'homme à mon avis ne puisse rester fidèle qu'à lui-même ! Mon étoile, ma destinée, un serment, ou peut-être un pouvoir intime m'ont élevé au-dessus de tous les autres. L'essence même de mon être se fonde sur une fidélité inébranlable à l'égard de mon seigneur le sultan. Son bonheur est mon bonheur, sa défaite ma défaite, et sa victoire, une victoire pour moi également.

A travers les ténèbres, je regagnai ma maison éclairée par les lampes et grimpai les marches parfumées à l'eau de rose. Giulia encore éveillée vint à ma rencontre, les joues empourprées et le regard brillant. J'eus soudain le sentiment de me trouver hors de la réalité et Giulia m'apparut tel un spectre, un spectre inconnu de moi.

— Qui es-tu ? Que me veux-tu ? demandai-je.

Elle recula, surprise, et dit :

— Qu'as-tu, Mikaël ? Je te vois tout pâle avec ton turban penché sur le côté et les yeux que tu poses sur moi ressemblent à ceux d'un dément. Si tu as entendu quelque conte stupide à mon sujet, ne le crois pas ! Il vaut mieux t'adresser directement à moi plutôt que prêter l'oreille à de basses calomnies.

— Non, non, Giulia ! Que peut-on dire contre toi ? Mais je n'arrive pas à me comprendre moi-même et ne puis découvrir ce que je désire au juste. Qui suis-je, Giulia, et qui es-tu ?

Elle se tordit les mains et éclata en sanglots.

— Ah ! Mikaël ! Ne t'ai-je point dit mille fois de ne pas boire autant de vin ? Tu ne le supportes pas ! Comment peux-tu avoir le cœur de me faire des frayeurs pareilles ! Dis-moi tout de suite ce qui s'est passé et ce que le grand vizir t'a raconté.

Son ton impératif m'arracha à mon étrange état. Les murs de la pièce retrouvèrent leur place, la table redevint solide sous ma main et Giulia ne fut rien d'autre qu'une créature de chair et de sang en proie à la colère. Mais je la regardai sous un jour plus cru qu'autrefois, comme on regarde un inconnu. Je voyais des rides profondes creusées autour de ses yeux et sa bouche durcie par une moue de ruse sournoise. De lourds ornements cliquetaient autour de ses poignets et de sa gorge et les colliers pesants avaient laissé des marques rouges sur la blancheur inerte de sa poitrine. Je n'avais plus envie de plonger en ses yeux pour y quérir comme de coutume la paix et l'oubli.

— Ce n'est rien, Giulia ! dis-je en regardant douloureusement au loin. Je me sens seulement fatigué après une conversation éprouvante avec le grand vizir. Il a confiance en moi et je crois qu'il va me donner une grande partie du travail qu'accomplissait autrefois messire Gritti. Il n'a rien dit au sujet de la guerre mais ne m'a point interdit de conseiller la paix. La coupe du succès est pleine à ras bord, Giulia, mais pourquoi, oh ! pourquoi me paraît-elle aussi amère ?

A peine avais-je achevé ces paroles que je me mis à trembler de tous mes membres ; je compris aussitôt que j'étais gravement malade. Giulia crut au début que l'on m'avait empoisonné dans le palais du grand vizir puis, lorsqu'elle eut recouvré ses esprits après le premier choc, elle me conduisit au lit et m'administra des sudorifiques. En fait je subissais une attaque de cette fièvre si répandue à Istanbul, et l'on pouvait même s'étonner que j'y eusse échappé si longtemps. Cette maladie n'était point dangereuse mais s'accompagnait de violents maux de tête.

Lorsque le grand vizir Ibrahim apprit mon indisposition, il témoigna de la plus grande bienveillance à mon égard ; il envoya à mon chevet son médecin personnel et fit rédiger à mon intention un tableau astrologique de régime et de médicaments. Enfin il vint en personne me rendre visite, ce qui ne manqua point de susciter maints commentaires au palais. Sa sollicitude me valut de recevoir durant ma maladie un nombre considérable de présents.

Giulia, ravie, ne tarissait point au sujet de ces cadeaux, de leurs donateurs et de ce que j'avais le devoir d'offrir en retour. De coutume l'on rendait les mêmes objets, qui ne cessaient ainsi de passer de main en main au sérail. Mais mon épouse était incapable de lâcher une chose, aussi laide ou inutile fût-elle, dès lors qu'elle en était la propriétaire. Ma maladie me revint donc très cher du fait de tous les présents que je dus acheter tandis que tout le monde au sérail se demandait ce qu'il avait bien pu advenir des grandes urnes de bronze, des guerriers nubiens en armure et autres objets hétéroclites accumulés depuis tant d'années à l'intérieur du palais.

Au cours de ma convalescence, Giulia me manifesta plus de tendresse et de considération qu'elle ne m'avait montrées depuis longtemps. Un jour, me prenant la main, elle me dit :

— Pourquoi ne me parles-tu plus aussi librement qu'autrefois, Mikaël ? De méchants bruits auraient-ils dressé ton cœur contre moi ? Tu sais que le sérail est un nid de vipères et mon amitié intime avec la sultane Khurrem a suscité mainte jalousie. Je ne serais pas surprise du tout que l'on raconte les pires histoires à mon endroit. N'en crois aucune, Mikaël ! Tu me connais mieux que personne et tu sais bien que je suis toujours sincère !

Je m'attristai d'entendre ces soupçons déplacés et lui répondis gentiment :

— Ne t'inquiète pas, je n'ai aucune raison particulière d'être de cette humeur sombre ! Je le dois à ma maladie et ce ne sera que passager. Pardonne-moi et essaye une fois encore d'avoir de la patience avec moi !

Je reconnais que je n'étais point tout à fait franc avec elle, mais je savais que ma loyauté vis-à-vis d'Ibrahim m'imposait une conduite réservée à l'égard de Giulia. J'avais acquis la certitude qu'elle répétait tout ce que je lui disais à la sultane Khurrem et je me tenais donc sur mes gardes. Du reste, la naïveté excessive dont j'avais fait preuve jusqu'alors tournait à présent à mon avantage et Giulia me croyait incapable de la moindre dissimulation.

Pour obéir aux suggestions du grand vizir, je reçus chez moi nombre de poètes et de derviches misérables, qui ne se préoccupaient guère de gagner leur pain du moment qu'ils pouvaient vivre sans entraves dans la compagnie de leurs semblables. Bien qu'ils fussent tous musulmans, ils prisaient fort la boisson et répondirent avec joie à mon invitation. Je crois même qu'ils me prirent quelque peu en amitié pour écouter sans mot dire leurs discussions et leurs poésies.

Plus je les connaissais, plus leur hardiesse m'étonnait ; ils n'hésitaient point à composer des épigrammes d'une ironie mordante sur la vanité du grand vizir ou le silence arrogant du sultan ou encore divers défauts dont d'autres personnages distingués étaient affligés. Ils écrivaient aussi des vers pleins d'ambiguïté au sujet des lois coraniques. Ils considéraient l'art persan de la versification comme l'art suprême et maints d'entre eux travaillaient à traduire des poésies persanes en langue turque. Ils ciselaient et polissaient leurs mots comme un orfèvre ses pierres et lorsqu'ils en trouvaient un nouveau ou inventaient une image inattendue, ils s'en réjouissaient au même titre que s'ils eussent découvert un trésor. Personnellement, je n'arrivais point à prendre leurs jeux d'esprit aussi sérieusement qu'eux ; la composition d'un poème semblait pour eux aussi admirable et importante que la conquête d'un royaume ou la découverte d'un nouveau monde ; ils allaient même jusqu'à prétendre que dans le livre d'or de l'histoire, le nom des poètes survivrait à celui des généraux les plus renommés ou des plus savants interprètes du Coran.

Ils avaient en tout cas pour mérite principal de ne jamais se montrer ennuyeux. Peu soucieux des biens matériels, ils pouvaient recouvrir leurs haillons de la poussière d'or de la fantaisie. S'ils ne refusaient jamais d'écrire des panégyriques commandés par des nantis et des puissants, le plaisir qu'ils prenaient à travailler valait davantage à leurs yeux que de riches récompenses et lorsque par hasard ils trouvaient quelque bon mot aux dépens de leurs mécènes, ils préféraient perdre leurs gages plutôt que passer sous silence leur plaisanterie.

La fréquentation de ces hommes curieusement libres se révéla très profitable pour moi. J'étais alors devenu un homme un peu trop satisfait de sa situation, de sa maison, de ses richesses et de sa réussite mondaine, et entendre leurs commentaires piquants sur les ceintures ornées de pierreries, les turbans emplumés et les selles incrustées d'argent ne pouvait en aucune façon me faire du mal. Une fleur éclose ou un poisson rouge nageant dans une eau de cristal était à leurs yeux aussi remarquable qu'un diamant.

Un jour que je tentais d'expliquer qu'hormis leur beauté, les diamants avaient quelques autres attraits, Baki, le poète qui négligeait ablutions et autres prières, me répondit, tout en recouvrant ses pieds poussiéreux du pan de son manteau :

— L'homme ne possède rien ! En fin de compte, ce sont plutôt les choses qui possèdent les hommes ! L'unique valeur véritable d'un diamant est la beauté qu'il renferme en lui, mais les belles choses peuvent rendre esclaves aussi facilement que les laides. Il est donc plus sage d'aimer de loin une jeune fille aux joues de tulipe ! Celui qui la posséderait risquerait de devenir son esclave et de perdre ainsi sa liberté ; or, n'oublie pas, la perte de la liberté équivaut à une mort lente.

Giulia ne comprenait guère le plaisir que je pouvais trouver en la compagnie de ces hommes peu recommandables parmi lesquels je choisis avec le plus grand soin ceux dont je ferais mes amis. Elle passait la plupart de ses jours et de ses nuits au sérail et je ne lui en demandais nul compte. A son insu, je préparais le moment où le sultan et le grand vizir se présenteraient chez moi sous un déguisement pour passer la soirée en compagnie de poètes et de penseurs, comme ils avaient accoutumé de faire chez messire Gritti.

Quelque temps plus tard, le sultan souffrant d'une de ses fortes attaques de mélancolie, le grand vizir m'envoya un signal convenu. Dans la soirée, des coups furent soudain frappés à la porte et deux hommes légèrement ivres, le visage dissimulé dans les plis de leurs caftans, entrèrent dans le jardin en récitant des vers au gardien. Ils étaient naturellement accompagnés de nombreux gardes, mais ces derniers restèrent avec deux sourds-muets à l'extérieur de la maison. En vérité Ibrahim ne me pouvait donner plus grande preuve de sa confiance ! Je conduisis mes visiteurs dans une salle intérieure ; ils s'assirent un peu à l'écart et se mirent à boire à petites gorgées tout en écoutant un derviche érudit qui lisait à haute voix sa traduction d'une poésie persane.

Mes invités étaient trop perspicaces pour se laisser tromper aux apparences des nouveaux arrivants et ne point déceler aussitôt en eux des hôtes peu ordinaires. Le contraire eût d'ailleurs été insultant, car Ibrahim se considérait à juste raison comme le plus bel homme de l'Empire ottoman tandis que Soliman était convaincu que, malgré le masque qu'il portait sur le visage, son seul maintien trahissait sa noblesse. Toutefois, tous eurent la grâce de feindre l'ignorance. Le sultan s'étant fait connaître sous le nom de Muhub le poète, ils le pressèrent avec véhémence de leur dire quelques vers de son cru. Il hésita un moment pour enfin se décider à sortir un rouleau de papier couvert d'une belle écriture, qu'il lut d'une voix musicale. Je remarquai que ses mains tremblaient tandis qu'il lisait ! Il croyait en effet que nul ne l'avait reconnu, et se sachant en présence des experts les plus éminents de la cité, redoutait visiblement leur critique sans contrainte. Autant que je pus en juger, son ouvrage n'avait aucun défaut sinon une légère verbosité, une touche de monotonie et un soupçon de banalité, en comparaison du moins du style subtil et fantasque de Baki.

Ses auditeurs lui adressèrent quelques compliments mais ne s'avancèrent pas davantage. Le respect qu'ils se devaient en tant que poètes ne leur permettait point dès lors qu'il s'agissait de leur art, de flagorner quiconque, fût-ce le sultan en personne. Ils levèrent donc leurs gobelets à Muhub, le félicitèrent courtoisement et le sultan sourit largement, la joie inondant son visage pâle.

Le jeune Baki, que rien ni personne n'intimidait, dit en guise de conclusion :

— Muhub le poète a déversé d'une main généreuse des perles et de l'or devant nous. Écouter à présent une œuvre inférieure serait inconvenant. Si l'un d'entre nous, en revanche, savait jouer d'un instrument, point n'aurions-nous besoin de rivaliser en paroles avec Muhub le sans rival.

Je crus comprendre à ce discours fleuri que Baki, fatigué du style ampoulé du sultan, espérait qu'Ibrahim jouât de son fameux violon. La subtile ironie de sa remarque passa inaperçue, comme il fallait s'y attendre, et Soliman approuva Baki et pria instamment Ibrahim de jouer. Il n'y eut personne parmi nous pour le regretter ! Lorsque Ibrahim, après avoir bu un peu de vin, remplit la pièce de sa musique, toute la passion, la joie et les angoisses de nos vies fugitives chantèrent en nous au rythme de ses merveilleux accords. Tout tremblant, je ne pus retenir mes larmes, et Baki lui-même pleura en l'écoutant.

Je n'en dirai pas davantage sur cette nuit. Elle se poursuivit tranquillement et sans excès ; quand la boisson montait à la tête des invités, le grand vizir reprenait son violon pour les calmer avec ses mélodies. Aucun de nous ne s'endormit hormis Murad-tseleb, qui n'entendait vraiment rien à la musique. Nous étions tous de l'humeur la plus joyeuse. Dès que nous vîmes les étoiles pâlir dans le ciel, nous transportâmes notre compagnon endormi dans le bassin pour le désenivrer ; Baki lui soutenait la tête hors de l'eau en le tirant par la barbe. Nos cris et les éclaboussements réveillèrent le gardien des poissons qui surgit de sa hutte, une étoffe nouée à la hâte autour des reins, et se mit à nous jeter des pierres et à nous agonir des pires insultes de son pays. Nous prîmes tous la fuite en courant et perdîmes nos babouches dans les parterres de fleurs. Muhub le poète y laissa même son turban et rit tant que les larmes lui coulèrent sur les joues.

A cette heure grise de l'aube, les sourds-muets, inquiets de la longue absence de leur seigneur, frappèrent à la porte et la vue de ces deux géants à la peau sombre nous dégrisa comme l'eût fait un jet d'eau glacée. Encore hors d'haleine après notre course et les pieds souillés de la terre du jardin, Muhub le poète grimpa tant bien que mal dans son palanquin et hissa de son mieux le grand vizir auprès de lui.

Le sultan Soliman vint me rendre visite plus d'une dizaine de fois. Il rencontrait chez moi non seulement des poètes et de sages derviches, mais aussi des capitaines de navires français et espagnols, ainsi que des aventuriers bien informés ; la plupart de ces hommes ignoraient totalement à qui ils avaient affaire. En la présence d'étrangers et d'infidèles, le sultan restait silencieusement dans l'ombre et se contentait d'écouter avec attention ce qu'ils avaient à dire ; il posait parfois une question sur les conditions de la vie dans les pays de l'Europe.

Ainsi appris-je à connaître le sultan Soliman auquel les chrétiens ont donné le nom de Magnifique, tandis que son peuple l'appelle simplement le Législateur. Nul n'est prophète en son pays et plus je le connaissais, moins il m'attirait ; la mélancolie dont il souffrait faisait de lui un compagnon ennuyeux. Avec tous ses défauts, Ibrahim restait un homme parmi les hommes, alors que le sultan se retirait dans sa solitude et paraissait aussi éloigné de ses semblables que le ciel l'est de la terre.

Peut-être toute sa souffrance venait-elle de cette attitude ; il se sentait parfois accablé d'une peur dévorante, qui ne lui laissait point de repos. Il avait vécu une grande partie de sa jeunesse sous la menace permanente de la mort, à cause des soupçons de son père, et chaque nuit sur sa couche il attendait avec angoisse l'arrivée des muets. Il me semblait déceler dans son amitié anormalement passionnée pour le grand vizir quelque chose de forcé, comme si en déversant des faveurs sur Ibrahim et en l'investissant de pouvoirs sans limites, il cherchait à se convaincre lui-même qu'il existait en ce monde au moins un homme en lequel il pouvait avoir confiance.

Plus je réfléchissais au sujet du sultan Soliman, plus il m'apparaissait clairement que je connaissais bien peu de sa nature intime et de ses pensées. En qualité de législateur, il avait rendu la vie de ses sujets plus facile et plus agréable qu'elle n'était jadis, et sans nul doute meilleure que dans les pays de la chrétienté. Ses propres esclaves constituaient une exception. Certes, ils étaient libres d'emprunter l'échelle raide qui conduit au pouvoir, mais ils ne savaient jamais s'ils trouveraient au sommet une queue de cheval ou un lacet de soie.

J'occupais, quant à moi, une position particulière en qualité de confident du grand vizir. J'avais accoutumé de ne lui rendre visite qu'après la tombée de la nuit et pénétrais dans le palais soit par une porte latérale soit par celle des serviteurs. Nul n'ignorait au sérail que le grand vizir recevrait plus rapidement pétitions et rapports par mon intermédiaire. Et chacun s'étonnait en conséquence que mon épouse Giulia pût aller et venir à son gré dans le harem, jouir de la faveur de la sultane, prédire l'avenir à toutes les dames, faire pour elles des achats au bazar et, en échange de substantielles rémunérations, obtenir des audiences de la sultane pour quelques riches Grecques ou juives.

Dès lors, il n'y a pas à s'étonner que les histoires les plus insolites aient couru sur mon compte à l'intérieur du sérail et dans le quartier des étrangers. Tantôt on exagérait mon influence, tantôt on me disait inoffensif parce que je fréquentais des poètes et de sages derviches. Lorsque je commençai à recevoir chez moi des aventuriers chrétiens, ma renommée envahit l'Occident et atteignit la cour impériale. Les chrétiens qui me rendaient visite venaient soit en mission secrète, soit pour s'enquérir des chances d'entrer au service du sultan, soit encore pour établir à Istanbul de fructueuses relations d'affaires. Je réussis plus d'une fois à leur rendre des services considérables et l'on disait de moi que bien que j'acceptasse des présents, je donnais des informations rigoureusement exactes.

Il était tout à fait naturel du reste que j'acceptasse des présents, à l'instar de tout personnage influent du sérail et sans eux, nul solliciteur ne pouvait espérer obtenir une audience. Ce n'était pas le salaire d'un officier ou l'estime en laquelle il était tenu qui déterminaient son importance, et les présents que sa fonction lui amenait constituaient de loin la plus grande part de son revenu régulier. Le grand vizir lui-même acceptait les cadeaux, même de la part des envoyés du roi Ferdinand ! On les lui offrait ouvertement et ils étaient simplement considérés comme des hommages rendus au poste important qu'il occupait.

En raison de mes tâches particulières, je recevais également maints présents en secret, et les donateurs ignorèrent toujours que j'en rendais un compte rigoureux au grand vizir. J'étais donc à leurs yeux un homme facile à soudoyer, et j'acquis une mauvaise réputation parmi les chrétiens qui croyaient me payer pour les faveurs qu'ils recevaient. Personnellement, j'avais la conscience tranquille grâce à la générosité d'Ibrahim et jamais ne succombai à la tentation de le tromper.

En fait, les chrétiens gaspillaient leur argent en pure perte. Ils cherchaient à conduire la politique ottomane dans leurs propres voies et ne recevaient pour leur peine que paroles creuses et belles promesses ; bien souvent, ils ne commençaient à comprendre à quel point nous leur en avions fait accroire que sur le chemin du retour. En général, les ambassadeurs étaient reçus d'une manière royale ; on mettait à leur disposition des maisons et des serviteurs et une somme de vingt ducats leur était allouée pour assurer leur subsistance, tandis qu'une brillante suite et une garde spéciale de janissaires veillaient sur eux durant tout leur séjour à Istanbul. De plus Ibrahim, grand maître en l'art de procrastination, leur accordait fréquemment des audiences. Enfin, un beau jour, ils avaient accès à la salle aux colonnes d'or du divan ! Ils assistaient, auparavant, à la splendide parade des éléphants aux défenses dorées dans la cour des janissaires ; là, sous leurs yeux éblouis, défilaient les vizirs, suivis de leurs somptueux cortèges. Étourdis, confondus par toutes ces splendeurs, ils se retrouvaient prosternés devant le sultan, le sultan assis sur un trône incrusté de perles et qui, à chacune de ses respirations, faisait scintiller et miroiter les myriades de pierres précieuses qui ornaient sa robe de fils d'or. Définitivement subjugués, les ambassadeurs se sentaient éperdus de reconnaissance de l'honneur insigne qu'on leur octroyait en leur permettant de baiser cette main couverte de joyaux et d'écouter les compliments dénués de sens que le sultan se plaisait à leur dire en guise de salutation.

Tout au long de leur séjour à Istanbul, les mailles d'un invisible filet s'étaient resserrées autour de leurs personnes et ils n'obtenaient en fin de compte, et dans le meilleur des cas, qu'une lettre signée de la main du sultan, adressée à leurs maîtres. Une lettre qui ne valait guère plus que la bourse brodée dans laquelle elle était précieusement enfermée.

Si l'on traitait ainsi au grand jour les négociateurs dûment autorisés, les affaires n'allaient guère mieux lorsqu'il s'agissait de recevoir chez moi sans cérémonie un gentilhomme espagnol ou un aventurier italien envoyés par l'empereur, qui demandaient au grand vizir une audience privée. Charles Quint cherchait en effet à connaître par le truchement de ses agents l'opinion du grand vizir au sujet du partage du monde. Ibrahim se vantait de l'influence qu'il exerçait sur la personne du sultan et conduisait son adversaire à dévoiler ses vrais motifs et ses visées véritables ; puis il approuvait avec chaleur ses propositions, mais se gardait toujours de s'engager. Le sultan, quant à lui, n'ouvrait pas la bouche et, dès qu'il était question de souveraineté, refusait de traiter avec des porte-parole étrangers. Il ne manquait point cependant de montrer un vif intérêt à apprendre, par l'intermédiaire de son grand vizir, dans quelle mesure l'empereur était prêt à un compromis.

Je crois que le sultan tout comme le grand vizir désiraient sincèrement la paix à cette époque, et ces discussions hésitantes n'aboutirent à rien parce qu'aucun des côtés ne pouvait se fier à l'autre. D'une part, le sultan, en qualité de commandeur des croyants, ne pouvait se permettre de signer une paix durable avec les infidèles sous peine d'aller à l'encontre des principes du Coran. D'autre part, il était évident que l'empereur, en souverain cynique qu'il était, saisirait la première occasion pour faire l'union des pays chrétiens contre Soliman sans respect pour les belles promesses et les traités secrets ; il voyait à juste titre en l'Empire ottoman une menace constante pour le pouvoir impérial et la chrétienté elle-même.

Le cœur serré, j'apprenais ainsi la vanité de toute politique et comprenais que l'homme ne peut maîtriser la marche des événements, quelle que soit la noblesse de ses intentions. Le grand vizir exigeait ma présence au cours de ces entretiens afin que je pusse, le cas échéant, témoigner qu'il avait toujours agi au mieux des intérêts de son seigneur. Ainsi, en écoutant, j'élargis ma connaissance des questions de politique et appris que l'on peut parler longtemps et avec éloquence pour ne rien dire. Enfin m'apparurent dans toute leur évidence la petitesse, l'égoïsme et la faiblesse de l'humaine nature.

La fréquentation des poètes et des derviches m'avait exercé à discerner la futilité des honneurs mondains. J'essayais donc de ne point attacher trop de prix à ma situation mais tenais tout de même à conserver ma fortune qui, permettant à Giulia de vivre à son goût, m'épargnait ses éternelles récriminations. Pour elle, la réussite se mesurait à l'argent et aux possessions de valeur et dans ses moments les plus aimables, il lui arrivait d'admettre que je m'étais montré moins pusillanime qu'elle n'avait craint. Elle eût aimé me voir dans la salle aux colonnes du divan lorsque j'assistais, debout les bras croisés et les yeux modestement baissés, à la distribution des caftans d'honneur. Par bonheur elle trouvait suffisamment matière à satisfaire sa vanité avec les femmes du harem. La mère du sultan en personne la reçut dans le vieux sérail ; les prophéties de Giulia lui provoquèrent d'ailleurs une grave attaque au cœur. J'avais discrètement amené ses pensées dans la bonne direction et sans plus de réflexion elle s'était hâtée d'aller prédire à la sultane Khurrem que son fils Sélim succéderait à son père sur le trône ottoman. Le plus curieux de l'histoire fut qu'elle y crut elle-même et adopta à l'égard du jeune prince une attitude respectueuse empreinte de la plus grande vénération.

Elle m'apportait de temps en temps des nouvelles ou des mises en garde qui émanaient de la sultane. Cette dernière cherchait clairement, par le truchement de Giulia, à atteindre le grand vizir à travers moi. Ibrahim se refusa toujours, sous prétexte de dignité, à entrer en relation avec la sultane par l'intermédiaire d'une femme rusée comme la mienne. Il commit en cela une grave erreur, car il sous-estima la terrifiante volonté de Khurrem et son ambition sans cesse en éveil. Mais qui, à cette époque, aurait agi autrement ?

Pour les cours occidentales, la sultane était Roxelane la Russe. Les princes chrétiens eux-mêmes lui envoyaient des présents et les histoires les plus incroyables franchissaient les portes dorées du harem au sujet du luxe dans lequel elle vivait et de la somptuosité de ses vêtements ; on disait qu'une de ses robes avait coûté la somme de cent mille ducats ! Il courait également des contes sur la cruauté de sa jalousie qui rendait infernale la vie au harem. On rapportait que lorsqu'une femme cherchait à attirer l'attention du sultan ou si par hasard ce dernier s'attardait à regarder l'une d'entre elles, la sultane Khurrem riait avec gaieté et veillait à la faire disparaître.

Je ne saurais dire avec certitude si elle reçut des présents de la part des envoyés de Charles Quint ou du roi de Vienne durant ces mois difficiles. Selon Giulia, elle fit son possible en tout cas pour pousser le sultan à conclure un accord avec l'empereur. Pourtant un tel accord eût constitué une véritable folie du seul point de vue politique. L'empereur en effet venait d'être couronné par le pape et de signer la paix avec la France. Il se trouvait alors au sommet de sa puissance et avait même réduit à l'obéissance les princes protestants à la diète d'Augsbourg. Aujourd'hui, confiant en la victoire, il se consacrait à la préparation de la guerre contre le sultan. On pourrait dire qu'en qualité de Majesté Très Catholique, il ne faisait qu'obéir aux Écritures ! Ne recommandent-elles point à la main droite d'ignorer ce que fait la main gauche ? Ainsi Charles, tandis qu'il offrait secrètement sa senestre au sultan en signe de paix, glissait sa dextre dans un gantelet d'acier pour lui porter un coup écrasant ! Jamais, ni avant ni depuis, l'Empire ottoman ne s'était trouvé dans une situation aussi critique. Qui s'étonnerait dès lors que le sultan désirât la paix ?

Fort heureusement, l'ultimatum que Charles Quint avait adressé à la Germanie eut pour seul résultat de pousser Philippe de Hesse à fonder une ligue des princes pour défendre les théories de Luther. Nul doute évidemment que les rois de Hongrie et de France n'eussent trempé dans cette affaire ! Toutefois, je pense que la promesse secrète d'Ibrahim d'aider les princes en cas de conflit armé entre eux et l'empereur joua un rôle décisif dans la création de la ligue. Je ne saurais dire lesquels de ces princes sentirent redoubler leur zèle religieux à la vue de l'or turc, mais il est indéniable que Philippe de Hesse trouva le moyen de payer et d'équiper ses troupes d'une manière que les chrétiens ne purent s'expliquer. J'ai des raisons personnelles de retrouver souvent en ma mémoire le visage maigre de cet homme aux yeux d'un bleu glacé.

Comparés à la ligue, les prêches inoffensifs du père Julianus à travers la Germanie eurent peu d'influence. C'était l'époque où Luther et ses pasteurs commençaient à surveiller la pureté de leur doctrine avec un soin aussi jaloux que celui de la sainte Église et je regrette du fond du cœur d'avoir à mentionner que jamais le père Julianus ne revint pour réclamer son évêché. Il fut lapidé dans une petite ville perdue au fond d'une province.

La constitution de la ligue de Schmalkalden nous ôta à tous un grand poids. Le sultan, dès lors, ne voulut plus entendre parler de la paix et le grand vizir reprit ses projets ambitieux de conquête des États allemands avec l'aide des princes protestants. Personnellement je n'aimais point l'idée d'une guerre, mais s'il fallait, pour le bien de l'armée, entreprendre une nouvelle campagne, il me semblait que nous avions tout à gagner et rien à perdre en marchant une fois encore sur la Hongrie. Dans les montagnes et les immenses étendues désertiques de la Perse, même une grande armée pouvait se perdre comme une aiguille dans une meule de foin alors qu'en

Allemagne, la ligue de Schmalkalden empêchait l'empereur d'agir. Jamais une occasion aussi favorable ne se représenterait à nous !

En fait, c'était surtout en pensant à Antti que je voyais la nécessité absolue d'une guerre et je me reprochais d'avoir quasi oublié cet ami fidèle pendant si longtemps. Un matin de printemps, alors que les tulipes avaient éclos en mon jardin leurs coupes de pourpre et d'or et qu'une brise fraîche venue de la mer parcourait les eaux miroitantes du Bosphore, Antti frappa à ma porte. Je me précipitai en entendant les hurlements du gardien et manquai au premier abord ne pas reconnaître mon frère. Il arrivait, les pieds nus, un sac jeté sur son épaule, vêtu de vieilles braies de cuir et d'un turban en loques ; je le pris pour un des nombreux mendiants qui avaient accoutumé de s'accroupir autour de ma porte. Puis quand je vis qui il était, je poussai un cri de stupeur : Antti tremblait de faiblesse sur ses jambes musclées et son visage pâle au regard fixe grimaçait convulsivement. Il laissa tomber son sac, arracha son turban tout en me regardant d'un air de profond découragement.

— Au nom béni du Prophète, Mikaël, finit-il par dire, donne-moi quelque chose à boire, quelque chose de fort ou je vais perdre le peu qui me reste d'esprit.

Je l'amenai dans le hangar à bateaux, chassai les nègres qui y dormaient encore et descendis moi-même lui chercher à la cave un tonnelet d'excellent malvoisie. Antti ôta un des fonds et but à grandes gorgées à même le bois ; après qu'il eut vidé la moitié du vin doux, il cessa de trembler et se laissa tomber sur le sol avec un bruit sourd qui ébranla la charpente et fit voler la poussière des jointures des murs. Puis, le visage caché entre ses mains, il souffla du plus profond de son être et éclata en sanglots si déchirants et désespérés qu'à mon tour je me mis à trembler d'effroi.

— Ô Mikaël ! dit-il. Je ne sais pas pourquoi je viens t'importuner avec mes malheurs ! On a parfois besoin de se retourner vers un ami ! Je ne veux point te faire de la peine mais tout va mal pour moi, aussi mal que possible !

Mieux vaudrait que je ne fusse jamais né dans ce monde misérable !

— Au nom d'Allah, qu'est-il arrivé ? m'écriai-je en proie à la plus grande agitation. On dirait que tu as assassiné quelqu'un !

— On m'a renvoyé de l'arsenal ! répondit-il, ses yeux injectés de sang posés sur moi. Ils ont arraché les plumes de mon turban avant de me jeter dehors et ils me menaçaient du poing en me lançant mes affaires à la tête. Oh ! Pauvre, pauvre de moi !

Soulagé que ce ne fût pas pire, je lui adressai quelques réprimandes.

— C'est tout ? repris-je. Tu aurais dû savoir où mène la boisson ! De toute façon, même si tu as perdu ton salaire, tu peux recourir à la fortune de ton épouse !

— Peu m'importe l'arsenal ! répliqua-t-il, la tête toujours dans ses mains. On a eu une discussion au sujet des canons ! Je leur ai dit que leurs galères de guerre étaient tout juste bonnes à faire du petit bois ; moi, je voudrais qu'ils construisent des navires d'un plus gros volume pour le transport des pièces d'artillerie lourde comme en ont les Vénitiens ou les Espagnols. Voilà ! Mais rira bien qui rira le dernier ! Quoique je sois un homme triste qui plus jamais ne rira en ce monde !

Il saisit le tonnelet et avala une grande goulée de vin avant de poursuivre.

— Ton cher ami messire Gritti se conduit en Hongrie comme un dément et tous les Transylvaniens se sont pris à la gorge. De toute façon, qu'ils viennent de Hongrie, de Moldavie, de Valachie ou de Tartarie, ils s'entendent tous pour qu'aucun musulman ne possède une seule terre en Hongrie. J'ai vu de mes yeux ce qu'ils ont jugé bon de faire avec mon papier de donation signé du roi Zapolyai ! Ils ont tout de suite partagé entre eux ma laine, abattu mes troupeaux et rasé tous les bâtiments. Ce pauvre juif va souffrir une perte considérable ! Quant à moi, je n'ai pu ramener un seul liard de toutes mes terres. Et pourtant, Mikaël, elles étaient si vastes qu'il fallait un jour et une nuit de chevauchée pour les parcourir d'un bout à l'autre ! Bref ! Les plus doux chants sont les plus courts, dit-on, et je n'ai plus rien qui m'appartienne hormis ces braies que je porte.

— Mais... mais, bégayai-je.

Je pensai soudain que j'allais devoir une fois de plus prendre soin de ce pauvre Antti malgré les frictions que cette situation ne manquerait pas de soulever entre Giulia et moi. Puis, rappelant mon courage, je lui tapai amicalement sur l'épaule en disant :

— Nous trouverons le moyen d'arranger cela, Antti ! Mais que dit ton épouse de tous ces événements ?

— Mon épouse ? demanda Antti d'un air absent.

Il souleva le tonnelet et le vida d'un coup.

— J'ai dû oublier de te le dire ! ajouta-t-il. La pauvre petite fille est morte. Et cela n'a pas été facile, crois-moi, elle a souffert trois jours avant de s'en aller.

— Jésus, Marie ! criai-je en me tordant les mains. Je veux dire Allah est Allah ! Pourquoi ne l'as-tu point dit depuis le début ? Oh ! Je suis profondément touché de ton intense chagrin. Comment est-ce arrivé ?

— En couches ! En couches ! répéta Antti d'un air hébété. Et le pire, c'est que l'enfant est mort lui aussi !

Voilà ! Je savais enfin tout sur mon pauvre Antti. Il cacha derechef son visage dans ses mains et éclata en sanglots si terribles que les murs du hangar en tremblèrent. Je ne pouvais trouver de mots pour le consoler dans son immense chagrin.

— C'était un garçon ! réussit-il à articuler.

Puis, rendu furieux par sa propre impuissance, pour la première fois depuis de longs mois, il jura rudement dans sa propre langue maternelle :

— *Perkele !* entendis-je.

Sans un mot, je redescendis à la cave et ramenai un autre tonneau de vin. Il s'essuya les yeux avec le dos de sa main.

— Ma petite pouliche ! Ses joues ressemblaient à des pêches et ses yeux à des myrtilles. Je n'arrive pas à comprendre ! Les premiers jours, le médecin juif lui a conseillé d'aller prendre les eaux à Bursa et je suis bien content de me souvenir qu'elle a voyagé comme une princesse à cette occasion. Même si en ce temps-là j'ai un peu rechigné à la dépense ! Le médecin m'a expliqué dans son jargon savant que ses organes avaient grandi de travers parce qu'elle était trop montée à cheval au temps de son enfance. En Hongrie, les damoiselles ont la mauvaise habitude de monter à califourchon comme les hommes et elle avait les reins aussi durs que du bois de frêne.

— Antti ! Mon frère et mon ami ! Tout était écrit dans les étoiles avant ta naissance. Les plus doux chants sont les plus courts, as-tu dit, et tu as vécu dans la joie aussi longtemps qu'il a plu à Allah ! Qui sait ? Peut-être un jour, lassée de toi, aurait-elle posé les yeux sur un autre ?

— Trêve de bavardages, Mikaël ! coupa-t-il en remuant la tête. Une question m'angoisse : s'ils étaient morts tous les deux pour me punir d'avoir renié la foi chrétienne ?

« Bien que je n'arrive pas à réciter toutes les prières, je crois être aussi bon musulman que n'importe qui ! Mais j'ai toujours gardé Notre-Seigneur et sa mère au fond de mon cœur ! Du reste, les musulmans les vénèrent aussi ! Combien de fois me suis-je trouvé en butte à des moqueries pour refuser de piétiner la croix ! Pourtant, lorsque j'étais si malheureux et que j'errais dans les rues de la cité, je suis entré par hasard dans une église ; et là, tandis que j'écoutais le prêtre chanter et les cloches sonner, il me semblait entendre le diable en personne se railler de moi et ricaner que j'avais accepté de renier Dieu sur ton ordre ! Pour l'amour de Dieu aide-moi, Mikaël, et rends-moi la paix ! Mon fils n'était pas baptisé et mon épouse ne se confessait ni ne communiait depuis notre mariage, bien qu'elle fût par ailleurs bonne chrétienne. Je suis saisi d'épouvante à l'idée qu'ils vont brûler tous deux dans le feu éternel à cause de mon apostasie !

Il me fallait réfléchir sérieusement à ce qu'il venait de dire. Les mains tremblantes, je portai le tonnelet à mes lèvres pour puiser en lui le courage qui me manquait. Je trouvais tout de même injuste de la part d'Antti de me reprocher sa désertion.

— Je te prierai de te rappeler, lui dis-je d'un ton un peu vif, que nous avons pris le turban indépendamment l'un de l'autre ! Je ne t'ai jamais demandé de le faire et si nous devons aller en enfer pour nos péchés, il est vraisemblable que nous irons côte à côte, quoique à vrai dire je serai peut-être pour une fois un pas en avant de toi parce qu'étant escholier, je suis responsable de mes actes plus que tu ne l'es des tiens !

— Je rendrai compte à Notre-Seigneur de mes propres actions sans te déranger ! répliqua-t-il avec impatience. Mais pourquoi a-t-Il fauché ma femme et mon fils ? Quel péché mon enfant avait-il donc commis ? Moi qui ai appris dès mon jeune âge qu'un pauvre attend en vain la justice en ce monde, j'espérais avec d'autant plus de confiance la trouver en l'autre !

Je ne saurais dire, en l'occurrence, si le vin me donna du courage ou m'obscurcit le jugement mais en tout cas, pour la première fois de ma vie, je m'avouai à moi-même que j'étais le pire des hérétiques.

— Antti, lui dis-je sur le ton de la gravité, je suis las des arguties, je suis las de jongler avec les mots ! On ne peut trouver Dieu que dans le propre cœur de l'homme et personne n'est en mesure de sauver personne par l'interprétation de textes, qu'ils soient écrits en latin, en arabe ou en hébreu ! Et s'il existe vraiment un Dieu éternel, omnipotent et omniscient, crois-tu qu'il se donnerait la peine de diriger son courroux contre un pauvre ver de terre tel que toi ?

— Tu as peut-être raison, Mikaël ! hoqueta-t-il. Oui, qui suis-je pour que Dieu pointe sur moi sa grosse artillerie ?

« Donne-moi un morceau de pain à manger et un coin de paille où dormir pendant quelques jours, frère ! Je vais tâcher de surmonter au mieux ces épreuves et chercher le moyen de recommencer une nouvelle vie. Il n'y a que dans les contes que des pauvres épousent des princesses et gagnent la moitié d'un royaume ! Durant les jours de mon grand bonheur, j'avais l'habitude d'imaginer que je rêvais. Je pense que je ne tarderai guère à le croire ! Mais il me faut d'abord émousser ma peine dans une quantité convenable de vin. Ensuite lorsque je me réveillerai, écœuré et la tête douloureuse, mon passé ne me paraîtra plus qu'un songe trop beau pour un rustre tel que moi !

Son attitude résignée me toucha profondément, mes larmes coulèrent et nous pleurâmes ensemble sur les chagrins et les déconvenues de la vie. Puis une fois Antti très ivre, j'allai chercher une drogue dans mon coffre de médicaments et en mélangeai dans son vin une quantité capable d'assommer un bœuf. Il ne tarda pas à s'écrouler inconscient par terre et l'on eût dit un mort, sans le léger sifflement qui sortait de ses narines.

Il dormit deux jours et deux nuits et ne prit qu'au réveil un peu de nourriture. Je ne voulus point l'importuner par des discours superflus et le laissai seul, les jambes pendantes à la pointe de la jetée, le regard perdu au-dessus des eaux toujours mouvantes du Bosphore.

Quelques jours plus tard, il vint à moi pour me parler.

— Je sais que ma présence ici te pèse, dit-il, et que je suis un fardeau particulièrement pour ton épouse. Je vais donc m'ôter du chemin et aller vivre avec les nègres dans le hangar aux bateaux, si tu veux bien me le permettre. Seulement il faut me donner du travail ! Le plus dur sera le mieux ! L'oisiveté ne me plaît guère et j'aimerais faire quelque chose en échange de ma nourriture et de mon coin pour dormir.

Ces mots me remplirent de confusion. Giulia, il est vrai, avait fait remarquer d'un ton un peu acerbe qu'Antti mangeait au moins pour trois aspres par jour et se servait d'un matelas et d'une couverture qui normalement appartenaient aux nègres ; elle avait même ajouté qu'il pourrait un peu se démener pour gagner sa vie. Et bien que j'eusse préféré voir Antti traité comme un vieil ami de la famille, j'appelai Alberto et le priai de lui trouver un travail convenable ; j'eus l'impression que mon majordome n'attendait que cette requête. Il conduisit immédiatement Antti dans le coin nord-ouest du jardin que l'on n'avait jamais encore nettoyé et lui dit de casser des pierres pour construire une terrasse. Nous avions projeté dès longtemps ces travaux, mais les avions retardés en raison des frais. Antti, en sus de son travail, coupait du bois et portait de l'eau à la cuisine ; et il y mettait tant de bonne volonté que les esclaves bientôt se déchargèrent sur lui de leurs propres tâches. Il essayait bien de nous éviter, mais Giulia se mettait souvent à dessein sur son chemin pour se railler de sa déchéance. Et il me semblait alors parfois qu'Antti se riait d'elle dans sa barbe, tandis qu'il s'inclinait et s'éloignait en traînant les pieds pour faire ce qu'elle lui ordonnait. Moi, je voyais là un signe de son rétablissement.

La guerre à nouveau était imminente. A cette époque, des convois de chameaux partirent avec des mois d'avance pour transporter sur les rives des affluents du Danube les matériaux nécessaires à la construction de ponts. Charles Quint proclama le péril turc dans tous les États de Germanie et réussit, en semant la peur parmi le peuple, à le soulever contre les princes protestants. Je ne puis qu'admirer son habileté à se servir d'une situation sur laquelle le grand vizir avait fondé tous ses espoirs de victoire. Personnellement, j'observai ces événements avec l'œil impartial d'un spectateur ; tout était clair pour moi qui connaissais par expérience les pays germaniques, qui, en revanche, resteraient toujours incompréhensibles à un musulman comme Ibrahim.

Le grand vizir fut d'avis de me laisser à Istanbul pour continuer à m'occuper de ses affaires secrètes. Cette décision me combla de joie, bien que la manière dont il m'en avisa ne me permît guère de déceler si c'était une marque de faveur spéciale ou le signe d'une diminution de confiance. Mustafa ben-Nakir venait précisément d'arriver dans la capitale ; il s'était d'abord rendu de Perse en Inde, en compagnie du vieil eunuque Soliman, le vice-roi d'Égypte, puis, après de multiples aventures, avait regagné Basrah à bord d'un navire arabe chargé de contrebande. Je le retrouvai semblable à lui-même, maigri peut-être et les yeux plus grands qu'autrefois, mais avec les clochettes d'argent qui tintaient toujours autour de sa ceinture et de ses genoux, le parfum d'huile précieuse dont il oignait sa chevelure répandu agréablement dans la pièce et son livre de poésies persanes usé à force d'être lu. Je le saluai comme on salue un ami longtemps perdu et Giulia se réjouit également de le voir. Il sortit en quête d'Antti et demeura un long moment assis dans l'herbe, les jambes croisées, à le regarder casser des pierres pour la terrasse. Il n'était apparemment venu me rendre visite que pour me peindre de vives couleurs les merveilles et les guerres de l'Inde mais, en réalité, il avait à faire secrètement avec moi et il ne tarda pas à m'emmener pour rencontrer le fameux eunuque Soliman.

Ce dernier, âgé à l'époque de près de soixante-dix ans, était si gras que ses petits yeux avaient presque disparu et qu'il lui fallait quatre esclaves vigoureux pour le relever de la position assise. Il devait son poste de vice-roi à sa loyauté à toute épreuve. Avant lui, à ce même poste, des hommes honorables par ailleurs devenaient la proie de toutes sortes de songes ambitieux, si bien qu'il semblait que cette opulente terre décadente fût maudite. Soliman, en raison de son énorme masse et de son âge, était trop paresseux et trop malin pour songer à se rebeller contre le sultan ; il n'avait bien sûr pas de fils auquel il eût pu être tenté de léguer une couronne, ni de femme ambitieuse pour l'aiguillonner. Il est vrai qu'il regardait avec plaisir les belles esclaves et en gardait toujours deux auprès pour lui gratter la plante des pieds mais, autant que j'en sache, c'était sa seule complaisance. Voler le sultan sur une grande échelle ne l'intéressait même pas et il lui remettait scrupuleusement son tribut annuel sans pour cela arracher à ses sujets les plaintes habituelles. C'était donc un homme tout à fait exceptionnel et sa position indépendante le mettait à peu près sur le même plan que le grand vizir. Aussi était-ce un honneur insigne qu'il me reçût et s'adressât à moi. Il dit :

— Je déplore du fond du cœur tout le mal que Mustafa ben-Nakir se donne inutilement avec ses errances sans fin de pays en pays ! Cependant la beauté de ses yeux et sa voix enchanteresse lorsqu'il lit la poésie m'ont contraint à l'écouter.

« Et voilà qu'à présent, sans doute en raison d'expériences malheureuses avec les pirates portugais, il s'est mis dans la tête que l'honneur de l'islam exige de libérer les princes de Diu et de Calicut du joug portugais ! Il a su établir, au cours de ses longs voyages, des relations utiles dans ce but et nous savons grâce à lui de source sûre que ces deux princes infortunés accueilleraient avec joie les janissaires de la mer et les recevraient en libérateurs.

Mustafa ben-Nakir posa sur moi ses yeux clairs et pleins d'innocence en disant :

— Ces brigands empêchent les musulmans de faire le commerce des épices. Ils transportent tout sur leurs propres vaisseaux et contournent l'Afrique pour se rendre en Europe. Ils oppriment le peuple de Din et ils volent les marchands arabes ! Du reste, ils volent aussi leur souverain en expédiant à Lisbonne les épices ordinaires pour garder le poivre qu'ils vendent ensuite à des prix usuraires aux navires arabes de contrebande. Les Portugais ont instauré en Inde un régime de terreur qui est la honte de l'islam tout entier, pour ne rien dire de la perte du commerce qui touche aussi bien les domaines du sultan que nos chers amis les Vénitiens ! Ah ! Comme les malheureux Indiens languissent après l'arrivée du Libérateur !

— Allah est Allah ! m'exclamai-je. Ne me parle plus de libérateurs, Mustafa ben-Nakir ! Je suis aujourd'hui plus vieux et plus sage que je ne l'étais en Algérie et je sais que ce mot laisse une trace couleur de sang derrière lui ! Parle clair ! Dis-moi ce que tu désires, ce que je vais y gagner et je t'aiderai dans la mesure de mes possibilités au nom de notre vieille amitié !

Soliman l'Eunuque poussa un profond soupir en jetant un regard à Mustafa ben-Nakir.

— Quelle époque ! s'écria-t-il. Vous autres, jeunes gens, vous n'avez aucune notion du plaisir que l'on trouve à marchander en prenant son temps ! Vous étouffez l'art de la conversation dont nous avions présentement un sujet si admirable ! Quelle fièvre s'est donc emparée du monde ? Où courez-vous si vite ? Au tombeau ? Tu peux donner ma bourse à ton cupide ami, Mustafa ben-Nakir, si toutefois tu parviens à l'extirper de là-dessous !

Mustafa tâta sous les coussins complètement écrasés et sortit une belle bourse pesante qui me convainquit sur-le-champ de la sincérité de Soliman.

Il était assis, les mains croisées sur son ventre énorme et soupira d'aise tandis qu'une jolie fille lui grattait la plante des pieds. Les yeux fermés, il étira ses orteils avec volupté et murmura :

— Tout n'est que vanité et poursuite d'ombres, je le sais, et pourtant, en dépit de mon âge, les paroles fleuries des discours de Mustafa ben-Nakir m'ont ravi l'âme et incité à accomplir des actes héroïques. Étant un vieux marin, j'éprouve aussi quelque jalousie sénile à l'encontre de ce Khayr al-Dîn dont on a tant chanté les louanges bien qu'il ne soit qu'un pirate et qu'il le restera toujours. Pour un homme de ma corpulence, un grand navire constitue le moyen de transport le plus sûr et le plus commode, et je ne connais rien de plus agréable que d'être assis sous une tente à la poupe, doucement balancé par les brises de la mer. Ma digestion fonctionne incomparablement mieux sur mer que sur terre ce qui, pour un homme de mon âge et de mon volume, importe au plus haut degré. Lorsque les tempêtes font rage ou que les boulets de canon sifflent autour du vaisseau, mes intestins déploient une incroyable activité. Leur régularité est la base de la santé, jeunes gens, et c'est pour cette unique raison qu'il me plairait de construire une flotte sur la mer Rouge et de me promener sur l'eau autant qu'il me sera possible. Je ne verrais aucune objection à ce que les historiens ottomans rapportent que Soliman l'Eunuque a conquis l'Inde à cause de son estomac. Il n'y a point là matière à rire, Mikaël el-Hakim ! Les maux d'estomac ont influencé le cours de l'histoire bien avant aujourd'hui et continueront de le faire encore ! Rien n'est trop petit ou trop insignifiant aux yeux d'Allah pour en faire usage dans le tissage de son immense tapis.

Je ne pus réprimer un sourire devant le prétexte pour le moins singulier qu'il avait choisi, mais Mustafa ben-Nakir posa sur moi un regard empreint d'une extrême gravité.

— Tu ne manques pas de sagacité, Mikaël el-Hakim,

et pourtant le raisonnement peut conduire à des conclusions erronées ! Mon ami Soliman, au contraire de la plupart des hommes, n'a pas besoin de mentir. S'il voulait de l'or, il en trouverait en Égypte en quantité plus que suffisante. Quant à la gloire militaire, il la tient en aussi haute estime que les fonctions physiques dont il vient de parler avec tant d'éloquence. Cependant je lis dans tes yeux que tu ne le crois pas et à grand regret nous devons en déduire que personne au sérail ne le croira non plus, pas même, qui sait, le grand vizir !

— C'est la raison pour laquelle nous avons besoin de toi, Mikaël el-Hakim ! intervint d'une voix rauque Soliman l'Eunuque. Sans compter que les pachas de la mer ne tolèrent que leur propre flotte ! Et pour rendre l'affaire plus délicate encore, il faut savoir que la Seigneurie de Venise m'a offert secrètement argent, navires et autres matériaux ! Je ne puis donc soumettre mes plans qu'au grand vizir en personne. Il te faut le convaincre que ma demande n'a rien de malhonnête. Ensuite, il devra persuader le sultan de diminuer le tribut annuel de l'Égypte, disons d'un tiers, pendant les trois prochaines années. Cette somme me suffira pour construire la flotte de la mer Rouge. Les navires de guerre sont les jouets les plus chers qu'on inventât jamais, mais je voudrais éviter d'imposer de nouvelles taxes à l'Égypte. En outre, il ne conviendrait point à la dignité du sultan que des puissances étrangères financent entièrement la construction de sa flotte.

J'eus beau retourner la question dans tous les sens, force me fut de reconnaître la bonne foi de Soliman. Mis à part son souci de digestion, sa sollicitude à l'égard du sultan l'incitait seule à présenter ces projets ; son unique but était à l'évidence de ramener sous la domination du souverain ottoman le commerce éminemment lucratif des épices.

Mustafa ben-Nakir, qui suivait avec attention la moindre de mes expressions, ajouta :

— Tu dois bien voir que Soliman-pacha ne peut faire une telle demande en son nom. Après une feinte opposition au plan, il s'avouera vaincu et si le sultan le lui ordonne, construira la flotte et se dirigera vers l'Inde. Mikaël, tu tiens la chance de ta vie ! Si tu réussis et prends part à l'affaire dès le début, ta fortune fera un jour rêver les princes de l'Occident !

Soliman allongea ses grosses jambes et étira ses orteils avec volupté en disant :

— J'ai peu de passions mais il me plaît de collectionner les êtres humains. J'aime à voir les diverses formes dans lesquelles Allah modèle sa poussière et insuffle son haleine. Je me suis pris d'affection pour tes yeux remplis d'inquiétude, Mikaël el-Hakim, et cette ride profonde creusée si tôt entre tes sourcils ne laisse point de m'étonner. Tu seras toujours le bienvenu chez moi au Caire et le temps peut venir où tu seras heureux de trouver un refuge et un protecteur hors de portée de l'artillerie du sultan. La victoire et la défaite sont entre les mains d'Allah. Qui sait ce que demain nous réserve ?

Les affaires indiennes surent si bien me séduire que je fis mon possible pour gagner Ibrahim au plan de Soliman-pacha. Le seraskier avait bien d'autres préoccupations en tête en raison de la guerre imminente, mais il en parla tout de même au sultan et ce dernier ordonna à Soliman l'Eunuque de construire sa flotte sous prétexte de défendre la mer Rouge contre les incursions toujours plus hardies des pirates portugais. Le souverain ne voulut rien accepter de Venise pour cette entreprise.

Je vais une fois encore entamer un nouveau livre et cette fois au nom d'Allah clément et miséricordieux. On y verra comment le fer de la pourriture rongeait déjà la plus belle des fleurs et empoisonnait également mon pauvre cœur de renégat.

HUITIÈME LIVRE

ROXELANE

IL n'y a guère à raconter sur la campagne du sultan. Elle dura du printemps à l'automne de l'an de grâce 1532 et ne mena à rien. La marche se déroula avec facilité selon un plan bien conçu, le temps resta au beau fixe, une stricte discipline régna parmi les troupes et les trois cents pièces d'artillerie suivirent sans encombre les colonnes de piétons. Nul général n'eût pu souhaiter meilleures conditions !

Pourtant ceux qui étudiaient la progression de l'armée sur leurs cartes remarquaient avec surprise qu'elle ralentissait au fur et à mesure que l'été avançait et, à partir du milieu de la belle saison, il apparaissait clairement aux yeux de l'observateur le moins averti qu'une espèce d'hésitation faisait traîner la marche en longueur ; finalement, la totalité de cette armée gigantesque fit halte pour établir son campement durant les mois d'août et septembre devant Guns, forteresse totalement dénuée d'intérêt.

Les partisans de la paix en Occident surent utiliser au mieux cette période de doutes et d'atermoiements. Des envoyés du gouverneur persan de Bagdad et du prince de Basrah apportèrent au sultan des messages de conciliation. On eût dit cette visite préméditée pour démontrer que le seraskier avait amené l'armée guerroyer sans profit contre l'empereur précisément au moment le plus favorable à une action énergique en Orient. Rien d'étonnant dès lors à ce que le sultan, ne sachant que faire, se fût arrêté devant Guns. Et comme Guns résista avec acharnement, il se vit contraint, la rage au cœur, de prolonger le siège pour sauver les apparences. Ensuite, au lieu de se diriger sur Vienne, il marcha vers la Carinthie impériale et son avant-garde atteignit Graz avant qu'il ne pût invoquer l'approche de la mauvaise saison pour ordonner le retour.

Certes, ses troupes semèrent la terreur dans le cœur des chrétiens, avec la traînée sinistre des massacres qu'elles laissaient derrière elles ; mais il n'en demeure pas moins vrai qu'au lieu d'être une grande campagne, cette entreprise se réduisit à une incursion menée sans but ni plan précis. Le sultan n'en retira aucune gloire et elle provoqua en revanche à l'intérieur de l'Empire des troubles qui dépassèrent largement en importance les maigres résultats obtenus.

Les seuls en fin de compte à profiter de cette campagne, furent les princes protestants. Ils signèrent en effet à Augsbourg un pacte avec l'empereur qui leur assurait la liberté de religion ; en échange, Charles demandait à Luther de prôner l'union en faveur d'une croisade contre les Turcs. Ainsi s'écroulaient tous les espoirs d'Ibrahim et il apparut clairement que les perfides chrétiens n'avaient traité secrètement avec la Porte que pour obtenir des concessions de l'empereur, concessions qui ne profitaient qu'à eux seuls.

Il est temps à présent d'exposer la raison véritable, bien que demeurée dans l'ombre, de l'hésitation surprenante de Soliman devant les murailles de Guns. Au début de l'offensive de printemps, la flotte turque, composée de soixante-dix navires, avait pris la mer pour défendre les côtes de la Grèce. Au commencement du mois d'août, le jour même où Ibrahim plantait son pavillon devant Guns, cette flotte ancrée dans la baie de Preveza se trouva face à face avec les troupes alliées de l'empereur, du pape et des hospitaliers de Saint-Jean-de-Jérusalem ; en outre, dans le même moment, une quarantaine de galères vénitiennes, et neutres par conséquent, vinrent rapidement jeter l'ancre à une distance respectable dans le but d'assister à la suite des événements. Je pense que le sort du monde pour les siècles à venir s'est décidé en ces jours chauds et sans vent du mois d'août de l'an de grâce 1532.

Il y avait à la tête des forces impériales Andrea Doria, nommé prince d'Amalfi par Charles Quint, et qui fut incontestablement le plus grand amiral de tous les temps. Vincenzo Capello, qui commandait la flotte vénitienne, devait s'en tenir strictement aux instructions secrètes de la Seigneurie. Quant aux pachas de la mer, je préfère passer leurs noms sous silence depuis que j'ai appris leur honteuse conduite par Mustafa ben-Nakir, témoin oculaire de ces événements.

Doria était un homme plein de prudence à l'instar de son souverain qui ne s'engageait dans une bataille qu'à la condition d'être sûr de la gagner. Or, il jugea en l'occurrence qu'il était trop dangereux d'attaquer la flotte turque. Il comptait pourtant parmi ses bâtiments la redoutable caraque, cette merveille des mers, véritable forteresse flottante, si élevée que ses canons, en files serrées, pouvaient faire feu au-dessus des galères de guerre habituellement placées devant elle. Doria donc prit le parti de se rendre en grand secret à bord du vaisseau amiral vénitien et proposa à son commandant d'unir ses forces aux siennes : plus aucune flotte musulmane ne pourrait désormais leur résister, ils navigueraient sans encombre de la mer Égée aux Dardanelles dont ils détruiraient en un clin d'œil les forteresses, et n'auraient aucun mal à s'emparer d'Istanbul même qui n'avait plus personne, en raison de la guerre de Hongrie, pour défendre ses remparts en ruine. Mais la Seigneurie ne tenait point à ce que l'empereur par ce simple coup étendît son hégémonie sur le monde entier ; il n'entrait nullement dans ses vues de faire obstacle au sultan, le seul rival de Charles en mesure de conserver un équilibre salutaire entre les nations. Ainsi donc Capello, fils respectueux de la sérénissime république, déclina-t-il l'offre de Doria en vertu de ses instructions secrètes, bien que nul ne pût se vanter de les connaître. Puis, eu égard aux liens d'amitié unissant Venise avec la Porte, il s'empressa d'aller informer les deux pachas de la mer des intentions de l'amiral de l'empereur. Ces vaillants en perdirent quasiment la tête ! Sans plus se soucier du sort des côtes grecques, ils levèrent l'ancre la nuit même et allèrent en toute hâte se réfugier dans le détroit des Dardanelles.

Ce retour précipité de la flotte ottomane en déroute, avec ses rameurs à moitié morts d'épuisement, jeta la panique à Istanbul. Tout le monde s'attendait à voir les forces impériales apparaître d'un instant à l'autre devant la cité. Les riches Grecs et juifs se mirent fiévreusement à emballer leurs biens pour les expédier en Anatolie, tandis que nombre de dignitaires, et non des moindres, découvraient soudain que leur santé exigeait les bains de Bursa. On renforça les garnisons des forteresses qui gardaient le détroit, toutes les armes disponibles y furent envoyées et l'on entreprit de réparer les remparts en ruine de la capitale. Le bruit courut que le brave caïmacam, remplaçant du grand vizir lorsque celui-ci était à la guerre, avait juré de périr l'épée à la main aux portes du sérail plutôt que de se rendre mais ce serment, loin d'apporter un encouragement, donna le signal d'une fuite éperdue hors d'Istanbul.

La lâcheté de la flotte turque atteignit un tel paroxysme de folie que bien du temps s'écoula avant qu'un seul vaisseau du sultan n'osât s'aventurer en mer. Il fallut l'arrivée d'un pirate dalmate, un garçon encore imberbe célèbre plus tard sous le nom du Jeune Maure, pour rendre enfin le calme à Istanbul. Doria, rapporta-t-il, jugeant ses forces insuffisantes pour vaincre les Turcs sans l'aide des Vénitiens, avait abandonné son projet ; en revanche, il avait mis le siège devant la forteresse de Coron dans la presqu'île de Morée, et c'était précisément au large de Coron que le Jeune Maure avait capturé un navire de ravitaillement appartenant à la flotte impériale, dont il venait vendre à Istanbul les prisonniers chrétiens. Alors que les pachas de la mer avaient fui avant même d'engager le combat, il avait attaqué seul la flotte entière de Doria avec une petite felouque, une douzaine de garçons de sa trempe et un vieux canon rouillé pour tout armement ! Pourtant, il n'avait pas l'air de croire un instant qu'il eût accompli là une action héroïque ! En tout cas, la nouvelle qu'il apporta ramena le calme et le caïmacam s'empressa d'envoyer à Guns un message pour assurer au sultan que tout allait bien et qu'il pouvait poursuivre sa campagne. De leur côté, les habitants d'Istanbul acclamèrent comme un héros le Jeune Maure tandis qu'ils faisaient les cornes aux pachas de la mer.

Mustafa ben-Nakir avait regagné Istanbul avec la flotte en déroute. Lorsqu'il vint nous apporter les nouvelles rassurantes du Jeune Maure, il trouva Giulia et Alberto affairés à empaqueter mes biens les plus précieux avec l'aide des esclaves terrorisés pendant que, plongé dans une carte, j'étudiais la meilleure route pour gagner l'Égypte où je comptais aller quérir la protection du bon Soliman l'Eunuque.

— Enroule tes plans, Mikaël ! dit-il. Doria est trop vieux et trop prudent pour se lancer dans un jeu pareil. Venise nous a sauvés !

Les yeux de Giulia lancèrent des étincelles d'indignation.

— Jamais la sultane Khurrem ne pardonnera au grand vizir d'avoir entraîné le Commandeur des Croyants dans cette guerre insensée ! Non, jamais elle ne lui pardonnera de nous exposer à des périls pareils ! Oh ! Tu peux rire, Mustafa ben-Nakir ! Si tu crois que c'est agréable de devoir dépaqueter tous ces pots, casseroles, bibelots, amphores, miroirs et de remettre en place les rideaux et les tapis ! J'ai l'impression que la sultane, dans sa frayeur, va faire appel à Khayr al-Dîn ! Du reste, elle l'aurait déjà fait si le grand vizir n'eût chanté si fort les louanges de ce pirate ! Comment ajouter foi à ce que raconte cet intrigant plein d'ambition ! Espérons en tout cas qu'il n'en a plus pour longtemps après cette catastrophe !

— On ne frappe pas un homme déjà à terre ! répliqua Mustafa ben-Nakir d'une voix douce. Si l'armée rentre saine et sauve de Hongrie, pourquoi empêcher le grand vizir de tenter encore sa chance, mais en Perse cette fois ? Il finira tôt ou tard par se casser le col ! Présentement le sultan se trouve à ses côtés, ils affrontent les mêmes dangers, ils franchissent les mêmes obstacles et nul doute qu'ils ne partagent la même tente ! La sultane montrerait donc quelque prudence à ne point se précipiter tête baissée contre le grand vizir dès son retour, au risque que la moitié de ses accusations ne retombent sur le sultan. Quel homme souffrirait sans peine des reproches après une entreprise qu'au fond de son cœur il juge un échec ?

Giulia, qui l'avait écouté avec attention, ouvrit la bouche comme pour répondre mais se ravisant, le laissa poursuivre sans l'interrompre.

— Immense est la Perse, perfides les cols de ses montagnes et redoutable le chah Tahmasp avec sa cavalerie dorée, d'autant plus qu'il reçoit, ainsi que je l'ai ouï dire, des armes de l'Espagne ! Ne serait-il plus sage d'envoyer le grand vizir tout seul dans cette sauvage contrée ? Rien n'oblige le sultan à accompagner l'armée ! Ne peut-il pour une fois demeurer au sérail à gouverner son peuple et dicter de bonnes lois, loin de l'influence toute-puissante de son ami ? Ah ! Si seulement j'avais l'occasion de parler à la plus belle des sultanes, ne serait-ce que derrière un rideau ! Comme je serais en mesure de murmurer à son oreille, sans nul doute charmante, de bons et nombreux conseils ! Les esclaves du harem peuvent sans pécher parler avec un homme de ma confrérie dès l'instant où le kislar-aga a donné sa permission.

Il lança un coup d'œil à Giulia, puis se plongea dans la contemplation de ses ongles vernis pour lui laisser le temps de réfléchir à sa proposition. Mais il suffisait de la voir, avec ses joues en feu et son regard perdu dans le vague, pour comprendre qu'elle cherchait fébrilement le moyen de transmettre au plus tôt la requête de Mustafa ben-Nakir. Et lorsque peu après, j'avisai notre gracieuse barque glissant rapidement sur les eaux en direction du sérail, je jugeai bon d'adresser une mise en garde à mon ami.

— Tu me fais peur, Mustafa ! Ne compte pas sur moi, en tout cas, pour trahir mon seigneur Ibrahim. Et souviens-toi qu'il est le grand maître de ton ordre !

— Quel manque de perspicacité, Mikaël el-Hakim ! rétorqua-t-il, ses beaux yeux lançant un éclair. Il faut jouer le jeu de la Russe tant que les circonstances lui sont favorables. Et puis, je souhaite si ardemment vérifier par moi-même si c'est vraiment une sorcière ! Le grand vizir se trouvera désarmé à son retour, nous devons donc persuader Khurrem que chercher à l'abattre ne ferait qu'affaiblir sa propre influence. Ibrahim est le plus grand homme d'État qu'ait connu l'Empire ottoman et l'avenir lui appartient, si tout se passe comme nous l'espérons. Nul ne le peut remplacer et sans lui le sultan se courberait tel un fragile roseau au moindre souffle du vent. Imagines-tu son fils épileptique sur le trône ?

— Mais c'est Mustafa, son fils aîné, et non le prince Sélim ! m'exclamai-je surpris.

— Si le sultan mourait, qui oserait envoyer les muets aux fils de Khurrem ? Personne hormis Ibrahim ! Et tant que l'un de ces enfants reste vivant, la corde seule attend le prince Mustafa !

Je revis alors les grands yeux si tristes du petit prince Djianghir, puis songeai à mon chien. La sultane ne m'avait point fait de mal, au contraire ! Elle m'avait sauvé la vie et montrait toujours à l'égard de mon épouse une extrême amabilité. Je fus pénétré d'un sentiment d'horreur à l'idée de ce que ma loyauté vis-à-vis du grand vizir risquait un jour de m'imposer.

— Il y a de grandes chances pour qu'Ibrahim gagne la bataille en Perse. Bagdad et Basrah tomberont entre nos mains dès avant le début des hostilités et nous voulons qu'Ibrahim, seul cette fois à la tête de nos troupes, recueille tous les honneurs de la victoire. L'armée le considérera désormais comme son plus grand général et l'écrasement de l'hérésie shi'ite le couvrira de gloire aux yeux du peuple. Alors cet homme à l'esprit subtil et à la force de volonté sans égale gouvernera l'Islam, avec ou sans le sultan ! Et l'Islam pourra dès lors imposer sa loi au monde entier conformément à la promesse du Prophète, la paix soit avec lui !

Je le regardai avec une méfiance qui ne cessait de croître. Le sachant homme à ne point se laisser emporter par son propre discours, force m'était d'admettre que sous son apparente candeur, il ne m'avait révélé que ce qu'il avait bien voulu.

— Mais... mais... ! bégayai-je.

Je ne trouvai rien d'autre à dire et nous en restâmes là. A quoi bon me préoccuper quand j'avais ma belle maison sur le Bosphore ? L'agitation du monde me dégoûtait et avec indifférence je me laissai sans résister emporter par le courant ; de toute façon, lutterais-je de toutes mes forces, que je ne changerais rien au cours établi par avance des événements. Cependant son discours effrayant m'avait rappelé que ma fortune ne constituait qu'un prêt, dont une défaite ou un caprice du sultan pouvait me priver à tout moment. J'avais acquis mes biens trop aisément pour pouvoir les croire durables ! A partir de ce jour, je pris l'habitude de me rendre sous la coupole céleste de la grande mosquée où, des heures durant, je méditais tranquillement au milieu des piliers de porphyre de l'empereur Justinien.

Un jour que je regagnais ma demeure, je fus témoin d'un incident curieux. Le calme régnait dans le jardin où l'on ne voyait pas un esclave. Je pénétrai à l'intérieur de la maison sans faire de bruit pour ne pas troubler la méridienne coutumière de mon épouse. Soudain, de l'étage au-dessus, me parvinrent les cris rauques d'Alberto et la voix tremblant de rage de Giulia. Je montai l'escalier à la hâte et entendis le bruit sec d'un soufflet suivi d'un hurlement de douleur. Je tirai le rideau : Giulia inclinée dans une attitude craintive, le visage inondé de larmes, se tenait à deux mains une joue rougie tandis que devant elle, Alberto, la main levée, droit sur ses jambes écartées, avait toute l'attitude du maître courroucé châtiant son esclave. Je restai pétrifié à l'entrée de la pièce, n'en croyant pas mes yeux ! Jamais je n'avais vu Giulia avec un air si humble et désarmé. Dès qu'ils m'aperçurent, ils s'arrêtèrent l'un et l'autre et Alberto jusqu'alors noir de fureur devint gris comme la cendre. Une colère aveugle s'empara de moi : persuadé qu'Alberto avait eu le front de frapper mon épouse, je cherchai alentour une arme afin de tuer cet esclave insolent. Je m'emparai d'un vase de Chine et m'apprêtais à le lui assener sur la tête, quand Giulia se précipita entre nous en criant :

— Non, non, Mikaël, ne le casse pas, c'est un cadeau de la sultane Khurrem ! D'ailleurs tout est ma faute. Alberto est complètement innocent, il ne voulait pas mal faire et c'est moi qui l'ai mis en colère !

Tandis que je restais bouche bée à la regarder, elle me prit le vase des mains et le posa délicatement dans un coin par terre. Je me demandai tout d'abord si le soleil ne m'avait pas quelque peu tapé sur la tête tant il semblait grotesque que Giulia, précisément Guilia ! pût permettre à un esclave de la frapper en plein visage et prendre ensuite sa défense ! Nous étions tous trois debout, dressés face à face. Puis Alberto recouvra ses esprits, jeta un regard expressif à Giulia, et s'enfuit à toutes jambes sans tenir compte de mes cris lui intimant de revenir. Giulia se jeta sur moi, pressa sa main sur ma bouche pour me faire taire, et, les larmes coulant toujours sur sa joue enflée, dit d'une voix haletante :

— As-tu perdu l'esprit, Mikaël, ou bien es-tu ivre pour te conduire de la sorte ? Laisse-moi au moins t'expliquer ! Je ne te pardonnerais jamais si tu traites injustement Alberto pour un malentendu ! C'est le meilleur serviteur que j'aie jamais eu et il n'a commis aucune faute !

— Mais..., protestai-je tout troublé, mieux vaut pour lui qu'il disparaisse avant que je ne mette la main sur lui ! J'ai l'intention de lui administrer cent bons coups de fouet sur la plante des pieds et d'aller le vendre sans tarder au marché. Nous ne pouvons garder chez nous un homme enragé !

— Tu ne comprends rien, Mikaël, et tu ferais mieux de te calmer ! répliqua Giulia mal à l'aise. C'est moi qui dois des excuses à Alberto. J'ai perdu la tête et je l'ai frappé à propos de je ne sais même plus quelle vétille ! Ne reste pas là à me regarder comme un imbécile, tu me rends folle ! J'ai la joue enflée parce que je souffre d'une rage de dents ! Je me rendais précisément chez le médecin du sérail quand tu es arrivé pour te mêler de mes affaires, en te faufilant ici comme un espion ! Dieu sait pourtant que je n'ai rien à cacher ! Mais je t'avertis, si tu lèves le petit doigt sur Alberto, je vais sur-le-champ divorcer chez le cadi en présence des témoins. Cet homme a déjà suffisamment souffert à cause de ton mauvais caractère ! Il est fier et sensible, ce n'est pas un bâtard comme toi !

Une vague de fureur me submergea alors et, la saisissant par les poignets, je la secouai en criant :

— Es-tu donc une sorcière, ô Giulia, un démon à figure humaine ? Dans mon propre intérêt, je refuse d'y croire mais tant va la cruche à l'eau qu'à la fin... ! Non... je t'aime encore... je ne veux pas penser du mal de toi ! Pourtant, comment laisser un esclave te frapper sans le châtier ? Non ! C'est impossible... je ne sais plus ! Qui es-tu, ô Giulia, et qu'as-tu de commun avec cet infâme coquin ?

Secouée de sanglots, elle jeta ses bras autour de mon cou, ses cheveux caressant ma joue, puis les yeux baissés, elle murmura d'une voix faible :

— Ô Mikaël ! Je ne suis qu'une pauvre femme et naturellement tu sais mieux que moi ce qu'il convient de faire ! Mais allons dans ma chambre pour en discuter, il ne sied point que nos esclaves nous entendent nous quereller.

Elle me prit par la main et je la suivis sans résister dans notre chambre où, après avoir séché ses larmes, elle se mit en devoir de se dévêtir d'un air distrait.

— Tu peux me parler pendant que je me change ! Je dois aller chez le médecin et ne puis me présenter au sérail avec cette vieille guenille ! Je t'écoute, tu peux continuer à me reprocher de n'être pas une épouse parfaite pour toi !

Tout en parlant, elle avait ôté ses vêtements pour ne garder que la mince chemise qu'elle portait à même la peau. Elle passait une robe après l'autre afin de choisir celle qui lui seyait le mieux. Pour ne rien cacher, il y avait fort longtemps que Giulia ne m'avait permis de goûter au plaisir conjugal ; elle souffrait en effet presque toujours de violentes migraines lorsque je tentais de l'approcher, aussi, à la voir ainsi nue à la clarté du jour, je restai sous le charme de la blancheur séduisante de sa peau, des courbes de ses membres suaves et de l'or de sa chevelure retombant sans apprêt sur ses épaules nues.

Remarquant mon regard fixé sur elle, elle soupira d'une voix plaintive :

— Ô Mikaël, tu n'as toujours qu'une seule idée en tête ! Cesse de me fixer des yeux de cette manière !

Elle se croisa les bras sur la poitrine et me coula un regard de ces yeux étranges qu'en ma folie je ne pouvais cesser d'aimer. Les oreilles bourdonnantes et le corps en feu, je lui suggérai d'une voix frémissante de mettre sa robe de velours vert brodée de perles. Elle la passa puis l'ôta et choisit à la place une tunique de brocart jaune et blanc avec une ceinture incrustée de pierreries.

— Celle-ci me mincit les hanches..., dit-elle.

Puis le visage empreint de douceur, tandis qu'elle tenait toujours la robe dans ses mains, elle ajouta :

— Mikaël, dis-moi la vérité. Es-tu las de ton épouse ? Il me semble que depuis que tu t'occupes de tes nouveaux amis, tu es moins proche de moi qu'autrefois. Sois honnête, je t'en prie ! Il te suffit de te rendre chez le cadi pour divorcer, tu sais ! Comment pourrais-je te contraindre à m'aimer quand si souvent déjà je me suis sentie blessée par ton indifférence ?

Elle se tut, la voix étouffée par les sanglots, puis reprit :

— L'amour d'une femme est chose capricieuse que l'on doit inlassablement entretenir ! Depuis quand, Mikaël, ne m'as-tu point apporté quelque babiole pour me faire la cour ? Oui, c'est vrai, tu me fourres une bourse dans la main en me disant de m'acheter ce que je veux, mais combien cette froideur me fait de la peine ! C'est la raison pour laquelle je suis devenue si irritable, et sans doute celle qui m'a poussée à frapper Alberto, lui qui ne nous veut que du bien à tous les deux. Ainsi, vois-tu, tout est ta faute, Mikaël ! Je ne me souviens même plus quand tu m'as prise dans tes bras pour la dernière fois ou embrassée comme un homme embrasse la femme qu'il aime.

J'eus le souffle coupé par ces accusations extravagantes et dénuées de tout fondement, mais elle s'approcha de moi à pas timides et pressa son corps blanc et brûlant contre moi.

— Embrasse-moi, Mikaël ! chuchota-t-elle. Tu es le seul homme que j'aie jamais aimé, le seul dont les baisers ont toujours su me combler. Peut-être suis-je devenue à tes yeux une vieille décrépite et désires-tu, à l'instar de tous les musulmans, une nouvelle femme plus jeune ? Mais embrasse-moi, Mikaël !

Alors je baisai sa bouche perfide et... à quoi bon conter ce qui s'ensuivit ? Le sage le devinera tandis que pour le fou tout commentaire est inutile ! Bref, une heure ne s'était point écoulée que je me rendais de mon plein gré auprès d'Alberto pour le prier d'accorder son pardon à Giulia dont la conduite exaspérante l'avait obligé à la frapper ; puis je lui demandai de bien vouloir oublier les paroles grossières que je lui avais jetées à la tête et finis par lui donner deux cents ducats. L'esclave m'écouta sans trahir sa pensée par le moindre cillement de paupières, il se saisit des monnaies et reconnut de bonne grâce que sa propre attitude avait aussi laissé à désirer. Une fois de plus, la paix régnait dans la maison ! Giulia, ses yeux battus cachés derrière un voile fin, se fit conduire au sérail.

Je laisse à plus sagace le soin de blâmer mon aveuglement. Moi je ne puis ! Un homme amoureux n'est-il pas toujours aveugle, qu'il soit le sultan ou le plus misérable des esclaves ? Quoi de plus facile pour un homme de la terre de gloser sur un naufrage en mer ? Que le plus intelligent jette donc un regard sur son propre ménage avant de ricaner au sujet du mien !

Du reste je n'étais pas le seul à être aveugle ! Mustafa ben-Nakir fut reçu par la sultane Khurrem en présence du kislar-aga et lui parla, d'abord derrière le rideau ; plus tard elle lui révéla son visage riant et lorsque le calme Mustafa revint du sérail, on eût dit un autre homme ! Les yeux brillants, son visage pâle empourpré, il se précipita vers moi et me demanda du vin et des fleurs ; puis, une rose d'automne à la main, il déclara :

— Ah, Mikaël ! Ou je ne comprends plus rien au caractère des gens ou nous nous sommes complètement fourvoyés au sujet de cette femme. Roxelane ressemble à l'embrasement de l'aurore. Son teint est de rose et de neige, son rire d'argent et la regarder dans les yeux ouvre un paradis de sourires. Jamais la blancheur de son front ne saurait abriter une pensée funeste. Ô Mikaël ! J'ai perdu la tête et ne sais plus quoi penser d'elle ni de moi. Pour l'amour d'Allah, mélange de l'ambre à ton vin, appelle des musiciens ! Qu'ils chantent pour moi ! Des poèmes divins sourdent du fond de mon âme et jamais personne auparavant n'a été ensorcelé comme moi !

— La grâce d'Allah sur toi, ô Mustafa ben-Nakir ! finis-je par articuler. Ne me dis pas que tu es tombé amoureux de cette Russe diabolique !

— Comment oserais-je lever les yeux vers les portes du paradis ? Mais nul ne me peut interdire de boire du vin mêlé à l'ambre pour jeter mes vers au vent ou jouer sur un chalumeau à la gloire de la belle Khurrem.

Je vis avec déplaisir qu'il versait des larmes de ravissement.

— Impudente sultane qui découvre son visage au mépris de la loi et de la tradition et t'induit ainsi à la tentation ! Comment le kislar-aga a-t-il pu le permettre ? Mais dis-moi, lui as-tu parlé du grand vizir ? Qu'a-t-elle répondu ? Voilà, après tout, ce qui nous importe !

Mustafa ben-Nakir essuya ses larmes et, oubliant pour une fois de polir ses ongles peints en rose, me regarda d'un air étonné.

— Je ne sais plus ! dit-il. Je ne me souviens de rien de ce que nous avons dit, j'écoutais seulement le son de sa voix, son rire, jusqu'au moment où elle s'est dévoilée. Alors, je fus enchanté par sa beauté au point qu'à son départ j'avais la tête prête à éclater. Plus rien ne m'importe après le miracle qui est arrivé !

Il se leva d'un bond sous l'empire du vin et se mit à danser, faisant tinter joyeusement au rythme de ses pas les clochettes d'argent pendues à sa ceinture. Tout en sautant, il susurrait des chants d'amour tant que je finis par le soupçonner d'avoir mangé du haschisch. Mais sa folie me gagna à mon tour et je fus pris d'une envie irrésistible de rire. Je versai des gouttes d'ambre parfumé dans le vin et il me sembla voir, dans mon délire, la destinée fuir telle une gazelle devant le chasseur plus rapide qu'elle. Je ne tardai guère à me railler gaiement de cette inutile poursuite !

Au début de l'hiver, le sultan et le grand vizir revinrent de la campagne de Hongrie après avoir jeté l'effroi dans la chrétienté tout entière et révélé au monde la puissance formidable de l'Empire ottoman. Cinq jours durant l'on célébra le retour de l'armée et de grands feux de joie brûlèrent la nuit dans la cité. Des dragons multicolores voguaient dans les airs au-dessus de l'arsenal, tandis que sur les ondes sombres de la Corne d'Or couraient des langues de feu faites d'huile bouillante déversée dans les eaux. La liesse générale fit oublier les sujets de discorde. Le prix des esclaves baissa et les spahis purent acquérir pour leurs fermes une main-d'œuvre bon marché. Le sultan distribua de généreux présents à ses janissaires et la paix et l'harmonie régnèrent enfin sur le royaume !

Le peuple pardonne volontiers ses fautes à son prince, mais un parvenu a plus de mal à se tirer d'affaire ! Ibrahim était toutefois trop fier pour montrer la blessure profonde que lui infligeaient certains murmures étouffés. Comment se serait-il laissé abuser par ses propres proclamations de victoire ou par les feux d'artifice qu'il avait lui-même commandés ! Du haut de son palais, il regardait, un sourire altier aux lèvres, la foule déferler sur l'Atmeïdan.

— La guerre était inévitable, Mikaël el-Hakim, me dit-il. Mais à présent que nous avons écarté la menace de l'Occident, le temps est venu de nous tourner vers l'Orient. Répands cette nouvelle aussi largement qu'il te sera possible et n'oublie pas de prévenir ta remarquable épouse qu'elle peut en faire part à la sultane Khurrem.

Ibrahim eut grand besoin de mes services tout au long de cet hiver et de ce printemps-là. Outre l'ambassadeur du roi Ferdinand, nous reçûmes un émissaire de Venise, venu réclamer le prix de l'aide que la sérénissime république nous avait apportée dans la baie de Preveza. Cet envoyé fut accueilli à grand honneur par la colonie vénitienne de Galata.

Le sultan, en signe de mécontentement à l'encontre de ses pachas de la mer, octroya au Jeune Maure le commandement de quatre galères de guerre pour aller bloquer le port de Coron récemment conquis par Doria ; puis, pour preuve du peu d'importance qu'il accordait à Coron par rapport à la Hongrie, il n'y envoya que cinq mille janissaires sous les ordres de Jahja-pacha, vieux chef de guerre blanchi sous le harnois ; Soliman lui donna d'un ton sec à choisir lui-même ce qu'il préférait : une queue de cheval ou sa tête chenue au sommet de la tour.

Le Jeune Maure se rendit donc par mer à la presqu'île de Morée pour mettre le siège devant Coron. Doria, avec les navires alliés du pape et des hospitaliers de Saint-Jean-de-Jérusalem, ne cessa durant l'été de croiser au large de la pointe pour tenter de franchir le barrage turc et apporter des vivres et des munitions à la forteresse. Il faut savoir que les pachas de la mer, furieux d'être tombés en disgrâce, avaient suivi de loin le Maure avec une soixantaine de bâtiments. Un jour notre jeune héros lança au nom d'Allah une attaque soudaine contre Doria. Sans se soucier des canons de la redoutable caraque, il réussit à jeter la confusion parmi les navires de ravitaillement. Les pachas de la mer se sentirent alors obligés d'accourir à son aide et force fut à Doria d'engager à son tour le combat, alors que son seul but était d'approvisionner la forteresse et de s'éloigner aussitôt.

Cependant, avant que les pachas ne se fussent décidés à lui porter secours, le Jeune Maure avait coulé ou précipité contre les récifs nombre de vaisseaux et capturé la galère de tête des hospitaliers. Dans le tonnerre des canons répercuté par les collines, au milieu des vagues bouillonnantes, de la fumée aveuglante, des éclats de rames et des hurlements des combattants, il avait avec ses quatre galères donné aux pachas une leçon de bataille navale. Et ces braves, aiguillonnés par la peur, réussirent à se frayer un passage au milieu des navires de Doria pour former un cercle autour du héros. Ce dernier se trouvait alors sur le pont du bâtiment capturé ; ils se jetèrent sur lui et par la force l'entraînèrent avec eux ; le garçon, blessé à la tête, au bras et au côté, se débattit en pleurant et en appelant le diable à son aide, mais il dut avec eux abandonner la place. Sous les ordres des vaillants pachas, les vaisseaux turcs entreprirent une course aveugle, ramant à l'aventure, se heurtant les uns aux autres, et parvinrent à grand-peine à s'extirper des forces ennemies avec les deux galères rescapées du Jeune Maure.

Doria, surpris de l'ardeur belliqueuse inaccoutumée des Turcs, ne tenta pas de les poursuivre et s'empressa de débarquer ses provisions afin de regagner au plus tôt son port d'attache. Les pachas Zey et Himeral tardèrent un certain temps à croire à leur victoire. Puis au son des trompettes, des tambours et des cymbales, ils firent hisser les étendards et les banderoles et déroulèrent même leurs turbans qu'ils laissèrent voler au vent en signe de triomphe. Néanmoins la conduite inconvenante du Jeune Maure porta quelque ombre à cette allégresse générale. Le garçon, en effet, les poings serrés et des larmes d'indignation dans les yeux, ne cessait d'agonir les pachas en les traitant de lâches et de traîtres. Les vaillants amiraux pardonnèrent généreusement au jeune homme son délire qu'ils mirent sur le compte de la fièvre et poussèrent leur mansuétude jusqu'à l'attacher sur sa couche pour qu'il ne tombât pas par-dessus bord. Qui saurait garder longtemps rancune en un si beau jour ?

Le Jeune Maure possédait toutefois un solide admirateur dans la personne de Jahja-pacha qui avait suivi le déroulement de la bataille du rivage où il se tenait ; le soir même, il se fit transporter sur le vaisseau amiral des musulmans et lança de telles imprécations tout au long du trajet que les janissaires les plus endurcis en perdirent leurs couleurs. Une fois à bord, ce preux vieillard dont la tête était l'enjeu de la bataille de Coron attrapa Himeral-pacha par la barbe et lui donna un soufflet. Le seul but de l'engagement naval, hurla-t-il, était d'éviter à tout prix que Coron ne fût approvisionnée ! En manquant à cette simple mission, ils n'avaient réussi qu'à prolonger le siège de plusieurs semaines peut-être, alors qu'hier la forteresse était sur le point de capituler ! Les pachas de la mer, constatant que la peur de perdre sa tête l'avait rendu fou, se jetèrent sur lui à bras raccourcis et le renvoyèrent dans son embarcation la tête la première.

L'exploit du Jeune Maure avait cependant empêché maints navires de ravitaillement d'atteindre la forteresse où la famine continuait à sévir. Les habitants grecs, loin d'avoir l'endurance des soldats espagnols, se glissaient la nuit hors des murailles en quête de racines et d'écorces d'arbres. Certains parmi eux tombèrent entre les mains des janissaires de Jahja qui ordonna, dès le lendemain matin, de les soumettre à des tortures épouvantables sous les yeux de la garnison. Ce spectacle produisit l'effet attendu : les Espagnols se rendirent et furent autorisés à s'embarquer pour s'éloigner avec les honneurs militaires.

Grâce aux agents des hospitaliers, Doria se maintenait au fait des affaires du sérail et n'ignorait donc point que le sultan Soliman avait offert à Khayr al-Dîn le commandement de tous ses navires, ports, îles et mers. Celui-ci, rapportait-on, avait reçu cette nomination avec des larmes de joie. Il avait confié aussitôt les rênes du gouvernement d'Algérie à son jeune fils Hassan, laissé sous la tutelle d'un capitaine de confiance, et s'était embarqué en direction de la Sicile dans l'espoir de couper la retraite de Doria et de l'écraser entre ses galères et la flotte du sultan qu'il croyait naturellement lancée à sa poursuite depuis Coron. Doria réussit à l'éviter et Kayr al-Dîn, après un combat fructueux contre un pirate, fit voile avec ses prises pour se porter à la rencontre des pachas de la mer. Ces derniers le reçurent à contrecœur mais avec les honneurs dus à son rang, tandis qu'il les injuriait pour leur couardise et leur reprochait vivement d'avoir manqué à capturer Doria. Puis il leur enjoignit de relâcher le Jeune Maure qu'il embrassa et traita comme son propre fils.

Si j'appris tous ces événements par ouï-dire, je pus voir de mes yeux, l'automne venu, les quarante navires de Khayr al-Dîn glisser majestueusement sur les eaux de la mer de Marmara et jeter l'ancre au milieu de la Corne d'Or. De Scutari situé sur le côté asiatique aux collines de Pera, les rives étaient blanches de monde et le sultan lui-même descendit sur son quai de marbre pour voir passer les vaisseaux. Le tonnerre de leurs canons, auxquels répondirent ceux des bateaux qui se trouvaient au mouillage dans le port, fit trembler la terre et la mer. Les pachas les plus éminents et les capitaines renégats s'empressèrent de venir saluer Khayr al-Dîn avant qu'il n'eût mis pied à terre.

Radieux, le seigneur de la mer se tenait sous un dais aux franges dorées pour recevoir les multiples hommages de bienvenue. Sa barbe autrefois rousse était à présent d'une vénérable couleur grise et, grâce à un ajout postiche, lui arrivait à la ceinture. Il s'était peint des rides sur le visage et des cernes autour des yeux afin de rivaliser de vieillesse avec les pachas de la mer, mais, d'après mes calculs, il n'avait point encore atteint la cinquantaine.

Les habitants d'Istanbul ne manquèrent point de distractions à cette époque ! Le troisième jour après son arrivée, Khayr al-Dîn se dirigea vers le sérail en grande pompe. Des janissaires vêtus de pourpre et d'or formaient son escorte, suivis d'une centaine de chameaux chargés des présents destinés au sultan ; ils apportaient entassés pêle-mêle des objets sans valeur et des trésors dignes des plus grands rois, passant des ballots de soie et de brocarts aux innombrables curiosités amassées au fil des ans par un pirate sans éducation. Néanmoins le cortège de deux cents merveilleuses jeunes filles portant sur des plateaux d'or et d'argent des bourses remplies de monnaies remporta tous les suffrages. Il y avait parmi ces esclaves choisies avec soin pour le harem du souverain, des filles venues de tous les coins de l'horizon, quoique la plupart fussent originaires d'Italie, de Sicile ou d'Espagne. Elles étaient si belles lorsque, le visage sans voile, elles se présentèrent avec leur trésor devant le sultan, que les musulmans les plus graves en furent éblouis et pour ne pas se trouver en état d'impureté avant l'heure de la prière, durent se cacher le visage dans les mains, quitte à les regarder ensuite à la dérobée à travers leurs doigts.

Soliman reçut Khayr al-Dîn dans la grande salle des colonnes surmontée de sa coupole étoilée. Il lui permit dès l'abord de lui baiser le pied qui reposait sur un coussin brodé de diamants, puis lui tendit sa main en signe de faveur particulière. Nul doute que ce ne fût le plus glorieux moment en la vie de cet ancien potier, fils d'un spahi de l'île de Mytilène ! Il ouvrit la bouche mais ne sut que balbutier en versant des larmes de joie. Le sultan souriant l'encouragea à lui parler de l'Algérie et des pays africains, ainsi que de la Sicile, de l'Italie et de l'Espagne et principalement de bateaux, de navigation et de mer. Le seigneur d'Alger prit la parole sans plus se faire prier et, s'enhardissant au fur et à mesure de son discours, finit par dire qu'il avait amené avec lui Rachid ben-Hafs ; ce prince de Tunis avait fui son frère, le cruel Moulay-Hassan et, sous la protection de Khayr al-Dîn, venait chercher réconfort et secours auprès du Refuge des Peuples.

Je pense qu'il manqua de perspicacité en révélant d'emblée ses visées personnelles et qu'il eût été mille fois mieux inspiré en parlant de Doria et de ses gros canons, de la caraque des hospitaliers de Saint-Jean-de-Jérusalem et de tout ce qui lui avait valu l'honneur d'être reçu en audience par le sultan. Je suis convaincu que son attitude puérile de bravache lui fit plus de tort que les calomnies de ses ennemis les plus acharnés et lorsque, au beau milieu de la cérémonie, tout le monde entendit clairement le rire dédaigneux d'Iskender-tseleb, Khayr al-Dîn, enivré par sa gloire, n'y répondit que par un large sourire. Le sultan, lui, fronça les sourcils.

Ainsi, malgré les présents somptueux qu'il avait apportés, Khayr al-Dîn fut-il loin de donner aussi bonne impression qu'il se l'imaginait. Certes, selon la coutume le sultan lui alloua une maison, mais il le laissa attendre en vain les trois queues de cheval promises ; en outre, Zey-pacha et Himeral-pacha répandirent à l'envi des histoires sur sa grossière manière de vivre, sa vanité, sa déloyauté, sa cruauté et sa cupidité, histoires d'autant plus dangereuses qu'elles contenaient un soupçon de vérité.

En fait, Khayr al-Dîn avait commis la plus grande erreur en s'attardant en mer si longtemps qu'il n'arriva à Istanbul qu'après le départ du grand vizir, son plus ferme appui au divan. Car il faut savoir qu'entre le moment où Ibrahim avait invité Khayr al-Dîn et l'arrivée de celui-ci, on avait signé avec Vienne un traité avantageux garantissant une paix durable et des frontières permanentes avec l'Occident. Ibrahim avait pu dès lors s'occuper des affaires d'Orient et il était parti pour Alep où toutes les troupes ottomanes devaient faire leur jonction pour commencer la campagne de Perse. Nombre de nobles persans, réfugiés sous la protection de la Porte, se mirent en route en même temps que lui.

Je voudrais signaler que Khayr al-Dîn m'ignora de la manière la plus ingrate et me donna même l'impression de penser, dans son aveuglement, qu'il n'avait désormais plus besoin ni de mon aide ni de celle du grand vizir. Mais je connaissais le sérail et, même si son attitude ne laissait pas de me blesser, j'attendais patiemment mon heure. A peine quelques jours s'étaient-ils écoulés que je remarquai, non sans un malin plaisir, que nul ne l'allait visiter en sa demeure et que le silence était retombé sur son nom ; en revanche, les citadins se plaignaient de plus en plus fort du comportement de ses hommes d'équipage ; ces renégats maures et nègres avaient l'habitude de passer l'été en mer dans les combats et les pillages puis de mener à Alger, durant l'hiver, une vie agitée de plaisirs et de querelles sans fin. Ils n'avaient pas la moindre idée des mœurs courtoises de la capitale ottomane et se conduisaient ici comme s'ils fussent dans un quelconque de leurs ports. Ils allèrent jusqu'à tuer à coups de poignard deux Arméniens trop lents à leur gré pour s'ôter de leur chemin, événement inouï dans la cité du sultan où le seul fait de porter une arme constituait un délit et où les janissaires chargés de maintenir l'ordre n'avaient droit qu'à une légère canne de bambou. Au début de l'affaire, Khayr al-Dîn refusa catégoriquement d'exécuter les coupables sous prétexte qu'en tuant des Arméniens chrétiens, ils avaient agi d'une manière agréable à Allah. Mais lorsqu'il s'avisa que sa réputation en pâtissait sérieusement et que le sultan silencieux demeurait inaccessible derrière les murailles du sérail, il finit par s'incliner et fit pendre trois de ses hommes tandis qu'il en condamnait dix à la peine du fouet.

Mais il était déjà trop tard ! De plus en plus dépassé, il dut faire la rude expérience de la rapidité des changements de fortune dans cette cité. Il se mit alors en devoir de dicter à l'intention du sultan des lettres enfantines dans lesquelles, tantôt il le menaçait de quitter son service pour celui de l'empereur, tantôt il s'abaissait servilement devant lui. Fort heureusement son tseleb avait l'intelligence de détruire ces missives sans les envoyer. Il finit à la longue par ravaler son orgueil et m'envoya quérir pour débattre de certaines affaires. Afin de lui faire clairement sentir quels étaient mon rang et ma position, je lui mandai un mot en retour, disant que ma porte lui était ouverte s'il désirait me consulter, mais que je ne pouvais en aucun cas perdre mon temps à courir partout dans le port pour le chercher. Il s'arracha les poils de barbe trois jours durant puis se présenta chez moi en compagnie de mes vieux amis Torgut et Sinan le Juif, aussi ulcérés que lui par l'attitude du sultan. Visiblement stupéfait, il s'arrêta pour contempler l'escalier de marbre de mon embarcadère et ma merveilleuse maison qui émergeait, tel un rêve, au-dessus des terrasses croulant sous les fleurs bien que l'automne tirât déjà à sa fin.

— Quelle ville ! s'exclama-t-il. Ici, les esclaves vivent dans des palais dorés et portent des caftans d'honneur ! Par contre, un pauvre vieillard qui a consacré sa vie entière à accroître sur les mers la gloire de son souverain, reçoit à peine une parole aimable en récompense de ses efforts ! Et encore doit-il pour l'obtenir se traîner au pied du trône !

Pour manifester aux yeux de tous son affliction, il ne portait qu'un modeste caftan d'étoffe de laine et un turban orné d'un petit croissant de diamants, seul signe de sa dignité. Je le conduisis à l'intérieur avec tous les égards dus à son rang, et le fis asseoir à la place d'honneur. Après avoir donné mes ordres aux cuisines, j'envoyai quérir Abou al-Kassim et Mustafa ben-Nakir afin de nous retrouver tous ensemble comme jadis au temps de nos discussions à Alger. Nos amis arrivèrent promptement et Khayr al-Dîn, ayant envoyé chercher les présents qu'il avait apportés, nous distribua généreusement plumes d'autruche, objets en ivoire, brocarts d'or et vaisselles d'argent aux armoiries italiennes ; enfin il donna à chacun de nous une bourse pleine d'or et poussa un profond soupir.

— Oublions les sujets de discorde entre nous ! dit-il. Maintenant que j'ai prodigué ces richesses, je ne possède plus rien et ne sais même pas comment je vais me procurer mon prochain repas ! Pardonne-moi, Mikaël el-Hakim, pardonne-moi de ne point t'avoir reconnu quand tu es monté à bord pour me saluer. Toutes ces réjouissances m'avaient déjà étourdi et tu es devenu toi-même d'une telle splendeur !

Après que nous eûmes mangé et bu tous ensemble, Khayr al-Dîn aborda enfin le sujet qui lui tenait à cœur et me demanda ce que signifiait le silence du sultan. Je lui rapportai avec franchise tout ce que j'avais entendu dire au sérail. Je lui rappelai qu'il avait provoqué sans nécessité la rancœur des pachas de la mer et offensé même le brave Piri-reis en raillant ses modèles réduits de bateaux et son bac à sable ; j'ajoutai qu'il était arrivé trop tard et qu'en l'absence du grand vizir qui se trouvait à Alep, les pachas ne cessaient de harceler le sultan. Pourquoi, lui disaient-ils, pourquoi souiller ton honneur en prenant à ton service un pirate sans foi ni loi, alors qu'à l'arsenal et au sérail il y a tant de pachas pleins d'expérience qui t'ont servi loyalement durant des années sans réclamer de récompenses ? On ne pouvait confier à Khayr al-Dîn des galères de guerre, ajoutaient-ils, car il ne pensait qu'à s'enfuir avec elles à l'instar de son frère et luttait plus pour son propre profit que pour la gloire de l'Islam.

Je m'étendis sur ce point en m'efforçant d'imiter le ton

pleurnicheur des pachas tant qu'à la fin Khayr al-Dîn, rouge de rage, sauta soudain sur ses pieds et s'écria en se tirant la barbe :

— Ils mentent ! Ô les fourbes ! Au contraire ! J'ai toujours travaillé uniquement pour la plus grande gloire de l'Islam ! Oh ! Ces raïs en caftan de soie qui restent assis sur la terre ferme et jouent à la bataille avec leurs cartes, leurs compas et leurs bacs à sable ! Il leur faudrait de temps en temps venir sentir la poudre et la poix brûlante ! Mais hélas, en ce monde, l'ingratitude est notre unique récompense !

A ce moment Giulia tira le rideau et apparut, un filet de perles enserrant sa chevelure et vêtue de sa magnifique robe de velours mordoré. Elle fit mine de s'effaroucher, esquissa le geste de se voiler le visage en s'exclamant :

— Ô Mikaël ! Pourquoi me regardent-ils tous ainsi ! Tu aurais dû me dire que nous avions des invités ! Et des invités de choix, qui plus est ! Je n'ai pu éviter de saisir quelques paroles au vol en arrivant et voudrais vous donner un petit conseil. Pourquoi ne point faire appel à une certaine dame de haut rang tout à fait aimable et qui a l'oreille du sultan ? Je lui parlerai en votre faveur si vous voulez, à condition qu'auparavant Khayr al-Dîn implore son pardon pour sa conduite inconsidérée qui a si profondément blessé cette dame.

Khayr al-Dîn demanda d'une voix courroucée de quelle manière il pouvait avoir blessé Khurrem ! Ne lui avait-il pas offert pour plus de dix mille ducats de vêtements et autres étoffes ? Bien assez, lui semblait-il, pour satisfaire la femme la plus exigeante et la plus choyée !

— Que les hommes sont bêtes ! répondit Giulia en hochant la tête avec un sourire. Une seule des robes de la sultane Khurrem coûte dix mille ducats et le sultan lui donne par an dix fois cette somme pour ses menues dépenses ! De toute façon, ton présent n'est pas en cause ! Mais tu te souviens peut-être que tu as envoyé au harem deux cents filles ? Comme si l'on n'avait pas assez de créatures inutiles sans tes épouvantails scrofuleux !

Voilà ce qui a courroucé la sultane qui a dû perdre son temps à les distribuer aux gouverneurs des plus lointaines contrées. Sache qu'il y a de longues années que le sultan n'a pas regardé une autre femme que Khurrem ! Peux-tu à présent imaginer à quel point tu l'as blessée ? Toutefois j'ai déjà parlé en ta faveur et lui ai affirmé qu'étant un marin sans éducation, tu ignorais tout des usages du sérail.

Le visage écarlate et les yeux exorbités, Khayr al-Dîn hurla :

— Ma foi dans le Dieu unique ! J'ai choisi ces filles une par une avec l'aide d'un expert ! Elles étaient aussi belles que les vierges du paradis et aussi pures, je veux dire... dans l'ensemble. Même le mari le plus fidèle se fatigue parfois d'une seule femme et éprouve le besoin de stimuler ailleurs ses désirs assoupis, ne serait-ce que pour lui revenir ensuite plus ardent. Néanmoins, si la sultane Khurrem est vraiment capable de garder l'amour de son époux pour elle seule, alors je crois en son pouvoir et suis persuadé qu'elle est en mesure de m'aider pour me faire obtenir les trois queues de cheval que l'on m'a promises.

— Mais c'est Ibrahim qui t'a appelé à venir ici ! m'exclamai-je profondément ému. Il serait tout à fait inconvenant de devoir ton avancement à la sultane et je soupçonne dans tout cela une intrigue peu claire pour humilier le grand vizir.

Giulia secoua la tête et répliqua avec des larmes dans les yeux :

— Ô Mikaël ! Pourquoi ce manque de confiance quand je t'ai répété des milliers de fois que la sultane ne souhaite de mal à personne ! Elle a seulement promis de parler au sultan en faveur de Khayr al-Dîn et de le recevoir derrière le rideau ! Rendons-nous immédiatement au sérail pour que le kislar-aga ait le temps de préparer une réception à l'intention du seigneur de la mer et de ses capitaines ; il serait en effet souhaitable que tu arrives au sérail en grand équipage, de façon que tout le monde puisse être témoin de la faveur que l'on t'accorde.

Je les suivis en ma qualité d'ancien esclave de Khayr al-Dîn afin de surveiller la suite des événements pour le compte du grand vizir. A vrai dire, notre arrivée au palais ne fut guère encourageante ! Les janissaires nous regardaient d'un air méprisant tandis que les eunuques nous tournaient le dos. En revanche, tout changea au moment de notre départ. La nouvelle s'étant répandue, les bénédictions pleuvaient sur nos têtes et les janissaires, assis près de leurs chaudrons, se dressaient d'un bond pour nous saluer. Simple démonstration de l'influence qu'exerçait désormais Khurrem à l'intérieur du sérail !

Elle parla avec Khayr al-Dîn derrière le rideau et lui fit entendre son rire argentin. Elle le flatta d'abord en lui disant qu'il était le seul adversaire digne de Doria, puis à mon grand soulagement elle aborda des sujets anodins et ordonna à ses esclaves de nous servir des fruits conservés dans du miel. Enfin elle promit d'intervenir auprès du sultan.

— Mais, dit-elle, les pachas de la mer sont de vieilles personnes irritables et je ne voudrais point les heurter. Je puis seulement faire part à mon seigneur de l'excellente impression que j'ai de toi, ô grand Khayr al-Dîn. Je le gronderai gentiment d'avoir négligé pendant si longtemps de te donner la récompense que tu mérites. Il se peut qu'il me réponde : « C'était l'idée du grand vizir, non la mienne, et, au conseil, les pachas de la mer s'y sont opposés ! » Alors je dirai : « Eh bien ! Que le grand vizir décide ! Si après avoir vu Khayr al-Dîn, il a toujours la même idée, alors tu donneras tout de suite au héros les trois queues de cheval que tu lui as promises et tu le couvriras d'honneurs ! » Le grand vizir a tout pouvoir et même un divan unanime ne peut aller contre sa décision.

Je n'en pouvais croire mes oreilles ! Cette femme qui aurait eu gros à gagner si Khayr al-Dîn, grâce à elle, eût obtenu sa nomination, venait à l'instant de renoncer à ces avantages au profit du grand vizir ! Conquis par sa voix et son rire en cascade, je commençai à penser que peut-être seule la jalousie avait inspiré le jugement qu'Ibrahim portait sur cette adorable sultane.

Khayr al-Dîn rejoignit donc Alep comme convenu et peu de temps après, Abou al-Kassim vint me rendre visite. Se frottant les mains l'une contre l'autre d'un air embarrassé, il me dit :

— Les dents de ton adorable petite Mirmah ont déjà commencé à pousser, elle cessera donc bientôt de têter cette opulente poitrine ! J'ai une grande faveur à te demander, Mikaël el-Hakim : vends-moi cette nourrice aux joues rondes avec son fils ! L'âge commence à peser sur mes épaules et je serais bien heureux de reposer ma tête sur un oreiller aussi blanc et plein de douceur. Et puis, je ferai de l'enfant mon héritier.

Cette requête d'Abou qui, pour raisons d'économie, évitait presque toute société féminine, ne laissa point de m'étonner. En outre je n'étais pas certain de vouloir consentir à la satisfaire.

— Il faut que je demande à Giulia ! répondis-je. D'ailleurs, je vois une autre objection. Loin de moi l'idée de te blesser dans tes sentiments, Abou al-Kassim, mais tu es un vieil homme, sale, maigrichon, à la barbe clairsemée, alors que la nourrice est dans le printemps de sa vie. Ma conscience m'interdit donc de te la vendre sans son consentement.

Abou al-Kassim soupira et me détailla sa passion par le menu en se tordant les mains. Je lui demandai alors quel prix il avait l'intention de payer pour obtenir la femme et l'enfant et il me dit avec un air béat qu'il avait pensé à un échange.

— Je vais te donner mon sourd-muet ! Je sais que tu l'as toujours convoité. La cicatrice sur ta tête doit te rappeler quel gardien consciencieux il a toujours été et tu ne regretteras jamais cette affaire.

J'éclatai d'un grand rire à cette stupide proposition ! Puis l'idée me vint qu'il ne me l'aurait jamais faite s'il ne m'eût tenu pour le plus grand sot que la terre eût porté. Je repris aussitôt mon sérieux et lui répliquai non sans aigreur :

— Tu n'aurais pas dû suggérer une chose pareille, pas même au nom de notre solide amitié ! Je ne me prêterai pas à ton jeu et refuse de livrer cette femme à ta lubricité sénile pour un prix aussi ridicule !

— Mais je parle tout à fait sérieusement ! protesta Abou. Mon sourd-muet est un trésor dont je suis seul à connaître la valeur. Ne l'as-tu pas vu souvent assis au milieu des chiens jaunes du sérail à observer tout ce qui se passe ? Lorsque tu vivais chez moi, tu dois avoir également remarqué nombre d'étrangers à l'allure bizarre qui venaient lui rendre visite et discuter avec lui. Il n'est pas du tout fou comme tu l'as toujours pensé !

Je me souvenais en effet de quelques robustes nègres qui venaient parfois s'asseoir dans la cour avec lui et lui adressaient des signes rapides avec les mains et les doigts. Mais des visiteurs pareils ne rehaussaient en rien la valeur de l'esclave faible d'esprit d'Abou al-Kassim et je lui répondis sèchement que je ne voulais plus entendre parler de cette histoire !

— Mon esclave est un trésor mais il faut qu'il se trouve dans le voisinage du sérail ! murmura-t-il penché vers moi tout en regardant alentour d'un air méfiant. Le ramener avec moi à Tunis équivaudrait à enterrer un diamant dans un tas de fumier. Je suis le seul homme au monde à lui avoir témoigné quelque gentillesse, mais tu pourras toi aussi te l'attacher en lui adressant un petit mot amical avec une tape sur l'épaule de temps en temps.

« Tu dois l'avoir vu souvent se promener dans les cours du sérail en compagnie de trois sourds-muets. Ils sont vêtus de robes rouge sang et portent des lacets de soie de plusieurs couleurs sur les épaules. Nul passant n'ose regarder ces hommes en face et leur vêture à elle seule suscite maintes réflexions. Ils sont au nombre de sept et vont par trois lorsqu'ils ne travaillent pas. Ils apportent une mort silencieuse et même les pachas du plus haut rang tremblent à la vue de leurs habits couleur de sang. Comme ils sont sourds-muets, ils ne peuvent rien dévoiler de leurs tâches, mais ils parlent entre eux un langage que tous leurs semblables comprennent. Mon esclave entretient de bonnes relations avec eux et ils échangent ensemble au moyen de ces signes des propos d'une ampleur que ne pourrait jamais soupçonner le sultan. J'ai pris la peine d'apprendre leurs signes, et je connais des choses terribles mais n'en ai guère l'usage dans la situation que j'occupe. Par contre, pour toi qui as atteint une haute position, le jour peut venir où savoir ce que les sourds-muets se racontent entre eux se révélera d'une valeur inestimable.

J'avais en effet remarqué certains incidents qui corroboraient ses dires ; pourtant je n'étais point encore tout à fait séduit par son offre parce que le sourd-muet ne m'inspirait que de la répugnance. A ma propre surprise toutefois, un élan inattendu de générosité m'incita à répondre :

— Abou al-Kassim, tu es mon ami ! Un homme de mon rang et dans ma position doit se montrer libéral à l'égard de ceux qu'il aime. Prends donc la Russe et son fils avec toi, si elle accepte, et reçois-les comme un présent au nom du Clément. En retour, je prendrai soin de ton esclave. Il dormira dans la cabane du portier ou sous le hangar à bateaux. Cependant qu'il se tienne hors de vue durant le jour. Moins Giulia le verra, mieux cela sera pour tout le monde.

— Fais-moi confiance, ajouta le vieux fripon d'une voix pieuse, tu ne regretteras pas cette affaire. Mais n'en dévoile jamais la raison à ton épouse ! Apprends en secret le langage sourd-muet ; et si Giulia pose des questions, rejette la faute sur moi et dis-lui que je t'ai forcé la main pour cet échange stupide un jour que tu étais sous l'empire de la boisson. Cela, elle ne le mettra pas en doute une seule minute !

Dans le courant de l'hiver, Khayr al-Dîn revint d'Alep, très fatigué par sa longue chevauchée. Ibrahim lui avait rendu tous les honneurs : il l'avait confirmé dans son poste de beyler-bey d'Alger et autres contrées africaines et avait décrété qu'il prendrait désormais le pas devant tous les gouverneurs occupant un rang semblable au sien ; ce grand privilège ouvrait en fait à son bénéficiaire les portes du divan. En outre, le grand vizir envoyait au sultan une lettre. Il s'était fait un devoir de la lire auparavant à Khayr al-Dîn afin de ne lui laisser aucun doute sur la personne à laquelle il était redevable de sa promotion.

En lui, disait la lettre, *nous avons enfin trouvé un véritable marin digne des plus grands honneurs et tu peux sans hésiter le nommer pacha, membre du divan et amiral de la flotte.*

Ibrahim m'envoya une copie de cette lettre en ajoutant :

Khayr al-Dîn, aussi intrépide et rusé qu'il puisse se montrer en mer, ne laisse point d'être au fond plus naïf que ce que je pensais. La gloire lui monte à la tête comme l'encens, incapable qu'il est d'oublier un instant ses humbles origines ; il ne sait résister aux flatteries et plus elles sont grossières plus il les apprécie. Hélas, tout cela fait de notre homme une proie facile pour les intrigues du sérail ! J'ai donc estimé que mieux valait lui octroyer le plus d'honneurs possibles afin de ne rien laisser aux autres pour l'attirer à eux. Néanmoins, je crois qu'en raison de sa naïveté même il est relativement honnête ; surveille-le cependant étroitement et demande-moi un avis dès qu'il montrera le moindre signe de trahison soit à mon encontre soit à celle du sultan. J'ajoute que l'Afrique constituant le point faible de Khayr al-Dîn, nous devons le soutenir dans ses entreprises en Tunisie pour éviter que l'empereur Charles ne le tente avec cette histoire. Tunis peut après tout nous servir plus tard de base pour notre conquête de la Sicile.

Malgré mes mises en garde, Khayr al-Dîn s'enfla telle la grenouille et se prépara à prononcer devant le conseil un long discours destiné au sultan. Ce dernier, quant à lui, n'hésita pas longtemps après avoir reçu la lettre d'Ibrahim. Il était ravi, je crois, que sa bien-aimée Khurrem et le grand vizir fussent pour une fois du même avis, et il convoqua le divan sans attendre. Au cours de la cérémonie il offrit à Khayr al-Dîn une épée dont la garde et le fourreau étincelaient de pierreries et lui conféra l'étendard de vizir aux fouets de trois queues de cheval. Ensuite il le nomma kapudan-pacha, c'est-à-dire amiral. Il faut savoir que l'amiral ottoman possède en mer des pouvoirs illimités à la différence du commandant de la flotte vénitienne. Ce dernier, en effet, reste sans cesse sous le contrôle de la Seigneurie et son autorité se trouve limitée par des ordres scellés, délivrés par avance et adaptés aux diverses situations. Au contraire, le kapudan-pacha Khayr al-Dîn devenait gouverneur indépendant de la totalité des ports et des îles, outre le commandement suprême sur tous les vaisseaux et leurs capitaines. En matière navale il ne devait rendre de comptes qu'au seul sultan et prenait place à côté des vizirs aux réunions du divan.

Ainsi l'ancien potier se retrouvait-il d'un seul coup élevé au même rang que les quatre ou cinq personnages les plus éminents de l'Empire ottoman.

Pour remercier de ces honneurs sans précédent, Khayr al-Dîn se lança dans un discours verbeux et grandiloquent. Il parla de cette même voix tonitruante qui lui permettait de se faire entendre au milieu des éléments déchaînés et l'on put observer quelques eunuques jetant des coups d'œil effrayés au-dessus de leurs têtes dans la crainte de voir s'écrouler la voûte étoilée.

Voici comment il termina sa harangue :

— Bref, je ferai tout mon possible pour infliger les pires dommages aux infidèles et mener le croissant au faîte de l'honneur et de la gloire sur toutes les mers. Avant toute chose, j'écraserai, détruirai, anéantirai et enverrai par le fond mon ennemi personnel, l'idolâtre Doria. Mais permets-moi d'abord d'attaquer Tunis comme je t'en ai prié maintes fois, afin de gagner une base d'une importance considérable pour la flotte. De plus, depuis des siècles, cette cité est le point de convergence des caravanes qui viennent du pays des nègres par-delà le désert, et sa conquête me permettra de t'envoyer ainsi qu'à ton harem de la poudre d'or et des plumes d'autruche à profusion. Évidemment, la maîtrise des mers demeure mon but principal, et crois-moi, ô Commandeur des Croyants, celui qui règne sur les mers ne tarde guère à régner sur les terres qui jouxtent ces mers.

Si j'ai cité ce long extrait de son discours, c'est afin de montrer de quelle manière puérile, irréfléchie et déraisonnable se comportait Khayr al-Dîn au sérail. Quelle ignorance des mœurs de ces lieux était la sienne pour trompeter ainsi aux quatre vents ses projets les plus intimes, quand on savait qu'un mot murmuré au divan parvenait aussitôt dans toutes les cours d'Europe ! Et nul pouvoir au monde n'eût pu y échapper puisque, selon la vieille tradition ottomane, le divan se tenait à cheval dès lors qu'il s'agissait de débattre de questions de guerre et de paix. Pourtant, aussi étrange que cela paraisse, Khayr al-Dîn une fois en mer surpassait en astuce tous ses rivaux, si bien qu'aucun ambassadeur impérial ne voulut croire que la prise de Tunis constituât son but principal ! Ils y virent un nouveau leurre de sa part, et tous s'empressèrent d'en rire sous cape. Les hospitaliers de Saint-Jean-de-Jérusalem étaient persuadés qu'il avait dans l'idée de capturer Malte, tandis que d'autres lui prêtaient l'intention de s'attaquer à Carthagène ou à Rome elle-même. Je tiens à insister sur le fait que Khayr al-Dîn demeurait sans égal en tout ce qui concernait la navigation, quelque ridicule que pût être sa façon d'agir au divan. Il n'eut pas plus tôt reçu les queues de cheval que, remontant les manches de son caftan d'honneur, il se mit en devoir d'inspecter l'arsenal. Maintes têtes inutiles finirent leur carrière dans les caves de la porte de la Paix, et il nomma des renégats aguerris pour remplacer nombre d'adolescents vêtus de soie et grandis dans les intrigues du sérail. Puis il fixa les mesures de la quille des nouvelles galères de guerre et répartit les pachas de la mer le long des côtes et sur les îles, de façon à ramener les hommes compétents aux postes importants de l'arsenal et aux commandements des navires.

Le grand nettoyage de l'arsenal suscita les mêmes conflits que celui qui avait coûté sa plume à Antti, mais cette fois les rôles se trouvaient inversés. Les vieux pachas de la mer, après leur expérience de la redoutable caraque des hospitaliers de Saint-Jean-de-Jérusalem, acceptaient à présent de se mettre au goût de l'époque et demandaient la construction de bâtiments plus grands pour le transport d'armes plus lourdes. Cependant Khayr al-Dîn, tout en estimant à sa juste valeur la puissance de feu des gros vaisseaux chrétiens, leur reprochait toujours d'être trop lents à manœuvrer et, en pirate expérimenté, attachait plus d'importance à la vitesse et à la mobilité qu'au volume.

Il ne restait plus à Khayr al-Dîn qu'à se réconcilier par mon intermédiaire avec le chef pilote Piri-reis, que son attitude méprisante avait si gravement affecté ; en dépit de ses ricanements, le seigneur de la mer éprouvait la plus grande admiration à l'égard de l'auteur du célèbre ouvrage cartographique, et tenait compte des conseils du vieillard plus qu'il ne voulait l'admettre. Ils eurent ensemble une longue discussion au sujet des mérites respectifs des navires grands et petits mais, bien que Piri-reis penchât pour les premiers, Khayr al-Dîn, peu convaincu, préféra suivre sa propre expérience.

Après les pluies de printemps, le grand vizir quitta Alep en direction de la Perse à la tête de sa magnifique armée, tandis qu'à Istanbul une grave crise de mélancolie s'emparait soudain du sultan ; il se sentait étouffer dans l'atmosphère du sérail alors que des brises pleines de fraîcheur soufflaient au-dehors et, malgré tous les tendres efforts déployés pour l'en dissuader, décida de partir afin d'arriver à temps pour conduire en personne la prochaine campagne.

Dans le même temps, Khayr al-Dîn hissa les voiles et prit la mer à la tête de la flotte la plus importante et la mieux ordonnée que l'on eût jamais vue sur les ondes ottomanes. Antti naviguait avec lui comme maître canonnier sur le vaisseau amiral ; Abou al-Kassim s'embarqua également et moi je restai à terre, chargé de faire courir des rumeurs sur les véritables intentions de Khayr al-Dîn. Je racontai entre autres qu'il avait décidé de reconquérir Gênes pour le roi de France ; on crut à cette histoire d'autant plus aisément que nul n'ignorait la gloire qu'il retirerait d'aller forcer Doria dans son propre repaire. Mon but étant que l'amiral impérial restât confiné dans cette cité, je réussis au-delà de toute espérance et rendis par-là au seigneur de la mer un service bien supérieur que si je me fusse trouvé à ses côtés en qualité de conseiller.

Le sultan régla de nombreuses affaires avant de se mettre en route ; je ne parlerai guère de l'emprisonnement de Rachid ben-Hafs, le prince de Tunis ; cette action fut d'ailleurs menée dans un secret si absolu que les officiers de Khayr al-Dîn croyaient que le prince s'était embarqué avec eux et retiré dans sa cabine à cause du mal de mer.

La nomination du prince Mustafa au poste de gouverneur d'Anatolie fut certainement l'affaire la plus importante réglée par le sultan Soliman avant son départ. En attribuant ce titre à son fils de quinze ans qui avait déjà commandé un district en qualité de sandjak, il confirmait d'une manière définitive que c'était lui qu'il choisissait pour héritier légitime. Nombreux étaient ceux qui en avaient douté jusqu'alors devant l'influence sans cesse croissante de la sultane Khurrem.

Ainsi une aube de gloire semblait se lever pour l'islam aux yeux des fidèles serviteurs du Prophète, éblouis par la splendeur des forces militaires sur terre et sur mer de l'Empire ottoman.

Seule la sultane Khurrem gardait le silence.

Vers la fin de l'été, un jour que je traversais la cour déserte des janissaires, un mouchoir parfumé pressé contre les narines pour me protéger de l'horrible puanteur des têtes entassées dans les caves de la porte de la Paix, je reçus soudain un coup sec sur l'épaule, qui me fit faire volte-face ; un onbash boiteux s'approcha de moi et, après s'être assuré de mon identité, m'annonça qu'il avait reçu l'ordre de m'arrêter et de m'enfermer au fort des Sept Tours.

J'appelai au secours à grands cris. C'était une erreur abominable ! Je n'avais rien à cacher ! Toutes mes actions pouvaient être examinées au grand jour ! Mais l'onbash me frappa sur la bouche pour me faire taire, et je me retrouvai chez le forgeron avant de m'être rendu pleinement compte de ce qui arrivait. L'artisan riva des fers autour de mes chevilles, puis me tendit sa main noire de suie pour recevoir sa récompense de ne m'avoir ni brûlé ni cassé d'os dans l'accomplissement de sa tâche. Ensuite, on me mit un sac sur la tête afin que nul ne me reconnût dans les rues et l'on me fit suivre, monté sur un âne, le long chemin qui mène du sérail au fort des Septs Tours.

Le gouverneur, un eunuque aux lèvres minces, me reçut en personne eu égard à mon rang et à ma position. Il me fit déshabiller, inspecta et retourna mes vêtements en échange desquels il m'octroya un caftan de camelote usé jusqu'à la corde. Puis il me demanda d'un ton poli si j'avais un cuisinier personnel ou m'accommoderais du régime de la prison, qui ne coûtait que deux aspres par jour. Hébété par ce coup ahurissant du destin qui me frappait soudain, je déclarai d'une voix faible que je me contenterais de manger la même nourriture que les autres prisonniers ; j'avais pris la résolution de me mortifier la chair et de passer désormais mon temps en pieuses méditations après ma vie de luxe au service du sultan. Je priai l'eunuque de prendre dans ma bourse une somme conforme à son rang et à sa dignité, en exprimant l'espoir qu'en retour il consentirait à informer ma malheureuse épouse du sort qui venait de me frapper. Mais il hocha la tête en signe de dénégation, disant qu'il ne pouvait en être question ; les prisonniers d'État devaient être complètement coupés du monde extérieur, comme s'ils eussent été dans la lune.

Cet eunuque me manifesta une considération empreinte de respect et se donna même la peine de gravir avec moi les marches raides de l'escalier pour me montrer le point de vue du haut des pinacles de marbre de la porte Dorée. Je pus observer, par la même occasion, les mesures prises pour défendre la forteresse contre un éventuel assaut ; les murailles qui unissaient une tour à l'autre suffisaient à elle seules à nous séparer du reste du monde. Dans la tour carrée de la porte Dorée, mon hôte me signala des caves murées et sans fenêtres dans lesquelles une ouverture de la largeur de la main permettait d'introduire la nourriture ; ces cellules étaient destinées aux plus hauts princes de la lignée d'Osman et aux vizirs et membres du divan dont le rang interdisait le port des chaînes. Avec une fierté bien excusable, il m'indiqua un mur derrière lequel vivait un homme dont même le geôlier le plus ancien ignorait le nom — jamais le prisonnier n'avait pu le révéler, ayant eu la langue coupée au moment de son arrestation, des années et des années auparavant. Il me fit également voir l'ouverture béante par où l'on jetait les cadavres, entraînés ensuite dans les canalisations jusqu'à la mer de Marmara. Puis, en guise de réjouissance supplémentaire, il attira mon attention sur le billot souillé de sang où avaient lieu les exécutions par l'épée. Au-dessus d'une porte murée depuis longtemps, on voyait encore une inscription en lettres grecques, presque effacée, que surmontait l'aigle bicéphale des empereurs byzantins ; toutefois je notai qu'eu égard aux pieux sentiments des musulmans, les deux têtes avaient disparu.

Enfin, et tout en se confondant en excuses, il me conduisit dans le logement qui m'était réservé. C'était une cellule spacieuse construite en pierre, avec des fenêtres donnant sur une cour dans laquelle j'avais le droit de me promener librement ; en outre il m'était permis, si bon me semblait, de prendre mes repas à côté du bâtiment de la cuisine.

Abandonné à mon malheur, je restai dans ma cellule trois jours et trois nuits, couché sur mon dur banc de bois, sans appétit ni envie de voir personne. Je cherchais désespérément à comprendre les raisons de mon arrestation. Comment avait-on osé donner un ordre pareil alors qu'à en juger par les lettres d'Ibrahim, je jouissais toujours de sa faveur ? Je passai en revue chacun de mes actes, jusqu'à mes pensées les plus intimes, sans trouver la moindre chose qui pût justifier ma situation actuelle. Cependant, plus on met d'entêtement à ressasser des sujets possibles de culpabilité, plus on se sent devenir coupable. Aussi, après trois jours et trois nuits d'examen de conscience, j'étais si profondément convaincu d'avoir, ne fût-ce qu'en mon cœur, violé maintes lois, et du

Prophète et des hommes, que je ne valais guère mieux qu'une chandelle consumée et me sentais le plus misérable des réprouvés.

Le troisième jour, l'onbash de service vint m'apporter un paquet de vêtements, mon vieil écritoire de cuivre et une lettre de Giulia. Elle laissait entendre d'une manière confuse que je n'avais à m'en prendre qu'à moi-même et à mon ingratitude pour la cruauté de mon sort.

Jamais je n'aurais cru que tu me tromperais de cette façon! écrivait-elle. *Si tu m'avais révélé cet ignoble projet, j'aurais pu au moins te mettre en garde. Et ce n'est que grâce à mes pleurs et à mes prières que l'on ne t'a pas coupé la tête ni jeté dans le puits! Je ne peux davantage pour toi. Comme on fait son lit, on se couche, ingrat Mikaël! Je ne te pardonnerai jamais ta conduite, qui va bientôt m'obliger à mettre mes bijoux en gage pour faire face aux frais du ménage.*

Cette lettre incompréhensible me mit hors de moi. Je me précipitai chez l'eunuque et éclatai en violents reproches.

— Je ne puis supporter plus longtemps cette incertitude, je vais perdre l'esprit! dis-je pour conclure. De quoi m'accuse-t-on? Que je puisse au moins me défendre! Lorsque le grand vizir sera de retour, il châtiera d'une manière terrible celui, quel qu'il soit, qui a osé lever la main sur moi! Ôte-moi ces chaînes, brave homme, et laisse-moi quitter cette prison tout de suite, sinon toi aussi tu risques d'y laisser la tête!

L'eunuque parut agacé qu'on le dérangeât pendant qu'il était occupé à faire des comptes mais en homme éduqué au sérail, il sut rester impassible et s'adressa à moi d'une voix aimable.

— Dans cinq ou dix ans, lorsque tu te seras un peu calmé, nous reprendrons cette conversation, Mikaël el-Hakim! dit-il. Tout le sel du châtiment dicté par le sultan en sa sagesse réside précisément dans le supplice de l'incertitude. Nul, parmi nos hôtes distingués, ne sait s'il restera ici une semaine, une année, ou sa vie entière. A toute heure du jour ou de la nuit, les sourds-muets peuvent arriver pour te conduire au bord du puits ; à toute heure, les portes de la prison peuvent s'ouvrir devant toi et te relâcher dans le monde des vivants où tu accéderas, qui sait ? à des honneurs plus élevés encore qu'auparavant. Tu serais sage de profiter de ce temps pour te consacrer à la contemplation mystique ; alors un jour, à l'instar des derviches, tu comprendras qu'aux yeux d'Allah, captivité ou liberté, richesse ou pauvreté, puissance ou servitude, tout n'est qu'illusion ! A cette fin, je te prêterai volontiers le Coran.

Mais il est plus facile de débattre de tels sujets dans la salle de vapeur d'un hammam que derrière les barreaux de fer d'une prison ! Je perdis complètement la tête et me pris à taper du pied et à hurler, tant qu'à la fin l'eunuque dut faire appel aux janissaires. Ils se saisirent de moi et me frappèrent sur la plante des pieds. Mes cris de rage se transformèrent bientôt en larmes de douleur et mes bourreaux, me soutenant sous les bras, me ramenèrent alors dans ma cellule ; puis, du bout de leurs doigts, ils touchèrent le sol et leur front, pour me montrer qu'ils conservaient à mon égard le même respect et la même bienveillance. La souffrance que m'infligeaient mes pieds enflés détourna le cours de mes pensées ainsi que l'avait prévu le sage eunuque ; je retrouvai mon calme peu à peu et en vins à accepter mon sort tel qu'il se présentait à moi. Il ne me restait plus qu'un espoir, celui que le grand vizir, à son retour de Perse, s'avisât de ma disparition et découvrît ma cachette en dépit des intrigues du sérail.

Les cinq prières et ablutions quotidiennes m'aidèrent à passer le temps et, n'ayant rien d'autre à faire, j'étudiai le Coran avec application. Je ne manquai point non plus à suivre le conseil amical de l'eunuque et pratiquai les exercices de respiration ainsi que, de temps en temps, les jeûnes des derviches. Mais je ne tardai pas à me rendre compte que ma foi était trop faible pour me permettre d'atteindre jamais l'état d'extase suprême prôné par les marabouts et les saints. Je finis donc par abandonner toutes ces pratiques et me bornai à me conserver en bonne santé et à manger avec appétit. Je flânai dans la cour tout le long du jour, tandis que des troupes d'oiseaux migrateurs fendaient l'air de leurs ailes au-dessus de ma tête dans le ciel d'automne couleur de turquoise. J'arrivai de cette façon à faire la connaissance des autres captifs parmi lesquels se trouvaient de nombreux musulmans éminents, ainsi que des chrétiens dont le sultan se servait pour échanger des prisonniers. Ils passaient leurs journées étendus sur l'herbe autour des cuisines ; quelques-uns, plus actifs, s'appliquaient à sculpter sur les pierres lisses à la base des tours des proverbes ou le compte des jours de leur captivité. Je rencontrai Rachid, le prince de Tunis, à deux reprises, et l'entendis injurier Khary al-Dîn et le sultan Soliman pour leur infâme traîtrise.

Des semaines s'écoulèrent, les acacias de la cour perdirent leurs feuilles, les jours se firent plus froids et je finis par me lasser de mes compagnons. J'étais consumé du désir ardent de me retrouver dans ma belle maison sur les rives du Bosphore. Rien au monde ne me paraissait plus séduisant que d'être allongé sur des coussins moelleux à contempler de la terrasse les ténèbres s'étendant sur les eaux tandis que les étoiles s'allument une à une dans le ciel. Je languissais de revoir mes poissons rouge et or, de prendre ma petite Mirmah par la main et de guider ses pas quand elle avançait maladroitement pour se jeter dans les bras du fidèle Alberto. Le regret obsédant de ma vie me faisait dépérir et je me croyais abandonné de tous.

J'étais monté un jour au sommet de la tour de marbre et contemplais la brume bleutée de la mer, les voiles, les banderoles et les croissants d'argent ; des coups de canon me parvinrent du promontoire du sérail, comme l'écho d'un autre monde. Les tourelles de la porte de la Paix miroitaient, irréelles, perdues à l'horizon, et à mes pieds la campagne ondulante parsemée de blanches pierres tombales s'embrasait d'une couleur dorée dans la clarté de l'air automnal. Un chemin poussiéreux, blanc comme la craie, serpentait parmi les collines puis disparaissait dans le lointain.

L'impression de liberté et de beauté qui émanait de ce paysage me transperça le cœur et j'éprouvai soudain une violente envie de me jeter du haut de cette tour vertigineuse pour me libérer à jamais de la vanité du monde, de la souffrance et de l'espoir.

Fort heureusement, je ne cédai point à cette tentation car ma destinée prit ce jour même un tour inattendu. Au crépuscule, trois sourds-muets pénétrèrent dans la prison. Ils traversèrent la cour de leur démarche silencieuse et se dirigèrent vers la tour de marbre sur le côté proche de la mer où se trouve le puits de la mort. Là, ils étranglèrent sans bruit le prince Rachid et jetèrent son corps lascif dans le trou. Je déduisis de cette exécution que Khayr al-Dîn devait avoir pris Tunis et pouvait désormais se passer des services de Rachid ben-Hafs.

Avec les autres prisonniers, j'étais resté frappé d'horreur à l'arrivée des sourds-muets, mais je reconnus aussitôt l'un d'entre eux, le cruel nègre pâle comme la cendre qui avait accoutumé de rendre visite à l'esclave d'Abou al-Kassim. En traversant la cour, il me jeta un regard dénué d'expression mais m'adressa un signe rassurant avec ses doigts pour me montrer que l'on ne m'avait pas tout à fait oublié.

Ce salut, qui constituait le premier message du monde extérieur depuis la lettre de Giulia, me mit dans un tel état d'agitation fébrile que je ne pus fermer l'œil de toute la nuit. Trois jours après, l'eunuque me convoquait, me faisait ôter mes fers, me rendait mes vêtements et mon argent et me raccompagnait à la porte en témoignage de son immuable déférence. Ainsi me relâchait-on d'une manière aussi soudaine et mystérieuse que l'on m'avait emprisonné tant et tant de mois auparavant.

Dehors m'attendait la surprise de retrouver Abou al-Kassim dans une litière somptueuse. Qui me reprochera d'avoir éclaté en sanglots en le voyant ? Je versai d'abondantes larmes, la tête pressée contre son épaule décharnée, aspirant l'odeur épicée de son caftan, comme s'il eût été mon père. Il m'aida à monter près de lui et, à l'abri des rideaux tirés, m'offrit un peu de vin. Légèrement réconforté, je lui demandai avec anxiété de me dire si j'étais libre pour de bon, de quoi j'avais été accusé et ce qui s'était passé depuis que l'on m'avait arraché au monde.

— Trève de questions stupides ! dit Abou al-Kassim. Cela n'a aucune importance et tu l'apprendras le moment venu. La seule chose que tu aies à faire pour l'heure, c'est d'aller chez toi, de réciter la première sourate et de me donner la femme russe avec son fils ainsi que tu t'y es engagé. Je ne suis revenu que pour les chercher car je veux désormais vivre en paix à Tunis. Khayr al-Dîn a libéré cette cité de la tyrannie des Hafsides et on y célèbre actuellement la délivrance sous la protection des gardes janissaires.

Ce ne fut qu'après s'être assuré que je comptais tenir ma parole concernant la Russe, qu'il consentit à me donner les raisons de ma captivité.

Khayr al-Dîn, après son départ au printemps dernier, s'était rendu tout d'abord à Coron afin de livrer à la forteresse de nouveaux canons. Puis, pour la première fois de l'histoire, la flotte ottomane déployant toute sa force avait navigué ouvertement dans les eaux du détroit de Messine ; elle s'était dirigée ensuite lentement vers le nord, attaquant de manière systématique les côtes du royaume de Naples. Doria ne risqua aucune sortie pour se porter à la rencontre de Khayr al-Dîn, persuadé par des rumeurs apparemment dignes de foi que la flotte allait attaquer Gênes. Ce fut alors que, pour mon malheur, un esclave chrétien promit en échange de sa liberté de conduire les forces terrestres du seigneur de la mer au château de Fondi, célèbre pour receler d'immenses richesses.

— Il paraît toutefois que l'esclave avait fort exagéré la valeur des trésors ! poursuivit Abou al-Kassim. Les janissaires furieux envahirent la chapelle et pillèrent les tombeaux des seigneurs dont ils éparpillèrent les os. La châtelaine, une veuve d'âge mûr nommée Giulia Gonzagua s'enfuit en chemise de nuit. Khayr al-Dîn n'avait évidemment jamais entendu parler d'elle, mais elle conta les histoires les plus piquantes sur sa fuite. Depuis son veuvage, cette dame s'était entourée, à la manière frivole des Italiens, d'une cour de poètes et autres gens de rien qui, en échange de son hospitalité, la célébraient dans leurs vers comme la plus belle femme d'Italie. Tu connais les poètes, il n'y avait aucun mal à cela ! Seulement, dans sa folle vanité, cette Giulia fit courir le bruit que Khayr al-Dîn avait attaqué son château dans le seul dessein de la capturer pour l'envoyer au harem de son maître le sultan Soliman. Et elle raconta si souvent son histoire qu'elle finit même par y croire !

— Qu'Allah nous protège ! m'exclamai-je, profondément troublé. Je comprends tout à présent ! Rien d'étonnant à ce que la sultane Khurrem se soit courroucée en entendant ce conte ! Elle a dû croire que Khayr al-Dîn avait trahi sa confiance à mon instigation. C'est un véritable miracle si j'ai toujours ma tête sur les épaules ! Une femme dédaignée est plus sauvage dans sa jalousie qu'un tigre de l'Inde.

— La Seigneurie de Venise prit soin en effet de faire parvenir aux oreilles de la sultane cette histoire divertissante, que Khurrem s'empressa de croire ! D'autant plus qu'une certaine mésintelligence régnait entre elle et le sulta à propos du prince Mustafa, précisément avant le départ de Soliman pour la guerre. Cependant, cette Giulia Gonzagua fit exécuter peu après le palefrenier qui avait risqué sa vie pour la sauver, sous prétexte qu'il avait ri de son histoire et dit que le sultan préférerait un sac de farine aux charmes un peu flasques de la dame. Cette exécution a démontré mieux que tout la fausseté des allégations de la veuve.

— Donc, remarquai-je, si le malentendu a été éclairci la sultane doit savoir que je suis innocent ! Sinon, il me faut sans tarder prendre la fuite et aller chercher refuge en Perse auprès du grand vizir, bien que m'affronter aux guerriers shi'ites soit loin de me tenter !

— Elle croit en ton innocence, répondit Abou al-Kassim, et les présents somptueux que Khayr al-Dîn lui a envoyés ont entièrement dissipé ses soupçons dépourvus de fondement. De toute façon, Ibrahim se trouve actuellement au faîte de la gloire. Il est entré en grande pompe dans Tabriz, la capitale du chah où Soliman est allé le rejoindre, et la belle Khurrem n'a plus qu'à prendre son mal en patience. De nombreux jours de fête ont marqué à Istanbul la conquête de la Perse, et l'on s'apprête aujourd'hui à célébrer la prise de Tunis.

Nous embarquâmes sur mon bateau. Les étoiles scintillaient comme poudre d'argent dans le bleu sombre du ciel nocturne, et je distinguais au loin les hauts murs de ma belle maison s'élevant en terrasses au-dessus du rivage. J'étais pénétré d'un sentiment d'irréalité, la vie même me semblait un songe, une fleur, une chanson. Je désirais si ardemment retrouver Giulia et la prendre dans mes bras que je m'enfonçai les ongles dans la paume des mains pour garder mon calme. Je sautai à terre à peine les esclaves avaient-ils levé les rames pour laisser le bateau glisser sans bruit jusqu'à l'embarcadère, et l'on eût dit que j'avais des ailes pour gravir les marches qui conduisaient à la maison. Je me saisis de la première lampe venue et gagnai l'étage à la hâte en appelant Giulia, dans l'espoir de la trouver encore éveillée. Attiré par le bruit, le fidèle Alberto se précipita à ma rencontre, le cheveu en bataille et le souffle coupé de surprise de me voir de retour. Attachant fébrilement son manteau jaune, il se jeta à mes pieds en versant des larmes de joie. Il serrait mes jambes entre ses bras puissants et ne reprit ses esprits que lorsque nous parvint la voix faible de Guilia qui m'appelait ; alors seulement il me relâcha.

Giulia était étendue, dolente, sur sa couche, ses cheveux épars sur l'oreiller.

— Est-ce toi, Mikaël ? Avec tout ce tumulte, je croyais que des voleurs s'étaient introduits dans la maison ! Mais comment est-il possible que tu sois déjà de retour ? Nous étions convenues avec la sultane Khurrem que tu ne sortirais que demain. Quelqu'un a dû commettre une négligence ou se laisser corrompre ! Il mérite en tout cas un châtiment sévère pour la peur que tu m'as faite ! J'ai le cœur qui cogne à grands coups dans ma poitrine et je puis à peine respirer.

Elle me parut en effet hors d'haleine et en proie à une

telle frayeur que je levai la lampe pour la regarder et, malgré sa vivacité à tirer sur elle la courtepointe et à se cacher le visage dans les mains, j'eus le temps de voir une ecchymose sur son œil gauche et des marques rouges sur ses épaules comme si on l'eût fouettée. Muet d'horreur, j'arrachai la courtepointe : son corps nu et frissonnant était couvert de traces de coups.

— Qu'est cela ? m'écriai-je. Es-tu malade ou quelqu'un t'a-t-il battue ?

Elle se mit à sangloter et à gémir.

— J'ai glissé sur les marches perfides de l'escalier et suis tombée jusqu'en bas. C'est un véritable miracle que je ne me sois pas rompu les os ! Et tu viens t'étonner que je sois meurtrie et toute tremblante ! Heureusement, Alberto m'a aidée à me mettre au lit ; après son départ, j'ai ôté ma chemise pour examiner mes contusions et je les ai frottées avec des baumes. J'espérais être guérie pour t'accueillir demain, et voilà que tu fais irruption dans la maison comme une bête sauvage sans le moindre égard pour moi !

Elle semblait dans un tel état d'excitation que je ne répondis pas un mot. Il m'était arrivé fréquemment de glisser sur ces marches, notamment lorsque j'étais pris de boisson, et je n'avais donc aucune raison de mettre en doute ce qu'elle me racontait. Effectivement, je devais rendre grâce qu'elle ne se fût point davantage blessée ! Pourtant, quelque part tout au fond de mon cœur, et même si je me refusais encore à l'admettre, la vérité abominable, la brûlante vérité s'était révélée à moi cette nuit-là.

Je priai humblement Giulia de me pardonner mon manque de délicatesse, puis invitai Abou al-Kassim à entrer, Giulia ne pouvant quitter son lit en raison de ses blessures. Mais Abou, furieux de l'absence de la nourrice russe à laquelle mon épouse avait permis de sortir avec les autres domestiques pour fêter les victoires de Soliman, s'agita durant un moment en se grattant sans cesse jusqu'à ce qu'il se décidât à partir dans la foule à la recherche de la jeune femme pour protéger sa vertu.

A vrai dire, son départ ne m'affecta guère, au

contraire ! Je me retrouvais enfin seul avec Giulia ! Alors, excité à la fois par le vin et mes soupçons, je ne résistai plus et, malgré ses prières de prendre garde à ses blessures, je la serrai dans mes bras comme pour étouffer mes pensées. Plus la vérité déchirait mon âme, plus ardente se faisait ma passion ! Giulia céda peu à peu à mon désir, et finit par répondre faiblement à mes caresses. Elle me demanda naïvement si je l'aimais encore. Que pouvais-je dire ? Je n'aimais qu'elle au monde, déclarai-je les dents serrées, parce qu'elle seule pouvait satisfaire mon désir. Oui, c'était là l'affreuse vérité et je me détestais moi-même de subir ainsi le charme de cette femme.

Lorsque je me reposai, étendu à ses côtés, elle me gronda d'une voix gentille.

— Quel père dénaturé tu fais, Mikaël ! Tu ne m'as même pas demandé des nouvelles de ta fille ! Veux-tu lui jeter un coup d'œil pendant qu'elle dort ? Tu ne peux imaginer comme elle a grandi ! Elle promet de devenir très jolie, tu sais !

Il me fut alors impossible d'étouffer plus longtemps ce que j'avais dans le cœur.

— Non, non, je ne veux pas la voir ! m'écriai-je. Je ne veux même pas penser à elle ! Elle a Alberto ! Je ne veux rien d'autre que m'enfouir dans tes bras pour tout oublier, mes idées, mes désirs, mes espoirs, mon avenir et mon amère, ô combien amère, déconvenue ! C'est toi que j'aime, pas une autre.

Elle se dressa brusquement sur le coude, alertée par le désespoir et la violence contenus dans mes propos. Dans la lumière jaunâtre de la lampe, elle me fouilla du regard, une étrange rougeur répandue sur son visage et la bouche tordue en une grimace de cruauté. Mais j'avais appris depuis longtemps à dissimuler, et elle se recoucha calmement en haussant ses blanches épaules.

— Ne dis pas de bêtises, Mikaël ! dit-elle. Tu ne serais pas capable de négliger ton propre enfant pour l'amour de moi ! Mirmah a souvent parlé de toi, et demain il faudra que tu te promènes avec elle dans le jardin pour nous montrer à toutes les deux comme tu es un père tendre et fidèle, même si je sais que, dans le fond, les enfants ne t'importent guère. Fais-le au moins pour moi qui te le demande si gentiment, non ?

Et ce fut ainsi que le lendemain matin, elle m'amena Mirmah et que je m'acheminai avec elle vers le bassin. Au début, la fillette me tint la main docilement, comme sans nul doute sa mère le lui avait recommandé, mais bientôt, oublieuse de ma présence, elle se mit à jeter à pleines mains du sable dans l'eau pour effrayer les poissons. Je n'avais cure des poissons, et scrutai avec minutie cette enfant que Giulia prétendait mienne. Elle avait près de cinq ans ; c'était une fillette capricieuse, violente, sujette à des convulsions dès que l'on contrariait ses moindres désirs. Elle était jolie, avec des traits réguliers et sans défaut, comme ceux d'une statue grecque ; son teint uniformément sombre rendait ses yeux étrangement clairs. Tandis que nous flânions dans le jardin, Alberto nous suivait telle une ombre, comme s'il eût craint que je ne jetasse Mirmah dans le bassin. Comment donc me serais-je attaqué à cette créature qui n'avait aucune part ni dans le péché ni dans la mort de mon cœur ? Dès qu'elle se fut lassée de taquiner les poissons, Alberto s'éloigna rapidement avec elle, et je m'assis sur un banc de pierre que le soleil avait réchauffé. Vide, vide était ma tête, et je me refusais à penser.

Je n'avais guère plus de trente ans à l'époque, mais j'avais tant souffert de l'incertitude au cours de ma captivité que j'en étais arrivé à douter du but de mon existence. Et depuis mon retour, la vérité installée en moi me corrodait l'âme. De toute la force de mon désespoir, je désirais fuir la cité du sultan pour chercher ailleurs, aussi loin que possible, un coin tranquille où mener ma vie comme les autres hommes et, dans le calme, développer mes connaissances.

Hélas ! Comment renoncer à Giulia et à ma belle maison, à mon lit douillet, aux bons repas servis dans des vaisselles d'argent et de porcelaine ? Comment abandonner les poètes et les derviches, mes amis ? Et comment, par-dessus tout, délaisser le grand vizir, qui croyait en moi et avait besoin de moi ? Je ne pouvais le quitter, maintenant moins que jamais, car des nuages lourds s'amoncelaient au-dessus de sa tête en dépit de ses brillants succès. Je menais une lutte farouche pour avoir le courage de trancher, sans parvenir à décider ce qui me convenait le mieux. Le temps passait tel un courant rapide, le ver rongeait mon cœur, et je cherchais en vain dans les libations en joyeuse compagnie l'oubli et la consolation.

L'Empire ottoman vivait en apparence un âge d'or inconnu jusqu'à ce jour. La prise de Tunis lui avait apporté la haute main sur les anciennes routes des caravanes qui venaient du pays des nègres par-delà le désert, chargées de poudre d'or, d'esclaves noirs, d'ivoire et de plumes d'autruche ; en outre Tunis constituerait une base pour la conquête de la Sicile, et les hospitaliers de Saint-Jean-de-Jérusalem, la plus grande menace maritime, songeaient déjà à se replier de Malte pour aller assurer la sécurité de l'Italie continentale.

Du côté de l'Orient, les forces réunies du sultan et du grand vizir avaient quitté Tabriz et entrepris une marche difficile en direction de Bagdad. La nouvelle de la prise pacifique de la ville sainte des califes arriva, telle une apothéose couronnant maintes victoires. Toutefois, malgré tous nos succès, le chah Tahmasp se refusait à une rencontre décisive et la marche sur Bagdad nous coûta nombre de victimes.

Je reçus une lettre du grand vizir m'enjoignant de le rejoindre à Bagdad. A la seule vue de son écriture, je sus qu'Ibrahim était en proie à un grand trouble. Il m'écrivait que la guerre était loin d'être terminée, que l'armée prendrait ses quartiers d'hiver à Bagdad et recommencerait au printemps d'attaquer la Perse. Mais un esprit de trahison installé au sein des troupes nous faisait plus de tort que les armes des Persans. Tous les troubles venaient d'Iskender-tseleb, le defterdar, et, par sa faute, le plus grand désordre régnait dans les finances depuis Alep ; il avait, qui plus est, envoyé délibérément dix mille hommes à une mort certaine dans une passe montagneuse inaccessible. Il devenait de plus en plus manifeste, ajoutait Ibrahim, que toute la campagne avait été orchestrée dans l'unique intention de le discréditer en tant que seraskier. Il devait constamment se tenir sur ses gardes afin d'éviter les assassins, et ce n'était point le chah Tahmasp qui les lui envoyait ! Mais, concluait-il, il saurait faire en sorte que les conspirations de ses ennemis se retournent contre eux, extirperait la trahison du sein de l'armée et apprendrait à tous qui était le seraskier-sultan de l'Empire ottoman ! Il me recommandait de lui faire un compte rendu de tout ce qu'il était advenu au sérail durant son absence, et caressait l'idée de me confier une autre tâche dont il ne pouvait me faire part, même dans une dépêche secrète.

Plein de pressentiments, j'eus peur à lire cette missive que les épreuves et les revers de la guerre n'eussent égaré l'esprit du noble seraskier, le conduisant à voir la trahison partout, même dans les affaires les plus innocentes. Néanmoins, je devais me rendre auprès de lui puisqu'il me l'avait ordonné.

Je vais donc entamer mon dernier livre, où l'on verra comment l'étoile du destin du grand vizir Ibrahim s'obscurcit, au moment où il parvenait à la plus haute position qu'eût jamais atteinte un esclave de l'Empire ottoman.

NEUVIÈME LIVRE

L'ÉTOILE DU DESTIN DU GRAND VIZIR IBRAHIM

ABOU AL-KASSIM adressa un beau discours à la nourrice russe de ma fille pour la persuader de renoncer à la religion grecque ; ne voudrait-elle pas embrasser l'islam afin de lui permettre de l'épouser légitimement en présence du cadi et des témoins qualifiés ? La femme, séduite par l'énorme turban d'Abou, son caftan aux boutons de pierreries et ses yeux brillants de singe, applaudit de joie lorsqu'elle comprit ses honorables intentions. Je ne savais si je devais rire ou pleurer en voyant le soin jaloux qu'Abou prenait de la réputation de son épouse ! Il oublia même son avarice à l'occasion de ses noces, qu'il célébra aussi splendidement que possible. Plusieurs jours durant, il régala tous les pauvres du quartier au son des flûtes et des tambours, tandis que les femmes chantaient d'une voix stridente leurs hymnes nuptiaux traditionnels.

Pour ma plus grande joie, Giulia donna son consentement. Elle ne comprenait pas cependant comment je pouvais livrer une femme à la fleur de l'âge à un homme tel qu'Abou, et l'inciter de surcroît à renier sa foi, toute schismatique qu'elle fût. Abou al-Kassim fit le serment de prendre le fils de la Russe pour unique héritier s'ils n'avaient ensemble d'autres enfants et, au cours de la cérémonie de circoncision, lui donna le nom de Kassim de façon qu'il fût considéré à Tunis comme son propre fils.

Abou et sa petite famille avaient déjà pris la mer après

maintes bénédictions lorsque je reçus la lettre inquiète que le grand vizir m'écrivit de Bagdad. Je me réjouis qu'il me donnât l'ordre de le rejoindre, bien qu'il eût manifestement l'esprit perturbé par la tension constante que la guerre lui imposait, parce que ces derniers temps un sentiment singulier, quasi maladif, avait mis l'effroi en mon cœur. Je m'étais peu à peu convaincu qu'une malédiction pesait sur ma maison, et me préparai donc volontiers à ce long voyage. J'aspirais à me séparer de Giulia pour un certain temps aussi fébrilement que j'avais langui après elle durant ma captivité ; j'avais besoin de réfléchir dans la paix et la tranquillité sur elle et notre relation.

Giulia, loin de s'opposer à ma décision, m'envia au contraire d'aller visiter Bagdad et me confia une longue liste de choses à lui acheter au bazar. Plus le jour de mon départ approchait, plus elle me témoignait d'affection et, peu avant notre séparation, elle m'adressa d'un ton grave ces quelques mots :

— D'après les nouvelles qu'a reçues une certaine dame de haut rang, le grand vizir Ibrahim a convoqué secrètement à Bagdad un nombre important d'hommes d'État éminents, ce qui prouve à l'évidence qu'il ne prépare rien de bon. Mais Soliman, aveuglé et ensorcelé comme il est par son amitié, est incapable de voir le danger. Pourtant, l'ambitieux Ibrahim s'est encore attribué un nouveau titre et signe désormais « seraskier-sultan » à la manière des Persans. Heureusement que Khurrem a réussi à persuader le sultan de lui envoyer là-bas Iskender-tseleb, le fidèle defterdar ; non seulement il sera son conseiller, mais il le tiendra en échec par la même occasion. Du reste, le grand vizir a tenté par tous les moyens de le gêner dans sa mission et de saper son autorité.

— Je sais ! répondis-je laconiquement.

Cette histoire me plongeait dans l'angoisse. On avait déjoué récemment, grâce à la vigilance du grand vizir, une tentative de détournement de fonds destinés à la guerre. Cet événement avait suscité une grande agitation à Istanbul et les rumeurs les plus extraordinaires avaient circulé à l'intérieur du sérail.

Mais rien ne pouvait empêcher Giulia de distiller son venin dans mon oreille.

— Crois-moi, Mikaël! poursuivit-elle. Montre-toi intelligent et ne cours pas les yeux fermés à la catastrophe! Note soignement tout ce que dit le grand vizir. Calme-le! Empêche-le d'agir à la hâte ou d'une manière irréfléchie. La sultane Khurrem ne lui veut aucun mal, mais il se mettra lui-même la corde au cou s'il continue à persécuter ses amis et fidèles serviteurs, en particulier Iskender-tseleb. Ibrahim a suborné des hommes pour voler les chameaux chargés des fonds de guerre dans le seul but de discréditer le defterdar.

— J'ai un point de vue tout à fait différent de cet incident! rétorquai-je. Pourquoi le seraskier volerait-il son propre argent? En outre, il possède les aveux écrits des accusés, des aveux qui jettent une étrange lumière sur ton defterdar, comme cela a paru évident à tous les gens quelque peu raisonnables.

— Des aveux extorqués par les supplices les plus horribles! dit Giulia, la mine sombre. Peut-être alors vas-tu m'expliquer pourquoi le grand vizir a mis une telle hâte à faire exécuter ces malheureux dès qu'ils furent passés aux aveux, si ce n'est pour faire taire des témoins gênants!

— Qu'Allah me protège! m'écriai-je en proie à l'exaspération. Seule une femme peut tenir des raisonnements pareils! Comment pouvait-il en temps de guerre gracier des hommes coupables d'un tel forfait! Il était obligé, en tant que seraskier, de faire un exemple avec eux afin d'éviter que la sédition ne s'étendît.

Une expression bizarre éclaira son regard, mais elle parvint à se maîtriser au prix d'un grand effort et répondit calmement :

— Tu refuses de voir la vérité, Mikaël, et tu risques d'avoir un terrible réveil. Ne viens pas me faire des reproches lorsque, le moment venu, je ne pourrai rien pour te sauver. Je te souhaite un bon voyage pour rejoindre ton cher grand vizir! Espérons que tu trouveras en chemin le loisir de bien réfléchir à cette affaire. Sache en tout cas que de riches récompenses t'attendent si tu reprends à temps tes esprits.

Avec mes compagnons de route, je franchis en toute diligence selon les ordres du grand vizir la distance qui sépare Istanbul de Bagdad. Nous étions épuisés, aveuglés, sourds, perclus de douleurs, et souffrions atrocement des plaies produites par la selle, lorsque nous nous glissâmes à bas de nos montures pour presser un front douloureux contre la terre persane et balbutier les prières d'action de grâces. Les mosquées innombrables, les minarets, les tours de cette cité fabuleuse s'élevaient semblables à des mirages au-dessus des entrelacs des canaux d'irrigation de ses jardins fleuris, et les saintes tombes de l'islam poussaient ici plus serrées que nulle part ailleurs dans le monde. Depuis l'époque du grand iman, Bagdad avait cessé d'être la cité des califes et des Mongols l'avaient pillée et incendiée à plusieurs reprises, mais je ne laissais point de la voir resplendissante et tous les contes de l'Arabie emplissaient ma tête lorsque j'en franchis les portes. Des messagers coururent en avant de nous pour faire part au grand vizir de notre arrivée.

Nous chevauchions au pas sous les arcades désertes de la place du marché quand j'avisai en son centre une potence, gardée par des janissaires, où pendait un homme pourvu d'une longue barbe. Ce détail attira ma curiosité. Je m'approchai au galop et, saisi d'horreur, reconnus ce visage à présent bleui dans la mort, et ce fameux caftan élimé aux manches maculées d'encre.

— Allah est Allah ! m'exclamai-je. N'est-ce point là le corps du defterdar Iskender-tseleb ? Comment se peut-il faire que cet homme, le plus riche, le plus noble, le plus savant de l'Empire ottoman, soit pendu à ce gibet tel un vulgaire malfaiteur ? N'aurait-on pu au moins lui octroyer le lacet de soie verte afin qu'au nom du Miséricordieux il eût la possibilité de s'ôter la vie dans l'intimité de sa chambre ?

Quelques-uns des hauts dignitaires de la cour qui m'avaient accompagné dans mon voyage se voilèrent le visage et firent volte-face, résolus à quitter la cité sans attendre.

Les janissaires chargés de monter la garde au pied de la potence me répondirent d'un ton farouche :

— C'est la faute du grand vizir, maudit soit-il ! Le sultan n'a rien à y voir ! Quant à nous, jamais nous n'avons demandé cet honneur. Qui douterait après cela qu'Ibrahim ne complote contre l'Empire ottoman ? Du reste, cet ignoble blasphémateur de seraskier nous refuse le droit de vendre les hérétiques comme esclaves et de piller leurs biens, à l'encontre de la fatwa du mufti. On aimerait savoir combien les marchands d'ici l'ont payé pour obtenir sa protection ! Les soldes sont loin de compenser une injustice pareille, et prouvent seulement que le grand vizir n'a pas la conscience tranquille.

Si ce qu'ils disaient était vrai, on ne pouvait reprocher leur attitude aux janissaires. Iskender-tseleb, grâce à ses richesses, sa piété et ses pures origines turques, inspirait dans tout l'Empire un profond respect. Le privilège de monter la garde au pied de son cadavre pendu au bout d'une corde n'était donc du goût de personne. Je poursuivis ma route, le cœur plein de sombres pressentiments.

J'atteignis bientôt le palais que le grand vizir avait élu pour quartier général ; les gardes se montrèrent fort suspicieux à mon endroit, ils fouillèrent mes vêtements à plusieurs reprises et allèrent même jusqu'à déchirer les coutures de mon caftan à la recherche de poison ou d'armes cachées.

Cette défiance me fit entrevoir l'esprit de terreur qui devait régner à Bagdad ! Enfin ils me prirent par le coude et me conduisirent en présence du grand vizir que je trouvai en proie à une vive agitation ; il marchait de long en large dans la salle de marbre, l'air inquiet, ses beaux traits bouffis et les yeux injectés de sang du fait de la tension nerveuse et du manque de sommeil ; lui qui jadis prenait si grand soin de ses ongles les rongeait à présent, et je le vis s'arrêter à plusieurs reprises pour boire une gorgée de vin aux épices. Dès qu'il m'aperçut, il se précipita pour m'embrasser sans souci de sa dignité, puis il congédia les gardes et s'écria :

— Enfin un visage de confiance au milieu de tous ces traîtres ! Bénie soit ton arrivée, ô Mikaël el-Hakim ! Jamais je n'ai eu si terrible besoin d'un ami clairvoyant et impartial !

De la façon la plus neutre et détachée possible, il me donna un bref compte rendu du déroulement de la campagne depuis le départ d'Alep ; j'écoutai en pesant bien ce qu'il disait et m'aperçus qu'il avait réuni tant de preuves de la trahison d'Iskender-tseleb qu'il ne subsistait aucun doute sur cette affaire.

Iskender avait été nommé kehaya en dépit du seraskier. Il était donc chargé du ravitaillement et de l'entretien de l'armée, mais sa haine aveugle contre le grand vizir l'avait tout au long de la campagne porté à agir au pire des intérêts des troupes. Ibrahim avait réussi à convaincre le sultan de le démettre de ses fonctions de kehaya au début de la terrible marche qui mena l'armée de Tabriz à Bagdad, mais il était déjà trop tard ! L'on s'avisa de l'état pitoyable des équipements et des approvisionnements de vivres, ainsi que du désordre et de la confusion provoqués par les agents secrets, lorsque la neige se mit à tomber, que les pluies inondèrent tout et que les routes se transformèrent en marécages infinis. Le grand vizir n'hésita pas un instant à accuser Iskender-tseleb de la perte des animaux de bât tombés d'inanition en raison à la fois de l'état lamentable du train de bagages et du manque de fourrage. De plus, la reconnaissance du pays qu'avait effectuée le kehaya s'était révélée insuffisante et il avait établi un itinéraire épouvantable au point que l'on eût dit qu'il avait choisi à dessein les pires chemins afin de saper le moral des troupes et de les inciter à la révolte contre le seraskier.

— C'est par vanité que j'ai suivi ses fallacieux conseils, par vanité que j'ai quitté Tabriz sans attendre l'arrivée du sultan ! Quel triomphe si j'avais vaincu le chah à moi tout seul ! dit Ibrahim en toute sincérité. J'ai compris bien trop tard qu'Iskender ne me poussait que dans le but inavoué de me détruire et de me discréditer aux yeux de mon seigneur et maître. De plus, j'ai maintenant la preuve que, tout au long de notre marche, le defterdar n'a cessé d'entretenir des relations secrètes avec les Persans et leur a donné toutes les indications sur nos itinéraires et nos intentions de sorte qu'ils fussent en mesure de se retirer à temps pour éviter une bataille rangée. Si ce n'est point là trahir, qu'on me dise comment je dois l'appeler ! A la fin, c'était sa tête ou la mienne ! Pourtant, depuis son exécution, un sentiment d'impuissance m'oppresse, je me sens pris dans un filet. Ma tête est en jeu, et il n'y a personne ici en qui je puisse avoir confiance !

Tandis que nous devisions en buvant du vin, des serviteurs affolés, portant des heaumes dorés, firent irruption dans la pièce pour nous informer que le sultan venait de se réveiller de sa méridienne et paraissait hors de lui ; il hurlait en se déchirant la poitrine et nul n'avait réussi à le calmer. Je courus sur les pas d'Ibrahim dans la chambre de Soliman : il se tenait debout au milieu de la pièce, les yeux perdus dans le vague, la sueur dégoulinant sur son visage, et il tremblait des pieds à la tête. Il parut recouvrer ses esprits à la vue du grand vizir et, s'essuyant le visage, balaya toutes les questions pleines d'anxiété avec ces mots :

— J'ai fait un mauvais rêve !

Son cauchemar avait été si terrible qu'il préféra ne point le conter, et le grand vizir lui proposa d'aller avec lui au hammam. Tous deux, sous prétexte de leurs nombreuses charges et de leurs soucis, avaient bu plus que de raison et il n'y avait pas à s'étonner qu'ils fussent la proie de cauchemars et même de rêves éveillés ! Mais le sultan resta plongé dans ses pensées, garda les yeux baissés et se refusa à regarder le grand vizir en face.

L'exécution d'Iskender-tseleb, qui avait déclenché un tel tumulte à Bagdad, eut tout de même pour effet de clarifier la situation en montrant à tous qui était le maître. Elle entraîna également un remaniement de l'administration et certains dignitaires se retrouvèrent de ce fait à un échelon supérieur de la hiérarchie. Ceux-là au moins avaient quelque raison d'éprouver de la reconnaissance à l'égard du grand vizir. En outre, les provinces persanes récemment conquises offrirent de nouveaux postes intéressants ; grâce à quelques nominations judicieuses et diverses autres mesures, un semblant d'ordre fut restauré et l'on entendait même quelques ovations sur le passage du sultan et du grand vizir lorsqu'ils se rendaient à cheval à la mosquée ou allaient visiter les tombes des saints aux alentours de la cité.

Au cours de ces pieux exercices, Soliman ne manquait jamais de déplorer que les shi'ites eussent autrefois détruit le tombeau du fondateur de la sunna, le sage Abou-Hanif. Dans leur fanatisme d'hérétiques, ils avaient même brûlé les os du saint homme de sorte qu'aucun sunnite n'avait depuis lors pu rendre hommage au plus vénérable des saints de la vraie voie.

Bien que le mécontentement au sein des troupes fût pour le moment apaisé, le grand vizir songeait avec quelque inquiétude au retour du printemps et à la reprise des hostilités contre la Perse. Il avait engagé un savant historien chargé de tenir la chronique des événements, et, après s'être ainsi assuré d'un récit fidèle et impartial sur la future campagne, interrogeait l'érudit au sujet du passé ; il revenait inlassablement sur l'histoire d'Eyoub, le porte-drapeau du Prophète et se faisait raconter sa vie par le menu. Eyoub était mort en héros devant les remparts inexpugnables de Constantinople et des siècles plus tard, ses os sacrés avaient été retrouvés dans sa tombe oubliée ; cette découverte avait enflammé l'ardeur des janissaires de Mehmet le Conquérant au moment de l'assaut victorieux contre l'antique Byzance.

Je remarquai une lueur étrange dans les sombres prunelles d'Ibrahim lorsqu'il me dit :

— Une autre découverte de ce genre viendrait à point nommé pour insuffler aux troupes courage et enthousiasme. Hélas ! Je crains que l'époque des miracles ne soit à jamais révolue !

Je m'engage à présent à ne point prendre parti dans le récit qui va suivre : il existait une tradition secrète que se transmettaient les descendants d'un des gardiens du tombeau d'Abou-Hanif, selon laquelle leur ancêtre, après avoir rejeté l'hérésie shi'ite, avait récupéré les restes du saint pour les enterrer en un autre endroit ; il avait déposé à leur place dans la tombe les os d'un hérétique qui avaient plus tard brûlé, tandis que les reliques sacrées du maître vénérable reposaient en sûreté quelque part à l'intérieur des murailles de Bagdad.

Un des descendants directs du gardien raconta cette histoire, moyennant récompense, à l'un des domestiques du sultan qui la rapporta à son tour au grand vizir. Ce dernier ordonna aussitôt à un certain Tashkun, vieil homme pieux et érudit, de se mettre en quête du lieu où reposaient les os.

Après maintes recherches et fouilles minutieuses au milieu des ruines, Tashkun enjoignit à ses hommes de creuser le sol dans une maison écroulée. Ils ne tardèrent pas à mettre à jour une ancienne cave de laquelle s'échappaient de forts effluves de musc. On se hâta de faire part de cette découverte à Ibrahim qui se rendit sans attendre sur les lieux. Il se mit en devoir de desceller lui-même quelques pierres et ouvrit une brèche suffisamment large pour laisser le passage libre.

Ainsi découvrit-on la dernière demeure du grand iman dont l'odeur mystérieuse garantissait la sainteté. Le grand vizir envoya sur-le-champ un messager au sultan qui vint au plus tôt et descendit dans la tombe. Alors il fut permis à l'armée tout entière de constater que Soliman et Ibrahim avaient, par la grâce d'Allah, retrouvé les restes du saint perdus de si longs siècles et miraculeusement conservés. Le sultan passa près d'un jour et une nuit dans le jeûne et les prières auprès du tombeau et sa ferveur gagna les troupes ; même les plus réservés parmi les soldats durent admettre qu'Abou-Hanif en personne souhaitait que l'on extirpât l'hérésie shi'ite et que le chemin de la sunna, dont il était le fondateur, occupât enfin la place d'honneur dans tous les pays de l'Islam.

Naturellement je visitai moi aussi le tombeau. Je vis le crâne jaune-brun ainsi que le squelette dans son linceul pourri et constatai que ces restes répandaient la même odeur que celle qui avait frappé mes narines d'enfant lorsque, en récompense de mes travaux d'escholier, j'avais eu l'honneur d'aider à enchâsser les os de saint Hemming en la cathédrale d'Åbo. Cependant l'à-propos de cette étrange découverte ne laissa point de m'inspirer une certaine réserve et j'interrogeai à son sujet le grand vizir dès que l'occasion s'en présenta. Le sachant homme de peu de foi, je lui demandai si c'était une tromperie ou quelque illusion diabolique.

Ibrahim posa sur moi ses yeux brillants. Tout son être semblait purifié par le jeûne et la prière lorsqu'il me répondit d'une voix ferme et convaincante :

— Tu peux me croire ou non, Mikaël, mais la découverte de ces os est la plus grande surprise de ma vie ! Il est vrai que j'avais préparé une mystification et enseveli, avec l'aide des derviches les plus fidèles, quelques os d'une sainteté convenable pour que le vieux Tashkun, dont la foi est crédule, les trouve en temps opportun. Nul doute d'ailleurs qu'ils ne soient encore cachés à la place où nous les avions mis ! Lorsque Tashkun, grâce à ses songes et autres visions, a réellement découvert la tombe d'Abou-Hanif, j'étais mille fois plus étonné que lui ! Mais si des choses semblables m'arrivent, alors je suis certain que l'étoile de mon destin ne manquera point d'atteindre le zénith.

L'esprit suspicieux du sérail avait contaminé mon âme et je ne fus guère convaincu.

Toutefois la découverte des os sacrés d'Abou-Hanif réussit à effacer tous les souvenirs désagréables et l'armée passa le reste de l'hiver dans les banquets et les réjouissances. Le printemps ramena la sérénité dans le cœur du grand vizir ; son désespoir laissa la place à une humeur joyeuse et détendue. Rien ne lui paraissait impossible et il prenait le monde entier à témoin de ses triomphes. Il avait envoyé un messager pour annoncer à Venise et à Vienne la prise de Bagdad, et l'ambassadeur de France était en route avec une brillante suite pour lui apporter ses compliments ainsi que des propositions d'alliance. Aux yeux de tous, Ibrahim semblait donc au faîte de sa gloire et de sa renommée.

Il ne se laissait point aveugler cependant et m'appela,

avant mon départ de la cité fabuleuse, afin de me donner ses dernières instructions.

— Je ne supporterai plus de trahisons et me montrerai désormais impitoyable pour quiconque osera comploter contre moi, dit-il. Tu vas te rendre à Tunis où il faut, si tu tiens à ta tête, empêcher Khayr al-Dîn de succomber aux flatteries, qu'elles viennent du sérail ou de l'empereur. Qu'il n'oublie pas ce qu'il me doit ! Ce n'est point pour l'aider à étendre son propre royaume que je l'ai nommé kapudan-pacha ! Il a pour mission à présent de tenir immobilisés en mer Doria et Charles, afin que je n'aie point à me soucier de mes arrières pendant que je guerroie en Perse. Fais-le lui bien comprendre et dis-lui qu'il peut perdre ses queues de cheval aussi soudainement qu'il les a obtenues !

Puis, en témoignage de sa faveur et de sa confiance immuable, il me fit des présents d'une richesse dépassant toutes mes espérances ; à voir leur splendeur, je mesurai les sommes que les marchands de Bagdad devaient lui avoir versées pour s'assurer sa protection. Je ne pus m'empêcher de rêver à l'avenir glorieux qui m'attendait si la fortune continuait à lui sourire et si je me montrais toujours digne de sa confiance.

De retour à Istanbul, je trouvai Giulia dans un état de vive exaltation.

— Le sérail est en pleine ébullition après l'assassinat d'Iskender-tseleb et Ibrahim ne compte plus ici un seul ami ! Il a prouvé que ni la naissance, ni la fortune, ni le mérite, ni la fidélité la plus éprouvée au service du sultan, ne peuvent protéger un homme contre sa folie assoiffée de sang.

Elle n'arrêta point là son discours mais je ne lui prêtai guère attention. Mon âme était encore pleine des merveilles de Bagdad et je n'abritais pas le moindre doute qu'en dépit de toutes les intrigues, l'étoile du destin du grand vizir se trouvait à son zénith.

Peu après mon arrivée, un riche marchand de pierres précieuses vint me rendre visite. Il m'offrit des présents magnifiques et, en guise d'introduction, m'apporta les salutations d'Aaron de Vienne. Après les échanges de politesse, il me dit :

— Il paraît que tu es l'ami de l'honorable Khayr al-Dîn, ô Mikaël el-Hakim ! On dit que l'été dernier, lorsqu'il a attaqué Tunis, le sultan Moulay-Hassan s'est vu contraint de fuir de la casbah. Dans sa précipitation, il a oublié un sac de velours rouge qui contenait deux cents beaux diamants d'une taille considérable. Cependant il n'est fait aucune mention de ces pierres dans la liste des présents envoyés au sultan par Khayr al-Dîn et nous n'avons trouvé nulle trace de leur vente, pas plus à Istanbul qu'à Alep ou au Caire. J'ai mené à ce sujet une enquête minutieuse auprès de mes confrères de diverses cités car, comme tu l'imagineras, un trésor d'une telle importance a éveillé ma curiosité.

« Tu peux me parler franchement et me dire sans crainte tout ce que tu sais de cette affaire, Mikaël el-Hakim ! Je t'en offrirai les plus hauts prix sans en souffler mot à quiconque. Je puis vendre ces diamants aux Indes ou même en Chine, et nul n'en saura jamais rien. Je suis coutumier de ce genre de négoce et si, comme je le suppose, le grand vizir est impliqué dans cette affaire qui représente des sommes fabuleuses, il n'aura rien à redouter de ses suites.

— Allah est Allah ! m'exclamai-je avec indignation. Où es-tu allé chercher cette histoire insensée ? Et comment oses-tu insulter le grand vizir par la seule mention de son nom dans une affaire de cette espèce ! Sache que je n'ai jamais entendu parler de ces pierres !

Le juif jura qu'il disait la vérité et ajouta pour tenter de me convaincre :

— Moulay-Hassan lui-même s'est plaint de cette perte dans une lettre adressée à l'empereur, une lettre qu'un de mes confrères a vue de ses yeux. Du reste, l'envoyé du sultan de Tunis à la cour impériale en a parlé publiquement pour mettre l'accent sur les richesses de son maître.

Fou de rage, je saisis le juif par sa barbe et lui secouai la tête en criant :

— Que dis-tu, misérable ? Que fait l'envoyé de Moulay-Hassan à la cour de l'empereur ?

Le brave juif dégagea sa barbe et me répondit sur le ton du reproche :

— Es-tu étranger ici ? Ces nouvelles sont sur toutes les lèvres à Istanbul ! Les hospitaliers de Saint-Jean-de-Jérusalem ont, avec le pape en personne, demandé à Charles Quint de chasser Khayr al-Dîn de Tunis. De son côté, le sultan Moulay-Hassan en a appelé à l'empereur, sous prétexte que seule sa loyauté à son égard lui a attiré ses malheurs. Charles se doit en contrepartie de tenter au moins de lui porter secours.

Si cet homme disait la vérité, il était grand temps pour moi de me rendre à Tunis afin d'accomplir ma mission au plus vite et de revenir avant l'attaque impériale. J'aurais dû me fier à la prévoyance du grand vizir au lieu de traîner si longtemps en chemin ! Je m'empressai donc de congédier le juif, lui répétai que j'ignorais tout de cette histoire de diamants et lui promis d'enquêter en secret à leur sujet. Promesse que je ne fis que dans le dessein de me débarrasser de lui rapidement, car j'avais en tête bien d'autres idées plus préoccupantes à ce moment-là !

Des vents favorables et une galère rapide m'eurent bientôt porté en vue des côtes brûlées de soleil de la Tunisie. L'étendard rouge et vert au croissant d'argent de Khayr al-Dîn flottait sur la tour de la forteresse de La Goulette où régnait une grande activité ; on creusait des tranchées, on élevait des barricades et des palissades et des milliers d'esclaves espagnols et italiens, le corps bronzé à demi-nu, élargissaient le canal qui menait à Tunis. La cité elle-même se trouve au bord d'un lac salé peu profond et des marécages la séparent de la mer. Je fus pénétré d'un vif sentiment de soulagement à contempler les files serrées des galères de guerre de Khayr al-Dîn à l'ancre dans le port, toutefois ce ne fut qu'une fois dans la ville que je me rendis véritablement compte de ce que signifiait la dernière victoire du seigneur de la mer. J'avais certes beaucoup entendu parler de la richesse et de la puissance de Tunis, mais je connaissais aussi la tendance à l'exagération de Khayr al-Dîn ou de Sinan le Juif et n'en avait cru qu'une partie ! Les remparts de cette cité abritaient, outre la casbah et la grande moquée, près de douze mille bâtisses, soit au moins deux cent mille habitants. Tunis soutenait à l'époque la comparaison avec les villes les plus importantes d'Europe. Khayr al-Dîn ignorait le nombre des esclaves chrétiens qui, d'après mes estimations, ne devaient point excéder les vingt mille. Ainsi constatai-je avec plaisir que la reconquête de Tunis pour Moulay-Hassan donnerait du fil à retordre même à un adversaire aussi puissant que Charles Quint. Khayr al-Dîn n'avait réussi à la prendre que par ruse ; il avait incité ses habitants à la révolte mais, même après la fuite du sultan, avait dû soutenir de violents combats de rue avant que la population ne rendît les armes.

Les tours puissantes de La Goulette, qui se dressaient tel un défi, semblaient imprenables et bloquaient la route qui menait à l'intérieur de la cité en suivant le canal ; sur l'autre rive, d'innombrables lacs et marais aux eaux perfides rendaient tout encerclement impossible.

Khayr al-Dîn me reçut avec toutes les marques de la plus vive allégresse. Il me serra dans ses bras comme un fils retrouvé et me traita avec une telle prodigalité que je commençai à craindre le pire. Il ne me laissa pas ouvrir la bouche et se vanta bruyamment de ses défenses et de la bonne leçon qu'il ne manquerait point de donner à l'empereur et à Doria, s'ils s'aventuraient un peu trop près de Tunis. Mais il se renfrogna subitement lorsque je lui demandai la raison pour laquelle ses superbes vaisseaux se trouvaient au mouillage dans le port au lieu de rechercher en haute mer une bataille rangée avec Doria. Il s'empressa alors de m'interroger à son tour sur les derniers événements de la guerre persane et voulut tout savoir au sujet de l'exécution d'Iskender-tseleb qu'il ne connaissait que par les rumeurs mensongères du sérail. Était-il vrai que le grand vizir avait perdu la tête et courait à quatre pattes, l'écume à la bouche en mordant les tapis ? Je rétorquai sèchement que ces assertions relevaient de la pure malveillance. Il m'écouta avec attention en se caressant la barbe et il me sembla discerner une lueur coupable dans ses yeux proéminents comme d'un enfant surpris à mal faire. Je sentis s'accroître mes appréhensions.

Antti se trouvant hors de la ville, occupé à diriger les fortifications, je me mis en quête dans la soirée d'Abou al-Kassim. Il s'était acheté une jolie maison et, faisant fi de son avarice, l'avait meublée richement ; de plus, une troupe d'esclaves servaient sa femme et son enfant. En le voyant aujourd'hui, il était difficile de se souvenir du petit marchand qui avait fait sa fortune en falsifiant des drogues et en inventant de nouvelles appellations pour des onguents vieux comme le monde.

Avec une fierté toute paternelle, il fit venir Kassim, vêtu d'une manière splendide, pour me saluer et se conduisit comme si j'ignorais que le garçon ne fût point son fils. Puis, contrairement à la tradition musulmane, il permit à son épouse russe de se présenter devant moi avec un petit voile transparent sur le visage pour le seul plaisir de me faire admirer le luxe de ses vêtements et de ses bijoux ; à côté d'elle, il ressemblait à une araignée toute grise.

Une fois femme et enfant renvoyés au harem, Abou al-Kassim m'offrit à boire.

— Les janissaires et les renégats de Khayr al-Dîn, me dit-il d'un air inquiet, sont loin d'être les meilleurs bergers de la terre et leur façon de tondre les troupeaux confiés à leur garde a soulevé un vif mécontentement parmi la population de Tunis, particulièrement dans les vieilles familles arabes qui étaient, du temps des sultans, membres du conseil et pouvaient gouverner la cité à leur guise.

« Il n'y a guère plus d'un mois, un marchand espagnol a débarqué ici. Cet homme n'a, semble-t-il, aucune notion de la nature ni de la valeur de ses marchandises ; il vend pour une bouchée de pain les plus précieuses à des clients choisis dans l'espoir de gagner leurs bonnes grâces. Il vend également des épices et des parfums, sans le moindre respect pour les prix dont nous sommes ici convenus entre marchands. Tu peux imaginer mon indignation quand j'entends parler de cet individu !

Abou al-Kassim prit un air offensé et me coula un regard en coin tout en buvant une gorgée de vin.

— Cet Espagnol a à son service un Maure chrétien beaucoup trop porté à se promener la nuit, non pas en soupirant, une rose à la main, mais pour rendre visite aux plus chauds partisans de Moulay-Hassan et autres mécontents. Par pure curiosité, j'ai épié les faits et gestes de ces deux personnages ; ainsi ai-je eu l'occasion de voir à plusieurs reprises l'Espagnol se rendre ouvertement à la casbah pour offrir sa marchandise à Khayr al-Dîn en personne ! Et ce n'est pas tout ! Notre seigneur de la mer a eu de longues conversations privées avec lui. Je suis prêt à parier que cet étranger est un agent impérial et — eu égard à son comportement téméraire et au fait qu'il a pour domestique un Maure chrétien — probablement un gentilhomme espagnol.

Nous parlâmes jusqu'à une heure avancée de la nuit ; dès le lendemain matin, je me rendis au port pour monter à bord du navire de l'Espagnol sous prétexte d'acheter un beau face-à-main vénitien. Lorsque le Maure annonça à son maître l'arrivée d'un client riche et distingué, celui-ci s'empressa de me rejoindre sur le pont et me salua fort respectueusement. Il me suffit d'un coup d'œil à ses traits, ses mains et son maintien pour me convaincre qu'il n'avait jamais vécu au milieu des épices. Il ne tarda guère à amener la conversation sur les événements du monde et manifesta un vif désir d'apprendre les dernières nouvelles lorsque je lui dis que je venais du sérail d'Istanbul afin d'entrer au service de Khayr al-Dîn. Sans déguiser la vérité, je lui relatai l'agitation qui régnait au sein du sérail, les soupçons concernant le grand vizir et ajoutai qu'en dépit de la prise de Bagdad, personne ne croyait plus à une heureuse conclusion de la guerre contre la Perse. Ensuite, mais en mentant cette fois, je racontai que j'estimais le temps venu pour moi de me trouver un nouveau maître parce que nul, fût-il le plus honnête homme du monde, ne pouvait se soustraire à la méfiance maladive du grand vizir. L'Espagnol déduisit de mes doléances que j'avais dû commettre quelque forfait et venais à Tunis pour échapper au courroux d'Ibrahim. Il m'invita alors à entrer dans sa cabine luxueusement aménagée et m'interrogea sur le lieu de ma naissance et sur ce qui m'avait amené à prendre le turban ; il fit remarquer, comme en passant, que le pape, à l'instigation de l'empereur, avait récemment accueilli dans le sein de l'Église plusieurs renégats éminents ; il leur avait pardonné leur reniement sans poser trop de questions gênantes en raison des services signalés qu'ils avaient rendus au souverain.

Il ne nous en fallut pas plus pour nous sentir en confiance et l'Espagnol me révéla qu'il s'appelait Luis de Presandes, qu'il était né à Gênes, appartenait à la suite personnelle de Charles et jouissait de sa confiance pleine et entière pour les affaires compliquées qu'il avait accoutumé de lui laisser traiter. Charles devait sous peu s'embarquer pour Tunis avec la flotte la plus puissante que l'on eût jamais vue. Les citoyens fidèles, lassés du régime de terreur instauré par les Turcs, désiraient le retour du noble Moulay-Hassan, leur sultan légitime, et se tenaient prêts à se soulever le moment venu pour soutenir l'action de l'empereur. Les hommes intelligents devaient savoir naviguer selon les vents dominants et nul au monde n'ignorait que Charles était un souverain épris de justice ; il n'oublierait jamais celui qui se repentirait sincèrement de ses erreurs passées pour se mettre au service de la bonne cause ; en revanche, terrible serait le châtiment de tous les renégats qui, persistant dans le reniement de leur foi, serviraient encore les Turcs.

Il espérait avec ce discours tout à la fois m'attirer et m'effrayer ; enfin il m'exhorta, au nom du Christ et de sa mère, à me souvenir de la foi de mon enfance et à retourner dans la société des chrétiens pour gagner le pardon de mon grave péché. Il pleurait tout en parlant et je ne laissai point de verser moi aussi quelques larmes, ayant un cœur tendre toujours sensible aux belles paroles. Je ne lui fis cependant aucune promesse, pas plus que je n'acceptai l'argent qu'il m'offrit ; Antti m'avait appris à respecter le code de la guerre et la nature dangereuse de tels salaires. Cela ne nous empêcha point de nous séparer comme de vieux amis et je lui promis de réfléchir à sa proposition. J'allai même jusqu'à jurer sur la croix et sur le Coran de ne souffler mot de ce qu'il m'avait confié.

A vrai dire, ce serment m'eût mis dans une situation embarrassante si le zèle religieux de l'Espagnol ne m'eût inspiré une idée. Deux jours seulement après cette entrevue, Abou al-Kassim réussit à convaincre le domestique maure de messire de Presandes de revenir d'un cœur repentant à la foi de ses ancêtres musulmans et de révéler les manigances de son maître, de crainte des châtiments affreux qui attendaient les apostats.

Ce fut ainsi que, sans rompre mon serment, je pus tout de même me présenter chez Khayr al-Dîn.

— Qu'a donc à traiter le kapudan-pacha de la Sublime-Porte avec l'émissaire secret de l'empereur ? lui dis-je. Qu'as-tu dans la tête, Khayr al-Dîn ? Crois-tu vraiment que le grand vizir n'a pas le bras assez long pour t'atteindre, fût-il au fin fond de la Perse ?

Khayr al-Dîn sursauta mais s'empressa de protester.

— Le noble Presandes, en qualité d'ambassadeur de l'empereur, jouit de l'immunité. Je n'ai entretenu son espoir que pour gagner du temps et terminer les travaux de défense de Tunis ! Et il m'était impossible de le recevoir ouvertement sous peine d'éveiller les soupçons des agents du grand vizir ! Voilà toute la vérité, Mikaël, et je te supplie de croire que je suis innocent.

Visiblement mal à l'aise, il se frappait la barbe et tout dans son attitude trahissait la crainte qu'inspire une conscience coupable. Je lui révélai alors le plan secret de l'Espagnol d'inciter les habitants de Tunis à la rébellion pour soutenir l'empereur dès son arrivée, et lui tendit une liste que m'avait donnée le Maure ; il trouverait là les noms des cheikhs et des marchands recommandés à Presandes par l'envoyé de Moulay-Hassan à Madrid. Khayr al-Dîn devint sombre et avec un rugissement qui fit trembler les murs de la casbah, s'écria :

— Ce chien d'infidèle m'a trahi ! Il m'a pourtant montré des instructions écrites de la main de l'empereur ; elles l'autorisaient à m'offrir un pouvoir indépendant sur l'Algérie, Tunis et d'autres cités, à condition que j'abandonne le service du sultan ! Je n'avais évidemment pas la moindre intention de quitter le sultan auquel je dois ma position élevée. Mais toutes les faveurs sont fragiles et je ne voyais rien à perdre à discuter avec Presandes pour tirer avantage des généreuses dispositions de l'empereur. Ce Charles est encore plus fourbe que ce que je croyais et plus jamais je n'ajouterai foi aux serments d'un chrétien !

Je m'avisai, en écoutant ces aveux incohérents, que l'Espagnol était loin d'être aussi simple et naïf que je l'avais pensé. En fait, il avait su assurer sa position vis-à-vis de Khayr al-Dîn de sorte que ce dernier lui permît de partir même si quelqu'un venait le dénoncer. Le Turc dans ce cas rirait sous cape, pensait-il, s'estimant lui-même mieux au fait que personne des activités de l'Espagnol à Tunis ! Il avait commis une erreur et Khayr al-Dîn le fit arrêter sur-le-champ. On découvrit dans une cachette à bord de son navire d'autres instructions de Charles prouvant à l'évidence la supercherie et la traîtrise de ses négociations. Et il eut beau crier et en appeler à l'immunité des ambassadeurs, l'épée s'abattit sur son cou, mettant fin à jamais à ses protestations.

Je savais maintenant à quoi m'en tenir sur la nature irrésolue et peu sûre de Khayr al-Dîn et n'avais plus qu'à rejoindre Istanbul si je voulais éviter les prochaines violences et effusions de sang. Mais le temps s'écoulait rapidement et je me laissais aller soir après soir à l'hospitalité d'Abou al-Kassim. Je souhaitais également voir Antti avant mon départ pour le convaincre de quitter Tunis avec moi. Ce ne fut que lorsque je le rencontrai allant nu-pieds et vêtu de haillons crasseux dans la cour de la casbah que j'appris que Khayr al-Dîn, non seulement s'était tu au sujet de mon arrivée, mais encore avait tout fait pour nous séparer. Attitude compréhensible de la part d'un général prévoyant comme Khayr al-Dîn qui ne désirait pas perdre un bon artilleur précisément au moment où la guerre allait éclater.

Nous tombâmes dans les bras l'un de l'autre.

— Je veux partir d'ici ! s'écria Antti. Khayr al-Dîn m'a

couvert de ridicule aux yeux de tous les canonniers décents lors des combats contre les Berbères et les Arabes du désert, l'hiver passé ! Il a exigé que je monte des voiles à mes canons et naturellement ce système aide un peu au sol avec le vent en poupe. Mais lorsque j'ai vu mes honnêtes canons courir devant moi comme autant de catins, cotillons à l'air, j'ai eu honte ! Et Khayr al-Dîn en riant à décidé de mettre des voiles plus grandes ! Jamais je ne lui pardonnerai ce déshonneur ! De toute façon je doute fort qu'il soit capable de se battre sur terre. Et puis, la sauvagerie avec laquelle on traite les esclaves chrétiens me répugne. Vraiment, je préfère retourner à Istanbul avec toi !

Antti avait à présent l'allure d'un moine grec ou de quelque pieux derviche. Il s'était laissé pousser la barbe qui lui faisait autour du visage une véritable forêt. Je pensai en le voyant qu'il était temps de s'occuper de lui avant qu'il ne devînt complètement fou.

— J'ai toujours été un brave garçon, dans le fond, dit-il. Tous mes chagrins et mes malheurs m'ont amené à mieux comprendre les gens qu'autrefois et je ne vois plus la raison pour laquelle il faut toujours se battre les uns contre les autres ! Si tu avais vu comment les renégats et les janissaires ont traité les captifs italiens, hommes ou femmes ! Je ne puis croire que le but de la vie soit dans la destruction aveugle et le carnage ! Toutes ces pensées m'ont donné des maux de tête que la chaleur africaine n'arrange guère, mais je châtie mon corps pour tous ses méfaits en jeûnant et laissant le soleil me brûler le dos.

Je le saisis par le bras pour le conduire aux bains sans plus attendre, et de là à la maison d'Abou al-Kassim où il pût mettre des vêtements propres. Mais à la porte de la casbah, il se souvint d'une affaire et me dit, une lueur étrange dans le regard :

— J'ai quelque chose à te montrer. Viens !

Il m'amena vers les tas de fumier après les écuries et, une fois arrivé là, lança un sifflement. Un petit garçon, âgé de six ou sept ans, sortit en rampant de sa cachette et le salua avec un cri de joie tel un chien au retour de son maître. L'enfant, couvert de guenilles, portait sur la tête une sorte de toque de velours rouge mais parvenait à peine à ouvrir les yeux tant ils étaient enflés par les piqûres de mouches. Il avait les bras et les jambes maigres et tordus et semblait faible d'esprit. Malgré tout, Antti le prit dans ses bras et le lança en l'air jusqu'à le faire hurler de joie, puis il lui tendit un morceau de pain et une botte d'oignons qu'il sortit de sa besace pendue à sa ceinture.

— Donne-lui un aspre ! me dit-il. Qu'il soit neuf et brillant !

Ainsi fis-je, au nom du Miséricordieux. L'enfant regarda Antti qui approuva de la tête, avant de disparaître derrière les tas de détritus. Il revint bientôt, lança un autre coup d'œil à Antti et me donna un caillou souillé. Je le pris pour lui faire plaisir et fis semblant de le glisser dans ma bourse mais peu désireux de prolonger le petit jeu, je pressai Antti de nous éloigner. Il donna une tape amicale sur le crâne du garçon, lui fit un signe de tête et nous le quittâmes. Tout en marchant, Antti parlait à voix basse comme pour lui-même : il avait confié cet enfant aux soins des palefreniers après l'avoir sauvé des janissaires au moment de la prise de la casbah. Il fouilla dans sa besace et en sortit une poignée de petits cailloux sales à peu près de la taille d'un ongle, identiques à celui que le garçon m'avait donné.

— Il n'est pas ingrat en tout cas ! remarqua-t-il en me montrant sa main pleine. Chaque fois que je lui apporte à manger, il me remet un de ces cailloux et il m'en troque autant que je veux contre des aspres vraiment brillants.

Je commençai réellement à m'inquiéter pour la raison d'Antti.

— Le soleil doit t'avoir un peu tapé sur la tête ! Veux-tu dire que tu échanges des pièces d'argent contre des morceaux de cailloux et qu'en plus tu les conserves soigneusement dans ton sac ?

Les doigts salis par la fiente de volaille collée sur le mien, je fis mine de le lancer au loin, mais Antti retint mon geste.

— Crache dessus et frotte-le contre ta manche ! intima-t-il.

Tout en rechignant à souiller mon beau caftan, je m'exécutai et constatai que le caillou, une fois nettoyé, brillait comme du verre poli. Je sentis un frisson dans mon dos mais n'osai encore croire que je tenais réellement un diamant dans la main, d'autant qu'un de cette taille aurait valu plusieurs milliers de ducats.

— C'est un vulgaire morceau de verre ! commentai-je, la voix enrouée.

— Je l'ai pensé aussi ! Mais il se trouve que j'ai montré la plus petite de ces pierres à un juif de confiance dans le bazar et qu'il m'en a offert aussitôt cinquante ducats ! J'en ai conclu qu'il en valait au moins cent fois plus et l'ai remis dans mon sac. Je ris tout seul parfois rien que de penser à l'énorme fortune qui cliquette dans ma besace !

J'avais tout de même quelque difficulté à le croire, lorsque je me souvins soudain du couvre-chef de velours rouge que portait l'enfant.

— Allah est en vérité le Miséricordieux ! criai-je en me frappant le front. Cet idiot a eu tout le temps de fouiller dans les pièces vides de la casbah avant sa capture et c'est lui, à coup sûr, qui a trouvé le sac de velours que Moulay-Hassan a oublié dans sa fuite précipitée !

Je contai alors à Antti ce que m'avait révélé le marchand juif à Istanbul et suggérai de retourner immédiatement sur nos pas pour prendre le reste des deux cents pierres au garçon.

— Ce n'est pas la peine ! répondit Antti. Il ne se sépare jamais de plus de deux pierres à la fois. Il est plus rusé qu'un renard malgré toute son idiotie, et j'ai eu beau l'espionner, je n'ai jamais réussi à découvrir sa cachette.

— L'affaire est un peu compliquée et mérite réflexion, ajoutai-je. Ces diamants, étant la propriété de Moulay-Hassan, font partie du butin de guerre de Khayr al-Dîn et donc appartiennent au sultan ! Toutefois, nul ne nous saura gré de les avoir trouvés ! Si nous avons la stupidité de livrer les quelques pierres tombées dans tes mains par la grâce d'Allah, on cherchera seulement à nous extorquer le reste et nous serons suspectés de malhonnêteté ! D'un autre côté, nous serions stupides de laisser cette immense fortune enfouie dans les ordures.

Antti partageait totalement cette opinion. Nous ne soufflâmes donc mot à quiconque de notre découverte et remîmes notre voyage de jour en jour. L'enfant nous donnait deux ou trois pierres à chacune de nos visites et nous n'osions lui offrir plus d'un aspre chacun de peur que son argent n'attirât l'attention. Je parlai à son sujet à l'iman de la mosquée de Yamin auquel je confiai une somme suffisante à son entretien et à son éducation ; s'il n'avait point l'intelligence nécessaire pour lire et écrire, il faudrait qu'on lui apprît un métier afin qu'il fût en mesure de gagner sa vie.

A la fin du mois de juin, lorsque nous eûmes amassé cent quatre-vingt-dix-sept pierres, l'enfant nous montra d'un air chagrin ses mains vides. Nous eûmes beau le supplier et le menacer au cours des visites que nous lui fîmes plusieurs fois encore, force nous fut d'admettre qu'il avait perdu les trois pierres manquantes, à moins que Moulay-Hassan n'eût fait une erreur dans ses comptes. Alors nous lavâmes l'enfant, l'habillâmes convenablement et, en dépit de ses cris et de sa violente résistance, nous le conduisîmes auprès de l'iman de la mosquée. Même Antti n'avait pas réussi à le calmer. Ensuite, la conscience tranquille, nous allâmes à la hâte faire nos adieux à Abou al-Kassim dans l'intention de nous rendre au port pour nous embarquer aussitôt en direction d'Istanbul.

Un grondement lointain nous cloua sur place et des foules de fugitifs terrifiés ne tardèrent pas à affluer à l'intérieur de la cité ; ils hurlaient que la flotte de l'empereur était en vue de la forteresse de La Goulette, que le port était bloqué et que les Espagnols, couverts par une canonnade incessante, débarquaient leurs nombreuses troupes. Pris au piège à cause de ma cupidité, je me reprochais amèrement de ne m'être point contenté de quelques diamants, ce qui m'aurait permis de quitter Tunis en temps utile. Je trouvais une maigre consolation quand j'appris que l'empereur était arrivé au moins deux semaines avant la date prévue et que le gros de la flotte de Khayr al-Dîn était bloquée, sans issue possible, à l'intérieur du port assiégé ; seule une quinzaine des galères les plus légères avaient réussi à s'échapper pour chercher refuge sur d'autres points de la côte.

Nous nous rendîmes aussitôt à La Goulette pour vérifier ces informations et tenter de voir s'il était possible de franchir le barrage dans un des vaisseaux de Khayr al-Dîn. Mais du haut de la tour, nous aperçûmes les trois cents voiles de la flotte ennemie qui s'étendait sur la mer à perte de vue. A une portée à peine de canons, des piquiers allemands débarquaient en grand nombre et élevaient aussitôt des palissades pour protéger leur tête de pont. Les grandes galères des hospitaliers de Saint-Jean-de-Jérusalem s'étaient disposées sur une ligne de manière à interdire toute tentative de sortie à la flotte du Turc et j'avisai derrière elles la redoutable caraque, émergeant, telle une colline flottante, au-dessus des autres bâtiments avec à bâbord la bouche béante de ses quatre rangées de canons. Les gracieuses galères de Doria, les robustes caravelles du Portugal et les galéasses napolitaines couvraient la calme surface de la mer et l'on voyait au milieu le puissant vaisseau amiral de l'empereur, avec ses quatre files de rames et ses étendards dorés scintillant au sommet du pont arrière.

Il faut reconnaître que Khayr al-Dîn, à l'heure du danger, sut offrir le meilleur de lui-même. Oubliant sa creuse jactance, l'allure fière et le ventre rentré, il donna les ordres nécessaires d'une voix de tonnerre. Le commandement de la forteresse de La Goulette échut à Sinan le Juif avec une garnison de six mille janissaires d'élite qui, vu leur grand nombre, durent littéralement s'entasser dans la tour et les fortifications. Puis il ordonna à la cavalerie des Arabes et des Maures de faire des sorties pour gêner le cours des débarquements ; si elle ne pouvait arrêter les troupes impériales qu'au moins elle les oblige à se tenir nuit et jour sur la défensive.

Les envahisseurs prirent soin de consolider leur camp avant de monter leur artillerie et quand ils ouvrirent le feu sur La Goulette, les cavaliers durent alors renoncer à s'aventurer dans leurs rangs. Désormais le vacarme incessant des canons ennemis rendit la vie à l'intérieur du fort insupportable ; profondément abattu, je laissai Antti sur les remparts se délecter à regarder le déroulement de la bataille et regagnai Tunis en toute hâte.

Il était impensable de quitter la ville du côté des terres car les Berbères insoumis, en rebellion contre Khayr al-Dîn, surveillaient les routes et pillaient tous ceux qui le tentaient. En outre Moulay-Hassan lui-même ne devait point se trouver très loin puisque, en dépit de ses promesses, il n'avait toujours pas rejoint l'empereur. A vrai dire Charles n'avait nul besoin de lui, avec son armée de trente mille mercenaires aguerris originaires d'Allemagne, d'Espagne et d'Italie. Son artillerie soutenait un feu nourri autour de La Goulette, de sorte que chaque jour un nombre considérable de janissaires de Sinan franchissaient les portes du paradis. Et chaque jour aussi, de nouveaux vaisseaux débarquaient des guerriers venus de la chrétienté tout entière pour se joindre à l'empereur et conquérir une gloire immortelle dans cette lutte contre l'infidèle.

Après trois semaines d'un combat acharné et malgré le courage et le zèle religieux des défenseurs musulmans, il ne restait plus qu'Abou al-Kassim pour croire encore qu'Allah donnerait la défaite aux chrétiens et empêcherait Moulay-Hassan de reprendre le pouvoir. Je m'aperçus alors comme le bonheur peut aveugler un homme perspicace et rusé tel Abou. Jusqu'à la fin il ne crut que ce qu'il voulait croire pour l'amour de sa femme et de son fils.

La Goulette résista pendant un mois, ce qui constituait un véritable miracle. Puis ses murailles s'écroulèrent et les tours enfin tombèrent. Lorsque l'empereur donna l'ordre de l'assaut final, les galères de Doria se rangèrent en file face à la forteresse et ne cessèrent de faire feu durant toute l'action. La redoutable caraque des hospitaliers de Saint-Jean-de-Jérusalem jeta l'ancre près du rivage et tira par-dessus les autres navires. Sinan le Juif se soumit enfin à la volonté d'Allah et fit sauter la flotte à nulle autre pareille de Khayr al-Dîn. Une épaisse colonne de fumée s'éleva dans les airs et l'on entendit un fracas de vaisselle brisée résonner dans la lointaine cité.

L'ennemi se lança à l'assaut de deux côtés à la fois. Les hospitaliers de Saint-Jean-de-Jérusalem; l'eau leur arrivant à la ceinture, chargèrent de la mer et lorsque, avec les Espagnols, ils prirent possession de la forteresse, Sinan le Juif ordonna le sauve-qui-peut. Pour montrer l'exemple, il s'enfuit du côté des marais salants qui entouraient le fort ; il avait au préalable fait explorer et marquer un chemin sûr à travers les marécages afin de permettre aux survivants d'aller se réfugier dans la cité. Et nous vîmes le soir se présenter aux portes de Tunis un petit groupe de rescapés couverts de sang et de boue, mais les étendards de Khayr al-Dîn avec leurs croissants d'argent brillaient encore au sommet de leurs hampes, témoins de la gloire éternelle qu'avaient conquise ce matin les défenseurs de La Goulette.

Les habitants de Tunis cédèrent alors à la panique ; des fugitifs, portant ou tirant des paquets, se ruèrent aveuglément sur tous les chemins pour sortir de la cité, dans la seule idée de fuir le plus loin possible. J'étais naturellement tenté de les suivre, mais la raison me dit que les cavaliers nomades de Moulay-Hassan ne manqueraient point de leur tomber dessus. Par chance, les troupes impériales avaient si cruellement souffert au cours de la bataille, qu'elles restèrent retranchées maints jours durant dans leur camp à panser leurs blessures, et Khayr al-Dîn eut le temps d'apaiser par des promesses, des prières et des menaces le plus fort de la panique. Il convoqua ensuite ses capitaines à un divan de cérémonie, avec les personnages les plus éminents de Tunis et la totalité des chefs arabes alliés.

Dans la grande salle de la casbah, il leur parla comme un père, comme lui seul en vérité savait parler quand les circonstances l'exigeaient. Puis il leur exposa son plan : sortir de la cité et conformément à la tradition musulmane, offrir à l'empereur une bataille rangée en terrain découvert. Au premier abord, ce projet me parut insensé mais dénotait un tel courage que j'en restai muet d'étonnement. Khayr al-Dîn poursuivit d'un ton si convaincant qu'Abou al-Kassim, se remontant les manches le premier d'entre tous, brandit son cimeterre et se mit à hurler qu'il allait chercher le chemin du paradis pour l'amour de sa femme et de son fils. Peut-être son geste fut-il spontané, car Khayr al-Dîn lui-même sembla marquer quelque surprise. Les nobles tunisiens joignirent alors leurs voix hésitantes aux cris assoiffés de sang et j'avoue qu'une lueur d'espoir vint alors réchauffer ma pauvre âme inquiète. Je suis, hélas, toujours enclin à croire ce que l'on me dit d'un ton suffisamment persuasif, particulièrement s'il s'agit d'une chose qui me tient à cœur.

Toutefois, après que l'assemblée se fut séparée, Khayr al-Dîn réunit autour de lui ses capitaines les plus sûrs au cours d'une conférence nocturne. Il nous permit, à Antti et à moi, d'y assister à condition de garder le secret mais il n'y invita point Abou al-Kassim. Cette fois, le kapudan-pacha employa un ton tout à fait différent ! Le visage grave, il se frappait la barbe à grands coups sans plus feindre de croire à une issue favorable.

— Seul un miracle d'Allah peut nous sauver, dit-il, et j'ai appris par expérience qu'il ne faut point en attendre dans la guerre ! Nous devons en tout cas rechercher une bataille rangée ; les murailles de la cité ne tarderont pas à s'écrouler sous les bombardements et les habitants de la ville nous poignarderont dans le dos plutôt que d'entamer une lutte contre l'empereur. Nous aurons également à surveiller les esclaves chrétiens entassés dans les caves sous nos pieds. De plus, nous ne pouvons guère compter sur les cavaliers arabes qui se dispersent comme la paille au vent au premier coup de canon ou d'arquebuse tiré sur eux. Que la volonté d'Allah soit faite ! Tentons notre chance dans une bataille au lieu de chercher le salut dans une fuite honteuse qui de toute façon comporte aussi ses propres difficultés !

Il remua la tête, jeta un regard farouche autour de lui et poursuivit :

— La première chose à faire, c'est de nous débarrasser des prisonniers chrétiens. Nombreux sont ceux parmi eux capables de porter les armes et même de monter à cheval ; il suffirait d'un seul traître pour empêcher notre retraite dans la cité. Je n'aime pas la cruauté, comme vous le savez, mais ces captifs sont au nombre de dix-huit ou vingt mille et il y va de notre vie de les étrangler ! Nous devons immédiatement nous mettre au travail si nous voulons en avoir fini avant le coucher du soleil. Et pour nous consoler de la perte financière que cette action va nous causer, songeons qu'Allah portera à notre crédit la mort de ces incroyants lorsqu'au Dernier Jour il tournera les pages de son grand livre !

A ce moment, ses capitaines les plus fidèles eux-mêmes échangèrent des regards désapprobateurs et Sinan, qui avait investi la totalité de sa fortune dans l'achat d'esclaves chrétiens et gagnait des sommes considérables en les louant, s'exclama en tirant les poils clairsemés de sa barbe :

— Même mon pire ennemi ne pourrait me taxer d'être un tendre, mais un acte d'une cruauté pareille souillerait à jamais notre nom et notre réputation dans tous les pays du monde entier ! Les chrétiens ne manqueraient pas de venger ces morts sur tous les musulmans qui croupissent dans leurs cachots et j'ai l'estomac chaviré rien qu'à l'idée de la perte qu'entraînerait pour nous une décision aussi hâtive. Entassons plutôt des barils de poudre dans les caves et si le pire se présente, faisons sauter toute la casbah ! Imaginez comme notre joie serait ternie par cette perte inutile si Allah nous donnait la victoire !

On accepta ce plan empreint de prudence et lorsque le lendemain de bon matin les forces de l'empereur s'ébranlèrent de leur camp, nous quittâmes la cité pour affronter les plus redoutables guerriers de la chrétienté. Même en admettant que Khayr al-Dîn n'avait pas le choix, il faisait ici preuve de plus de courage que n'en avaient montré le sultan et le grand vizir en Hongrie.

Nos troupes, déployées en ordre de bataille, avaient encore fière allure. Les cavaliers arabes, vêtus de blanc, couvraient les pentes des collines peu élevées et les braves habitants de Tunis, que l'on avait fait sortir de la cité à coups de fouet, brandissaient des haches et des couteaux à découper, seules armes que Khayr al-Dîn avait pu leur offrir après la perte de son arsenal de La Goulette. Certes nous n'étions point quatre-vingt-dix mille comme le prétendirent plus tard les historiens de Charles pour rehausser la gloire de leur souverain, mais en nombre au moins nos forces paraissaient égales à celles de l'empereur.

Personnellement, armé d'un mousquet léger et d'un cimeterre, je suivais les canons d'Antti, non point par ambition ni par amour du combat mais parce que je me sentais plus en sécurité au milieu des janissaires et des renégats de Khayr al-Dîn que dans la cité en proie à l'agitation. En fait, la bataille ne dura guère plus que le temps de la prière avant un voyage. Quand la piétaille impériale avança en carrés, les cavaliers arabes dévalèrent les collines en groupes dispersés et déchargèrent une pluie de flèches sur les rangs ennemis en poussant des hurlements sauvages. Toutefois, dès que l'artillerie entra en action, que des nuages de fumée enveloppèrent le champ de bataille, les Arabes s'éparpillèrent comme fétus, entraînant dans leur fuite les vaillants défenseurs de Tunis qui rentrèrent dans leur cité plus vite qu'ils n'en étaient sortis. Nos canons répondirent au feu ennemi mais Khayr al-Dîn, monté sur son rapide coursier, s'avisa soudain de son isolement sur le champ déserté ; il ne restait en effet guère plus de quatre cents renégats autour de lui, alors qu'en face avançaient d'un pas ferme trente mille piétons, sans compter leurs canons et autres arquebuses.

Le seigneur de la mer, en cet instant le plus périlleux de son existence, sut rapidement reprendre ses esprits. Appelant Allah à son aide d'une voix de tonnerre, il exhorta ses braves à mériter le paradis et à combattre courageusement pour retenir l'ennemi le temps que lui-même irait persuader les fugitifs de retourner en arrière ! Sur ce, il piqua des deux et partit d'un galop si précipité en direction de la ville qu'il renversa sous les sabots de sa monture nombre de ceux qu'il était censé poursuivre.

Ainsi retomba sur notre maigre troupe l'honneur de soutenir bravement le combat contre la totalité de l'armée impériale ! Nous fîmes feu une fois encore puis, épaule contre épaule, nous nous apprêtâmes à nous défendre contre les Espagnols et les Germains. Nous n'avions point, comme Khayr al-Dîn, la chance de disposer d'un rapide coursier et notre unique espoir de salut était de rester solidement unis et de reculer pied à pied vers la cité.

Quand enfin, couverts de sang et hors d'haleine, nous réussîmes à entrer dans Tunis, la bataille faisait rage dans toutes les rues. Les citadins s'étaient soulevés contre les Turcs et les renégats et envoyaient du haut de leurs terrasses pierres, pots, chaudrons et tous les projectiles qui leur tombaient sous la main. Ils vociféraient qu'ils voulaient se délivrer du joug de la Sublime-Porte et ils acclamaient Moulay-Hassan comme leur libérateur. Puis ils hissèrent le drapeau blanc sur la casbah.

Lorsque Khayr al-Dîn voulut y pénétrer afin de récupérer son trésor, il en trouva les portes barrées et les chrétiens, ayant rompu leurs chaînes, le saluèrent du haut des murs avec une grêle de pierres. Blessé à la tête et à la mâchoire, il perdit son calme, grinça des dents et hurla, l'écume à la bouche.

— Tout est perdu ! Ces chiens d'infidèles se sont emparés de la citadelle et ont volé mon trésor !

Fou de terreur, je tentai de courir derrière lui, accroché à la queue de son cheval, mais n'y gagnai qu'un coup de pied et m'écroulai criant de douleur en me pressant le ventre. Antti me mit debout et m'entraîna en se frayant un chemin parmi la multitude avec sa grande épée.

Lorsque les cavaliers arabes apprirent que tout était perdu et que Khayr al-Dîn avait fui, ils s'empressèrent de déchirer le traité qu'ils avaient signé avec lui et se précipitèrent à la rencontre de l'armée impériale. Ce fut une course effrénée, chacun galopant à l'envi pour arriver le premier à rendre hommage à Moulay-Hassan et à se mettre sous la protection de l'empereur. Leurs hurlements sauvages de paix jetèrent l'effroi parmi les Espagnols qui, reposant les supports de leurs arquebuses, firent feu sur ces hordes lancées au grand galop. Des centaines d'Arabes y laissèrent leur vie, ou au moins leurs superbes montures, avant que la tragique méprise ne fût découverte. Sans doute était-ce le châtiment qu'Allah leur envoyait pour prix de leur trahison.

Entre-temps, les citadins coupaient des palmes et dépouillaient de leurs feuilles les arbres de leurs jardins, afin d'accueillir selon la tradition le victorieux Moulay-Hassan qu'accompagnait l'empereur. Mais les Espagnols et les Allemands semèrent la panique en leur cœur quand, arrivant en masse et l'épée à la main, ils se mirent en devoir de gagner leur salut en tuant les musulmans à portée de leurs armes et en pillant la cité.

Le sac de Tunis se prolongea durant trois jours au cours desquels près de cent mille musulmans, qu'ils fussent du parti de Khayr al-Dîn ou de celui de Moulay-Hassan, trouvèrent la mort.

Il me faut à présent revenir en arrière pour conter ce qu'il advint après le moment où Khayr al-Dîn s'enfuit des portes de la casbah. Toujours suivi de Sinan le Juif et de quelques fidèles capitaines, il se sauva si hâtivement qu'il perdit ses étendards dans la rue. Antti saisit la monture d'un Arabe par la bride, désarçonna le cavalier et me hissa à sa place ; je me retrouvai donc soudain cramponné à la selle d'un coursier lancé au galop ! Je cherchai comme un fou à récupérer les rênes, tandis qu'Antti me criait de me rendre chez Abou al-Kassim où il me rejoindrait dès qu'il aurait rassemblé des chevaux en nombre suffisant. En m'éloignant, je l'aperçus qui ramassait les étendards de Khayr al-Dîn et l'entendis hurler aux janissaires et aux musulmans de se rallier au croissant.

Je galopai en direction de la maison d'Abou al-Kassim, me protégeant la tête de mon mieux de tous les projectiles qui volaient des terrasses. Hélas ! Quand j'arrivai, je trouvai mon ami nu et sans connaissance, gisant devant sa porte, le crâne enfoncé et la barbe pleine de sang ; de nombreux objets de valeur tombés d'un paquet crevé étaient éparpillés autour de lui ; un groupe d'hommes le frappaient à coups de pied et crachaient sur lui en l'accusant d'être un espion à la solde de Khayr al-Dîn. Incapable de maîtriser ma monture, je me dirigeai droit sur eux, appelant tous les fidèles à mon secours, ce qui eut pour effet de les faire fuir comme des volailles parce qu'ils crurent que les mamelouks venaient derrière moi.

Je sautai à bas de mon cheval et parvins à attacher l'animal tremblant et couvert d'écume. L'épouse d'Abou al-Kassim gisait dans la cour, baignant dans son sang; elle serrait encore son enfant contre sa volumineuse poitrine comme pour le protéger même dans la mort; sa tête écrasée était méconnaissable. Je m'agenouillai auprès de mon ami Abou al-Kassim et versai un peu d'eau sur son visage au teint cireux. Il ouvrit avec peine ses yeux de singe et dit d'une voix brisée :

— Ah, Mikaël! La vie n'est qu'un tas d'ordures! Cette pensée sera tout ce dont tu hériteras de moi, ils ont volé ma bourse!

Ses yeux se voilèrent et Celui qui coupe les liens de l'amitié, fait taire les chansons, et révèle la vanité du bonheur et du chagrin de l'homme, vint l'emporter sur ses ailes de ténèbres.

Antti pénétra à cheval dans la cour suivi de quelques hommes demeurés fidèles à Khayr al-Dîn. Me relevant promptement, je criai :

— Antti, ô mon frère, nous sommes perdus! Il ne nous reste plus qu'à aller chercher refuge auprès de l'empereur et au pire nous aurons toujours la ressource de renier la foi musulmane, puisque nous ne sommes toujours pas circoncis! Du reste, ma foi dans le Prophète a reçu aujourd'hui un coup dont elle pourra difficilement se remettre.

Antti brandit au-dessus de sa tête l'étendard de Khayr al-Dîn et maudit à haute voix tous les infidèles. Puis il ajouta calmement à mon adresse :

— Imagines-tu vraiment que les Espagnols et les Allemands vont faire preuve de miséricorde à l'égard des renégats? Remonte en selle, Mikaël, et bats-toi comme un homme! Peut-être arriverons-nous à rattraper Khayr al-Dîn à Bône avant qu'il ne hisse sa voile et ne s'échappe sans nous! C'est le seul espoir qui nous reste, crois-moi!

Cette bataille l'avait décidément rendu fou, mais il roulait ses yeux gris d'un air si farouche dans sa large face noircie que je ne tentai pas de lui résister. Nous chevauchâmes à travers la ville et, grâce au désordre provoqué par les esclaves chrétiens, nous pûmes sans encombre quitter la cité. Nous dépassâmes en chemin une foule infinie de fugitifs auxquels on avait tout volé. Les malheureux se tordaient les mains de désespoir et couraient sans but se réfugier dans le désert où le mieux qu'ils pouvaient espérer était de mourir de soif, étant donné que nous nous trouvions dans la saison la plus chaude de l'année. Épuisés de fatigue sur nos chevaux fourbus, nous atteignîmes Thagaste, la ville où Augustin, le Père de l'Église, a vu le jour. Mais à ce moment-là, je n'avais guère la tête à méditer sur le saint homme. Les yeux éblouis de lumière, nous regardions, fous d'angoisse, les galères de notre amiral qui venaient de lever l'ancre et commençaient à s'éloigner vers la haute mer. Par bonheur Khayr al-Dîn entendit nos coups de feu et nos cris désespérés et nous envoya une embarcation. Il nous accueillit en pleurant et nous serra dans ses bras comme un père, tant il avait été inquiet à notre sujet. Alors je glissai évanoui sur le pont, vaincu par la fatigue.

Le lendemain matin, mon visage pelait et je me sentais le corps moulu.

— La volonté d'Allah soit faite ! me dit Khayr al-Dîn en guise de réconfort. Je n'ose point me présenter devant le sultan avec les débris de la flotte ottomane à nulle autre pareille. Je vais d'abord rentrer à Alger où je resterai le temps que Soliman se calme. Je suis un homme ruiné et dois tout recommencer par le commencement. Mais à présent, je sais que ma place est en mer et non sur le rivage. J'ai besoin que mes amis parlent pour moi au divan, si tant est que j'aie encore des amis là-bas ! Moi je vivrai prudemment en dehors de la Sublime-Porte et pendant ce temps laisserai avec plaisir la parole aux autres.

Puis, toujours incorrigible, il se mit à échafauder de nouveaux plans. Nous n'étions pourtant pas encore hors de danger car l'empereur avait lancé à notre poursuite ses galères les plus rapides. A vrai dire, peu importait à Charles la restauration de Moulay-Hassan sur le trône de Tunis, son unique but demeurait la domination des mers, et la fuite de Khayr al-Dîn menaçait de lui ôter les fruits de sa victoire. Notre amiral réussit cependant à semer ses poursuivants sans difficulté et nous arrivâmes sains et saufs à Alger. Aussitôt Khayr al-Dîn ordonna à toutes les barques de prendre la mer sans attendre pour capturer les navires marchands sans protection et mettre à feu et à sang les côtes italiennes et espagnoles. De sorte que les terribles pirates survenaient dans les villages quand les cloches sonnaient à toute volée pour annoncer la défaite de Khayr al-Dîn et que les chrétiens se pressaient dans les églises pour chanter les Te Deum d'action de grâces.

Le pillage de Tunis dura trois jours, après lesquels l'empereur ordonna de restaurer l'ordre dans la cité ravagée afin de permettre à Moulay-Hassan de monter sur le trône de ses pères. Charles, magnanime, montra ainsi aux yeux de tous qu'il n'avait entrepris cette guerre que pour aider un prince qui l'avait appelé à son secours.

Il m'a paru nécessaire de relater la croisade de Tunis, que tant d'historiens et de poètes ont célébrée et que tant de peintres fameux ont immortalisée en de nombreux tableaux. L'empereur, en conduisant en personne l'armée et en s'exposant ainsi à de si grands périls, conquit l'admiration de la chrétienté tout entière ; des poètes le saluèrent comme le premier chevalier de l'Europe, ce qui ne laissa point d'ailleurs de mettre le roi François Ier en furie. Néanmoins Charles n'atteignit jamais son véritable but et l'été n'était point achevé que déjà Khayr al-Dîn, avec ses capitaines, prouvait à la face du monde sa vitalité et sa force. Ainsi donc tous les efforts de l'empereur pour anéantir la puissance maritime des musulmans avaient-ils été vains et excessivement coûteux de surcroît, circonstance que les historiens passent toujours sous silence.

J'avoue volontiers que je n'éprouvais guère d'empressement à regagner Istanbul. Je séjournai quelque temps à Alger en qualité d'invité de Khayr al-Dîn et ne me décidai à entreprendre le long voyage de retour qu'à l'approche des vents de l'hiver.

Les canons de l'arsenal ne répondirent point à notre salut. J'appris avec soulagement que le sultan et le grand vizir n'étaient pas encore revenus de Perse. Après avoir remis une lettre de Khayr al-Dîn à un dignitaire accouru sur le quai pour nous accueillir, Antti et moi nous embarquâmes pour gagner sans attendre ma demeure où je comptais aller cacher ma honte et échapper aux regards malveillants du sérail.

Giulia, le visage pâli et les yeux gonflés, me lança de vifs reproches pour ne lui avoir jamais donné de nouvelles ni envoyé d'argent. Mais elle me laissa bientôt lorsqu'elle se fut rendu compte de mon épuisement et de mon chagrin. Il n'est point facile en effet, même à un homme mûr et endurci tel que moi, de voir s'envoler en fumée ses plus belles espérances et d'être témoin de la mort d'un ami cher à son cœur.

Giulia m'accorda donc son pardon et se mit à m'entretenir avec un malin plaisir de l'armée du sultan ; après trois mois de campagne, il s'était emparé derechef de Tabriz puis avait tenté en vain, des semaines durant, d'attirer le chah Tahmasp dans une rencontre décisive. A la fin, le sultan distribua généreusement provinces et cités à de nobles Persans qui lui avaient fait leur soumission et comme ses troupes allaient manquer de vivres, ordonna la retraite. Mais au fur et à mesure qu'il avançait, laissant derrière lui les terres conquises, les forces du chah les reprenaient, infligeant en outre des pertes sévères à l'arrière-garde ottomane. Les hérétiques shi'ites chantaient victoire et purifiaient leurs mosquées de la souillure sunnite. Bref, la grande campagne de Perse avait tourné court !

— Mais, ajouta Giulia, on ne peut rien reprocher au sultan dans cette affaire ! Les seuls coupables sont les mauvais conseillers qui l'ont poussé dans cette discutable entreprise. Il est temps que Soliman se rende compte enfin de l'incapacité d'Ibrahim en tant que seraskier ! En outre le mufti lui reproche d'avoir, malgré la fatwa, protégé les hérétiques shi'ites et interdit le pillage des cités persanes.

— « Quand le chat n'est pas là, les souris dansent ! », dis-je d'un ton plein de tristesse. Ma loyauté à l'égard du grand vizir ne va pas tiédir sous prétexte qu'il a essuyé une défaite. Il a besoin d'un ami maintenant plus que jamais et je te rappellerai simplement cet autre vieux proverbe : « Rira bien qui rira le dernier ! »

— Je rirai, n'aie crainte ! Mais n'attends rien de moi si tu préfères te perdre ! Toutefois il est encore temps ; j'ai parlé de ta conduite à Khurrem et elle est prête à te pardonner pour l'amour du prince Djianghir. Je puis aussi te dire en confidence qu'elle n'en veut point à Khayr al-Dîn pour sa défaite et reste disposée à glisser un mot en sa faveur si tu viens humblement l'en prier. Telle est la droiture de cette dame pleine de grâces.

Ayant appris à me méfier de tout le monde et en particulier de Giulia, je soupçonnai une ruse. Dès le lendemain, la belle barge de la sultane vint me quérir chez moi pour m'amener au sérail ; la dame me reçut dans sa propre chambre de porphyre dans la cour de la Félicité. Au début de l'entretien, elle resta cachée derrière le rideau mais le tira plus tard et me parla à visage découvert. Cette conduite dénuée de pudeur prouvait combien les mœurs avaient évolué en peu d'années ; à l'époque où j'étais devenu esclave du sultan, la mort seule attendait tout homme qui voyait une femme du harem sans voile, fût-ce par accident.

La sultane me parlait sur un ton enjoué et badin et gloussait de rire comme si quelqu'un fût à la chatouiller. Toutefois ses yeux restaient froids et durs et elle finit par m'intimer l'ordre de lui raconter sans réserve et avec franchise tout ce que j'avais vu et fait à Tunis, ainsi que ce qui s'était passé ensuite. J'admis aussitôt les revers de Khayr al-Dîn, mais pris sa défense en contant aussi ses succès de la fin de l'été ; j'avais vu de mes yeux avant mon départ d'Alger dix-huit grandes galères de guerre en construction, de sorte qu'au printemps la flotte de Khayr al-Dîn serait une fois encore à même de dominer les mers.

Khurrem m'écoutait, légèrement de profil, un sourire dessiné sur ses jolies lèvres et j'avais le sentiment qu'elle prêtait davantage attention à ma personne qu'à ce que je disais.

— Khayr al-Dîn est véritablement un brave plein de piété, toujours fidèle serviteur du sultan, remarqua-t-elle d'un air distrait. Le Prophète lui-même apparaît dans ses songes et, lorsqu'il agite sa longue barbe, il est semblable au lion à l'abondante crinière. Point n'est besoin de le défendre, je sais comment lui gagner la faveur de mon seigneur ! Mais tu ne m'as pas encore tout dit, Mikaël el-Hakim ! D'abord, pourquoi t'es-tu rendu à Tunis ? Ensuite, quel était donc le message que cet infâme grand vizir n'avait pas osé écrire et que tu portais à Khayr al-Dîn ?

Déconcerté, je la regardai fixement, incapable de saisir ce qu'elle voulait dire. Puis, je passai ma langue sur mes lèvres sèches et murmurai quelques mots inaudibles.

— Mikaël el-Hakim ! m'encouragea-t-elle en riant. Quel coquin tu fais ! Avoue franchement ! Le seraskier Ibrahim t'a envoyé à Tunis pour demander secrètement à Khayr al-Dîn s'il acceptait de lui reconnaître le titre de seraskier-sultan qu'il s'est arrogé ; dans le cas d'une réponse affirmative, tu devais l'engager à faire voile vers la mer de Marmara afin d'y attendre des ordres ultérieurs. L'attaque imprévue de l'empereur a fait échouer ces ignobles projets et sauvé, par la même occasion, Khayr al-Dîn, resté fidèle, du courroux du grand vizir !

— Allah est Allah ! m'écriai-je, atterré. Tout ceci n'a aucun sens ! Mensonges du début à la fin ! Le grand vizir ne m'a envoyé voir Khayr al-Dîn que pour le mettre en garde contre les promesses fallacieuses de l'empereur qui lui offrait le royaume d'Afrique !

— Précisément ! reprit-elle vivement. Et Ibrahim t'a ordonné de dire à Khayr al-Dîn que lui seul avait le pouvoir de lui donner l'Afrique, avec de plus le droit de nommer lui-même ses héritiers. Ainsi, entre l'empereur souverain de l'Europe et le seraskier-sultan souverain de l'Asie, Khayr al-Dîn avait sa place comme troisième maître du monde.

— Que signifie ce titre stupide de seraskier-sultan ? lançai-je, si exaspéré que j'en oubliais mon humble condition. Tu tournes tout sens dessus dessous ! Jamais je n'ai eu une mission pareille et mon seul but a toujours été de servir le sultan avec loyauté ! On ne peut reprocher la défaite ni à Khayr al-Dîn ni à moi-même et je n'ai rien à ajouter puisque, de toute façon, tu déformes la vérité.

Le sourire s'évanouit des lèvres de la sultane, son visage rebondi devint comme un masque de chaux, ses yeux prirent la teinte bleutée de la glace et il me sembla durant un instant me trouver face à face avec un monstre à figure humaine. Toutefois cette expression disparut si rapidement que je crus avoir rêvé ou que son regard m'avait ensorcelé.

Elle retrouva aussitôt sa voix roucoulante pour ajouter :

— Il se pourrait que tu dises la vérité et que mes informateurs se soient trompés. Je n'ai donc plus qu'à me réjouir que tout le monde serve le sultan avec autant de loyauté. Tu m'as apporté un réel soulagement, Mikaël el-Hakim, et tu mérites d'en être généreusement récompensé. Je n'oublierai pas de parler en ta faveur à mon seigneur. Peut-être après tout est-ce folie de ma part de croire qu'un homme aussi intelligent qu'Ibrahim serait capable d'agir contre son maître ! Vivons et nous verrons ! Tout finira pour le mieux et toi et moi, nous garderons le silence sur toute cette déplorable affaire.

Elle m'adressa alors un de ses sourires enchanteurs sans que disparût pour autant la froide lueur au fond de ses prunelles, et répéta ces mots qui me parurent contenir une menace voilée :

— Tout finira pour le mieux, et toi et moi nous garderons le silence sur toute cette déplorable affaire.

Sur ce, elle fit un signe de sa main potelée et une esclave tira le rideau entre nous.

Tandis que je traversais les somptueuses cours du sérail, le sentiment de me trouver en dehors de la réalité envahit mon âme. Il me semblait évoluer dans un conte, ou un songe, et avoir déjà vécu tout cela auparavant. Je regardais les esclaves innombrables qui du premier jusqu'au dernier me tournaient le dos, et aucun ne me paraissait un être vivant ; c'était comme s'ils ne possédaient pas de visage en propre et je pouvais dire leur position ou leur tâche à voir seulement leurs vêtements, coiffures, bâtons, fouets, louches et autres attributs, mais ils n'étaient rien d'autre à mes yeux qu'autant de brillants scarabées. N'importe lequel d'entre eux pouvait changer sa place avec un autre sans pour cela modifier en rien la toile ; tout continuerait le même chemin vide avec la même absurdité selon la même tradition surannée qu'antérieurement !

J'étais pénétré du sentiment de me trouver à l'extérieur. Je n'avais plus aucun poids ni sur moi-même ni sur ma destinée et seule une fatigue infinie accablait mon âme. La vanité du monde faisait en moi l'effet d'un matin glacé de décembre.

Au début du mois de janvier de l'an de grâce 1536, le sultan Soliman arriva à Scutari, sur la rive opposée de la mer de Marmara, et les membres du divan furent autorisés à aider le souverain à descendre de sa monture, ce qui signifiait la fin de la campagne. Le grand vizir avait fait construire en secret une splendide barge d'apparat, digne du conquérant de la Perse et qui n'avait rien à envier au fameux « Bucentaure » du doge de Venise. Ainsi Soliman fit-il une entrée majestueuse dans Istanbul, au milieu du tonnerre des salves d'accueil.

Une fois de plus, le peuple entendit proclamer le nom des forteresses et des cités conquises, une fois de plus des feux de joie s'allumèrent des nuits durant et la foule acclama le retour des spahis et des janissaires. Mais cette fois la joie semblait forcée et de sombres pressentiments altéraient la liesse de triomphe. Il faut dire que l'armée avait souffert de très lourdes pertes au cours de sa retraite, tant par la faute des attaques de la cavalerie persane que du mauvais temps ; nombreuses étaient les femmes qui pleuraient la mort de leur époux et on peut regretter qu'elles ne l'eussent point fait, enfermées dans la solitude de leurs maisons closes.

Après les jours de réjouissances, la vie reprit son cours normal dans la capitale et un étranger n'eût pu y remarquer le moindre changement. L'émissaire du roi François Ier, qui avait suivi le sultan de Bagdad à Tabriz puis à Istanbul, se vit récompensé de ses peines par la signature d'un traité de commerce avec le sultan et la libération des esclaves originaires de France sur l'ensemble des territoires ottomans. Tout laissait à penser que le roi, n'ayant tiré aucune leçon de ses échecs passés, préparait une nouvelle guerre contre l'empereur. A l'inverse de l'opinion de beaucoup, Khayr al-Dîn ne tomba pas en disgrâce et le traité fut également signé en son nom, avec le titre de roi d'Algérie, afin d'établir un équilibre entre les faveurs accordées à la fois aux chrétiens et aux musulmans. Il ne manqua cependant pas de musulmans perfides pour accuser le grand vizir de favoriser en cachette les chrétiens, de même qu'on l'avait accusé de protéger les hérétiques shi'ites au détriment de l'armée ottomane. De toute façon, à cette époque, tout le mal qui arrivait lui était imputé pour le noircir et ébranler son autorité, tandis que tout le bien était attribué au sultan.

Au cours de ce printemps, la haine irraisonnée qu'éprouvait stupidement le peuple à l'encontre du grand vizir devint si manifeste qu'il renonça à paraître en public ; il demeurait soit dans son palais de l'autre côté de l'Atmeïdan, soit dans les appartements dans la troisième cour du sérail. Les janissaires qui faisaient l'exercice sur la place l'insultaient et grimaçaient en direction de son palais et une nuit, un groupe de lutteurs pris de boisson s'introduisit à l'intérieur ; ils arrachèrent les trophées des murs, les piétinèrent et osèrent même déposer leurs ordures dans les coins des appartements. Pourtant le grand vizir ne mena point d'enquête afin d'éviter que cet incident gênant ne s'ébruitât et nul des coupables n'eut à répondre de cet outrage.

Ibrahim, après son retour de Perse, eut fort à faire pour régler toutes les affaires survenues pendant son absence et que les pachas s'étaient refusés à résoudre de crainte de commettre des erreurs. Il s'occupa en outre des négociations préliminaires du traité avec la France, de sorte qu'il n'eut jamais le temps, même avec la meilleure volonté du monde, de me recevoir. Je désirais pourtant ardemment le mettre en garde contre des dangers dont je n'osais lui parler par écrit, mais l'hiver arriva sans que j'eusse obtenu une seule audience. Il m'envoyait de temps en temps un mot disant qu'il s'occuperait de moi le moment venu. Enfin je reçus un jour, en réponse à mes réclamations continuelles, un sac de soie contenant deux cents monnaies d'or. Je savais que le grand vizir voulait par là me montrer sa faveur, mais jamais présent ne me causa autant de chagrin ni ne me blessa davantage. J'y vis une preuve qu'Ibrahim me méprisait en son cœur et croyait que je ne le servais que dans un but intéressé. Comment pouvais-je d'ailleurs le lui reprocher ? C'était bien ma faute ! Je n'avais trop longtemps songé qu'aux présents et aux récompenses ! Mais aujourd'hui que je me tenais sans but, au milieu des colonnes élancées du vestibule de son palais, avec cette bourse de brocart dans la main, je sentis que tout l'or du monde ne pourrait apaiser le chagrin qui rongeait mon cœur.

Loin de moi toutefois l'idée de chercher à paraître meilleur que je ne suis ! Mon but en écrivant cette histoire est d'être aussi honnête qu'il est possible de l'être à l'imparfaite nature humaine, et je suis donc tout prêt à reconnaître que je savais à cette époque mon avenir assuré financièrement, puisque Antti et moi nous nous étions partagé les diamants. Hélas, ce m'était mince consolation !

A mon retour à la maison, Giulia jeta ses bras blancs autour de mon cou et me dit d'une voix enjôleuse :

— Pendant que tu n'étais pas là, Mikaël chéri, j'ai cherché dans ton coffret un remède contre les maux d'estomac. Notre jardinier grec ne se sent pas bien, mais je n'ai pas osé toucher la drogue africaine que tu as apportée de Tunis parce que tu m'as parlé du danger d'en prendre trop. Je ne veux point causer du mal par ignorance !

Je détestais sa manie de fouiller dans mes coffres

pendant que j'étais absent et ne manquai pas de le lui dire. Néanmoins j'avais d'autres soucis en tête et lui donnai un médicament qu'Abou al-Kassim m'avait chaudement recommandé, la mettant en garde contre une trop forte dose administrée d'un seul coup. Le même soir, je souffris moi aussi de troubles gastriques après avoir mangé des fruits et Giulia me signala alors que non seulement le jardinier était malade mais encore l'un de nos bateliers. Des affections de ce genre étant chose courante à Istanbul, je fis peu de cas de mes douleurs et une potion d'aloès et d'opium avant de me coucher me remit sur pied dès le lendemain.

J'appris au matin que le sultan avait souffert du même mal après avoir dîné en compagnie du grand vizir et qu'une crise de mélancolie s'en était suivie, ce qui se produisait assez souvent dans ces cas-là. En raison de cette indisposition, Ibrahim se trouva libre le soir et m'envoya quérir au crépuscule après la prière. Je me hâtai de me rendre à son invitation mais trouvai son beau palais, habituellement rutilant de lumières et grouillant de monde, sombre, silencieux et désert telle une maison mortuaire. Seuls quelques esclaves désœuvrés traînaient dans le grand vestibule chichement éclairé par des lampes peu nombreuses. L'horloger allemand surgit de la salle d'audience pour se diriger vers moi, en compagnie de son confrère français que le roi François avait offert au sultan dès qu'il avait appris sa passion pour les horloges. Les deux hommes examinaient avec des mines solennelles de médecins la machine fabriquée par l'un des plus fameux artisans de Nuremberg ; elle fonctionnait irrégulièrement au lieu d'indiquer avec exactitude l'heure, la date, le mois, l'année et la position des planètes.

L'Allemand tomba à genoux et me baisa la main.

— Ah, messire Mikaël, je suis perdu ! dit-il. Je ne sais plus que faire ! Cette malheureuse horloge a marché à la perfection durant six ans grâce à mes soins habiles, mais voici qu'à présent elle s'est mise à retarder et je n'arrive pas à trouver la faille. C'est la raison pour laquelle j'ai dû faire appel à mon excellent confrère, maître François.

L'horloge émettait un tic-tac laborieux et son aiguille marquait sept heures ; le petit personnage du tailleur sortit alors et se mit à frapper d'un mouvement saccadé sur la cloche d'argent mais ne donna que trois coups, se tourna, son marteau à la main encore levé, et disparut tandis que reprenait le tic-tac irrégulier.

Je regardai les deux hommes avec attention et aperçus le Français qui tentait d'un air coupable de repousser avec son pied derrière l'horloge une amphore de vin. Ils détournèrent tous deux leur regard avec embarras. Ce fut maître François qui rompit le silence en disant d'un ton fanfaron :

— Toutes les horloges ont leur petit défaut sinon il n'y aurait plus de travail pour les horlogers ! Je connais celle-ci comme ma poche et démonter un mécanisme aussi compliqué nous ferait courir un grand risque. Nous nous sommes donc bornés à rafraîchir notre mémoire et à comparer nos immenses connaissances afin d'essayer de découvrir la défectuosité. Il ne convient pas en effet de démonter à l'aveuglette un jouet aussi coûteux. Le grand vizir est un peu extravagant, pardonnez ma franchise, d'aller considérer cette petite irrégularité comme un mauvais présage !

Il continua, dans son ébriété, à tenir sur le grand vizir des propos si insolents que, cédant à mon courroux, je levai la main pour le frapper. Je ne sais si je l'aurais fait car il tenait un marteau à la main et avait le regard d'un homme prompt à s'emporter. L'Allemand s'interposa vivement entre nous et dit :

— Si l'horloge ne marche pas, le noble grand vizir ne va guère mieux ! Nul homme sensé ne garde les yeux fixés sur une horloge ni ne perd le sommeil à cause d'elle ! La nuit, il se lève à plusieurs reprises pour la regarder et le jour, il est capable d'interrompre un jugement au beau milieu d'une séance du divan pour rester à fixer le cadran ! Et chaque fois, on le voit qui se prend la tête dans les mains en criant : « Mon horloge retarde ! Allah me protège ! Mon horloge ne va plus ! » Franchement, est-ce le discours d'un homme qui a son bon sens ?

Je quittai les artisans et me dirigeai rapidement vers la chambre brillamment éclairée du grand vizir. Il était assis, les jambes croisées, sur une triple épaisseur de coussins, un pupitre posé devant lui. Je ne saurais dire s'il lisait vraiment ou faisait semblant, mais il tourna sans se presser une page avant de lever les yeux sur moi. Je me prosternai et baisai le sol à ses pieds, bégayant de joie et bénissant son heureux retour de la guerre.

Il m'imposa silence d'un geste de sa longue main fine et me regarda droit dans les yeux tandis qu'une ombre de tristesse infinie envahissait son visage. Sa peau avait perdu l'éclat de la jeunesse et les roses de son teint s'étaient fanées ; la couleur sombre de sa barbe soyeuse faisait paraître livide son visage dans la lumière de la lampe ; il avait ôté son turban et nul diamant ne brillait à son front mais ses bagues, devenues trop larges, semblaient peser lourdement à ses doigts amaigris.

— Que veux-tu, Mikaël el-Hakim ? demanda-t-il. Je suis Ibrahim, seigneur des nations et intendant de la puissance du sultan. Je puis si bon me semble faire de toi un vizir ! Je puis transformer un mendiant en defterdar et en amiral un simple homme d'équipage ! Pourtant, bien que je porte le sceau du sultan, je ne puis rien pour moi-même !

Il me montra alors le sceau carré de Soliman, qui pendait à son cou au bout d'une chaîne d'or sous son caftan fleuri. Je laissai échapper un cri de surprise et pressai derechef mon visage contre le sol en hommage à cet objet si vénérable et que le sultan seul avait le pouvoir d'utiliser.

Le vizir le remit sous son caftan et dit sur le ton de l'indifférence :

— Tu viens de voir de tes propres yeux un témoignage de la confiance sans limites que l'on a mise en moi. Sais-tu que tous, du plus petit au plus grand dans les domaines du sultan, doivent obéissance totale à ce sceau de Soliman ?

Les yeux perdus dans le vague, il eut un sourire étrange pour ajouter :

— Et peut-être sais-tu aussi qu'il ouvre même les

portes du harem ? Il n'y a rien que je ne sois en mesure d'accomplir aussi aisément que si j'étais Soliman en personne ! Comprends-tu ce que cela signifie, Mikaël el-Hakim ?

Je tombai à genoux devant lui et secouai la tête en murmurant :

— Non, je ne comprends rien, absolument rien !

— Regarde comment je passe le temps dans ma solitude. Je lis ! J'égrène le chapelet des mots ! La sagesse réunie de tous les pays et de tous les âges repose sur les étagères dorées de ma bibliothèque. Et je lis, laissant le flot des mots s'écouler devant mes yeux. Au cours de mes soirées solitaires, je puis écouter à mon gré la parole de tous les sages : généraux célèbres, grands souverains, habiles architectes, poètes inspirés ainsi que saints qui, à leur manière, se sont montrés aussi possédés et inspirés que les poètes. Tu vois, toute la sagesse du monde est à la portée de ma main ! Pourtant, comment en profiterais-je à présent ? Moi, Ibrahim le Bienheureux ! Mes yeux se sont ouverts et je suis au-dessus de tous les préjugés des hommes. Eh bien, cette sagesse, écoute ce que je dis Mikaël ! cette sagesse n'est rien d'autre que des mots enchaînés avec grâce les uns après les autres ! Choisis avec goût certes, mais rien que des mots ! Des chapelets de mots et rien de plus ! Moi Ibrahim, seul de tous les hommes, j'ai en ma possession le sceau personnel du souverain du monde. Et pour quoi faire, Mikaël el-Hakim ? Tu le vois ! Dans ma chambre solitaire, je lis des mots enchaînés avec grâce les uns après les autres.

Il retira ses bagues somptueuses qui pesaient trop à ses doigts amaigris.

— Il me connaît comme je le connais. Des frères jumeaux ne peuvent deviner les pensées l'un de l'autre aussi rapidement et totalement. La nuit dernière, lorsqu'il est tombé malade, il m'a tendu son sceau, mettant ainsi entre mes mains sa personne avec sa puissance. Était-ce pour me prouver que sa confiance était inébranlable ? Je ne sais, je ne le connais plus et ne suis plus capable de lire ses pensées comme autrefois. Il était alors un miroir pour moi, mais on a soufflé sur lui et je ne vois plus ce qu'il a dans la tête. Rien ! Je ne puis rien faire pour me sauver, sa confiance m'a ôté ma force et ma volonté.

Il s'efforçait de se maîtriser, mais je vis ses mains qui tremblaient et son visage se contracter. Mon œil de médecin reconnut alors à quel point il avait le cœur malade.

— Noble seigneur, lui dis-je pour l'apaiser, le mois du Ramadan vient de commencer, un mois aussi éprouvant pour les souverains que pour les esclaves. Lorsque le jeûne prendra fin, tu regarderas tout avec des yeux différents et riras toi-même de tes hallucinations. Il faut que tu manges et boives tout ton soûl, il faut que tu visites ton harem et y demeures jusqu'au prochain jour de jeûne, à l'heure où la lueur du jour permet de discerner un fil noir d'un fil blanc. L'expérience a prouvé qu'une veille pieuse en compagnie des femmes du harem apaise l'esprit pendant le Ramadan. Du reste, le Prophète lui-même ne l'a-t-il point recommandé ?

Il me jeta un regard du fond de son désespoir.

— Comment pourrais-je manger et dormir quand mon maître jeûne à cause de sa maladie ? Mon maître ! Non ! Il est le frère de mon cœur, et jamais je ne l'ai ressenti avec autant de force qu'en ce début de Ramadan. Le frère de mon cœur et mon seul ami véritable sur cette terre. Vois-tu, il y a des années que je l'avais oublié parce que ses présents et sa faveur sans limites me remplissaient d'arrogance.

« Lorsque vivait son père, le cruel Sélim, nous chevauchions côte à côte avec les ailes sombres de la mort qui planaient toujours au-dessus de nos têtes. Ce fut alors qu'il m'accorda sa confiance, alors qu'il comprit que j'étais à tout moment prêt à mourir pour lui. Hélas ! Aujourd'hui, sa confiance s'est évanouie, sinon il ne m'aurait point octroyé son sceau ; il ne l'a fait que pour se convaincre lui-même. C'est un homme singulier, tu sais, Mikaël ! Mais à quoi bon parler de tout cela ! Mon horloge retarde de plus en plus et je n'ai rien d'autre à faire qu'à lire des mots enchaînés avec grâce les uns après les autres. Du moins mes yeux sont-ils encore vivants !

Il ne put supporter de rester plus longtemps assis, il se leva et se mit à marcher inlassablement dans la pièce, le bruit de ses pas étouffé par les somptueux tapis d'Orient qui couvraient le sol.

— Mon horloge retarde ! reprit-il d'une voix lourde d'angoisse. Elle a retardé dès la première heure ! Pourtant ces machines d'Europe avancent toujours sur les meilleures de l'Orient ! Mais quoi que j'aie rêvé, quoi que j'aie désiré, espéré et même accompli, j'ai toujours obtenu de mon horloge languissante une seule réponse : « Trop tard ! Trop tard ! » Il était trop tard devant Vienne, trop tard à Bagdad et trop tard à Tabriz ! Khayr al-Dîn est arrivé trop tard ! Quoi que j'aie fait ou décidé, tout a été trop tard !

Le sang lui était monté à la tête et ses yeux étaient rouges tandis qu'il me fixait du regard.

— Allah ! Et pourtant, sait-on tout ce qu'un homme seul peut faire ? Quelles armées de préjugés n'ai-je pas eu à combattre à tout instant ? Il n'est pas un acte que j'aie accompli, une loi que j'aie élaborée qui n'aient été accueillis par de la haine et de la dérision. Et quand enfin, j'avais réussi à vaincre toutes les oppositions, la réponse était la même : « Trop tard ! » Hier encore dans ma folle vanité, je ne pouvais imaginer plus amer que cet état de choses. Mais aujourd'hui, en ce début de Ramadan, assis à regarder défiler des mots, je suis las de défier mon destin.

Il laissa retomber mollement les bras le long de son corps et son visage, si beau dans sa pâleur, retrouva son calme et sa sérénité. Un sourire presque malicieux se dessina sur ses lèvres quand il ajouta :

— Un des empereurs romains a soupiré à l'heure de sa mort : « Quel grand acteur périt avec moi ! » Moi, c'est à peine si je peux prétendre être un acteur ! Par amitié, j'ai renoncé à ma propre personne, à tel point que je ne saurais dire quand je joue et quand je suis sincère. Trop de pouvoir induit l'homme à devenir acteur, particulièrement si ce pouvoir dépend du bon vouloir et de la faveur d'un autre, cet autre fût-il le meilleur homme du monde.

« Toutefois je sais que lui aussi est pénétré du même

sentiment et d'une manière plus terrible encore car après tout ce qui s'est passé, jamais il ne sera entièrement sincère avec quiconque. Il devra choisir chaque mot et veiller au moindre changement d'expression. Ô Mikaël, sa souffrance sera pire que la mienne et il ne saura jamais discerner dans son propre cœur la vérité du mensonge. Je tremble pour lui à l'idée de son affreuse solitude dans le monde. Dieu ! Allah ! Tentateur inconnu, qui que Tu sois, Tu ne peux nier notre amitié !

Il se tut, laissant retomber l'écho de sa voix. Puis il chuchota :

— Nul ne peut se fier à son prochain. Voilà la seule vérité immuable et il n'y en a pas d'autre ici-bas !

— Noble seigneur, protestai-je, une défiance excessive nuit autant qu'une trop grande confiance. Chacune de ces attitudes provoque des catastrophes. Il faut en tout rechercher le juste milieu.

Le grand vizir me jeta un regard méprisant.

— Cette créature tenterait-elle par ton truchement de m'inspirer, une fois de plus, un sentiment fallacieux de sécurité avant que le coup ne tombe ? Que connaissent les femmes à l'amitié ? Écoute-moi bien, Mikaël ! S'il existe sûr terre un démon à figure humaine, c'est elle ! Mais elle n'a qu'une intelligence de femme et juge le monde par elle-même. Elle ne sera donc jamais en mesure de comprendre la raison pour laquelle le sultan m'a donné le sceau avec ses pouvoirs suprêmes. Transmets-lui un salut de ma part, Mikaël ! Mais sache qu'elle ne parviendra jamais à saisir la vérité, dût-elle y réfléchir jusqu'à la fin de ses jours. Rien n'irrite plus une femme que de découvrir qu'il y a des choses qui lui échappent radicalement dans une relation entre deux hommes.

Fièrement campé, il posait sur moi ses sombres prunelles et je lui vis, en cet instant, la beauté d'un ange déchu. Il écarta d'un geste mes protestations et poursuivit :

— Peut-être as-tu appris que j'ai dîné la nuit dernière en compagnie du sultan. Plus on lui verse de venin dans l'oreille, plus il désire être auprès de moi pour observer mes pensées et scruter mon visage ! J'ai choisi dans le plat le plus beau fruit, comme il se doit. Il le pela, le mangea et un quart d'heure à peine s'était écoulé, quand il sentit une brûlure d'estomac et crut qu'il allait rendre le dernier soupir. Il a pensé alors que je l'avais empoisonné ! Et lorsque, épuisé par les émétiques, il s'est vu hors de danger, il m'a regardé droit dans les yeux et m'a tendu son sceau personnel. Pour me lier à lui et m'empêcher de lui nuire ! Nul autre que moi ne peut comprendre ce geste ! Depuis le temps de notre adolescence, j'ai partagé ses repas, dormi sous le même toit et été son ami le plus intime, jusqu'à ce que cette femme fatale l'ait poussé à me fermer son cœur.

« Tu as parlé tout à l'heure de défiance excessive et il m'est arrivé de m'en faire moi-même le reproche. Mais lorsque, une sueur de terreur au front, j'ai vu qu'il était empoisonné, j'ai compris que la Russe avait placé le fruit dans ma main par enchantement afin de faire retomber le soupçon sur moi. Et Roxelane connaît toutes les ruses ! Hier, j'ai mangé moi aussi des fruits et ordonné aux esclaves de terminer le plat. Ni moi ni eux n'avons été malades ! Seul le fruit que j'ai choisi pour lui était empoisonné ! Peux-tu imaginer chose plus démoniaque ?

Rempli de compassion, je hochai la tête.

— Tu es souffrant, ô seigneur ! C'est ton cerveau enflammé qui te donne ces idées. Des maux d'estomac sont courants dans la cité et j'en ai moi-même été atteint avant-hier après avoir mangé des pommes. Je t'en prie, seigneur, bois ce calmant que je t'ai apporté. Tu as besoin de sommeil, tu as besoin d'oublier ton horloge.

— Ainsi, Mikaël el-Hakim, tu voudrais me donner un calmant ? Voilà donc l'objet de ta visite ! Lorsque tu as renié ton Christ, tu l'as fait pour sauver ta misérable vie, mais en cette occasion, je suppose que l'on t'a offert plus de trente deniers d'argent ! Je connais les Écritures des chrétiens, tu vois ?

— Grand vizir Ibrahim, répondis-je en le regardant dans les yeux, je sais que bien pauvre est l'homme tel que moi qui n'a ni Dieu ni livre saint sur lesquels jurer solennellement ! Cependant, sache que je ne t'ai jamais trahi et ne te trahirai jamais ! Non pour toi d'ailleurs, mais pour moi ! Comment puis-je espérer que tu me comprennes si je ne me comprends pas moi-même !

« Tout renégat et relaps que je suis, je veux peut-être simplement me prouver que je suis capable de garder ma loyauté à l'égard au moins d'une personne au monde et de lui rester fidèle au moment du besoin.

J'eus le sentiment que mes paroles l'avaient touché en dépit de la lutte qui déchirait son cœur. Il resta assis un moment à me scruter en silence, ses yeux fixés sur les miens. Puis il se leva, se dirigea vers un coffre dont il ouvrit la serrure dorée et se mit en devoir de déverser sur le sol des bourses si pleines de monnaies que leur cuir fragile se rompit et que les pièces roulèrent sur le sol ; sur les bourses amoncelées, il jeta ensuite des poignées de perles, de rubis, de saphirs, d'émeraudes et d'autres pierres encore ; jamais, même lors de la venue de Khayr al-Dîn, il ne m'avait été donné de contempler autant d'or ni de bijoux étincelants réunis en un seul tas.

— Je suis persuadé que tu es un traître, Mikaël el-Hakim, comme je suis sûr qu'il y avait du poison dans le fruit mangé par Soliman. Je veux seulement savoir la vérité ! La Russe elle-même n'est pas en mesure de t'offrir des sommes aussi fabuleuses que je le puis. Dis-moi donc toute la vérité, Mikaël el-Hakim, et tu emporteras la totalité de ce trésor ! Et cette fois, il n'y a pas de sourd-muet derrière le rideau. Seule la vérité peut apporter quelque soulagement à mon esprit tourmenté. La galère la plus rapide et cent janissaires te conduiront ensuite dans le pays de ton choix. Aie pitié, Mikaël el-Hakim, parle et dis-moi la vérité.

Je jetai un regard fasciné sur le monceau de richesses qui scintillaient de mille feux puis répondis, un goût amer dans la bouche :

— Si je te dis que je suis un traître, ô mon maître Ibrahim, tu le croiras parce que tu le veux. Mais je ne puis avouer ce qui n'est pas vrai ! Laisse-moi te baiser la main en guise d'adieu et je partirai. Je ne veux pas t'imposer plus longtemps ma présence importune.

— Si tu m'es vraiment fidèle, alors tu es plus simple

que ce que j'avais cru ! Dans le monde de la politique, la loyauté est une forme d'imbécillité.

Je trouvai aussitôt la réponse et lui dis avec le sourire :

— Dans ce cas, nous sommes deux imbéciles dans la même galère et tu l'es encore plus que moi, toi qui, portant le sceau du sultan, refuses de t'en servir pour te tirer d'affaire !

Le grand vizir posa de nouveau sur moi ses yeux fatigués de la lutte qui habitait son âme. Il avait le visage gris comme la cendre et l'éclat de ses prunelles paraissait légèrement voilé.

— Pourquoi alors, pourquoi demeures-tu à mes côtés ? demanda-t-il d'une voix éteinte. Est-ce par reconnaissance ? Non ! C'est impossible ! Il n'existe point créature plus ingrate que l'homme qui, à l'inverse des animaux, hait son bienfaiteur. Dis-moi donc, Mikaël el-Hakim, pourquoi ne m'as-tu pas abandonné ?

Je baisai sa main avec déférence et m'assis, les jambes croisées, sur le sol devant lui ; puis, la tête dans les mains, je réfléchis longuement sur moi-même et sur ma vie, sur lui et sur la sienne.

Nous gardâmes ainsi le silence qu'enfin je rompis pour dire :

— Point n'est facile de répondre à cette question ! Il se peut que ce soit par amour pour toi, ô noble seigneur. Non pas pour tes présents, mais parce qu'il t'est parfois arrivé de t'adresser à moi comme à un être doué de raison. Je t'aime pour ta beauté, ton intelligence, ta fierté, tes doutes et ta sagesse. Bien peu sont les hommes tels que toi sur cette terre ! Il est vrai que tu as des défauts ; tu es jaloux de ton pouvoir, dépensier, blasphémateur et bien des choses encore que le peuple te reproche. Mais aucun n'affecte mes sentiments à ton égard. D'ailleurs, personne ne te déteste pour tes failles humaines, grand vizir Ibrahim, même s'il plaît aux gens d'en parler et de les exagérer afin de justifier à leurs propres yeux et à ceux de leurs pareils la haine qu'ils te portent. En fait ils ne te détestent que pour une seule chose : parce que tu es si haut au-dessus des autres hommes ! Cela, les âmes médiocres ne le supportent jamais ! Et pourtant je suis sûr qu'il existe à l'état latent dans chacun d'entre nous cette faculté de dépasser ses semblables.

« Il se peut aussi que je t'aime pour la noblesse de tes visées et la grandeur de ce qui te pousse à agir ; jamais tu ne fais preuve de cruauté délibérée à l'encontre de quiconque ; dans les domaines du sultan, grâce à toi, nul, qu'il soit juif ou chrétien, ne se voit persécuté pour sa foi. Et tu t'étonnes que l'on te haïsse, ô grand vizir Ibrahim ? Voilà en tout cas pourquoi moi, je t'aime.

Il m'écoutait, un sourire las sur les lèvres, avec l'air de se moquer de lui-même et d'admirer mon talent à enchaîner avec grâce des mots les uns après les autres. Je sortis de la pièce sur la pointe des pieds et revins chargé du plateau que les serviteurs avaient préparé ; je le posai devant lui, soulevai les couvercles d'argent et goûtai un peu de chaque mets afin de le rassurer. Il se mit à manger sans prêter attention et lorsque je lui fis boire la potion calmante, il l'avala sans dire un mot. Je gardai sa main dans la mienne jusqu'à ce qu'il fût endormi, la baisai alors avec plus de respect encore, puis me mis en devoir de remettre toutes les pièces d'or et tous les joyaux dans le coffre de manière à ne point exposer les domestiques à une trop grande tentation ; cela fait, je les appelai et leur enjoignis de dévêtir leur maître et de le porter dans sa couche. Ils m'obéirent avec joie car les insomnies dont souffrait le grand vizir depuis si longtemps les avaient plongés dans une grande inquiétude.

Trois jours après cette soirée, Mustafa ben-Nakir apparut à l'improviste comme à son habitude. Il semblait porter avec lui un souffle de froide menace et je craignis le pire en le voyant arriver. Ses clochettes d'argent tintaient toujours aussi agréablement, mais il n'était ni aussi bien vêtu ni aussi soigné qu'il avait coutume d'être et il avait même oublié son livre de poésies persanes. Je lui demandai aussitôt d'où il venait et ce qu'il avait fait.

— Descendons sur ton quai de marbre pour voir les étoiles se lever dans le ciel, me répondit-il. J'ai dans mon cœur un poème prêt à éclore et ne veux point que des serviteurs ni même ton épouse assistent à ce moment solennel.

Arrivé à l'embarcadère, il jeta un coup d'œil alentour et demanda :

— Où est donc ton frère, le lutteur Antar ?

Je répondis, non sans quelque agacement, que je ne savais plus guère ce qu'il devenait ; depuis son retour de Tunis, les pieds nus et les cheveux longs, il allait passer ses journées en compagnie des derviches et restait à regarder leurs tours de magie et à écouter les contes à dormir debout qui leur permettent d'attirer les femmes crédules pour leur soutirer quelque argent.

Je l'appelai cependant et nous le vîmes sortir sans empressement du hangar à bateaux, un os à la main.

— As-tu l'intention de te joindre à notre confrérie, Antar ? s'exclama Mustafa ben-Nakir, surpris de son aspect.

Antti posa sur lui ses gros yeux gris et répondit avec insolence :

— Ne vois-tu pas que je ne porte pas de peau de lion sur les épaules ? Mais j'ai en effet caressé l'idée de partir à la quête de Dieu sur le sommet d'une montagne ou dans le désert. Comment as-tu pu deviner mes pensées alors que je ne les ai révélées à personne, pas même aux derviches ?

Mustafa ben-Nakir était à ce point étonné qu'il s'inclina devant Antti pour toucher de sa main le sol et son front.

— En vérité, dit-il, Allah est grand et ses voies merveilleuses ! Voilà la dernière chose à laquelle je me serais attendu ! Dis-moi ce qui t'a amené à chercher la voie sacrée ?

Antti s'assit sur le bord du quai, ses pieds fatigués trempant dans l'eau, et continua à ronger son os.

— Comment t'expliquer ce que je ne comprends pas moi-même ? finit-il par répliquer. Lorsque mon ami Raël, le petit chien de Mikaël, vivait avec moi, je me sentais meilleur ; il ne détestait personne et oubliait tout de suite toutes les méchancetés. Si, quand j'étais ivre, je lui marchais sur les pattes à le faire hurler de douleur, il sautait aussitôt sur moi et se mettait à me lécher comme pour me demander pardon de s'être trouvé sur mon chemin. Il se reprochait ma faute et je me suis tué à tenter de lui expliquer la folie de cette attitude ! Durant les froides nuits d'hiver, il venait me tenir chaud. Mais qui sait apprécier le bonheur et l'amitié avant de les avoir perdus ? Ce n'est qu'après que le brave chien eut trouvé au sérail la juste récompense de sa conduite, que je me suis rendu compte à quel point Mikaël et moi, nous avons perdu dans cette histoire.

Il essuya quelques larmes avant de poursuivre.

— J'ai enfin compris, depuis que le chagrin s'est emparé de moi, que le petit chien était bien plus sage que moi ! A présent, je vois que je suis coupable du malheur qui frappe le monde. Chaque fois qu'un homme se comporte d'une manière injuste ou cruelle, c'est ma faute ! Mais je suis un homme simple et mieux vaudrait pour moi partir au sommet d'une montagne ou dans le désert, car mes nouvelles idées semblent irriter vraiment les autres. Je n'ai plus l'intention d'aller me battre à moins que ce ne soit pour une juste et bonne cause.

— Je t'en offre une à l'instant même ! coupa Mustafa ben-Nakir vivement. Éloigne-toi de nous pour monter la garde contre les oreilles indiscrètes, et s'il s'en présente, débarrasse-t'en promptement ! J'ai en mon cœur un poème sur le point de voir le jour.

— Je ne suis qu'un ignorant, mais j'imagine l'angoisse d'une telle naissance ! répondit Antti, débonnaire. J'ai remarqué cependant que le vin peut soulager d'une manière appréciable et je vais de ce pas quérir une grande amphore dans la cave de Mikaël.

Dès qu'il fut hors de portée de voix, Mustafa ben-Nakir me dit :

— Je me suis rendu dans la cité pour accomplir quelques exercices de dévotion et j'ai par la même occasion appris les nouvelles. On racontait également une petite histoire que je tiens à te rapporter.

Je protestai vivement, l'assurant que je n'étais point d'humeur à écouter des histoires, qu'il me répète ce qu'il avait entendu au cours de sa promenade, voilà tout ce qui m'intéressait ! Il insista d'un air froissé, prétendant qu'il était permis tout de même d'envelopper les mauvaises nouvelles dans du tissu de soie !

Puis il commença, au nom du Miséricordieux :

— Il était une fois un seigneur riche et puissant qui avait pour fauconnier un bel adolescent du même âge que lui. Le maître devint excessivement amoureux de l'esclave et le crut aussi honnête qu'il était beau. Un jour il voulut lui confier l'administration de ses biens mais l'esclave, plein de ruse, s'y opposa en disant : « Il n'est pas facile de gouverner une si grande maison ! Quelle assurance aurai-je qu'un beau jour mon seigneur, courroucé contre moi, ne me fera pas couper la tête ? » L'honorable seigneur éclata de rire et répondit : « Moi, courroucé contre toi, quand ton amitié m'est plus précieuse que la prunelle de mes yeux ! Mais tu as raison, comme nul d'entre nous ne peut prévoir l'avenir, je jure par le Prophète et le Coran que jamais je ne te démettrai de ta charge ni ne te punirai pour quelque faute que tu aies commise. Je te protégerai tout au long de ma vie, et serai ton bouclier de tout le pouvoir qu'Allah m'a conféré. »

« Il ne se passa guère d'années avant que l'esclave n'eût dissipé la fortune de son maître et mis en danger sa maison en nouant des relations à l'encontre de la loi et de la tradition. Le maître, s'avisant trop tard de son erreur, aurait voulu punir l'esclave qui avait si vilement abusé de sa confiance, mais sa piété lui interdit de rompre son serment. L'esclave, à l'instar de tous les esclaves, haïssait et enviait son maître pour sa noble nature ; il se glissa une nuit dans sa couche, l'étrangla et vendit sa maison et ses biens aux infidèles, causant ainsi un tort irréparable non seulement à son maître mais encore à l'islam tout entier.

Il se tut, et dans le demi-jour bleuté ses yeux brillants étincelaient.

— Étrange histoire, n'est-ce pas ? ajouta-t-il froidement. Qu'aurais-tu fait, Mikaël, à la place du noble seigneur ?

— Allah, quelle question ! Je me serais empressé d'aller voir le mufti et lui aurais demandé une fatwa pour me libérer de mon serment imprudent! C'est précisément pour cela qu'existe le mufti!

— Précisément! reprit Mustafa dans un murmure. Ce matin même on a expliqué l'histoire au mufti et on lui a demandé de préparer une fatwa. Le sultan Soliman a promis en échange de construire sur le point culminant de la cité la plus belle mosquée que l'on ait jamais vue. La fatwa en question le libère en effet du serment solennel prononcé dans la folie de sa jeunesse, et il peut à l'avenir passer à l'action sans violer les lois du Coran.

Le souffle coupé, je commençai à entrevoir la signification de cette histoire. Ainsi le sort du grand vizir était-il irrévocablement scellé et nul au monde, désormais, ne se trouvait en mesure de l'aider.

Mustafa ben-Nakir observait dans le bleu crépuscule mon visage à la dérobée.

— Pourquoi ne dis-tu rien, Mikaël? interrogea-t-il, une note d'impatience dans la voix. Serais-tu simple comme ton frère Antar? L'occasion risque de nous glisser entre les doigts. On a donné au mufti jusqu'à demain soir pour réfléchir. Et demain est le jour des ides de mars, selon le calendrier romain, le jour où tous les événements remarquables ont coutume de se produire. L'heure de l'action a sonné, Mikaël! Les ides de mars favorisent l'homme résolu et écrasent sous leur talon de fer le faible et l'hésitant.

— Si, par action, tu veux dire que nous devons fuir, il est trop tard! En outre, aussi fou que cela paraisse aux yeux des prudents et des sages, je n'abandonnerai pas le grand vizir au moment le plus désespéré de son existence.

— Réveille-toi, Mikaël! cria Mustafa ben-Nakir plus fébrile. Ne vois-tu pas que Soliman n'est point digne de gouverner le monde et que le grand vizir a en sa possession son sceau personnel? Écoute! Il y a le sérail qui sait que Soliman a été souffrant ces derniers jours, il y a les janissaires qui adorent le prince Mustafa et il y a le Jeune Maure ici qui a pris ses quartiers d'hiver avec ses navires! Il nous suffit de distribuer une somme convenable aux janissaires, de faire quelques promesses au peuple et d'octroyer des fermes aux spahis pour que le sérail acclame dans l'allégresse le prince Mustafa comme sultan !

« Mikaël, ne vois-tu pas que la destinée seule a tout préparé pour demain ?

— Mais que penses-tu faire de Soliman ?

— Il mourra naturellement ! répliqua Mustafa ben-Nakir, l'air surpris. L'un des deux doit disparaître, tu peux le voir toi-même ! Lorsque le sultan aura obtenu sa fatwa, il invitera le grand vizir à dîner en sa compagnie mais cette fois le repas s'achèvera avec l'arrivée des muets. Ibrahim aura sa chance avant, sa seule et dernière chance. Puisqu'ils dînent ensemble, le poison, la dague ou le lacet vont parler. On pourra maquiller Soliman pour effacer les traces de violence. De toute façon, après sa mort, le peuple ne songera plus qu'au jeune Mustafa !

Un élan d'enthousiasme submergea l'angoisse et l'indifférence qui depuis si longtemps habitaient en mon âme. Oui ! Ma raison me le disait ! Le plan de Mustafa était excellent ! Devant le fait accompli, ni janissaires ni eunuques ne poseraient de questions inutiles, ils se soumettraient promptement à la volonté d'Allah et s'empresseraient autour de l'héritier pour recevoir de sa main les présents traditionnels qui marquent le début d'un nouveau règne. Pendant ce temps, le Jeune Maure prendrait le commandement de la cité. Et si quelque pacha du divan commettait la folie d'exiger une enquête, ses collègues s'empresseraient de le supprimer dans l'espoir de s'emparer de son poste. Quant à moi, je ne perdrais rien au changement de régime alors que si les muets exécutaient le grand vizir pour trahison, ma propre tête ne tarderait pas à rouler dans les caves de la porte de la Paix et, conformément à la tradition, nombre de caftans noirs seraient distribués aux partisans et aux serviteurs d'Ibrahim.

Tout en parlant, nous avions déjà bu une quantité considérable du vin qu'Antti nous avait apporté.

— A ta santé, Mustafa ben-Nakir ! Ton plan est excellent mais je crois que tu ne m'as pas tout dit. Sois franc pour une fois et explique-moi la raison pour laquelle tu risques ainsi ta tête. Je te connais assez, ainsi que ta philosophie, pour être certain que tu ne lèverais pas le petit doigt s'il ne s'agissait que du sort d'Ibrahim !

A la lumière de la lune montante, je le vis incliner la tête dans ma direction. Puis il se saisit de l'amphore et but à larges traits avant de me répondre.

— Ah, Mikaël, mon ami ! J'ai cherché consolation auprès des belles filles de Bagdad mais je ne l'ai pas trouvée ! Et comment l'aurais-je pu si j'ai appris ici à adorer l'inaccessible ? J'ai beau me raisonner et me dire qu'elle cst seulement une femme entre toutes les femmes, ce n'est que dans scs bras que je parviendrai à me délivrer de cette obsession. Et cela, seule la mort de Soliman peut me le permettre, en me donnant la faculté de la réclamer comme récompense. Voilà ! C'est aussi simple que cela ! Demain la déesse de l'histoire va tourner une nouvelle page de son grand livre pour l'amour d'une femme au rire argentin.

Il se cacha le visage dans les mains et tout son corps trembla à la fois de passion, de chagrin et de magie créée par le vin et la fraîcheur de cette nuit de printemps. Antti s'approcha de lui pour compatir aux douleurs de l'enfantement poétique et voulut l'aider à se relever, mais comme il titubait, lui-même ivre de vin, ils manquèrent de tomber tous deux dans les eaux du Bosphore. Mustafa se dégagea de l'étreinte d'Antti et, me saisissant par les épaules, murmura d'une voix pâteuse :

— Tu en sais assez, Mikaël el-Hakim ! Hâte-toi à présent de te rendre auprès de celui auquel nous pensons et dès qu'il aura promis d'accomplir sa part, nous préparerons tout pour demain.

Antti l'aida à aller se coucher puis, à mon injonction, se vêtit d'un caftan propre pour m'accompagner ; je ne voulais pas en effet me risquer à sortir seul pour remplir une mission si périlleuse.

Tandis que les esclaves à moitié endormis apprêtaient la barque, Giulia accourut vers l'embarcadère.

— Ne me laisse pas, Mikaël ! dit-elle en se tordant les mains, le visage baigné de larmes. Qu'est-il arrivé et que voulait de toi Mustafa ben-Nakir ? Où vas-tu ? Me cacherais-tu quelque chose, Mikaël ?

Je lui répliquai que Mustafa avait bu au point de perdre le sentiment en composant un poème en l'honneur d'une certaine dame de haut rang et que moi, ne trouvant pas le sommeil, je me rendais à la grande mosquée pour veiller et prier. Elle non plus ne pouvait dormir, reprit-elle, et elle voulait aller retrouver les femmes du harem. Elle me pria donc de l'emmener avec moi et force me fut de la laisser monter à bord. Je pris place sans plaisir à côté d'elle sous le taud à l'arrière, et cette soudaine répulsion que m'inspirait sa présence me surprit moi-même.

Je l'effleurai sans le vouloir au balancement de la barque, et je sentis qu'elle tremblait.

— As-tu froid, Giulia ? demandai-je avec étonnement.

Puis, comme elle s'écartait de moi, je tournai mon regard vers le visage sombre et sans expression d'Alberto. Alors je me souvins du chat de Giulia, et d'une foule d'autres incidents, tant qu'à la fin ce fut à mon tour de trembler.

— Pourquoi, lui dis-je à voix basse, as-tu mis l'autre soir cette drogue de Tunis dans le fruit que tu m'as donné ? C'était inutile, je ne souffrais de rien !

Trompée par le calme de ma voix, elle tomba dans le piège. Giulia était une femme qui jugeait toujours d'après elle-même, si bien que souvent elle ne voyait pas plus loin que son nez.

— Tu n'es pas fâché, Mikaël ? C'était pour ton bien ! Tu m'avais semblé légèrement indisposé et j'ai eu peur que tu n'aies attrapé la maladie de notre batelier. Comment aurais-je pu prévoir que tu en serais si fort affecté ?

Alors je sus avec certitude que la sultane Khurrem, ayant entendu parler de cette drogue, l'avait demandée à Giulia qui s'était d'abord empressée de l'essayer sur moi. La sultane ne pouvant, à l'évidence, recourir aux médecins du sérail en de telles matières, s'était adressée à Giulia, sa confidente. Donc Khurrem, le soir même en possession du poison, en avait habilement introduit dans le plus beau des fruits que l'on devait servir au dessert du sultan, et ce fut naturellement ce fruit-là que le grand vizir offrit par courtoisie à son seigneur. Curieusement, cette nouvelle preuve de trahison de la part de Giulia ne suscita en moi nul courroux particulier. A vrai dire, acquérir cette certitude m'apporta plutôt un sentiment de soulagement.

Nous n'échangeâmes plus un seul mot et je la débarquai avec Alberto sur le quai du sérail. Antti et moi poursuivîmes notre route pour mettre pied à terre au bout de la rue conduisant à la grande mosquée. De là nous pûmes gagner inaperçus l'Atmeïdan, puis longer les hauts murs qui entouraient les jardins interdits. Antti demeura dans la rue pour monter la garde tandis que je pénétrai dans le palais du grand vizir par une entrée de service.

On me conduisit directement auprès d'Ibrahim, assis sur un simple coussin dans sa bibliothèque avec à la main un parchemin grec. Il sourit à ma vue et dit d'une voix aimable :

— Mon horloge retarde, rien d'étonnant dès lors à te voir arriver à une heure aussi tardive !

Je le trouvai ce soir particulièrement beau, soigneusement vêtu avec ses cheveux oints d'huiles parfumées et ses mains et ongles colorés. Il s'était même rougi les lèvres et portait à ses oreilles des boucles étincelantes de diamants. Il semblait avoir recouvré sa sérénité coutumière.

Sans perdre de temps en politesses préliminaires, je répondis :

— Ton horloge ne retarde pas, ô noble seigneur ! Je suppose que quelqu'un a acheté ton horloger ou celui du sultan pour la dérégler de façon délibérée afin que tu y voies un mauvais présage. Elle ne retarde pas, ô Ibrahim le Bienheureux. Au contraire, elle avance sur tes ennemis !

Je lui contai brièvement tout ce que j'avais appris, le poison dans le fruit, la fatwa, le plan de Mustafa, puis ajoutai que la confrérie de ce dernier était disposée à apporter son appui à son grand maître Ibrahim.

— Tout est prêt ! dis-je. Il ne te reste qu'à prendre en main la direction des événements. Frappe le premier ! N'oublie pas qu'en ce qui te concerne, le sultan n'est qu'un assassin ! Tu vas dîner seul à seul avec lui et nul doute que tu ne sois plus fort que lui. Point n'est donc besoin pour toi d'emporter une arme, mieux vaut que tu l'étrangles avec la chaîne d'or du sceau carré. Personne ne soupçonnera que ce puisse être l'arme du crime, même si l'on te fouille scrupuleusement. Mais il te faut d'abord lui asséner un coup violent sur la tempe afin qu'il se tienne tranquille. Montre-toi rapide et résolu et tout ira pour le mieux. Alors tu seras le maître de l'Empire, de l'Empire et peut-être du monde entier !

Il m'écouta de l'air tranquille d'un homme qui entend une histoire familière à ses oreilles. Puis à la fin, il me dit d'un ton suave :

— Tu vois bien qu'après tout tu es un traître, Mikaël el-Hakim ! Mais pourquoi ne m'as-tu point empoisonné quand je t'avais donné une si belle occasion, et pourquoi ne m'as-tu pas au moins volé ? J'ai fait compter l'argent et rien ne manque, pourquoi ? Comme les créatures d'Allah sont étranges dans leur diversité ! Allons, ne pleure pas ! Je ne voudrais, pour rien au monde, affliger mon unique ami !

Il me tapota la joue gentiment avec sa belle main et m'invita à prendre place à sa droite ; puis il me versa du vin dans un gobelet d'or et, comme on en use avec un hôte que l'on veut honorer, il choisit à mon intention les meilleurs morceaux du plat disposé devant lui.

Après m'avoir ainsi calmé, il dit :

— Il se peut que tu m'aimes, mais tu ne me connais point. J'ai déjà longuement réfléchi à tout ce que tu me proposes et le plan en lui-même me paraît excellent. Cependant il présente une faille. Moi ! Seul le sultan sait cela et il m'en a donné la preuve en me baillant son sceau. Il sait au fond de son cœur que notre amitié m'attache avec plus de force que des chaînes de fer. Non, Mikaël ! Je ne l'assassinerai pas ! Depuis sa jeunesse, il souffre de mélancolie et lorsque je serai parti, le chagrin deviendra son compagnon le plus fidèle. Dorénavant la terreur régnera à l'intérieur du sérail, et tout cela à cause de la Russe ! Oh ! Comme je le plains ! De toutes les fibres de mon cœur, j'ai pitié de lui ! Il sera l'homme le plus seul de tout l'Empire.

« Tu m'as dit un jour qu'il faut rester fidèle, ne serait-ce qu'à une seule créature sur la terre. Si tu le fais, toi, pourquoi pas moi ? L'homme vaut mieux que la politique, l'honneur, la richesse ou le pouvoir, même si nombreux sont ceux qui ne veulent pas le reconnaître. Mais soyons honnêtes, Mikaël, et admettons que de même que ta loyauté à mon égard n'est rien de plus que loyauté envers toi-même, de même ma loyauté à l'égard de Soliman n'est rien de plus que loyauté envers le pauvre Ibrahim assis à ses côtés et qui essaye de se persuader de sa sincérité. L'heure du départ a sonné et nous pouvons ôter nos masques !

Nous gardâmes longtemps le silence puis, fatigué sans doute par ma présence, il ajouta d'un ton courtois :

— S'il est vrai que tu n'as pas l'intention de fuir, rends-moi un dernier service : veuille donner à ma dépouille une digne sépulture selon la tradition musulmane.

Je suppose qu'il ne m'adressa cette ultime requête que par pure politesse, afin de me donner la preuve qu'il avait confiance en moi. Peu lui importait, je pense, ce qu'il adviendrait de ses restes. Toutefois je lui promis d'accomplir ce qu'il me demandait, puis lui baisai la main et l'épaule en guise d'adieu.

Ainsi me séparai-je à jamais de l'homme le plus remarquable et le plus singulier que j'eusse rencontré, un homme supérieur à l'empereur et au sultan.

Je quittai le palais. Antti, assis par terre dans la rue, chantait au clair de lune une chanson grossière en allemand.

— C'est Ramadan, frère, allons prier à la grande mosquée ! dis-je.

Les babouches à la main, nous franchîmes les imposantes portes de cuivre pour pénétrer dans la grande salle aux piliers de porphyre ; la paix alors entra en mon cœur d'une manière aussi douce et suave que mes pieds nus s'enfonçaient dans les tapis épais couvrant le sol. La mosquée était vide, éclairée seulement par quelques lampes, et la coupole immense semblait un ciel nocturne au-dessus de nos têtes. Pour la fête du Baïram, lorsque viendrait la dernière nuit du Ramadan, les cent lampes s'allumeraient, les textes aux lettres d'or scintilleraient dans leurs grands médaillons et des dizaines de milliers de fidèles se presseraient pour écouter les versets du Coran lus du haut de la chaire des imans. Le sultan Soliman en personne assisterait aux prières et, derrière les grilles dorées, les femmes du harem suivraient la cérémonie, la dévote Khurrem au milieu d'elles et Giulia à ses côtés. Pourtant moi, je ne partagerais point la liesse générale et mon corps décapité glisserait lentement le long des canaux souterrains pour rejoindre la mer de Marmara.

Sous une lampe solitaire, je pressai mon front contre l'épais tapis de prière, me relevai et me prosternai à nouveau devant la face d'Allah. Mais j'adressai mes prières les plus ferventes au juge incorruptible qui vit au fond de moi et l'implorai de me donner la force d'abandonner sans crainte la prison de mon corps.

Quand le bateau toucha le quai, des nuages voilaient le croissant de lune. Giulia n'était pas revenue du sérail, pas plus que le furtif Alberto, et Mustafa ben-Nakir, toujours plongé dans un profond sommeil, reposait dans mon lit. Je résolus de profiter de cette tranquillité et chuchotai à Antti :

— Il faut que je te parle sérieusement, aussi je te prie de ne pas m'interrompre avec des questions stupides. Demain, après-demain, dans trois jours au plus tard, je serai mort. Comme je suis un esclave du sultan, ma maison et mes biens vont lui revenir, mais je suppose que Giulia saura s'assurer une rente légale grâce à la faveur dont elle jouit. J'ai veillé à ce qu'elle soit libre ainsi que toi. Tu m'as confié ta part des diamants de Moulay-Hassan, mais après ma mort il faut que tu en prennes la totalité. Personne ne connaît l'existence de ces pierres et c'est le moment d'aller les enterrer dans le jardin. Après la vente aux enchères de mes biens et lorsque l'on m'aura tout à fait oublié, dans une semaine au plus si je connais bien le sérail, tu pourras les récupérer. Ensuite tu iras vendre le plus petit à un juif de confiance, dont je te donnerai plus tard le nom, pour obtenir l'argent nécessaire à ton voyage. Le plus sage sera de te rendre en Égypte et de chercher la protection de l'eunuque Soliman. De là, tu seras en mesure de le suivre en Inde ou, s'il le décide ainsi, de retourner à Venise et en pays chrétien. Il vaudrait mieux que tu quittes la maison dès demain de bon matin et que tu restes quelque temps avec les derviches ; les musulmans n'ont point coutume de maltraiter ni de persécuter leurs saints hommes ou autres esprits chimériques.

Antti tourna vers moi un visage sans expression.

— Allah est le Dieu unique et même si parfois j'ai douté de sa raison, la paix sur lui ! répondit-il. J'écoute et j'obéis ! Je vais donc préparer mes paquets et partir pour l'Égypte si nécessaire. Néanmoins, il existe un temps pour tout, cher frère Mikaël, et je ne bougerai pas d'ici tant que je n'aurai pas vu de mes yeux ta tête tomber. Non ! Je ne te quitterai pas, dût-on pour cela m'écraser le crâne, si tant est que l'on puisse !

J'eus beau le rabrouer, le supplier, le menacer pour le convaincre, il ne voulut pas démordre de sa position et je dus, malgré moi, le remercier de son amitié. Puis nous nous hâtâmes d'enterrer les diamants. Lorsque nous achevâmes cette tâche, l'on pouvait déjà discerner un fil noir d'un fil blanc et un nouveau jour de Ramadan s'annonçait à l'horizon. Cependant je résolus de prendre quelque repos sans me soucier des rites sacrés et sombrai dans un profond sommeil, la paix du renoncement dans le cœur.

Ce fut Mustafa ben-Nakir qui me réveilla. Il était penché au-dessus de moi, les cheveux ébouriffés et la peau de lion jetée à la hâte sur les épaules. Je me levai aussitôt, fis mes ablutions et m'habillai en silence. Mustafa reprit son calme tout en me regardant et lorsque j'eus terminé, je lui contai ce qui s'était passé sans plus le faire attendre.

Son visage s'assombrissait au fur et à mesure que je parlais mais, en homme sage, il ne laissa pas une seule exclamation s'échapper de ses lèvres. Je me demande qui d'autre aurait pu garder cette attitude digne d'éloge et apprendre sans blasphémer que le grand vizir, dans sa folle obstination, avait rejeté notre aide. A la fin de mon récit, Mustafa ben-Nakir se mit en devoir de faire sa toilette, puis il teignit ses mains et oignit sa chevelure.

— Le grand vizir Ibrahim s'est condamné lui-même ! dit-il enfin. Vois comme il est facile de se tromper sur les gens ! Quoi qu'il en soit, à présent ta tête et la mienne sont en danger et nul ne nous remerciera de suivre comme des moutons Ibrahim dans la mort. Sauvons donc notre peau et lavons-nous de tout soupçon en allant le dénoncer. De toute façon, le sultan a déjà décidé sa perte en recourant au mufti, il ne peut donc rien lui arriver de pire.

— Allah est Allah ! m'écriai-je atterré. La malédiction retombe sur ton nom si tu fais une chose pareille !

Il me regarda avec surprise et répliqua froidement :

— Moi, j'ai ma position à respecter et ma tâche à accomplir en ce monde. La pierre angulaire d'un homme politique est d'avoir le sens des réalités. Le sage refuse le combat inutile et doit se joindre au vainqueur afin d'obtenir sa part du butin. En outre, celui qui change de camp occupe une meilleure position que le conquérant, du fait qu'il en sait plus que ce dernier et peut vendre ses connaissances à plus haut prix.

Je regardai fixement ses yeux brillants et son beau visage.

— Non, dis-je calmement, non, je ne t'écoute plus, Mustafa ben-Nakir ! J'en ai assez de tes théories !

— Alors tu es un imbécile, Mikaël el-Hakim et je me suis trompé à ton sujet. Sache que seule la bêtise est châtiée ! Ni la luxure, ni la ruse, ni la trahison, ni l'apostasie, mais la bêtise, uniquement la bêtise ! Et la vérité est la pire de toutes car seul le faible d'esprit croit l'avoir trouvée. Brisons là cependant, je ne veux pas perdre de temps à convaincre un homme stupide de ton espèce !

— Tu as raison, ô fils de l'ange de la mort ! répliquai-je. Tout ce que tu dis, je l'avais trouvé moi-même. Mais il est temps de prouver qu'il y a en l'homme quelque chose de plus grand que ce que j'avais toujours cru. Toutefois cela ne concerne que moi, et tu me pardonneras de te prier de partir à présent. Je suis un homme faible, facilement influençable et je me haïrais trop si je me trahissais au dernier moment.

Un sourire plein de séduction vint éclairer le visage de Mustafa ben-Nakir, tel un rai de soleil sur un linceul.

— Comment peux-tu être aussi convaincu que je me trompe ? Sais-tu si je ne suis pas le juge incorruptible qui gît au fond de ton cœur, Mikaël el-Hakim ?

Ses yeux semblaient me percer jusqu'à l'âme. Comment pouvait-il parler de ce juge que je ne connaissais pas moi-même ?

Ses paroles me remplirent d'une telle terreur que je vacillai sur mes genoux tremblants.

— Retire-toi, Satan ! murmurai-je.

Mais ma bouche seule parlait, mon cœur, lui, restait silencieux.

Giulia, de retour à l'instant du sérail, entra précipitamment dans la pièce et retira le voile léger qui couvrait son visage. Elle avait les joues enflammées d'excitation et ses yeux étincelaient de triomphe inavoué.

— Ah, Mustafa ben-Nakir ! s'exclama-t-elle. Quelle chance de te trouver encore ici ! Que me donneras-tu pour t'apporter de bonnes nouvelles ?

— Ne me tourmente point, ô cruelle Dalila, et dis-moi sans me faire languir ce que tu as à me dire. Mon cœur est comme feuille dans le vent et glacées sont mes mains.

Giulia étouffa un petit gloussement avant de se décider.

— Une certaine dame de haut rang a entendu parler de tes poèmes gravés sur l'écorce des platanes dans la cour des janissaires et de ceux que tu envoyas de Basrah par des caravanes. Peu lui chaut, à vrai dire, ta poésie mais ton assiduité la flatte et il se pourrait qu'elle éprouve quelque curiosité à revoir ton visage. Cette nuit elle t'accorde un rendez-vous que nul n'a besoin de connaître. Peut-être te fera-t-elle la grâce d'écouter une de tes œuvres. Durant les nuits du Ramadan, les femmes ont des caprices, dit-on ! Hâte-toi donc d'aller au hammam, Mustafa ben-Nakir, et que les masseurs frottent ton corps d'huiles parfumées. Après l'heure de la prière, au coucher du soleil, la porte interdite s'ouvrira pour toi et qui peut dire ce que réserve une nuit de Ramadan ?

— Ne la crois pas ! criai-je en proie à la plus vive inquiétude. C'est un piège pour t'ôter du chemin ! Cours plutôt au monastère de ta confrérie où nul n'osera lever la main sur toi !

De rage, Giulia frappa du pied et ses yeux lançaient des éclairs tandis qu'elle hurlait :

— Tiens ta langue, Mikaël ! Tu n'as pas à intervenir dans cette affaire !

— Et quand bien même cela signifierait la mort ! dit Mustafa ben-Nakir. Elle est pour moi et restera toujours l'unique femme au monde. Il se peut en effet que ce soit un piège mais lorsqu'elle aura entendu ce que j'ai à lui dire, peut-être changera-t-elle d'avis. Ô Mikaël ! Je serais fou de ne pas saisir cette occasion qui arrive à point nommé. Il n'y a guère plus d'une heure, j'étais prêt à bouleverser l'Empire, que dis-je l'Empire ? le monde entier, pour seulement la toucher. Je mourrai avec joie si je réussis à dissiper l'illusion que seul l'inaccessible mérite la peine de lutter pour lui.

Je descendis vers l'embarcadère de marbre pour accompagner Mustafa ben-Nakir et observai avec surprise l'arrivée de deux janissaires vêtus de bleu qui se mirent en devoir de me suivre ; je jetai un regard alentour et avisai d'autres hommes en armes postés devant chaque issue, dans le jardin et sur le quai. Décidément, Khurrem ne voulait laisser aucune chance lui échapper ! Je m'attardai à regarder Giulia s'éloigner dans mon beau bateau sculpté, Alberto debout auprès d'elle, les bras croisés, un sourire narquois sur sa face de couleur sombre, et je sentis une main glacée étreindre mon cœur dans ma poitrine. Puis, tandis que je restais à contempler au-dessus des eaux les toits noyés de brume du sérail, l'onbash des janissaires vint s'incliner respectueusement devant moi. Les louches croisées sur sa cape de feutre blanc scintillaient dans la lumière du soleil.

Il effleura la terre et son front du bout des doigts et dit :

— J'ai ordre de t'accompagner en tous lieux afin d'assurer ta protection et je réponds de ma tête devant l'aga de ta sécurité. Je te prie, en conséquence, de ne point t'offenser de ma constante vigilance. Habituellement, les ambassadeurs des infidèles donnent chaque jour pour ce service trois aspres aux janissaires et six à ton serviteur. Il va de soi que ces salaires varient suivant les ressources et la position et je ne doute pas que tu ne sois éminemment supérieur à un envoyé d'incroyants.

Un sourire engageant aux lèvres, il tordait le bout de ses longues moustaches tout en lorgnant d'un air admiratif mon turban, mes boucles d'oreilles et les boutons de mon caftan. Je n'avais rien à répondre, si ce n'était appeler la bénédiction sur lui et ses hommes et lui tendre une bourse pleine de monnaies d'argent.

Il est peu de jours en ma vie qui m'aient paru aussi longs et pénibles que ces ides de mars ! Après une éternité, le soleil disparut enfin derrière le sérail empourpré. Je me dirigeai alors vers la hutte des bateliers, près du rivage, en quête du sourd-muet d'Abou al-Kassim ; après lui avoir expliqué par signes ce que j'attendais de lui, je l'invitai à se rendre comme d'habitude dans la cour des janissaires, passé la porte de la Paix.

Je ne fermai pas l'œil de la nuit et dès l'aube enjoignis aux sentinelles de réveiller les janissaires qui devaient nous accompagner, Antti et moi, au sérail. Je trouvai mon fidèle sourd-muet qui montait la garde à la porte de la Paix. Il vint à moi et me conta en signes rapides que le grand vizir s'était présenté au sérail le soir précédent, en avait franchi seul la porte après avoir congédié sa suite et n'était pas ressorti. Puis il continua d'agiter ses doigts et m'apprit que mon maître et ami n'était plus. Alors faisant fi de mon rang et de ma dignité, je m'assis à même la terre pour attendre le moment où l'on jetterait dans la cour le corps de l'homme assassiné. Les janissaires de ma suite prirent place à leur tour à une distance respectable. Dans la lumière croissante du petit jour, je sentis les yeux perspicaces de l'onbash fixés sur moi mais il ne me posa nulle question, car il savait que rien n'arrive que ce qui est écrit longtemps avant notre naissance dans le grand livre d'Allah et qu'une curiosité intempestive est incompatible avec la dignité humaine et le respect de soi.

Bientôt les étoiles du matin disparurent dans le ciel, les coqs devant le sérail se mirent à chanter et la voix lointaine du muezzin rappela aux fidèles, du haut du minaret de la grande mosquée, que la prière est préférable au sommeil. Alors l'onbash réveilla ses hommes et nous nous dirigeâmes à la file vers la fontaine dallée où, après avoir proclamé notre intention, nous procédâmes à tour de rôle aux ablutions rituelles. Puis, tournant tous le visage en direction de la ville sainte, nous récitâmes les prières du matin. Le soleil se leva sur le paysage printanier et les portes s'ouvrirent en grand. Le portier, bâillant et se grattant le dos, répondit à notre interrogation muette en nous montrant du doigt une civière déposée sous le porche, qui attendait que les proches vinssent la chercher. Mais il n'y eut que moi, le renégat, avec Antti et le sourd-muet pour accompagner le grand vizir dans son dernier voyage.

Couché sur ce brancard misérable, Ibrahim, le corps nu couvert de plaies béantes et le visage noir tant le lacet de soie était serré autour de son cou, avait perdu sa beauté ; le portier fouillait, comme la coutume lui en donnait le droit, dans les riches vêtements jetés pêle-mêle sur le cadavre, à la recherche de quelque bénéfice. Il consentit volontiers à me vendre un grand tissu noir pour envelopper le mort et le dérober aux regards indiscrets. Mais il était déjà trop tard ! Les janissaires de ma suite l'ayant reconnu ne surent réprimer leurs cris d'étonnement et de joie, eux qui, de coutume impassibles, mettaient un point d'honneur à garder le silence en toutes circonstances. Une foule de leurs confrères s'approcha pour s'enquérir de ce qui se passait et la cour ne tarda guère à résonner de cris excités. Je donnai rapidement l'ordre de partir à l'onbash qui, après quelques instants d'hésitation, s'inclina devant moi et enjoignit à quatre de ses hommes de soulever la civière ; il se plaça lui-même devant eux et disposa les cinq autres en tête pour nous frayer le chemin. Les musulmans ont un grand respect de Celle qui coupe les liens de l'amitié et, une fois passé la porte, nous pûmes marcher en paix sans être importunés par les passants.

Nous traversâmes l'Atmeïdan, à cette heure désert, et entrâmes dans le palais du grand vizir ; nous déposâmes le brancard dans la grande salle de réception devant la fameuse horloge, et je ne fus point surpris de constater qu'elle avait fini par s'arrêter au cours de la soirée de ces fatales ides de mars. Seuls quelques serviteurs apeurés répondirent à mes appels courroucés et sortirent de leurs cachettes la tête basse. Je leur intimai l'ordre de revêtir proprement le corps de leur maître et de maquiller son visage de façon à lui redonner les couleurs de la vie. Antti, pendant ce temps, sortit pour se mette en quête d'une voiture et de chevaux. A peine était-il parti qu'un dignitaire se présenta de la part du mufti pour interdire d'une manière absolue que l'on enterrât dans aucun cimetière musulman le grand maître d'une secte hérétique et le protecteur des incroyants. C'était là une difficulté imprévue et je réfléchissais à ce qu'il convenait de faire lorsque vint au palais le jeune poète Baki. Il laissait couler ses larmes sans se soucier du danger qu'il courait en affichant du chagrin pour la mort d'un homme tombé en disgrâce. Il m'annonça que les derviches permettraient avec joie, ne fût-ce que pour contrarier le mufti, que l'on conduisît le corps sur le lieu sacré de leurs réunions à Péra. Je l'envoyai aussitôt en avant-garde afin de tout arranger avec Murad-tseleb.

Antti revint des écuries où il s'était vu refuser toutes les voitures d'apparat du grand vizir de crainte du courroux du sultan ; il n'avait trouvé qu'une charrette à foin et, après force jurons et menaces, était parvenu à obliger les palefreniers terrifiés à harnacher les deux chevaux couleur de nuit qui avaient participé un ou deux ans auparavant aux funérailles de la mère du sultan. Je choisis les tapis et les tissus de soie les plus somptueux de la maison et, avec l'aide d'Antti, transformai la charrette en un splendide char funèbre. J'y déposai ensuite le corps du grand vizir, laissant à découvert son visage auquel les eunuques avaient habilement rendu sa beauté, afin que tout le monde pût le contempler. Je répandis sur lui maints flacons d'eau de rose et tout un pot de musc. Et puisque je n'avais à perdre ma tête qu'une seule fois après tout, je résolus d'aller jusqu'au bout de mon défi à la colère du sultan. Alors je fis orner de plumes les têtes des chevaux et saupoudrer leurs yeux de poivre afin qu'ils répandissent d'abondantes larmes comme le voulait l'usage lorsqu'on enterrait les sultans. En me voyant si décidé, deux palefreniers nègres se vêtirent de deuil et proposèrent de conduire l'attelage. Ainsi, grâce à notre détermination, le cortège fin prêt put-il sans tarder sortir de la cour.

L'onbash, les sourcils froncés d'un air farouche et les crocs de ses moustaches fièrement dressés, se pavanait en tête et agitait son bâton de sergent comme s'il fût pour le moins un subash. Antti et moi, nous marchions à pas lents derrière la charrette, suivis de quelques vieux serviteurs restés fidèles à Ibrahim.

Une foule silencieuse s'était rassemblée sur l'Atmeïdan et je pensai en la voyant que si quelque personne malintentionnée eût eu l'idée d'y mêler des provocateurs, nous eussions couru un véritable danger. Mais tout resta aussi calme que la mort ; le respect traditionnel à l'égard de l'ange aux ailes sombres maintint la paix sur notre passage. Nous traversâmes la place sans encombre et la foule forma une file derrière nous, si bien que l'on eût dit qu'Istanbul tout entier, plongé dans un chagrin muet, voulait accompagner le grand vizir Ibrahim à sa tombe.

Nous atteignîmes les remparts près de la porte d'Andrinople et dirigeâmes nos pas vers le rivage pour traverser le pont de l'arsenal qui mène au quartier de Péra, sur la rive opposée de la Corne d'Or. La foule silencieuse s'arrêta à l'entrée du pont tandis que de l'autre côté nous attendaient les derviches, conduits par Murad-tseleb, sous la bannière sacrée de sa confrérie. Ils nous firent escorte jusqu'au monastère au sommet de la colline ; certains exécutaient des danses tournoyantes de deuil, d'autres chantaient des lamentations d'une voix stridente. Les pleureuses professionnelles, depuis longtemps en tête du cortège se griffaient le visage à en faire jaillir le sang et s'arrachaient les cheveux en poussant des cris de plus en plus aigus.

Ainsi, contrairement à toute attente, le cortège funèbre du grand vizir était-il digne d'un homme de son rang, en dépit du peu de temps dont nous avions disposé pour le préparer. Je suppose que la sultane Khurrem, loin de s'attendre à une cérémonie pareille, avait plutôt espéré voir dans la cour les janissaires profaner le corps exécré et le mettre en pièces, comme cela s'était déjà produit auparavant.

Nous ôtâmes de la charrette de foin les beaux tapis et les soieries précieuses pour en tapisser la fosse, puis je pris dans mes bras le corps de mon seigneur Ibrahim et le couchai pour son ultime sommeil, le visage tourné vers la cité sainte et la main droite sous la joue, comme il convient de faire pour satisfaire à toutes les exigences de la loi musulmane. Après avoir comblé rapidement le trou, je fus heureux de constater qu'un parfum de musc émanant de la tombe se répandait alentour.

Sur le monticule de terre, je plantai un jeune platane ; ces arbres vivent, dit-on, des centaines d'années et j'espère que celui-ci s'élèvera encore en souvenir du grand vizir longtemps après que les derviches auront, au gré de leurs caprices, abandonné ce lieu sacré.

Ma mission ainsi pleinement accomplie, je pris congé de Murad-tseleb, le remerciant de sa bonne amitié et appelant sur sa tête maintes bénédictions.

Mon esclave sourd-muet, qui avait suivi le plus discrètement possible afin que son aspect ridicule ne jetât point l'opprobre sur la procession funèbre, s'approcha alors de moi et me fit signe de retourner sans attendre à la maison. Pensant que ses amis les muets devaient déjà s'y trouver, je dis à Antti :

— Mon frère, reste ici avec les derviches sous la protection de Murad-tseleb. C'est un ordre ! Souviens-toi de ce que je t'ai dit la nuit dernière ! Et sache que désormais, ta présence me gênerait plus qu'elle ne m'aiderait !

Lui parler durement était la seule façon de le retenir loin de moi et du danger.

— Tu pourrais prendre congé un peu plus gentiment ! rétorqua-t-il, le visage cramoisi. Mais tu as toujours été un être obstiné et comme d'habitude je te pardonne ta rudesse. Va en paix, puisque c'est ainsi, pars avant que je me mette à hurler !

Il n'était pas encore midi lorsque j'arrivai chez moi, les janissaires toujours sur les talons. Je trouvai la maison vide, silencieuse, tous les esclaves enfuis. Seul l'Indien gardien des poissons était assis, jambes croisées, au bord de la pièce d'eau, plongé dans quelque méditation. Je montai sans hâte dans les appartements où je découvris Mirmah consciencieusement occupée à verser de l'encre page après page sur ma traduction inachevée du Coran ; le sol de la pièce était jonché des feuilles arrachées à mes livres les plus précieux qu'elle avait mis en pièces. Elle se leva d'un bond en me voyant entrer, cacha ses mains derrière son dos et se planta face à moi d'un air de défi. Jamais je ne l'avais frappée et sans doute pensait-elle que je ne le ferais pas non plus maintenant.

— Pourquoi as-tu fait cela, Mirmah ? T'ai-je jamais causé du tort, moi ?

Je notai dans ses yeux une inquiétante lueur de méchanceté, puis elle éclata de rire sans plus pouvoir se contenir.

— Descends sur le quai ! Quelqu'un t'a lancé un cadeau. C'est d'ailleurs ce qui a fait fuir tous les esclaves ! Va le voir ! Vite !

Le cœur étreint de sombres pressentiments, je courus vers le débarcadère, suivi d'une Mirmah réjouie. Les janissaires avaient déjà trouvé le corps et l'onbash le retournait du bout du pied pour en examiner le visage. De loin, je crus qu'il s'agissait de la carcasse écorchée de quelque animal tant ce corps nu était couvert de sang. Il était difficile de reconnaître un homme dans cette face dont on avait crevé les yeux, coupé le nez et les oreilles, et arraché la langue du trou béant de la bouche. J'ai vu nombre d'horreurs en ma vie, mais jamais spectacle plus atroce ni plus épouvantable. Point n'est besoin de décrire ce que l'on avait infligé de souffrances à ce pauvre corps supplicié, cela ne servirait qu'à m'ôter le sommeil bien que cet événement ait eu lieu il y a quelques années déjà. Quoi qu'il en fût, je m'armai de courage pour me pencher vers le cadavre et il me sembla petit à petit retrouver en ce visage mutilé quelques traits familiers; puis je regardai les belles mains passées au henné avec leurs ongles bien soignés et mon cœur s'arrêta de battre. Le sang glacé dans les veines, je reconnus Mustafa ben-Nakir, enfin de retour de sa visite au sérail. Les eunuques du harem l'avaient jeté sur mon quai après lui avoir fait subir le traitement réservé à ceux qu'ils surprenaient dans les jardins interdits.

Mirmah se pencha à son tour, introduisit ses petits doigts dans la bouche de Mustafa pour jouer avec ses dents de perle. Je la relevai d'un geste vif et la mis dans les bras de l'onbash en lui intimant l'ordre de l'ôter de ma vue. Les hommes l'emportèrent de force malgré ses cris, ses crachats et ses coups de pied et l'enfermèrent à double tour dans la chambre de sa mère. On l'entendit hurler et taper contre la porte, puis s'acharner sur les vêtements de prix de Giulia, mais au bout d'un moment le silence revint et je pense qu'elle s'endormit.

Je laissai aux janissaires le soin d'enterrer le corps martyrisé de mon ami Mustafa ben-Nakir et leur donnai à cet effet les dernières pièces d'or qui restaient dans ma bourse. Je me sentais incapable de les aider et, pris de nausée, dus aller m'étendre sur ma couche.

Après être resté quelques heures étendu sans bouger, les yeux fixés au plafond, je rompis le jeûne du Ramadan pour boire une coupe de vin et manger un peu, mais il me fut impossible d'avaler la moindre bouchée de nourriture. Une barque somptueusement décorée s'approchait du rivage et, sentant mes forces revenues grâce au vin, je descendis afin de recevoir mes hôtes. Pour me remercier de ma générosité, les janissaires avaient brossé le marbre et il ne restait plus la moindre trace de sang. Je pense que Mustafa ben-Nakir vivait encore au moment où on l'avait jeté ici et avait saigné abondamment avant de rendre le dernier soupir. A présent tout était propre, net et digne de recevoir la barge du sérail. J'avoue que je ne laissai point de me sentir flatté lorsque j'avisai, outre les trois sourds-muets vêtus de rouge, le kislar-aga en personne, confortablement allongé à l'arrière sous le luxueux auvent de soie. Cette marque d'honneur prouvait à mes yeux l'homme important que j'étais devenu dans l'Empire ottoman. La vanité de la nature humaine est décidément incurable !

Giulia et son inséparable Alberto l'accompagnaient également. Sans leur accorder le moindre regard, je m'inclinai profondément devant le kislar-aga et effleurai du bout des doigts la terre et mon front. Puis j'aidai mon hôte éminent à passer sur le quai et les sourds-muets le suivirent de leur démarche silencieuse. Je prononçai alors, comme il se doit, un discours de bienvenue, l'assurai de ma gratitude pour l'insigne honneur qu'il me faisait de venir en personne veiller à l'exécution des ordres du sultan, et regrettai de ne pouvoir lui offrir que de l'eau, en raison du Ramadan.

Il me répondit avec grâce de ne point lui tenir rigueur de la triste tâche confiée à ses soins et m'invita à lui dire si j'avais quelque désir à satisfaire avant qu'il ne s'acquittât de sa mission. Je lui repartis que je serais heureux de régler en privé avec mon épouse quelques affaires domestiques, requête qu'il m'accorda sur-le-champ. Je pris le temps de l'installer confortablement et de placer à portée de sa main une coupe de sorbet ainsi qu'un plat de pâtisseries, le laissant déterminer en la seule présence d'Allah sa propre position sur la question du jeûne. Puis je montai à l'étage avec Giulia quelque peu hésitante, et Alberto, vêtu de sa tunique jaune, qui suivait telle une ombre, en surveillant étroitement le moindre de mes mouvements. Elle alla s'assurer que Mirmah dormait tranquille et se tourna vers moi d'un air interrogateur.

— N'y a-t-il rien de neuf au sérail ? demandai-je, curieux jusqu'à ma dernière heure.

— Le sultan s'est réveillé tard, répondit-elle distraitement, et après maintes oraisons, il a ordonné de remettre tous les plats d'or et d'argent au trésor pour en faire de la monnaie. Il veut dorénavant manger dans des plats de cuivre et boire dans des pots en terre. Il a dit aussi que la cité doit vivre selon les lois du Coran. Ensuite il a passé l'après-midi à étudier les plans de Sinan l'Architecte pour la nouvelle mosquée ; ce sera la plus grande jamais construite, elle aura dix minarets et le sultan y fera élever sa tombe.

Elle s'arrêta de parler pour me regarder.

— N'as-tu point vu ton ami, Mustafa ben-Nakir ? reprit-elle d'une voix innocente. Il pourrait t'en dire plus que moi sur les secrets du sérail !

— C'est pour cela sans doute qu'on lui a arraché la langue, dis-je sans passion. Tu peux être tranquille de ce côté, Giulia, il repose bien sagement dans sa tombe. Pas d'autres nouvelles ?

Furieuse de ma feinte indifférence, elle ricana :

— Es-tu vraiment si curieux de savoir ? De toute façon je ne suis revenue que pour tout te dire. Peut-être cela t'amusera-t-il d'apprendre que ton ami Mustafa ben-Nakir a révélé qu'Ibrahim nourrissait le projet d'assassiner le sultan et de s'emparer du pouvoir en soudoyant les janissaires. Soliman, n'osant plus dîner seul avec son très cher ami, les muets étaient cachés derrière le rideau pendant que Khurrem et moi observions la scène par une ouverture secrète pratiquée dans le mur. Ils n'avaient pas grand-chose à se raconter, ces deux vieux compagnons ! A la fin du repas, le grand vizir a joué du violon avec une flamme toute particulière ; ensuite le sultan a pris un puissant somnifère et, dès qu'il a été endormi, Khurrem, toujours dissimulée derrière le treillis, s'est moquée d'Ibrahim et lui a raconté les révélations de Mustafa ben-Nakir ; une colère terrible s'est alors emparée du grand vizir et il a dit à la sultane exactement ce qu'il pensait à son sujet. Khurrem, pour le faire taire, a ordonné aux muets de s'acquitter de leur tâche. Mais Ibrahim lutta si farouchement que les hommes vêtus de rouge ont dû le blesser grièvement, contrairement à la coutume, avant de réussir à le maîtriser pour lui passer le lacet autour du cou. Nous avons vu, toutes les deux, comment le sang éclaboussait les murs de la salle à manger ! Puis Khurrem a fait mettre Soliman dans une autre pièce afin de ne point troubler son sommeil. Elle a pris le sceau pendu au cou du grand vizir avant de faire transporter son corps à la porte de la Paix, et décidé que la pièce sanglante resterait scellée du sceau du sultan afin de porter à jamais témoignage du sort réservé aux hommes trop ambitieux.

— Et Mustafa ben-Nakir ?

Le visage de Giulia s'empourpra vivement, elle frissonna presque avec volupté et se pressa contre Alberto pour dire :

— La sultane Khurrem est une femme à l'humeur capricieuse que la vue du sang excite au plus haut point. Je ne puis dire tout ce qui s'est passé, mais je pense que Mustafa ben-Nakir n'a pas été totalement déçu dans son attente. Il est demeuré un long temps seul avec elle et ce n'est qu'au matin, lorsqu'on pouvait déjà distinguer un fil blanc d'un fil noir, qu'elle l'a congédié afin de ne point voir sa réputation compromise par sa présence. Les fidèles eunuques l'ont alors découvert dans les jardins interdits et castré aussitôt. Ensuite, obéissant à la coutume du harem, ils se sont occupés de sa personne avec leurs petits couteaux pointus et je crois que le spectacle de Mustafa ben-Nakir a fait rire la sultane d'un rire plus roucoulant encore que la mort même d'Ibrahim ! Du reste, il l'a entendue et a levé son visage vers elle avant qu'ils ne lui crèvent les yeux !

— Je sais ! Je n'ai pas besoin de détails ! Voici le jour qui s'achève et il est temps, ma chère Giulia, de me parler de toi. Quelle espèce de femme es-tu donc, et pourquoi n'ai-je jamais trouvé grâce à tes yeux ? Pourquoi m'as-tu voué une haine aussi acharnée ?

Sa voix baissa jusqu'à devenir un murmure, et elle tremblait de tout son corps en disant :

— Moi qui croyais tout savoir, Mikaël, j'ai appris

quelque chose de nouveau la nuit dernière. C'est d'ailleurs la seule raison qui m'a incitée à revenir ici aujourd'hui. Tu ne pourras jamais le comprendre, mais je vais te le dire. Je sais à présent quel plaisir délicieux j'aurai à regarder le lacet de soie se serrer autour de ton cou, et j'espère que tu me rendras un dernier service en te battant vigoureusement contre les muets, bien que tu ne sois guère un vaillant. Si le sommeil est frère de la mort, alors la volupté est sa sœur jumelle pour quelques rares élus. C'est ce que la sultane m'a appris et je regrette seulement de ne point l'avoir su plus tôt, bien que parfois, lorsque Alberto me rossait, il me soit arrivé je crois d'en découvrir un avant-goût.

— Que m'importe Alberto ! Je sais depuis longtemps que Mirmah n'est pas ma fille, même si je n'ai jamais voulu m'arrêter trop souvent à cette pensée. Je t'ai aimée, Giulia, désespérément aimée, et j'ai lutté de toutes mes forces contre cet amour quand j'ai su ce que tu étais. Réponds à une seule question. N'as-tu jamais éprouvé le moindre amour pour moi, même peu de temps ? C'est tout ce que je te demande de me dire, Giulia, absolument tout.

Elle parut hésiter et jeta un regard apeuré dans la direction d'Alberto, toujours impassible.

— Non, jamais, je ne t'ai jamais vraiment aimé ! finit-elle par répondre rapidement. Du moins pas après que j'eus rencontré l'homme capable d'être mon maître. Tu n'as jamais voulu le comprendre ! Pourtant, que n'ai-je fait pour te mettre en colère, pour que tu te conduises en homme et que tu me battes ! Pauvre Mikaël ! Comme époux, tu ne valais guère mieux qu'un eunuque !

Elle n'était plus qu'une étrangère à mes yeux, et je ne la haïssais même pas. Cette indifférence me causa plus d'effroi que tout le reste, et je ne pouvais concevoir que j'eusse jamais baisé ce corps et cette bouche perfide en versant des larmes de passion.

— Le soleil se couche et les étoiles bientôt vont apparaître dans le ciel, dis-je d'une voix tremblante. Pardonne-moi, Giulia, d'avoir gâché ta vie si longtemps par ma présence importune. Nul doute qu'il y ait un peu de ma faute dans le fait qu'au cours de notre vie commune tu sois devenue une sorcière, une bête féroce incapable de miséricorde. Et moi qui en ma folie croyais qu'un amour véritable signifiait chaleur et tendresse entre deux êtres, qu'il leur permettait de se consoler l'un l'autre de l'affreuse solitude qui est notre lot à tous ! Je ne t'en veux pas, Giulia ! J'ai fait une erreur et je suis le seul à blâmer.

Elle me regardait les yeux grands ouverts sans comprendre un mot de ce que je disais, comme si j'eusse parlé quelque langue inconnue. Je me redressai sur mes jambes vacillantes et, me refusant à lui donner le plaisir de me voir trembler devant la mort, descendis, la tête droite, sans lui jeter un seul regard. Je crois même n'avoir pas du tout bégayé lorsque je priai respectueusement le kislar-aga au nom du Clément et du Miséricordieux, d'en finir rapidement avec ce qu'il avait à faire. Il s'éveilla de son agréable somme, me regarda avec bienveillance et frappa dans ses mains grasses. Aussitôt, les trois muets pénétrèrent dans la pièce ; le premier portait sous le bras un volumineux paquet que je supposai contenir l'indispensable caftan noir. Je ne pus m'empêcher d'éprouver quelque curiosité à propos de la couleur du lacet de soie. Mes appointements ne me donnaient droit qu'à un modeste lacet jaune et je ne pouvais espérer le vert, ni même le rouge, qui aurait été le signe d'une très haute faveur.

Je regardai donc avec attention le muet déplier son paquet, et le vis avec surprise en sortir un grand sac de cuir qu'il étendit par terre ; puis, sur un signe du kislar-aga, il prit une corde de chanvre, passa derrière Alberto que ses deux camarades saisirent soudain par les bras, lui glissa le nœud coulant par-dessus la tête et l'étrangla d'un geste si rapide et adroit que l'esclave tomba mort, le visage enflé et tordu, sans avoir eu le temps de se rendre compte et avant que Giulia n'eût compris ce qui arrivait. Elle se jeta tel un chat sur l'eunuque agenouillé, mais les muets connaissaient leur office. Ils lui prirent les bras qu'ils tordirent derrière son dos de manière à la maintenir, tandis qu'elle lançait des coups de pied, hurlait et agitait la tête en tous sens, les yeux exorbités de rage. Le kislar-aga, le chef incliné sur le côté, la contemplait, prenant manifestement un certain plaisir dans son supplice.

— Veuille me pardonner, esclave Mikaël, dit-il à mon adresse avec courtoisie, mais j'ai ordre de ma souveraine de veiller à ce que ton épouse soit étranglée, mise dans un sac de cuir et jetée dans la mer de Marmara. La sultane Khurrem qui, comme tu le sais, est une femme pleine de piété, a pris en horreur les indécences dont ton épouse Giulia s'est rendue coupable maintes et maintes fois. Elle a appris il n'y a guère de quelle manière ignominieuse Giulia abusait de sa confiance et déguisait son amant en eunuque pour l'emmener avec elle dans les appartements interdits du harem. Nous savons naturellement que tu es innocent, et je partage ton profond chagrin, mais tu comprendras que l'on ne peut laisser impunie une faute aussi abjecte ! Sois certain que la noble sultane Khurrem se montrera désormais plus circonspecte dans le choix de ses amies.

Giulia, muette à présent, écoutait d'un air incrédule le discours calme et pondéré du chef du harem :

— As-tu perdu l'esprit, kislar-aga ? cria-t-elle, l'écume à la commissure des lèvres. Tu vas le payer de ta tête ! J'en sais trop sur toi et tes trafics secrets avec les médecins du sérail.

— Précisément, tu en sais trop, femelle stupide ! répondit-il, son visage pâle et gras imperturbable. C'est même la raison pour laquelle la sultane Khurrem a décidé de te rendre inoffensive. Il y a beau temps déjà que tu aurais dû le comprendre, ou le lire dans le sable !

Il n'ajouta pas un mot et, sur un nouveau signe de sa part, le muet passa le nœud autour du cou de Giulia et serra si brusquement que son hurlement de bête lui resta dans la gorge. Tremblant des pieds à la tête, je détournai mon regard pour ne pas voir le voile de la mort ternir ses yeux de différente couleur. Après avoir attaché les deux corps ensemble, les esclaves vêtus de rouge les enfournèrent dans le sac dont ils cousirent rapidement l'ouverture, puis ils s'éloignèrent avec leur fardeau.

— Comment osent-ils nous laisser seuls ? m'exclamai-je au comble de l'étonnement. Je pourrais avoir une arme sur moi, et te frapper dans ma terreur de la mort !

Il caressait son double menton, ses yeux froids comme l'acier posés sur moi.

— Voilà, j'ai exécuté les ordres de la sultane, confirmés par le sultan. J'avais aussi l'ordre de t'étrangler, mais sur ce point l'affaire a pris un tour inattendu. Le sultan, dans sa noblesse, admire par-dessus tout la loyauté et le courage, même s'il ne dit point ce qu'il pense à la sultane. Il se peut, en outre, qu'il éprouve le besoin d'acquérir des mérites aux yeux d'Allah. Toujours est-il qu'il m'a ordonné secrètement, et à l'insu de la sultane Khurrem, de t'épargner parce que tu as risqué ta vie pour donner une sépulture honorable au grand vizir Ibrahim. La ville était en proie à l'agitation et tu aurais pu être mis en pièces. Il m'est permis de te dire en confidence que ton action a grandement apaisé et soulagé son cœur.

« Cependant, tu comprendras aisément qu'il soit obligé de te bannir de la cité afin que la sultane Khurrem ignore à jamais cette grâce. Il est en effet retombé dans une grave crise de mélancolie, et la consolation apportée par le doux embrassement de ses bras blancs lui est nécessaire.

« Me voilà donc par ta faute placé devant un difficile dilemme, car si je suis obligé d'obéir à l'ordre formel du sultan, j'éprouve aussi les plus vives craintes d'encourir le courroux de la sultane. Où iras-tu, Mikaël ?

— Que dirais-tu du pays d'Égypte, ô kislar-aga ? demandai-je avec humilité. Ne penses-tu pas qu'il soit assez loin d'ici ? Je suis en mesure, je crois, de trouver là-bas un refuge, si tu me permets de m'y rendre !

Tandis que je parlais, un petit eunuque, muet lui aussi, entra sans bruit dans la pièce et me scruta avec attention ; puis il sortit tout un attirail de barbier et de pots de teintures, et se mit en devoir de me raser.

— Parfait pour l'Égypte ! approuva le kislar-aga. Tu dois oublier ta vie passée, et prendre même un nouveau nom. Il faut aussi que tu changes d'apparence. Mon barbier va d'abord te raser, pour ensuite te teindre la peau en brun. Ne te préoccupe pas des rides qui apparaîtront sur ton visage, elles s'en iront dans quelques semaines. Le sultan a l'intention d'annoncer demain la dissolution de la confrérie dont Ibrahim était le grand maître. Nombre de derviches vont donc s'enfuir par crainte du mufti, et si tu te déguises comme l'un d'entre eux, personne ne te reconnaîtra. Souviens-toi de parler le moins possible et essaie de te bien tenir en tout cas, sinon la sultane Khurrem ne me pardonnera jamais !

Il prononça ces derniers mots d'un ton si singulier qu'il éveilla soudain ma méfiance. Je me penchai pour voir de plus près ce visage impénétrable propre aux hommes élevés au sérail.

— Ô noble kislar-aga, pourquoi donc me fais-tu grâce de la vie, toi que je connais pour être de coutume un homme d'une grande sagacité ? Les muets seuls nous ont vus, et le sultan n'apprendrait jamais rien.

— Je suis musulman, répondit-il sur le ton de la dévotion, et le sultan est l'Ombre d'Allah sur la terre. C'est à lui seul que je dois obéir, dussé-je pour cela perdre ma tête.

Il se caressa le menton, toussa, puis ajouta d'un air détaché :

— Il va de soi que j'attends un présent digne de toi, et j'ose croire que je ne serai point déçu. Tu me permettras, je suis sûr, de jeter un coup d'œil dans le sac que tu as l'intention d'emporter en Égypte.

— Hélas ! Que dis-tu ? Ignores-tu que les extravagances de mon épouse ont fait de moi un miséreux ? Je ne possède que ma maison avec ses meubles, et je te les donne volontiers !

Il hocha la tête d'un air plein de reproche.

— Tu oublies que tu es mort, ainsi que ton épouse ! Ta jolie petite Mirmah en est donc la seule héritière légitime. Comment peux-tu avoir cette bassesse de chercher à tromper l'homme qui t'a sauvé la vie ?

— Mirmah ! m'écriai-je en sursautant. Que va-t-il advenir d'elle ?

Le kislar-aga, bien que froissé de mon ingratitude, m'expliqua avec patience :

— La sultane Khurrem, qui est une femme pleine de piété, touchée de compassion pour ta fille sans protection, va la prendre au harem et lui faire donner une éducation convenable.

« A présent, Mikaël el-Hakim, le secrétaire du defterdar ne saurait tarder pour venir dresser l'inventaire avant de sceller ta maison du sceau personnel de la sultane. Il vaudrait mieux que tu te hâtes de m'apporter ton coffre de voyage, ou je puis céder à la tentation de suivre tes sages conseils.

J'étais en proie à une grande perplexité. S'il voyait la totalité des diamants de Moulay-Hassan, il ne m'en laisserait pas un seul, mais il n'allait certainement pas me permettre de déterrer le sac sans m'accompagner.

Nous en étions là de notre discussion quand le petit barbier, en ayant terminé, se plaça en face de moi pour contempler son ouvrage. Il me donna alors des habits en loques, semblables à ceux que portent les derviches, une peau de chèvre puante pour mettre sur mes épaules, et un vieux bâton. J'étais complètement changé et ne reconnus pas mon image dans le miroir.

Je songeais toujours avec anxiété au moyen de satisfaire la cupidité du kislar-aga, lorsque mon sourd-muet vint nous rejoindre. Il me pria de l'excuser pour son arrivée intempestive, puis me fit signe de l'accompagner dans la cave. Le kislar-aga ne voulant pas un seul instant me perdre de vue, nous le suivîmes ensemble, une lanterne à la main. J'avais rarement l'occasion de descendre, sinon parfois pour chercher une amphore de vin, et le sourd-muet me conduisit dans une pièce dont je n'avais jamais soupçonné l'existence. Il faut se rappeler que Giulia s'était occupée seule avec Sinan de la construction de la maison. Je vis là des vêtements, appartenant à Alberto, éparpillés autour d'une couche luxueuse que Giulia occupait sans doute lorsque je la croyais au sérail ; des restes de nourriture, déjà moisis, une amphore de vin et une petite canne de jonc prouvaient quel soin ils savaient prendre pour se rafraîchir et s'animer ensemble. Le sourd-muet souleva une dalle et découvrit une cavité rutilante d'or et de pierreries. Le kislar-aga, oublieux de sa dignité, tomba à genoux devant le trou et plongea les bras jusqu'aux coudes dans le trésor pour en sortir une poignée de bijoux qu'il examina avec l'œil d'un expert. Ainsi, c'était donc là que ma richesse venait s'entasser depuis tant d'années !

— Mikaël el-Hakim, dit le kislar-aga, ton esclave est plus intelligent que toi et mérite récompense. Les muets l'ont élu pour remplacer le septième homme, tombé en disgrâce en raison des blessures infligées au grand vizir, et nous allons l'élever à ce poste inespéré pour un esclave de sa condition. Ses camarades lui ont déjà enseigné la manière de tenir le lacet, et je ne doute pas qu'il acquerra bientôt la dextérité nécessaire à sa miséricordieuse fonction. Je suppose que c'est pour gagner mes bonnes grâces qu'il nous a montré ce trésor.

Il posa sur le sourd-muet un regard bienveillant et daigna même dans sa condescendance lui taper sur l'épaule. Pourtant, l'esclave s'agenouilla devant moi, me baisa les pieds et m'inonda les mains de larmes ; et je vis dans ses yeux une lueur d'intelligence si profonde que j'eus soudain la révélation que cet homme en savait sur moi plus que je n'avais jamais imaginé. Je n'éprouvais plus aucune répugnance envers lui et, pour qu'il sût que je le comprenais, j'effleurai du bout des doigts son front, ses yeux et ses joues. J'étais heureux que son sort fût réglé, et soulagé en même temps de ne point l'avoir à charge pendant mon voyage.

— Mikaël, tu sais que je suis un homme honnête, dit le kislar-aga avec impatience. Prends donc dix pièces d'or de ce tas ! C'est une grosse somme pour un derviche, et tu peux en donner une à ton esclave.

Puis, sans plus de discours, il ôta son beau caftan, l'étendit par terre et se mit en devoir d'y amonceler l'or et les pierres précieuses à pleines mains. Il achevait à peine de nouer ensemble les manches et les pans de son vêtement pour fermer le ballot, quand une terrible explosion fit trembler les murs et tomber le plâtre du plafond.

— Le châtiment d'Allah est sur la cité ! Un tremblement de terre ! s'écria le kislar-aga. Sortons vite d'ici avant d'être pris tels des rats sous les murs qui s'écroulent.

Un peu effrayé moi-même, je tendis l'oreille et distinguai le bruit assourdi de coups de feu et les cris des janissaires en poste dans le jardin, qui hurlaient à tue-tête. Je compris sur-le-champ qu'un boulet de canon venait de frapper ma maison. Maudit soit Antti, pensai-je du fond de mon cœur, qui ne me laisse même pas mourir en paix et vient se mêler de mes affaires jusqu'à l'ultime minute !

Je remontai à la hâte et sortis dans le jardin où m'accueillit le vacarme assourdissant des mousquets des janissaires. J'aperçus sur les parterres de fleurs une dizaine de derviches fous de vin et d'opium qui tournoyaient et hurlaient en brandissant des cimeterres. Furieux, j'intimai l'ordre à Antti de mettre fin à cette stupidité. Le kislar-aga qui, à l'instar de la plupart des eunuques, était terrorisé par le bruit et les coups de feu, se tenait derrière moi, agrippé convulsivement à mes manches. Antti s'avança vers nous en titubant et demanda sans me reconnaître :

— J'entends la voix de Jacob, mais où est la poitrine velue d'Ésaü ? Il m'a semblé entendre le bêlement de mon frère Mikaël, alors que je ne venais que pour recueillir son cadavre.

Le kislar-aga congédia les janissaires, au grand soulagement de l'onbash qui n'osait faire feu directement sur les saints hommes ; ces derniers tournoyaient sauvagement à présent tout autour du jardin en hurlant le nom d'Allah et en récitant des versets du Coran ; ils se blessaient les uns les autres en dansant avec leurs cimeterres, si bien que tous ruisselaient de sang. J'avais constaté avec joie que l'onbash ne m'avait pas reconnu, et il me fallut un certain temps pour convaincre Antti de mon identité. Ensuite nous raccompagnâmes avec tous les honneurs dus à son rang le kislar-aga à son bateau et l'aidâmes à porter son butin, trop lourd pour un homme de son âge. Enfin seuls, nous déterrâmes nos diamants et, laissant les derviches à leurs danses sacrées, nous nous éloignâmes en silence et sans regret. La nuit même, nous nous embarquions sur un bateau de pêche qui nous amena, à travers les détroits, à Scutari. Et de là commença notre long voyage.

Après avoir franchi des obstacles innombrables et enduré maintes souffrances, quand enfin je me suis présenté devant Soliman l'Eunuque, il n'a pas voulu croire ce que je lui disais. Il m'a dépouillé de mes diamants et enfermé dans le monastère des derviches du Caire. C'est au cours des deux années que je viens de passer dans ce cloître que j'ai écrit ces neuf livres de l'histoire de ma vie. Cet ouvrage, je l'ai fait dans le but de prouver à mon noble seigneur que je n'ai pas volé les diamants après la mort du grand vizir Ibrahim. Des méchants ont même fait courir le bruit que je n'avais organisé ses funérailles que pour avoir accès au trésor amassé tout au long de sa vie : j'étais son confident, donc le seul à connaître sa cachette dans son palais, voilà ce qu'ils ont raconté ! Est-ce ma faute si le secrétaire du defterdar n'a pas su la découvrir ? Et s'ils se figurent que j'ai eu le temps de dissimuler des richesses dans ma maison avant d'être étranglé par les muets, qu'y puis-je ?

Écrire ces neuf livres m'a également servi à me délivrer de l'angoisse des souvenirs de ma vie passée, et m'a apporté la paix dans le cœur. Ainsi puis-je commencer une nouvelle vie, aujourd'hui que je suis parvenu à l'âge d'homme, du moins je le crois. Il m'a fallu pour y atteindre subir nombre d'épreuves douloureuses dont Giulia, mon épouse aux yeux étranges, n'a pas été la moindre. Mais maintenant, je crois avoir trouvé la voie droite et suis certain d'être capable de mener l'existence d'un homme ordinaire, pour peu que l'on m'en donne l'occasion.

Pour terminer, je tiens à déclarer que j'éviterai désormais de prendre de bonnes résolutions. L'expérience m'a appris qu'elles ont tendance à faire aux autres toujours plus de mal que de bien.

ÉPILOGUE

PAR deux fois le fleuve d'Égypte a inondé ses rives avant que Mikaël, le malheureux derviche, n'ait mis le point final au récit de sa longue aventure. Il avait accoutumé d'écrire la nuit durant et de se présenter chaque matin au palais de Soliman l'Eunuque pour lui lire à haute voix son ouvrage.

Le jour où il l'eut enfin achevé, le maigre derviche couvert de loques se jeta aux pieds de son seigneur et leva les mains en signe de supplication.

— Écoute ma prière, ô Soliman ! s'écria-t-il en versant des larmes amères. Délivre-moi de ces insupportables exercices de dévotion que pratiquent les derviches et rends-moi avant tout mon bien légitime ! Ma longue histoire prouve à l'évidence que j'ai obtenu ces diamants en toute honnêteté et j'en ai besoin à présent pour tenter de mener l'existence d'un homme ordinaire. Ce serait une véritable folie de repartir comme un mendiant et je préférerais plutôt me plier à la cruelle obligation de demeurer dans ce monastère jusqu'à la fin de mes jours !

Soliman l'Eunuque caressait ses multiples mentons, les yeux fixés sur le derviche en larmes à travers le mince interstice de ses paupières. Enfin un large sourire fendit son visage en forme de lune et il dit :

— Ah, Mikaël el-Hakim ! Étranges, étranges en vérité les formes dans lesquelles Allah moule son argile ! Il façonne parfois des hommes d'une telle honnêteté qu'elle les entraîne à leur propre perte et avec la même glaise sculpte des menteurs si consommés qu'ils sont capables de tourner la tête du sage et de le rendre fou ! La profonde connaissance de l'humaine nature, que j'ai acquise au cours des années de la longue vie qu'Allah en sa grâce m'a accordée, me dit que tu es le menteur le plus fieffé et le plus loquace que j'aie jamais rencontré ! Toutefois je ne puis nier ta vérité en tant qu'être humain, et pour m'avoir diverti tant de matins où l'ennui pesait sur mon cœur, tu as mérité les diamants que tu as volés. Je n'en garderai que deux pour moi-même : l'un en souvenir de toi et l'autre en guise de récompense pour ma patience à t'écouter.

« Tu es libre à présent de retourner dans le monde et de commencer une vie nouvelle, si tant est qu'une telle entreprise soit à ta portée. Mais s'il t'arrive de te lasser, reviens me voir ! Tant qu'Allah me donnera vie et santé, tu peux compter sur ma faveur !

« Va, Mikaël el-Hakim, va et que la paix soit avec toi ! »

DOSSIER HISTORIQUE

Le serviteur du Prophète *est la seconde partie de la biographie de Mikaël Karvajalka, dont* L'escholier de Dieu *(Presses Pocket, 1986) nous a raconté la jeunesse : né en Finlande vers 1503, orphelin, il a suivi la révolte des Paysans et les débuts de la Réforme protestante ; en Italie, il a vu le pillage de Rome par les armées de l'Empereur Charles Quint. Biographie déjà chargée de tous les drames de ce début du XVIe siècle européen. En s'embarquant pour un pèlerinage à Jérusalem, il part vers un nouveau monde : celui de l'Empire ottoman sur lequel règne Soliman le Magnifique. Il n'est pas évident que Mikaël comprenne mieux les affaires de ce monde, dès lors qu'il est à même de toucher à des jeux politiques qui englobent l'avenir de l'Occident et de l'Orient et qu'il peut côtoyer de vraies puissances. Toujours accompagné de son ami Antti, dont les réactions primaires ont des conséquences inattendues, il s'attache au pire fléau : la Femme, si c'en est une, car ses yeux de deux couleurs (l'un voit le monde réel, l'autre l'invisible) dénoncent aux superstitieux de l'époque un démon incarné. De quoi perdre toute foi en la rationalité du monde.*

On trouvera dans le dossier de L'escholier de Dieu *les renseignements sur la biographie et l'œuvre de Mika Waltari, ainsi que les éléments de la politique des pays occidentaux, dont nous ne parlerons ici que pour leurs rapports conflictuels ou amicaux avec l'Empire ottoman.*

L'EXPANSION ET LA STRUCTURATION DE L'EMPIRE OTTOMAN

Les Turcs font leur apparition sur le plateau d'Anatolie au début du XIe siècle ; l'un des clans fut installé par le sultan seldjoukide dans la région de Nicée, juste aux frontières de l'Empire byzantin. D'après les traditions, ce clan avait été chassé de l'Asie centrale par les invasions mongoles. Il est probable qu'ils appartenaient aux *ghâzi,* combattants de la foi, pour qui la guerre contre les infidèles est une profession.

Osman (1281-1326) fut le véritable fondateur de la dynastie ottomane (ou Osmanlis). Combattant contre les Byzantins, il profite de la décadence des Seldjoukides pour se rendre indépendant et prend le titre de Sultan en 1299. Avec lui commence le démembrement définitif de l'Empire byzantin :

1330 : L'Asie Mineure est prise.

1353 : Installation à Gallipoli, premier territoire conquis en Europe. Création du corps d'élite des janissaires.

1360 : Installation de la capitale à Andrinople ; prise de la Thrace.

1389 : Bataille de Kossovo : prise de la Serbie et de la Bulgarie.

1396 : Premier siège de Constantinople (levé parce que l'invasion mongole de Tamerlan crée un second front).

1424 : L'Empire obligé de payer tribut.

1444 : Une croisade chrétienne de secours est écrasée à Varna : l'Empire est réduit à la seule ville de Constantinople.

1453 : Prise de Constantinople.
1463 : Prise de la Bosnie et de l'Albanie.
1480 : Premier siège de Rhodes.
1499 : Première victoire navale sur les Vénitiens à Lépante.

L'Empire turc double presque d'extension durant le bref règne de Selim Ier (1512-1520) : à son avènement, l'Empire s'étendait sur le nord de ce qui fut autrefois l'Empire Romain d'Orient, la Turquie, la Grèce et la rive droite du Danube (Bosnie, Serbie, Bulgarie, Valachie). Selim entreprend de repousser les frontières de l'est en Arménie, puis de conquérir le bord de la Méditerranée : la Syrie, l'Arabie et l'Égypte. L'Empire mamelouk d'Égypte s'effondre en 1520. En même temps qu'il devient le maître de la Méditerranée orientale, le Sultan accroît son pouvoir spirituel, en prenant le titre de Calife, Commandeur des Croyants. Cette expansion foudroyante n'inquiète guère l'Occident, qui a perdu l'esprit de croisade et n'est pas directement attaqué.

La seconde phase d'expansion va par contre atteindre l'Europe et mettre en cause tous les équilibres politiques et commerciaux. La liste des conquêtes de Soliman, durant les 46 ans de son règne, est impressionnante : Rhodes, la Hongrie, la Mésopotamie, la Géorgie, l'Irak, Aden et, avec l'aide des corsaires Barberousse, l'Algérie et Tunis. Assez pour justifier le titre de Grand Seigneur donné au Sultan par les Occidentaux et le ton de supériorité que celui-ci affiche dans ses lettres au roi de France :

« Moi qui suis le Sultan des Sultans, le Souverain des Souverains, le Distributeur des Couronnes aux Monarques du Globe, l'Ombre de Dieu sur terre, le Sultan et le Padischah de la mer Blanche, de la mer Noire, de la Roumélie, de l'Anatolie, de la Caramanie, du pays de Roum, de Zulcadir, du Diarbeckr, du Kurdistan, de l'Azerbaïdjan, de la Perse, de Damas, du Caire, de La Mecque, de Médine, de Jérusalem, de toute l'Arabie, du Yémen et de plusieurs autres contrées que mes nobles aïeux et mes illustres ancêtres conquirent par la force de leurs armes et que mon Auguste Majesté a également conquises avec mon glaive flamboyant et mon sabre victorieux... »

Nous reviendrons sur les aspects spécifiques de chacune de ces conquêtes, dont il est étonnant qu'elles aient cependant pu constituer un Empire au fonctionnement homogène et solide, en quoi il faut reconnaître le génie particulier de Soliman, que nous appelons le Magnifique, mais qui se faisait appeler le Législateur.

L'Empire au maximum de son expansion va donc de Vienne au golfe Persique et enclôt toute la Méditerranée. Il comprend des terres directement soumises et des pays vassaux ou protégés (voïvodats de Transylvanie, Moldavie, Valachie, République de Raguse, khanats de Crimée et d'Asie centrale). Il est partagé en grandes circonscriptions dirigées par des beyler-bey, soumis à l'autorité du gouvernement central du Sultan ou Padischah, dirigé par un Grand Vizir et des hauts fonctionnaires (le Defterdar ou ministre des Finances, le Kapudan ou responsable de la Marine) qui contrôlent une administration très au point.

C'est un royaume riche de la diversité de ses produits et du commerce de la soie et des épices. Mais le fait le plus caractéristique, et que les Occidentaux d'alors regardent avec incompréhension, est que cet Empire est bien administré, juste et tolérant. Il est si peu tyrannique qu'en Europe, les populations chrétiennes envahies se sont bien souvent hâtées vers des envahisseurs plus supportables que leurs suzerains. Bien des historiens actuels semblent encore lui en vouloir, ainsi peut-on lire dans une biographie de Soliman : « L'habileté des Ottomans fut de régner avec modération et justice. » Or il s'agit d'un principe, non d'un calcul.

L'Empire s'appuie sur les fonctionnaires et l'armée : rien qui ressemble à une aristocratie et à des puissances héréditaires. Le Sultan tient ses meilleurs serviteurs du système du *devchirmé :* chaque année on prélève sur les populations chrétiennes un contingent de jeunes garçons qu'on « convertit » à l'islam et qui, selon leurs aptitudes, deviendront soldats (icoglans, puis janissaires) ou fonctionnaires. Dès qu'un talent est repéré parmi les esclaves et autres captifs, il est utilisé. Bien des renégats ont vu dans l'islam un moyen de donner la pleine mesure de leur valeur, alors qu'en pays chrétien leur naissance les aurait tenus à l'écart de toute fonction d'importance. Les grands vizirs eux-mêmes sont des esclaves devenus favoris, richissimes, tout-puissants ; la mort sera la sanction de tout échec, et leurs biens retourneront au Trésor du Sultan ; en attendant, le Sultan est servi par des gens de valeur, qui lui doivent tout. Le Sultan a la meilleure armée du monde, bien faite pour contraster avec le désordre chronique des armées occidentales, mercenaires et pillardes. Dans cette armée permanente, de métier, on est entretenu et payé régulièrement. La discipline est totale : obéissance, courage, fidélité, sont des qualités soigneusement surveillées. On y vit sobrement, mais l'intendance organisée évite tout pillage sur les populations civiles ; on exécute les maraudeurs. Le pillage sur l'ennemi est par contre le prix de tant de respect des alliés. L'armée est un corps unifié, ce que matérialise l'existence d'un uniforme. L'artillerie est de premier ordre, fondue d'ailleurs avec le concours de chrétiens à Tophane, quartier d'Istanbul ; s'y ajoutent les pièces prises sur l'ennemi, plus de cinq mille en Hongrie, par exemple. L'existence d'une artillerie est l'élément déterminant qui permet de dominer le reste du monde islamique. Enfin des arsenaux énormes permettent de construire en même temps jusqu'à 120 navires. Après le désastre de Lépante, la flotte turque sera reconstituée en un an, plus vite que les flottes de ses vainqueurs... Cette réalité triomphante que vont découvrir les ambassadeurs occidentaux ne laissera pas d'inspirer de nombreuses et amères réflexions dans les traités de science politique de la fin du siècle sur la relativité des notions de « civilisation ».

Le plus stupéfiant pour eux sera pourtant de découvrir dans un Empire qui s'identifie volontiers au militantisme islamique les principes d'une tolérance vis-à-vis des chrétiens des territoires conquis et vis-à-vis des juifs : une grande partie des juifs chassés d'Espagne est allée s'installer à Constantinople. Seuls des renégats arrivent au pouvoir réel, mais on ne persécute personne pour obtenir des conversions.

Dur constat que l'originalité et la puissance de ceux qui, vus de loin, sont des barbares, et l'une des peurs fondamentales de l'Occident. Il est vrai que cette peur trouve quelque justification. D'abord dans la force de l'expansion même, et dans le fait que l'attitude conquérante des Sultans est pour eux une nécessité : il faut bien trouver de l'occupation à l'armée permanente qui ne peut ainsi être tentée d'appuyer les projets séditieux. Il y a donc une expédition militaire par an. Ensuite dans le danger permanent que la marine turque représente en Méditerranée. Enfin les Turcs ont quelques pratiques qui, symboliquement, épouvantent : un certain décorum dans la cruauté, par exemple, qui fait que les Occidentaux oublient leur propre pratique désordonnée de mise à saç des villes conquises pour s'ébaubir des 2000 têtes coupées que Soliman aurait fait mettre autour de son camp après la victoire de Mohács. La justice personnelle du Sultan (les fameux étrangleurs muets) et l'élimination systématique de tous les membres mâles de la famille royale à l'accession d'un souverain passaient pour crimes notoires, même auprès de princes bien placés pour savoir que le pire danger politique vous vient toujours de votre frère ou de votre fils. Le tonneau de malvoisie de Georges de Clarence ou la noyade de Jean Borgia étaient-ils d'autre nature ou plus « civilisés » que les exécutions au sabre par lesquelles Selim avait préparé l'avènement de son fils Soliman ? On n'oserait en juger, mais cela n'innocentait pas les sultans ! Et puis, argument ultime et tautologique, ils sont turcs, c'est-à-dire musulmans, et les gens d'Église, plus vigilants que leurs ouailles tentées par l'indifférence ou la politique, ne manquent pas de rappeler que les succès des Infidèles sont la punition des péchés des chrétiens, la marque de la colère de Dieu.

Cela n'empêche pas la civilisation et la vie culturelle d'être en plein essor, les Turcs, petit groupe militaire, ayant su conserver, adapter, et mêler les civilisations des peuples plus cultivés qu'ils avaient conquis : civilisation persane (les poèmes se composent en persan, non en turc !), civilisation arabe, civilisation byzantine. C'est le temps du poète **Baki** (1526-1600) qui s'attire les faveurs de Soliman grâce à un poème sur l'expédition de Perse de 1552 ; c'est le temps de Sinan, l'architecte (1490-1588), qui débute comme ingénieur militaire, puis construit en 1550 la mosquée Suleimaniyyè d'Istanbul et la Selimiyyè d'Andrinople en 1574 ; c'est le sommet de la science géographique orientale, avec le géographe **Piri-reis** (?-1554) dont le *Bahrije* ou *Livre de la Mer* fait autorité.

On peut penser que cet essor est favorisé par la personnalité même de Soliman et par la stabilité qu'assurent ses 46 ans de règne. **Soliman** (1494-1556) joint des talents militaires (c'est un bon général qui commande et marche à la tête de ses troupes) à des talents d'administrateur et de juriste. Il sait se faire obéir, mais aussi s'attacher des serviteurs de grande valeur. Il est lui-même musicien et poète, comme le Grand Vizir Ibrahim.

LA TRAGÉDIE D'IBRAHIM

Le Grand Vizir **Ibrahim** est un esclave, malgré sa toute-puissance. Grec, né en 1493 à Parga, en face de Corfou, il est fils de pêcheur. Il a été capturé et offert à Soliman, dont il devient le page. Il est très vite remarqué par Soliman dont il a l'âge : il lit et parle l'italien, le grec, le persan et le turc. Il s'établit entre eux une intimité étroite et confiante qui suscite le scandale tant elle est réellement une amitié. Après l'avènement de Soliman, l'ascension d'Ibrahim est si rapide qu'elle l'inquiète : il devient Grand Vizir en 1523 et le restera treize ans ; il est nommé Beyler-bey de Roumélie, c'est-à-dire gouverneur de la Turquie actuelle. Il est doué pour tout, et surtout pour le gouvernement : quand, en 1524, l'Égypte récemment conquise se révolte pour faire revenir les souverains mamelouks, Ibrahim se charge d'une remise en ordre qui en un an ramènera un calme définitif. Ibrahim est richissime, et le Sultan lui fait épouser sa sœur Hadice Hanim ; son mariage s'accompagne de fêtes somptueuses. Pendant son temps de pouvoir, le génie d'Ibrahim double parfaitement celui de Soliman, à qui il conseille par exemple d'accepter les services des corsaires Barberousse.

En 1536, stupeur : le Sultan a fait exécuter son Grand Vizir qu'il avait juré de ne jamais faire tuer. La chute d'Ibrahim semble avoir plusieurs causes. Sa place dans le gouvernement des affaires était énorme, et il lui venait des réflexes de Sultan qui empiétaient sur les décisions de Soliman : même si les décisions sont bonnes, la jalousie du pouvoir existe. Il est entouré de jaloux qui ne manquent pas de souligner ces empiètements et sa tiédeur de chrétien converti peu zélé pour l'islam. Il commet enfin une faute politique : durant la campagne de Perse, il se brouille avec Iskender, le ministre des Finances, et pousse Soliman à le faire exécuter sur des preuves douteuses ; Soliman ne lui pardonnera pas de l'avoir poussé à une injustice. Mais, en plus, il a une ennemie obstinée : Roxelane.

La Sultane **Roxelane** tient son nom de ses origines : Rossolana, la Russe, comme l'appellent les ambassadeurs vénitiens ; ou de son caractère : les Turcs l'appellent Khurrem, la rieuse. Selon la tradition, elle est la fille d'un pope de Ruthénie sur le Dniestr, et son nom authentique serait Alexandra Lisowska. Enlevée par les Tartares, elle est offerte à Soliman. Après avoir réussi à éliminer la première favorite du Sultan, mère de Mustapha, elle réussit mieux encore : elle se fait épouser, et sa jalousie et son emprise sont telles que Soliman vit en fait en monogamie... Son influence politique est grande, et tous les ambassadeurs avisés lui apportent des cadeaux. Bien que son influence sur Soliman n'ait sans doute pas eu une portée aussi grande que la rumeur et la postérité l'ont dit, elle inaugurait pourtant un des futurs fléaux du gouvernement ottoman : la lutte des favorites et les intrigues internes au sérail, les femmes y faisant leur jeu personnel et politique, ou celui de leurs enfants, par l'action interposée d'hommes ambitieux, fils, amants, eunuques. Roxelane fera ainsi la carrière de Rustem, futur Grand Vizir, époux de sa fille Mirmah. Les observations des ambassadeurs vénitiens, toujours précis et informés, sont formelles : elle pousse à l'élimination d'Ibrahim, à la guerre contre Venise en 1537. Et surtout elle obtient en 1553 l'élimination de Mustapha, le fils aîné et héritier du Sultan. Celui-ci, nommé à 15 ans gouverneur d'Anatolie, s'est pourtant montré un fils docile ; mais il a l'inconvénient d'avoir l'âge de gouverner alors que Soliman vieillit, et de paraître un rival. Quelques brimades bien venues le mèneront à prendre les armes ; Soliman est alors amené à le traiter en rebelle : il est exécuté ainsi que son fils Murad. Roxelane assurait ainsi la survie de ses propres enfants que Mustapha montant au trône aurait fait exécuter... L'Empire devait alors passer à Cihangir, fils préféré de Soliman, mais déjà malade et épileptique : mais Cihangir, très attaché à son frère Mustapha, meurt, dit-on, de chagrin. Anticipant alors sur la succession, Bayazid essaie d'éliminer son frère Selim, mais il est vaincu et s'enfuit chez le Shah Tahmasp où il meurt en 1561. C'est donc Selim dit l'Ivrogne qui montera en 1566 sur le trône de Soliman. Roxelane, qui meurt en 1558, n'a donc pas vu les résultats fratricides de son complot contre Mustapha.

L'imagination des historiens s'est attachée à la personnalité de Roxelane, et plus encore celle des littérateurs.

CHRONOLOGIE DÉTAILLÉE :

L'Empire ottoman au XVIe siècle

Nous indiquons entre crochets des événements *déplacés* ou *créés* par Waltari.

1515-1544 : Guerres d'Italie entre François Ier et Charles Quint.

1515 : Aroudj Barberousse prend la région d'Alger.

1516 : Selim Ier conquiert la Syrie.

1517 : Selim Ier conquiert l'Égypte.

1519 : Kayr ed Din Barberousse détrône l'émir d'Alger et se déclare vassal du Sultan Selim.

1520 : Avènement de Soliman : il va régner 46 ans sur l'Empire ottoman.

1522 : Soliman prend l'île de Rhodes aux Chevaliers de Saint-Jean.

1524 : Avènement de Tahmasp au trône de Perse. Doria, au service de François Ier, bat la flotte de Charles Quint au large de la Provence.

1526 : Les Turcs envahissent la Hongrie, victoire de Mohács; ouverture de la succession au trône de Hongrie.

1527 : Les armées de Charles Quint prennent Rome. [Mikaël s'embarque à Venise, il est capturé par les Turcs et emmené à Djerba dont Kayr ed Din est gouverneur.]

1528 : Doria passe au service de Charles Quint et chasse les Français de Gênes. [Doria, au service de François Ier, bloque la flotte de Charles Quint.] *Printemps :* Kayr ed Din arrive à reprendre aux Espagnols le fort du Peñon, qui contrôle le port

d'Alger. [Kayr ed Din prend la ville, tue l'émir, prend le fort du Peñon.]
Octobre : [Kayr ed Din envoie une ambassade à Soliman pour être reconnu beyler-bey d'Alger ; parmi les envoyés : Mikaël.]
Décembre : Soliman renvoie les ambassadeurs de Ferdinand d'Autriche, venus négocier les affaires de Hongrie, qu'il a retenus deux mois en prison.

1529 : Expédition turque vers la Hongrie et l'Autriche, retardée par des inondations.
Septembre à novembre : Siège de Vienne, qui échoue.

1530 : Projet de campagne turque contre le Shah Tahmasp.
Les Chevaliers de Saint-Jean s'installent à Malte.

1531 : Charles Quint doit combattre la « Ligue de Smalkalde » des princes protestants allemands.

1532 : Campagne turque en Hongrie.
Défaite navale turque devant Preveza et perte de la citadelle de Koron.
Hiver : arrivée d'un ambassadeur de Ferdinand et d'un ambassadeur vénitien à Istanbul.

1533 : Kayr ed Din est nommé Kapudan (amiral en chef) : il réorganise la flotte. Il reprend Koron et razzie en Italie.
Ibrahim prépare l'expédition contre la Perse depuis Alep.
Arrivée de Rincon, ambassadeur de François Ier.

1534 : *Printemps :* Ibrahim engage la campagne de Perse, vers Tabriz (capitale de Perse) puis Bagdad.
Été : Kayr ed Din attaque Fondi en Italie, puis réussit à prendre Tunis, en renversant le sultan Moulay Hassan ben Hafs.
Hiver : conflit entre le Defterdar Iskender et Ibrahim : Soliman fait exécuter Iskender. L'armée turque est immobilisée sans avoir réussi à emporter un succès militaire décisif.
Découverte opportune du tombeau d'Abou-Hanif, fondateur de la *sunna.*

Prise de Bagdad.

1535 : Arrivée de Jean de La Forest, ambassadeur de France, qui assiste à la fin de la campagne de Perse.
Charles Quint dirige la reprise de Tunis, en juin ; la ville est mise à sac. Kayr ed Din retourne à Alger.

1536 : Retour de Soliman à Istanbul. Traité avec François Ier.
Mars : Soliman fait exécuter Ibrahim.
[Mikaël s'enfuit en Égypte dans un couvent de derviches.]

1538 : Bataille navale à Preveza : Doria et Kayr ed Din se ménagent ; Doria laisse s'épuiser les Vénitiens, qui pour une fois combattaient contre les Turcs.
Nouvelle campagne en Perse : seconde prise de Tabriz.

1540 : Mort de Zapolya, roi de Hongrie : nouvelle campagne en Hongrie.
Campagne en Perse : prise de la Géorgie.
La flotte turque prend Nauplie aux Vénitiens.

1541 : Charles Quint subit un désastre maritime en voulant attaquer Alger.

1543 : En vertu d'accords militaires, la flotte turque se base à Marseille pour attaquer Nice.

1552 : Nouvelle campagne en Perse.

1553 : Soliman fait exécuter son fils aîné Mustapha.

1556 : Charles Quint abdique : lui succèdent comme roi d'Espagne Philippe II, son fils, et comme Empereur, Ferdinand, son frère.

1564 : Maximilien II, fils de Ferdinand, devient Empereur d'Allemagne.

1566 : Mort de Soliman pendant une campagne en Hongrie : son fils Selim lui succède.

1568 : Accord entre Maximilien et Selim pour constater le partage de la Hongrie.

1570 : Soulèvement des Morisques en Espagne.
Les Turcs prennent Chypre aux Vénitiens.

1571 : Coalition contre les Turcs : les Espagnols, les Génois, les Vénitiens et les Chevaliers de Malte battent la flotte turque à Lépante ; c'est le dernier grand affrontement maritime.

1574 : Les Turcs reprennent Tunis définitivement.

1683 : Second siège de Vienne : c'est la dernière poussée d'invasion.

L'ISLAM ET LA CHRÉTIENTÉ :
Guerre religieuse ou alliance politique

Les ennemis fondamentaux

Si l'on écoute les religieux et les faiseurs d'éloge, le Turc est l'ennemi absolu, celui dont la défaite fera de l'Empereur (ou du Roi) le maître du monde, dans une guerre plus métaphysique que militaire. Mais les constats politiques ne vivent pas de métaphysique.

Le grand ennemi, le seul ennemi des Turcs est l'Empereur **Charles Quint.** Nul ne s'y trompe, et surtout pas les graveurs d'estampes populaires qui montrent au siège de Vienne les troupes symétriques de Soliman et de l'Empereur Charles dûment nommé alors qu'il n'était pas à Vienne en 1529. La conjonction exceptionnelle des pouvoirs qu'il détient rencontre partout l'obstacle ottoman.

En tant que roi d'Espagne, il aimerait garantir la sécurité côtière contre les pirates barbaresques : les forts espagnols installés au début du siècle à Oran et Alger devaient protéger les côtes; en prenant Alger, puis Tunis, Barberousse ruine cet effort. De plus, l'Espagne s'est « reconquise » sur les musulmans, et compte dans sa population du Sud des « Morisques » dont la conversion un peu forcée fait des citoyens très prêts à soutenir les pirates qui débarquent... Il faut donc écarter le danger externe même pour la sécurité intérieure. Seul bon point pour les Turcs : ils dérangent les Portugais dans leur expansion en Inde; l'Espagne et le Portugal étant rivaux dans les conquêtes, l'Espagne ne les plaint pas (mais à la fin du XVIe siècle les deux royaumes sont réunis, la stratégie s'en ressent).

En tant que roi de Naples et de la Sicile, ses côtes sont le lieu favori des pillages.

En tant qu'Empereur d'Allemagne et surtout suzerain d'Autriche, il est directement voisin des terres ou conquises ou vassales de l'Empire ottoman. Certes, les terres d'Autriche (le domaine propre des Habsbourg) sont sous l'administration de son frère **Ferdinand,** mais celui-ci a été marié à Anne de Hongrie, ce qui devait lui assurer la succession du trône (électif) de Bohême et du trône (électif) de Hongrie. Or Louis II dc Bohême et de Hongrie a été tué à la bataille de Mohács, et la succession n'est pas si simple. D'une part, parce qu'une partie des terres de Hongrie sont, de fait, sous contrôle ottoman (occupation de Buda en 1526-1527). D'autre part, si les seigneurs de Bohême élisent Ferdinand roi en octobre 1526, ceux de Hongrie sont partagés : les uns d'accord pour élire Ferdinand, les autres préférant un prince hongrois : ils choisissent Jean Zapolya, qui, tutelle impériale pour tutelle impériale, choisit une alliance avec Soliman, qui soutient donc ses prétentions au trône de Hongrie et sur toutes les terres hongroises non encore conquises (traité de 1528). Zapolya est couronné roi de Hongrie durant la campagne de 1529 qui s'arrête à 15 km de Vienne. La Hongrie est alors royaume allié des Turcs ; aussi bien Ferdinand essaie-t-il régulièrement de reconquérir les terres hongroises, et Zapolya (et Soliman) de reconquérir celles des princes qui soutiennent Ferdinand. L'affaire rebondit en 1540, à la mort de Zapolya. Il se révèle qu'il a conclu en 1538 un traité secret avec Ferdinand pour que celui-ci hérite du royaume. Puis, en 1539, Zapolya s'est marié avec Isabelle, fille de Sigismond de Pologne (encore un royaume ayant de bonnes relations avec les Turcs), qui lui donne un fils, Jean Sigismond. L'enfant a quinze jours à la mort de son père. Ferdinand clame bien haut que l'enfant n'est pas d'Isabelle, que le traité secret doit s'appliquer, et occupe Buda. Soliman au contraire reconnaît l'existence et la filiation de l'enfant, reprend Buda, y nomme un gouverneur et promet de reconnaître l'enfant pour roi à sa majorité. Malgré de nouvelles campagnes, les forces militaires seront toujours en faveur de l'armée ottomane. La Hongrie restera vassale de l'Empire, jusqu'en 1669.

L'Empereur Charles Quint est donc, malgré tous les problèmes internes de l'Empire (révoltes, ligue des Princes réformés), un des animateurs les plus actifs d'expéditions contre les Turcs et contre les royaumes d'Afrique du Nord.

Mais qui a-t-il pour alliés dans ce combat ?

La France déteste encore plus l'Empire allemand que l'Ottoman ; Venise commerce essentiellement avec les Turcs. Reste Gênes, dont la tradition commerçante a été entravée par Venise, mais qui demeure une puissance maritime. Elle va offrir à Charles Quint non seulement ses galères, mais son amiral, Andrea Doria.

Andrea Doria (1468-1560) est d'une très noble famille génoise alliée aux Empereurs de Constantinople, mais plutôt pauvre. Il sert successivement le pape, le duc d'Urbino, Jean Della Rovere et, en 1522, il offre ses services à François Ier et bat aussitôt la flotte de Charles Quint. Mais François Ier rêve d'annexer Gênes ; il n'a pas non plus le bon sens de ménager cet allié irremplaçable, le paie mal, et lui donne pour supérieur un chef qui n'a jamais mis le pied sur un bateau. Doria passe tout droit au service de Charles Quint qui accepte les conditions : autonomie de Gênes. Doria en 1529 occupe Lépante et la forteresse de Koron (c'est devant cette menace que Soliman fait appel à Barberousse). En 1535, Doria commande les 412 bâtiments, en présence de Charles V, lors de la prise de Tunis. En 1541, cependant, l'effort de Doria pour construire une flotte efficace va être entravé durablement. L'Empereur Charles a décidé d'attaquer en Afrique à la fin d'août : on a beau lui remontrer que c'est la saison des tempêtes, il compte sur l'effet de surprise, puisque, en effet, on n'attaque jamais à cette saison. Emmenant sur Alger 500 bâtiments et 24 000 soldats, l'Empereur commande personnellement, avec à ses ordres Doria, le duc d'Albe, Cortès, le prince Colonna.

Les bâtiments pris dans la tempête sont dispersés, 160 perdus en deux jours, et l'expédition tourne au désastre.

Les alliés politiques

François Ier est d'abord l'ennemi de Charles Quint et son hostilité commande le reste de ses stratégies. Rivaux pour l'élection à l'Empire (1519), en guerre ouverte pour la suprématie sur les États d'Italie entre 1521 et 1544, soit l'ensemble de leur règne, tout les opposait. François va donc passer par-dessus tous les principes qu'il affiche pour le gouvernement de son propre pays et soutenir par pragmatisme tout ce qui nuit à Charles Quint. Ainsi il s'allie aux Princes réformés allemands, alors qu'en France, la Réforme, d'abord tolérée, est progressivement réprimée. Dans la même logique, il soutient la candidature de Jean Zapolya à la couronne de Hongrie, et envoie son ambassadeur spécialiste des alliances complexes, Rincon, auprès du roi de Pologne pour lui demander d'appuyer Zapolya. Reconnaissant, Zapolya promet en 1530 sa succession à Henri d'Orléans, fils de François Ier : il est vrai qu'on lui a fourni d'assez gros fonds, et que ce n'est pas la dernière fois qu'il promettra sa succession.

Et, malgré tous les prêcheurs de croisade, il entreprend de négocier avec Soliman la première grande alliance qui soit dictée par la politique, et non la peur de se faire conquérir. Ils ont d'ailleurs un allié commun, Venise.

L'alliance est précédée d'ambassades discrètes : Frangipani (un Napolitain) en 1526, Rincon (un Espagnol) en 1529. Soliman trouve, à juste titre, que le roi de France est un allié équivoque. Mais puisque l'objectif principal demandé par Rincon est que les attaques convergent sur l'Italie, on « branche » Rincon sur Barberousse en 1533, et Soliman envoie à son tour une ambassade en France en 1534. L'ambassadeur officiel du roi, Jean de La Forest, arrive en 1535, et en 1536, on signe les *Capitulations* (Articles) grâce auxquelles la France peut installer des représentants dans les villes turques ; les ressortissants français sont exemptés d'impôts, ont la liberté de voyager, de commercer, et d'exercer leur religion. La France a le « droit de pavillon », c'est-à-dire que les marchands européens (excepté les Vénitiens) qui veulent commercer avec l'Empire ottoman doivent naviguer « sous la bannière et protection » de la France. Résultat extraordinaire du point de vue commercial surtout. Les résultats militaires seront plus décevants : une grande offensive est préparée pour 1537 ; mais François Ier attaque Charles Quint en Flandres, alors que Soliman, qui attaque en Hongrie, l'attendait pour une attaque en Italie... Échec assez stupide, mais l'accord reste bon, grâce aux efforts de Rincon (que Charles Quint fait assassiner en 1541). François Ier hésite toujours et utilise mal l'appui militaire. Le traité de Crépy (1544) entre François et Charles met Soliman en rage... et les ambassades de bons offices se succéderont vers Istanbul durant tout le XVIe siècle, ce qui explique que les Français aient été très tôt bien informés sur l'Empire ottoman et ses mœurs.

L'opportunisme et la nécessité

La République de Venise est comme un monde en soi entre deux mondes en conflit. Sa suprématie se fonde sur une indépendance politique chèrement défendue (elle n'appartient pas à l'Empire) et sur sa domination de la Méditerranée, qui a su écarter sa rivale, Gênes, et contrôler le développement de sa vassale, Raguse (Dubrovnik). Depuis toujours, les Vénitiens ont dû se débrouiller des maîtres des rivages et commercer avec les gagnants successifs des guerres de conquêtes, qui ont toujours eu besoin d'eux, Vénitiens, pour écouler leurs richesses. Or un très gros enjeu mondial se joue au début du XVIe siècle sur le commerce des épices. Il y a deux routes traditionnelles des produits orientaux : une voie terrestre qui amène à Istanbul les produits de Russie, de Chine, de Perse ; une voie maritime qui amène des Indes par la mer Rouge, puis des caravanes, les épices vers Le Caire. Si les Ottomans contrôlent dorénavant et l'arrivée à Istanbul et l'arrivée au Caire, Venise ne peut que trouver là une simplification de ses accords commerciaux et une aide. Car les Portugais sont en train de ruiner la route traditionnelle en allant par mer chercher en Inde des épices qui ne paieront plus les taxes habituelles ottomanes et vénitiennes : le consommateur (et les armateurs portugais malgré leurs frais) s'en réjouiraient ; mais Venise et les Turcs ont cause commune : Venise encourage à ce que les Turcs continuent leur expansion vers Aden, mais aussi en Perse (contrôle du golfe Persique) et jusqu'à Oman pour y attaquer les vaisseaux portugais.

Venise a pu installer, dès la chute de l'Empire byzantin, un comptoir commercial à Istanbul, et des ressortissants, dirigés par un « baile ». Elle est la seule nation occidentale à avoir ce droit. En ce début de siècle, l'homme influent est **Aloysi Gritti,** fils naturel d'Andrea Gritti, qui fut baile de la République et doge de 1523 à 1538. Gritti est l'ami du vizir Ibrahim, et par lui peut donner une dimension internationale à son rôle de baile. Actif dans les affaires de Hongrie, c'est lui qui soutient l'ambassade initiale de Zapolya. Il sert d'informateur dans l'accord entre François Ier et Soliman, et surtout avec Barberousse. Il commettra l'erreur de se croire un pouvoir personnel, et de faire assassiner un évêque hongrois : la population, épouvantée, lui inflige un supplice minutieux.

Venise est bien décidée à ne pas se laisser entraîner dans une lutte où elle aurait à perdre. En 1522, les Chevaliers de Saint-Jean assiégés dans Rhodes auront beau en appeler au pape, au roi, à l'Empereur, ils ne recevront aucun secours militaire ; les navires vénitiens sont présents non loin « en observateurs ». Les Vénitiens sont « en observateurs » dans les batailles devant Koron. Mais ils refusent aussi de faire partie militairement de l'alliance contre Charles Quint.

Mais d'un autre côté, les Turcs ont malmené leurs possessions et leurs comptoirs commerciaux : ils ont pris l'Eubée (Negrepont), le Péloponnèse, dont justement Modon et Koron qui sont d'anciennes forteresses vénitiennes et, situées à l'extrême pointe du Péloponnèse, surveillent la navigation vers la Grèce et vers l'Adriatique. La République de Raguse paie tribut. Et par épisodes, malgré l'alliance, quelques annexions (Nauplie en 1540, Chypre en 1571) font craindre pour ce qui reste, par exemple les îles de Corfou et Céphalonie, situées en face de territoires turcs... et près desquelles se déroulera la bataille de Lépante. Enfin, Venise est une République chrétienne, et ne peut toujours faire la sourde oreille aux admonestations pontificales. Pour peu que deux motifs s'additionnent, elle fera donc partie de quelques expéditions et s'en retirera dès qu'elle pourra. Ce qui lui vaut la méfiance de ses alliés : ainsi après Lépante, où les Vénitiens n'ont pas continué à pourchasser l'ennemi.

L'ISLAM CONTRE L'ISLAM

Sunnites et chiites

Le choix de la Perse comme second adversaire de Soliman ne fait pas que répondre à des objectifs géographiques et militaires. Ni même à des buts de prestige politique, en prenant Bagdad, dont la civilisation a rayonné sur l'Orient et l'Occident au IXe siècle. Il s'ajoute à la campagne de Perse une dimension religieuse, appuyée sur une sorte de longue hostilité entre les Perses et les Arabes (dont nous ne pouvons méconnaître l'importance même à l'heure actuelle).

Les musulmans sont divisés en sunnites, c'est-à-dire ceux qui suivent le Coran et la tradition, *sunna,* du Prophète (ils sont de loin majoritaires dans l'islam) et en chiites, qui suivent la tradition du calife Ali, gendre du Prophète. Les chiites sont nombreux en Iran — l'ancienne Perse ; ils ne reconnaissent pas l'autorité du calife.

La dynastie des Safavides qui règne alors en Perse remonte au Sheikh Safi ad Din qui a fondé au XIVe siècle, l'ordre mystique (*sufi*) des derviches de la Safaviya, d'où le surnom de Sophi donné en Europe au souverain safavide.

L'Empire perse est alors lui-même en état de force, n'ayant d'ailleurs pas eu de mauvaises relations avec l'Empire byzantin et bénéficiant de son affaiblissement.

Shah Ismaïl (1488-1524), petit-fils de l'Empereur Comnène de Trébizonde, a reconstitué l'unité iranienne de la Bactriane au Fars. Devenu le chef d'une secte hétérodoxe, s'appuyant sur les *Kizilbaç*, Turkmènes fanatisés opposés au Sultan, il a étendu son territoire de l'Anatolie à Bagdad et à l'Amou Daria. Il a aussi soutenu tous les opposants possibles : Ahmed, frère de Selim, Venise... En 1514, Selim Ier a fait tuer 40 000 chiites de son empire et a écrasé l'armée perse à Tchâldirân : l'expansion est stoppée, mais le danger reste.

Shah Tahmasp succède à son père en 1524. Lui aussi songe à des stratégies d'alliances et écoute avec intérêt les bonnes paroles que lui adresse Charles Quint en 1526, puis en 1530, car il est évident que l'armée turque pourrait difficilement supporter deux fronts simultanés.

L'Empire perse gêne alors les Turcs dans leur expansion vers l'océan Indien pour contrôler la route des épices et, au nord, à leur jonction avec leurs alliés uzbeks en Turkestan. La campagne « des deux Irak » se déclenche par deux trahisons : celle du bey de Bitlis qui « passe » à la Perse, et celle, inverse, du gouverneur de Bagdad, qui envoie les clés de la ville à Soliman.

Campagne pénible, qui unit d'évidents succès et la conquête de toute la Mésopotamie à des difficultés techniques (intendance, météorologie) et psychologiques : l'expédition est longue, ses chefs ne s'entendent pas comme en témoigne le différend entre Ibrahim, commandant en chef (seraskier) et Iskender, chargé de tous les problèmes matériels. Par ailleurs, si les armées perses laissent le territoire, elles réussissent à ne pas combattre et ne sont donc pas anéanties : la menace demeure toujours de devoir les affronter loin des bases turques. Mais le Shah n'a, semble-t-il, pas les moyens de cette lutte. Il reprendra Tabriz, sa capitale, la reperdra en 1537, perdra la Géorgie en 1540.

Les deux grands empires doivent donc coexister, à un moment où la civilisation persane s'épanouit dans les résidences successives de la cour : Tabriz, puis Ispahan qu'a fondée Ismaïl.

Ottomans et Barbaresques

La conquête des autres royaumes musulmans pose des problèmes plus simples que la conquête de la Perse. Nul arrière-plan religieux, par exemple. Mais leur conquête gêne l'Occident, en rapprochant le danger de la partie occidentale de la Méditerranée. L'Occident ne s'est pas ému de la conquête de l'Égypte par Selim. L'Afrique du Nord, par contre, est un lieu stratégique. Le Maghreb est partagé en plusieurs petits États dirigés par la dynastic des Mérinides, à Fès, les Abdelwadides à Tlemcen, les Hafsides à Tunis. Les Espagnols ont profité de la faiblesse de ces royaumes pour s'installer en 1505 et 1512 dans plusieurs ports d'Algérie : Mers el Kebir, Oran, Alger, sans tenir le pays : les ports sont d'un pur intérêt militaire et fortifiés. Le Sultan, qui guerroie en Orient, ne s'en soucie guère. L'intervention d'un pirate change tout.

Fils d'un potier grec de Mytilène, ils sont quatre frères, convertis à l'islam, qui se livrent d'abord au fructueux métier de corsaires, d'abord en Ionie, puis pour le compte de l'Égypte, puis se transportent, avec le flux commercial pillable, vers l'Afrique du Nord. Leur chef est l'aîné, Aroudj, auquel quelques équivoques sonores vont donner le surnom de **« Barberousse »** (c. 1474-1518). Il se lie avec les Hafsides de Tunis qui le chargent de protéger Djerba. Aroudj attaque les forts algériens : Bougie, puis Djidjelli (qui était génois). En 1516, l'émir d'Alger l'appelle pour l'aider à se débarrasser du fort espagnol d'Alger : Aroudj investit Alger par terre, prend la ville, le Trésor et tue l'émir dans son hammam. Mais le fort, installé sur l'îlot du Peñon, est imprenable. Aroudj tué dans des affrontements confus pour conquérir l'arrière-pays, son frère Kayr ed Din (c. 1476-1546) lui succède et comprend aussitôt que sa position est intenable s'il n'a pas d'appui : il se déclare vassal du Sultan, et en reçoit de l'aide militaire, avec le titre de beyler-bey d'Alger. Ce n'est qu'en 1529 qu'il arrive à déloger les Espagnols du Peñon. Il est déjà la terreur de la Méditerranée occidentale, quand le Sultan fait appel à lui pour réorganiser une flotte dont on découvre l'importance stratégique. Il s'empare de Tunis en 1534, mais la reperd en 1535. Il mène un incessant harcèlement des côtes italiennes et est un agent actif de l'alliance stratégique avec la France, qui lui accorde de relâcher à Marseille (1543) à partir de laquelle il pille Nice.

C'est plus contre Kayr ed Din que contre Soliman que luttent les coalitions navales. Après la mort de Barberousse, la Régence d'Alger continue sa fonction et devient redoutable pour deux siècles, où les « Barbaresques » (altération du mot « Berbères ») sont un fléau maritime.

Kayr ed Din avait aussi eu le temps de former pour Soliman des amiraux de grande valeur, comme Dragut, qui lui succède, et Uludj-Ali (Occhiali), qui sera à son tour beyler-bey d'Alger, reprendra (définitivement) Tunis en 1574 et sera un des amiraux de Lépante ; comme Mehmed Sokolly, qui sera Trésorier du Sultan, amiral en chef et Grand Vizir en 1604. Tous renégats, nécessairement.

HISTOIRES TURQUES ET TURQUERIES

Nos ancêtres n'ont pas attendu l'invention des journaux pour être au courant des affaires des autres. Feuilles volantes, histoires et littérature répondaient, à des rythmes différents, mais plus rapides qu'on ne pourrait croire, à leur besoin d'information et d'interprétation.

Le siège de Vienne est à peine terminé qu'il donne lieu à de courtes relations en 8 pages, avec gravure, qui diffusent dans la chrétienté les informations nécessaires sur le nombre des armées, le nom des chefs, les sites, la stratégie, y compris les captifs relâchés pour qu'ils mettent le feu.

L'Histoire des Turcs (en latin) de l'Italien Paul Jove est traduite en français en 1538, juste après le traité d'alliance entre François Ier et Soliman ; le nombre des ouvrages historiques et politiques, les descriptions des mœurs, les récits de voyage sont en nombre sans cesse croissant après 1552. Nombre d'événements du règne de Soliman deviennent familiers au public par les chroniqueurs et par les auteurs dramatiques. Quand Soliman fait assassiner son fils aîné Mustapha (1553) cela est rapporté dans plusieurs chroniques et dès 1561, Bounin, dans *La Sultane,* en fait une tragédie (il y en aura cinq sur ce sujet jusqu'en 1660). L'histoire de l'assassinat d'Ibrahim est aussi familière : elle est relatée par Jove, entre en fiction dans une nouvelle de J. Yver en 1572.

Au début du XVIIe siècle, les Turcs sont à la mode, comme des auxiliaires indispensables de certains types de fiction : ils sont ainsi des personnages grotesques de ballet, Molière s'en souviendra pour l'intronisation en Mamamouchi de son bourgeois gentilhomme. Ils sont les moteurs de péripéties de romans : chacun sait qu'il est impossible de naviguer sur la Méditerranée sans rencontrer une galère turque, ou pour le moins barbaresque ; et voici notre héros entraîné en captivité ; pire, voici notre héroïne mise en grand péril de viol ; qu'on se rassure : l'odieux ravisseur, subjugué ou stupide, s'en tiendra aux menaces et la vertu sera sauve. Mêmes épisodes au XVIIIe siècle, mais sans la même vertu (pauvre Cunégonde de *Candide !*). Plus sérieusement, ils sont des sujets de tragédies politiques : le chef-d'œuvre en est le *Bajazet* de Racine qui mêle la tragédie politique à la tragédie passionnelle autour d'un personnage féminin, Roxane, qui doit beaucoup à Roxelane.

Par plaisir pur, attardons-nous à un chef-d'œuvre d'un autre goût : le roman baroque. Georges de Scudéry en avait fait une nouvelle, puis une tragédie ; sa sœur, Madeleine de Scudéry en fait un long roman publié en 1643 : *Ibrahim ou l'Illustre Bassa*. Avec succès, mais aussi avec quelques entorses à l'histoire, qui raconte comment et pourquoi Roxelane, avec l'aide de Roustan (on anticipe) cherche à perdre Ibrahim, et comment la jalousie de Soliman, qui aime Isabelle, fiancée d'Ibrahim, en est l'auxiliaire. Révélations : Ibrahim est en réalité Justinien, de la famille des Paléologues, réfugiés à Gênes, prétendant à la main d'Isabelle Grimaldi, princesse de Monaco (mais oui !). Leurs amours rompues par de fausses nouvelles, Justinien est parti de Gênes ; razzié, esclave, il devient Grand Vizir et raconte sa vie à Soliman, qui fait enlever la jeune fille pour la lui offrir, mais hélas, en tombe amoureux. Or Ibrahim revient victorieux de Perse, avec le sceptre de Tahmasp, réclame sa bien-aimée, découvre tout. Il ne veut pas renverser Soliman, qu'il aime ; Soliman ne veut pas les voir retourner en Italie ; mais les amants s'enfuient. Roxelane et Roustan poussent Soliman aux mesures répressives et suggèrent l'arrangement par lequel il peut enfreindre son serment de ne pas tuer Ibrahim : qu'il dorme pendant l'exécution. Roxelane fait des plans pour tuer ensuite Isabelle, Roustan et le muphti qui a trouvé le génial arrangement. Soliman, réveillé, arrête l'ordre donné, chasse Roustan, et pardonne aux amants qui vont pouvoir se faire oublier en Italie. Roustan et le muphti sont lynchés par la foule qui craint pour la vie d'Ibrahim, et Roxelane meurt de désappointement.

Ce schéma simplifie, bien sûr, mais quelques péripéties annexes ne l'éloignent pas tant qu'on croirait du roman de Waltari, car notre Ibrahim-Justinien a bien utilisé son temps au départ de Gênes : il s'en est allé chercher la mort dans les guerres entre Suède et Danemark, et c'est dans la Baltique qu'il est fait prisonnier par les vaisseaux de Barberousse (un peu déroutés, certes !), emmené à Alger, vendu à Sinan Bassa, et envoyé à Soliman avec 300 esclaves. C'est là une bonne part de l'itinéraire de Mikaël, auquel Waltari a rendu sa cohérence géographique.

Dans d'autres romans de la même époque, on s'attendrit sur les amours du prince ottoman Djem, réfugié en Europe en 1485 (son nom est parfois vocalisé en Zizim), ou on s'enflamme pour les premiers héros de la résistance contre les Turcs comme l'Albanais Scanderbeg qui, élevé chez les Turcs, revint au christianisme et souleva l'Albanie contre eux en 1445.

Au XVIIIe siècle, la « turquerie » devient de plus en plus décorative, mais les Persans sont en vogue. Il est vrai que l'Orient a cessé d'être une menace.

Enfin au XIXe siècle, si la plupart des romantiques vont chercher dans l'Orient un reflet de ses prestiges antiques, l'opinion est surtout sensible aux guerres d'émancipation, en particulier à l'émancipation de la Grèce (influence de la vie de Byron) ou aux guerres internes, telle celle d'Ali, pacha de Janina, qu'on trouve en arrière-plan du *Monte-Cristo* de Dumas. Mais dans les pays réellement concernés, le retour des romans historiques vers la période originelle d'expansion ottomane est un auxiliaire des guerres de libération et du mouvement des nationalités s'émancipant dans l'Empire austro-hongrois. Ainsi les deux romans hongrois : *La Hongrie en 1514* de József von Eötvös (1847), qui rappelle la misère du peuple avant la bataille de Mohács et l'écrasement de la révolte paysanne menée par Georges Dózsa, et *Temps rudes* de Zsigmond Kemény (1863), qui évoque 1541 et le passage obligé de la reine Isabelle sous la protection ottomane.

Curieusement, le XXe siècle s'intéresse peu aux périodes de l'apogée ottoman, et peu de romans reflètent le temps de Soliman, ou même l'expansion turque. On pourra lire cependant :

Milena NOKOVITCH, *Et la nuit ottomane tomba sur Kossovo,* Table Ronde, 1985 (sur la bataille de Kossovo en 1389).

Mika WALTARI, *Jean Angelos,* édité sous le titre *Les amants de Byzance,* Presses Pocket 1985 (qui évoque la chute de Constantinople et la mort du dernier descendant des Paléologues).

Gerhard HERM, *Tempête sur la Corne d'Or,* Albin Michel 1984 (lui aussi sur la prise de Constantinople).

Amin MAALOUF, *Léon l'Africain,* Lattès 1986, qui retrace très remarquablement la vie du voyageur et géographe Léon l'Africain, Morisque parti d'Espagne vers le Maroc, puis Alger où il sert Barberousse, puis l'Égypte, Istanbul où il sert Soliman, avant d'être razzié et offert au pape Léon X de Médicis qui le fait baptiser et l'installe à Rome.

BIBLIOGRAPHIE HISTORIQUE

André Clot : *Soliman le Magnifique,* Fayard, 1983, est la dernière biographie de Soliman, très vivante et agréable à lire ; elle comporte de nombreux renseignements sur les collaborateurs de Soliman.

Robert Mantran : *La vie quotidienne à Constantinople au temps de Soliman et de ses successeurs* (XVIe et XVIIe siècles) permet de se représenter la vie concrète, les valeurs économiques, les relations humaines.

Jean-Paul Roux : *Histoire des Turcs,* Fayard, 1984, pour situer l'âge d'or de Soliman dans un cadre historique plus large.

Michel Lesure : *Lépante (1571),* coll. Archives, Julliard, 1972, dont le dossier sur le plus grand affrontement maritime entre Turcs et chrétiens contient de précieux documents sur les relations internationales et les systèmes d'alliance durant tout le XVIe siècle.

Jean-Louis Belachemi, *Nous les frères Barberousse, Corsaires et Rois d'Alger,* Fayard, 1984, est une excellente biographie.

Les textes romanesques accessibles étant assez peu nombreux, on peut se consoler par la lecture des récits de voyages : si les récits des voyageurs et ambassadeurs du XVIe siècle ne sont consultables que dans des éditions d'érudition (quand ils le sont...), les récits du début du XVIIe siècle viennent d'être édités dans les éditions *Découverte,* où l'on trouve Jean Thévenot : *Voyage du Levant* (n° 26) et Jean-Baptiste Tavernier : *Les six voyages en Turquie et en Perse* (nos 32 et 33).

Ces récits sont plus nettement documentaires (et mieux accordés chronologiquement à notre roman) que ceux de la période romantique, pour lesquels la quête de l'Orient est liée à la recherche personnelle et religieuse plus qu'à l'ethnologie, et qui sont rassemblés dans *Le voyage en Orient. Anthologie des voyageurs français dans les pays du Levant au XIXᵉ siècle,* présentés par Jean-Claude Berchet, coll. *Bouquins,* Robert Laffont, 1986.

TABLE

Achevé d'imprimer en octobre 1987
sur les presses de l'Imprimerie Bussière
à Saint-Amand (Cher)

PRESSES POCKET - 8, rue Garancière - 75285 Paris
Tél. : 46-34-12-80

— N° d'édit. 2479. — N° d'imp. 2090. —
Dépôt légal : novembre 1987.
Imprimé en France

